L'été des Barshinski

DIANE PEARSON

L'été des Barshinski

ROMAN

Traduit de l'anglais par
MAURICE BERNARD ENDRÈBE

Albin Michel

Édition originale anglaise
THE SUMMER OF THE BARSHINSKEYS
© Diane Pearson 1984

Édition française
© Éditions Albin Michel S.A., 1986
22, rue Huyghens, 75014 Paris

ISBN 2-226-02126-4.

Pour Richard, avec mon amour

Première partie

L'ÉTÉ DES BARSHINSKI

Chapitre premier

೭

La première fois que je vis M. Barshinski, il traversait le pré de Tyler avec un violon sous son bras. Il chantait à tue-tête dans une langue qu'aucun de nous ne pouvait comprendre, et il avait une guirlande de boutons d'or autour de la calotte de son chapeau noir.

Derrière lui venait Mme Barshinski, poussant une charrette à bras sur laquelle s'entassaient un lit de fer, une commode et deux chaises de cuisine. A sa suite, portant de plus petits éléments du foyer, s'échelonnaient les enfants Barshinski, deux filles et un garçon, comme chez nous. C'était l'été quand arrivèrent les Barshinski, et leur histoire — qui devint la nôtre — à beau s'étendre sur bien des étés et des hivers, ce fut en ce jour doré de 1902 que se nouèrent nos étranges relations cependant que prenait corps notre soif d'exotisme issue de rêves imprécis.

Je me demande encore ce qui put attirer les Barshinski vers nous et — encore plus étrange — ce qui nous poussa vers les Barshinski. Ils n'étaient guère plus que des bohémiens, alors que nous appartenions à la « paysannerie aisée ». Ils étaient pauvres, sales, mais libres ; nous étions bien nourris, vivions dans un certain confort, mais étroitement confinés derrière nos barrières de respectabilité. Il m'arrive de penser que notre fascination réciproque fut engendrée par *cet* été si particulier. Quand je me reporte à cette époque, je vois tout baigner dans une sorte de brume dorée, et cela n'est pas dû seulement à la magie des souvenirs d'enfance. J'ai eu l'occasion de parler de cet été 1902 avec des personnes âgées, et toutes s'accordaient à dire que ç'avait été un bon été, mais un été pas comme les autres, un été que traversait chaque soir le vol des oies sauvages, où l'on rapportait de pleins paniers de fraises sauvages et où la fenaison avait fini deux semaines plus tôt que d'ordinaire. Ces vieilles gens s'en souviennent et peuvent en fixer l'année, car ce fut celle qui vit le couronnement d'Édouard VII ainsi que la fin de la guerre avec les Boers. Aussi n'ont-ils pas oublié toutes les bonnes choses ayant marqué cet été : l'extraordinaire abondance de pommes, de prunes et d'abricots aussi bien que de miel, la multiplication des essaims et la force de l'hydromel que l'on confectionna cette fameuse année.

J'avais alors onze ans et je me rappelle mieux les haies couvertes de fleurs blanches. Quand j'allais à l'école, les sentiers étaient d'une telle beauté que l'on en avait presque la tête chavirée.

Cet été ne cessait de nous captiver. Chaque jour, il y avait quelque chose d'insolite, de nouveau, motivant des propos surexcités. Et, en mai, ce fut le vol nocturne des martinets... des milliers et des milliers de martinets, qui poussaient des cris en tournoyant dans les airs. Personne ne se rappelait avoir encore jamais rien vu de semblable et l'on demeurait à les regarder, comme en transe, jusqu'à ce qu'ils finissent par disparaître dans le ciel qui s'enténébrait. Chaque soir, juste avant le thé, nous gagnions en courant le haut du jardin, nous nous frayions un chemin à travers un bosquet de sureaux et de sycomores pour atteindre l'échalier menant au pré de Tyler, d'où nous contemplions le miracle des martinets. Et c'est là que nous nous trouvions lorsque arrivèrent les Barshinski.

Comme nous étions les plus petits, Edwin et moi avions pris place devant, agrippés à l'échalier. Lillian se tenait derrière nous, grande et blonde, s'appuyant d'une main à l'un des piquets. Lillian avait de très belles mains. Un jour, j'avais entendu Mère dire à Mme King que les « si belles mains de Lillian » lui venaient de sa grand-mère Cobham. Je crois que Lillian avait dû entendre aussi la remarque car, après ça, je m'aperçus qu'elle ne manquait jamais une occasion de mettre ses mains en évidence. Elles étaient effectivement très belles : fines et blanches, avec des ongles longs et roses, d'un ovale parfait. Les miennes, au contraire, étaient sans grâce, et mes ongles rongés jusqu'au vif. Je les tiens de mon grand-père Willoughby, encore que je ne puisse le rendre responsable de mes ongles rongés. Chaque fois que je voyais Lillian agiter joliment les mains de Grand-mère Cobham, je prenais la résolution de ne plus ronger mes ongles, mais c'était difficile, et surtout en été lorsque les haies étaient toutes blanches tandis que les martinets volaient dans l'air du soir.

Nous n'y prêtâmes pas beaucoup attention ce soir-là parce que nous vîmes presque aussitôt les Barshinski. *Lui* était splendide : grand, avec une épaisse barbe noire toute frisée, et des yeux légèrement en amande dans son visage bronzé. Voyant que nous les observions, il agita son violon dans notre direction. C'était un geste d'amitié, et nous comprenions qu'il souriait rien qu'à voir la façon dont bougeaient sa barbe et ses yeux tandis que se plissait son visage. Il hocha la tête d'une façon suggérant que nous partagions avec lui quelque connaissance magique, nous permettant d'apprécier combien belle était la vie.

Mme Barshinski avait un air éteint, fatigué, mais je suppose que c'était dû au fait de pousser la voiture à bras. Les enfants étaient sales, vêtus de haillons, comme des enfants de bohémiens, et ils n'avaient pas de chaussures. Du coup, un gouffre social se creusa entre nous. Plus que tout, c'étaient les chaussures qui, dans notre village, marquaient la condition des gens. Les enfants qui avaient des souliers étaient des enfants comme il faut, à la différence de ceux qui n'en avaient pas. Ces derniers devaient obéir à la charitable mais humiliante requête de Miss Thurston, la maîtresse d'école, qui leur demandait de rester après la classe. Elle prétendait que c'était pour leur parler à propos d'une leçon, mais nous savions tous que, dès que nous serions partis, elle ouvrirait le placard où elle gardait ce qu'on lui donnait pour « ses œuvres ». Et, le lendemain, nous voyions ces enfants arriver à l'école avec des chaussures trop grandes ou trop petites. Si elles étaient trop grandes, Miss Thurston ne manquait jamais de fournir en même temps de grosses chaussettes de laine. Quand elles étaient trop petites, la maîtresse recommandait de laisser les lacets dénoués. Je ne l'avais vue bouleversée qu'une seule fois : lorsque l'un des enfants avait eu l'audace d'entailler le bout de chaussures trop petites. Miss Thurston en oublia la règle qu'elle s'était fixée de ne jamais parler de ses « œuvres » devant le reste de la classe et expliqua, avec une gravité empreinte de tristesse, que, si l'on abîme de bonnes chaussures, elles ne peuvent pas ensuite servir à quelqu'un d'autre. Chaque fois qu'il m'arrivait de voir des enfants avec des chaussures ainsi données, j'éprouvais un sentiment de culpabilité. Aussi, quand je vis les enfants de ce bohémien, je descendis vivement derrière l'échalier pour ne pas leur donner à penser que je leur exhibais mes souliers.

Le garçon nous vit et il tourna la tête en esquissant un demi-sourire rappelant celui de son père, mais qui n'eut pas exactement le même effet. Il n'avait ni sa taille ni sa présence et n'irradiait pas autant de chaleureuse sympathie. Néanmoins, il avait voulu se montrer amical à sa façon, et je lui souris en retour, sans plus. Alors, se détachant des siens, il vint vers moi juste assez près pour me dire : « J'ai vu ta culotte quand tu es descendue de là-dessus ! » Il sourit de nouveau, mais de façon déplaisante, avant de rejoindre sa mère poussant la voiture à bras.

« Ça, alors ! »

J'aurais voulu lui crier quelque chose de cinglant en retour (si seulement il avait porté le vase de nuit au lieu que ce soit la plus petite des filles !) mais rien ne me vint assez vite à l'esprit. La rage et la mortification le disputaient en moi, et ce fut la mortification qui l'emporta, encore accrue quand j'entendis Lillian rire sous cape.

« Je m'en vais ramasser les œufs », annonçai-je avec dignité.

Mais Lillian et Edwin m'ignorèrent.

« Vous venez ? insistai-je.

— Je parie que c'est le nouveau vacher de M. Hayward, commenta Edwin sans détacher son regard du groupe qui s'éloignait. Papa a dit qu'il devait arriver aujourd'hui et qu'il avait trois enfants. C'est sûrement lui... »

Nous n'en revenions pas. Jamais aucun vacher n'avait ressemblé à celui-là. Les vachers étaient des gens sachant se tenir et ayant le sens des responsabilités. Ils ne se promenaient pas dans le village avec un violon sous le bras en laissant leur femme pousser une charrette où s'entassaient leurs meubles.

« Papa ne va guère être content », poursuivit mon frère d'un ton pensif.

Notre père avait la haute main sur l'élevage à la ferme Hayward et, de toute façon, l'engagement d'un nouveau vacher n'était pas pour lui plaire. Selon que vous vouliez vous montrer indulgent ou non, M. Hayward était quelqu'un « aimant les expériences » ou « un pauvre imbécile ». Il avait un troupeau de *shorthorns* pure race qui, chaque année, remportaient des prix à la foire du comté. Cela faisait deux ans qu'il tentait des croisements, en essayant différents systèmes d'alimentation. Papa, qui s'était montré patient tout en désapprouvant la chose, avait vu le troupeau s'accroître, ainsi que le rendement en lait. A la suite de quoi, on avait décidé d'engager un vacher de plus, un homme que Papa et M. Hayward sélectionneraient avec soin à la foire de la Saint-Michel. Mais, à la fin d'avril, ayant cédé à une de ses irrésistibles impulsions, M. Hayward avait dit à Papa avoir vu au marché de Sevenoaks un homme qui lui avait fait « très bonne impression » et qu'il avait donc engagé. Papa, qui se méfiait des ouvriers agricoles se trouvant sans travail avant la Saint-Michel, s'était senti blessé dans sa dignité et en proie à la plus vive suspicion. L'aspect de cet étranger barbu ne serait pas pour arranger les choses.

Je regardai de nouveau la petite procession qui traversait le pré. La femme avait des difficultés avec la voiture à bras. Une des roues avait tendance à s'écarter constamment vers la gauche, si bien que la malheureuse devait sans cesse s'employer à la sortir d'ornières ou de trous. Je vis le garçon courir pour aider sa mère à soulever un des bras de la voiture ; du coup, la mortification que j'avais éprouvée se changea en quelque chose de plus profond et de plus douloureux. J'avais honte, honte pour la femme, convaincue qu'elle avait tort de se laisser mener pareillement. Cela m'avait paru sans importance, tant que j'avais pensé qu'il s'agissait de bohémiens, car, chez les bohémiens, c'était ainsi, et les femmes étaient habituées à faire les gros travaux. En revanche, si son mari était un vacher, alors c'était humiliant pour elle, car je me rendais bien compte à présent qu'il s'agissait non d'une bohémienne mais d'une femme de la campagne, au visage d'autant moins avenant qu'elle était exténuée. Je me sentis incapable de continuer à endurer plus longtemps ce spectacle.

« Venez ! On a encore les œufs à ramasser. On va être en retard pour le thé ! »

De nouveau, ils ne bronchèrent ni ne bougèrent. Je m'aperçus alors qu'Edwin regardait une des filles : non la petite qui tenait le pot de chambre, mais la plus grande, aussi brune que son père et portant sur sa tête un panier à linge plein d'ustensiles de cuisine.

A l'époque, j'étais trop jeune pour avoir conscience de la sensualité qui émanait d'elle. Depuis, j'ai eu l'occasion de la remarquer chez d'autres femmes et je veille alors à les éviter, car je sais désormais les ravages qu'elles peuvent causer. Mais, ce premier soir, je me rendais seulement compte qu'elle différait des autres filles du village. Elle était vêtue d'une robe grise — sans tablier — dont l'ourlet du bas était en partie défait. Les pieds étaient petits et bronzés, les chevilles fines. Une épaisse natte de cheveux d'un noir luisant pendait sur une de ses épaules et, tout comme celle de son père, sa chevelure bouclait autour du visage. Ses yeux étaient obliques, tels ceux d'un chat, dans un visage bronzé. Il y avait dans sa démarche une légèreté, une gaieté, donnant l'impression qu'elle allait à tout moment éclater de rire.

« A quoi tu penses, Eddie ? » questionnai-je avec une pointe de jalousie.

Il continua de la regarder, mais avec Edwin on ne pouvait jamais savoir ce qu'il pensait.

« Cette fille a un nez drôlement grand ! » dit-il.

Aussitôt, je me sentis mieux. C'était vrai qu'elle avait un grand nez et, chose curieuse, il la faisait ressembler encore davantage à un chat : il ne lui manquait plus que des moustaches de chaque côté de ce nez.

« Allez, venez ! Faut ramasser les œufs ! »

Comme ils ne bougeaient toujours pas, je les plantai là, leurs regards rivés sur les Barshinski qui s'éloignaient de plus en plus, tandis que les martinets poussaient des cris en s'élevant dans le ciel.

Quand on est enfant, on s'imagine qu'on changera du tout au tout lorsqu'on aura grandi. De la chrysalide que je suis actuellement, émergera à tout le moins un papillon blanc et, si j'ai de la chance, une splendide libellule. Il n'en est rien. Même s'il arrive qu'on assiste parfois à d'extraordinaires métamorphoses, ce qu'on est enfant, on le reste toute sa vie. Les gosses avides et égoïstes deviennent des adultes avides et égoïstes, encore que l'éducation parvienne un temps à faire illusion. De la même façon, notre avenir est en nous, déterminé par notre nature, les choses que nous aimons ou non. Quand, à présent, je me reporte à cet été, je me rends compte que ce que nous étions et ce qu'étaient les Barshinski dessinaient déjà ce que serait le reste de nos existences. Tout ce qui se produisit cet été-là constituait un microcosme des années qui allaient suivre.

En ramassant les œufs, je pensais à l'homme avec les boutons d'or autour de son chapeau et à la femme poussant la charrette à bras. Évoquant les mains de Grand-père Willoughby, tout abîmées, j'aspirais à grandir dans un monde où les haies fleuries et le vol des martinets ne constitueraient qu'un avant-goût des choses merveilleuses qui m'attendaient.

Mais, à retourner tout ça dans ma tête j'avais lambiné en ramassant les œufs, et je me rendis compte que j'allais être en retard pour le thé. Quand je regagnai la maison, Lillian et Edwin, lavés et peignés, étaient déjà assis à leur place. Mère tenait par-dessus tout à ce que l'on soit bien propre pour les repas.

« Où étais-tu donc, Sophie ? Oh ! tes mains ! Va les laver tout de suite.

— J'ai ramassé les œufs.

— Tu aurais dû commencer plus tôt afin d'avoir le temps de te laver les mains. »

Je foudroyai du regard les deux autres, qui affectaient un air compassé. Un coup d'œil à ma mère suffit à me convaincre qu'il eût été mal venu de chercher à me justifier. Il faisait chaud, c'était le jour où elle boulangeait et elle était visiblement harassée. Le mieux était donc de ne pas piper. J'allai me laver les mains dans la souillarde, où je décochai un coup de pied à un sac de grains. Je m'imaginais que ce sac était la tête d'Edwin et ça me détendit les nerfs.

« Que le Seigneur nous emplisse de reconnaissance pour la nourriture que nous allons recevoir », pria mon père, et, avant même d'avoir dit « Amen », ma mère se saisit de la théière.

J'avais un sentiment mitigé en ce qui concernait les jours où l'on boulangeait. Le pain était tout frais, chaud et croustillant. Son odeur vous rendait heureux, mais vous n'arriviez à le tartiner que si vous aviez un gros morceau de croûte. Faute de quoi, on ne pouvait qu'y déposer le beurre en bloc et attendre qu'il fonde.

« Ne mets pas ton beurre comme ça, Sophie. Si Lillian réussit à tartiner le sien, tu dois pouvoir en faire autant.

— Lillian a de la croûte...

— Ne discute pas ! »

Voilà pourquoi j'éprouvais un sentiment mitigé les jours où l'on boulangeait. Le pain était bon, mais exécrable l'humeur de ma mère. Elle n'aimait pas faire la cuisine. Ayant été première femme de chambre à White House avant de se marier avec Papa, elle n'avait jamais pu s'habituer à devoir cuisiner pour toute une famille. En été c'était pire, car la chaleur du fourneau s'ajoutait à celle du soleil. Or, bien qu'elle détestât cela, Mère faisait de la très bonne cuisine. Le pain, les cakes, les gâteaux au gingembre ou autres, tout sortait du four exactement à point. Et, à chaque miche de pain, à chaque fournée de gâteaux, la mauvaise humeur de Mère s'aggravait.

« Ne fais pas de bruit quand tu bois ton thé, Sophie ! Et tiens-toi droite : ton menton touche presque la table ! »

Je commençai à me juger persécutée, ce qui était assez courant les jours où Mère boulangeait. Nerveusement, je tendis la main pour prendre une autre tranche de pain... Je me rappelle combien il était bon le jour où arrivèrent les Barshinski.

« Non mais, regarde un peu tes ongles, Sophie ! Quand cesseras-tu de les ronger ? Je vais finir par les enduire d'aloès pour te guérir de cette mauvaise habitude... Et demande à Lillian de te passer le beurre, au lieu de te coucher comme ça sur la table ! »

Je me sentais sur le point d'éclater lorsque mon frère me gratifia d'un léger coup de pied. Quand je le regardai, il me fit un clin d'œil que, fort heureusement, Mère ne vit pas ; et elle ouvrait la bouche pour me reprocher encore autre chose, lorsque Edwin lança vivement :

« Papa, je crois que j'ai vu le nouveau vacher. Il traversait le pré de Tyler avec tout son fourbi entassé sur une charrette à bras.

— Alors c'était sûrement lui.

— Où vont-ils habiter, Papa ? »

Père ne répondit pas tout de suite. Il prit le temps de beurrer son pain et de boire, pendant que nous attendions. Père était ainsi ; mais s'il mettait longtemps à répondre, ce n'était jamais sans raison. Parfois c'était qu'il réfléchissait, d'autres fois qu'il voulait nous ménager une surprise... ou un choc. Alors que nous ne prêtions jamais grand intérêt aux déclarations de Mère, nous demeurions toujours pleins d'attention durant les longues pauses de notre père.

« Ils vont s'installer tout à côté. Dans la vieille Maison du Hibou. »

Un silence pétrifié s'établit autour de la table. Mère regarda son mari tandis que la bouche ronde de Lillian laissait échapper une exclamation horrifiée.

« Le cottage ne sera pas libre avant la Saint-Michel, poursuivit Papa. M. Hayward l'a dit à ce type quand il l'a engagé, mais l'autre lui a répondu que ça n'avait pas d'importance, du moment que M. Hayward pouvait lui dénicher un endroit où vivre. M. Hayward lui a alors expliqué qu'il pouvait avoir le vieux cottage de Dent pour quatre shillings par semaine, ou la Maison du Hibou pour rien. Le gars a choisi la Maison du Hibou. »

Notre silence persista. Je devinai que Mère éprouvait un sentiment de décence outragée. Que quelqu'un acceptât de vivre dans un endroit comme la Maison du Hibou était déjà assez mal en soi ; mais, comme c'était juste à côté de chez nous, la respectabilité de Mère en était douloureusement affectée. Tandis que Lillian savourait une sorte de délicieux effroi, Edwin et moi étions quelque peu furieux que notre terrain de jeux favori se trouvât désormais légitimement occupé. Ce fut finalement Mère qui rompit le silence :

« *Personne* ne peut vivre dans la Maison du Hibou, et surtout pas une femme avec des enfants ! glapit-elle. Cet homme a-t-il seulement vu quel endroit c'était ? Et sa femme, l'a-t-elle vu ?

— Je n'en sais rien, Maud, répondit posément Papa. Si ça ne va pas, le cottage de Dent est toujours libre... à condition de payer quatre shillings par semaine. »

Mère rabattit le couvercle de la théière, remua bruyamment la bouilloire, poussa une assiette vers la droite, puis vers la gauche.

« Les pièces n'ont pas de porte. Y a pas de cabinets. Le plancher est tout démoli. Et la pompe la plus proche, c'est celle en haut du pré de Tyler.

— A moins qu'ils ne se servent de la nôtre, Maud.

— Je veux savoir de quel genre de personnes il s'agit avant de leur donner libre accès à ma souillarde.

— Ce sont des bohémiens, Maman », dit alors Lillian.

Remise du choc, elle commençait à éprouver une certaine excitation.

« Les gosses étaient nu-pieds et leur mobilier tout déglingué. Ils n'avaient même pas une bâche pour le couvrir. »

Lillian coupa sa tartine beurrée en quartiers, qu'elle mangea délicatement avec les belles mains de Grand-mère Cobham.

« Non, ce ne sont pas des bohémiens ! protestai-je, soudain furieuse contre ma sœur. Du moins pas la femme. Elle est... quelconque, c'est tout.

— Elle poussait la charrette, comme font les bohémiennes », rétorqua Lillian.

Mère se redressa, le dos bien droit, et pinça les lèvres avant de déclarer :

« Eh bien, quoi qu'ils puissent être, nous n'aurons rien à faire avec eux. Je veux bien qu'il faille se montrer obligeant envers son prochain, mais il y a au village suffisamment de malheureux à secourir, sans qu'on attire ici des gens dépenaillés qui auront sûrement vite fait de tordre le cou à nos poules !

— Je prendrais bien une tranche de gâteau au carvi, Maud, quand tu voudras », dit Papa.

Mère, les joues en feu, coupa et fit passer. Chacun se taisait, pensant à ces gens dans la Maison du Hibou. Je ne me rappelais pas avoir jamais vu quelqu'un l'habiter, mais Papa disait que, lorsqu'il était enfant, une vieille femme vivait là, qui élevait des furets. A présent, dans cette maison en ruine, il n'y avait plus que des hiboux et des couleuvres. Elle était environnée de vieux pommiers émergeant d'orties géantes. Edwin et moi avions l'habitude d'y aller jouer quand il pleuvait, les jours de lessive ou de cuisson du pain. C'était un endroit merveilleux pour s'amuser. De l'extérieur, la maison apparaissait comme un amoncellement de toits, de cheminées et de fenêtres, tous à des niveaux différents. Les toits — il y en avait neuf — étaient de tuiles rouges recouvertes de mousse. La plupart des fenêtres étaient démolies, elles avaient des formes insolites, les unes en arche, telles des fenêtres d'église, d'autres carrées avec des vitres à losanges. Comme l'avait souligné Mère, les pièces n'avaient pas de porte, chacune ouvrant directement sur celle qui lui était contiguë, et, en outre, il n'y en avait pas deux au même niveau. La salle où l'on entrait comportait un escalier de briques donnant accès à une pièce étroite mais très haute, avec deux fenêtres, l'une au-dessus de l'autre. De là, une volée de marches conduisait à la cuisine, et il fallait en descendre une autre pour atteindre une souillarde humide, où il n'y avait pas l'eau, une grande auge de pierre qui occupait l'une des parois. Et tout à l'avenant... Bref, un endroit merveilleux pour jouer à se faire peur : on ne savait jamais ce qui pouvait surgir d'une embrasure de porte ou dévaler un escalier à pic.

« Eh bien, dit Papa en repoussant son assiette, voilà qui était un excellent thé, Maud. J'aimerais que tout le monde au village en ait eu un aussi bon. »

Mère ne répondit pas, empilant les assiettes avec bruit.

« Il me serait pénible de penser qu'une femme avec des enfants puisse aller dormir en ayant faim... et sans que quelqu'un lui ait dit où se trouvait la pompe la plus proche. »

Mère fit encore plus de bruit avec les assiettes.

« Nous avons toujours été une famille heureuse, continua Papa dont les yeux bleus s'étaient légèrement étrécis, et je ne voudrais pas que nous puissions nous croire au-dessus de gens que n'ont pas notre chance. »

Se levant alors de table, il mit sa casquette et sortit pour retourner à la ferme. Edwin s'en fut dans la souillarde chercher la bassine de la soupe aux cochons qu'il mit à chauffer sur le trépied placé à l'extérieur de la maison. Moi, je rejoignis Mère dans la cuisine, en me doutant vaguement de ce qui allait suivre.

« Sophie, dès que tu auras fait la vaisselle, tu iras à côté dire à cette femme où se trouve la pompe la plus proche en lui précisant que, pour ce soir, elle peut venir chercher de l'eau ici. Tu lui demanderas si elle a besoin de quelque chose, sans insister, juste par politesse. Et tu lui porteras ça... »

Tout en parlant, elle avait garni son panier à provisions : il y avait là une miche de pain, une douzaine d'œufs, du beurre dans une tasse sans anse (« parce que ça m'étonnerait que je la récupère »), un pot de confiture et du thé dans un cornet en papier, un seau de lait s'ajoutant au tout.

« Et ne reste pas trop longtemps : je sais comme tu aimes bavarder avec les gens. Tu vides le panier et tu me le rapportes.

— M'man, j' peux y aller aussi ? » demanda Lillian.

Mère hésita. Que sa Lillian, si soignée, si nette, aille dans une maison pareille, c'était presque aussi mal à ses yeux que d'y aller elle-même.

« Oh ! dis oui, M'man... Tu sais bien comment est Sophie... Elle y passera la soirée et reviendra sans le panier. Et puis, elle te dira pas vraiment les gens que c'est, elle te parlera de la couleur de leurs yeux ou d'idioties comme ça.

— Bon, d'accord. Mais finissez d'abord toutes les deux ce que vous avez à faire. »

Moi, c'était faire la vaisselle et ensuite remplir les grandes bouilloires pour le lendemain matin. Mère ayant boulangé, il y avait beaucoup plus de choses à laver que d'ordinaire. A Lillian, revenait le ravaudage. Elle était dispensée des gros travaux, à cause de son aptitude à « tenir l'aiguille ». Elle avait quatorze ans et quitterait l'école en juillet. Alors — ce qui la faisait jalouser par toutes les filles de la classe — elle entrerait comme apprentie chez Miss Clark, la couturière. Pour cela, il fallait payer, et, depuis des années, Mère économisait dans ce but. Aussi l'acceptation de Lillian par Miss Clark était-elle pour Mère le couronnement de son existence. Quelqu'un de la famille allait gravir un échelon, et, dans un petit village comme le nôtre, ce n'était pas souvent qu'on en avait l'occasion. Si vous étiez une fille, il n'y avait que deux débouchés : la fabrique de conserves quand on était une

« rustaude », ou se placer dans une famille quand on ne l'était pas. Lillian était parvenue à s'affranchir de cette alternative grâce à l'élégance naturelle qu'il fallait bien lui reconnaître : elle était grande, comme Mère et Grand-mère Cobham, et avait toujours un extrême souci de son apparence, même pour faire quelque chose de très ordinaire : par exemple, aller chercher le lait. Elle acheva une reprise et, quand nous fûmes prêtes à partir, elle avait non seulement ôté son tablier mais enroulé ses nattes autour de sa tête en une épaisse couronne blonde. Du coup, elle semblait adulte. C'était Miss Lillian Willoughby, la fille aînée de la maison, s'en allant faire une visite de bon voisinage.

« Je me charge du panier, dit-elle. Prends le seau de lait. »

Il y avait deux chemins pour se rendre à la Maison du Hibou. Celui qu'Edwin et moi empruntions en passant par le trou de la haie, puis en traversant ensuite le jardin retourné à l'état sauvage, ou alors le plus long : sortant par la porte de derrière, nous traversions notre cour, suivions l'allée de briques menant à la porte de devant — que l'on n'ouvrait jamais — jusqu'à la route ; là, nous tournions à droite, marchions durant une trentaine de mètres, franchissions la grille de la Maison du Hibou et gagnions la porte de cette dernière à travers le jardin.

« Étant donné que nous allons en visite, nous faisons le grand tour », décréta Lillian.

Je peinais derrière elle à tenir le seau de façon qu'il ne cogne pas contre mes genoux. Lorsque j'avais vu quelle belle allure avait Lillian, j'avais été tentée de retirer moi aussi mon tablier ; mais, quand nous arrivâmes à la grille de la Maison du Hibou, je fus bien aise de ne pas l'avoir fait car mon tablier et mes chaussures étaient tout éclaboussés de lait.

Nous frappâmes à ce qui paraissait être la porte de devant — car, dans une maison si bizarrement construite, les apparences ne prouvaient rien — et ne fûmes pas étonnées que personne ne vienne ouvrir. En effet, une autre bizarrerie de la Maison du Hibou était que le son s'y comportait de façon étrange : en dépit de l'absence de portes, il y avait des pièces où l'on n'entendait absolument rien. Finalement, nous ouvrîmes la porte et gravîmes l'escalier de briques pour accéder à la salle haute, puis descendre ensuite à la cuisine. Je dis « cuisine » parce qu'il y avait deux rebords dans le mur tenant lieu d'étagères et une cheminée à crémaillère, mais c'était tout : ni buffet ni garde-manger.

Assise sur une des chaises, la femme était là, tête appuyée contre le mur, le visage grisâtre et le front couvert de sueur. Le garçon qui s'était montré si grossier avec moi allumait du feu dans l'âtre, tandis que la petite fille — que j'avais vue porter le vase de nuit — était occupée à déballer d'un panier des casseroles et de la vaisselle qu'elle posait sur l'une des étagères. Manquaient à l'appel le grand homme brun et la fille qui faisait penser à un chat.

Portant une main à sa bouche, Lillian toussota discrètement.

« Excusez-moi, dit-elle de sa voix de demoiselle comme il faut, nous habitons la maison voisine. Je suis Lillian Willoughby et voici ma petite sœur, Sophie. »

La femme ouvrit les yeux, le garçon et la fille se détournèrent de leurs occupations.

« Comme vous venez tout juste d'arriver, Maman a cru bon de vous faire porter différentes choses... »

Tout en parlant, Lillian regardait autour d'elle, jaugeant la vaisselle et le degré de propreté de tout ce qui l'environnait.

« Elle a pensé aussi que vous ne sauriez sans doute pas où se trouve la pompe, continua-t-elle aimablement. Elle est en haut du pré et vous pouvez y accéder en passant par le trou de la haie au fond de votre jardin.

— Toutefois vous pouvez vous servir de notre pompe, ajoutai-je vivement.

— Mais juste pour ce soir. »

La femme se leva, en cherchant machinalement à mettre de l'ordre dans ses cheveux d'un blond délavé. Rougissant légèrement, elle dit avec un rien de raideur :

« C'est très gentil à vous, mais nous pouvons nous débrouiller... »

Contre toute attente, elle parlait d'une voix douce de femme bien élevée. Comme nous tous, elle avait l'accent du Kent, mais elle s'exprimait bien, eût dit Mère. Elle parlait comme une fille de la campagne, qui aurait été à l'école, puis en service dans une bonne maison. Qu'une femme ayant l'air d'une bohémienne parlât ainsi ne laissait pas de surprendre. Elle frotta ses mains contre sa robe d'un gris indécis.

« Je suis Mme Barshinski, dit-elle. Et voici Ivan, ainsi que Daisy May. »

Barshinski ! Jamais nous n'avions entendu un nom pareil ! Pas plus qu'Ivan, d'ailleurs. Il n'y avait aucun Ivan au village... En revanche, bien sûr, les Daisy et les May abondaient... Mais quand même : Daisy May Barshinski...

Daisy May débarrassa vivement Lillian du panier, comme si elle craignait de la voir se raviser.

« Nous désirons le remporter », l'avertit aussitôt Lillian.

Daisy May entreprit alors de vider le panier et l'attention des trois Barshinski se riva sur lui. La dernière chose qu'y prirent les mains de Daisy May fut la miche de pain, encore chaude et odorante, qui embauma la pièce.

« Votre mère est vraiment très aimable, dit enfin Mme Barshinski. Remerciez-la bien... Une si charmante attention.

— Mère a cuit le pain aujourd'hui et on a du mal à le couper quand il est tout frais... Oh ! la tasse n'a pas d'anse... Mère n'a pas dû s'en apercevoir, sans quoi elle l'aurait jetée... Mais le beurre est battu d'hier et nous avons ramassé les œufs ce soir, juste avant le thé...

— Non, pas toi. Moi toute seule ! »

Lillian fit mine de ne pas entendre, mais je vis son cou s'empourprer tandis que je posais le seau avec ce qu'il y restait de lait.

« Peut-être aimeriez-vous venir jusqu'à la maison chercher de l'eau ? » proposa ma sœur.

Cessant de regarder le pain, le garçon tourna les yeux vers elle. Il était nettement plus petit que Lillian, mais la façon dont il la dévisagea me fit presque lui pardonner de s'être montré grossier avec moi.

« Non, merci, dit-il. Nous saurons trouver la pompe en haut du pré. »

Il continua de regarder fixement Lillian qui, devenant écarlate, se tourna vers Mme Barshinski, plus malléable.

« S'il y a quoi que ce soit dont vous ayez besoin, n'hésitez surtout pas à venir nous le demander. Mère pourra peut-être même vous prêter certaines choses... »

Son regard s'attarda sur les quelques casseroles et pots, le peu de vaisselle, avant de s'arrêter sur une toile de matelas, à demi remplie d'herbe.

« Nous avons dans l'appentis tout ce qui nous vient de ma grand-mère. S'il vous faut de quoi vous coucher, ça pourrait sûrement s'arranger. »

Je me sentis horriblement gênée de l'entendre parler ainsi et je n'aspirais plus qu'à m'en aller.

« Nous n'avons besoin de rien, merci, dit le garçon. Le reste de nos affaires doit arriver plus tard. Nous avons juste apporté le strict nécessaire, n'est-ce pas, Daisy ?

— Oui, c'est exact », confirma sa sœur.

Debout côte à côte, ils formaient une sorte de rempart entre leur mère et nous. Je tirai Lillian par sa robe tout en amorçant un recul vers les marches.

« Bon, dans ce cas, je m'en vais, dit ma sœur d'un ton glacial. Il faut que je prenne ma leçon d'harmonium. Viens, Sophie. »

Elle me précéda dans l'escalier et fut hors de la maison avant même que j'eusse quitté la cuisine. Parvenue en haut des marches, je me retournai, cherchant quelque chose d'aimable à dire, une parole montrant que nous ne nous jugions pas différents d'eux. Je regrettai aussitôt mon geste, car Mme Barshinski tenait un des œufs dans sa main et le regardait comme si c'eût été une pièce d'or.

« Oh ! Daisy, dit-elle à mi-voix, tous ces œufs, ce beurre, ce lait... »

« Ils ne valent pas mieux que des bohémiens ! décréta Lillian avec humeur tandis que nous nous frayions un chemin au milieu des hautes herbes. Cette gamine... mal élevée... Et le garçon, as-tu vu comme il me regardait ? Lui qui n'a même pas de chaussures et dont le pantalon est si troué qu'on lui voit le derrière !

— Je dirai à Maman que tu as parlé de son derrière ! »

Lillian se contenta de hausser les épaules et pressa le pas. Je la laissai me distancer, puis regardai la Maison du Hibou dans le soir qui tombait. Çà et là, il y avait des grappes de fleurs sur les vieux pommiers. Ils ne donneraient pas de fruits, car je n'avais pas souvenance qu'ils l'aient fait, mais ils formaient un joli tableau sur fond de ciel. Jamais encore je n'avais été frappée par l'aspect mystérieux de la Maison du Hibou. On l'imaginait très bien habitée par un magicien, un enchanteur... Le ciel virait du rouge au violet et je me demandais ce que je ferais si un magicien ou quelque noir chevalier à la visière baissée surgissait de derrière la maison... Au lieu d'un magicien ou d'un chevalier, ce fut Ivan Barshinski qui survint, un seau à la main. Il marqua un temps d'arrêt, puis se tourna vers le fond du jardin.

« Veux-tu que je te montre où c'est ?

— Non, merci. Je saurai trouver. »

Il avait le teint jaune, un drôle de nez camus, des cheveux

aussi noirs que ceux de son père et de la fille aux airs de chatte, avec des yeux pareillement obliques.

« Il commence à faire nuit... Tu risques de ne pas la voir. »

Comme il ne répondit rien, j'estimai pouvoir considérer qu'il ne voyait pas d'objection à ce que je l'accompagne. Nous nous faufilâmes par le trou de la haie, puis entreprîmes de gravir la pente du pré. Il faisait franchement nuit quand nous arrivâmes en haut et l'on distinguait à peine la pompe.

« Si on ne fait pas attention, l'eau arrive en trombe... Tiens le seau, je vais pomper. »

Il ne dit toujours rien, mais plaça le seau sous le dégorgeoir et j'actionnai la pompe. Fut-ce parce qu'il faisait noir ou bien parce que je me sentais nerveuse, toujours est-il que je pompai trop fort et l'eau jaillit brusquement en l'aspergeant. Il lâcha le seau et recula d'un bond en me criant :

« Sale cochonne ! Tu l'as fait exprès ! »

Je demeurai d'abord muette de saisissement, à l'idée que quelqu'un pût se montrer aussi grossier, fût-ce un va-nu-pieds comme Ivan Barshinski. Mais je me ressaisis vite et la fureur s'empara de moi. Depuis que Lillian avait joué à la Bonne Dame du Château avec Mme Barshinski, j'éprouvais un sentiment de malaise qui, du coup, disparut complètement.

« C'est bien fait pour toi ! Ça t'apprendra à parler de ma culotte comme tu l'as fait, espèce de sale bohémien ! »

En dépit de ma mauvaise manœuvre, une partie de l'eau était quand même allée dans le seau et Ivan Barshinski me la jeta.

Je reçus presque tout en pleine figure, au point que j'en eus le souffle coupé, me mettant à tousser et postillonner. Loin d'être agressive, je suis plutôt d'un naturel craintif, toujours prête à prendre la fuite. Mais les Barshinski m'avaient transformée... A cause d'eux, je me sentais malheureuse, sans arriver à déterminer pour quelle raison... C'était dû à l'odeur du pain chaud et à mes ongles rongés... A Mme Barshinski poussant cette charrette bien qu'elle ne fût pas une bohémienne... A Lillian qui était si belle et en même temps si méchante... A la douceur de ce soir de mai et à un désir qui était en moi, un désir de je ne savais quoi...

Comme Ivan Barshinski ricanait en m'aspergeant avec le peu d'eau restant au fond du seau, la colère me fit foncer tête baissée.

A la façon d'un boutoir, je l'atteignis en pleine poitrine et, bien qu'il fût plus grand que moi, le choc lui fit perdre l'équilibre. Nous roulâmes tous deux par terre, en nous décochant coups de poings et de pieds.

Mais, solide et costaud, il avait treize ans alors que j'en avais seulement onze et étais petite pour mon âge. J'avais aussi de longues nattes, ce que j'avais toujours considéré comme un handicap injuste lorsque j'étais acculée à me battre. Je me retrouvai vite à plat ventre tandis qu'Ivan Barshinski pesait du genou sur mon dos en me tirant par les cheveux. C'était atrocement douloureux et j'avais l'impression que les yeux allaient me jaillir des orbites. Je me mis à haïr Ivan Barshinski, le traitant de tous les noms qui pouvaient le blesser. Il tira plus fort sur mes nattes, enfonçant son genou au creux de mon dos.

« Dis pardon !

— Non !

— Dis pardon ! » répéta-t-il en tirant plus fort sur ma pauvre tête.

La douleur était telle que j'étais sur le point de me soumettre lorsque je fus sauvée in extremis. Je crois n'avoir jamais encore été aussi heureuse d'entendre la voix de mon père.

« Eh bien, Sophie ! Je me demande ce que va dire ta mère quand elle verra dans quel état tu t'es mise. Elle ne sera sûrement pas contente ! »

La pression contre mon dos avait cessé et on ne tirait plus mes nattes. Quand je parvins à me remettre debout, je vis qu'Ivan Barshinski avait dû s'éloigner d'un bond, et nous regardait mon père et moi.

« Qu'est-ce que tu fabriquais là, dans le noir ?

— Je lui montrais comment faire marcher la pompe.

— Mmm... », fit mon père qui eut une moue, hocha la tête et puis dit en regardant le ciel étoilé : « Tu es le fils du nouveau vacher, n'est-ce pas ? Le petit Barshinski ? »

Ivan ne répondit pas. A la clarté des étoiles, il me faisait penser à un animal aux abois. Je voyais le blanc de ses yeux aller d'un côté à l'autre. Tout en sachant que j'allais sûrement écoper lorsque je rentrerais à la maison, j'éprouvais pour lui un sentiment de pitié. Il était visiblement effrayé et ses vêtements étaient aussi trempés que les miens... Seulement, lui, il n'avait pas un bon lit de plumes, avec des draps et des couvertures dans lequel se coucher ensuite. J'avais Papa et toute une atmosphère familière, où les réprimandes et les taloches de Mère, les jours où elle boulangeait, apparaissaient presque comme un réconfort. Tandis que, lui, j'avais vu ce qui l'attendait.

« Nous sommes tombés, Papa, dis-je d'un ton boudeur. La pompe nous a aspergés et nous sommes tombés dans la boue.

— J'aime mieux t'entendre dire ça, déclara mon père d'une voix grave. Allez, maintenant tenez le seau entre vous deux pendant que je le remplis. Comme ça, vous ne risquerez plus de vous asperger et de glisser dans la boue. »

Côte à côte, sans prononcer une parole, nous présentâmes le seau sous le dégorgeoir pendant que Papa le remplissait. Puis il nous le prit des mains et se mit en marche vers la haie des Barshinski.

« Je peux le porter », dit alors le garçon avec entêtement.

Papa n'hésita pas une seconde. Il lui passa aussitôt le seau et s'éloigna dans la nuit en me recommandant :

« Ne tarde pas trop, Sophie. »

Ivan et moi rebroussâmes chemin en silence. Quand nous atteignîmes la haie, j'en écartai les branches pour qu'il puisse passer sans renverser de l'eau.

« Merci », dit-il lorsqu'il fut de l'autre côté. Et comme si le fait d'entendre sa propre voix rompre le silence l'incitait à me rudoyer de nouveau, il poursuivit : « Quand je vous ai vus tous les trois nous regarder de haut de cet échalier, j'ai tout de suite pensé que vous deviez être une bande de crâneurs et je m'étais pas trompé. Vous vous croyez supérieurs aux autres, hein ? Eh bien, ta sœur n'est qu'une pimbêche et toi, tu m'as fait voir ta culotte ! »

C'était dur à avaler. Néanmoins je ne réagis pas, car je le revoyais tel qu'il était près de la pompe, terrifié par mon père, parce que c'était un adulte, et qui non seulement était de mon côté mais représentait l'ordre établi. Je comprenais qu'Ivan Barshinski n'avait personne pour le défendre... L'ordre, la respectabilité, les lois, constituaient pour lui autant de menaces. Et je comprenais aussi que le panier de victuailles, qui leur était si nécessaire, avait été ressenti par lui comme une humiliation. Il en avait été de même quand je m'étais offerte à lui montrer où était la pompe... Tout comme le fait que mon père l'eût aidé au lieu de le menacer. Il nous était obligé, et c'est ce qu'il ne pouvait endurer.

« Lillian est une pimbêche », répétai-je, en me demandant si le ciel n'allait pas s'entrouvrir et Dieu me frapper de Sa foudre pour un tel manquement à la solidarité familiale.

Il m'arrivait souvent de ne guère aimer ma sœur, mais la critiquer avec mon frère Edwin était une chose, c'en était une autre, bien différente, que la traiter de pimbêche pour complaire à cet étrange garçon.

« Elle est l'aînée et la plus jolie — elle tient ça des Cobham — en outre, elle est toujours très soignée, très élégante, et les travaux d'aiguille n'ont pas de secrets pour elle. Comme elle est la préférée de Mère, je pense que ça lui donne un peu la folie des grandeurs. »

J'avais lu cette expression dans un livre et j'avais demandé sa signification à Miss Thurston. L'explication m'avait ravie, car c'était tout à fait ce que j'imaginais. Après, plusieurs semaines durant, je n'avais cessé de répéter ces mots à propos de Lillian, de Mère, de Mme King... et même de Lady Audley, qui était la vache la plus primée du troupeau de M. Hayward. A force de m'entendre, Papa avait fini par ne plus vouloir qu'on use de cette expression à la maison. Mais cette fois j'avais une oreille vierge, et jamais les circonstances n'avaient mieux justifié que je parle de « folie des grandeurs ».

« Dans ce cas, je m'en vais, singea Ivan Barshinski. Il faut que je prenne ma leçon d'harmonium ! »

Là, je trouvai qu'il passait la limite. Il y a quelque chose de particulièrement offensant à ridiculiser la façon dont parlent les gens, et se moquer ainsi de Lillian c'était aussi se moquer de moi.

« Ha, ha ! Très drôle ! » lui lançai-je d'un ton expressif.

Daisy May nous attendait devant la porte de la Maison du Hibou.

« Tu en as mis du temps ! Maman a besoin de l'eau pour le thé. »

Elle prit alors conscience que nous étions trempés, échevelés, couverts de boue, rouges de colère. Regardant ma robe et mon tablier, elle dit :

« Eh bien, tu es dans un drôle d'état ! Est-ce que tu ne vas pas te faire attraper chez toi ? »

Voilà que soudain la balance des privilèges penchait du côté d'Ivan Barshinski. Je lui jetai un coup d'œil, puis regardai mes vêtements. De toute évidence, personne ne se soucierait le moins du monde de son apparence à lui, tandis que moi ! Les éclaboussures de lait m'auraient déjà valu de sévères remontrances, à présent j'étais trempée, avec de la boue jusque dans les cheveux et — comble de l'horreur — je sentis quelque chose de chaud dans mes narines.

« Est-ce que je saigne du nez ? » demandai-je.

Le « Oui ! » qu'ils me répondirent à l'unisson m'apprit que des taches de sang allaient s'ajouter à ma collection.

« Cette fois, pensai-je, Mère va comprendre que je me suis battue, et c'est une chose qu'elle ne me pardonnera pas. Le lait et la boue, ça n'était déjà pas rien, mais si maintenant je saigne du nez... »

Mon désespoir éclipsa le bref sentiment de pitié que j'avais éprouvé à l'égard d'Ivan Barshinski. Il me fallait remonter leur jardin, me faufiler à travers la haie et entrer dans notre cuisine... Fermant les yeux, il me sembla déjà voir le visage de Mère passant de la stupeur à une colère indignée. Je rouvris vivement les yeux, préférant ne pas imaginer ce qui s'ensuivrait.

« Je voudrais n'être jamais venue, dis-je d'une voix sourde.

— Attends là ! »

Daisy May se précipita à l'intérieur de la maison, d'où elle ressortit quelques instants plus tard avec le pot de chambre.

« Verse un peu d'eau là-dedans, dit-elle à son frère. Pas trop, car il nous faut l'économiser si la pompe est tellement loin. »

Quand il eut versé un peu d'eau, elle me tendit un morceau de serviette en disant :

« Lave-toi le visage. Je t'ai aussi apporté mon peigne. Si tu refais tes nattes et que tu as le visage lavé, ça n'aura pas le même effet. Tu donneras l'impression d'être simplement tombée par terre. »

Je ne m'étais encore jamais lavée dans un pot de chambre et, l'espace d'un instant, je sentis mon estomac se révolter devant cette perspective car je doutais fort que celui des Barshinski fût aussi soigneusement récuré que les nôtres.

« Dépêche-toi ! me pressa Daisy May. Le sang risque de goutter sur ton tablier ! »

Grand-mère Cobham se retourna dans sa tombe, mais je fis usage du bout de serviette et du pot de chambre pour me laver la figure. Comme le sang se mettait à couler davantage, je plaquai le linge sous mon nez. Oh ! mon Dieu, faites que ça s'arrête de saigner ! implorai-je, car Daisy May avait raison. Si je donnais l'impression d'être tombée en glissant près de la pompe, je m'en tirerais avec une taloche. Mais si je revenais toute décoiffée et les vêtements tachés de sang, Mère comprendrait qu'il s'agissait d'autre chose.

Tandis que je me penchais au-dessus du pot pour rincer le linge, je sentis Daisy May défaire une de mes nattes. Elle s'y prenait avec douceur, tout en faisant vite et bien... Puis, à ma vive surprise, quelqu'un s'attaqua simultanément à l'autre natte, avec autant de promptitude et d'efficacité.

« Coiffe d'abord ton côté, Daisy, puis tu me passeras le peigne », dit Ivan Barshinski.

Comme un attelage discipliné, ou encore comme mon père et M. Hayward quand ils trayaient quarante vaches à eux seuls, le frère et la sœur défirent mes nattes, les peignèrent, les tressèrent de nouveau.

« Ça s'est arrêté de saigner ? » s'enquit Daisy May avec intérêt.

Ivan me renversa la tête et je crus qu'il allait recommencer à me malmener, mais il cherchait simplement à arrêter le sang. Il pressa le linge mouillé sous mes narines afin que je ne risque pas d'avoir du sang sur mes vêtements, puis il finit par l'entortiller autour de deux de ses doigts qu'il m'enfonça dans le nez, tels des bouchons. Et, sous la froide clarté de la lune, on n'entendit plus que moi respirer bruyamment par la bouche.

« Vaut mieux que je rentre tout ça », dit Daisy May, qui gagna l'intérieur de la maison en portant le seau d'eau et le pot de chambre, tandis que son frère et moi restions tête à tête.

Ses doigts enfoncés dans mes narines, il déclara, en semblant renouer une conversation interrompue :

« Tu n'es pas jolie, mais au moins t'es pas pimbêche.

— Merci.

— Je crois que ça ne saigne plus.

Retirant vivement ses doigts, il m'essuya la bouche avec le linge, puis entreprit de brosser le dos de ma robe, d'ôter des brins d'herbe qui y étaient attachés. En y repensant par la suite, je me dis combien il était curieux que ce soit deux gosses aux pieds nus, sales, en haillons et n'ayant aucun souci de leur apparence, qui se fussent employés avec tant de soin à me rendre de nouveau présentable. Ils semblaient se plier ainsi aux rites d'une tribu autre que la leur, pour bien montrer qu'ils étaient capables de les assimiler lorsque l'occasion leur en était offerte.

Quand je fis mon entrée dans la souillarde, ce fut l'explosion. Avant tout Mère s'assura que je n'avais rien, car elle était bonne mère même avec moi, le plus exaspérant de ses enfants ; puis elle se déchaîna. Elle ne me gifla pas — ce qui fut une bonne chose, vu l'état de mon nez — mais me traîna vers l'évier, m'arracha mon tablier qu'elle jeta dans un seau, avant de tirer ma robe par-dessus ma tête tout en criant : « Papa !

Edwin ! N'entrez pas ! Cette enfant est dans un état ! Voilà ce que c'est que de frayer avec ces va-nu-pieds d'à côté ! Oh ! ton jupon est plein de boue... Et tes bas ! »

Quand je ne fus plus qu'en flanelle et culotte, elle cria : « Papa ! Donne-moi la grande bouilloire ! » Mon père s'exécuta pudiquement, en passant le bras dans l'entrebâillement de la porte.

« Bon, ma fille, tu vas te laver de la tête aux pieds, puis tu iras au lit.

— Mais Edwin et Lillian sont encore... »

Quel besoin avais-je eu de parler ! Cette fois, les tapes plurent sur mes épaules, tandis que ma mère se soulageait de toute l'exaspération accumulée en elle au cours de cette journée du pain. En accompagnement, j'entendais Lillian faire ses exercices sur le vieil harmonium. Quand Mère se fut enfin calmée, je me retrouvai avec la bouilloire, des serviettes et un gros morceau de savon de ménage. Un moment plus tard, la porte se rouvrit et Mère jeta ma chemise de nuit sur une chaise.

Quand je pus enfin gagner la cuisine, j'y trouvai Papa lisant la Bible, et Mère qui, le visage fermé, astiquait l'argenterie. D'ordinaire, à pareille heure, elle s'arrêtait de travailler pour lire avec Papa, ou simplement s'asseoir près du fourneau en buvant du thé. Mais, ce soir, elle semblait vouloir en faire plus que jamais, pour nous démontrer que c'était par le travail que nous arriverions à nous élever au-dessus des autres en dépit de nous-mêmes.

« Bonne nuit, Papa.

— Bonne nuit, ma fille. »

Je marquai un temps, puis m'approchai de ma mère.

« Bonne nuit, Maman. »

Elle me tendit la joue d'un air renfrogné :

« Bonne nuit, Sophie. »

Je me rendais bien compte que le mieux pour moi était de m'aller coucher en silence, mais je ne pus m'y résoudre, car je me tracassais pour mes amis Barshinski. Si ma façon de relater les choses n'était pas toujours conforme à la vérité, il en allait de même avec Lillian et je me demandais ce qu'elle avait bien pu raconter.

« Ils ont été très reconnaissants de tout, tu sais, Maman. Mme Barshinski a même failli en pleurer. »

Mère eut un bruit de bouche pouvant exprimer aussi bien l'incrédulité que la désapprobation.

« Et ce ne sont ni des bohémiens ni de vilaines gens...
Mme Barshinski avait l'air d'être malade et la petite fille, qui
s'appelle Daisy May, est vraiment très gentille. Ils n'ont
évidemment pas grand-chose... mais il paraît que le reste de
leurs affaires doit arriver. »

Ma mère eut le même bruit de bouche et frotta l'argenterie
avec un regain d'énergie, comme s'il s'agissait de chasser toute
saleté de ce bas monde.

« Mme Barshinski est... elle est comme il faut, Maman. Elle
parle exactement comme toi. »

Je me rendis aussitôt compte que je n'aurais pas dû dire
cela, rien qu'à voir la façon dont ma mère serra les lèvres.

« Et elle n'est pas envahissante, me hâtai-je de poursuivre.
On lui a dit que, pour ce soir, elle pouvait venir à notre pompe,
elle nous a répondu non, merci, qu'ils s'arrangeraient sans
cela. Ça montre qu'elle est comme il faut, n'est-ce pas ? »

Comme Mère restait toujours aussi pincée, j'abattis ma
dernière carte.

« Elle avait vraiment l'air très malade. Quand nous sommes
parties, elle s'appuyait contre le mur et elle suait...

— N'emploie pas ce mot, Sophie.

— Elle avait le visage couvert de sueur.

— Tu devrais aller te coucher, ma fille. Les autres ne vont
pas tarder à le faire.

— Alors bonne nuit... »

Je m'attardai sur le seuil de la porte, mais ma mère ne
répondit rien et je me dirigeai tristement vers l'escalier. Lillian
et moi partagions une petite chambre à l'arrière de la maison,
alors qu'Edwin en avait une grande pour lui tout seul, ce qui
eût paru peu raisonnable sans le fait qu'on devait traverser la
chambre d'Edwin pour accéder à la nôtre. Et Mère tenait
absolument à ce que les filles « soient chez elles dans leur
chambre ».

L'idée me traversa l'esprit de faire le lit d'Edwin en
portefeuille pour le punir de ne pas m'avoir aidée à ramasser
les œufs, mais le cœur n'y était pas, et faire des lits en
portefeuille avait quelque chose d'indécent quand on repensait
aux Barshinski avec leurs matelas remplis d'herbe.

Je récitai mes prières en ajoutant les Barshinski à la liste de
ceux pour lesquels j'implorais la protection du Ciel. Si Mère
devait se monter contre eux, ils auraient grand besoin d'avoir
Dieu de leur côté. Quand Lillian arriva je fis semblant de
dormir. J'avais pour ce jour-là tout un tas de comptes à régler

avec elle, dont le moindre n'était pas de m'avoir présentée aux Barshinski comme sa « petite sœur Sophie ». Elle savait que je ne dormais pas et je savais qu'elle le savait, mais nous fîmes mine de rien. Au bout d'un moment, je sentis trembler le côté du lit où elle était couchée.

« Je te défends de rire de moi ! » glapis-je.

Le lit continuant de trembler, j'étendis la main pour toucher ma sœur. Elle était pelotonnée avec les bras serrés sur sa poitrine, et le traversin était tout mouillé. Lillian pleurait ! Aussitôt, je fus déchirée par le remords de lui en avoir tant voulu.

« Oh ! ne pleure pas, Lil ! J'ai pas répété à Maman que tu avais dit " son derrière " !

— M'appelle pas Lil ! » sanglota-t-elle.

Par la fenêtre, je voyais la lune au-dessus des aubépines et je demeurai à les regarder, ne sachant que faire. Lillian avait quatorze ans, c'était une grande, alors que j'avais conscience d'être encore une enfant. Je ne l'avais jamais vue sangloter comme ça et j'ignorais quelles étaient les choses qui faisaient pleurer quand on n'était plus une enfant. J'avais pleuré lorsque mon lapin était mort et encore bien plus à la mort de Grand-père Willoughby, qui était très gentil et dont j'étais la préférée. J'avais pleuré lorsque je m'étais pincé un doigt dans la porte du poulailler, et aussi quand le docteur l'avait soigné. Et j'avais eu envie de pleurer quand j'avais vu la façon dont Mme Barshinski regardait l'œuf.

« Lil, chuchotai-je. Lillian, est-ce à cause des Barshinski ?

— Tout ce que je demandais, c'est qu'ils m'aiment ! dit-elle dans un redoublement de sanglots. Et ce garçon m'a regardée comme si j'étais la dernière des dernières ! Il ne m'a même pas remerciée pour tout ce que je lui apportais... Ils n'ont pas été le moins du monde reconnaissants, après tout le mal que je m'étais donné... »

J'étais trop jeune alors pour être en mesure d'expliquer à Lillian combien il est difficile d'être reconnaissant, combien il devait être pénible de se voir offrir des chaussures que d'autres avaient portées ou des meubles qui étaient au rebut dans l'appentis. Mais je crois que, même si j'avais été en âge d'expliquer toutes ces choses à Lillian, cela n'aurait servi à rien. De toutes les personnes que je connaissais, ma sœur était la seule qui fût incapable de comprendre ce qui se passait dans la tête des autres.

Alors, faute de pouvoir trouver les mots qu'il aurait fallu

pour exprimer ce que je ressentais, je me bornai à tapoter l'épaule de ma sœur en lui disant, le cœur déchiré :

« Pleure pas, va... Ça ira mieux demain. »

Ses sanglots mirent longtemps à s'apaiser et la lune avait atteint le haut de la fenêtre quand Lillian s'endormit enfin. Mais, moi, je n'arrivais pas à trouver le sommeil ; après un moment, j'eus conscience d'entendre autre chose que les bruits habituels, ceux faits par les chouettes ou le vieux renard qui courait toutes les nuits dans le pré de Tyler. Je demeurai parfaitement immobile, l'oreille tendue. A ce moment, la porte de ma chambre s'ouvrit et le bruit s'accrut. J'entendis Edwin chuchoter :

« T'es réveillée, Sophie ? Viens voir à ma fenêtre ! »

De la fenêtre d'Edwin, on découvrait tout le jardin des Barshinski. (Une chance que la chambre de nos parents fût sur le devant de la maison !) Et, pressés l'un contre l'autre, nous voyions un grand feu allumé dans le jardin, dont les flammes rouges et dorées éclaboussaient de lumière les formes torturées des vieux arbres. Nous voyions aussi se silhouetter sur ce feu M. Barshinski avec son drôle de manteau noir et son chapeau à large bord. Il tenait le violon coincé sous son menton, et de cet instrument jaillissait la plus troublante musique que j'eusse jamais entendue. Nous avions tous déjà entendu des violons, mais qui jouaient des airs du folklore ou bien alors qui accompagnaient les hymnes que nous chantions. Tout autre était cette musique-là, tantôt touchante et si mélancolique qu'on en avait le cœur serré ; puis, soudain, le rythme changeait et devenait tellement entraînant qu'il me semblait que tous les gens du village allaient se lever pour se mettre à danser. Tandis que nous regardions ainsi, Edwin et moi, une silhouette apparut de l'autre côté du feu. C'était la fille au grand nez, celle qui avait l'air d'une chatte. Levant les bras au-dessus de sa tête, elle frappa dans ses mains au rythme de la musique. Inconsciemment, mon frère et moi marquâmes la mesure avec le pied. La musique devint plus rapide et la fille se mit à danser autour du feu, dans un envol de jupes déchirées. Puis elle se laissa tomber dans l'herbe, en s'étirant de plaisir, comme font les chats. Le violon se reprit à gémir. La main d'Edwin chercha la mienne et nos doigts s'entrelacèrent. Pour la première fois, je découvrais que vivre, ça n'était pas uniquement grandir, avoir des enfants et mener une vie respectable. Il existait d'autres choses, indéfinissables, après lesquelles on aspirait malgré soi, et je sentis que jamais plus rien dans la vie ne me satisferait pleinement.

Nous demeurâmes ainsi pendant des heures à ce qu'il nous sembla, jusqu'à ce que M. Barshinski pose son violon et que diminuent les flammes. Nous vîmes M. Barshinski s'étendre ensuite par terre en se roulant dans une couverture, et la fille faire de même de l'autre côté du brasier. Alors seulement nous sentîmes le froid et la fatigue.

« Viens te coucher avec moi, Sophie », me demanda Edwin qui grelottait.

Et, tandis que nous étions étendus dans le lit, serrés l'un contre l'autre, je compris que ça n'était pas seulement à cause du froid que nous tremblions ainsi, mais parce que nous venions de découvrir combien la vie pouvait être grisante.

Chapitre deux

৵

Le vendredi, c'était le jour des chambres. A peine Edwin avait-il fini de se laver dans la souillarde, Mère montait avec les draps propres.

« Debout, les filles ! Edwin a terminé et il y a les lits à faire avant que vous partiez pour l'école. »

Dans une maisonnée de deux hommes et trois femmes, la pudeur ne pouvait être ménagée que par l'observance de règles strictes. Papa se levait le premier, à quatre heures et demie. En hiver et les jours où l'on boulangeait, il allumait la cuisinière, sur laquelle il mettait les bouilloires à chauffer. Après quoi il sortait pour la première traite. Alors Mère quittait à son tour le lit et se lavait dans la souillarde avec sa demi-bouilloire d'eau chaude avant d'aller réveiller Edwin, qui lui succédait pour les ablutions. Lorsque Edwin s'en allait donner à manger aux cochons, c'était notre tour : porte fermée, rideau masquant la fenêtre, une demi-bouilloire chacune. Étant des hommes, Papa et Edwin devaient s'accommoder de l'eau froide. C'était là un des acquis de Mère durant les onze ans qu'elle avait servi à White House. Elle y avait assimilé les façons et la philosophie des classes supérieures, lesquelles considéraient que, plus fragile que l'homme, la femme devait être davantage dorlotée. Le seul moment où cette règle n'était pas respectée, c'était pendant l'hiver lorsque l'eau était couverte de glace. Papa et Edwin avaient alors droit à un peu d'eau chaude dans la cuvette.

Une fois lavées, nous montions dans les chambres faire les lits. Le vendredi, jour des chambres, nous devions changer les draps d'Edwin et les nôtres. Lillian et moi nous querellions toujours à ce sujet. Ma sœur pliait soigneusement les draps sales, alors que je préférais, moi, les jeter autour de nous pour que cela ressemble à un harem oriental. (J'avais une bible rouge avec des gravures, dont l'une montrait la cour du roi Salomon, où il y avait tout plein de draperies.) Lillian aimait rabattre bien les couvertures afin que, lorsqu'elle était au lit, ses épaules fussent découvertes. Moi, au contraire, je les préférais montantes, pour m'enfouir dessous. Ce matin-là, ma sœur se montrait particulièrement autoritaire et moi, on ne peut plus réfractaire. Les Barshinski y étaient pour quelque chose.

En poussant un cri strident, je jetai les draps sales en l'air pour qu'ils retombent sur la tête bien coiffée de Lillian. Elle agita les bras en tous sens afin de se dégager et c'était vraiment très drôle de voir les draps remuer en se gonflant un peu partout.

« *Et voici le fantôme de Lillian Willoughby, morte à l'âge de quatorze ans.* »

Elle finit par émerger des draps, toute congestionnée et les nattes légèrement défaites.

« Tu es une peste ! Une sale gamine ! Je ne t'aide plus ! Tu te débrouilleras toute seule pour faire les lits ! »

Elle me poussa hors de la chambre et referma la porte. Je l'entendis coincer le dossier d'une chaise sous le bouton pour m'empêcher de rentrer. Ce qu'elle avait voulu dire, c'est qu'elle allait faire notre lit à sa façon, avec les couvertures bien rabattues, me laisser seule pour celui d'Edwin. Je commençai par ôter draps et couvertures, puis je regardai par la fenêtre.

Nous n'avions pas rêvé. Sur le sol, il y avait un rond noir avec des cendres. Tout s'était bien passé comme nous l'avions vu, mais quelque raison faisait que je préférais ne pas y repenser et j'étais sûre qu'il en allait de même pour Edwin.

Lillian sortit enfin de notre chambre. Comme je m'y attendais, elle avait renatté ses cheveux. De la cuisine, monta l'odeur du porridge accompagnée d'un avertissement :

« Il ne te reste plus qu'un petit moment, Sophie !

— Puis-je avoir un peu de lait pour Tibby ? »

L'écuelle émaillée fut remplie et je sortis pour libérer Tibby enfermé dans le bûcher. Je m'immobilisai en voyant qu'Ivan Barshinski m'attendait dehors.

« Bonjour.

— B'jour. »

Il racla le sol avec ses orteils, d'un air boudeur.

« Ça va ?

— Oui. »

Tout à la joie de recouvrer la liberté, Tibby fit trois fois le tour de la cour, sauta sur la niche du chien, plongea dans la haie, puis revint boire son lait.

« Pourquoi tu l'enfermes ? Il aime pas ça.

— C'est pour que le renard ne l'attrape pas. »

Tibby leva la tête, le bout du nez et les moustaches couverts de lait. Il éternua et Ivan Barshinski sourit.

Je n'avais jamais vu sourire transformer pareillement quelqu'un. Le visage olivâtre et soucieux devenait celui d'un garçon rayonnant d'affabilité. Les yeux marron semblaient s'éclairer, acquérir de la chaleur et Ivan donnait l'impression de soudain trouver tout follement amusant. Je n'arrivais pas à croire que ce fût la même personne. Cet Ivan Barshinski était quelqu'un d'épatant ; en le regardant on oubliait son nez camus, ses pieds sales, et que l'on voyait son derrière par les déchirures du pantalon.

« Sophie ! Je t'ai dit que tu n'avais plus que quelques instants ! »

Le sourire disparut.

« Je suis venu te demander si tu voulais bien emmener Daisy May à l'école. Ma mère est malade.

— Sophie ! Combien de fois devrai-je te répéter... »

Mère surgit de la souillarde et se figea sur place à la vue d'Ivan Barshinski.

« Ivan voudrait que moi et Lillian on emmène Daisy May à l'école, Maman.

— Lillian et moi », rectifia Mère automatiquement. Elle regarda le pantalon déchiré d'Ivan et sa chemise sale. Il me rappelait tout à fait une image du livre de prix que j'avais eu à l'école du dimanche [1], image illustrant une histoire d'enfants qui mouraient poitrinaires dans des taudis sous les toits. Il riva son regard au sol en marmottant quelque chose qui se termina par «... madame Willoughby ».

« Pardon ? fit Mère d'un ton peu engageant. Je n'ai pas entendu.

— Ma mère est malade, dit-il en relevant un peu la tête.

— Bon, déclara Mère toujours sur le même ton, Sophie emmènera ta sœur à l'école et plus tard j'irai voir comment va ta mère.

— Merci, madame Willoughby. »

Il paraissait encore plus misérable, pâle et exténué...

1. En France, on dirait « au catéchisme ». (N.d.T.)

Horreur, son nez coulait ! Jamais Mère n'oublierait un tel détail ! Si seulement il souriait, juste pour donner à Mère une idée de l'air qu'il pouvait alors avoir, tout s'arrangerait. Qu'on fût sale et pauvre importait peu, je le savais, si l'on avait réussi à se gagner la sympathie de Mère, qui disait alors « Malheureuses créatures... On se doit de faire ce que l'on peut pour elles... » J'étais sûre que le miracle s'opérerait si Ivan souriait. Au lieu de sourire, il renifla.

« Attends là », dit Mère sans aucune aménité.

Elle disparut à l'intérieur de la souillarde, d'où elle ressortit avec un morceau d'une vieille taie d'oreiller qu'elle tendit à Ivan. Il le prit sans prononcer une parole, se moucha, puis, tournant les talons, s'éclipsa par le trou de la haie.

« Ne t'approche pas trop de ces enfants, dit Mère. Ils doivent avoir des poux. »

Se montrait-elle cruelle ? En revivant maintenant cet instant, je la vois avec d'autres yeux ; je comprends quel mal elle se donnait pour nous garder bien propres et pieux, préserver ce que l'on peut appeler notre « standing ». Dans le village, nous étions tenus pour riches, instruits et respectables. Au-dessus de nous, il y avait les fermiers et les métayers, lesquels étaient dominés à leur tour par la bourgeoisie locale. Mais, parmi les travailleurs agricoles, nous nous situions au sommet. Papa était un éleveur réputé, Mère avait été première femme de chambre. Nous jouissions d'une honnête aisance, en partie parce que nous n'étions que trois enfants mais aussi parce que Mère et Papa n'arrêtaient pas de travailler. Nous mangions bien et pouvions même donner parfois de notre surplus. Notre maison était d'une irréprochable propreté. Nous avions dans notre garde-manger plus de conserves et de jambons que n'importe quel autre habitant du village. Nos draps s'ornaient d'initiales brodées, nos napperons étaient faits à la main. Lillian et moi prenions des leçons d'harmonium, changions de tablier comme de jupon non pas une mais deux fois par semaine. Nos nattes étaient attachées avec des rubans au lieu de ficelles, cependant que nos chaussures étaient cirées tous les jours (ça, c'était la tâche de Papa et d'Edwin). Bref, nous étions des gens respectables et je me rends compte maintenant combien Mère luttait pour préserver cette respectabilité ; aussi n'aurait-elle pas admis de la voir entamer parce qu'une famille de bohémiens s'était installée à côté de chez nous.

Elle demeura silencieuse pendant le petit déjeuner, se tenant encore plus droite que de coutume tandis qu'elle mangeait son porridge à petites cuillerées. Elle ne rompit le silence qu'à l'arrivée de Papa.

« Eh bien, comment est-il ? Le nouveau vacher ?

— Il fera l'affaire. »

J'attendis la suite avec angoisse. Il était terriblement important que M. Barshinski fût un bon vacher. Sans quoi, les Barshinski n'auraient rien à leur actif.

« L'as-tu mis à traire Lady Audley, Papa ? »

Lady Audley était la reine du troupeau. Non seulement elle donnait beaucoup de lait, mais lorsqu'elle vêlait, son veau était toujours un magnifique spécimen. Par contre, c'était une vache difficile, et qui retenait son lait quand elle était de mauvaise humeur. Papa et elle s'entendaient assez bien, encore que, même avec lui, il lui arrivât de culbuter le seau qui venait d'être rempli, et on l'avait vue menacer M. Hayward de ses cornes quand elle était en colère.

Papa sourit.

« Non, ma fille. Pour Lady Audley, nous allons attendre un peu. Avec les autres, toutefois, ça paraît bien marcher. C'est un curieux homme, mais il sait y faire. »

Mon cœur se gonfla de joie. Papa était le meilleur éleveur du monde et il n'y avait pas plus équitable que lui. Nul n'aurait songé à le blâmer s'il s'était montré réservé à l'égard de M. Barshinski qui, de prime abord, avait vraiment de quoi déconcerter. Mais mon père était un homme sans préjugé ni rancune. Je me sentis déborder d'une reconnaissance qui s'étendait même à Poppy, Charity, et autres vaches à pedigree de M. Hayward. Aux yeux de Mère cependant, les Barshinski demeuraient des bohémiens, même si le père se révélait un vacher de premier ordre.

Lillian partait toujours à l'école avant Edwin et moi. Elle disait que c'était parce qu'elle aimait répéter l'hymne et la marche avant qu'on s'assemble pour la prière ; je savais, moi, que c'était parce qu'elle avait honte d'être vue en notre compagnie. Elle s'en alla donc, toute rose et blanche dans son tablier bien amidonné. Mère noua la ceinture du mien, tandis qu'Edwin attendait sur le pas de la porte. En glissant un mouchoir propre dans la poche du tablier, Mère me dit sévèrement :

« Écoute-moi bien... Tu vas conduire cette petite à l'école, où tu la confieras à Miss Thurston. Mais, en classe, ne t'assieds pas à côté d'elle, et pendant la récréation, ne joue pas avec elle. Témoigne-lui de la gentillesse, bien sûr et, si elle te demande où mettre ses affaires, comment elle doit se tenir, tu le lui dis, mais inutile d'en faire plus. »

Pauvre Mère ! C'était un de ces moments où sa charité chrétienne se trouvait en conflit ouvert avec sa soif de respectabilité.

Daisy May attendait devant la grille de la Maison du Hibou et, à sa vue, mon cœur se serra. De toute évidence, pensant à l'école, on s'était efforcé de la rendre le plus possible semblable aux autres élèves. Mais je crois qu'il aurait encore mieux valu n'en rien faire. Non point à cause des pieds nus ou des nattes nouées avec des ficelles : cela je m'y attendais, tout comme à ce qu'elle eût la même robe que la veille. Le drame, c'était son tablier qui semblait proclamer que Daisy May était une bohémienne, une mendiante, une enfant des rues. Ce n'était pas un tablier, mais une vieille chemise d'homme à raies bleues et blanches, à laquelle on avait coupé les manches et dont les pans arrondis couvraient la jupe de Daisy May. Elle était raccommodée devant, là où les chemises s'usent le plus vite, juste au-dessous du col, et l'on s'était servi des manches pour confectionner une ceinture soigneusement ourlée. C'était atroce !

Les yeux gris de la fillette me regardèrent bien en face, puis dérivèrent du côté d'Edwin avant de revenir sur moi.

« Je suis prête pour l'école », annonça-t-elle triomphalement.

Je déglutis avec peine, mais parvins à esquisser un sourire.
« Voici mon frère, Edwin. »

Je ne pense pas qu'Edwin ait eu conscience de tout ce qui m'horrifiait. A treize ans, c'était presque un homme et il ne remarquait pas ces choses-là, ou, s'il les remarquait, il ne voyait pas tout ce que pouvait impliquer pour une petite fille d'aller à l'école avec une vieille chemise d'homme en guise de tablier.

« Bonjour », dit-il sans vraiment lui prêter attention.

Le regard de Daisy May alla des cheveux bien coiffés d'Edwin jusqu'à ses chaussettes de laine et ses galoches parfaitement cirées. Puis elle détailla mon tablier blanc, encore tout empesé par le repassage, et la tristesse voila son visage. Mais, presque aussitôt, elle sourit.

« A Marden, d'où nous venons, personne ne porte plus de tabliers blancs. La mode, c'est ceux qui sont boutonnés devant jusqu'en haut, comme celui-ci. »

Je me sentis incapable de répondre quoi que ce fût et,

trouvant lassantes des considérations de ce genre, Edwin se remit en marche. En proie à un terrible conflit intérieur, je le suivis avec Daisy May.

« Y avait une fille qui était venue avec son vieux tablier blanc... la pauvre ! Elle a fondu en larmes quand elle a vu toutes les autres qui en avaient des rayés bleu et blanc avec les pans arrondis. Elle trouvait terrible d'être... démodée. Naturellement, on lui a toutes dit que ça n'avait pas d'importance, mais personne ne portait plus de tabliers comme le sien. »

Je me voyais traversant la cour de récréation avec Daisy May. Les petites ne feraient pas attention, mais Brenda Jefford et sa bande... Rien ne leur échappait à celles-là... Elles allaient lui tomber dessus... Et si j'étais avec elle, j'écoperais moi aussi.

« Je n'arrêtais pas de demander à Maman si je pouvais avoir un de ces tabliers rayés bleu et blanc. A la fin, elle a dit oui. Mais il n'y a que du côté de Marden qu'on peut en trouver, et on a vu des gens venir même d'Ashford pour en acheter. »

Brenda Jefford avait toujours trois autres filles avec elle, mais ces trois-là étaient des chiffes qui ne constituaient aucun danger en l'absence de Brenda.

« Tu as remarqué les boutons ? Ce sont des boutons très spéciaux. On n'en trouve pas sur des tabliers, sauf sur ceux achetés à Marden. »

Non, on n'en trouvait pas sur des tabliers, uniquement sur des chemises d'homme. Brenda Jefford s'en rendrait compte au premier coup d'œil. Elle remarquerait aussi que le frottement des extrémités du col, à présent disparu, avait percé des trous dans la chemise.

« Je ne pense pas que, dans cette école, il y ait des filles avec ces tabliers à la nouvelle mode, hein ? »

Edwin était maintenant hors de vue. Nous nous mîmes à courir en passant devant l'église, car l'école n'était plus éloignée. Le visage congestionné, Daisy May arborait un sourire figé. L'espace d'un instant, je faillis l'abandonner. Ça ne dura pas, mais le parti que j'adoptai ne valait guère mieux.

« Ecoute, Daisy May, je crois que ça ferait meilleur effet si tu retirais cette... ce tablier et allais à l'école en robe. »

Le sourire disparut, tandis que le visage s'empourprait encore davantage.

« Je ne peux pas faire ça. Toutes les filles ont un tablier... Je parie qu'il n'y en a pas une seule qui aille à cette école en robe. »

Elle n'avait que trop raison. Même les plus pauvres avaient un tablier qui signifiait leur servitude, car elles en étaient redevables à Mme Fawcett qui, à White House, organisait des journées de « tabliers et chaussettes pour les enfants pauvres ».

« C'est mon premier jour à l'école et je ne peux pas y aller sans tablier! s'exclama Daisy May en renonçant à la comédie qu'elle avait jouée jusqu'alors. Être nu-pieds, ça m'est égal, poursuivit-elle d'une voix où je décelais un tremblement annonciateur de larmes. Comme c'est l'été, y en aura d'autres qui seront sans chaussures. Mais, sous un bras, ma robe a une pièce qui n'est pas de la même couleur, alors je ne peux pas me montrer sans tablier. Si je le faisais et que nous restions ici, tout le monde se rappellerait comment j'étais pour mon premier jour à l'école. C'est toujours la même chose partout. Ça s'est passé comme ça à Marden, à Tonbridge, à... »

Elle énumérait des noms de villages que, pour la plupart, je n'avais jamais entendus auparavant. Contrairement à ce que j'avais craint, elle ne pleurait pas; un reste de fierté l'en empêchait.

« C'était pas vrai que tout le monde à Marden portait des tabliers rayés bleu et blanc, dit-elle d'une voix rauque. C'est une chemise... Maman et moi on l'a arrangée hier soir, pour que je sois comme les autres! »

Son visage bien lavé exprimait la panique et j'eus la vision de Brenda Jefford fonçant vers elle, le doigt tendu, clamant que Daisy May portait une chemise d'homme en guise de tablier. Il n'y avait qu'une chose à faire.

« Viens, dis-je en m'arrêtant près du bouquet d'ifs qui s'élevait à l'angle du cimetière entourant l'église. Ôte ton tablier et cache-le ici. Moi, je vais faire la même chose. On ne risque pas de venir fureter au milieu de ces arbres, et, en rentrant chez nous, on récupérera nos tabliers. Si nous sommes deux à n'en pas porter, ça ne sera pas pareil. »

Un tel soulagement se peignit sur son visage que je détournai les yeux tant c'était embarrassant. La chemise fut enlevée et roulée en boule à côté de mon tablier pareillement maltraité. En regardant ce dernier, je sentis quelque chose d'étrange se produire en moi : le symbole de la prééminence des Willoughby au village gisait tout froissé au milieu d'un bouquet d'ifs et je découvrais que cela ne me faisait absolument rien. C'était comme si des nœuds de contrainte éclataient soudain en moi, me libérant et me laissant en proie à une joyeuse exaltation. Tout cela avait sans doute quelque lien avec la naissance d'un été brûlant, mais bien plus encore avec la musique que j'avais entendue au cours de la nuit. Moi, Sophie Willoughby, âgée de onze ans, j'avais désormais l'entier contrôle de mon existence. Je pouvais faire n'importe quoi. Le monde attendait que je vienne le conquérir. Personne ne pouvait plus m'atteindre. J'étais environnée de pygmées.

J'entendis sonner la cloche annonçant qu'il fallait cesser de jouer pour gagner la classe. J'irais à l'école, mais j'aurais pu aussi bien décider de n'en rien faire. Toutefois, autant commencer là ma révolution !

Je regardai mon tablier roulé en boule qui symbolisait ma rupture avec l'enfance, et j'estimai que ça n'était pas suffisant.

« Je vais retirer aussi mes chaussures et mes bas, annonçai-je à Daisy May. Comme cela, nous serons exactement pareilles. »

Chaussures et bas dissimulés parmi les ifs, nous nous hâtâmes vers l'école.

La monitrice donnait le dernier coup de cloche et les élèves étaient alignés en double file, classe par classe. Daisy May et moi nous mîmes derrière celles de la cinquième. Malgré les regards stupéfaits de mes condisciples je me sentais planer bien au-dessus d'elles.

La porte du hall était ouverte, laissant parvenir jusqu'à nous les premiers accords du *Joyeux Forgeron*. Le vendredi, Lillian jouait toujours *Le Joyeux Forgeron*. Nous entrâmes classe par classe, les petits en tête afin de prendre place dans les premiers rangs de l'assemblée.

La quatrième acheva de gravir les deux marches d'accès et nous suivîmes. *Le Joyeux Forgeron* devint soudain un hymne triomphant, saluant notre libération. En passant près du piano, je gratifiai Lillian d'un sourire radieux. *Le Joyeux Forgeron* s'interrompit dans une cascade de fausses notes, puis ce fut le silence. Regardant Lillian par-dessus mon épaule, je la vis bouche bée, les yeux exorbités. Je lui fis un petit geste, comme pour la rassurer, et elle eut alors une expression que j'étais payée pour connaître : les pommettes rouges, les lèvres serrées, ses yeux exprimaient la plus vertueuse des indignations. Ses mains explorèrent le clavier, retrouvèrent les bonnes touches et, sous l'effet de la colère, *Le Joyeux Forgeron* retentit cette fois de façon assourdissante.

Je me sentis quelque peu douchée en regardant mes pieds nus. Miss Thurston me considérait avec une sorte de douloureuse incertitude. Allait-elle devoir offrir à l'une des Willoughby des chaussures données « pour les pauvres » ? Brenda Jefford et sa bande ricanaient, les autres souriaient ou détournaient les yeux avec gêne. Oh ! comme je regrettais ce que j'avais fait ! Mes pieds étaient déjà couverts de poussière et les dalles de ciment du hall étaient plus rugueuses que je ne l'avais pensé. *Le Joyeux Forgeron* se termina, la prière commença ; je sentis le regard de Lillian vriller mon dos. Pourquoi avais-je fais ça ?

Daisy May se tenait près de moi, effrayée mais bien résolue à n'en rien laisser paraître. Nos regards se rencontrèrent et elle me dédia un petit sourire reconnaissant. L'exaltation, la griserie de liberté qui m'avaient saisie pouvaient bien s'être dissipées, la misère de mes nouveaux amis subsistait, tout comme mon désir de les protéger. Mère, Lillian et — à un moindre degré — Edwin s'étaient tous détournés des Barshinski. Mais Papa et moi appartenions à une autre espèce : nous étions des Willoughby. Si nous n'avions pas de jolies mains, du moins restions-nous fidèles à nos amis.

Je garde deux souvenirs très précis de la première matinée de Daisy May à l'école. (Je ne puis parler de l'après-midi que je passai au lit, en pénitence et sans thé.) Le premier concerne son nom, et l'autre ce qui se passa avec Brenda Jefford.

La prière terminée, je conduisis Daisy May près de Miss Thurston à qui j'expliquai qui était la petite fille. Tout d'abord, Miss Thurston parut ne pas comprendre, le regard rivé sur mes pieds.

« Sophie, est-ce que... »

Elle n'acheva pas, battit des paupières et, s'asseyant à son bureau, ouvrit le registre pour procéder à l'appel.

Tandis qu'elle égrenait le nom des élèves, Daisy May attendit humblement près du bureau, puis Miss Thurston entreprit de l'inscrire sur le registre.

« Ton prénom, c'est Daisy May, n'est-ce pas ?

— Oui, Miss.

— Miss *Thurston*, Daisy May.

— Oui, Miss Thurston.

— Daisy May comment ?

— Barshinski, Miss Thurston. »

Après une brève hésitation, Miss Thurston épela :

« B...A...R...C...H...

— Non, Miss Thurston : S... avant le H.

— Le mieux est que tu l'écrives au tableau, ma chérie », dit nerveusement Miss Thurston parce qu'elle sentait la classe sur le point de pouffer.

Daisy May prit un morceau de craie, mais ce qu'elle écrivit était indéchiffrable, plein de S et de Z, au point que, cette fois, un rire courut parmi les pupitres.

« Bon, Daisy May, dit Miss Thurston avec un rien d'irritation, efface tout ça et va à ta place. Tu peux t'asseoir à côté de Sophie, puisque vous semblez déjà tellement amies. »

Cette pointe était toute l'acerbité dont pouvait témoigner Miss Thurston, qui était vraiment très douce et gentille, mais vivait dans la crainte du ridicule, des châtiments corporels et de M. Deacon, le directeur.

Daisy May s'assit donc à côté de moi et lorsque Miss Thurston lui remit son cahier, j'y vis écrit *Daisy May Barshinski,* ce qui était la façon dont j'aurais moi-même orthographié ce nom et qui fut dès lors adoptée par les gens du village.

A l'issue du cours d'histoire sainte, Daisy May reçut son premier bon point. Celui-là vous était donné, les autres, il fallait les mériter. Cela suscitait une vive émulation, d'abord parce que l'élève qui en avait le plus grand nombre à la fin de l'année recevait un prix, mais aussi parce qu'ils étaient très jolis : en bristol, avec une citation de la Bible et une image en couleurs qui l'illustrait. Il arrivait qu'on eût la chance de recevoir un « brillant », c'est-à-dire un bon point recouvert d'une poussière d'argent qui y était fixée. Celui de Daisy May n'était pas un « brillant », mais on y lisait en lettres bleues et roses « Donnez et l'on vous donnera » au-dessus de l'image représentant une petite fille en haillons qui donnait sa dernière bouchée de pain à un chien bien dodu. Derrière la petite fille, une porte était ouverte et l'on voyait une main lui faisant signe de s'approcher d'une table où abondaient raisins, pommes et oranges. Daisy May n'arrêtait pas de contempler son bon point.

Lorsque arriva l'heure de la récréation, nous sortîmes dans la cour et aussitôt je vis Brenda Jefford se diriger vers nous d'un air menaçant. Tout en déglutissant avec peine, je m'efforçai de paraître désinvolte. Sur quoi allait porter l'attaque ? L'absence de tabliers ? Peu probable, car elle savait que, si je le voulais, je pouvais en avoir de plus beaux que les leurs.

« File-nous ton bon point », dit Brenda Jefford.

Les trois autres tendant à former un cercle qui nous emprisonnait, je cherchai Lillian du regard, en désespoir de cause. Pas question pour elle, certes, de se mesurer avec Jefford, mais sa présence hautaine et dédaigneuse suffisait à rappeler aux quatres autres qu'elles étaient encore des gamines et non les « terreurs » dont elles se donnaient les airs. Seulement, Lillian n'était pas là. Les grandes, dont c'était la dernière année d'école, avaient la permission de rester en classe pendant les récréations pour s'y livrer aux plaisirs du crochet tout en conversant.

« T'as entendu ? Donne-nous ton bon point !

— Pourquoi ? » s'enquit Daisy May.

L'espace d'un instant, Brenda Jefford en demeura interloquée. La question ne lui avait encore jamais été posée. Il lui suffisait d'exiger d'un air menaçant et personne ne lui demandait d'explication.

« Parce que je te le dis ! gronda-t-elle.

— Et pourquoi me le dis-tu ? insista Daisy May.

— Parce que... »

La voyant prise de court, je me pris à espérer qu'elle préférerait tourner les talons. C'était trop espérer.

« Parce que, quand on a un nom comme le tien, on doit pas avoir de bon point. Allez, file-le-moi !

— Non, dit Daisy May en pressant contre sa poitrine " Donnez et l'on vous donnera ". »

Le cercle se resserra autour de nous.

« Laisse-le-lui, dis-je avec à peine un léger tremblement dans la voix car jamais je n'avais dû faire preuve d'un tel courage. La prochaine fois que j'en aurai un, je te le donnerai. »

Brenda Jefford me toisa avec dédain :

« De toute façon, on les aura, les tiens, dit-elle en me poussant contre le mur pour faire bonne mesure. Alors, tu nous le refiles ton bon point ?

— Non », dit Daisy May.

La terreur que la bande à Jefford inspirait aux élèves de cinquième et des classes au-dessous ne se peut décrire. Elles n'étaient pourtant que quatre ; alors pourquoi toutes les autres ne faisaient-elles pas bloc pour leur résister ? Cela tient, je crois, à ce que l'agressivité ne s'acquiert pas. Quelqu'un de mesuré est presque toujours intimidé par quelqu'un d'agressif, même si le premier est un génie et l'autre un imbécile. Pour que quelqu'un de modéré arrive à tenir tête à l'agresseur, il faut qu'il y soit poussé par un grand sentiment. Et puis, je dois dire que l'aspect même de Brenda Jefford avait de quoi susciter la terreur. Très grosse, elle semblait capable de vous écraser sous son poids. En hiver, elle portait un manteau moutarde qui n'était pas sans évoquer le pelage d'une vache, et il y a lieu d'être effrayé quand on voit une grosse vache vous foncer dessus.

« Eh bien, lança Brenda Jefford d'un ton menaçant, on l'aura quand même ! »

Elles plaquèrent Daisy May à côté de moi contre le mur, et se mirent à lui tirer les nattes, tandis que Brenda cherchait à lui arracher son bon point.

« Je le dirai à Miss Thurston ! »

Pour la seconde fois, je manifestais un courage dont je ne me serais pas cru capable, mais j'aurais pu économiser ma salive.

« Toi, la ferme ! dit Brenda en me décochant un coup de poing. Et puisque c'est comme ça, flanquons-la par terre pour le lui prendre ! »

Elles avançaient les mains pour empoigner Daisy May quand, à ma vive surprise, je vis celle-ci glisser le bon point dans l'encolure de sa robe, puis faire feu des quatre fers. Telle une tornade miniature, ses bras semblaient se multiplier pour frapper tandis que son pied droit atteignait Brenda au genou. Cela eût pu être efficace si elle avait porté des chaussures, en l'occurrence cette résistance poussa simplement à son comble l'exaspération des autres et Daisy May se retrouva étendue par terre. Même alors elle ne se déclara cependant pas vaincue et, roulant sur le ventre, fit un rempart de son corps à « Donnez et l'on vous donnera ».

« Donne-le, t'entends ! » hurla Brenda Jefford, rouge comme une pivoine, et un « Non ! » étouffé lui parvint en réponse.

Je m'apprêtais à faire preuve pour la troisième fois d'un courage sans précédent pour moi en frappant Jefford quand, sortant des lavabos des garçons, Edwin se dirigea vers nous. Il me jeta un rapide coup d'œil et porta son attention sur l'amoncellement de corps.

« Oh ! défends-nous, Edwin ! hurlai-je. C'est Daisy May qui est dessous ! »

Edwin n'était pas, lui non plus, d'un naturel agressif, mais une sorte de rage s'emparait de lui quand il était témoin d'un acte de cruauté ou de méchanceté. Cela avait même très mal tourné un jour qu'il avait surpris un des fils Kelly tenant pendu par la queue un pauvre corniaud préalablement muselé avec une corde. Edwin, d'ordinaire calme et stoïque, avait

49

bondi comme un fou sur le jeune Kelly, et lui avait administré une telle raclée que l'autre y avait laissé deux dents. Mme Kelly était arrivée chez nous en hurlant et avait eu un terrible accrochage avec Mère. Papa avait dû payer la note du dentiste et s'était efforcé de faire comprendre à Edwin que, si c'était mal de torturer un chien, c'était mal aussi de mettre un autre garçon dans un pareil état. Mais, en dépit de toutes les objurgations, Edwin s'était refusé à exprimer des regrets et Mme Kelly ne l'appelait plus que « cet assassin de fils Willoughby ».

Et là, comme il regardait l'enchevêtrement de corps qui se débattaient, je le vis changer de visage. Empoignant Jefford par une de ses nattes, il l'envoya s'effondrer au milieu de la cour. Saisissant alors deux des comparses par le cou, il leur cogna la tête l'une contre l'autre ; quant à la troisième, elle déguerpit à toutes jambes avant qu'il ait eu le temps de s'occuper d'elle. J'eus soudain peur qu'Edwin se laisse aller comme avec le fils Kelly, mais ce fut fini. S'il continua de secouer les deux filles qu'il tenait par le cou, son visage n'exprimait plus la fureur.

« Et maintenant, dit-il, on va aller trouver M. Deacon. »

Une imploration jaillit aussitôt des bouches de ses victimes et Brenda elle-même y fit écho. La situation se trouvait renversée. Étant un des grands élèves et de surcroît moniteur, Edwin avait le droit de faire des rapports à M. Deacon, même s'il n'usait jamais de cette prérogative, car pareille chose avait toujours de terribles conséquences dont tous les élèves demeuraient secoués. Brenda Jefford fondit en larmes et jamais encore il ne m'avait été donné de voir quelque chose d'aussi merveilleux.

« Nous cafte pas ! gémit-elle. Je t'en prie, nous cafte pas ! »

Edwin était redevenu lui-même et lâchant les deux filles, il dit d'un ton courroucé :

« Que je ne vous y repince pas, sales gamines ! »

Je compris qu'il renonçait à les punir davantage et elles le sentirent aussi, car elles partirent aussitôt en courant chercher refuge dans les lavabos des filles.

« Ça va, Daisy May ? » questionna mon frère avec douceur en regardant Daisy May à plat ventre par terre.

De toute évidence, ça n'allait pas : elle tremblait de tout son corps en sanglotant de façon spasmodique.

« Occupe-toi d'elle, Sophie... Je vais aller chercher Miss Thurston, au cas où elle serait blessée...

— Pas blessée... »

Daisy May se redressa et s'assit, le visage couvert de terre délavée par les pleurs ; dans sa main, elle tenait le bon point, tout sali, plié en deux et avec un coin arraché.

« Il était si beau... tout neuf!..., sanglota-t-elle. Et je n'en aurai jamais plus... Je suis toujours en retard sur les autres... même pour les leçons.

— Je t'en donnerai des miens.

— C'est pas la même chose. »

Elle avait raison, bien sûr, d'autant qu'après avoir été quelques jours entre mes mains, les bons points perdaient beaucoup de leur lustre. Aucun autre ne pouvait causer la même joie que ce beau premier bon point tout neuf qui vous était octroyé sans qu'on l'attendît.

Edwin demeura un moment à considérer la petite fille avec une sorte de pitié, puis, se détournant soudain, il s'éloigna.

« Merci ! lui cria Daisy May à travers ses larmes. Merci de tout mon cœur ! »

Je vis mon frère agiter négligemment la main sans se retourner, mais je le devinai touché par la gratitude ainsi exprimée.

Bien entendu, Lillian était de retour à la maison avant moi et mon entrée se fit au milieu d'un silence orageux. Mais, après ce qui s'était passé dans la cour de l'école, ce genre d'accueil n'était plus pour m'inquiéter.

« Tu vas manger et monter te coucher, me dit Mère d'un ton glacial. Ton père s'occupera de toi ce soir. »

Là, elle m'atteignait au point sensible. Je détestais que Papa fût en colère après moi, car cela semblait toujours le rendre très malheureux.

Pour le déjeuner, il y avait un pudding de bacon et oignons avec une sauce au persil ; j'en mangeai beaucoup, sachant que ce serait sûrement mon dernier repas de la journée. Personne ne m'adressa la parole, pas même mon père, et on ne parut s'aviser de mon existence que lorsque je tendis à nouveau mon assiette. Lillian en fut suffoquée.

« Non mais regardez-la s'empiffrer comme si de rien n'était ! » souligna-t-elle d'un ton amer.

Elle n'avait presque rien mangé et son visage était encore marqué par la mortification qui lui avait fait interrompre son exécution du *Joyeux Forgeron*. Après avoir failli lui répondre, je préférai continuer à « m'empiffrer ». Ce pudding avait beau être très bourratif, je savais que je serais affamée en fin de journée.

« Elle est vraiment écœurante ! lança Lillian. Je voudrais bien qu'elle ne soit pas ma sœur !

— Assez, Lillian, dit mon père.

— Va préparer du thé, ma chérie. »

Comme, d'ordinaire, on ne faisait du thé qu'après notre départ pour l'école, cela équivalait à une grande faveur de la part de Mère. Si Lillian participait désormais au thé d'après le déjeuner, ça signifiait qu'elle prenait rang parmi les grandes personnes. En d'autres circonstances, j'aurais pu l'envier en me sentant humiliée, mais j'avais l'esprit encore trop plein du courage manifesté par Daisy May et de la défaite de la bande à Jefford.

Un long silence suivit. Puis, comme nous mangions de la compote de rhubarbe, Papa s'enquit posément :

« Maud, es-tu allée voir Mme Barshinski ? »

Et Mère de répondre, avec beaucoup de froideur :

« Oui. Je lui ai fait porter de l'aspirine. Pas étonnant qu'elle soit malade vu la façon dont ils vivent... Même pas un lit convenable ni...

— C'est très bien d'avoir été la voir, Maud. Je sais qu'on peut toujours compter sur toi pour s'occuper d'une malade. »

Ainsi empêchée de continuer à déblatérer contre les Barshinski, ma mère rougit et se tut. Ça n'était pas rien que de vivre avec un aussi brave homme que mon père.

J'étais couchée quand j'entendis Edwin entrer dans sa chambre, puis fourrager dans la caisse où il rangeait ses livres sur les chemins de fer. La seule chose dont rêva mon frère, c'était de conduire une locomotive. Ça peut prêter à rire, car tous les petits garçons rêvent de conduire une locomotive, mais chez Edwin cela avait persisté. Il était toujours fourré à la gare du village, où il arrivait qu'on lui permette de balayer la salle d'attente ou d'astiquer les cuivres. Edwin avait un carnet où étaient notés tous les horaires des trains desservant la gare, et il avait parfois de longues discussions avec M. Watkins quant à la raison pour laquelle le 18 h 10 de Grinstead avait eu deux minutes de retard. Marchant le long des voies aussi loin qu'il pouvait se le permettre, il était capable de dire à quel endroit précis se trouvait tel ou tel signal et qui en avait la responsabilité. M. Watkins lui avait un jour donné un vieux règlement des chemins de fer et Edwin le connaissait par cœur. Je pense que Papa avait espéré faire de lui un éleveur. Le fils de George

Willoughby n'aurait eu certainement aucune peine à trouver une place dans une ferme d'élevage. Mais, voyant la passion qui consumait Edwin, Papa avait fini par se dire qu'il lui valait mieux essayer de le faire entrer dans les chemins de fer, même si cela l'amenait à quitter la maison.

Sous le lit d'Edwin, il y avait une petite caisse où mon frère gardait ses livres, lesquels avaient tous trait aux chemins de fer. C'était là que passait son argent de poche.

« Edwin, appelai-je doucement et il apparut sur le seuil de ma chambre un livre à la main. Tu veux bien conduire Daisy à l'école, juste pour aujourd'hui, afin qu'elle ne se retrouve pas seule face aux autres ? Et tu lui expliqueras pourquoi je ne viens pas.

— Bon, d'accord. »

Il marqua une hésitation, puis me montra le livre qu'il tenait à la main. Presque neuf, avec l'image d'une locomotive sur la couverture.

« Je savais que j'en avais deux pareils, dit-il, Oncle Herbert me l'avait offert pour Noël, alors que je l'avais déjà acheté. De toute façon, ça n'est pas un très bon livre ; les locomotives récentes n'y figurent pas. Alors, ça m'est égal de le donner... Et j'ai pensé que ça ferait peut-être plaisir à Daisy May... Ils ne semblent pas avoir beaucoup d'affaires à eux... Ça n'est pas comme nous. »

Cher, cher Edwin ! Il ne pouvait faire davantage, à moins de donner un des autres livres auxquels il tenait vraiment, et je souhaitai de tout cœur qu'un tel cadeau ne déçoive pas Daisy May. Un doute du même genre avait dû venir à mon frère.

« Penses-tu que ce soit une bonne idée ? me demanda-t-il. Je veux dire : Daisy May est une si pauvre petite chose... »

C'était là une des expressions de Mère quand elle parlait de quelqu'un de pitoyable et à qui on se devait de porter aide. J'aurais aimé qu'elle l'employât à propos des Barshinski.

« C'est très généreux de ta part, Edwin. Es-tu sûr de vouloir t'en séparer ? »

Il pesa la chose, en regardant fixement le livre.

« Je pourrais peut-être lui donner l'autre exemplaire... Il n'est pas aussi neuf que celui-ci, mais je ne pense pas qu'elle s'arrête à ce genre de détail. »

Il me quitta et je m'étendis de nouveau dans mon lit, me préparant à endurer la frustration et l'ennui d'un long après-midi ensoleillé de mai passé à la maison, avec une admonestation de Papa en vue pour la soirée. Mais le pudding au bacon était si roboratif qu'il eut des vertus soporifiques et je m'abandonnai à une sorte de demi-sommeil, où je rêvai que, en grandissant, je devenais aussi belle que Lillian. Comme quoi la méditation forcée peut avoir ses agréments.

Le samedi, j'avais une tâche particulière : nettoyer bien à fond la laiterie des Hayward et aider à ébouillanter les bidons. En retour de quoi, je recevais six pence, ce qui était vraiment une bonne paye. Trois pence étaient donnés directement à Papa, qui les mettait sur le livret de la caisse d'épargne, un penny était destiné à la quête du dimanche, un autre allait dans ma tirelire, et, avec celui qui restait je me régalais chez Miss Penfold, la marchande de bonbons. Ce travail du samedi ne me coûtait pas : d'une part, il m'évitait d'être avec Mère en ce jour qui était celui où elle faisait cuire le rôti et les puddings pour le lendemain, afin que ne fût pas profané le repos du dimanche.

D'autre part, j'aimais beaucoup la ferme Hayward. M. Hayward était un peu excentrique et impulsif pour un fermier (prendre un vacher sans références était un exemple typique de ce qu'on pouvait attendre de lui) mais Mme Hayward avait toutes les qualités qui font la fermière idéale : calme, sensible, généreuse et dure au travail. Ils avaient un fils, Peter, âgé de seize ans, qui travaillait à la ferme et ne manquait jamais de me donner quelque chose lorsque je m'en allais après avoir fini mon travail. Parfois une pomme ou une poignée de noisettes, un jour un album de timbres. Chaque fois que la question de mon avenir était abordée à la maison, j'espérais toujours entendre suggérer que je pourrais entrer comme bonne à tout faire chez les Hayward. Ça m'aurait beaucoup plu, mais Mère avait dans la tête de me faire engager à White House. Je crois qu'elle ne jugeait pas les Hayward assez haut placés pour avoir une fille Willoughby à leur service.

Dès que j'eus pris mon petit déjeuner et lavé mon bol, je quittai la maison. Je passai par le fond du jardin, puis franchis l'échalier du pré de Tyler. Mais, quand j'arrivai là, je vis M. Barshinski surgir par le trou de la haie de la Maison du Hibou.

Ce fut un choc de le revoir comme ça, tout à coup... Il était si grand, si... différent. Une courroie de cuir ajustait sa veste à la taille et le bas de son pantalon disparaissait dans des bottes. Il portait son grand chapeau noir incliné de côté et, ce jour-là, au lieu d'une garniture de boutons d'or, il avait piqué dans le ruban une fleur de prunellier.

La surprise fit que je me sentis trop intimidée pour lui adresser la parole. Je n'avais pas lieu de m'en soucier, M. Barshinski vint droit vers moi en souriant. Du même sourire qu'Ivan.

« Ah bonjour, *kroshka !*

— Bonjour, monsieur Barshinski.

— Ah ! fit-il en hochant la tête, à la façon d'un grand chien. Tu sais donc qui je suis, *kroshka ?*

— Vous travaillez avec mon papa, monsieur Barshinski. Nous habitons à côté de vous.

— Oui, bien sûr. Tu es la fille de Willoughby, qui vient jouer avec ma Galina et Daisy May. »

La façon dont il prononçait « Daisy May » donnait au prénom quelque chose d'exotique, le fondant en « Daizemé ».

« Je ne peux pas jouer le samedi, expliquai-je. Je vais travailler chez les Hayward, comme vous.

— Alors, nous allons faire le chemin ensemble ! »

Ce disant, il me tendit une main immense, qui semblait absolument incapable de jouer du violon ou de traire une vache. Et, comme j'hésitais à la prendre, ce fut lui qui la referma autour de mes doigts.

« Quel est ton nom, *kroshka ?*

— Sophie, monsieur Barshinski.

— Sophie... Mmmm. »

Il abaissa son regard vers moi, en souriant de nouveau, et je ne trouve qu'un mot pour décrire son visage : il me parut *étinceler*. De près, ses yeux ne semblaient pas aussi sombres : ils étaient d'un brun doré, rayonnant de cordialité tandis qu'il me détaillait. Il se mit à fredonner un petit air, sur lequel il égrena ensuite des paroles dans une langue étrangère, mais je reconnus « Sophie » au passage. Nous traversâmes le pré, lui chantonnant, moi silencieuse. C'était vraiment quelqu'un de merveilleux et, au contact de sa main, je commençais à comprendre pourquoi il était capable de jouer du violon et de traire les vaches. Je lui décochai un regard de côté. Ses cheveux comme sa barbe, noirs, frisés et luisants seyaient parfaitement à ses grandes enjambées, à sa voix profonde jaillissant de sa poitrine comme d'une caverne, un ensemble qui débordait d'énergie communicative. Me regardant, il interrompit sa chanson et, une fois de plus, me sourit.

« Quelle petite *kroshka* tu fais, Sophie Willoughby ! Mais, poursuivit-il en regardant autour de lui, en Angleterre, tout est petit. Des petits bois, des petits champs, des petites filles. »

Et sa voix soulignait « petite » en se haussant de plusieurs notes.

« D'où je viens, continua-t-il en sombrant dans les profondeurs d'une basse mélancolique, tout est grand, immense. Si tu voyais les forêts qu'il y a là-bas, avec des arbres très hauts et tout noirs... Si tu te trouves dans une de ces forêts la nuit, tu risques d'être attaqué par des loups et des ours... Le jour aussi, d'ailleurs.

— D'où venez-vous donc, monsieur Barshinski ?

— De Russie, me répondit-il tristement, en ajoutant : C'est un très vaste pays, la Russie. »

Je n'arrivais pas à me rappeler où se situait la Russie et il me faudrait attendre le soir pour la repérer, quand j'aurais la possibilité d'aller dans le salon consulter l'atlas. Mais tout le monde avait entendu parler de la Russie et savait quel étrange pays c'était. Or voilà que j'avais là M. Barshinski, un Russe en chair et en os, qui me tenait par la main et allait traire les vaches de M. Hayward !

« En Russie, continua M. Barshinski du ton dont on évoque des souvenirs, il y a des aigles qui foncent du ciel sur de petites proies. Si ce ne sont pas les aigles qui les attrapent, alors elles sont dévorées par les ours et les loups. »

Tout d'un coup, je me sentis enlevée dans les airs et me retrouvai perchée sur une épaule de M. Barshinski, d'où je découvrais au loin les vaches pâturant dans le pré de M. Hayward.

Tournant la tête vers moi, le géant éclata d'un grand rire sonore, révélant des dents très blanches ; lorsqu'il me vit rire à l'unisson, il me gratifia d'un clin d'œil et me donna un léger coup de tête affectueux qui mit son chapeau de travers.

Ainsi perchée, progressant au rythme de ses grandes enjambées, je sentais fluer de son épaule une chaleureuse énergie qui m'envahissait toute, me rendant pleinement heureuse dans le même temps qu'elle sapait tout ce qui me faisait Sophie Willoughby. Je lui entourai impulsivement la tête de mon bras, un peu pour assurer mon équilibre, surtout parce qu'il m'attirait comme un aimant. Quand on était si proche de lui, on éprouvait le besoin de le toucher. Il chantait de nouveau et je reconnus le petit air triste qu'il avait joué durant la nuit, près du feu.

Quand il cessa de chanter, il tourna de nouveau la tête et me dit :

« Je ferai peut-être une petite chanson pour toi, *kroshka*. Une chanson tout exprès pour Sophie Willoughby... Ça te plairait ?

— Oh ! oui, monsieur Barshinski ! »

Je me pris à envier Ivan et Daisy May. Vous vous rendez compte ? Avoir un père comme ça !

« Jouerez-vous ma chanson sur votre violon, monsieur Barshinski ?

— Peut-être que oui... peut-être que non.

— Est-ce que je pourrais apprendre à jouer du violon, monsieur Barshinski ?

— Non.

— Oh !...

— Les Anglais n'ont pas l'âme qu'il faut pour jouer du violon. Ils sont trop petits.

— Je sais jouer de l'harmonium », dis-je et il eut un « pfft ! » exprimant à la perfection ce qu'il pensait des gens jouant de l'harmonium. Nous avions maintenant atteint les pâturages de M. Hayward et nous nous étions arrêtés. M. Barshinski regarda les champs et les vaches, puis il me posa par terre, j'eus alors froid comme si l'on m'avait coupée de quelque chose dont je faisais partie.

Quand elles nous virent dans la prairie, les vaches se mirent à avancer doucement vers nous et M. Barshinski les appela de sa belle voix aux intonations étrangères : « Poppii... Daizii... Victoriia... » Elles le rejoignirent et marchèrent alors avec lui, balançant un peu leur tête dont elles le touchaient gentiment de temps en temps. Cela n'a l'air de rien, mais, pour qui connaissait les vaches, c'était absolument incroyable. D'ordinaire, lorsqu'elles entendent approcher quelqu'un, elles s'avancent un peu pour vous regarder, et, si vous continuez de marcher vers elles, elles s'éloignent timidement. Cela faisait un jour seulement que M. Barshinski était à la ferme et déjà il les avait charmées comme le joueur de flûte de Hamelin.

Il effleura un flanc, caressa un museau, puis s'immobilisa pour considérer attentivement une des vaches. Il en écarta doucement les autres et se pencha pour lui tâter les pis. « Celle-là ne va pas bien », dit-il. Alors, émettant de petits bruits de bouche, il la fit se détacher du troupeau et gagner la barrière à l'extrémité du pré.

« Celle-là, il faut que j'en parle à ton papa, me dit-il. Elle est malade. »

La barrière franchie, il s'en fut d'un pas rapide vers les hangars situés derrière la ferme, me laissant déconcertée, fascinée, avec le sentiment que je ne différais guère des vaches qui l'avaient suivi à travers le pré. J'étais toujours figée sur place à regarder dans la direction où il avait disparu, quand M. Hayward sortit de la maison et me dit d'aller vite m'occuper de la laiterie, car Mme Hayward avait beaucoup à faire.

J'aimais Mme Hayward. Elle était très stricte, mais sans les sautes d'humeur qui caractérisaient Mère. Étant chrétienne comme nous, elle aussi cuisinait le samedi pour le dimanche, et c'était pour cette raison qu'elle avait besoin de moi à la laiterie. Quand je la rejoignis, elle achevait de séparer la crème qu'elle allait baratter.

« Oh ! madame Hayward, c'est vraiment extraordinaire ! m'exclamai-je car il me fallait absolument parler à quelqu'un de M. Barshinski. Le nouveau vacher sait se faire suivre par les vaches ! Et il a tout de suite vu que Tansy était malade. Il l'a aussitôt séparée des autres... Et saviez-vous qu'il était *russe ?*

— Va porter ce lait dans la petite pièce, Sophie, et commence vite à nettoyer les bidons. Il y a beaucoup à faire ce matin. (Son front se plissa.) Qu'est-ce qu'elle a, Tansy ?

— Je ne sais pas. M. Barshinski l'a regardée et il a tout de suite dit qu'elle était malade.

— Tu vas pouvoir baratter un peu avant de t'occuper des bidons. As-tu les mains propres ?

— Oui, madame Hayward », dis-je en les présentant à l'inspection.

C'était un grand honneur que de baratter et ça n'était pas souvent que Mme Hayward me permettait de le faire. Soufflant et haletant, je me mis à battre la crème jusqu'à ce que le beurre se forme, petits flocons dorés flottant à la surface bleutée du babeurre. Mme Hayward était sortie parler à son mari et, lorsqu'elle revint, je la vis soucieuse.

« Tansy ne va pas bien, dit-elle, ton père est en train de l'examiner. Donne-moi ce beurre, je vais le laver. Toi, occupe-toi des bidons et puis nettoie bien par terre. »

Je passai cette matinée avec en tête une image de M. Barshinski qui prenait des proportions héroïques. S'il y avait des anomalies dans son existence, elles ne me semblaient pas faire corps avec lui. Je savais que sa femme poussait une charrette et que ses enfants avaient faim, mais cela n'avait rien à voir avec M. Barshinski qui allait écrire une chanson pour moi.

Quand vint l'heure de rentrer à la maison, je m'attardai, dans l'espoir que M. Barshinski fasse le chemin avec moi. Mais il n'était nulle part en vue, pas plus que Peter Hayward. Je supposai qu'ils devaient tous être à s'occuper de Tansy et je finis par m'en aller seule, traversant le « petit » bois, où il n'y avait ni loups, ni ours, ni aigles. Ivan en revanche s'y trouvait, qui ramassait du bois dont il emplissait un sac.

« B'jour, fit-il en pressant un peu le mouvement. Merci pour hier... Pour t'être occupée de Daisy May à l'école. Elle m'a raconté...

— Ivan ! Pourquoi ne m'avais-tu pas dit que tu venais de Russie ? »

Il s'immobilisa, les mains crispées sur le haut du sac. Puis il me regarda avec une expression boudeuse, empreinte de ressentiment.

« Je ne viens pas de Russie, articula-t-il très distinctement. Je suis anglais. Ma mère est de Douvres et je suis né à Wateringbury.

— Mais ton père... il est russe ?

— Il est russe », confirma-t-il d'un ton bref et il se détourna aussitôt pour continuer son ramassage.

« Oh ! Ivan, tu en as de la chance ! Toutes les histoires qu'il doit te raconter ! Les airs qu'il joue sur son violon ! Et puis c'est comme s'il savait parler aux vaches ! Même mon père n'y parvient pas comme lui, et pourtant il a passé toute sa vie avec les vaches. Ton père n'est pas comme les autres, Ivan... Oh ! j'aimerais tant que Papa lui ressemble !

— Ne sois pas stupide ! Tu ne sais pas de quoi tu parles, tu ferais mieux de te taire ! »

Il s'était planté en face de moi, très grand, le visage blême, les yeux plus obliques et brillants que jamais. Nous nous étions déjà disputés, lui et moi. Mais là, c'était différent. Il me parlait comme si j'étais une gamine et lui une grande personne. Je me rendais vaguement compte que je devais l'avoir blessé, mais je ne voyais pas en quoi.

« Qu'y a-t-il, Ivan ? »

Il s'éloigna sans me répondre. De dos, il ressemblait beaucoup à M. Barshinski. Certes il n'avait pas sa haute taille mais comme lui il marchait à grandes enjambées... une démarche quelque peu intimidante et qui vous faisait oublier sa maigreur, son pantalon effrangé. L'enchantement où m'avait plongée M. Barshinski se dissipait et j'en voulais à Ivan. Jusqu'alors, tout avait été tellement merveilleux. Et Ivan avait soudain tout détruit. Pour quelle raison? Parce que j'admirais son père?

A la maison, un succulent déjeuner m'attendait : du rôti d'agneau avec une sauce à la menthe, des pommes de terre nouvelles. Mais mon entrain était tombé et le rôti du samedi ne me parut pas aussi savoureux que d'ordinaire. Mère dut garder le plat au chaud, car Papa arriva très en retard, se mettant aussitôt à parler de M. Barshinski, de Tansy et de mastite.

« Je n'avais encore jamais vu ça, Maud! s'exclama-t-il en manifestant une animation qui lui était inhabituelle. Il s'est aperçu qu'elle n'allait pas, presque avant que Tansy ait quelque chose! Nous avons mis un moment, M. Hayward et moi, avant de comprendre qu'elle nous faisait une mastite. Et quand nous l'avons diagnostiquée, lui avait déjà une fomentation toute prête qu'il lui a appliquée aussitôt. Je suis convaincu qu'elle va guérir. Barshinski examinera tantôt tout le troupeau, et s'il y a le moindre danger, nous leur couperons le lait. C'est vraiment un drôle de type, tu sais. Pendant la traite, il leur chante des chansons, et elles semblent le comprendre... Pour un bon vacher, c'est un bon vacher, et je tire mon chapeau à M. Hayward!

— C'est bien dommage qu'il ne soit pas aussi bon père qu'il est bon vacher, dit Mère d'un ton glacial. Cette petite est venue demander une tranche de cake et un peu de thé. »

Je me figeai. Daisy May qui, par fierté, prétendait qu'une chemise d'homme était un tablier à la dernière mode et avait tenu tête à la terrible Jefford, ne serait sûrement pas venue mendier quelque chose auprès de Mère.

« Laquelle? demandai-je.

— La noire. Celle qui a une robe sale toute déchirée et un air sournois.

— Lui as-tu donné du cake et du thé? s'enquit Papa.

— Non. Je lui ai dit que je passerais moi-même voir sa mère. Elle m'a pratiquement injuriée. Comme c'était dans une langue étrangère je n'ai pas compris, et puis elle a décampé. »

Promenant son regard glacé autour de la table, Mère ajouta :

« Si elle était ma fille, je sais bien ce que je ferais! »

Oui, et nous le savions aussi. Plus tard, tandis que je travaillais de nouveau chez les Hayward, je me dis que c'était bien dommage que les Barshinski eussent encore accentué la mauvaise impression que Mère avait d'eux. Ils étaient mes amis — surtout M. Barshinski et Daisy May — or je sentais que, durant tout l'été, si je voulais passer un moment avec eux, il faudrait imaginer quelque prétexte pour Mère.

Ce soir-là, je vis Daisy May au bazar du village. Edwin avait cassé le verre de lampe dans la cuisine — ce qui lui avait valu une gifle — et j'étais vite allée en acheter un avant que le bazar ferme. J'y trouvai Daisy May, toute rouge et la main pleine d'argent. Je me rappelai alors Papa disant que M. Barshinski avait demandé deux jours d'avance sur sa paie. Daisy May promenait son regard sur les boîtes de biscuits, les paquets de gaufrettes et de figues sèches, les rangées de pots de confiture et de fruits au sirop, qui s'élevaient tel un mur derrière M. Sitford. Mais elle demanda de la margarine, des flocons d'avoine et un paquet de bougies. Lorsque M. Sitford lui eut dit combien cela faisait, Daisy May regarda l'argent dans sa main et demanda s'il avait « un pain de la veille ».

J'avais vivement battu en retraite pendant qu'elle l'achetait et je feignis d'entrer seulement ensuite. Personne ne tient à être vu achetant un pain de la veille.

« B'soir, Daisy May.

— B'soir, Sophie. »

Elle avait un sac à provisions qui, en sus de ses achats, contenait quelque chose de plat et de dur. Je vis que c'était le livre d'Edwin sur les trains.

« Ce n'est pas très intéressant, m'excusai-je, mais Edwin n'a que les trains en tête. Alors, il s'imagine que tout le monde est comme lui.

— Oh! mais si, c'est un livre magnifique! dit-elle avec ferveur en serrant le sac contre elle.

— Je viens juste acheter un verre de lampe... Attends-moi! »

Quand je ressortis de la boutique, Daisy May tenait toujours le sac serré contre elle, comme elle l'avait fait de son bon point.

« Pourquoi le trimbales-tu avec toi? »

Elle hésita avant de me répondre :

« Je ne sais pas où le laisser... Je ne veux pas que Galina ni personne sache que je l'ai. »

Il me sembla la comprendre : on aime avoir des choses uniquement à soi, qu'on ne partage même pas avec sa famille. Mais, en réalité, je ne devais bien saisir que plus tard ce qui l'incitait à toujours emporter avec elle ce qui lui était le plus précieux.

A mesure que nous approchions de la maison, je sentais le samedi soir s'apesantir sur mes épaules. Pour moi, c'était la pire soirée de la semaine.

« Je déteste le samedi soir », dis-je soudain, estimant qu'une confidence en appelait une autre.

Daisy May me regarda avec curiosité en s'enquérant :

« Pourquoi ? Quelle différence avec les autres soirs ?

— Oh ! c'est le soir où l'on prend un bain et se lave les cheveux... La souillarde est toute mouillée par terre, Mère est à cran, et Papa est triste si nous ne savons pas bien notre passage de la Bible. Quant à Lillian, c'est pire que tout. Comme elle joue les hymnes au service du matin, elle passe tout son samedi soir à répéter. Alors pour ce qui est de m'aider à faire les cuivres ou éponger dans la souillarde ! »

Daisy May était comme fascinée.

« Et qu'est-ce que vous faites le dimanche, alors ?

— Pas grand-chose en dehors d'aller au temple, de rester assis avec nos beaux habits. Mais on mange bien et Mère est toujours de bonne humeur. Le soir, nous chantons les hymnes et ensuite nous prenons une tranche de gâteau, avec du cacao, avant d'aller nous coucher. »

Daisy May déglutit.

« Pourquoi tu dis que vous mangez bien le dimanche ?

— Parce qu'il y a toujours quelque chose en plus : une laitue, du céleri... Mère ouvre un nouveau pot de confiture... Et puis il y a les gâteaux qu'elle a cuits le jeudi... et aussi de la crème d'anchois, des fruits, des... »

Je m'interrompis net, m'avisant du mal que j'étais en train de faire. Je ne valais vraiment pas mieux que Lillian ! Raconter nos bombances alors que les Barshinski devaient manger du pain de la veille avec de la margarine !

« Ça te ferait plaisir de venir chez nous demain pour le thé ?

— Oh... Non, merci...

— Je peux, tu sais. Mère dit que je peux amener une amie le dimanche, à condition de la prévenir. Alors, viens donc ! »

Oui, Mère avait dit que je pouvais inviter une amie, mais je devais d'abord la nommer. Si Mère était d'accord, l'invitation était faite par elle à la mère de l'amie en question, étant sous-entendu que l'invitation serait rendue deux ou trois semaines plus tard. Alors qu'est-ce qui me prenait d'inviter Daisy May ? Non seulement de l'inviter, mais d'*insister* pour qu'elle vienne !

« T'es sûre que tu peux ? Tu devrais pas demander d'abord à ta maman ?

— Non, non, lui assurai-je avec hauteur. Tu seras la bienvenue. Nous prenons le thé à cinq heures et demie.

— Si tu es sûre... »

Elle ouvrait tout grands ses yeux, qui brillaient comme lorsque Miss Thurston lui avait donné le bon point. Serrant contre elle le livre d'Edwin sur les chemins de fer, elle se répandit en remerciements haletants. Quand nous arrivâmes devant chez elle, Daisy May me dit impulsivement :

« Vous êtes la famille la plus *gentille* que j'aie jamais connue. Tous, vous êtes gentils... Enfin, pas Lillian, non. Ivan ne l'aime pas. Mais tous les autres... Oh! vous êtes merveilleux! »

Et de s'enfuir en courant vers la Maison du Hibou.

Gentils... Je me demandais si elle serait encore de cet avis quand je devrais annuler mon invitation ou qu'elle arriverait à la maison pour s'y voir gratifier de l'accueil glacial de Mère? Oh! comme je m'en voulais! Pourquoi avais-je insisté? Rien ne me servirait donc jamais de leçon? Qu'est-ce que j'allais raconter à Mère? Elle m'avait dit de ne pas jouer avec les petits Barshinski, et voilà que je les invitais à la maison, pour le thé! Pour tout arranger, c'était samedi soir et... Juste comme j'arrivais à la porte de derrière, le verre de lampe m'échappa et se brisa par terre.

« Merci, mon Dieu! » dis-je ce soir-là avec ferveur quand, les cheveux encore humides du bain, je me retrouvai étendue dans mon lit après avoir mis ma chemise de nuit toute propre, car j'en changeais chaque semaine. « Merci, mon Dieu, pour avoir écouté Ton humble mais reconnaissante servante, Sophie Emily Willoughby, et avoir exaucé ses prières! Merci, Seigneur! Je te promets désormais de bien apprendre ma Bible, de ne pas laisser vagabonder mes pensées quand je suis au temple, et de ne plus me ronger les ongles! J'obéirai bien à Mère et je m'efforcerai d'aimer ma sœur Lillian. Je donnerai le contenu de ma tirelire à la prochaine quête pour les lépreux, et je m'exercerai mieux à l'harmonium afin de pouvoir, moi aussi, jouer les hymnes au temple. O mon Dieu, je n'oublierai jamais ce que Tu as fait pour moi, et Tu sais que je T'en suis reconnaissante de tout mon cœur. Amen. »

Car un miracle — il ne pouvait s'agir que d'un miracle — s'était produit.

Juste comme je regardais avec consternation les débris du

verre de lampe, la porte de derrière avait soudain livré passage à Mère, tenant une couette de plumes dans ses bras.

« Laisse-moi passer, Sophie.

— J'ai cassé le verre de lampe ! » balbutiai-je et Mère, au lieu de se mettre en colère, parut simplement contrariée.

« Je ne pouvais pas deviner que tu étais derrière la porte. Tu aurais dû t'écarter plus vite. Enfin, ça ne fait rien, nous nous débrouillerons avec des bougies.. Porte une bouilloire d'eau chaude chez les Barshinski. Fais bien attention de ne pas en verser et te brûler. Quand tu reviendras, tu rempliras la cuve à lessive. »

Je la suivis d'un regard incrédule, tandis qu'elle franchissait la haie avec la couette (une vieille couette, d'accord, mais quand même...). J'éprouvai quelque remords de lui avoir laissé croire que c'était à cause d'elle que j'avais cassé le verre de lampe, toutefois, il disparut presque aussitôt, noyé dans l'intense soulagement qui m'habitait. Je portai la bouilloire chez les Barshinski, mais Mère vint à la porte me la prendre des mains et me renvoya, si bien que je n'entrevis même pas ce qui se passait à l'intérieur de la Maison du Hibou.

Des détails du miracle émergèrent lentement d'une succession de monologues qui prirent place durant que Mère me baignait, me lavait les cheveux, épongeait l'eau par terre et remplissait de nouveau la cuve.

Pendant que je me trouvais au bazar, Mère était allée chez les Barshinski comme suite à la demande de cake et de thé. Là, elle avait trouvé Mme Barshinski étendue sur le lit de fer, avec juste des sacs d'herbes en guise de matelas. La fragile fierté qui avait permis à la pauvre femme de faire face lorsque Lillian et moi étions allées la voir n'avait pas résisté à la nouvelle — s'ajoutant à la maladie — que Galina était allée mendier, non pas pour la famille, mais pour elle seule. S'effondrant, Mme Barshinski avait tout raconté à Mère, disant qu'elle n'y arrivait plus, et se demandant ce qu'ils allaient tous devenir.

Du coup, l'attitude de Mère avait changé, car il s'agissait maintenant de pauvres gens ayant besoin de secours et qui seraient reconnaissants de ce que l'on ferait pour eux. Plus aucun risque qu'ils se croient nos égaux. A présent, notre supériorité était affirmée.

S'il s'était agi d'enfants de bohémiens, ça n'aurait pas marché. Mais, des confidences de Mme Barshinski, il ressortait que ça n'était pas le cas, et que nous ne risquions donc pas d'être contaminés en frayant avec eux. Tout au contraire, nous

nous améliorerions à leur contact, car nous devrions leur donner constamment le bon exemple. Bien sûr, il leur faudrait savoir rester à leur place. Qu'ils se hasardent à nous parler sur un pied d'égalité et Mère redeviendrait glaciale. Mais Mme Barshinski, à tout le moins, avait pleinement conscience de son statut social, et cela lui valait d'avoir Mère entièrement de son côté.

A ce qu'il semblait, Mme Barshinski avait été membre des Amis[1] à Douvres, où elle était en service comme femme de chambre dans une propriété sise juste à la sortie de la ville ; c'est là qu'elle avait connu M. Barshinski et, contre l'avis des Amis, l'avait épousé. M. Barshinski venait de Russie et avait travaillé dans une ferme ; c'était tout ce que Mère savait de lui. D'ailleurs, elle ne s'intéressait guère à cet homme, un mauvais mari qui ne restait jamais longtemps dans une place et était toujours à court d'argent. Lèvres pincées, Mère n'avait pas voulu en dire davantage devant nous. Suivant son mari de village en village, de ferme en ferme, devenant sans cesse plus pauvre et moins respectable, Mme Barshinski s'était refusée à demander de l'aide aux Amis. Elle aurait eu trop honte, disait-elle. Et à présent voilà qu'elle était malade (Mère avait échangé avec Papa un regard signifiant que la nature de la maladie ne devait pas être mentionnée en notre présence) sans un toit convenable au-dessus de sa tête, ni même un matelas. Et il y avait ses enfants, qu'elle s'était efforcée de bien élever... Or Galina était déjà en train de mal tourner, allant mendier de porte en porte et couchant dehors près du feu, comme le faisait son père... Qu'allait-il advenir des deux autres ? Mme Barshinski n'en savait rien, d'autant qu'à changer sans cesse d'école, ils se trouvaient être très en retard dans leurs études ; en outre, elle ne pouvait même pas les nourrir convenablement, et pour ce qui était de les habiller... Ah ! si elle n'avait pas eu Daisy May, une bonne petite fille qui aidait bien sa maman, Mme Barshinski se demandait si elle serait arrivée au bout de ce dernier déménagement, malade comme elle l'était.

« Maman, puis-je inviter Daisy May demain pour le thé ?

— Oui », me dit Mère sans marquer la moindre hésitation, et demain matin je pourrais même lui porter de vieux vêtements afin que la pauvre enfant ait quelque chose de convenable à se mettre. Papa, lui, voudrait-il rechercher cette

---

1. La « Société des Amis » est le véritable nom des quakers, ce dernier n'étant qu'un sobriquet. (N.d.T.)

vieille marmite que les Barshinski pourraient accrocher à leur crémaillère, car on se demandait vraiment comment cette malheureuse créature pensait nourrir toute une famille sans rien pour cuisiner.

Mère continuait inlassablement le récit de cette triste et pathétique histoire qui, à travers elle, devenait plus le regret d'une respectabilité perdue que la douloureuse tragédie d'une femme. Peu importait du moment qu'elle était décidée à leur venir en aide ; mais, me rappelant la fierté de Daisy May à propos de la chemise d'homme, j'espérais que Mère n'oublierait pas que ces gens pouvaient aussi avoir des sentiments qu'on se devait de ménager.

Assis, Papa lisait la Bible, et, de temps à autre, il avait un petit frémissement au coin des lèvres. Il ne prit la parole qu'une seule fois et ce fut lorsque Mère se mit à vilipender M. Barshinski disant qu'un homme pareil devrait être tenu à l'écart, montré partout du doigt, etc. Oh ! mais maintenant, grâce à Mère, Mme Barshinski savait ce qu'elle devait dire et faire !

C'est alors que, levant les yeux de sur sa Bible, Papa était intervenu d'un ton très lent et mesuré :

« J'espère que tu n'es pas en train de susciter des troubles entre un mari et sa femme, Maud. C'est bien de les aider, mais il ne faut pas te prévaloir de ton geste charitable pour dire à une épouse quelle attitude elle doit avoir envers son mari. Un homme mène sa vie comme il l'entend et ce n'est pas à toi de lui dicter sa conduite. »

Du coup, Mère avait gardé le silence durant quelques instants, puis elle était repartie de nouveau, parlant d'habiller Ivan avec de vieux vêtements d'Edwin et de chercher un emploi pour l'aînée des filles afin qu'elle cesse de traîner partout comme une romanichelle.

Plus tard, tandis que Papa me séchait les cheveux devant le feu (le seul bon moment du samedi soir) je lui chuchotai :

« Papa, je ne crois pas que M. Barshinski soit un mauvais homme. Je l'aime bien, moi. »

Et Papa avait souri, en me disant très doucement :

« C'est un excellent vacher, Sophie, et cela doit nous suffire en ce qui le concerne. »

Le lendemain après-midi, à cinq heures et demie très exactement, vêtue d'une de mes vieilles robes et avec aux pieds des « chaussures pour les pauvres », Daisy May se présenta à la porte de derrière. Mère la détailla d'un œil critique, puis eut un hochement de tête approbateur.

« Tu es très bien, ma chérie, lui dit-elle avec amabilité. Tu es joliment coiffée. Je te donnerai un des rubans de Sophie, que tu pourras couper en deux et garder pour les dimanches.

— Merci, madame Willoughby. »

Même dans son tablier improvisé et nu-pieds, Daisy May était propre. C'était dans sa nature. Mais pour ce qui était de la beauté, elle était comme moi, ni grande ni petite, avec des yeux tirant sur le gris et des cheveux tirant sur le blond. Oui, elle était comme moi, et comme une douzaine d'autres filles du village, mais toujours très propre.

Elle s'avança timidement à l'intérieur de la cuisine et fit des yeux ronds à la vue de la table servie, mais détourna aussitôt son regard tandis qu'un afflux de sang avivait lentement son visage.

Mère n'était jamais aussi bien que le dimanche, son jour préféré. Pas de cuisine à faire, et le couvert mis sur la nappe brodée, avec le plat à gâteau et le compotier en verre taillé que Mme Fawcett lui avait donnés lorsqu'elle avait quitté White House pour se marier. Autour de la table, tous les siens sur leur trente-et-un, très comme il faut, rayonnants de santé. C'était la récompense de son dur labeur au long de la semaine.

Elle avait aussi plaisir à se rendre au temple. Trois fois dans la même journée, c'était trop pour nous, pas pour Mère qui, en manteau et bien chapeautée, était heureuse de traverser le village en se sachant élégante, puis de rester ensuite bavarder devant le temple avec ses amies. Ce dimanche-ci, elle avait pu les régaler en leur racontant dans ses moindres détails l'histoire de « cette pauvre créature qui habite à côté de chez moi ». Et les réactions avaient été celles que Mère escomptait, allant de la surprise horrifiée des unes à la satisfaction de s'entendre déclarer par les autres : « En tout cas, on peut dire que vous faites votre devoir de chrétienne en vous occupant ainsi de ces gens, madame Willoughby ! » Mère avait souri, non seulement parce que la louange lui était agréable, mais parce qu'elle aimait se trouver au centre d'une situation dramatique.

Je n'oublierai jamais ce premier thé avec Daisy May. Une partie de mon être se réjouissait de la voir manger de si bonnes choses, en même temps j'avais envie de pleurer : Daisy May se comportait comme si elle avait été dans une église. Elle avait regardé avec une sorte de respect craintif sa serviette de table brodée, et, lorsqu'elle nous avait vus en glisser un coin à l'intérieur de nos cols elle avait fait de même, comme s'il se fût agi d'une précieuse dentelle. Elle observait avec attention tout ce que nous faisions : la façon de beurrer le pain, de manger la salade. Lorsque Mère découpa les gâteaux et en offrit à la ronde, je crus bien que Daisy May allait refuser poliment, parce qu'elle se sentait incapable de faire un choix. C'est alors que Papa dit :

« Le dimanche, on a droit à un morceau de chacun des gâteaux. »

Mère sourit et se montra très gentille avec mon invitée. Edwin lui servit de la confiture et ma sœur elle-même alla jusqu'à déclarer que, si ça lui faisait plaisir, Daisy May pourrait venir l'écouter jouer de l'harmonium dans le salon.

Je pensai qu'elle eût certainement préféré venir s'amuser avec moi dans la cour, mais elle alla dans le salon où, perchée à l'extrême bord du canapé, les mains croisées sur ses genoux, elle écouta jouer Lillian tout en promenant un regard admiratif sur les porcelaines de Mère qui décoraient le dessus de la cheminée, les têtières dues au diligent crochet de Grand-mère Cobham qui paraient tous les fauteuils, le linoléum ciré, le pare-étincelles devant la cheminée. Je crois bien qu'elle serait restée assise là toute la nuit si, juste comme sept heures sonnaient et que nous nous préparions pour nous rendre à l'office du soir. M. Barshinski n'avait toqué à la porte de derrière afin de récupérer sa fille.

Mère reparut, et dit d'un ton désapprobateur :

« Daisy May, ton père est venu te chercher. Apparemment ta maman te demande. »

Mon cœur bondit et je me levai aussitôt.

« Je vais lui dire que tu arrives, Daisy ! »

Il attendait dans notre cour, l'emplissant de sa présence. Mais, passé le premier instant, le plaisir de le revoir fit place à la déception. Car il n'était pas seul et avait un bras autour des épaules de Galina. A quelques pas en arrière, se tenait Ivan. J'eus brusquement conscience que c'était la première fois, depuis le jour de leur arrivée, que je voyais M. Barshinski avec ses enfants. Rien qu'à la façon dont la fille se blottissait contre son père, tandis qu'Ivan demeurait en retrait, l'air boudeur, on comprenait sans peine vers qui allait les préférences du Russe.

« B'soir, Papa, dit Daisy May, comme en transe. Faut vraiment que je rentre ?

— Ta maman te demande, *kroshka*. »

Et j'avais cru que *kroshka* était un surnom pour moi seule !
« Bien, Papa. »

Daisy s'éloigna dans la cour et disparut par l'ouverture de la
haie. M. Barshinski se tourna alors vers ma mère, glaciale.

« Elle a été sage, oui ? Ma Daizemé est une bonne petite ?

— Oui, très sage, monsieur Barshinski.

— Et comment va la petite Sophie ? dit-il en étendant la
main et me levant un peu le menton. Tu aimes bien Daizemé,
hein ? Et ma Galina aussi ? »

Sa Galina et moi nous entre-regardâmes. Et ce que nous
vîmes ne nous plut pas. Ses yeux exprimèrent une sorte
d'hésitation, puis s'étrécirent exactement comme ceux des
chats en fixant soudain quelque chose derrière moi. Un sourire
s'épanouit sur ses lèvres, le même sourire que j'avais déjà eu
l'occasion de voir sur le visage de M. Barshinski et d'Ivan.

« Bonsoir », dit-elle à mi-voix et j'entendis derrière mon dos
Papa lui répondre en même temps qu'Edwin.

« N'est-ce pas qu'elle est belle ma Galina ? Partout où je
vais, je regarde les pères avec leurs filles et je me demande
comment il se fait que moi, Nikolaï Igorovitch Barshinski, j'aie
la plus belle fille du monde ?

— Ma fille Lillian est généralement considérée comme très
jolie, laissa tomber Mère avec hauteur, mais c'est bien la
dernière chose que nous dirions devant elle. Avant tout, une
jeune fille doit savoir se bien tenir au physique comme au
moral, et je suis heureuse de pouvoir dire que Lillian est non
seulement jolie, mais aussi très bien élevée. »

Cela doucha Galina, dont le beau cou crémeux s'inclina
légèrement tandis que ses longs cils voilaient tristement son
regard de chatte.

« Mais oui, bien sûr ! opina M. Barshinski en riant. Aux
yeux de son papa comme de sa maman, toute fille est une
beauté et tout fils un héros, non ? »

En riant de plus belle, il s'avança et prit Edwin par le
menton.

« Un brave garçon, hein ? fit-il en regardant Papa, qui se
borna à sourire en acquiesçant.

— Vous avez offert l'hospitalité à ma petite Daizemé,
enchaîna alors M. Barshinski avec faconde. Aussi vous êtes
tous invités chez Nikolaï Igorovitch Barshinski. Nous n'avons
pas grand-chose à manger, mais ce que nous avons, nous le
partageons volontiers. En revanche, nous sommes riches en

musique... Galina dansera et chantera pour vous... Nous ferons un grand feu de joie autour duquel nous nous assiérons. Vous voulez bien venir ce soir ? »

Oh ! comme cela me paraissait merveilleux ! Je risquai un coup d'œil en direction de Lillian et d'Edwin. Ma sœur avait une expression désapprobatrice et vaguement effrayée, mais Edwin souriait de toutes ses dents. Il brûlait autant que moi d'aller de l'autre côté de la haie.

« Un dimanche ! » suffoqua Mère.

Avant qu'elle eût recouvré son souffle, mon père dit vivement :

« C'est très aimable à vous, monsieur Barshinski. Mais le dimanche soir nous allons au temple, et ensuite nous faisons nous-mêmes de la musique. Nous chantons quelques hymnes, que nos filles accompagnent à l'harmonium. Une autre fois, peut-être... »

Nullement offensé, M. Barshinski agita la main avec une aisance de grand seigneur.

« Entendu pour une autre fois, alors ! » dit-il de sa belle voix aux riches sonorités.

Il me donna de nouveau une petite tape affectueuse sous le menton en l'accompagnant d'un clin d'œil, puis tourna les talons et ce fut comme si le soleil quittait notre cour.

« Eh bien ! » fit ma mère.

Ivan était demeuré appuyé contre la niche du chien. Son visage exprimait tout à la fois regret, fierté et ressentiment. Tirant Mère par le bras, je lui parlai à l'oreille et, parce que c'était dimanche, elle fit taire son indignation en regardant le garçon.

« Nous avons fini notre thé, Ivan. Mais tu peux entrer manger un morceau de gâteau. »

J'étais certaine que ce morceau de gâteau lui faisait terriblement envie, vu qu'ils avaient dû se contenter de porridge et de pain rassis, avec de la margarine ou la confiture de Mère s'il leur en restait encore.

« Non, merci, madame Willoughby. »

Au lieu de dire cela avec une politesse empreinte d'humilité, il le fit avec une sorte de fierté agressive et Ivan Barshinski n'avait pas le droit de se montrer fier.

« Comme tu veux », se contenta de dire Mère avant de regagner la maison avec Edwin et Papa.

M'approchant alors d'Ivan, je cherchai désespérément un sujet de conversation. J'aurais voulu lui parler de son père, mais il n'aurait pas apprécié. Et je ne pouvais pas davantage lui raconter que Daisy May était venue pour le thé, de crainte qu'il ne prenne ça pour une forme d'aumône.

« Comment va ta maman ?

— Mieux, merci. »

Une longue pause.

« Daisy May et moi sommes très amies maintenant.

— Parfait. »

S'il ne tenait pas à parler, pourquoi restait-il ainsi debout près de la niche ? Pourquoi ne rentrait-il pas chez lui ? Et si...

« Crois-tu que ton père pourrait m'aider à trouver du travail ? Je ferais n'importe quoi. Le boulot des fermes, ça me connaît : j'ai déjà fait la fenaison, la moisson, la cueillette des fruits, j'ai gardé les vaches... Bref, un tas de choses.

— Tu ne vas pas aller à l'école ?

— Non. »

Il avait treize ans et devait donc normalement faire encore une année d'école. Mais, quand une famille était pauvre, M. Deacon fermait souvent l'œil sur ces situations irrégulières. De toute façon, cela eût demandé trop de travail de rechercher l'âge exact des Barshinski et d'établir le nombre d'années où ils avaient étudié dans une école ou une autre.

« Ma foi, je pense que Papa pourrait demander à M. Hayward s'il a...

— Non pas les Hayward, m'interrompit vivement Ivan. Je ne veux pas travailler chez eux.

— Bon, alors je vais lui poser la question.

— Oui, mais pas devant ta mère. (Et extériorisant brusquement ce qui le tourmentait :) Nous ne voulons pas des charités de ta mère. Si je trouve du travail, nous pourrons nous débrouiller seuls.

— D'accord, Ivan. »

Il marqua un temps, semblant estimer que j'avais droit à une explication.

« Daisy May, c'est pas la même chose. Elle est trop jeune pour comprendre et, de toute façon, c'est une fille. Maman est trop malade pour bien se rendre compte... Quant à Galina, du moment qu'elle a ce qu'elle veut, peu lui importe comment elle l'obtient. Mais, moi, ça m'importe. Nous ne sommes pas des bohémiens, tu comprends ? »

Je ne répondis pas, tellement j'étais gênée de penser que nous continuions à parler d'eux comme si justement ils étaient des bohémiens.

« Je vais demander à mon père.

— Merci. »

Du coup, il retrouva cet éclatant sourire qui me coupait le souffle, et encore plus maintenant que je me rendais compte que c'était le même sourire que celui de son père. Il s'apprêtait à repartir quand la porte de la souillarde s'ouvrit, livrant passage à Lillian avec le restant d'un des gâteaux posé sur un morceau de papier blanc.

« Tiens, c'est pour toi. »

Il regarda le gâteau, puis détourna les yeux.

« Non, merci. »

Lillian me parut toute drôle, nerveuse, sans son assurance habituelle.

« Prends-le !

— Non.

— Prends-le, Ivan, je t'en prie, m'écriai-je impulsivement, et une inspiration soudaine me fit ajouter : Prends-le pour ta mère. Si tu le lui sers avec une tasse de thé, je suis sûre que ça lui fera plaisir. »

Comme il hésitait, je pris le gâteau et le fourrai de force entre ses mains.

« Au revoir », lui dis-je en poussant ma sœur à l'intérieur de la maison.

Détail curieux : je croyais que c'était Mère qui avait fait porter le gâteau ; au cours de la soirée, pourtant, je l'entendis demander où était passé le morceau qui restait.

Chapitre trois

৵

Le lendemain matin, bien que ce fût jour de lessive, Mère entra en action. En sus de la marmite pour accrocher à leur crémaillère, elle porta chez Mme Barshinski un fauteuil ayant appartenu à Grand-mère Willoughby, des draps usagés mais parfaitement rapiécés, deux lits de camp avec des couvertures grises, un sac de pommes de terre et un gros chou que Papa avait rapporté du potager.

Lorsque Daisy May et moi revînmes de l'école à l'heure du déjeuner, nous trouvâmes Mme Barshinski debout, vêtue d'une robe d'été de Mère, et occupée à mettre le couvert sur une table que je me rappelai avoir vue dans notre appentis. Bien lavée et brossée, recouverte d'un morceau de toile cirée, elle contribuait à rendre la cuisine de la Maison du Hibou quelque peu semblable à la nôtre.

Il m'arrive parfois de penser que ça n'était pas seulement le travail harassant, mais l'ennui qui rendait Mère tellement irritable, l'ennui engendré par les besognes fastidieuses qui se répétaient d'une semaine à l'autre. Car, ce lundi-là, en dépit de tout ce qu'elle avait dû faire en sus de ses occupations habituelles, elle était pleine d'entrain, échafaudant des plans pour réformer l'existence des Barshinski.

Débordante de reconnaissance, aisément malléable, Mme Barshinski devint vite une pâle copie de Mère, allant jusqu'à faire elle aussi les chambres le vendredi. Mais cela dura seulement le temps que Mère s'employa à la stimuler.

Après quoi, Mère passa à Galina et là ce fut beaucoup moins facile, car personne ne souhaitait — pour des raisons bien compréhensibles — prendre Galina à son service.

L'histoire des Barshinski avait vite fait le tour du village, d'abord chez les paysans, puis chez les riches. Que M. Hayward prît des risques avec son nouveau vacher, disait-on, c'était son affaire. Mais qui aurait voulu avoir dans sa maison une fille comme Galina ? Et la tâche de Mère se trouvait encore compliquée par le fait que Galina ne tenait aucunement à travailler. Aussi Mère décida-t-elle de lui parler franchement, un jour que Galina était chez nous assise à la table de la cuisine, ses yeux de chat regardant fixement la toile cirée, ce qui réussissait à la faire paraître tout à la fois humble et impertinente.

« Je vais demander à Mme Hayward si elle veut t'employer, c'est le mieux que je puisse faire. Évidemment, ça n'est pas comme d'aller dans une grande maison, mais tu n'as aucun certificat, et Mme Hayward, qui est une bonne chrétienne, te paiera équitablement, si tu es disposée à travailler en sachant tenir ta langue. »

Galina rougit, puis parut soudain effrayée.

« Je ne m'entends pas avec les femmes. Elles ne m'aiment pas », dit-elle d'une drôle de voix.

Ivan et Daisy May parlaient tous deux exactement comme nous, mais Galina unissait l'accent du Kent à celui de son père. Des trois enfants, elle était d'ailleurs la seule à parler russe avec lui... Quand M. Barshinski s'adressait dans cette langue à Ivan ou Daisy May, il était clair que ceux-ci le comprenaient, mais ils lui répondaient en anglais. Au contraire, Galina et son père avaient de longues conversations en russe, même devant d'autres personnes, ce que Mère jugeait très mal élevé.

« Eh bien, ma petite, tu vas être obligée de t'entendre quand même avec les femmes, car ce sont elles qui commandent à la maison.

— Je ne crois pas que j'aie envie de me placer. »

Mère se hérissa et dit d'un ton pincé :

« Ah ? Et que comptes-tu faire alors ? Continuer de vivre aux crochets de tes parents ? Il y a longtemps qu'une grande mollasse comme toi devrait rapporter un peu d'argent à la maison, au lieu de flemmarder toute la journée. »

Galina pâlit, puis devint écarlate et leva vers Mère des yeux étincelants de colère.

« Ne m'appelez pas grande mollasse ! » lui lança-t-elle en se mettant debout.

Mais elle ne connaissait pas Mère qui, elle aussi, avait mauvais caractère et beaucoup plus d'expérience qu'une toute jeune fille.

« Tu te lèveras quand j'en aurai terminé avec toi, pas avant ! lui dit-elle en la forçant énergiquement à se rasseoir. Ta mère m'a demandé de faire ce que je pouvais pour toi, et je vais m'y employer.

— Mon père et moi nous débrouillons très bien tout seuls, rétorqua Galina d'un ton boudeur, sa colère n'ayant été qu'un feu de paille. Nous n'avons pas besoin qu'on se mêle de nos affaires.

— Si c'est ce que tu souhaites, d'accord. Mais je ne t'enverrai pas à manger. Tu n'auras qu'à grappiller des mûres comme font les bohémiens ! Et pas question que tu te serves de mon savon pour te laver les cheveux. Si tu tiens à vivre comme les bohémiens, libre à toi. Si tu n'es pas gênée de te promener avec une robe sale et déchirée, moi ça ne me dérange pas non plus, à condition que tu te tiennes à l'écart. Si ça te chante, tu peux même aller vivre dans les bois, comme une sauvageonne. Mais je ne tolérerai pas que tu frayes avec une famille convenable ! »

Le visage de Galina refléta son incertitude angoissée. Une partie d'elle-même souhaitait rejeter la proposition de Mère, mais, vu sa jeunesse, elle n'était pas du tout sûre d'arriver à se débrouiller seule. Et Galina ne voulait à aucun prix ressembler à la vagabonde malodorante que Mère venait d'évoquer. Elle avait été atteinte dans sa vanité, et je vis avec surprise ses yeux s'emplir de larmes avant qu'elle s'abatte en sanglotant sur la table. Mère parut déconcertée et demeura un moment à la considérer, semblant penser comme moi que Galina jouait la comédie. Puis elle dit d'une voix quelque peu radoucie :

« Allons, ça ne sert à rien de pleurer. Il t'appartient de faire ton choix. Tu peux aller dans les bois mener la même vie que ton père, ou bien chercher à t'améliorer en prenant un emploi.

— Si je dois travailler, il me faudra une autre robe. Je ne peux pas aller quelque part dans cette tenue.

— On y pourvoira là où tu iras, se borna à répondre Mère.

— Si je vais chez les Hayward, est-ce que je devrai rester coucher ? »

Là, Mère marqua une hésitation.

« Non, chez les Hayward, probablement pas. Je pense que tu pourras t'y rendre chaque matin. »

Galina porta une main à sa luisante chevelure et la caressa en un geste qui avait quelque chose de déplaisant, de gênant. Encore pleins de larmes, ses yeux parurent plus obliques que jamais, cependant que le fait de renverser un peu la tête accentuait les ombres sous ses pommettes.

« J'aimerais rester coucher dans un bon lit, avec un matelas et des draps qui seraient doux contre mon corps... »

Les joues de Mère s'avivèrent : la façon dont Galina disait cela était presque indécente.

« Tu n'auras pas le choix. Si je réussis à te faire prendre par les Hayward, ils verront ce qui leur convient le mieux : que tu restes coucher ou non.

— Bon, eh bien, d'accord. »

De nouveau, Galina se transformait en un clin d'œil, retrouvant son sourire et regardant Mère entre ses longs cils.

« Merci, madame Willoughby, dit-elle d'une voix de petite fille. Je sais tout ce que vous faites pour nous... Nous vous en avons beaucoup de reconnaissance. »

Et de sourire à nouveau avec une rayonnante humilité. Mais Mère ne fut visiblement pas dupe.

Il se trouva que, chez les Hayward, on n'était pas du tout disposé à engager Galina.

« Je suis désolée, madame Willoughby. Si je le pouvais, j'aimerais bien venir en aide à cette pauvre créature — la mère, j'entends — mais avec mon Peter, pas question d'avoir cette fille dans la maison. Il vient d'avoir seize ans et je ne veux pas courir de risques avec quelqu'un ayant de pareils antécédents.

— Sa mère est une Quaker, madame Hayward. A Douvres, elle faisait partie des Amis. »

Mme Hayward secoua doucement la tête.

« Ce n'est pas la mère qui est en cause, et vous le savez bien. S'il s'agissait de la plus jeune fille, ce serait différent. S'ils sont encore ici lorsqu'elle aura terminé sa scolarité, je l'emploierai volontiers. Mais pas l'aînée : elle ne me paraît bonne qu'à occasionner des ennuis. »

Chez les Tyler, on ne voulut pas davantage de Galina ; chez les Borer non plus, ni chez les Sitford, pas même chez les vieilles demoiselles Tune. Il semblait n'y avoir d'autre issue pour Galina que la fabrique de conserves, mais Mère l'avait prise sous son aile et envoyer Galina à la fabrique lui eût semblé presque aussi mal que d'y laisser aller l'un de nous.

Finalement, elle annonça son intention d'en parler à M. Hope-Browne la prochaine fois qu'il viendrait à la maison.

« Puisque l'Église d'Angleterre dit être toujours prête à aider ses frères malheureux, ce sera l'occasion de le montrer. »

Dans notre village, nous n'avions avec l'Église d'Angleterre que des rapports épisodiques et un peu guindés. Nous, Frères de Plymouth [1], avions besoin des anglicans pour nous marier et être enterrés dans leurs cimetières. C'était l'Église d'Angleterre qui dispensait l'assistance publique, et certaines fêtes — tel le banquet du Couronnement qui aurait lieu en juin — se déroulaient sous son égide dans la salle des fêtes paroissiale. L'Église d'Angleterre, c'était la religion *officielle*. Le roi en était le chef et tous les riches propriétaires, le docteur, le notaire, etc., étaient anglicans.

Mais ils avaient aussi besoin de nous, car presque toutes les familles de travailleurs faisaient partie des Frères, à moins qu'elles ne fussent rien du tout ou — pire encore — catholiques comme les Kelly qui habitaient près de la voie du chemin de fer. Mon père prêchait et ma mère avait pris la direction des œuvres. Aussi, lorsqu'on avait besoin d'un brave garçon comme aide-jardinier ou d'une fille sérieuse pour travailler à demeure, c'était presque toujours eux qu'on venait trouver. On avait la certitude qu'une fille recommandée par Mme Willoughby était honnête, dure à l'ouvrage, et savait rester à sa place.

M. Hope-Browne, le vicaire, assurait la liaison, car le pasteur ne condescendait généralement pas à nous approcher lui-même. Aussi, lorsque nous voulions emprunter la salle des fêtes, ou s'il y avait lieu de procéder à un mariage, à un enterrement, c'était M. Hope-Browne que nous demandions à voir. A Noël et à Pâques, Mère et lui avaient de longues discussions pour savoir à qui iraient les bourses Fortescue, provenant d'un legs fait en 1856 par l'honorable Simon Fortescue « pour venir en aide à des pauvres de la paroisse, sans considération de sexe, ni de religion ».

Je plaignais M. Hope-Browne et je n'étais sûrement pas la seule. En effet, il était tout jeune, horriblement timide, et jamais je n'avais vu garçon souffrir autant que lui de l'acné. Comme il avait les cheveux d'un blond presque blanc avec le teint très pâle qui accompagne une telle chevelure, chaque bouton, chaque pustule, y prenait un terrible relief. Et, M. Hope-Browne rougissant facilement, cela aggravait encore les choses. Son seul attrait, c'était sa voix, une jolie voix de

---

1. Les Frères de Plymouth sont les adeptes du darbysme, doctrine religieuse répandue par un pasteur anglican, John Nelson Darby (1800-1882), et qui est un calvinisme très strict, une sorte de jansénisme protestant. (N.d.T.)

ténor dont il usait à la perfection, sans l'ombre d'un accent, mais aussi sans cet excès d'articulation qui caractérisait le pasteur ou M. Fawcett. M. Hope-Browne prononçait chaque mot exactement comme l'on sentait qu'il devait l'être. Peter Hayward m'avait dit (les Hayward étaient anglicans) que, lorsque M. Hope-Browne chantait dans un concert, on en oubliait presque son acné.

Je fus dépêchée au presbytère avec un mot de Mère demandant quand M. Hope-Browne pourrait la recevoir sans que cela le dérangeât trop. Et, le lendemain après-midi, il arriva à bicyclette, vers l'heure du thé. C'était toujours ainsi : bien que Mère demandât chaque fois respectueusement à quelle heure elle pourrait se présenter au presbytère, c'était M. Hope-Browne qui venait chez nous à bicyclette vers l'heure du thé. Il s'excusait en rougissant du dérangement qu'il causait, mais finissait par s'asseoir à table et participer à notre repas avec un bel appétit.

L'entretien se déroulait selon un rite immuable. De son ton le plus distingué, Mère demandait des nouvelles de Mme Lovelace, la femme du pasteur. Elle estimait devoir le faire, parce qu'elle avait souvent servi le thé à Mme Lovelace, quand elle était femme de chambre à White House. Puis M. Hope-Browne s'informait auprès de Papa du rendement laitier chez les Hayward, et Papa demandait en retour comment allait le pasteur. Après quoi, ils parlaient des pauvres qui avaient bénéficié des bourses Fortescue, du roi, et autres choses de bon ton sans rien de confessionnel.

Depuis quelque temps, j'avais remarqué un changement d'ambiance lors des visites de M. Hope-Browne, et il était dû à Lillian. Ma sœur ne participait pas à la conversation (on nous disait de garder le silence quand les grandes personnes parlaient et nous n'avions guère le droit que de dire « merci » en dehors de répondre aux questions qu'on nous posait), mais elle donnait conscience de sa présence par de menues choses, comme pour annoncer qu'elle allait bientôt faire son entrée dans le monde des adultes.

Ainsi, cet après-midi-là, en présentant le plat de gâteaux, elle dit :

« Essayez un de ceux-ci, monsieur Hope-Browne. Ils sont absolument délicieux. »

Je m'attendais que Mère la foudroie du regard, mais il n'en fut rien. Mère continua de l'observer en souriant. M. Hope-

Browne piqua un fard et prit un des gâteaux proposés ; alors Lillian battit des cils et reposa le plateau.

Je n'en croyais pas mes yeux. Lillian avait-elle jeté son dévolu sur M. Hope-Browne ? Je bouillais d'indignation. Comment osait-elle battre ainsi des cils en sa présence, alors qu'il incarnait l'Église d'Angleterre et que nous faisions partie des Frères ? M. Hope-Browne ne paraissait pas avoir remarqué le battement de cils, trop occupé par son gâteau. Mais Lillian semblait vraiment soupirer après lui. Pourtant, elle ne pouvait quand même pas l'*aimer* ? Je regardai fixement M. Hope-Browne en me demandant quelle impression cela faisait d'être mariée à quelqu'un ayant de l'acné en sus d'un teint pareil. Je supposai que ce devait être pour des raisons comme celle-là qu'il était dit, lors de la cérémonie, que l'on se mariait « pour le meilleur et pour le pire ». Se sentant regardé, M. Hope-Browne leva la tête, me surprit à l'observer et plongea aussitôt le nez dans sa tasse.

« Vous avez très certainement entendu parler, monsieur Hope-Browne, de ces pauvres gens qui se sont installés dans la Maison du Hibou ? »

Le vicaire se contenta de hocher la tête, encore trop gêné pour se risquer à parler.

« Je ne sais vraiment plus que faire, monsieur Hope-Browne, je ne vous le cache pas. J'aimerais beaucoup rendre service à ces malheureux... Surtout que ça n'est certainement pas la faute de la mère s'ils se trouvent dans une telle situation, mais j'ai fait le tour de mes possibilités et maintenant il me faut de l'aide... »

J'aimais d'autant moins le ton vertueux adopté par Mère qu'il donnait à entendre que si les Barshinski se trouvaient « dans une telle situation » c'était la faute du père.

« Je comprends... fit M. Hope-Browne.

— Il s'agit de la fille aînée... » dit Mère.

Puis s'avisant de notre présence :

« Edwin, va donner à manger aux cochons... Vous, les filles — si vous avez terminé, monsieur Hope-Browne — débarrassez et faites la vaisselle. »

Nous nous empressâmes tous d'obéir et, la porte de la souillarde fermée, je n'entendis plus que des mots par-ci par-là : « Fille difficile... discipline... dans une maison bien chrétienne », etc. Et, plus rarement, me parvenait la voix mélodieuse de M. Hope-Browne « ... rien vous promettre... situation très délicate... en parlerai à Mme Lovelace... »

Puis il y eut des raclements de chaises et M. Hope-Browne s'en fut. Par la fenêtre, je le vis fixer les pinces au bas de son pantalon avant de monter à bicyclette.

« Le pauvre jeune homme... » soupira Mère en nous rejoignant, et, bien qu'elle n'eût jamais précisé pour quelle raison elle le plaignait (il aurait été par trop déplacé de faire allusion à ses boutons), nous comprîmes ce qu'elle voulait dire.

Le lendemain, Mme Lovelace nous fit porter un mot, exprimant son désir de voir Galina. Celle-ci dut passer d'abord par notre souillarde où Mère la laissa avec une grande bouilloire d'eau chaude, en lui recommandant de « se laver bien à fond ».

J'aurais cru que Galina regimberait, car elle n'aimait pas qu'on lui laissât entendre qu'elle n'était pas la perfection même. Cette fois, elle ne parut pourtant pas se formaliser. Elle regarda d'un air plutôt intéressé la serviette propre, le savon de ménage et les sous-vêtements que Mère avait sortis à son intention.

« Faut-il que je me lave aussi les cheveux ?

— Ils n'auraient pas le temps de sécher, ça ira comme ça. »

Au bout d'une demi-heure, Galina reparut, le visage bien propre et les nattes enroulées autour de sa tête, comme le faisait Lillian.

« Ce savon me pique la peau, dit-elle.

— Quand tu gagneras de l'argent, tu pourras t'acheter un savon plus à ton goût », lui rétorqua sèchement Mère, en lui faisant enfiler une vieille robe de Lillian qu'elle lui boutonna dans le dos.

Galina lissa les plis de la jupe cependant que le fameux sourire Barshinski éclairait son visage.

« Lorsque j'aurai de l'argent, je m'achèterai une robe en satin bordée de fourrure. Mon père dit que dans notre pays, tout le monde porte des fourrures, même les pauvres. J'aurai un manteau de velours avec un capuchon également bordé de fourrure, et puis des souliers, pas des galoches », conclut-elle en regardant dédaigneusement celles qu'elle avait aux pieds.

Elle était coiffée comme ma sœur, dont elle portait une des robes, et malgré cela, elle ne ressemblait absolument pas à Lillian. Mère la fit pivoter devant elle, en regardant la robe.

« Elle est trop serrée, mais nous n'avons pas le temps de relâcher les coutures. De toute façon, Mme Lovelace connaît ta situation. Si elle te prend au presbytère, elle te donnera des vêtements de travail. Ne te tiens pas avec les épaules rejetées en arrière, comme ça le corsage sera moins tendu... »

Mère mit son chapeau, y piqua une épingle en argent puis, après avoir tiré encore une fois sur le devant de la robe dans le vain espoir de l'élargir un peu, elle gagna la porte. Galina suivit. Elle n'était pas habituée à marcher avec des galoches, la robe était trop courte et trop étroite... Pourtant, elle réussissait à avoir plus d'allure que Lillian.

Lorsqu'elles revinrent une heure plus tard, Mère rayonnait.

« Elle va la prendre comme bonne à tout faire... Douze livres par an, logée et nourrie. Veille bien à ce qu'une partie de cet argent aille à ta pauvre maman, recommanda-t-elle à Galina d'un air entendu. Puisque les vêtements te seront fournis, tu n'auras à dépenser que pour des bas et des chaussures. Sois attentive à tout ce que te dira Mme Lovelace, afin d'apprendre les bonnes manières. Mme Lovelace se montre bonne chrétienne en te prenant chez elle.

— Je ne l'aime pas. »

Pour une fois, j'étais d'accord avec Galina, moi non plus je n'aimais pas Mme Lovelace. Et être employée comme bonne à tout faire, je savais ce que ça voulait dire. Au presbytère, il y avait une cuisinière et une femme qui venait pour les lessives, un point c'est tout. Or la maison comptait quatorze pièces.

Mais le lendemain matin, Galina s'en fut prendre son travail. Et, toute réjouie par cette perspective, je pensai que j'allais maintenant avoir M. Barshinski pour moi seule.

Chapitre quatre

Pourquoi mis-je si longtemps à comprendre ? D'abord, pour des raisons d'ordre pratique, comme le fait que j'étais toujours couchée et endormie lorsque M. Barshinski s'en revenait de l'auberge, mais surtout parce que je ne voulais rien savoir qui pût ternir son auréole.

Un matin, Daisy May arriva à l'école avec un bleu sur le côté du visage ; une autre fois, ce fut Mme Barshinski que je vis ainsi marquée. Je me gardai bien de poser des questions. Daisy May était ma meilleure amie mais, par crainte de ce que je pourrais apprendre, je fis comme si je ne remarquais rien.

Et puis, une nuit, je fus réveillée par des vociférations. J'entendis un bruit violent, puis une femme qui hurlait... Cela provenait de la Maison du Hibou et j'enfouis ma tête sous l'oreiller en m'efforçant de ne pas entendre Papa qui descendait l'escalier en courant et ouvrait la porte de derrière. Faire comme si de rien n'était.

Tout ce que je savais, c'est que, lorsque je le rencontrais, il avait toujours du temps à me consacrer, me juchant sur son épaule pour me raconter une histoire de *son* pays. Et puis il me *regardait,* comme si j'étais une grande personne. Lorsqu'on est enfant, il est rare que l'on vous prête vraiment attention. On s'occupe simplement de voir si vous avez la figure propre, les lacets noués, ou bien l'on vous regarde dans les yeux pour s'assurer que vous ne mentez pas. Mais jamais quelqu'un ne se met à rayonner en vous voyant, à vous traiter comme s'il n'était personne au monde d'aussi merveilleux que vous. Or, c'est ainsi que M. Barshinski se comportait envers moi. Attirant, mystérieux, plein de grandeur, il me donnait le sentiment que j'étais la seule *kroshka* qui lui importât.

C'était pour cela que je lui étais tellement attachée, mais

aussi parce qu'il avait le don d'attirer les femmes à lui. Ce quelque chose de magique qui avait poussé une petite femme de chambre, timide et comme il faut, à quitter son emploi, sa famille, ses amis, pour épouser cet étranger terrifiant et presque illettré, agissait aussi sur moi. Il émanait de lui une sorte de paganisme à l'état brut qui s'accentuait tellement lorsqu'il était avec Galina que je ne pouvais endurer de le regarder.

Ce fut M. Barshinski lui-même qui le premier me parla de son ivrognerie, mais avec tant de panache, comme le menu détail d'une histoire passionnante, que même moi je me surpris à accepter la chose, à n'y voir qu'une autre facette de son extraordinaire personnalité.

J'appris à connaître les heures où il se rendait chez les Hayward et celles où il en revenait. Je m'arrangeais ainsi pour que nous fassions le chemin ensemble en traversant le « petit bois » aussi dépourvu d'aigles que d'ours ou de loups. Je le questionnais sur la Russie et il me parlait alors de son enfance aux environs de Novgorod, des longs hivers neigeux, des printemps qui faisaient déborder les rivières. Tout ce qu'il me racontait de la Russie me donnait l'impression d'un conte de fées vécu. Il me disait que là-bas il y avait des champs entiers de tournesols et que, durant l'hiver, on ne pouvait se déplacer que dans un traîneau tiré par des chevaux ; que chaque maison possédait un énorme poêle au-dessus duquel dormait toute la famille, bien au chaud. Je n'arrivais pas à comprendre qu'on puisse quitter un pays aussi merveilleux pour venir travailler à la ferme Hayward, et je lui demandai pourquoi il l'avait fait.

« Pourquoi ? Ah ! *kroshka*, parce que le destin l'a voulu ainsi. Moi, Nikolaï Igorovitch, je travaillais pour Boris Piotrovitch Morozov chez qui j'avais un poste comme celui de ton papa... avec cette différence que, comparée à celle des Morozov, la ferme de M. Hayward n'existe pratiquement pas... et, du jour au lendemain, je me suis retrouvé en exil.

— Pourquoi en exil, monsieur Barshinski ?

— Oh ! ce n'était pas moi, mais mon maître... Ou du moins le fils de mon maître... Tu comprends, il était étudiant à Moscou et, un jour, les policiers sont venus dire que c'était un révolutionnaire, qu'il avait tué un homme... un homme important. Ils n'avaient pas réussi à l'attraper, mais ils finiraient bien par l'avoir, et ils nous avertirent que, s'il revenait à la maison, nous devions aussitôt le leur faire savoir. Il est revenu à la maison en effet, et nous avons pu voir alors que c'était encore pire que nous le pensions. Il était comme fou, et il avait reçu un coup de couteau dans la poitrine. Nous l'avons caché dans les écuries. Sur ces entrefaites, les policiers sont revenus et il a senti leur présence... Alors il est devenu furieux comme un ours blessé... Quand les policiers se sont dirigés vers les écuries, je n'ai pu le retenir... Ç'a été terrible, terrible ! »

Pour la première fois depuis que je le connaissais, M. Barshinski avait oublié que j'étais là, qu'il me parlait. Nous nous étions arrêtés et, les bras pendant le long de son corps, il regardait au loin, dans le vague... Il n'avait plus sa grosse voix vibrante... A présent, elle n'était que tristesse.

« Ils se sont mis à le battre, le battre à mort, et quelque chose a explosé dans ma tête... C'est étrange, parce que ce garçon n'était pas de ma famille et que je ne l'aimais même pas tellement... Mais ça m'a vraiment fait comme si ma tête explosait... Et quand j'ai vu de nouveau autour de moi, ils gisaient par terre, pas morts, non, mais ne valant guère mieux. Alors, soudain calmé, le jeune maître est allé trouver son père pour lui dire que nous devions partir tous les deux... Il ne pouvait s'en aller seul car il n'était pas encore remis de sa terrible blessure. Et voilà, conclut M. Barshinski avec un haussement d'épaules, comment je me suis retrouvé en exil.

— Mais où est votre maître ?

— Lui ? fit-il en retrouvant brusquement son sourire. Qui sait ? L'argent ne nous manquait pas, car le vieux Morozov en avait beaucoup donné à son fils en lui disant : " Voyage et, pendant que tu seras absent, je demanderai à des amis que j'ai à Saint-Pétersbourg d'intervenir en ta faveur. Avec le temps, tout peut s'arranger. " Alors nous sommes partis. Nous avons d'abord été en Allemagne, puis au Danemark — un tout petit pays — d'où nous nous sommes embarqués sur un bateau afin de gagner l'Angleterre. Quand tu es riche, tu as toujours un endroit où aller... Quelqu'un qui connaît ton oncle ou ton grand-père, et chez qui tu seras le bienvenu. C'est ce qui s'est passé ici, en Angleterre. Le jeune Morozov avait une lettre d'un ami qui connaissait un ami habitant une grande propriété sur la côte. Nous nous sommes retrouvés dans une belle maison, où l'on donnait des réceptions, des parties de chasse.

« Et puis, de nouveau, ça n'a plus tourné rond dans la tête du jeune Morozov. Il voulait s'en aller, il s'est querellé avec le maître de maison et s'est montré grossier avec une jeune dame... » M. Barshinski marqua une pause, avant de poursuivre d'un ton pensif : « A la vérité, je n'aimais pas beaucoup le jeune Morozov, bien que j'aie empêché les policiers de le tuer. Il disait que nous allions retourner en Russie, même si ça n'était pas prudent. Je n'étais pas sûr que ce soit sage... Alors, j'ai bu pour m'éclaircir les idées... Je n'étais pas sûr que ce soit sage, mais j'avais la nostalgie de mon pays, je voulais rentrer chez moi. Je ne me plaisais pas en Angleterre, car c'est un pays où les gens ne s'aiment pas entre eux... Mais en Russie, la police était peut-être prête à me cueillir... Je n'arrêtais pas de penser et de boire... Je suis allé au village, où j'ai encore bu, puis je me suis querellé, battu avec des gens... Quand je suis revenu à moi, j'étais dans un fossé et j'avais froid partout, mais je ne savais toujours pas quelle décision prendre. Alors, j'ai marché jusqu'à un autre village, où j'ai bu de nouveau... A l'époque, je ne manquais pas d'argent, car le vieux Morozov m'en avait beaucoup donné pour que je m'occupe de son fils. »

Brusquement, M. Barshinski se remit à marcher et, me prenant la main, il me sourit en m'attirant près de lui, comme s'il m'aimait.

« Finalement, quand je me suis décidé à regagner la Russie, c'était cinq jours plus tard et le jeune Morozov était parti. A la propriété, on m'a donné du travail, mais ça n'a pas duré bien longtemps. Je me suis remis à boire un peu et je suis allé dans une autre ferme... C'est ce que je n'ai pas arrêté de faire depuis lors. »

Et voilà... M. Barshinski se trouvait en exil parce que, n'ayant pas dessaoulé cinq jours durant, il avait manqué le bateau qui emportait son jeune maître. Mais même cela avait quelque chose de magnifique : un homme capable de boire autant et de jouer son avenir pour un verre de whisky n'était pas un ivrogne ordinaire.

Qu'avait dû être sa vie ensuite ? Seul dans un pays étranger, dont il parlait à peine la langue, sans amis et probablement sans même le droit d'être là, allant de ferme en ferme, buvant, jouant sur son violon des airs nostalgiques...

« Quand avez-vous fait la connaissance de Mme Barshinski ?

— Quoi ? Oh ! pendant que je travaillais dans une ferme... Elle était femme de chambre dans la grande maison, toujours propre et soignée... Elle me suivait partout comme un joli petit chien. »

Son poing me tapota affectueusement sous le menton :

« Elle te ressemblait, *kroshka,* et il n'est pas homme au monde capable de résister à une femme pareille. »

Comme il avait bien dit ça ! Des nuits durant, je rêvai que Mme Barshinski et moi ne faisions plus qu'une seule personne. Je ne la voyais pas comme elle était maintenant, fanée et lasse, mais, elle-moi, courtisée par M. Barshinski. Il la soulevait dans les airs, la serrait contre lui, l'emmenait promener dans les bois, restait tout le temps avec elle.

Je me mis à avoir une sorte de double existence. L'une que je menais avec mes nouveaux amis, Daisy May et Ivan, leur apprenant comment vivre dans notre village et s'y intégrer. L'autre, je la rêvais en compagnie de M. Barshinski.

L'école finissait en juillet et, dès le lendemain de notre dernière classe, Lillian quitta définitivement son tablier pour mettre une robe neuve imprimée de petites fleurs (à vrai dire, elle n'était pas tout à fait neuve, ayant été confectionnée avec une robe de Mère). Ainsi vêtue, elle s'en fut chez Miss Clark pour y apprendre le métier de couturière. Presque aussitôt, elle devint très distante et franchement insupportable. Elle et Mère montaient le soir dans la chambre de cette dernière, où elles passaient en revue la garde-robe. Tandis que je lavais la vaisselle, des bouts de phrases me parvenaient du haut de l'escalier. « Tu vois, Maman, si on faisait une veste de celle-ci, tu pourrais la porter avec ta jupe bleue... »

Les vacances venues, nous cherchions à nous employer pour la durée de l'été. Edwin se rendit aussitôt à la gare, pour y aider M. Watkins. Celui-ci le laissait quelquefois collecter les tickets, mais, la plupart du temps, le travail d'Edwin consistait à préparer le thé pour M. Watkins, à laver les cabinets, faire les carreaux et étudier les horaires. Pour cela, M. Watkins lui donnait deux shillings par semaine.

Moi, je faisais une matinée supplémentaire chez les Hayward, et, le reste du temps, j'étais à la disposition de qui cherchait une fille « sérieuse et bien propre » pour cueillir les fruits ou faire les confitures. Cette année-là, le temps avait été si beau qu'il y avait une surabondance de fruits dans tous les jardins. J'ai cueilli des montagnes de fraises, de groseilles, de framboises, de cassis. Il y en avait tant qu'on a même fait appel aussi à Daisy May, ce qui m'a ravie.

Cet été-là, Ivan était triste et mal dans sa peau. Mon père avait essayé de lui trouver un emploi mais, bien qu'on l'ait employé un temps pour la moisson, personne n'était disposé à l'engager de façon permanente. L'ennui, c'est qu'il continuait de ressembler à un bohémien, avec ses cheveux trop longs, pas coiffés, et ses vêtements en loques. Il eût été plus présentable s'il s'était habillé avec ce que Mère lui avait envoyé, mais il avait retourné le tout en remerciant et disant n'en avoir pas besoin. Il ramassait du petit bois, en remplissait des sacs qu'il allait ensuite proposer aux gens du village. Mais ce n'était pas la saison pour vendre du petit bois et cela ne lui rapportait pas grand-chose. M. Hayward lui aurait bien donné une occupation — c'était le seul fermier du village à ne pas se formaliser que les Barshinski fussent étrangers, sales et bizarres — mais Ivan se refusait à aller chez lui, même pour le seul temps de la moisson.

Quand approcha la date de la garden-party donnée au presbytère je fus, comme chaque année, appelée par Mme Lovelace pour cueillir les fruits. Elle ne me payait pas, mais je pouvais manger autant de fruits que je voulais et, de toute façon, ça valait la peine, rien que pour pénétrer dans le jardin du presbytère. C'est vraiment le plus beau jardin du village, très vaste, avec de belles pelouses et des bosquets décorés de statues. Le verger avait aussi des dimensions inhabituelles, avec notamment beaucoup de cerisiers recouverts de filets pour empêcher que les oiseaux viennent picorer les fruits. Cette année, j'avais demandé si Daisy May pouvait venir avec moi et, après inspection de ses mains, Mme Lovelace avait dit oui.

Ce jour-là, il faisait très chaud et la porte de la cuisine avait été laissée grande ouverte. Quand nous apportâmes les premiers paniers de fruits, nous pûmes voir Galina, occupée à préparer des tartines. Derrière elle, M. Hope-Browne s'apprêtait à transporter un plateau chargé de tasses et de soucoupes.

« Allez, retournez-y vite ! nous dit la cuisinière. Il m'en faut plus que ça ! »

Nous repartîmes vers les groseilliers où bourdonnaient des abeilles et Daisy May me dit :

« T'as vu ? Les boutons de M. Hope-Browne ont l'air d'aller mieux. »

Je n'y avais pas prêté attention, mais je me promis d'étudier la chose avant de quitter le jardin.

« Quand nous aurons fini ici, dis-je, nous irons cueillir des framboises, comme cela nous serons bien placées pour le voir s'occuper sur la pelouse. »

M. Hope-Browne s'affairait, disposant des tables sur des tréteaux et installant un jeu d'anneaux. Nous ayant entendues rire au milieu des framboisiers, il vint gaiement vers nous.

« C'est amusant, hein, de cueillir des fruits ? »

Il ne rougissait plus et Daisy May avait raison : ses boutons allaient beaucoup mieux.

« Oh! oui, monsieur Hope-Browne, répondis-je.

— Bien, bien... Et qui est... Oh! oui, c'est la sœur de Galina. »

Sur quoi, il devint de nouveau écarlate et tourna vivement les talons.

« Voilà ma sœur qui arrive », me glissa Daisy May.

Galina venait de sortir par une des portes-fenêtres, les bras chargés de nappes. Et si ma sœur Lillian se croyait adulte maintenant parce qu'elle travaillait au-dehors, j'aurais voulu qu'elle voie Galina! Elle était vêtue d'une robe rayée bleu et blanc avec un tablier qui n'avait pas l'air d'un tablier mais d'une large ceinture soulignant la minceur de sa taille. Les manches retroussées laissaient voir des bras lisses et ronds tandis que, sous le bonnet blanc, son chignon paraissait si lourd qu'on se demandait comment son cou pouvait en supporter le poids.

« Elle semble... différente.

— C'est parce qu'elle est bien lavée et porte des vêtements convenables », dit Daisy.

Ça n'était pas seulement cela. Il y avait quelque chose dans la façon dont elle étendait les nappes sur les tréteaux, se penchant en avant, une jambe en l'air, faisant saillir ses hanches... Elle lissait les nappes avec ses bras nus puis, par-dessus son épaule, jetait un coup d'œil à M. Hope-Browne.

Le vicaire ne progressait guère dans l'installation des anneaux. Il regardait Galina et, chose extraordinaire chez lui, il était très pâle.

« Viens! me chuchota Daisy May. Ne regarde pas. Je déteste quand Galina fait comme ça avec les gens. Viens, je t'en prie! »

C'était plus fort que moi. Tandis que Daisy May s'éloignait vivement parmi les bosquets en émettant un drôle de bruit qui ressemblait à un sanglot, je demeurai figée sur place, souffrant le martyre pour M. Hope-Browne, lequel semblait terrifié par quelque chose que je ne comprenais pas mais qui m'effrayait aussi.

Faisant volte-face, Galina s'avança très lentement vers lui, comme en une sorte de danse. Elle me tournait le dos, si bien que je ne voyais pas son visage, mais celui de M. Hope-Browne s'empourprait, pâlissait, se congestionnait de nouveau tandis que, bouche ouverte, il semblait ne plus pouvoir détacher son regard de Galina. Lorsqu'elle s'immobilisa enfin, elle était si proche de lui que je n'aurais su dire si leurs corps se touchaient ou non. M. Hope-Browne ne bougea pas, mais il eut un curieux petit cri étouffé quand Galina leva lentement les bras pour arranger son bonnet en faisant mouvoir ses épaules. M. Hope-Browne tendit les mains vers elle, émit un gémissement, puis abandonnant ce qu'il était en train de faire, il partit en courant et je le vis trébucher sur la marche d'accès à la porte-fenêtre. Galina attendit quelques instants avant de s'en revenir vers la table. Je vis alors sur son visage le fameux sourire Barshinski et elle semblait en proie à une exultation difficilement contenue. Quand elle m'aperçut, le sourire disparut instantanément et elle se rua vers moi d'un air furieux. J'essayai de prendre la fuite, terrifiée par son changement de visage, mais elle me rattrapa, m'empoigna par l'épaule et me secoua.

« Qu'est-ce que tu fabriques là, espèce de sale petite bête ?
— Rien ! »
Elle me secoua de plus belle.
« Si, si : tu m'espionnais ! Je ne peux rien faire dans ce village sans qu'il y ait quelqu'un qui m'espionne !
— Je n'ai rien vu ! »
Me lâchant, elle se détourna vivement et lança avec colère :
« Je déteste être ici ! »
Le visage boudeur, chargé de ressentiment, elle balaya de la main les tiges de framboisiers, et du sang perla sur ses doigts qu'elle se mit à regarder fixement, comme fascinée.
« C'est ta vieille chipie de mère qui m'a fait entrer ici, et je souffre d'y être !
— Rien ne t'oblige à y rester ! ripostai-je avec indignation car la solidarité familiale jouait quand on attaquait les Willoughby. Tu n'as qu'à retourner où tu étais, te remettre à vivre comme une bohémienne, en mendiant, volant, et couchant dehors auprès d'un feu... Si tu ne te plais pas ici, t'as qu'à t'en aller ! »
Brusquement, elle s'apaisa ; un sourire mauvais s'épanouit lentement sur ses lèvres tandis qu'elle se caressait le corps à travers sa robe.
« Pour l'instant, ça me convient de rester ici... J'y apprends des choses. Je ne resterai pas une pauvresse toute ma vie. Lorsque je me sentirai prête, je partirai. Je crois que j'arriverai à tenir jusque-là, bien qu'il y ait des moments où je ne m'arrêterais plus de pleurer. Sans lui, je ne pourrais pas

endurer de rester... Il est si bon, si gentil... Il ne me traite pas comme une moins-que-rien, lui ! Il me parle comme à un être humain. Et moi aussi, je suis gentille avec lui. »

De nouveau elle changeait d'humeur. Je n'ai jamais pu m'habituer à la vitesse avec laquelle Galina passait de la colère à une sorte de sérénité rêveuse. Tout en paraissant contempler le potager, elle me confia d'une voix douce :

« J'aime être gentille avec les gens... »

Je ne compris pas très bien ce qu'elle voulait dire, mais j'eus conscience que cela se rapportait à ce qu'elle avait fait au pauvre M. Hope-Browne.

« Laisse M. Hope-Browne tranquille, tu m'entends ! laissai-je échapper. Que ce soit bien compris, hein ?

— Pourquoi donc ? Je l'aime beaucoup. As-tu remarqué que ses boutons vont nettement mieux ? Tu vois, je viens en aide aux gens... »

Et de sourire, en étirant voluptueusement les lèvres au-dessus de ses dents si régulières et d'une éclatante blancheur.

« D'autant que tu n'as rien à dire, ma cocotte... Je sais que tu attends mon père tous les jours dans le petit bois.

— Tais-toi ! »

Plaquant les mains sur mes oreilles, je m'enfuis en courant, mais je l'entendis quand même rire derrière moi. Sans rien comprendre à tout ça, je la sentais pleine d'horribles et sales pensées.

« Qu'est-ce que tu as, Sophie ?

— Fiche-moi la paix ! »

Repoussant Daisy May, je quittai le jardin en courant pour gagner le pré de Tyler. Tout me paraissait souillé et, ce soir-là, je n'attendis pas M. Barshinski dans le petit bois.

Après ça je l'évitai, car je ne pouvais plus le voir sans penser à la façon dont Galina s'était avancée vers M. Hope-Browne. Ne voulant pas parler de lui, ni de ce que faisait Galina au presbytère, je quittais la pièce dès que Mère cherchait à aborder ce sujet.

Pour moi, cet été tournait à l'aigre. Je ne prenais plus plaisir aux choses que j'aimais tant auparavant : lire, travailler chez les Hayward, jouer avec les animaux, ou bêcher le petit carré de jardin que Papa m'avait donné pour moi toute seule. Ce n'était pas la faute de M. Barshinski, c'était la mienne. Lui était toujours le même, mais moi j'avais à son propos des pensées troubles et je me répétais que je devais m'efforcer de ne pas l'aimer autant.

Il m'y aida et cela eut simplement pour effet de me rendre plus malheureuse encore. Car, pour la première fois, je le vis ivre.

Par la suite, je me rendis compte que, en cette première occasion, il n'était pas tellement saoul. C'était un samedi à l'heure du déjeuner et, pour quelque raison, il était allé directement de chez les Hayward à l'auberge du Renard. D'ordinaire, il ne buvait jamais durant la journée ; c'était le vendredi, le samedi et le dimanche soir qu'il se laissait carrément aller à son penchant. Comme je m'en revenais de chez les Hayward par la route (je faisais désormais le grand tour afin de l'éviter), je le vis zigzaguer devant moi, pour finalement s'effondrer dans le fossé où il demeura. J'essayais de le dépasser en pressant le pas, quand il m'appela en russe, me faisant signe et riant. Après quoi, il sortit du fossé et se mit en devoir de me rejoindre. Je n'eus pas peur, me rendant compte qu'il n'était pas assez ivre pour risquer de me faire du mal ; mais il gesticulait en criant et je le vis s'arrêter soudain pour vomir.

Comment avais-je pu le trouver merveilleux ? Je me mis à courir de toutes mes forces, tandis que je l'entendais appeler derrière moi :

« *Kroshka*, reviens ! Petite Sophie, il ne faut pas avoir peur... pas de moi... pas de Nikolaï Igorovitch ! Reviens, *kroshka*, reviens ! »

« Qu'y a-t-il, Sophie ?

— Rien. »

On ne donnait pas facilement le change à Mère et elle comprit que, cette fois, il ne s'agissait ni de bouderie ni d'impertinence. Me regardant de nouveau, elle se précipita au-dehors et revint un instant plus tard, l'air écœuré.

« Répugnant ! Combien de temps va-t-il nous falloir endurer cela ? »

Je ne voulais pas l'entendre parler ainsi de lui, même si...

« Il devrait être fouetté, fouetté sur la place publique et jeté dans la mare !

— Non ! »

Mère me regarda.

« Ma fille, n'emploie pas ce ton avec moi ! »

Je m'attendais à recevoir une gifle ; il n'en fut rien et elle se borna à m'envoyer dans ma chambre, où je m'étendis sur le lit.

Je ne pleurai pas, mais je me sentais si malheureuse que j'aurais voulu être morte.

Ce soir-là, Mère me fit prendre une dose de poudre de réglisse et me dit que, lundi, Edwin et moi pourrions vider et ranger le bûcher, ce qui n'avait pas été fait depuis quelque trois ans. Si Mère n'avait aucune sensibilité, elle ne manquait pas de bon sens.

Le souvenir s'estompa, l'humiliation s'atténua, et je pus de nouveau sortir en regardant les gens sans éprouver de honte. Néanmoins, je continuais à redouter de voir M. Barshinski et, dès que je l'apercevais, je m'enfuyais ou me cachais.

Et puis, un jour que je revenais de chez les Hayward par la route, il surgit brusquement devant moi, s'arrachant à la haie contre laquelle il se tenait. Il ne me parla pas, se contentant de me regarder d'un air grave, puis il s'inclina en me tendant un petit bouquet de pâquerettes et de renoncules, attaché avec un long brin d'herbe. Comme je ne le prenais pas, il le pressa contre ma main et, parce que sa taille m'impressionnait, je finis par l'accepter.

« Je ne te vois plus, petite Sophie.

— Je... J'ai eu beaucoup à faire.

— Ah ah... Je ne pense pas que ce soit la raison. Je crois que tu es en colère après moi.

— Oh ! non... Non, pas du tout... J'ai été très occupée...

— Tu m'as manqué, *kroshka*. Qui d'autre accepterait d'écouter mes histoires ? »

Il s'accroupit près de moi et prit ma main dans sa grande patte ; son visage était si proche que je sentais sa barbe frôler mon menton.

« Quelquefois, Sophie, il m'arrive d'être absolument stupide. Je pense à des choses... et alors, je me mets à boire car ça paraît le seul moyen de m'empêcher de penser. Aujourd'hui, je suis très triste parce que je me rends compte que Sophie Willoughby ne veut plus me voir. Et j'ignore pourquoi.

— J'ai été... »

Il posa sa main sur ma bouche.

« Je ne veux pas le savoir, *kroshka*. C'est seulement que je déborde de tristesse parce que, au fond de mon cœur, je sais que tu ne m'aimes pas.

— Oh ! non, monsieur Barshinski ! Ce n'est pas vrai !

— Ha ! »

Il se redressa brusquement en m'entraînant avec lui, me souleva dans ses bras et le merveilleux sourire Barshinski se répandit sur tout son visage, faisant briller ses yeux de rayonnante joie. Il éclata de rire et frotta son front contre mon nez puis, traversant la haie, il se mit à marcher en direction de « notre » bois.

L'enchantement joua de nouveau par la magie qu'engendrait la proximité de ce grand corps. Oh ! quelle importance pouvait bien avoir ce qu'avait dit Galina ou le fait qu'il se saoulât de temps à autre ? Ce qui comptait, c'est que je me sentais en sécurité, vivifiée par la force que me communiquait le contact de mon ami, qui me souriait et aimait me voir.

« Et maintenant, je vais te montrer... »

Sur la souche d'un arbre abattu, il prit une petite boîte en bois dont le couvercle était percé d'un trou pas plus grand qu'une pièce d'un penny.

« Regarde... »

Il l'avait soulevé très, très doucement, et je pus voir par le trou le corps minuscule d'une mésange bleue. Elle s'était confectionné un nid de mousse bien net, qui épousait exactement le fond de la boîte, et elle ne bougeait pas de sur ses œufs, se contentant de darder vers nous son petit œil brillant. M. Barshinski la reposa doucement où il l'avait prise.

« Je fais ça chaque année, me dit-il. Tu installes une boîte comme celle-ci, avec un trou, et il y a toujours un petit oiseau qui vient s'y nicher. Une année, c'était un roitelet — tu vois, je connais les noms de vos oiseaux anglais — oui, un roitelet... Dans mon pays, je faisais la même chose et toujours les petits oiseaux venaient... »

Silencieuse, je serrai fortement sa main.

« A présent, il faut que j'aille traire. Demain, on se revoit ici, dans le bois. »

Et tout redevint presque comme par le passé. Presque mais pas tout à fait car, malgré moi, des questions surgissaient dans ma tête. Pourquoi avait-il autant de temps à me consacrer, alors qu'il ignorait pratiquement Ivan et ne témoignait à Daisy May qu'une sorte de tolérance affectueuse ? Comment pouvait-il avoir un tel souci de procurer un abri à une famille de mésanges, et laisser sa femme vivre dans la Maison du Hibou ? Ces questions étaient vite chassées par ma dévotion passionnée, mais cette dernière comportait désormais une fêlure ; une fêlure qui, pour être aussi fine qu'un cheveu, n'en était pas moins irréparable.

Mère continuait de s'employer à amender les Barshinski, et son grand triomphe fut le dimanche où, avec Daisy May, Mme Barshinski suivit la longue file des Willoughby entrant au temple.

Daisy venait déjà avec moi l'après-midi, où l'on nous enseignait la Bible. Que quelqu'un pût avoir envie de le faire sans y être obligé était une chose qui me dépassait. Mais lorsque je m'y rendais en robe de mousseline et chapeau de paille, je voyais toujours, perchée sur la barrière de la Maison du Hibou, Daisy May me regarder avec des yeux emplis d'espoir. Alors, un dimanche, je lui demandai, n'arrivant pas à croire la chose possible :

« Daisy... C'est-y vraiment que tu as *envie* de venir au cours de Bible ? »

Et son petit visage rond exprima alors la tristesse.

« Je n'ai pas de robe du dimanche.

— Aucune importance. Tu ne seras pas la seule dans ce cas, et ta robe de popeline fera très bien l'affaire.

— Je n'ai pas non plus de chapeau.

— Je pense que Mère doit pouvoir arranger ça. »

Daisy May ne vint pas avec moi ce dimanche-là, car le chapeau demandait à être modifié mais, la semaine suivante, elle eut tout ce qu'il fallait, y compris une paire de gants ayant appartenu à Lillian et qui n'étaient reprisés qu'au creux de la main. Daisy May m'embarrassait beaucoup avec ces gants, car elle n'arrêtait pas de les mettre, puis de les retirer pour les remettre ensuite, toujours avec le plus grand soin. Ou bien alors, elle les gardait un moment sur ses genoux, avant de les enfiler à nouveau, manège qui amenait M. King à lui faire les gros yeux.

Quand nous entonnâmes l'hymne final, je lui chuchotai vivement :

« Arrête donc de tripoter tes gants, Daisy May ! Tu donnes l'impression de n'en avoir encore jamais eu ! »

A peine eus-je laissé échapper ces paroles que je m'en voulus à mort, car je vis Daisy May se décomposer sous mes yeux. J'avais brisé le rêve qu'elle vivait depuis l'instant où elle était arrivée à la Mission avec un chapeau, des gants, portant une grande bible noire. Elle avait écouté, copié (Dieu merci, M. King ne lui avait pas demandé de lire un verset, car Daisy May lisait vraiment très mal) et dans l'ensemble ne s'était pas mal comportée, hormis les gants.

Et voilà que, par ma faute, elle n'était plus qu'une petite pauvresse à qui l'on avait donné une vieille robe et un chapeau à moi, ainsi qu'une paire de gants reprisés ayant appartenu à Lillian.

Dès que s'achevèrent l'hymne et la prière, Daisy May se précipita hors de la salle.

« Daisy, attends-moi... Oh! la barbe! »

Qu'ils étaient donc agaçants, tous ces Barshinski, avec leur susceptibilité, leur fierté et leur comportement fantasque! Ayant néanmoins du remords, je courus de toutes mes forces jusqu'à ce que je l'eusse rattrapée.

« Je suis désolée, Daisy, il n'y avait pas de quoi te mettre dans un tel état. Ce n'est rien d'extraordinaire... rien que le cours de Bible...

— Tu ne comprends pas! »

Sans doute que non, mais je le croyais pourtant. C'était la première paire de gants qu'avait Daisy May, et tout ce qui est nouveau acquiert de l'importance.

« Ils te vont très bien, Daisy. Je suppose que j'ai dû me sentir jalouse parce que tu as de très jolies mains. »

J'étais assez fière d'avoir trouvé ça et de pouvoir le dire sans trop exagérer, car effectivement Daisy May avait de jolies mains. Pas aussi belles que celles de Grand-mère Cobham, mais beaucoup plus fines que les miennes.

« Ce n'est pas les gants... Tu ne comprends pas.

— Qu'est-ce que je ne comprends pas, Daisy? » m'enquis-je d'une voix étouffée.

Elle marqua un temps, paraissant chercher ses mots.

« Tu ne comprends pas ce que c'est que de n'appartenir à rien... De ne pas faire partie d'une famille où l'on va à l'école, prendre le thé, au cours de Bible, tout... »

Elle se mit à sangloter. Je ne l'avais encore vue pleurer qu'une seule fois, et c'était lorsque Brenda Jefford lui avait abîmé son bon point. Aussi me sentis-je affreusement embarrassée devant ses larmes. D'ordinaire, pourtant, je les comprenais bien, elle et Ivan...

« Tu as ton papa, voyons! »

Je pensais à ce que cela devait être que de le savoir à soi comme l'on était à lui, et d'avoir le droit de le voir tout le temps au lieu de devoir se cacher pour l'attendre lorsqu'il revenait de traire les vaches.

« Tu as ton papa que tu peux écouter quand il joue du violon ou qu'il te parle de la Russie. Tu es Daisy May Barshinski, tu es différente de toutes les autres filles du village.

— J'en ai assez d'être différente ! hurla-t-elle. Tu ne comprends pas ? Je veux être comme les autres !

— Mais ton papa...

— Mon père n'est *rien,* rien du tout ! »

Elle repartit en courant et, cette fois, je ne cherchai pas à la rattraper. C'était inutile. J'aimais Daisy May, mais elle ne faisait point partie de ce monde secret dont je partageais la connaissance avec son père. Si j'avais dû choisir entre eux, c'est lui qui l'eût emporté.

Je réfléchis longtemps à ce que je pourrais faire et, finalement, je demandai à Papa s'il voulait bien me donner une feuille de papier à lettres.

Comme c'était du papier cher, il ne nous était pas souvent permis de l'utiliser ; nous nous en servions uniquement pour les lettres de remerciements, à Noël ou au moment de nos anniversaires. J'expliquai à Papa que je voulais écrire à Daisy May Barshinski et qu'il était donc important que cela se présentât comme **une vraie** lettre.

Je l'écrivis en **caractères** d'imprimerie, parce que Daisy était très en retard pour la lecture et je ne crois pas qu'elle serait arrivée à comprendre mon écriture.

> *Chère Daisy May,*
> *Je t'écris pour te dire que tu fais partie des nôtres parce que tu es ma meilleure amie. Et sache que ta mère a dit à la mienne qu'elle se demandait ce qu'elle ferait sans toi.*
> *Mon père, qui était vacher à l'âge de douze ans, dit n'avoir jamais rencontré quelqu'un qui s'y connaisse autant que ton père en ce qui concerne les vaches et que, s'il le voulait, il pourrait certainement devenir éleveur en Angleterre comme il l'était en Russie.*
> *Ton amie affectionnée,*
> *Sophie Emily Willoughby.*

Je mis la lettre dans une enveloppe que je collai soigneusement avant d'aller la glisser dans la boîte aux lettres de la Maison du Hibou.

J'avais eu beaucoup de mal à trouver des phrases qui puissent remonter le moral de Daisy May. A l'école, elle était mauvaise en tout. Elle n'était pas spécialement jolie. Elle ne possédait rien qu'on pût admirer et lui envier. Sa famille était un vrai désastre, à l'exception de M. Barshinski à qui elle ne semblait pas beaucoup tenir. Tout ce que j'avais fini par lui écrire était pourtant vrai, et notamment que M. Barshinski était le meilleur vacher que Papa eût jamais connu.

Il était absolument extraordinaire et sa réputation commençait à s'affirmer dans les fermes de la région. M. Hayward, qu'on avait d'abord critiqué pour l'avoir engagé, en était maintenant fier comme Artaban. Papa me racontait des choses à ce propos, mais c'est encore en travaillant à la laiterie que j'en apprenais le plus.

Toutes les vaches aimaient M. Barshinski, et il est très important dans une ferme que le vacher soit aimé du troupeau, sinon le rendement en lait diminue. Même Lady Audley, particulièrement ombrageuse et qui d'ordinaire ne tolérait que l'approche de mon père, prenait plaisir à se laisser traire par M. Barshinski.

Et il savait exactement à quel moment tarir une vache sur le point de vêler, ce qui est toujours très délicat. Cela doit avoir lieu environ six semaines avant le vêlage. On arrête alors de les traire et on les laisse tarir afin qu'elles soient plus vigoureuses et donnent un beau veau. Mais cela doit se faire progressivement et, si on leur laisse trop de lait, elles risquent d'avoir une mastite. D'où l'importance de savoir de combien on doit les traire pour éviter l'infection, tout en les tarissant suffisamment pour le bien du veau. Ce que, d'après Papa, M. Barshinski savait déterminer avec une effarante précision. Parfois, au beau milieu de la matinée, il retournait auprès d'une vache afin de la tarir « parce qu'il sentait venir des risques ». Et, si le mal arrivait, comme cela avait été le cas avec Tansy, il avait une fomentation toute prête avant même que la mastite fût apparente. Chaque fois, cette fomentation faisait merveille : depuis qu'il était arrivé, pas une seule vache des Hayward n'avait eu un trayon abîmé.

Il semblait étrange que quelqu'un d'aussi doué ne fût pas chef d'élevage dans une grande ferme. Ainsi, Daisy May aurait pu habiter un joli cottage et se sentir intégrée.

Ma lettre avait dû arranger les choses, car, lorsque je la revis ensuite, Daisy était redevenue comme avant et, bien qu'elle n'eût fait aucune allusion à la lettre, je devinai que celle-ci avait dû rejoindre les gants, le livre d'Edwin sur les trains, et tous les objets auxquels Daisy May attachait tant de prix parce qu'ils lui appartenaient en propre.

Quoi qu'il en soit, Daisy May se mit à assister régulièrement aux cours de M. King sur la Bible. Voyant dans cette assiduité un signe de progrès religieux, Mère entreprit Mme Barshinski sur la nécessité « d'aller quelque part célébrer le jour du Seigneur ». Mme Barshinski lui dit ne pas se sentir le courage de retourner chez les Amis parce qu'elle aurait trop honte ; de toute façon, leur plus proche mission était à Redhill, où elle n'avait ni le temps ni les moyens de se rendre. Alors Mère se mit à lui parler de la nécessité de donner un bon exemple aux enfants et, finalement, Mme Barshinski tomba d'accord que, s'il lui fallait choisir entre l'Église d'Angleterre ou les Frères, elle aimait mieux aller au temple comme Mère.

Quand arriva le dimanche soir, Mère m'accompagna jusqu'à la Maison du Hibou pour y prendre Mme Barshinski. Elle devait avoir compris que notre voisine était capable de se raviser au dernier moment si elle-même n'était pas là pour la fortifier dans sa résolution. Et, avec Mère, vinrent aussi Edwin et Lillian. Papa, lui, lorsqu'il devait prêcher, allait toujours au temple en avance afin de s'y préparer par une prière silencieuse.

Nous frappâmes avec le heurtoir ; comme d'habitude, personne ne répondit. Puis, d'entre les arbres bordant un côté de la maison, surgirent Galina et son père. Le soudain raidissement de Mère ne m'échappa point.

« Oh ! vous voilà tous ! Vous venez nous faire visite ?

— Non, répondit Mère, glaciale. Nous sommes venus prendre votre femme et Daisy May pour aller écouter la parole du Seigneur. »

Son regard se riva sur la fille.

« Comment te débrouilles-tu au presbytère, Galina ?

— Très bien, merci, madame Willoughby », répondit Galina d'un ton très petite fille, les yeux modestement baissés.

Chaque fois que l'on voyait ces deux-là ensemble, on pouvait être sûr de les trouver en contact physique : M. Barshinski avait un bras passé derrière les épaules de sa fille, qui s'appuyait contre lui, la tête sur sa poitrine.

« Ma Galina dispose aujourd'hui de son après-midi pour le passer avec son papa, mais à présent voilà qu'il lui faut rentrer pour aller à l'église. »

Son visage eut une grimace expressivement comique.

« L'église... Brr ! Ici, elle est froide et triste comme tout le reste. En Russie, c'est bien différent. Enfin... »

Il inclina son visage pour regarder la luisante chevelure brune et sourit avec tant de douceur que je sentis la jalousie étreindre mon cœur.

« Enfin, cette église, c'est le prix qu'il faut payer pour avoir un bon lit et de beaux vêtements ! »

Le chapeau de Mère en frémit.

« Nous ne sommes pas anglicans, comme vous le savez sans doute, monsieur Barshinski, mais si Galina ouvre son esprit au Seigneur, Il la guidera. Il n'est pas donné à tout le monde de Le prier de la même façon. »

C'était pour Mère faire vraiment preuve d'une grande largeur d'esprit, vu ce qu'elle pensait de l'Église d'Angleterre, une religion où l'on passait son temps à se lever et s'asseoir en lisant des passages du Livre des prières publiques, lequel avait été écrit par un homme et non par Dieu. Sa joie d'avoir réussi à caser Galina au presbytère avait été passablement ternie par le fait que, du même coup, elle avait donné une âme aux anglicans. Car, sur ce point, Mme Lovelace s'était montrée irréductible : si un acte de charité devait être fait en faveur d'une bohémienne, l'âme de cette fille devait revenir à l'Église d'Angleterre, non aux Frères.

« Ma Galina m'adore ! déclara M. Barshinski en toute simplicité, et Lillian aussi bien que Mère furent profondément choquées par un tel blasphème.

— Entrez donc, entrez, je vous en prie ! » fit M. Barshinski en ouvrant la porte d'un coup de pied pour nous introduire chez lui.

Daisy May était prête et attendait, avec mon chapeau, les gants de Lillian et la bible qu'elle tenait à deux mains. Il émanait d'elle un air de supériorité. Pour une fois, elle n'était pas « la nouvelle ». Elle était déjà allée au temple et savait comment s'y comporter. C'était sa mère la « nouvelle ».

Agitée, nerveuse, Mme Barshinski ajoutait des épingles pour tenir sa chevelure, comme toujours décoiffée sur les côtés.

« Je suis presque prête ! se hâta-t-elle de dire. Je n'ai plus que mon chapeau à mettre. Où est-il donc ? Daisy, veux-tu aller me chercher mon chapeau dans la chambre ? Asseyez-vous... Ivan, lève-toi et donne ta chaise à Lillian... »

Il n'y avait que trois chaises dans la cuisine. M. Barshinski s'était empressé d'en accaparer une avec Galina sur ses genoux, et Mère avait pris place sur une autre. Ivan, qui finissait de boire son thé, se leva d'un air boudeur, afin de laisser sa place à la si distinguée Miss Lillian Willoughby. Lorsqu'il passa devant elle, ma sœur fronça le nez en reniflant. Et moi, qui avais déjà l'estomac noué à cause de Galina et son père, j'éprouvais un malaise encore plus grand : le pauvre

Ivan sentait un peu. Mme Barshinski et Daisy May, à l'instigation de Mère, avaient institué des séances de grand lavage hebdomadaire, mais Ivan était bien trop rebelle pour s'y plier et sa mère, trop faible pour insister. De même, ses vêtements n'étaient pas lavés assez souvent, cela encore par sa faute et non la leur. Toutefois ç'était cruel et méchant que de renifler ainsi sur son passage. Si j'étais capable d'endurer son odeur, Lillian devait pouvoir en faire autant, mais, toute nette et rose, elle porta ostensiblement à ses narines son mouchoir bien propre, parfumé à l'eau de Hongrie, en émettant un toussotement.

Furieuse contre elle, j'avais peur aussi de la réaction d'Ivan, lequel était fort capable de frapper Lillian, de l'injurier ou, à tout le moins, de sortir de la maison en courant, ce qui eût plongé tout le monde dans l'embarras.

A mon grand étonnement, il ne fit aucune de ces choses. Un sourire détendit lentement son visage tandis qu'il regardait fixement ma sœur. Puis élevant l'extrémité de sa manche effrangée à hauteur de sa bouche, il toussota comme Lillian l'avait fait. Du coup, elle devint toute rouge.

« Je n'ai pas encore fini mon thé », dit-il en se juchant sur le coin de la table, juste devant ma sœur, pour mastiquer un morceau de pain tartiné de margarine. Tout en mangeant, il ne la quittait pas des yeux, promenant son regard du chapeau de paille garni de boutons de roses à la robe imprimée de la même décoration florale. Il mâchait, la bouche grande ouverte, en laissant voir les aliments, et j'étais sûre qu'il le faisait exprès, car tous les Barshinski, même Galina, se tenaient très bien à table. C'était une des rares choses que leur mère semblait leur avoir inculquées.

Finalement, Lillian ne put tenir plus longtemps.

« Je vais attendre dehors », glapit-elle en se précipitant vers la porte de derrière. Alors, se tournant vers moi, Ivan me décocha un sourire complice, mais j'avais trop de peine à cause d'eux pour lui sourire en retour.

Je commençais à me rendre compte dans quelle mesure cette famille nous affectait, nous bouleversait. Certes, Mère n'éprouvait qu'une contrariété toute superficielle quand ils ne faisaient pas exactement ce qu'elle leur disait, mais M. Barshinski, son ivrognerie, sa conduite bohème, la façon dont il se désintéressait de sa famille, la blessait au plus profond de sa féminité. Et le pire pour elle, c'était que Papa ne parlait jamais de M. Barshinski que pour faire son éloge. Je me rendais compte qu'une part de Mère eût exulté de voir M. Barshinski traverser tout le village dans une charrette où on l'aurait fouetté, comme jadis les femmes adultères.

Et Galina me faisait exactement le même effet. Il me suffisait de la voir pour connaître les affres de la jalousie, et, quand je la voyais avec lui, alors c'était une atroce souffrance... Pourquoi m'ignorait-il toujours lorsqu'ils étaient ensemble ?

A présent, je découvrais qu'Ivan avait le don de perturber Lillian. Pour cela, il n'avait rien besoin de faire : il lui suffisait d'être présent et elle ne pouvait affecter de l'ignorer. Edwin ? Je pense qu'il avait beaucoup d'affection pour Daisy, et s'efforçait de lui témoigner de la gentillesse parce qu'il la plaignait. Une vague camaraderie le liait à Ivan. S'ils n'étaient pas jaloux l'un de l'autre, ils ne s'intéressaient pas non plus beaucoup l'un à l'autre. J'avais souvent remarqué ce genre de relations entre hommes. S'ils se parlaient, c'était toujours à propos de choses n'ayant rien de personnel, telle la piste d'un blaireau que l'un avait relevée ou un nid de guêpes repéré par l'autre. Mais il n'y avait rien de contraint dans la façon dont les deux garçons se fréquentaient.

Je regardai mon frère qui se tenait près de l'escalier. Il paraissait s'ennuyer, mais aussi être mal à son aise, et je devinai que cela venait du comportement de Galina avec M. Barshinski. Elle était bien trop grande pour s'asseoir ainsi sur les genoux de son père, ou lui chuchoter à l'oreille des choses qui les faisaient rire tous deux. Il n'arrêtait pas de lui caresser les cheveux en appuyant son front contre le sien, comme il l'avait fait un jour avec moi.

« Je vais attendre dehors », dit Edwin.

Daisy May revint avec le chapeau de sa mère, et j'éprouvai un élan d'affection pour cette brave petite qui, elle, ne bouleversait personne, sauf peut-être Brenda Jefford.

« Nous voilà prêtes, Maman », dit-elle en plaçant elle-même le chapeau sur la tête de sa mère.

Comme nous nous dirigions vers le temple, je remarquai que la maladie de Mme Barshinski la faisait grossir du ventre. Je n'étais pas censée connaître ces choses-là et, à vrai dire, je ne savais pas très bien comment cela arrivait. Mais j'étais quand même suffisamment au courant pour me dire que cette pauvre créature s'efforcerait sans doute en hiver d'élever un bébé dans la Maison du Hibou, et que la majeure partie des soucis comme du travail que cela entraînerait retomberaient sur Daisy.

Ce soir-là toutefois était pour mon amie un moment de triomphe. Elle guida sa mère à l'intérieur du temple, et se rengorgea quand deux ou trois filles des cours de Bible la saluèrent d'un hochement de tête. Elle était intégrée.

Papa salua spécialement « nos deux nouvelles sœurs » et si, je pense, cela mortifia plutôt Mme Barshinski, pour Daisy May ce fut presque comme lorsqu'elle avait reçu son premier bon point. Pas une seule fois elle ne joua avec ses gants. Daisy May apprenait vite, quand on lui en donnait l'occasion.

La réunion de prière dura longtemps ce soir-là. Voyant que la pendule marquait huit heures et demie, je me pris à envier les anglicans. Ils se réunissaient plus tôt que nous, mais jamais pour plus d'une heure. J'avais des fourmis dans les pieds, et le col empesé de ma plus belle robe d'été me sciait le cou. Enfin, Papa se leva pour la bénédiction finale.

Ce n'était pas terminé pour autant car, après la réunion, venait le moment des papotages, presque aussi fastidieux. Ce soir-là, Mère témoigna d'une forme éblouissante. Mme Barshinski constituait un morceau de choix à exhiber de groupe en groupe. On lui serrait la main en lui parlant gentiment et lui prodiguant maints exemples encourageants de ce à quoi elle pouvait aspirer. En la regardant, j'eus le sentiment que, à la différence de Daisy May, il lui importait peu de s'intégrer ou non à la communauté. Mme Barshinski était simplement une femme à bout de forces qui avait trouvé une autre femme, celle-là aussi robuste qu'infatigable, sur qui s'appuyer. Tout en la plaignant, je ne pouvais m'empêcher d'éprouver un peu de ressentiment à son égard. C'était *sa* faute si les Barshinski en étaient arrivés là. Elle aurait dû s'insurger contre l'existence qu'elle menait, être gênée de porter de vieux vêtements de Mère et de se voir traiter avec condescendance par toutes ces dames de bien ! J'en souffrais pour elle.

« M'man, on peut rentrer ? »

Mère ne parut même pas m'entendre. Ce soir-là, elle avait un scalp à son actif et il n'était pas question qu'elle écourtât son triomphe.

« Tu crois pas qu'on devrait rentrer, M'man ? »

Cette fois, elle m'entendit.

« On rentrera quand je le dirai, Sophie. »

Puis, comprenant que d'avoir avec elle une enfant ne tenant pas en place, allait nuire à son plaisir, elle ajouta :

« Mais, si ça vous chante, rien ne t'empêche de rentrer avec

Edwin. Votre père et moi regagnerons la maison quand nous aurons terminé ce que nous avons à faire ici. »

Lillian, bien entendu, resta avec Mère. Daisy May fut en proie au dilemme : demeurer avec sa mère — redevenue une femme comme il faut et à qui toutes ces dames parlaient — ou rentrer à la maison en compagnie d'Edwin... Son regard alla de sa mère à nous, puis elle se serra contre Mme Barshinski. Ce dont j'eus tout lieu de me réjouir par la suite.

En quittant le temple, Edwin et moi empruntâmes le passage Cobham qui menait à l'église.

Le passage Cobham était hanté. Bordé de chaque côté par un haut mur de briques, il résonnait sous les pas d'une façon caverneuse, à cause du souterrain, disait-on. On n'avait pas la moindre preuve de l'existence d'un souterrain, si l'on exceptait cette résonance du sol. Des centaines d'années auparavant, vivait un comte de Cobham si méchant qu'il vivait dans la crainte d'une juste vengeance. Il fit donc construire un passage souterrain reliant son château à l'église, afin de pouvoir gagner le sanctuaire et y demander le droit d'asile avant qu'on ait pu le tuer. Mais l'un de ceux qui le haïssaient le plus découvrit l'existence du passage secret, et le mura juste au-dessous du bouquet d'ifs où Daisy et moi avions caché nos tabliers. On racontait que les ossements du comte s'y trouvaient encore.

« Regarde les chauves-souris », me dit Edwin.

Je n'avais nulle envie de regarder les chauves-souris, tant j'avais hâte d'être sortie du passage Cobham avant qu'il fît vraiment nuit. Le sol qui résonnait sous nos pieds m'angoissait déjà suffisamment.

« Il y a quelque chose que tu ne sais pas, me dit Edwin du ton qui prélude d'ordinaire à une déplaisante nouvelle. C'est aujourd'hui l'anniversaire du soir où le méchant Lord Cobham a été pourchassé dans le souterrain.

— Je ne te crois pas.

— Si, c'est vrai ! Nous, en première, on apprend beaucoup plus de choses en histoire que vous, les petits. »

A la façon dont il dit cela, je ne doutai plus que ce fût vrai.

« Oui, c'est aujourd'hui l'anniversaire du soir où il s'enfuit en hurlant dans le souterrain, poursuivi par les trois chevaliers de Fosborough Castle. Alors qu'il croyait pouvoir atteindre le sanctuaire sain et sauf, il se heurta à un mur de pierres, absolument infranchissable. Il le frappait désespérément de ses poings quand les chevaliers de Fosborough le rejoignirent. Sais-tu ce qu'ils lui firent ?

— Je ne veux pas le savoir ! criai-je en plaquant les mains sur mes oreilles et courant vers l'extrémité opposée du passage.

— Ils lui coupèrent les jambes et l'emmurèrent là. »

J'avais atteint le bout du passage mais, à ce moment précis, quelque chose bougea au milieu du bouquet d'ifs, quelque chose qui aurait pu être un homme debout sur des moignons de jambes...

Faisant volte-face, je courus me réfugier contre Edwin.

« Derrière les ifs ! haletai-je. Quelque chose d'horrible... Un homme qui n'a plus de jambes !

— Ne sois pas stupide, Sophie », me dit mon frère, mais sa voix paraissait soudain moins assurée et il m'entoura de son bras. « Quel genre de... chose ?

— Oh ! qui respirait horriblement... Et je suis certaine d'avoir vu du sang jaillir ! »

Edwin ne dit rien, mais avança d'un pas résolu en disant à haute voix :

« Tu te fais peur avec des histoires de fantômes. Il ne faut pas croire tout ce que je te raconte, voyons... »

Quand nous atteignîmes l'extrémité du passage, Edwin s'immobilisa, juste un instant. Puis il se rua vers les ifs qu'il se mit à secouer en criant :

« Sortez de là-dedans ! Qui que vous soyez, sortez de là ! »

Le silence restant total, Edwin s'enhardit et se mit à chercher parmi les branches.

« Il n'y a rien... Ce devait être un lièvre ou un renard...

— Non ! »

Juste comme Edwin s'apprêtait à revenir vers moi, quelque chose bougea de l'autre côté du cimetière, là où il y avait la grille d'entrée.

« Par là ! » chuchotai-je.

Edwin me prit la main et nous progressâmes sur la pointe des pieds en nous dissimulant dans l'ombre des tombes. Edwin marchait le premier et au moment où il atteignait la grille, il me repoussa.

« Ça va, Sophie. Y a pas lieu de s'inquiéter. Maintenant, rentrons à la maison. »

Sa voix avait changé de ton, tandis qu'il s'interposait entre moi et ce qu'il avait vu.

« Qu'est-ce que c'est ?

— Rien, je te dis. On rentre. »

Il me repoussait en arrière de toute la masse de son corps. Je sus que ce qu'il avait vu n'était pas un fantôme, ni rien de semblable, mais quelque chose qui, néanmoins, l'avait boule-versé.

« Je veux voir ce que c'est.

— Fais ce qu'on te dit, Sophie ! m'intima-t-il. Pourquoi es-tu toujours à poser des questions ? Laisse tomber, tu m'en-tends ? Laisse tomber ! »

Il avait élevé le ton, mais sa voix se fêla. D'ordinaire, lorsque cela lui arrivait, je le plaignais, ça ne devait pas être drôle d'avoir une voix dont on ne savait jamais si elle allait être aiguë ou grave. Mais là, je n'éprouvai que de l'indignation. Voilà qu'Edwin se mettait à faire comme Mère et Lillian qui me parlaient de haut !

« Tu n'as pas à me commander ! » protestai-je dans le même temps que, me glissant sous son bras, je me précipitais en avant.

Je les aperçus juste comme elles tournaient au coin de l'église... Deux femmes, dont une était Galina, car j'avais reconnu son abondante chevelure.

« C'était Galina avec une autre femme, lançai-je à Edwin d'un ton cinglant. Je me demande bien pourquoi tu tenais tellement à en faire un secret... »

Il ne répondit pas.

« Qui était l'autre femme ? demandai-je alors. As-tu remar-qué qu'elle n'avait pas de chapeau ?

— Si tu te taisais, Sophie ?

— Pourquoi se sont-elles enfuies ? Qu'est-ce que tu penses qu'elles faisaient ?

— Tais-toi !

— Qui peut bien ne pas porter de chapeau... Elle avait une robe noire et... »

Brusquement, une image me revint à l'esprit... Galina avec la masse de sa chevelure couronnant sa mince silhouette et, près d'elle, quelqu'un dans une longue robe noire sans forme, quelqu'un qui n'avait pas de chapeau... J'en restai toute saisie.

« Oh !... Ce n'était pas une femme... C'était M. Hope-Browne en soutane. »

Edwin se planta devant moi. Colère, désarroi, ou ce qu'il avait pu éprouver d'autre, avait complètement disparu.

« Écoute, Sophie, il ne faut parler de ça à personne. Il nous vaut mieux faire comme si nous n'avions rien vu. »

Je demeurai silencieuse, accablée par le poids de ce que j'avais découvert.

« Tu aimes bien Daisy May, n'est-ce pas ? Et aussi M. Barshinski ? Alors, il est préférable de ne souffler mot de cela à personne.

— Je suppose qu'ils retournaient simplement au presbytère après avoir été à l'office », dis-je lentement.

Edwin ne répondit rien, et il n'avait pas besoin de parler. L'office était terminé depuis longtemps... Une heure, au moins... Et de toute façon, il était peu probable que M. Hope-Browne n'ait pas hésité à se montrer revenant de l'église avec la bonne du presbytère... Pourquoi s'étaient-ils sauvés en courant ? Et ce mouvement que j'avais entrevu dans le bouquet d'ifs... Cela avait quelque chose d'insolite... D'insolite et de déplaisant.

Edwin plaça ses mains sur mes épaules, me forçant à le regarder.

« Tu es trop petite pour comprendre, Sophie, me dit-il avec beaucoup de douceur. Moi aussi, d'ailleurs... Mais je sais qu'il vaut mieux n'en parler à personne.

— D'accord. »

Il se trompait. Je n'étais pas trop petite pour comprendre. Oh ! bien sûr, je ne savais pas de quoi il retournait au juste, tout comme en ce qui concernait les choses qui allaient amener Mme Barshinski à avoir un bébé. Mais je gardais l'impression que m'avaient faite ces deux silhouettes s'enfuyant dans le crépuscule et j'y décelais instinctivement l'excitation, la culpabilité, la peur d'être pris. Quoi que ce fût exactement, cela m'effrayait beaucoup plus que le fantôme de Lord Cobham vacillant sur ses moignons.

Nous regagnâmes la maison en proie à un sentiment d'oppression, parce que quelque chose de déplaisant et d'inavouable était entré dans nos vies, quelque chose à quoi, pour ma part, je ne me sentais pas en mesure de faire face. Et Edwin ? Je pense qu'Edwin dut en être affecté encore plus que moi, car ce fut après cela que nous commençâmes à nous éloigner l'un de l'autre. Rien de brusque ni de triste : Edwin avait simplement passé la frontière qui sépare l'enfance du monde des adultes. Il continua toujours d'être gentil avec moi, mais désormais un gouffre nous séparait.

Chapitre cinq

ॐ

Des années plus tard, Daisy May me confia que le point culminant de son existence avait été la fête en l'honneur du couronnement d'Edouard VII. Sur l'instant, je trouvai la chose plutôt amusante, puis je commençai à me souvenir. Je me rappelai un matin où, regardant par la fenêtre de la chambre, j'avais vu le prunier plein de bouvreuils... il devait bien y en avoir trente ou quarante... Je me rappelai le champ en face de l'église où l'on avait dressé une grande tente... les longues tables installées sur des tréteaux et recouvertes toutes de nappes blanches en papier... chaque femme du village préparant des cruches de limonade... Je me rappelai combien j'étais heureuse en ce matin d'août quand j'avais le sentiment que quelque chose de merveilleux allait se produire... et à la fin de la journée lorsque quelque chose de merveilleux se fut produit... Alors je pensai que, pour moi aussi, le couronnement du roi Edouard VII avait éte le point culminant de mon existence.

Avant le thé, on avait organisé des jeux, des courses. M. Hope-Browne, en blazer rayé et coiffé d'un chapeau de paille, s'affairait partout, en semblant beaucoup moins nerveux et timide que d'ordinaire. S'il se sentait plus détendu, c'était peut-être parce que le pasteur et Mme Lovelace ne quittaient pas la grande tente, où ils recevaient tout le « gratin » du village. Il y eut une course en sac, puis une autre où il fallait courir en tenant un œuf dans une cuiller. Ce fut alors que tout commença d'être merveilleux pour Daisy May, car elle gagna cette dernière course.

Je la revois au poteau d'arrivée, toute souriante, avec son œuf dans la cuiller (un œuf dur, qui devait être récupéré ensuite pour le thé) tandis que tout le monde applaudissait en l'acclamant. On avait pareillement applaudi et acclamé tous les gagnants des autres courses, mais c'était une chose dont Daisy May ne s'avisait même pas. Pour la première fois de sa vie, elle était ovationnée en public, et elle était trop innocente pour chercher à cacher la joie qu'elle en éprouvait. Elle rayonnait littéralement de fierté et de bonheur. Mon père lui remit son prix, une pelote à épingles en forme de cœur, et Edwin, qui se trouvait près de Papa à l'arrivée, lui dit : « Oh ! bravo, Daisy ! », après quoi elle ne fut vraiment plus qu'une sorte d'immense sourire.

Mme Barshinski était là, l'air très comme il faut, aidant Mère à tout préparer pour le thé. Daisy May n'arrêtait pas de la regarder, comme pour se convaincre que, oui, c'était bien sa mère, là avec les autres, pareille aux autres, en robe de coton et coiffée d'un grand chapeau. Elle se précipita pour lui montrer son prix, avec toute la joyeuse spontanéité de l'enfant de onze ans qu'elle était.

Lorsque M. Hope-Browne annonça la course à trois pattes — un garçon et une fille attachés ensemble —, je sus ce qui rendrait Daisy May encore plus heureuse.

« Va demander à Daisy May de participer à la course avec toi, dis-je à Edwin.

— Mais je dois être à l'arrivée...

— N'importe qui peut t'y remplacer. Va lui demander, va !

— Ce n'est qu'une gosse... fit-il, embarrassé.

— Je t'en prie, Edwin : c'est mon amie. »

Il hésita puis dit, avec un haussement d'épaules :

« Oh ! bon, d'accord... »

Il rejoignit aussitôt Daisy May.

« Veux-tu faire équipe avec moi pour cette course ? » lui demanda-t-il gentiment.

Daisy May piqua un fard qui eût fait honneur même à M. Hope-Browne et le bonheur dut la submerger au point que, incapable de parler, elle ne put acquiescer que d'un signe de tête. Edwin l'entraîna aussitôt vers la ligne de départ.

« Tu attaches nos jambes ensemble », lui dit-il pour ne pas l'embarrasser davantage en lui touchant la cheville.

Tandis que Daisy s'affairait à ses pieds, il promena son regard autour de lui d'un air très digne. Soudain, je vis ce regard se fixer sur quelque chose. Il était des moments où j'avais une sorte de sixième sens en ce qui concernait Edwin. Comme il était de deux ans mon aîné, je l'observais et l'imitais depuis que j'étais toute petite. Or quand il en est ainsi, rien qu'en le regardant, on peut souvent dire ce qu'éprouve l'autre. Là, je ressentis sa soudaine nervosité, l'effort qu'il faisait pour contrôler ses mains. Suivant son regard, je vis Galina Barshinski attachée avec son père. Ils riaient — ce merveilleux rire des Barshinski — et se parlaient gaiement en russe. Galina paraissait déplacée, étrangère, et comme ridicule au milieu de tous ces gens du Kent. Sa robe — une robe donnée par Mme Lovelace — la mettait en valeur et au lieu de porter ses cheveux en une couronne de nattes, elle les avait laissés couler jusqu'à sa taille. De plus, elle arborait à sa ceinture un bouquet de coquelicots en rappel de ceux ornant son chapeau.

Etait-ce l'effet de mon imagination, ou bien une sorte d'immobilité glacée s'était-elle soudain abattue sur la fête ? Je regardai Mme Lovelace, qui sortait de la tente, et je vis la désapprobation se peindre sur son visage. Elle avait laissé Galina disposer de son après-midi en l'autorisant à venir à la fête, mais la coiffure et les coquelicots la choquaient visiblement. M. Hope-Browne, qui brandissait le pistolet pour donner le signal du départ, suspendit son geste en devenant écarlate. Mère paraissait désemparée, Mme Barshinski lasse et résignée, face aux deux autres qui riaient et s'embrassaient en parlant russe. Je me sentis haïr Galina.

Se ressaisissant, M. Hope-Browne pressa la détente du pistolet. J'ignore si ce fut parce que Daisy May était émue par la proximité d'Edwin ou parce que mon frère continuait de regarder les Barshinski, mais ils tombèrent très vite.

Les Barshinski gagnèrent, non point parce qu'ils couraient à l'unisson mais tout simplement parce que M. Barshinski portait littéralement sa fille, comme si c'eût été une gerbe de blé. Ce fut la seule course de l'après-midi où il n'y eut pas d'ovation : juste quelques applaudissements polis. Ça n'avait aucune importance, car ni le père ni la fille n'en eurent conscience. La ligne d'arrivée franchie, ils se laissèrent tomber par terre et se roulèrent sur le sol en riant aux éclats. Puis, se relevant, M. Barshinski jucha Galina sur son épaule et il fit ainsi le tour de la fête en chantant en russe à pleine voix. Chacun s'efforçait de paraître ne rien remarquer, mais ça n'était pas facile. La seule à ne rien voir était Daisy May qui, à genoux de nouveau, dénouait le mouchoir qui l'attachait à Edwin, et que la joie d'avoir fait équipe avec lui, même s'ils n'avaient pas gagné, semblait rendre aveugle à tout le reste.

Pendant que l'on prenait le thé, je vis Mme Lovelace parler à Galina, calmement mais d'un ton sec. Galina avait pris un air boudeur et, ce qui aggravait tout, c'est que M. Hope-Browne se trouvait debout près d'elles. A un moment donné, il voulut s'éloigner et Mme Lovelace le retint par le bras. Tour à tour blême et écarlate, il essaya gauchement d'intervenir mais Mme Lovelace lui coupa la parole en continuant son admonestation. Finalement, Galina s'éclipsa derrière la tente et, lorsqu'elle revint, ses cheveux étaient nattés, cependant que les coquelicots avaient disparu de sa ceinture. S'asseyant à une des tables, elle émietta un biscuit. Je sentais que, à côté de moi, Edwin l'observait. Quand je m'enhardis jusqu'à le regarder, il avait un visage dénué d'expression et il me dit très posément :

« Je voudrais qu'elle s'en aille. Les autres, même lui, ça m'est égal, mais elle... »

Elle s'en alla vers six heures, car c'était l'heure où elle devait regagner le presbytère pour aider à préparer le dîner. M. Barshinski était parti avant le thé, mon père et lui devant assurer la traite, fête du Couronnement ou pas.

On demeura à tourner en rond, puis certains ramenèrent à la maison les bébés et les petits enfants tandis que d'autres se dirigeaient vers la salle des fêtes pour le concert. Pour la première fois, nous, Frères de Plymouth, allions entendre M. Hope-Browne chanter « *Viens dans le jardin, Maud* ».

Je m'assis sur l'un des grands bancs qui s'étageaient le long d'un des murs, encadrée par Edwin et Daisy May. Edwin tenait à ce qu'on applaudît bien fort M. Watkins, le chef de gare, lorsqu'il exécuterait son solo de trompette.

« Tu as compris, Sophie ? Applaudis dès qu'il arrive. N'attends pas qu'il ait joué. Ça l'encouragera. Toi aussi, Daisy May.

— Oui, oui, Edwin ! » acquiesça Daisy May avec ferveur.

Je la considérai d'un œil critique. Certes, dans l'ensemble, Edwin était un assez bon garçon, mais ça n'était pas une raison pour le traiter comme s'il était Dieu en personne. Ce n'était certes pas l'attitude que j'avais envers son propre frère... peut-être, si je l'avais traité ainsi, cela eût-il aidé Ivan à se comporter de façon plus raisonnable.

En exceptant toujours M. Barshinski, Ivan était le seul membre de la famille qui demeurât insensible au zèle missionnaire de Mère. Plus elle redoublait d'efforts, plus il se montrait susceptible et hargneux. Non seulement il avait renvoyé les vêtements donnés par Mère, mais il se refusait à venir tirer de l'eau à notre pompe ; plusieurs fois par jour, on pouvait le voir revenir, avec des seaux pleins, de celle située en haut du pré.

Et, bien que je me sois gardée de le répéter à Mère, j'avais appris par Daisy May qu'il ne voulait pas non plus dormir sur notre lit de camp.

« Il s'en est confectionné un lui-même, me dit Daisy May, avec des sacs tendus sur un cadre de bois. Je m'y suis étendue et c'est très inconfortable. »

Nous avions eu un exemple typique de la fierté d'Ivan lorsque nous étions passés prendre les Barshinski pour aller à la fête. Voyant Ivan nu-pieds et avec un pantalon déchiré, Mère lui avait dit d'un ton ferme :

« Ivan, les vêtements sont encore sur le meuble, dans la souillarde. Tu ferais bien d'aller les mettre et de te préparer si tu veux venir à la fête avec nous. »

Ivan avait paru alors aussi terriblement vulnérable qu'atrocement blessé. Je me rendais bien compte que, comme nous tous, il brûlait d'aller à la fête, bien qu'il affectât de parler dédaigneusement de « ces jeux de gosses ». Mais Mère venait de lui délivrer son ultimatum : seuls ceux qui seraient lavés et convenablement habillés pourraient assister à la fête donnée en l'honneur d'Edouard VII.

« Je n'y vais pas.

— Oh ! si, mon chéri, viens avec nous ! » insista gentiment Mme Barshinski.

Alors Ivan fit volte-face et sortit de la maison en courant. Mme Barshinski exhala un long soupir donnant à entendre qu'elle ne savait quoi faire. J'aurais voulu courir après lui, mais Mère donna le signal du départ et lorsque nous sortîmes avec elle, Ivan avait disparu.

Néanmoins, tout au long de l'après-midi, je l'avais aperçu qui rôdait autour du champ où se donnait la fête, suffisamment proche pour voir ce qui se passait, assez éloigné pour qu'on ne pût dire qu'il était vraiment là. Lorsque Daisy May avait gagné la course à l'œuf, j'avais traversé tout le champ — ce qui n'était pas rien avec mes souliers du dimanche — pour lui parler.

« Daisy May a gagné la course à l'œuf.

— Parfait.

— Je crois que tu aurais toutes les chances d'emporter la course en sac... Tu es si fort !

— Non, merci.

— Viendras-tu pour le thé ?

— Non.

— Veux-tu que je t'apporte quelque chose de là-bas ?

« — Non. »

Et son visage s'était alors plissé haineusement.

« Vous êtes tous à vouloir diriger, commander ! J'en ai par-dessus la tête des Willoughby ! Si vous vous imaginez pouvoir nous transformer en gros chats ronronnants comme vous, c'est pas demain la veille. Fichez-nous donc la paix ! »

Au début, quand il me parlait ainsi, j'étais bouleversée ; à présent, j'en avais pris l'habitude et n'y attachais pas d'impor-tance. J'étais la seule avec laquelle il pût se permettre de vider son sac, et je récoltais ainsi tout ce qui était destiné à Mère, à Lillian, ou même à Edwin. Il venait ensuite m'exprimer ses regrets de m'avoir parlé de la sorte (comme la première fois, lorsqu'il m'avait dit que je n'étais pas une pimbêche) et je savais que, lorsqu'il était ainsi, mieux valait le laisser seul.

« Bon, alors, au revoir ! »

Il ne me répondit pas, mais, plus tard, alors que j'étais assise dans la salle des fêtes pour le concert, je le vis se faufiler jusqu'à l'alcôve proche de la porte, où l'on rangeait les balais et les échelles, et s'y nicher.

M. Hope-Browne chanta « *Viens dans le jardin, Maud* » puis « *Le Retour des beaux jours* » et Peter Hayward avait raison : si l'on fermait les yeux afin de ne plus voir ses boutons, sa voix était un enchantement. Quel dommage !

M. Hayward récita un monologue comique après s'être affublé d'une fausse moustache et d'un monocle, ce qui ne fut pas du tout amusant. Ensuite Lillian et les filles des cours de Bible récitèrent en chœur « *Scintille, petite étoile* ». Ma sœur se tenait au milieu du premier rang et agitait les mains plus qu'aucune autre. Nous eûmes droit à plusieurs morceaux de piano, puis vint enfin le tour de M. Watkins. Il passait en dernier non parce qu'il était le meilleur, mais parce qu'il avait dû concilier son numéro avec l'arrivée d'un train de marchan-dises à 20 h 02. Me levant, je me glissai le long du mur jusqu'au refuge d'Ivan.

« Edwin demande qu'on applaudisse M. Watkins avant qu'il commence, lui dis-je. Je ne crois pas qu'il joue très bien de la trompette et Edwin a peur qu'on ne l'applaudisse pas suffisamment.

— D'accord », acquiesça Ivan.

C'était toujours ainsi entre nous. Il suffisait de faire comme si rien ne s'était passé.

M. Watkins arriva et Ivan applaudit aussi bruyamment que

moi. Lorsque le chef de gare se mit à jouer, cela dépassa toutes les craintes d'Edwin. Il faisait beaucoup de fausses notes, se reprenait, mais le pire de tout, c'est que la tension le faisait loucher au-dessus de ses joues gonflées. Pour lutter contre le rire qui me gagnait, je m'efforçai, en vain, de penser à des choses très tristes. Je retins mon souffle en regardant fixement le sol, priant Dieu de m'empêcher d'éclater de rire, car Edwin ne me le pardonnerait jamais.

Contre moi, je sentais Ivan également tout secoué par le rire qu'il cherchait à contenir. Je le regardai, ce fut trop. Nous nous laissâmes vivement glisser par terre en nous mordant désespérément la main. Lorsqu'on applaudit à la fin du premier morceau — car il y en avait un autre, hélas ! — nous nous enfuîmes au plus vite par la porte toute proche, et, une fois dehors, donnâmes libre cours à notre fou rire. Quand nous commencions à nous calmer, il y en avait toujours un qui repartait de plus belle, accompagné au loin par la trompette. Enfin, nous parvînmes à ne plus émettre que quelques hoquets et nous prîmes conscience du silence environnant, qui contrastait avec la rumeur provenant du hall.

« Écoute les grillons !

— Oh ! regarde les chauves-souris ! »

Étendus par terre, les yeux maintenant habitués au crépuscule, nous voyions les chauves-souris commencer leurs vols nocturnes. Elles étaient encore plus vives que les oiseaux, et nous avions à peine le temps de les entrevoir tandis qu'elles volaient d'un arbre à l'autre.

Puis, dans le soir qui tombait, complètement déplacé parmi la stridulation des grillons et les battements d'ailes veloutés mais s'harmonisant néanmoins à la perfection avec la chaude douceur de ce soir d'été, un son magique nous parvint.

« Écoute, Ivan, c'est ton père ! » chuchotai-je et je le sentis aussitôt se figer.

Oh ! l'enchantement d'un violon jouant dans la nuit, non pas de nostalgiques airs russes, mais une mélodie bien de chez nous : « *Sir Roger de Coverley* » ! Comme si c'était là un signal, les portes de la salle des fêtes s'ouvrirent. Le concert était terminé, la fête du Couronnement finie, mais personne n'avait envie de rentrer chez soi. Or voilà qu'on était accueilli au-dehors par cette belle musique, connue de tous depuis l'enfance... Peu importait qu'elle fût jouée par un étranger à tout le moins bizarre.

M. Barshinski traversa le champ jusque devant l'entrée de

la salle des fêtes. Lorsque s'acheva « *Sir Roger de Coverley* », un murmure d'approbation courut parmi la foule et M. Barshinski salua, d'une inclination du buste.

« A présent, dit-il en prenant la parole, je vais jouer pour vous, mais pas des airs de mon pays. En l'honneur du nouveau roi, je vais jouer des refrains de son peuple.

— Le " *Cumberland Reel* " ! » cria quelqu'un.

M. Barshinski secoua la tête :

« Je suis désolé de ne pas connaître les titres de vos chansons. Je peux les jouer parce que je les ai entendues, c'est tout.

— Je vais chanter, monsieur Barshinski ! m'écriai-je en me précipitant à côté de lui. Je chanterai les paroles et vous reconnaîtrez sûrement les airs. »

J'entonnai le « *Cumberland Reel* », et il lui fallut à peine quelques mesures pour attraper l'air.

Quelqu'un lui apporta une chaise pour qu'il s'asseye, puis une autre pour moi, et bientôt d'autres s'installèrent pareillement ou bien esquissèrent de petits pas de danse. Les airs s'enchaînèrent ainsi l'un à l'autre ; après chacun d'eux, M. Barshinski me donnait une petite tape affectueuse sur l'épaule ou bien attirait ma tête contre la sienne en m'appelant « *kroshka* », « *lapushka* », « ma petite Sophie ». Envahie par sa rayonnante proximité, je ne pensais plus ni à Mère ni à Papa ou Lillian, pas même pour me demander s'ils étaient là, écoutant et regardant comme les autres. Mais ils avaient dû éprouver aussi la magie de ce merveilleux achèvement d'une journée incomparable, car je ne fus jamais grondée pour mon initiative.

Il y avait du bonheur, de la gaieté dans l'air. M. Hayward ne cessait de dire combien c'était dommage que nous n'ayons pas un feu de joie et un tonneau de cidre, allant même jusqu'à commencer à organiser le ramassage de bois. Mais les gens étaient trop occupés à s'amuser pour se donner la peine de préparer un feu de joie. M. Barshinski ne restait pas tout le temps assis ; il se levait de temps à autre, surtout quand on dansait, et il agitait les jambes en cadence jusqu'à ce qu'il eût attrapé le pas. Alors il tourbillonnait et, surexcité, se mettait à lancer des impératifs : « Allez, vous, le petit homme... avec la grosse dame... Oui, oui, c'est votre tour ! Faites-la danser ! » Et personne ne semblait se formaliser d'être traité de « petit homme » ou de « grosse dame ».

J'aurais bien aimé danser moi aussi, si ça ne m'avait obligée à quitter M. Barshinski. Tout d'un coup, il se pencha vers moi :

« *Kroshka*, va danser avec ma petite Daizimé... Elle ne danse pas assez... Et ce soir, j'aimerais qu'elle danse. »

Je dansai donc avec Daisy May, puis avec Edwin, et je vis même Papa s'élancer avec Lillian au milieu des autres couples.

Je ne sais pas — ou j'ai oublié — comment la soirée se termina. Je suppose que les gens durent s'en aller peu à peu, jusqu'à ce qu'il ne reste plus que M. Barshinski jouant sur son violon des airs russes mélancoliques. Sans doute suis-je rentrée à la maison avec mes parents. La seule chose dont je me souvienne, c'est que M. Barshinski m'a fait un baisemain, comme si j'étais une dame. Il l'a fait en riant et en me gratifiant d'un clin d'œil, mais ça n'en était pas moins ineffable, parce que j'étais la seule à qui il eut baisé la main.

Ivan avait dû s'en aller très tôt, car je ne l'ai plus revu après l'arrivée de son père.

Chapitre six

❧

Un samedi du mois d'août, je travaillais dans la laiterie des Hayward lorsque j'entendis un cri horrible poussé par mon père, et qui provenait de l'enclos du taureau.

Mme Hayward et moi nous regardâmes, puis, abandonnant ce que j'étais en train de faire, je partis en courant.

L'enclos du taureau se trouvait de l'autre côté du mur bordant la cour et l'on ne pouvait voir à l'intérieur qu'en grimpant sur les bidons se trouvant contre ce mur. Je les escaladai et me hissai en haut du mur avant que Mme Hayward ait eu le temps de m'en empêcher.

Mon père gisait dans la mangeoire, immobile et silencieux. Le taureau était penché au-dessus de lui. Il gratta le sol à plusieurs reprises, puis se mit à pulvériser le seau que mon père avait dû lâcher.

« Papa ! Papa ! »

Dégringolant de l'autre côté du mur, je courus vers la porte de l'enclos mais, en homme d'expérience qu'il était, mon père l'avait refermée au loquet afin que le taureau ne risque pas de s'échapper avant qu'il l'eût mis à l'attache.

« Mon père est dedans ! » criai-je à M. Hayward.

La cour s'était soudain emplie de gens : M. Hayward, Peter, M. Barshinski, tous très pâles.

« Sauvez Papa ! Sauvez Papa !

— Viens, Sophie, me dit Mme Hayward en essayant de m'entraîner. Ne gêne pas les hommes... Ils vont le tirer de là.

— Vite, il faut lui jeter de la nourriture à l'autre bout, pour essayer de détourner son attention ! »

Une éternité me parut s'écouler avant que ce fût fait, mais je réussis à ne pas pleurer, car Papa aurait pu m'entendre et je ne voulais pas risquer de le bouleverser encore plus. Puis Peter et

M. Barshinski pénétrèrent dans l'enclos, le premier tenant une hache, l'autre une fourche.

« Ne blessez pas le taureau ! cria M. Hayward. Évitez autant que possible de lui faire du mal ! Pose cette hache ! »

Cette hache, j'aurais voulu l'abattre sur la tête du taureau, et après je crois bien que j'aurais tué aussi M. Hayward.

Le taureau se mit à beugler et M. Barshinski lui parla en russe, mais pas gentiment du tout. M. Hayward survint avec une autre fourche ainsi qu'une corde et j'entendis beaucoup de fracas, le seau étant de nouveau malmené. Je me serais précipitée moi aussi dans l'enclos, mais Mme Hayward m'emprisonnait les poignets dans une de ses mains et, de l'autre, me tenait par mes nattes, tandis que je percevais vaguement sa voix me disant :

« Allons, Sophie, arrête ! »

Puis M. Hayward cria : « Je le tiens ! » et le taureau lança un dernier beuglement tandis qu'ils passaient la corde dans l'anneau fixé à son mufle.

Alors j'entendis mon père gémir et c'était terrible mais merveilleux aussi, car cela signifiait qu'il n'était pas mort. A présent, je pouvais pleurer. M. Barshinski sortit de l'enclos, portant dans ses bras mon père dont le visage était couvert de sang et qui s'était de nouveau évanoui.

« Qu'est-ce qu'on fait ?

— Nous allons démonter la porte de la grange et l'étendre dessus pour le transporter chez lui. Peter, cours dire au docteur de venir chez les Willoughby aussi vite qu'il pourra. Toi, Sophie, passe devant, prévenir ta maman.

— J' veux pas quitter Papa ! »

M. Hayward parut sur le point de se mettre en colère, mais son regard croisa celui de sa femme et il s'éloigna.

« C'est moi qui vais aller la prévenir, dit Mme Hayward. Comme ça, je l'aiderai à tout préparer pour le docteur. »

Ils arrivèrent avec la porte, sur laquelle ils étendirent mon père. Lorsque ce fut fait, M. Hayward et M. Barshinski empoignèrent la porte chacun par un bout et se mirent en marche. Je trottinai à côté de mon père, lui touchant la main à chaque instant sans que jamais il réagisse. La porte était lourde et mon père aussi, alors un vacher, qui était accouru, prit un des coins du vantail à côté de M. Hayward. Tous transpiraient à grosses gouttes, car il faisait une chaleur accablante, ce qui avait probablement causé l'irritabilité du taureau.

Quand nous arrivâmes à la maison, M. Barshinski souleva de nouveau mon père dans ses bras pour gravir l'escalier et je vis alors qu'un des pieds de Papa ballait dans le vide, comme si la cheville était cassée. M. Barshinski déposa mon père sur le lit et Mme Hayward dit :

« Mieux vaut ne pas le remuer jusqu'à l'arrivée du docteur. »

La recommandation venait un peu tard après la façon dont on avait dû transporter mon père.

Les hommes redescendirent tandis que nous demeurions toutes les trois près du lit. Ma mère était aussi blanche que le drap. Elle me regardait fixement, comme si j'étais responsable, mais je compris qu'elle ne me voyait pas. Puis elle battit des paupières et me dit de descendre.

« Non.

— Elle l'a vu, madame Willoughby, intervint doucement Mme Hayward. Nous étions dans la laiterie quand nous avons entendu votre mari crier, et Sophie a escaladé le mur avant que j'aie le temps de la retenir. Elle l'a vu avec le taureau... »

Mère m'adressa alors un pâle sourire. Je sentis qu'elle voulait se montrer gentille avec moi, mais qu'elle était trop soucieuse pour cela.

« Bon... Tu peux rester jusqu'à ce que le docteur arrive. »

Je demeurai près du lit, tenant la main de mon père entre les miennes. Ce dont je souffrais le plus — car l'on devient égoïste quand la tragédie vous foudroie soudain —, c'était de me sentir seule. Mère avait Lillian et réciproquement ; Edwin menait une vie à part, néanmoins, en tant que fils unique, il avait sa place dans l'affection de Mère, ce qui n'était pas mon cas. S'il arrivait quelque chose à Papa, je serais complètement seule.

« Voulez-vous que j'aille préparer du thé, madame Willoughby ?

— Oh ! ce serait vraiment très aimable à vous », répondit ma mère et Mme Hayward nous quitta. Même alors, assises toutes les deux auprès de l'homme qui était notre point commun, notre soutien moral et matériel dans l'existence, nous demeurions séparées. Je n'appartenais pas à ma mère, elle n'avait pas le sentiment que j'étais sa fille. Je me mis à trembler de tout mon corps sans qu'elle s'en aperçût. Ce n'était pas dû à la réaction mais au fait de découvrir que je n'étais pas aimée par quelqu'un qui aurait dû me chérir. Si Mère se sentait responsable de moi, elle ne m'aimait pas.

On était allé chercher Lillian chez Miss Clark et je l'entendis gravir rapidement l'escalier. Quand elle entra dans la chambre, le visage de Mère se plissa soudain : elle fondit en larmes, Lillian aussi. Elles demeurèrent un moment enlacées, puis Lillian dit :

« Je vais t'apporter une tasse de thé, Maman. Mme Hayward vient d'en préparer. »

Mère la regarda et gémit :

« Oh ! Lillian, qu'allons-nous devenir ? »

Puis se ressaisissant aussitôt :

« Le docteur va avoir besoin d'eau chaude... et puis aussi de vieux draps...

— Mme Hayward s'occupe de faire chauffer l'eau.

— Si nous lui lavions un peu le visage... Ça ne peut sûrement pas lui faire du mal... »

Mère redevenait elle-même. Prenant tout en charge, elle nettoya le visage de Papa et me fit boire une tasse de thé bien sucré. Puis elle envoya Lillian chez Mme King, lui demander une autre bouillotte pour tenir Papa au chaud, car, bien que la journée fût torride, il avait le corps glacé.

Lorsque le médecin arriva, il nous fit descendre, ne gardant que Mère avec lui.

M. Barshinski et Peter étaient retournés à la ferme, si bien que Lillian et moi restâmes avec les Hayward à nous regarder sans parler. Puis Lillian se rappela à ses devoirs :

« Voulez-vous venir vous asseoir dans le salon ? proposa-t-elle.

— Non, merci, mon petit. Nous ne sommes vraiment pas en tenue pour aller dans un salon. Je ne crois pas que ta maman aimerait nous voir assis sur son canapé avec nos vêtements de travail. »

Tandis que Lillian s'empourprait, Mme Hayward poursuivit :

« Nous allons attendre pour savoir ce que dit le docteur, puis nous partirons. Il faut que je finisse de m'occuper du lait. »

Edwin, que Peter était allé chercher à la gare, arriva.

« Comment est-il ?

— Le docteur est encore avec lui.

— Ça va, toi, Sophie ?

— Oui. »

Il y eut de nouveau un long silence, puis M. Hayward se tourna vers Edwin :

« Tu diras à ta maman de ne pas se tracasser pour la note du docteur. Je l'aiderai.

— C'est bien aimable à vous, monsieur Hayward. »

Oui, en effet, et je lui en pardonnai presque les recommandations qu'il avait faites à propos du taureau.

Finalement, on les entendit descendre. Le docteur s'en alla et Mère nous rejoignit dans la cuisine.

« Il a été commotionné et il a une cheville fracturée ainsi que plusieurs côtes, nous annonça-t-elle. Le docteur reviendra demain pour voir comment il va. »

Pour que le médecin se déplace un dimanche, il fallait que ce fût vraiment grave et nous en eûmes tous conscience.

« Avant tout, il lui faut beaucoup de calme, ajouta Mère.

— Y a-t-il quelque chose que nous puissions faire, madame Willoughby ? demanda aussitôt Mme Hayward.

— Vous êtes très gentille, mais nous pouvons suffire, du moins pour l'instant. »

Des gens nous aideraient, mais des gens comme nous. Les Hayward, eux, étaient nos employeurs et mieux valait ne pas trop y avoir recours, pour ne pas risquer de les agacer.

« Bon, alors nous vous quittons, décida M. Hayward. Nous passerons demain prendre des nouvelles. Et je viens de dire à votre fils que je vous aiderai pour payer le médecin.

— Vous êtes vraiment très bon, monsieur Hayward », dit Mère en les raccompagnant jusqu'à la porte.

C'était samedi, mais nous ne prîmes pas de bain, nous contentant de nous laver dans l'évier. De même, il ne fut pas question de nettoyer à fond la cour et la souillarde. Cela montrait bien à quel point le rythme de la maison était perturbé. Le soir venu, comme j'apprenais mon passage de la Bible, je m'avisai que Papa ne serait pas là pour me le faire réciter. Alors, de nouveau, le chagrin m'accabla tandis que je pensais à toutes les choses que j'aurais pu faire pour mon père et à tout ce qu'il avait fait pour nous... comme de se lever à quatre heures du matin pour allumer la cuisinière afin que nous n'ayons pas froid quand nous descendrions... Et, à table, pour que nous, les enfants, puissions tous bien manger à notre faim, jamais il ne se servait une deuxième fois. Jamais il ne se mettait en colère ni ne levait la main sur nous... C'était un homme paisible et bon. Certes, il ne nous racontait pas des histoires autres que celles se trouvant dans la Bible et il ne jouait pas du violon, mais c'était mon papa et, maintenant qu'il était malade, je me rendais compte que je n'aurais pas voulu qu'il fût autrement que comme ça. Je me reprochai d'avoir pu envier leur père aux Barshinski, et le remords que j'en éprouvai l'emporta un moment sur l'inquiétude de savoir si Papa allait mourir ou non.

La pièce était silencieuse, à l'exception du battement de l'horloge ou d'un craquement du plancher à l'étage. Mère était avec Papa et Lillian avec Mère. Edwin était allé enfermer les poules et, comme c'était habituellement Papa qui s'en chargeait, je ne doutai pas que mon frère remuât dans sa tête des pensées analogues aux miennes.

Je me représentai Edwin devant le poulailler, se demandant si Papa s'occuperait jamais plus des poules... Mère et Lillian dans la chambre... la tête de Papa reposant sur l'oreiller...

Je sentis un hurlement de désespoir s'enfler en moi et pensai qu'il me fallait vite sortir de la maison, si je ne voulais pas me déshonorer aux yeux des miens alors que nous nous étions parfaitement comportés jusqu'alors, pleurant à peine et nous gardant bien d'exprimer ce que nous redoutions.

Jaillissant hors de la cuisine, je traversai la cour à toutes jambes et courus ainsi jusque dans le pré de Tyler, où je m'effondrai le long d'une haie afin de sangloter tout mon saoul maintenant que personne ne pouvait plus me voir ni m'entendre.

« Allons, *kroshka*, voyons... »

S'asseyant dans l'herbe près de moi, il m'attira contre lui, m'entourant de ses bras. Appuyant sa barbe sur ma tête, il se mit à me bercer très doucement. Je ne souhaitais plus qu'il soit mon père, mais je m'accrochai à lui parce qu'il m'apportait chaleur et sympathie. En le touchant, j'avais l'impression de pouvoir faire reculer le spectre de la mort.

« Il ne faut pas pleurer, *kroshka*. Ton papa est malade, oui, mais c'est un homme très robuste et je ne crois pas que Dieu veuille le laisser mourir déjà. »

J'étais incapable de répondre quoi que ce fût et il n'en dit pas plus ; il continua de me serrer et me bercer en fredonnant très doucement. Son charme insidieux commençait à nouveau d'agir, mais j'avais, pour le contrebalancer, l'image de mon père inanimé dans l'enclos du taureau.

« J'aime mon papa plus que vous ! » sanglotai-je.

L'espace d'une seconde, il cessa de me bercer, puis il dit : « Bien sûr, *kroshka*.

— Je croyais que non... mais si, c'est vrai.

— Naturellement. »

Il exhala un long soupir, puis m'écarta doucement de lui en gardant un bras autour de mes épaules.

« Sophie, dit-il avec tristesse, quand tu seras plus grande, tu sauras qu'on peut aimer plusieurs personnes mais de façon différente. Tu n'auras pas à te dire : " Celui-là, je l'aime, donc je n'aime pas les autres. "

— J'avais souhaité que vous soyez mon papa, sanglotai-je, et maintenant Dieu me punit !

— Pof ! fit-il avec un geste expressif. T'imagines-tu que Dieu écoute ce que dit une petite fille comme toi ? Dieu qui doit s'occuper de tout l'univers ne va pas perdre son temps à te punir !

— J'ai été déloyale envers Papa ! Je vous aimais plus que lui !

— Non, Sophie. Tu aimais des choses que je faisais et que ton papa ne pouvait pas faire. Je suis... différent de ton père et c'est ça qui te plaisait. Mais je serais un bien mauvais papa pour toi, *kroshka*... »

Il marqua une pause, avant d'ajouter, comme se parlant à lui-même :

« Je ne suis pas un bon père... »

En proie à une confusion de sentiments qui m'écartelaient, je m'écriai :

« Oh ! si, si ! »

Dans l'obscurité, je l'entendis émettre une sorte de glousse-ment :

« Alors, peut-être, juste un peu... Pour Galina, oui, je suis le papa qu'elle met au-dessus de tous les autres. Mais Galina, si elle avait ton papa pour père, elle serait très malheureuse !

— Non, non ! protestai-je en me mettant à sangloter.

— Cesse de te tourmenter ainsi, *kroshka*. Souviens-toi seule-ment d'une chose : si Dieu est bon, ton papa va se rétablir ; alors, tu pourras l'aimer parce qu'il est ton papa, et moi, parce que je suis l'homme qui joue du violon... Allez, fit-il en me tapotant l'épaule, maintenant rentre chez toi et, quand tu te sentiras seule ou triste, n'oublie pas que ton ami Nikolaï Igorovitch est là pour te consoler. »

Se mettant debout, il me tendit la main pour m'aider à me relever. A son contact, j'éprouvai comme toujours un senti-ment chaleureux de sécurité. Si je savais que M. Barshinski n'avait pas le pouvoir de tout arranger, je ne me sentais plus aussi seule.

Aucun de nous ne dormit beaucoup cette nuit-là. Avant de me coucher, je demandai si je pouvais voir Papa, et je fus autorisée à entrer avec Edwin dans la chambre, où nous nous figeâmes près du lit. Mon père avait la tête bandée et son visage une teinte bleuâtre absolument effrayante. Toute la nuit, je le revis ainsi derrière mes paupières closes. Entendant Edwin tousser dans la chambre voisine, il me venait des envies d'aller le rejoindre dans son lit ; mais c'eût été laisser Lillian seule, et elle non plus ne dormait pas. Juste comme l'aube commençait à poindre, elle se leva en enfilant son peignoir.

« Où vas-tu, Lil ?

— Voir comment est Maman.

— Demande-lui si je peux aller voir Papa. »

Sans me répondre, elle traversa la chambre d'Edwin sur la pointe des pieds et je perçus des chuchotements en provenance de celle de nos parents, où Mère avait passé la nuit dans un fauteuil à côté du lit. Les chuchotements se prolongeant, je n'y pus tenir davantage et j'allai rapidement dans la chambre de devant.

Mère et Lillian étaient penchées au-dessus du lit, et quelque chose dans leur attitude m'emplit d'appréhension.

« Qu'est-il arrivé à Papa ? »

Elles se tournèrent vers moi et leurs visages n'étaient pas comme je m'attendais à les voir. Je m'approchai du lit. Papa avait les yeux ouverts, l'un marqué par une meurtrissure sanglante, l'autre comme je l'avais toujours vu.

« Papa ! »

Il eut un pâle petit sourire.

« Tu vas bien, Papa ? »

Il ferma les yeux, le sourire demeura sur ses lèvres, il respirait toujours.

« M'man, va-t-il aller mieux maintenant ?

— Retourne te coucher, ma chérie, me dit-elle d'une voix lasse.

— Il va guérir ?

— Il faut le laisser dormir et prier pour qu'il aille mieux. »

Je posai mon front contre la main étendue sur le drap et l'espoir m'envahit, chassant les terreurs de la nuit : sa main était chaude et j'y sentais même battre faiblement son pouls.

« Sa main est chaude, M'man... murmurai-je. C'est bon signe, n'est-ce pas ? »

Elle ne me répondit pas et me donna distraitement une petite tape affectueuse sur l'épaule.

« Est-ce que je peux rester avec lui, M'man ? Je ne bougerai pas, je ne ferai pas de bruit...

— Non, ma chérie. Lillian va rester avec moi et toi, je veux que tu retournes te coucher, comme une bonne petite fille. Après, lorsque le docteur sera venu... eh bien, nous verrons. »

Au ton de sa voix, je compris qu'il ne me fallait pas discuter. Je retournai donc dans ma chambre, emportant avec moi le souvenir de la main chaude de mon père et du sourire sur son visage.

Chapitre sept

ह‌๑

Qu'elle est étroite, la marge séparant la relative aisance de la véritable pauvreté. Jusqu'alors, nous, les Willoughby, avions été enviés, admirés, témoignant même de quelque charité à l'égard des pauvres. L'accident de Papa amena un changement radical de notre situation ; sans jamais en être réduits à la même extrémité que les Barshinski, nous dûmes y regarder à deux fois avant de faire la moindre dépense.

Comme ce n'était pas moi qui tenais les cordons de la bourse, cela ne me souciait pas trop, car le fait de savoir que Papa n'allait pas mourir éclipsait tout à mes yeux.

Il fut malade — très malade même — plusieurs jours durant, parfois conscient mais sombrant le plus souvent dans un sommeil quasi léthargique. Le docteur venait tous les jours, ce qui ne laissait pas de nous effrayer, mais, à la fin de la semaine, les périodes de conscience l'emportèrent sur les autres.

Le plus grave, c'était la blessure à la tête. Au fil des jours, la cheville s'était rétablie, les côtes aussi, mais l'horrible taureau de M. Hayward était cause que Papa n'y voyait plus bien de l'œil droit. Même ainsi, il aurait pu se débrouiller, il n'aurait pas été le premier éleveur ou vacher borgne. Mais trois mois après l'accident, il se mit à souffrir de violents maux de tête ; quand ça le prenait, il n'y voyait plus, et, incapable de marcher sans tomber, il était pris de vomissements. Lorsque survenaient ces maux de tête, il devait rester trois ou quatre jours au lit, et un éleveur susceptible de s'arrêter ainsi soudain dans son travail n'était pas d'une grande utilité.

Homme foncièrement bon, M. Hayward fit comme il avait dit pour les notes du docteur et en prit la moitié à sa charge. Lorsque Papa était alité, il continuait à nous envoyer du lait comme d'ordinaire, en donnant de temps à autre un peu d'argent à Mère. Mais sa bonté ne suffisait pas à compenser la perte de salaire de Papa.

Chaque semaine, une petite somme nous arrivait de la société de secours mutuel à laquelle Papa cotisait depuis des années et nous avions aussi un peu d'argent à la caisse d'épargne. Nous cessâmes de prendre des leçons d'harmonium, ce dont je fus loin de me plaindre. Tout en continuant le peu qu'il faisait à la gare, Edwin dut remplacer Papa pour certaines tâches, telles que fendre du bois, surveiller le bétail, s'occuper du jardin.

En sus de mes deux matinées chez les Hayward, une autre occupation me fut trouvée lorsque je n'avais pas classe. Elle n'avait rien pour me réjouir. La femme qui faisait la lessive au presbytère ne put venir pendant un certain temps, parce que sa fille, qui habitait Edenbridge, était tombée malade. La cuisinière de Mme Lovelace avait dit pouvoir s'occuper de la lessive, si elle avait quelqu'un pour l'aider à la cuisine. Ce quelqu'un d'inexpérimenté — et qu'on payait donc peu — ce fut moi. Quatre matins par semaine, je devais « me rendre utile » à la cuisinière du presbytère.

J'aurais préféré n'importe quoi plutôt que ça. Je n'aimais pas Mme Lovelace, je n'aimais pas sa cuisinière et, surtout, je détestais Galina Barshinski qui se trouvait là en position de supériorité par rapport à moi. J'avais failli protester, mais j'avais vu les traits tirés de Mère et pensé à Papa étendu dans son lit. Alors j'avais décidé d'affronter avec courage mon triste destin. Papa était vivant. Je gagnais de l'argent pour lui... N'était-ce pas l'essentiel ? Et, de toute façon, c'était seulement pour quelques semaines.

Quand l'adversité nous frappa ainsi, la seule chose sur laquelle Mère se refusa à transiger fut l'apprentissage de Lillian. Ma sœur était très peu payée — trois shillings par semaine — et continuait de vivre à la maison. Si elle était entrée en service quelque part, cela nous eût énormément aidés, mais Mère était résolue à ce que rien ne vînt entraver la possibilité qu'avait Lillian de s'élever dans la société. Et j'avais beau détester Lillian, être jalouse de la préférence que Mère avait pour elle, je devais reconnaître qu'il n'eût pas été raisonnable que soit perdu l'argent que cet apprentissage avait coûté à Mère.

Donc, les lundi, mardi, jeudi et vendredi, je me présentais dès sept heures et demie à Mme Puddingoyle, la cuisinière du presbytère. Là, je faisais la vaisselle, épluchais les légumes, lavais le sol de la cuisine et de la souillarde, deux pièces au-delà desquelles je n'avais pas accès.

Mme Puddingoyle donnait l'impression d'être une bonne grosse femme joviale : il n'en était rien. Elle riait bruyamment et, tout en me disant que j'étais une brave fille, passait en revue ce que j'avais fait, pour me décocher un coup de coude dans les côtes si elle trouvait que je ne travaillais pas assez vite.

« Allons, voyons, une grande bonne fille comme toi aurait dû avoir écossé ces haricots depuis longtemps ! » s'esclaffait-elle en me secouant rudement par l'épaule.

Lorsque Mme Lovelace venait dans la cuisine afin de lui donner ses ordres pour la journée, Mme Puddingoyle se transformait en la brave grosse femme qu'elle paraissait.

« Ne vous tracassez pas pour le dîner du pasteur, M'ame. Je sais qu'il est un peu patraque ces temps-ci, et nous sommes tous témoins que vous vous exténuez à vous occuper de lui, du jeune vicaire, et de la paroisse. Tyler m'a apporté un beau canard, que je vais préparer avec des abricots et des haricots d'Espagne qui sont tout frais. Ça va vous requinquer tous les deux, vous verrez... »

Mme Lovelace soupirait en portant une main à son front, puis continuait à lui donner ses instructions pour la journée. On aurait dit qu'elles jouaient une pièce. Je devinais qu'elles n'avaient pas tellement de sympathie l'une pour l'autre, mais trouvaient plus simple d'agir ainsi. Mme Lovelace aimait s'entendre dire qu'elle était une sainte femme, passant sa vie à faire du bien aux autres. Mme Puddingoyle aimait à penser qu'elle n'était pas une simple cuisinière et que, au presbytère, tout reposait sur elle. Un jour, à une lointaine parente venue en passant prendre une tasse de thé avec elle, je l'entendis dire qu'elle était gouvernante au presbytère et qu'avec l'expérience qu'elle avait, elle aurait pu trouver du jour au lendemain une place à Londres beaucoup mieux payée.

J'étais convaincue du contraire, car elle manquait de soin et gaspillait beaucoup. Par ma mère, je savais comment il fallait tenir une maison et ce n'était pas du tout de la façon dont s'y prenait Mme Puddingoyle. Elle jetait des carcasses de poulet sur lesquelles il y avait encore de la chair, au lieu de les utiliser pour faire du bouillon. Elle laissait à découvert, dans des endroits humides, de la farine et du sucre qui ainsi moisissaient ou devenaient la proie des souris. La première fois que je lavai la cuisine à fond, je me rendis compte que cela devait faire des années que le dessous de l'évier ou les côtés du fourneau n'avaient pas été nettoyés. Je découvris ainsi que je tenais beaucoup plus de ma mère que je ne le croyais : la colère que m'inspirait un tel laisser-aller me poussait à récurer la cuisine jusque dans ses moindres recoins, comme si ç'avait été la mienne. Deux choses, en revanche que Mme Puddingoyle faisait très bien, c'était la cuisine et le repassage. Sous son fer, les plissés et les volants prenaient forme comme par magie. Et, quand elle repassait, Mme Puddingoyle cessait de parler fort en me secouant, devenant presque humaine, au point qu'il lui arrivait parfois de me laisser prendre le fer. A ces moments-là seulement, j'éprouvais de la sympathie pour elle.

Ce qui était extraordinaire, c'était de voir comment Galina et elle se comportaient ensemble. Cela se passait comme avec Mme Lovelace, sauf que c'était Galina qui alors rivalisait de flatteries, tandis que Mme Puddingoyle faisait mine de croire qu'elle était une brave petite fille brûlant de lui être agréable.

Je me rappelais que Galina s'était tout d'abord refusée à venir travailler au presbytère et combien je l'avais plainte d'y être finalement contrainte. Je me doutais donc bien qu'elle n'était pas heureuse et que ces simagrées à l'égard de la cuisinière étaient sa façon de survivre à son triste sort.

Lorsque Mme Puddingoyle se livrait à une de ses plaisanteries pas drôles du tout, Galina pouffait en plaquant les deux mains sur sa bouche comme pour lutter contre le fou rire. Quand elle toucha son mois, elle alla au village et en revint avec une plaque de chocolat.

« Tenez, madame Puddingoyle. C'est pour vous remercier d'avoir été si gentille avec moi et de m'avoir aidée quand je ne savais encore rien de mon travail. »

Occupée à laver la vaisselle du petit déjeuner, je rageai qu'une telle hypocrisie pût être prise pour argent comptant, car le visage de la cuisinière — un visage dur en dépit de sa rondeur — exprimait une surprise ravie.

« Oh ! merci, ma chérie », roucoula-t-elle.

Galina se tourna alors vers moi :

« J'aurais voulu en acheter aussi une pour toi, Sophie, me déclara-t-elle d'un air triste, mais tu sais comment c'est à la maison... Je ne m'octroie que le strict nécessaire et je donne le reste à ma mère. »

Ce n'était pas vrai. Je savais par Daisy May le mal qu'ils avaient pour obtenir que Galina participe de façon régulière aux dépenses de la maison. Si on tombait sur elle au moment où elle venait d'être payée, tout allait bien, et cela paraissait lui être égal de donner son salaire. Seulement, d'ordinaire, dès qu'elle avait de l'argent, elle allait au village où elle s'achetait des rubans, des fleurs artificielles, du parfum bon marché, et autres choses du même genre jusqu'à ce qu'il ne lui reste plus un penny. Mme Puddingoyle était totalement dupe à cet égard.

« Il faut garder ton argent, ma chérie, et le mettre de côté car un jour tu pourras en avoir besoin. »

Et ce matin-là, quand elle eut terminé le repassage de la maison, Mme Puddingoyle dit :

« Galina, ma chérie, va chercher ton corsage que je te le repasse bien pour dimanche. »

Entre elles, la cuisinière et Galina s'entretenaient beaucoup de M. Hope-Browne, se taquinant à son sujet, parlant de ses boutons, de la façon dont il rougissait à tout propos, voire de ses sous-vêtements qui étaient de très bonne qualité, mieux même que ceux du pasteur.

« C'est parce qu'il vient d'une famille très riche, expliquait Mme Puddingoyle d'un air important. Il est le plus jeune fils de Sir Chose ou Machin, qui habite dans le Hampshire. J'ai vu les lettres qu'il reçoit de sa mère et il y a des armoiries sur les enveloppes. Il a des chemises avec ses initiales brodées, et même une en soie qu'il met seulement lorsque vient l'évêque. »

Je trouvais que ça n'était pas bien de parler des sous-vêtements de M. Hope-Browne. Mère aurait sûrement désapprouvé la chose, mais cela faisait s'esclaffer Galina et la cuisinière. Elles riaient aussi des prétextes que cherchait le vicaire pour venir dans la cuisine où il passait le plus clair de son temps à regarder Galina. Parfois, il devenait écarlate et ça m'était odieux. Galina lui souriait, en soutenant son regard juste un peu trop longtemps, puis, à la dérobée, elle adressait un clin d'œil complice à Mme Puddingoyle. Mais elle réussissait à ce que le vicaire ne s'en aperçoive pas plus que la cuisinière n'avait conscience du regard qu'elle coulait au jeune homme.

Chaque fois que je repensais à ces deux silhouettes s'enfuyant dans l'ombre du cimetière, j'en étais toute retournée. Aussi lorsque la pendule marquait enfin une heure de l'après-midi, je me précipitais au-dehors pour rentrer chez moi, en respirant l'air pur à pleins poumons, car le souvenir de cette complicité furtive entre Galina et M. Hope-Browne était en moi comme une salissure.

Il y avait des fois où j'aurais voulu me confier à quelqu'un de chez moi. Même si je n'avais parlé que de l'état de saleté dans lequel j'avais trouvé le dessous de l'évier au presbytère, cela m'eût fait du bien. Mais je ne voulais pas que Mère puisse croire que je me plaignais de mon travail. Et puis, vu que je ne lui avais jamais fait de confidences, ce n'était vraiment pas le moment de commencer. Papa allait un petit peu mieux et était autorisé par le médecin à se lever l'après-midi. Il descendait alors en s'appuyant sur sa bonne cheville et se tenant des deux mains à la rampe. Arrivé en bas, il s'asseyait, très pâle, et fermait les yeux. J'aurais voulu lui parler, je n'y parvenais pas. D'ailleurs, je trouvais déjà merveilleux de l'avoir ainsi près de moi et de pouvoir lui toucher la main de temps à autre. Il n'avait pas encore ses maux de tête. Nous pensions alors que, sa cheville et ses côtes guéries, il pourrait de nouveau travailler comme par le passé chez M. Hayward lorsqu'il se serait habitué à sa vision réduite.

En septembre, juste avant la rentrée des classes, les Pèlerins du Ciel arrivèrent au village et dressèrent leur tente dans le champ qui jouxtait l'auberge. Ils s'installaient là, parce que le pasteur désapprouvait leurs croisades évangéliques et ne voulait pas d'eux près de l'église, mais aussi parce qu'ils étaient à pied d'œuvre pour cueillir les ivrognes à la sortie de l'auberge. Le remords dû à l'alcool leur permettait de ramener pas mal d'âmes à Jésus.

Au village, tout le monde prenait plaisir à leur venue. Certains disaient que c'étaient des sortes de forains, mais, comme ils prêchaient la Bible, il nous était permis d'aller les écouter et je ne manquais pas de le faire chaque fois que Mère m'en laissait la possibilité.

Ils jouaient des hymnes en s'accompagnant avec des concertinas. Ils avaient de longs manteaux noirs doublés de rouge. Cette année-là, ils étaient cinq, trois hommes et deux femmes, sous l'égide d'un nouveau, le prédicateur Jones.

Mme Puddingoyle, qui était allée sous la tente dès le premier soir, nous raconta la chose le lendemain matin dans la cuisine du presbytère.

« Ce Jones est un homme extraordinaire ! déclara-t-elle avec enthousiasme. Tout empli de l'esprit du Seigneur ! Il est grand — et, moi, j'aime les hommes grands — avec de larges épaules et une voix qui s'entend jusqu'au fond de la tente.

— Y a-t-il eu quelqu'un de sauvé ? demandai-je.

— Non, mais le premier soir, il s'agit surtout de jouer des

hymnes et de prier tous ensemble pour que, durant les deux semaines suivantes, " il ne soit pas dans le village un pécheur qui ne vienne se repentir à genoux ". En disant cela, expliqua Mme Puddingoyle, il a ouvert ses bras, et, avec tout ce rouge du manteau qui se déployait, c'était vraiment splendide ! " Je vous le dis, pécheurs, mes frères et mes sœurs, je serai à genoux avec vous, priant pour vous communiquer ma force et vous réconforter... " Oh ! que c'était donc beau... Malheureusement, conclut-elle avec tristesse, je ne vais pas pouvoir y retourner avant mercredi.

— J'aimerais y aller aussi », déclara soudain Galina.

La cuisinière et elle demeurèrent un moment à se regarder, puis Mme Puddingoyle dit, en pointant l'index vers le plafond :

« Nous devons être très prudentes... *Ils* n'aiment pas que quelqu'un du presbytère aille écouter ces prêches. Elle dit que ce sont des gens vulgaires et lui, qu'ils blasphèment. Mais si nous y allons un soir l'une, un soir l'autre, en nous couvrant réciproquement, *ils* ne s'apercevront de rien. »

Galina la gratifia de son sourire de petite fille et murmura :

« Je vais être heureuse de pouvoir aller les entendre. »

Moi, j'y allai le lendemain soir avec Mère et Lillian, ainsi que M. et Mme King, après avoir laissé Papa bien installé dans son fauteuil en compagnie d'Edwin. Je ne crois pas que Papa ait été très porté sur les Pèlerins du Ciel, mais Mère en raffolait et la perspective de cette sortie l'avait rendue presque aimable.

Mme Puddingoyle avait raison. Le prédicateur Jones était un bel homme, très différent de son vieux prédécesseur. Il avait un visage énergique surmonté de cheveux bouclés qu'on eût dit d'argent, et sa voix était comme celle de M. Hope-Browne. Il chanta d'abord quelques hymnes en soliste, des hymnes tristes où il était question de ceux qui tournaient le dos au Seigneur, puis leur rythme devint plus enlevé, plus joyeux. Les deux femmes avaient des capuchons rouges sur la tête et, quand elles firent la quête, je pus voir qu'elles étaient très jolies.

C'est juste après la quête que j'aperçus Galina se glissant à l'intérieur de la tente. Elle regarda autour d'elle puis vint s'asseoir sur le banc à côté de moi. Je me demandai bien pour quelle raison, vu que, d'ordinaire, elle ne m'accordait aucune attention. Sans doute avait-elle besoin de quelqu'un pour lui dire comment se comporter.

Tandis que les concertinas soulignaient la chose, le prédicateur Jones monta sur une estrade et leva très haut les bras.

« Le chemin qui mène à Jésus est étroit et rude, semé d'embûches, exposé à tous les vents et aux tempêtes que Satan déchaîne dans nos têtes ! » lança-t-il avant de laisser retomber ses bras et de poursuivre, un ton plus bas : « Quels sont ceux qui choisiront délibérément ce chemin ? Qui accepteront d'aller nus quand ils pourraient se vêtir de drap d'or ? Qui se contenteront d'un repas frugal quand le démon les invite à festoyer ? »

Sa main droite se pointa vers nous.

« Ceux-là sont bien peu nombreux dans cette assemblée de pécheurs. Car vous êtes des pécheurs ! clama-t-il soudain. Vous ne le croyez peut-être pas, mais regardez bien au fond de vos cœurs... Sous cette tente, frères et sœurs, il y a des voleurs et des menteurs, des ivrognes et des femmes dissolues... Des cœurs pleins de désirs mauvais qui en feront *la proie de Satan !* »

Il hurlait maintenant, accompagné par les concertinas au maximum de leur puissance. Je prenais plaisir à ce spectacle dramatique, mais pas autant que les années précédentes, car je ne pouvais m'empêcher de penser que lorsque M. Barshinski jouait sur son violon, c'était quand même plus beau.

« Avancez, frères et sœurs ! Venez vers moi ! Laissez-moi vous serrer dans mes bras et vous conduire à Jésus ! Laissez-moi vous montrer le chemin, laissez-moi prendre dans mes mains vos cœurs noircis par le péché et vous dire que... *Jésus vous aime ! Venez !* »

Il tendit les bras vers nous, la soyeuse doublure rouge de son manteau étincelant dans la clarté des lampes à pétrole, et les concertinas modulèrent un long crescendo cependant que les deux autres venaient flanquer le prédicateur, légèrement en retrait. Ce fut aussitôt un grand brouhaha traversé de cris gutturaux tandis que l'émotion se répandait dans la foule assemblée, comme le vent balayant un champ de blé. Percevant sur ma droite un brusque hoquet, je tournai la tête et vis Galina, la tête renversée en arrière, la bouche entrouverte, un peu comme lorsqu'elle dansait.

« *Venez !* cria de plus belle le prédicateur Jones. Venez et soyez sauvés ! Avancez-vous vers l'estrade et je vous aiderai ! »

M. Kelly fut, comme toujours, le premier à s'avancer. Il buvait, battait femme et enfants, mais son repentir était véritablement exemplaire. Il se confessait publiquement, fon-

132

dait en larmes, puis tombait à genoux devant l'estrade. Une des jolies compagnes des Pèlerins vint s'agenouiller à côté de lui.

« Un pécheur ? Un seul pécheur ? Soyez courageux : un seul pas vous sépare de Jésus ! Levez-vous et Il vous sauvera ! »

Mme Jetson, que je n'aurais jamais eu l'idée de considérer comme une pécheresse, imita M. Kelly. Alors un des Pèlerins tendit son concertina à l'autre femme et descendit s'agenouiller à côté de Mme Jetson.

La musique et la voix sonore du prédicateur Jones faisaient peu à peu s'enhardir les gens. Les uns s'avançaient timidement, d'autres avec excitation. Finalement, Jones descendit dans l'allée, qu'il se mit à arpenter en nous exhortant à quitter nos places pour nous agenouiller devant lui. Consciente d'un mouvement à côté de moi, je m'aperçus que Galina, comme en transe, venait de se lever. Alors, brusquement, je fus effrayée.

« Oui, sœur, approchez ! Venez dans mes bras, les bras de Jésus ! Venez et confessez vos péchés ! »

Il s'était arrêté pour regarder Galina qui respirait avec difficulté, et tendait une main vers lui mais ne pouvait le toucher parce qu'il y avait entre eux une rangée de gens assis.

« Sœur, approchez-vous ! »

Il se tenait immobile et je vis ses yeux s'étrécir.

« Venez ! Même une toute jeune fille, une jeune fille qui fait penser à un fruit parfaitement mûr, peut avoir le cœur torturé par le péché.

— Assieds-toi, Galina ! fis-je en la tirant violemment par sa jupe. Assieds-toi ! Ne dis rien ! Surtout ne dis rien ! »

Qu'est-ce que je ne voulais pas qu'elle dise ? Je l'ignorais, mais le souvenir des silhouettes entrevues dans le cimetière, de la façon dont elle s'était avancée vers M. Hope-Browne en portant les mains à ses cheveux, m'emplissait de crainte. Galina n'était pas comme le reste d'entre nous et ses secrets étaient dangereux. Tournant la tête, elle me regarda sans paraître me voir.

« Ne dis rien ! lui chuchotai-je. Tu perdrais ta place au presbytère ! »

Je tenais si fortement sa main dans la mienne qu'elle n'aurait pu se libérer sans lutte. Peu à peu, ses yeux semblèrent me découvrir.

« Assieds-toi ! » répétai-je d'un ton pressant et, à mon intense soulagement, elle obéit.

Le prédicateur la regarda d'une façon me donnant à penser

qu'il allait l'exhorter de nouveau ou me blâmer de l'avoir empêchée de céder à son élan, mais, après une pause qui me parut durer une éternité, il se remit en marche.

Le reste de la soirée n'a guère marqué ma mémoire. Ceux qui avaient été sauvés mettaient à nouveau quelque chose dans le sac des quêteuses, que nous retrouvâmes à la sortie de la tente sollicitant toujours notre générosité. Il me tardait d'être à la maison pour tout raconter à Edwin, mais lorsque je fus de retour chez nous, je n'en soufflai mot. J'avais trop honte.

Le lendemain matin, au presbytère, Mme Puddingoyle brûlait d'entendre le récit de la soirée, toutefois Galina ne lui en dit pas grand-chose, se bornant à sourire en déclarant qu'elle aimerait y aller de nouveau.

« Oui, mais ce soir, c'est mon tour, Galina.

— Bien sûr, madame Puddingoyle, bien sûr... J'ai seulement hâte d'être à demain soir. »

Les Pèlerins du Ciel étaient là pour deux semaines, qui furent pour moi deux semaines de constante tension et d'inquiétude. Terrifiée à l'idée de ce que Galina pourrait faire, je réussis à obtenir de Mère qu'elle me laisse aller à la réunion un soir sur deux, le soir où c'était le tour de Galina. Je devais me livrer à toutes sortes de manœuvres pour arriver à être près d'elle. L'excitation et la ferveur du prédicateur ne semblaient plus la toucher quand, au début de la seconde semaine, tout faillit recommencer. Comme elle se levait soudain, je fus prise de panique et, impulsivement, lui décochai un coup de pied dans la jambe. Battant des paupières, elle fronça les sourcils en me regardant, mais j'avais réussi à rompre l'envoûtement.

Et je me pris à détester cette tente où les gens s'entassaient en transpirant, cette musique assourdissante, le flamboiement irrégulier des lampes qui me paraissaient maintenant évoquer davantage Satan que Jésus. Surtout, surtout, je détestais le prédicateur Jones qui, chaque fois, semblait s'adresser directement à Galina. Voleurs, ivrognes, menteurs, femmes dissolues, figuraient de moins en moins dans ses adjurations, cédant la place au mal qui prend le masque de la beauté, à la jeunesse corrompue. Il ne la quittait pratiquement pas des yeux et Galina le regardait comme elle avait regardé M. Hope-Browne. Un soir, elle vint avec ses cheveux dénoués se répandant sur ses épaules et, du coup, les yeux du prédicateur Jones s'étrécirent encore davantage.

La fin de la semaine arriva, il ne resta plus qu'une soirée.

Plus qu'une seule soirée et je serais délivrée de mes angoisses. Ah! si seulement j'avais pu me confier à quelqu'un!

A l'heure du thé, je commençai à harceler Mère, la supplier comme j'avais pris l'habitude de le faire, mais ce soir-là, pour je ne sais quelle raison, elle ne voulut rien entendre. Plus j'insistais en pleurnichant (j'allai même jusqu'à lui raconter qu'Ivan Barshinski avait accepté de m'accompagner à cette dernière réunion et que c'était vraiment quelqu'un ayant besoin d'être sauvé!) plus elle s'ancrait dans son refus.

« Je commence à penser que ton père a raison au sujet de ses croisades évangéliques. Depuis que ces gens sont là, tu deviens encore plus pénible. J'ai assez de devoir m'occuper de ton père, sans t'avoir aussi sur les bras.

— Il faut que j'y aille!

— Non, ma fille, tu n'iras pas. Et qu'il n'en soit plus question, ou sinon tu montes te coucher aussitôt après le thé. »

Je crus que j'allais éclater en sanglots, mais Papa me sourit et je me rappelai que je ne devais rien faire qui pût le bouleverser tant qu'il était malade.

Je n'en avais pas moins l'estomac noué par l'angoisse. La dernière soirée était toujours le point culminant de la croisade où, criant et chantant à tue-tête dans le vacarme des concertinas, des tas de gens tombaient à genoux. Je n'avais personne à qui passer le relais... Et quelle raison avancer? Comment aurais-je pu dire que je ne voulais pas que Galina soit sauvée? Ou que, si on la laissait se précipiter ainsi vers le salut, il en résulterait quelque chose de terrible? Je pensais à M. Hope-Browne, si bien élevé, avec ses boutons sur la figure, ses sous-vêtements de bonne qualité et son manque d'assurance... Quand on le comparait à Ivan — ou même Edwin — comme il paraissait jeune et faible! Je ne voulais pas qu'il lui arrive quelque chose de terrible.

Lorsque j'eus terminé la vaisselle, je sortis dans la cour.

— Où vas-tu, Sophie?

— Prévenir Ivan que je ne peux pas l'emmener à la croisade.

— Ne t'attarde pas. »

Une fois dehors, je courus à toutes jambes vers l'église. Je ne disposais pas de beaucoup de temps, si Mère devait croire que j'étais simplement allée jusqu'à la Maison du Hibou. Arrivée au presbytère, je me trouvai placée devant un dilemme : la porte de la cuisine ou celle de devant? Si j'allais à la cuisine, comme je devais normalement le faire, j'y trouverais

Mme Puddingoyle ou Galina, et je ne voulais pas qu'elles sachent pour quoi j'étais venue. Evidemment, à la porte de devant, ce serait encore l'une ou l'autre qui viendrait ouvrir, mais là, elles pourraient croire que j'étais envoyée par ma mère. Je donnai donc plusieurs coups de heurtoir et ce fut Mme Puddingoyle qui répondit.

« Par exemple ! Et que fais-tu là, Sophie ?

— Je suis venue voir M. Hope-Browne.

— A quel sujet ?

— Papa m'a dit d'aller le voir. »

Mme Puddingoyle hésita, puis finit d'ouvrir la porte.

« Bon, entre, mais reste sur le paillasson. Je ne veux pas que tu salisses le parquet... Attends là. »

Elle disparut par une des portes donnant sur le vestibule et je l'entendis parler à quelqu'un. Puis elle reparut, en compagnie de M. Hope-Browne.

« Bon, Sophie... Maintenant dis à M. Hope-Browne ce que veut ton papa. »

Elle attendit, et le vicaire aussi.

« C'est personnel », finis-je par balbutier.

Mme Puddingoyle pinça les lèvres et je compris que je passerais un mauvais moment quand nous nous retrouverions lundi, dans la cuisine.

« Je suis désolée, monsieur Hope-Browne, dit-elle. Les façons de Sophie sont aussi déplorables qu'on peut s'y attendre. Je vais la renvoyer. »

Rougissant, M. Hope-Browne me demanda gentiment :

« Ne peux-tu me dire de quoi il s'agit, Sophie ? »

Je secouai la tête, rageant intérieurement de le voir si maladroit pour me venir en aide, alors que je faisais tout cela pour son bien.

« Je vais la raccompagner jusqu'à la grille, madame Puddingoyle. »

La cuisinière émit un grognement furieux, mais, pour le moment du moins, elle ne pouvait rien contre moi.

« De quoi s'agit-il, Sophie ? Serait-ce que ton père est de nouveau souffrant ?

— Non. »

A présent que je me trouvais seule avec lui, je ne savais comment lui dire... Je ne me sentais pas nerveuse ou intimidée, comme en présence du pasteur, mais j'étais au supplice de devoir détruire la façade d'aimable respectabilité qu'avait notre village pour l'avertir que le prédicateur Jones saurait bientôt tout ce qui s'était passé.

« C'est Galina... » parvins-je à articuler.

Depuis que je connaissais M. Hope-Browne, je l'avais toujours vu en proie aux affres de l'embarras et de la timidité, devenant tour à tour écarlate ou très pâle. Là, après que j'eus mentionné le nom de Galina, il ne changea pas de couleur... Son visage parut simplement se vider de toute substance, n'être plus qu'un masque.

« Ce soir, elle va écouter les Pèlerins du Ciel, balbutiai-je. Ça fait deux semaines qu'elle s'y rend et, deux fois, elle a presque été sauvée. Il veut qu'elle se confesse publiquement... Le prédicateur Jones... Chaque soir, il la regarde fixement en lui demandant de s'approcher, de tout lui dire, et c'est moi qui la retiens de le faire. Ce soir je ne peux pas y aller et Galina y sera. Alors, il faut que quelqu'un l'empêche de répondre à l'appel du prédicateur Jones... Quelquefois, lorsque les gens sont sauvés, ils se lèvent et racontent un tas de choses épouvantables... C'est comme une fièvre qui s'empare d'eux et les rend fous... »

J'avais l'estomac tellement noué qu'il me venait une violente envie de pleurer, de pleurer pour le pauvre M. Hope-Browne. Quoi qu'il ait pu faire, je ne l'en blâmais pas... Il était si timide, si gentil, si seul...

« Maintenant, il faut que je m'en aille, monsieur Hope-Browne. »

Il demeurait immobile, le visage aussi inexpressif que celui d'un clown.

« Il faut que je vous quitte... »

Tournant les talons, il repartit vers le presbytère.

« Monsieur Hope-Browne ! Qu'allez-vous faire ? »

Il entra et referma la porte derrière lui. Après quelques instants, je regagnai la maison en courant, plus soucieuse encore que je ne l'étais en la quittant.

Dès qu'elle m'eut jeté un regard, Mère me demanda ce qui n'allait pas.

« Je ne me sens pas très bien...

« Tu courailles trop, me rétorqua-t-elle. Et si je t'avais laissée faire, tu serais retournée encore là-bas ce soir, sous la tente. Embrasse ton père, puis monte te coucher et que je ne t'entende plus. »

J'allai embrasser papa, qui paraissait encore très las. Oh ! comme j'aurais voulu pouvoir lui parler ! Papa était le seul qui aurait su quoi faire. D'ailleurs, s'il n'avait pas été malade, les choses n'en seraient pas arrivées à ce stade. Il aurait trouvé un moyen d'empêcher Galina d'aller à ces croisades tout comme, sans doute, il aurait mis fin à ce qui se passait entre elle et M. Hope-Browne.

« Je ne vais pas tarder à monter moi aussi, murmura-t-il. J'ai hâte de me coucher. »

Dire que cela avait été un si merveilleux été jusqu'à ce que Papa soit renversé par le taureau ! Depuis lors, tout allait de travers. Je montai dans ma chambre où je ne parvins même pas à trouver le soulagement de fondre en larmes. Je n'arrivais pas à chasser de mon esprit la dernière image que je gardais de M. Hope-Browne. Allait-il faire quelque chose ? Et quoi ? Pourquoi ne m'avait-il pas répondu ou montré qu'il m'avait comprise ? A quoi bon l'avoir averti s'il n'en tenait pas compte ?

La nuit acheva de tomber ; ouvrant alors la fenêtre de ma chambre, j'en enjambai le rebord. C'était la chose la plus grave que je pusse faire, celle que Mère ne me pardonnerait jamais. Seulement, son pardon ou la colère de Mme Puddingoyle me semblaient vraiment sans importance en face du reste.

La réserve à charbon s'appuyant contre le cottage, je me laissai glisser sur son toit puis, respirant bien à fond, je sautai. J'entendis Mère s'écrier « Que se passe-t-il ? » mais je me précipitai en courant vers le haut du jardin, traversai la haie, et je fus dans le pré de Tyler avant qu'elle ait pu me voir. Seulement c'était le chemin le plus long pour aller au village et, quand j'arrivai à la tente, la croisade avait déjà commencé. J'entendis le prédicateur qui, tour à tour, chantait et criait sur fond de concertinas.

Le dernier soir, il y avait toujours foule pour entendre les Pèlerins du Ciel et, me frayant péniblement un chemin, je cherchai partout Galina sans que mon regard parvienne à la découvrir.

Des gens se balançaient en avant et en arrière, au rythme des hymnes clamés par le prédicateur Jones, dont le visage ruisselait de sueur. Quand il leva les bras, je vis son costume sombre marqué aux aisselles par deux grandes taches circulaires.

« Frères... Sœurs... N'ayez pas honte de vos pensées. C'est le démon qui les installe en vous, et nous devons lutter contre lui ! »

Alors, je vis Galina. Elle était assise près de l'allée centrale, dans les premiers rangs, là où il n'y aurait pas d'obstacle entre eux. Je me précipitai et essayai de prendre place sur le banc en repoussant Galina. Brusquement le prédicateur Jones fut là, me regardant de toute sa hauteur comme s'il voulait m'écraser.

« Cette jeune fille, clama-t-il en posant la main sur la tête de Galina, cette tendre enfant, vient ici depuis bien des soirs et je l'ai vue lutter contre son péché. Cette jeune et belle créature a conscience que son cœur est la proie du mensonge et de la concupiscence.

— Viens, Galina ! Viens avec moi ! »

J'essayai de m'interposer entre eux, mais il me repoussa de côté dans l'allée et ce fut son corps à lui que j'eus devant moi, tel un rempart.

« Tant de beauté masquant un abîme de perversité ! Mais le Seigneur est bon. Le Seigneur sait tout et comprend tout. Viens à Lui... Viens te mettre sous Sa garde, lui avouer toutes tes honteuses pensées afin qu'Il t'en purifie ! »

Galina s'était levée et, horrifiée, je vis le prédicateur Jones ouvrir les bras puis les refermer en l'enveloppant dans son grand manteau doublé de rouge. Quelqu'un allait sûrement protester ! Dire que c'était mal ! Mais non, l'assistance continua de chanter en se balançant. Tout le village était devenu fou ! Je me rendis compte alors qu'il ne s'agissait plus de tout le village. Depuis deux semaines que duraient les croisades, les gens respectables, les gens raisonnables et sensés, avaient cessé de venir. Le prédicateur Jones avait changé l'ambiance des croisades, y propageant quelque chose de déplaisant, de malsain... et cela en avait détourné ceux qui, s'ils avaient été là, n'auraient sûrement pas manqué d'intervenir. Regardant autour de moi, je n'apercevais pour ainsi dire que des hommes, des hommes que l'on voyait souvent à l'auberge du Renard, mais jamais à l'église ni au temple. Quant aux femmes, à de rares exceptions, c'étaient les laveuses qui habitaient près du chemin de fer, plusieurs filles travaillant à la fabrique de conserves, et Miss Durand, une vieille excentrique qui vivait seule dans une ferme à l'abandon et ne se lavait jamais. Elles avaient toutes une expression avide sur leurs visages congestionnés.

La haute silhouette du prédicateur Jones regagna l'estrade, puis s'écarta de côté. Galina se trouva exposée à tous les regards, la tête renversée, les yeux brillants, se balançant au rythme de la musique.

« Frères et sœurs, vous voyez cette enfant... Je vais l'arracher au démon, chasser le mal qui est en elle ! Je laverai son âme de toute pensée impure et elle redeviendra digne du Seigneur ! »

Il vint se placer derrière elle, proche à la toucher de tout son corps, ses grandes mains plaquées sur les hanches de Galina.

« Fille d'Ève, enfant de Jézabel, as-tu péché ? »

Souriante, Galina acquiesça.

« Veux-tu confesser publiquement tes pensées impures et revenir au Seigneur ? »

Alors, comme j'avais déjà eu l'occasion de le lui voir faire, Galina porta les mains à sa chevelure en faisant saillir son buste, puis se mit à retirer une à une les épingles. Quand la masse lustrée de ses cheveux coula sur ses épaules, il y eut autour de moi une sorte de râle. Et, tout en lissant cette opulente chevelure, le prédicateur Jones s'écria d'une voix rauque :

« Pure ! Je te ferai redevenir pure ! »

Je voulus m'enfuir de cette tente, mais je me heurtai à un véritable mur de corps serrés les uns contre les autres et comme magnétisés. Me laissant alors glisser par terre, j'essayais de me faufiler entre les jambes quand quelqu'un me marcha sur les doigts.

« Laissez-moi passer ! Laissez-moi passer ! » hurlai-je, mais je fus repoussée vers les premiers rangs.

Je m'efforçai de ne pas regarder l'estrade, j'entrevis Galina qui, souriant et comme en transe, déboutonnait lentement son corsage. Je crus que ma tête allait éclater et, tel un écho à mon désarroi intérieur, j'entendis un cri terrible. Il y eut une bousculade dans la foule et M. Hope-Browne se précipita vers l'estrade.

« Débauchée ! » hurla-t-il avant de s'effondrer par terre tandis qu'un brusque silence s'abattait sur l'assistance. La musique s'était tue et l'on n'entendait plus que les sanglots de l'homme tassé au pied de l'estrade. Jones, qui avait soudain cessé de paraître suprêmement impressionnant pour n'être plus qu'un homme transpirant à grosses gouttes, se pencha vers M. Hope-Browne en lui disant d'une voix mal assurée :

« Vous êtes malade, frère... »

Sanglotant, toussant, M. Hope-Browne se redressa sur les genoux, et, voyant Jones au-dessus de lui, le frappa au creux de l'estomac. Le vicaire n'étant pas très robuste, il dut atteindre le prédicateur en quelque point sensible, car Jones se plia en deux, les mains plaquées sur son ventre. Se remettant alors debout, M. Hope-Browne voulut parler mais n'y put parvenir, cependant que son visage exprimait une intense souffrance. En chancelant, une main crispée sur son front, il se mit en marche vers le fond de la tente. Les gens s'écartèrent en silence pour le laisser passer; après quoi, furtivement, en évitant de se regarder, ils sortirent aussi.

Les Pèlerins du Ciel et Galina demeuraient sur l'estrade, formant un petit groupe effrayé au milieu de cette tente qui se vidait rapidement.

Dehors, je fus prise de nausées si douloureuses que je crus ne plus pouvoir marcher. Je parvins néanmoins à me traîner jusqu'à l'échalier près duquel je m'effondrai, incapable de faire un pas de plus.

Au bout d'un long, très long moment, je me sentis glacée, mais la douleur s'étant faite plus sourde, je pus avancer encore jusqu'en haut du pré de Tyler, où je dus de nouveau m'étendre sur le sol. Je savais toutefois n'être plus loin de la maison et que bientôt, bientôt, il y aurait Mère et mon lit pour m'arracher au drame que je venais de vivre.

Un cliquetis métallique, puis le bruit de la pompe qu'on actionnait.

« Ivan... C'est toi, Ivan ? »

Il surgit de la pénombre, un seau à la main.

« Ivan, je suis malade... Veux-tu m'aider à regagner la maison ? »

Oh! le merveilleux réconfort que j'éprouvai à son contact! Même l'odeur dont Lillian se plaignait me fit plaisir parce qu'elle me rappelait des choses simples de notre vie de tous les jours.

« Je ne peux pas te porter, Sophie... Tu es trop lourde... Veux-tu que j'appelle ta mère ?

— Aide-moi à me relever, puis je marcherai en m'appuyant sur toi... »

Ainsi fut fait et, chaque fois que je me sentais vaciller de nouveau, Ivan me disait d'un ton ferme :

« Ce n'est plus loin maintenant... On est presque arrivés... »

Enfin, il me fit traverser la haie en me tirant après lui.

Edwin était dans le jardin. Il me dit que tout le monde me cherchait, mais, quand il me vit malade, il me prit par l'autre bras et les deux garçons m'emmenèrent ainsi jusqu'à la maison. Personne ne me gronda. Je me retrouvai chez nous, dans mon lit, avec la présence rassurante de Lillian étendue à côté de moi. Près de Lillian, je me sentis capable de repousser tous les démons de cette soirée en prétendant qu'ils n'avaient jamais existé.

On ne me punit pas et, bien que ce fût dimanche, on me dispensa d'aller au temple le lendemain. J'eus la permission de rester au lit, puis Mère monta et me dit — avec sa brusquerie habituelle — que ça me servirait peut-être de leçon. Après quoi, elle me donna quelques serviettes soigneusement pliées en m'expliquant ce qu'il arrivait aux femmes chaque mois.

« Pour aujourd'hui, tu peux rester au lit, mais ne va pas t'imaginer que tu es malade. Cela nous vient à toutes et ça ne doit pas empêcher de travailler, même quand on ne se sent pas très bien. »

Elle s'interrompit pour me regarder avec attention.

« Je vais te donner de l'aspirine. Après quoi, tu pourras dormir toute la journée, de façon à être de nouveau en forme demain matin pour aller au presbytère. J'ai déjà ton père malade, et je ne peux pas me permettre d'en avoir deux à soigner. Il faut donc te remettre vite d'aplomb.

— Oh! oui, M'man, oui! Sois tranquille! »

C'était délicieux de rester au lit, avec les couvertures tirées jusqu'au menton. Je dormis beaucoup, relus mes vieux livres, puis Edwin vint m'en apporter un des siens.

« Ivan est là, me dit-il. Il demande si tu vas bien maintenant?

— Oui, à présent, ça va. »

Il tripota son livre sans me regarder.

« Qu'est-ce qui s'est passé hier soir, Sophie? Où étais-tu allée? Que t'est-il arrivé? Maman est toute soucieuse. »

Dehors, c'était une exquise journée de fin septembre, avec un ciel d'un bleu très pur. Je pus voir que les feuilles des arbres commençaient à jaunir.

« J'ai été prise de... de nausées. »

Edwin rougit, l'air embarrassé, mal à l'aise.

« Tu étais allée à la croisade?

— Je n'aime pas les Pèlerins, je n'y vais plus. »

La douleur était en moi comme une sorte de grande chose blanche cherchant à m'engloutir. Dehors, le ciel était beau, mais je me mis à pleurer.

« Oh! Sophie, je suis désolé... Regarde, je t'ai apporté un

autre livre... C'est le grand avec les images en couleurs... Promets-moi de ne pas corner les pages ?

— Je te le promets. »

La douleur s'apaisait, comme chassée par le livre d'Edwin.

Dans l'après-midi, j'entendis la voix de Mme King au rez-de-chaussée. Elle parlait d'abondance, avec excitation et, de temps à autre, Mère lui répondait quelque chose. Puis la porte de derrière fut ouverte et refermée ; je sus que quelqu'un d'autre les avait rejointes, sans arriver à l'identifier.

Je me levai en prévision du thé. Comme c'était dimanche et que j'avais été malade, j'eus la faveur insigne de pouvoir me laver dans la chambre. Ce fut Lillian qui, d'un air pas très content, me monta un broc d'eau chaude.

« Tu vas mieux ? s'enquit-elle à contrecœur.

— Oui, merci. »

Je ne me sentais pas très d'aplomb sur mes jambes, avec la tête comme vide, mais la douleur à l'estomac avait disparu, ainsi que cette menace blanche qui m'oppressait.

« Crois-tu être en état d'aller travailler au presbytère demain ?

— Oh ! oui. Maman m'a tout expliqué au sujet de... Enfin, tu sais quoi. Elle dit qu'il ne faut pas en faire un drame, que cela arrive à toutes les femmes.

— Oui... bien sûr... »

S'approchant de la fenêtre, elle se mit à jouer machinalement avec le rideau.

« Maman nous a défendu de te poser des questions au sujet de ce qui s'est passé hier soir. De toute façon, dit-elle, tu en as été punie. Les règles, c'est ça... L'éternelle punition de la femme pour le péché originel.

— Quel péché originel ?

— Celui du Paradis terrestre. Hier soir, tu as désobéi à Maman et tu es allée à la croisade... Enfin, puisqu'elle dit — et Papa aussi — de ne pas te poser de questions... »

Elle se tut, comme en attente ; je me lavai la figure dans la cuvette et ne répondis rien.

« Néanmoins, si tu dois aller demain au presbytère, vaut quand même mieux que tu saches...

— Que je sache quoi ?

— M. Hope-Browne est gravement malade. »

Les jambes soudain toutes faibles, je m'assis au bord du lit.

« Qu'est-ce qu'il a ?

— Je l'ignore, répondit Lillian d'un ton évasif. Je sais

seulement qu'il est très, très malade. Ils ont dû quérir le docteur au milieu de la nuit et ils ont envoyé un télégramme à ses parents, dans le New-Hampshire.

— Alors, si c'est comme ça, ils n'auront sans doute pas besoin de moi demain... »

Je ne voulais pas aller au presbytère. Ce n'était pas ma faute si M. Hope-Browne était malade, mais ses parents penseraient peut-être le contraire.

« Qu'est-ce qui l'a rendu malade?

— Je l'ignore », dit de nouveau Lillian et je sus qu'elle mentait. « Mais si, ils auront sûrement besoin de toi au presbytère, vu que cela occasionne un surcroît de travail d'avoir M. Hope-Browne malade... Mme Puddingoyle a même fait dire que tu ne manques surtout pas de venir.

— Ah !... »

Puis je demandai :

« Les Pèlerins du Ciel sont partis?

— Ils démontaient leur tente quand je suis revenue du cours de Bible.

— Ils ne sont pas encore partis?

— Non. »

Traversant la chambre, elle vint se planter devant moi :

« Si j'ai un conseil à te donner, c'est de les éviter. Tout le mal est venu d'eux, n'est-ce pas?

— Je ne tiens pas à les voir. J'aimerais les savoir partis, c'est tout. »

Je sentis ma sœur sur le point de me poser des questions, mais la porte de la cuisine s'ouvrit et Mère nous cria de descendre pour le thé. Quand j'entrai dans la cuisine, une étrange atmosphère me parut y régner. Mme King était là, et chacun avait grand soin de paraître comme à son ordinaire, en se gardant bien de la moindre allusion à mon escapade ou à la maladie de M. Hope-Browne. A une ou deux reprises au cours de ce repas marqué par la contrainte, je commençai à me sentir responsable des événements de la veille et, chaque fois, cela réveillait la douleur dans ma tête comme dans mon ventre. Je n'avais pas une idée très nette de ma culpabilité, mais j'aurais donné je ne sais quoi pour n'avoir jamais dit à M. Hope-Browne que Galina irait à la croisade. J'essayais d'imaginer comment les choses se seraient passées si je n'avais rien fait... si je n'étais pas allée à la croisade ni trouver M. Hope-Browne...

« Cette enfant semble à deux doigts de s'évanouir, madame Willoughby. »

Mère me força à me pencher jusqu'à ce que j'eusse la tête entre les genoux, et, après un moment, mon vertige s'estompa.

« A présent, remonte te coucher, Sophie. »

Soudain, j'eus peur de monter me coucher, car c'était ainsi qu'avait commencé la soirée de la veille qui s'était achevée avec M. Hope-Browne éclatant en sanglots et quelqu'un me marchant sur les mains... Je ne voulais pas me retrouver seule à l'étage.

« Laisse-la donc me tenir compagnie pendant que vous serez au temple, Maud. Nous resterons assis bien tranquillement tous les deux... comme un vieux couple impotent, hein, Sophie ? »

Cette soirée fut une des plus heureuses de mon enfance. En fait, je crois que ce fut l'ultime soirée de mon enfance. Mère et Edwin déplacèrent le sofa afin qu'il fît face à la cuisinière, et j'y pris place à côté de Papa. Quand la nuit fut complètement tombée, nous n'allumâmes pas la lampe, mais restâmes à contempler la pièce, uniquement éclairée par le rougeoiement des boulets derrière la grille de la cuisinière.

Pour la première fois depuis son accident, Papa semblait aller vraiment mieux : son visage avait retrouvé des couleurs, s'il gardait la jambe étendue, il n'avait plus d'attelles et, à la façon dont il la remuait, je voyais que sa cheville était presque guérie. Il me raconta toutes les histoires que j'aimais, non pas celles de la Bible, mais, par exemple, que Grand-père Willoughby, lorsqu'il était jeune, portait sur son dos un sac de cinquante kilos de pommes de terre, que Grand-mère Willoughby et lui avaient eu onze enfants, dont un était parti pour l'Australie et n'avait jamais plus donné de ses nouvelles.

« Tu crois qu'il y a fait fortune, Papa ?

— Ça ne m'étonnerait pas, mon petit. Un de ces jours, il se pointera ici, en bel équipage, coiffé d'un haut-de-forme, pour nous emmener tous en Australie élever des moutons !

— Quand je serai grande, Papa, je travaillerai dur pour être gouvernante chez un vieux monsieur riche. Comme ça, tu pourras venir vivre avec moi et je m'occuperai bien de toi.

— Alors, il me tarde que tu sois grande. Et les autres ?

— Eh bien, à ce moment-là, je pense qu'Edwin sera devenu chef de gare, et que nous pourrons faire de beaux voyages en chemin de fer, allez dans des endroits merveilleux comme Londres... ou le Pays de Galles, tout ça pour rien ! Lillian, elle, sera installée à son compte comme couturière et, bien sûr, Maman voudra rester avec elle. Nous serons donc très heureux.

— Oui, je le suppose, répondit Papa avec gravité. Nous essaierons quand même de rester tous ensemble encore un petit peu plus longtemps, non ? »

Là, seule avec Papa, je n'en voulais plus à personne. Mère, au fond, n'était pas vraiment méchante et, si elle préférait Lillian, c'était normal, vu que, moi, j'avais Papa. Je nous préparai du cacao, que nous bûmes bien chaud en écoutant les hiboux au dehors et le lointain glapissement du renard.

Chapitre huit

༄

Quand, à sept heures au lieu de sept heures et demie, j'arrivai le lendemain matin au presbytère, je trouvai Mme Puddingoyle en pleine confusion. La vaisselle sale de la veille au soir était empilée dans la souillarde, et la cuisinière commençait seulement à préparer les plateaux du thé matinal, qui auraient déjà dû être montés.

« Ils n'arrêtent pas de sonner pour leur thé ! Et Mme Gallagher aussi... Elle a passé la nuit à le veiller... Et elle m'a laissée en plan sans faire la vaisselle d'hier soir ni allumer les feux... Commence par laver ces tasses... Non, vois d'abord si l'eau bout et verses-en dans les théières. J'ai été en retard pour allumer le fourneau et ils vont tous vouloir de l'eau chaude pour se laver... Je ne peux quand même pas tout faire !

— Voulez-vous que je monte les brocs, madame Puddingoyle ?

— Oui. Non, il faut d'abord que je porte les plateaux... Attends, je vais me charger des leurs, et toi, occupe-toi de Mme Gallagher... Elle est dans la chambre de M. Hope-Browne... Tu sais où c'est ?

— Non. »

Alors, à ma stupeur horrifiée, Mme Puddingoyle fondit en larmes. C'était comme si j'avais vu s'effondrer un énorme soufflé.

« Qu'est-ce que je vais faire ? sanglota-t-elle. Ses parents viennent aujourd'hui et... Oh ! non, c'est trop, *trop !*

— Buvez une tasse de thé, madame Puddingoyle », suggérai-je d'une voix faible, rien d'autre ne me venant à l'esprit.

Ce devait être la chose dont elle avait besoin, car elle s'assit à la table de cuisine et s'en servit une tasse avec la théière destinée aux Lovelace.

« Non vraiment, après la journée d'hier... sans parler de la nuit qui a précédé... C'est moi qui l'ai vu et qui l'ai sauvé, tu comprends ? Alors, hier, nous n'avons pas eu un moment de répit... Il a fallu nettoyer après le départ du docteur... Tout était sens dessus dessous... Inimaginable ! Et j'ai dû rester avec lui jusqu'à ce qu'ils arrivent à joindre Mme Gallagher... Maintenant, voilà qu'elle a fichu le camp ! Quand je suis descendue ce matin, aucun feu d'allumé, toute la vaisselle d'hier à faire, les plateaux à préparer... Elle a tout laissé en plan...

— Qui ? » demandai-je, mais je le savais.

« Cette maudite fille ! On n'aurait jamais dû la prendre ici. Je me demande bien pourquoi Mme Lovelace l'a fait... Elle n'est bonne qu'à apporter des ennuis... Et elle y est pour quelque chose. Je l'ai tout de suite compris quand j'ai vu sa tête... Lorsque je lui ai dit ce qu'il avait fait, elle a été terrifiée... Elle n'a pas voulu prendre son tour pour le veiller, ni même entrer dans la chambre porter quelque chose à Mme Gallagher... Et maintenant, elle a filé. Elle a dû partir pendant la nuit, car son lit n'est pas défait. L'as-tu vue chez elle ?

— Non, madame Puddingoyle. Hier j'ai été malade toute la journée et je n'ai pas mis le nez dehors.

— Tout ça qui arrive en même temps, c'est vraiment trop ! Ils pensent qu'il peut encore mourir, tu sais ? Je suis arrivée juste comme il se mettait la bouteille dans la bouche. " Mon Dieu ! " que j'ai crié, " qu'est-ce que vous faites, monsieur Hope-Browne ? " Là, au beau milieu de la cuisine, avec la bouteille de Crésyl dans la bouche. Si je n'étais pas redescendue pour mes comprimés, on le trouvait mort là, par terre. »

Je sentis un grand froid m'envahir, cependant que me revenait le souvenir de M. Hope-Browne effondré devant l'estrade...

« Quand était-ce, madame Puddingoyle ? demandai-je dans un souffle.

— Samedi soir. Elle était allée aux Pèlerins et ne se trouvait donc pas ici quand elle aurait dû. Lui, il n'arrêtait pas d'aller et venir en demandant où elle pouvait bien être. Finalement, je suis montée me coucher. Plus tard, j'ai entendu rentrer la petite, et lui qui criait. Après ça, plus rien. Comme j'avais oublié mes comprimés ici, je suis venue les chercher et j'en rends grâce à Dieu ! Je lui ai arraché la bouteille avant qu'il ait pu en avaler vraiment... Ils sont descendus en m'entendant crier et l'ont vu étendu par terre sans connaissance. Le docteur a dit qu'il n'avait pas dû en avaler, mais que mieux valait lui faire un lavage d'estomac, juste en cas... Il a passé presque toute la nuit à le soigner... Du lait, des quantités de lait... Son pauvre visage, tout brûlé... »

Elle s'interrompit, prenant soudain conscience de ce qu'elle était en train de dire...

« Va me chercher une tasse et une soucoupe propres, que je leur monte ça... »

Je me sentais tellement glacée que j'avais peine à marcher. En prenant une tasse et une soucoupe dans le buffet, je me rappelai le plaisir que j'avais eu, la veille au soir, à boire du cacao avec Papa.

« Oublie ce que je viens de te dire, Sophie... Surtout n'en parle à personne ! Tiens, assieds-toi un moment, et bois une tasse de thé. »

Elle s'affaira à me la servir, puis s'en alla avec un des plateaux. Dès qu'elle fut partie, je vidai ma tasse dans l'évier et m'attaquai à la vaisselle sale.

L'eau pour les brocs était chaude. J'allai mettre la table pour le petit déjeuner. Je préparai un plateau pour Mme Gallagher. J'époussetai le salon, où j'allumai du feu à l'intention des parents de M. Hope-Browne. Plus tard, je lavai la vaisselle du petit déjeuner, avant de monter aider Mme Puddingoyle à faire le lit du pasteur... J'avais beau m'efforcer de ne penser à rien, je me savais responsable. Si je n'avais pas parlé à M. Hope-Browne, rien ne serait arrivé. Oh ! mon Dieu, ne permettez pas qu'il meure ! S'il meurt, ce sera ma faute. J'aurai tué M. Hope-Browne !

Je travaillais sans relâche pour ne pas penser, aussi parce que je savais que le travail est une forme de prière, et je me disais que, si je travaillais dur, Dieu pourrait en tenir compte afin de sauver la vie de M. Hope-Browne. Alors je me fixais des objectifs à atteindre : si j'avais pelé tous les légumes à dix heures et demie, M. Hope-Browne ne mourrait pas. Et sans cesse je repensais à ce samedi : si Mère m'avait laissée aller à la croisade, rien ne se serait produit. Comme les autres soirs, j'aurais empêché Galina d'être sauvée, et rien ne serait arrivé. Si je n'avais pas dit à M. Hope-Browne que Galina irait à la croisade et qu'il fallait l'en empêcher, il ne l'aurait pas vue sur l'estrade déboutonnant son corsage... Alors il ne serait pas revenu au presbytère pour prendre le Crésyl. Si... si... et je redoublais d'ardeur dans mon travail pour chasser la panique qui s'emparait de moi chaque fois que je me laissais aller à de telles pensées.

Mme Puddingoyle avait fait porter un mot chez moi par l'aide-jardinier, demandant si je pouvais rester déjeuner afin de continuer à travailler l'après-midi, parce que Galina n'était pas là. Néanmoins, à midi et demi, Edwin se présenta à la porte de derrière, disant qu'il venait me chercher.

« Mais j'ai expliqué à ta maman ! s'exclama Mme Puddingoyle. Je lui disais ce qui se passait ici et que j'avais besoin de Sophie...

— Maman a dit que Sophie vienne déjeuner. Ensuite, Maman jugera si elle peut ou non revenir travailler, récita Edwin telle une leçon bien apprise.

— Comment je vais faire si elle ne revient pas ? »

Edwin ne répondit pas, se murant dans le silence jusqu'à ce que, ayant enfilé mon manteau, je m'en aille avec lui.

« Elle est partie avec les Pèlerins du Ciel, me dit-il alors d'un ton neutre.

— Comment le sais-tu ?

— Peter Hayward les a vus hier soir. Ils tournaient pour prendre la route d'Eastbourne et Galina était assise dans leur carriole.

— Oh ! fis-je en essayant de me rendre compte si c'était de ma faute.

— Et elle a emporté le violon de M. Barshinski. »

Tout devenait un cauchemar et je faillis pleurer en apprenant que je n'entendrais plus le violon de M. Barshinski.

« Il est parti à sa recherche pour la ramener, continua Edwin. Il a filé sans dire un mot à M. Hayward... Et avec Papa malade, M. Hayward se demande ce qu'il va devenir, vu que Lady Audley peut vêler d'un moment à l'autre.

— C'est presque comique, non ? Cela fait quelques mois à peine qu'ils sont au village, et, parce que deux d'entre eux sont partis, on s'aperçoit qu'on ne peut plus s'en passer...

— Ivan est allé chez les Hayward proposer ses services. Il sait très bien traire et il pourra nettoyer l'étable. Mme Hayward va aider à la traite, elle aussi. Elle a demandé si tu ne pourrais pas aller chez eux tant que M. Barshinski est absent. Ça te plairait plus que de travailler au presbytère, non ? »

Oh ! oui, bien sûr ! Travailler avec Mme Hayward qui était si simple, si gentille, et avec Peter, si brave lui aussi ! Fuir le presbytère où tout n'était plus que silence et chuchotements pour essayer de cacher ce qui était arrivé... Où, derrière la porte de M. Hope-Browne, un pauvre jeune homme gisait inconscient, avec le visage brûlé. Je n'avais aucune envie de retourner travailler là-bas...

« Il faut que j'aille au presbytère, Edwin. Ils ont plus besoin de moi que Mme Hayward. »

Edwin me regarda fixement :

« Il va mal ?

— Très mal. »

Quand nous eûmes fini de déjeuner, Mère me demanda si je me sentais capable de retourner au presbytère. Elle m'expliqua que Papa et elle en avaient discuté, pour arriver à la conclusion que c'était là-bas que je pouvais être le plus utile car, après tout, M. Barshinski pouvait revenir d'un moment à l'autre, et ce n'était pas comme au presbytère où il y avait quelqu'un de gravement malade.

J'y retournai donc l'après-midi et aussi le lendemain. Dieu dut me tenir compte de cet énorme sacrifice, car M. Hope-Browne ne mourut pas.

A la fin de la semaine, ses parents l'emmenèrent avec eux. Lady Hope-Browne pleurait. C'était une grande dame à cheveux gris, ne ressemblant pas du tout à son fils, dont elle garda la main dans la sienne pendant qu'on le transportait jusqu'à la voiture. Une écharpe de soie dissimulait le bas du visage de M. Hope-Browne, qui me parut terriblement amaigri. On avait peine à croire que quelqu'un ait pu maigrir autant en l'espace d'une semaine.

J'espérais qu'il tournerait la tête et me regarderait. Je voulais juste voir ses yeux, pour savoir s'il me reprochait ce que j'avais fait. Mais il semblait n'avoir pas conscience de son entourage. Il ne regardait personne, pas même le pasteur, et il ne dit pas au revoir.

Plus tard, je sus qu'il aurait été incapable de dire au revoir. Il était désormais incapable d'émettre autre chose qu'un murmure. Le Crésyl avait endommagé ses cordes vocales. Jamais plus M. Hope-Browne ne chanterait « *Viens dans le jardin, Maud* ».

Chapitre neuf

৵

M. Barshinski fut absent huit jours et revint sans Galina ni son violon.

Chaque soir, je l'avais attendu. Lorsque je ne travaillais pas, j'allais me poster en haut de la côte d'Eastbourne, guettant au loin un point mouvant qui, en se rapprochant, deviendrait un colosse avec un chapeau fleuri. Il me tardait de le voir revenir, car j'avais terriblement besoin de lui dire ce que j'avais fait.

Et, le huitième jour, le miracle se produisit. Un point mouvant dans le lointain devint de plus en plus grand et, quand je vis qui c'était, je courus à sa rencontre.

« Monsieur Barshinski ! Monsieur Barshinski ! Enfin, vous voilà de retour ! »

Il vint à grands pas au-devant de moi, mais aucune guirlande de fleurs n'égayait son chapeau et il n'avait pas son violon. Galina n'était pas avec lui, je ne m'attendais pas à la voir non plus.

« Vous n'avez pas récupéré votre violon, monsieur Barshinski ? »

Il ne me répondit pas, ni ne me regarda. Il ne semblait même pas avoir conscience de ma présence.

Marchant à côté de lui, je le tirai par la main :

« Monsieur Barshinski, vous n'êtes pas malade, dites ? Est-ce que vous les avez retrouvés ? »

Il faisait de si grands pas que j'avais peine à le suivre.

« Non, je ne les ai pas retrouvés. Ils étaient partis. »

Il ne me regardait toujours pas, les yeux fixés droit devant lui.

« Monsieur Barshinski... S'il vous plaît, ne marchez pas si vite, j'ai besoin de vous parler... »

Il s'arrêta et me regarda comme jamais encore il ne l'avait

fait. D'ordinaire, son regard était chaleureux, pétillant de malice, alors que, maintenant, ses yeux étrécis étaient comme vides.

« Monsieur Barshinski... ?

— J'ai perdu mon enfant. Qu'as-tu à me dire ?

— Je...

— Peux-tu m'apprendre où elle est ? M'expliquer pourquoi elle m'a fait une chose pareille ?

— Je... oui... C'est M. Hope-Browne, au presbytère. Il... il est tombé malade ; alors Galina a pris peur et s'est enfuie. Je... c'est de ma faute... je...

— Bah ! fit-il en secouant rageusement la tête. Qu'ai-je à faire de lui... de toi ? C'est *elle* qui m'a quitté, moi, son papa. Sans un au revoir, sans même me dire qu'il lui fallait partir... Pourtant, moi, c'est une chose que je comprends : un moment vient où l'on se sent étouffer dans un endroit que l'on doit quitter au plus vite. Pourquoi ne me l'a-t-elle pas dit ? Moi aussi je serais parti. Nous serions tous partis.

— Oh ! monsieur Barshinski, m'écriai-je, il faut que vous m'aidiez ! Dites-moi ce que j'ai fait... Je ne comprends pas... Je voulais seulement empêcher qu'il se produise quelque chose de mal et voilà M. Hope-Browne défiguré pour le restant de sa vie... qui ne pourra jamais plus parler... »

L'autre fois, quand j'avais pleuré, il s'était aussitôt assis près de moi dans l'herbe et, m'entourant de son bras, il m'avait assuré que mon papa allait guérir. Là, il se contenta de me regarder tristement en disant :

« Je ne peux rien pour toi, *kroshka*. Je suis trop malheureux moi-même...

— Monsieur Barshinski ! Attendez... Attendez, je vous en prie !

— Laisse-moi, fit-il avec un grand geste. Je ne peux rien... rien ! »

Ce fut comme si un gouffre s'ouvrait devant moi. J'étais seule, avec mon sentiment de culpabilité, sans arriver à voir ce que j'avais pu faire de mal. Et M. Barshinski, celui que j'aimais le plus après mon père, venait de me signifier que je ne comptais pas pour lui.

Traversant la prairie, j'allai baigner mon visage à la fontaine, puis je regagnai la maison pour le thé.

Le soir, il y eut beaucoup de bruit et de vociférations en provenance de la Maison du Hibou. Cette fois, je ne prétendis pas n'avoir rien entendu. J'allai dans la chambre d'Edwin pour regarder chez nos voisins. On voyait une clarté vaciller derrière une fenêtre et aux emportements de M. Barshinski, des voix plus douces répondaient de temps à autre.

« Il est vraiment saoul ce soir, dis-je à Edwin.

— Je me demande où il a trouvé l'argent. On n'est que mardi. »

La lumière finit par s'éteindre, mais le vacarme ne cessa pas pour autant.

« Je le déteste !

— Et moi je *la* déteste, dit doucement Edwin. Je l'ai détestée dès que je l'ai vue. »

Nous demeurâmes silencieux l'un près de l'autre, car notre haine à l'égard des Barshinski ne suffisait pas pour nous inciter à nous parler en toute liberté.

M. Barshinski reprit son travail à la ferme. M. Hayward lui en voulait terriblement d'être parti comme ça, toutefois, un remplaçant n'étant pas facile à trouver, mieux valait avoir M. Barshinski que personne. Mais, chaque soir, M. Barshinski était ivre. Un jour, je vis Ivan avec un œil tuméfié, et Daisy May devint taciturne. Quand l'école recommença, je passais la prendre le matin, mais elle ne me laissait jamais entrer et, en chemin, c'est à peine si elle me parlait. Obsédée par mon sentiment de culpabilité, je supposai que c'était parce qu'elle savait que c'était ma faute si Galina était partie.

« Daisy May... au sujet de Galina...

— Je ne veux pas en parler.

— Je pense que c'est de ma fau...

— Je ne veux pas en parler et, si tu insistes, je ne ferai plus le chemin avec toi. »

Nous avancions donc en silence parmi les senteurs tristes de l'automne, chacune de nous abstraite dans son propre chagrin. Parce que je ne me rendais pas compte à quel point Daisy May avait soif de respectabilité, il ne me vint pas à l'idée qu'elle se sentait terriblement humiliée par la conduite de sa sœur. Au village, on chuchotait qu'il y avait eu « quelque chose entre M. Hope-Browne et Galina », mais parce qu'il avait été puni, les gens ne jetaient pas la pierre au vicaire. Tout autre était leur attitude à l'égard de Galina, partie impunément, en emportant non seulement le violon de son père mais un jupon de soie et deux corsages de Mme Lovelace. On la traitait ouvertement de roulure, de voleuse, et sa disgrâce éclaboussait Daisy May.

Trop absorbée par mes propres problèmes, je n'eus jamais conscience du courage qu'il avait fallu à Daisy May pour se présenter à l'école le jour de la rentrée, braver Jefford et les sourires moqueurs des autres, l'embarras de Miss Thurston. Elle supporta tout, y compris les harcèlements de la bande à Jefford pendant les récréations, sans dire un mot. Si bien que les choses finirent par se tasser, car on se lasse de décocher des piques à quelqu'un qui ne réagit point. A la longue, même Brenda Jefford cessa de lui crier : « Sœur de voleuse ! Sœur de voleuse ! » Le reste était trop affreux pour qu'on y fît allusion, d'autant que nous étions censées tout ignorer sur ce chapitre. Aussi Brenda Jefford comprenait-elle que, si elle avait risqué quoi que ce soit dans ce sens, ça lui serait retombé sur le nez, tant chez elle qu'à l'école.

Daisy May et moi nous rendions à l'école sans prononcer une parole ; pendant les récréations, nous restions dans un coin de la cour sans nous parler, et, quand nous retournions à la maison, tant à midi que le soir, c'était toujours en silence. Notre amitié n'en persistait pas moins, cette amitié qui s'était si joyeusement épanouie au long de l'été, et ce commun silence nous liait autant que les bons moments que nous avions passés ensemble.

Les conditions d'existence des Barshinski allaient de mal en pis ; de notre côté, il y eut une légère amélioration. Papa était retourné à la ferme. Il ne lui était pas possible de reprendre son travail comme par le passé, car sa cheville n'était pas encore suffisamment robuste pour lui permettre de rester longtemps debout. S'aidant d'une canne, il marchait en boitant et s'efforçait de traire le maximum de vaches. M. Hayward le payait en conséquence et, bien que ce ne fût pas suffisant pour nous faire vivre comme par le passé, cela nous permettait de nous organiser. Quand on est assuré d'un paiement régulier, on arrive toujours à se débrouiller.

Les Barshinski n'avaient pas cette chance.

Nous finîmes par savoir d'où provenait l'argent grâce auquel M. Barshinski pouvait se saouler sans attendre le jour de paye, à la fin de la semaine. Jamais encore je n'avais vu Mère piquer une telle colère. Je me trouvais avec elle quand M. Kelly emporta de la Maison du Hibou leur table de cuisine — qui, en réalité, était *notre* table de cuisine — ainsi que le fauteuil qui avait été celui de Grand-mère Willoughby.

Mère avait trop de fierté pour demander à M. Kelly pourquoi et où il les emportait. A l'occasion, M. Kelly chassait les rats ou braconnait, mais on ne le voyait jamais vraiment travailler. Il passait son temps à acheter et vendre des objets. Sa cour était pleine de vieux fûts et de brouettes, de pelles rouillées, de meubles en plus ou moins mauvais état, et l'on pouvait y acheter presque n'importe quoi pour pas cher. Aussi Mère avait-elle tout de suite compris. Pourtant, de part et d'autre, on savait très bien que ces objets avaient été seulement « prêtés pour aussi longtemps qu'il serait besoin ». Mère était donc folle de colère à l'égard de M. Barshinski. Je crois bien qu'elle serait allée ce soir-là le traiter carrément de voleur, si Papa ne l'en avait empêchée.

M. Barshinski était devenu un homme silencieux et morose qui, le soir, se muait en un ivrogne débordant de violence. Il aurait été parfaitement capable de frapper Mère comme il frappait sa femme et ses enfants. A la ferme, il continuait de travailler convenablement — sans quoi il aurait été renvoyé — mais, en entendant relater ses saouleries nocturnes, M. Hayward parlait de plus en plus de chercher un autre vacher. Mme Barshinski n'était plus qu'une pauvre ombre, si terrifiée que Mère n'avait pas eu le cœur de lui reprendre toutes nos affaires. Elle récupéra les lits, mais laissa le chaudron et le linge, lesquels finirent par échouer aussi dans la cour de Kelly.

Puis, une nuit d'octobre, Peter Hayward vint cogner à la porte de la cuisine. Nous étions tous au lit, mais le vacarme nous réveilla. Edwin et moi nous risquâmes sans bruit sur le palier, tandis que Mère descendait voir qui c'était.

Nous reconnûmes la voix de Peter Hayward parlant dans la cuisine, puis Mère monta l'escalier en nous disant « Décampez, vous deux ! » avant de disparaître dans la chambre de devant.

Nous l'entendîmes dire à Papa :

« M. Hayward te demande. Lady Audley est sur le point de vêler et ça ne se passe pas bien. Peter a essayé de *le* réveiller (Mère haïssait M. Barshinski au point de ne même plus vouloir prononcer son nom) mais... Bref, faut que tu ailles les aider.

— J'étais sûr que ça finirait mal », répliqua Papa et je crus qu'il faisait allusion à M. Barshinski. (Les ressorts du sommier grincèrent tandis que Papa se levait en continuant :) « Je leur avait dit que le Frison était trop fort pour elle, que ça donnerait un veau trop gros... »

Il sortit de la chambre en boitant, car sa cheville lui faisait toujours plus mal quand il était resté un moment sans bouger.

Il nous dit « Retournez tout de suite vous coucher, vous deux », puis, s'asseyant sur la première marche, il descendit ainsi l'une après l'autre toutes celles de l'escalier. Nous entendîmes la porte de derrière se refermer et, comme il n'y avait plus rien à voir ni à entendre, nous regagnâmes nos lits.

Cette nuit à l'étable dut être une des plus pénibles qu'un vacher ait jamais connues. Lorsque Papa nous raconta finalement ce qui s'était passé, je me sentis balancer entre la nausée et l'envie de pleurer. Peut-être n'aurait-il pas dû nous en parler, mais, quand il rentra au matin, exténué, ce fut plus fort que lui. Papa aimait ses vaches et ce drame inutile faillit presque l'achever.

Lady Audley poussait de terribles meuglements, tant elle souffrait et avait peur, alors qu'elle avait toujours vêlé sans effort. Comme Papa l'avait prédit, le taureau frison avait engendré un trop gros veau. Pour être équitable envers M. Hayward, il convient de dire que l'accouplement n'était pas aussi téméraire qu'on pouvait le penser de prime abord. M. Hayward avait déjà procédé à des croisements, qui avaient donné d'excellents résultats. Pour cela, il choisissait toujours les vaches avec le plus grand soin. Lady Audley était une forte bête pour une *shorthorn*, et elle avait toujours mis bas sans difficulté. De son côté, le taureau frison était plutôt petit pour un animal de cette race, et, si cela avait marché, il en aurait résulté une bonne espèce, tant pour le lait que pour la viande. Mais cela se présentait mal et M. Hayward était complètement affolé. Il faut être très habile pour délivrer une petite vache d'un gros veau, ce qui n'était pas le cas de M. Hayward. Papa, lui, y serait parvenu s'il avait pu s'appuyer normalement sur sa cheville et bien se servir de ses bras au-dessus des côtes guéries depuis peu. Il faut beaucoup de force pour aider une vache dans un vêlage difficile.

Ils passèrent la majeure partie de la nuit à lutter avec Lady Audley. M. Hayward lui tenait la tête en s'employant à la calmer, tandis que Papa s'efforçait de la délivrer du veau en évitant ses ruades terrifiées. A plusieurs reprises, il réussit à passer son bras autour du corps replié du veau, essayant de le tourner puis de le tirer. Cela dura toute la nuit dans l'étable chaude et fétide, à la clarté des lampes à pétrole, cependant que mon père se sentait de plus en plus fatigué. Finalement, quand il se rendit compte qu'il n'aurait vraiment plus la force de continuer ainsi, il réussit de nouveau à mettre la tête en position, puis, en un ultime et surhumain effort, à la tirer au-dehors. Juste à ce moment, la porte de l'étable s'ouvrit violemment et M. Barshinski — répondant à retardement aux appels de Peter Hayward dont il avait dû conserver une vague souvenance au sein de sa stupeur alcoolique — fit irruption en criant :

« Je vais le faire ! Je vais le faire ! Dégagez ! »

Il écarta Papa, ce qui n'était guère difficile après la nuit que mon père venait de passer, puis, quand Peter et M. Hayward voulurent l'empêcher d'approcher de la vache, il se dressa comme un grand ours pour les envoyer de chaque côté s'affaler contre le mur de l'étable.

« Mon devoir ! Vous ne me croyez pas capable de faire ça, moi, Nikolaï Igorovitch Barshinski ! Moi, le meilleur vacher de toute la Russie... du monde entier ! Vous pensez que, parce que ma fille m'a quitté, je ne peux pas aider une vache à vêler ! »

Il avait empoigné la tête du veau et chancelait à reculons. Tout aurait encore pu s'arranger si Papa ou M. Hayward avait été en mesure de se saisir du veau en se débarrassant de M. Barshinski. Étant le plus proche, Papa y parvint, mais M. Barshinski le repoussa violemment. Le veau gisait maintenant par terre. Lady Audley poussa un dernier meuglement de douleur, puis resta calme, le sang coulant d'elle à flots parce que le veau lui avait été trop brutalement enlevé. M. Hayward ne put retenir une exclamation angoissée et M. Barshinski se tourna vers lui, le regardant sans comprendre, le devant de son complet noir couvert de sang.

« Vous pensez que je n'étais pas capable », marmotta-t-il en traînant les pieds vers la porte de l'étable, et il fût parti si, au comble de la colère et du chagrin, Peter ne l'avait violemment frappé à la tête avec un seau. Il tomba de tout son long et les autres se désintéressèrent de lui, cherchant avant tout à sauver Lady Audley. Mon père fit tout son possible, mais, arrivé à un certain point, le meilleur des vachers lui-même ne peut plus rien. Très calme maintenant, Lady Audley ne meuglait plus, ne faisait aucun bruit. Une heure plus tard, elle était morte. Quant au veau, le cou rompu, il n'avait pas vécu.

Ils aimaient tous cette vache, qui était la reine du troupeau, une bête fantasque et capricieuse mais à laquelle ils étaient attachés.

Quand le jour se leva, ils étaient tous silencieux, mon père rendu presque inconscient par la fatigue et la souffrance. Peter n'avait que seize ans et, bien que fils de fermier, il n'avait encore jamais vu un tel bain de sang, aussi tremblait-il de la tête aux pieds, ruisselant de sueur. Ce fut pourtant lui qui, le premier, parvint à se ressaisir un peu.

« Qu'est-ce que je fais de Lady... qu'est-ce que je fais d'eux, Papa ? » demanda-t-il dans un murmure.

Et se tournant avec rage vers le corps étendu de M. Barshinski, son père tonna :

« Laisse-les où ils sont ! Laisse-les pour qu'il voie ce qu'il a fait quand il se réveillera ! Son beau travail !

— On ne peut pas les laisser, monsieur Hayward, intervint doucement Papa, sinon ça va puer comme dans un charnier. Et... et il ne se rappellera rien. Quand il reviendra à lui, il se demandera ce qui s'est passé et s'en ira. Mieux vaut nettoyer et s'occuper de lui plus tard, afin de nous en débarrasser. »

Laissant les Hayward nettoyer, il regagna la cuisine en boitant dans le soleil levant. Lorsqu'il entra dans la cuisine, je crus qu'il allait fondre en larmes. Pour un vacher, perdre en une même nuit une vache et son veau est une chose terrible... Mais, en outre, les perdre de pareille façon ! Des années plus tard, c'était curieux d'entendre mon père parler de ce qui lui était arrivé à la ferme Hayward. C'est à peine s'il mentionnait les récompenses remportées dans les foires du comté. Il réglait en quelques mots l'histoire du taureau qui l'avait rendu infirme, réduisant définitivement notre train de vie. Mais, quand il parlait de la mort de Lady Audley... De toute évidence, c'était ce qui avait le plus marqué dans sa mémoire, ce qu'il considérait comme le plus grand désastre de son existence.

Ce matin-là, je fus bien aise que Daisy May et moi ne parlions guère en allant à l'école. Ce n'était pas sa faute et elle était victime elle aussi. Mais la nature humaine est ainsi faite que j'en voulais à tous les Barshinski de la mort cruelle d'une vache et son veau.

Après ça, tout parut aller si vite que je n'eus pas le temps de me demander comment ou pourquoi cela était arrivé. Ce fut seulement à la fin que mon vieux sentiment de culpabilité me poignit de nouveau. Tout était-il de ma faute ? Si je n'avais rien dit à M. Hope-Browne, il n'aurait pas tenté de se tuer. S'il n'avait pas voulu se tuer, Galina ne se serait pas enfuie ; donc M. Barshinski ne se serait pas saoulé tous les jours, il n'aurait pas tué Lady Audley, M. Hayward ne l'aurait pas congédié et...

Lorsque Daisy May et moi revînmes de l'école à midi, il ne fut plus question de faire comme si rien ne s'était passé. A cent mètres de la maison, nous entendîmes son père crier et sa mère hurler. Elle ne hurlait pas comme d'habitude. Daisy May et moi nous regardâmes, je la vis blêmir d'effroi, puis nous nous élançâmes en courant vers la Maison du Hibou.

La charrette — la pathétique charrette à bras avec laquelle ils étaient arrivés — était devant la porte et M. Barshinski y entassait des objets au hasard, n'importe comment, si bien qu'il y en avait qui tombaient par terre et se cassaient. Arrachée à son apathie par ce départ précipité, Mme Barshinski hurlait :

« Il a dit que nous n'avions pas besoin de partir avant d'avoir trouvé un endroit où aller ! Il a dit qu'il le faisait pour moi ! Pour moi, pas pour toi ! »

D'un coup de coude, M. Barshinski l'écarta de son chemin et rentra dans la maison. Il ne semblait pas avoir dessaoulé et me paraissait dangereux.

La tête de Mère surgit brusquement au-dessus de la haie, dans l'ouverture de laquelle elle passa aussitôt. Mme Barshinski se tourna vers elle ; les vêtements déchirés, plus échevelée que jamais, elle avait le visage déformé par la peur. Non point la peur de son mari — elle avait appris à s'accommoder de lui — mais la peur de retourner sur les routes, sans plus même l'espoir d'un nouvel emploi ailleurs. Alors que l'hiver approchait, elle se retrouvait sans gîte, enceinte et avec un ivrogne à sa charge.

« Parlez-lui ! supplia-t-elle. Nous ne sommes pas obligés de partir tout de suite. M. Hayward a dit que nous pouvions rester jusqu'à ce que le bébé soit né... que nous pouvions rester aussi longtemps qu'il le faudrait, du moment que mon mari ne remettait pas les pieds à la ferme. Nous ne sommes pas obligés de nous en aller maintenant ! »

Ressortant de la maison, M. Barshinski jeta une bassine dans la charrette en tonnant :

« On part ! Jamais personne n'a parlé à Nikolaï Igorovitch Barshinski comme il l'a fait ! Je ne veux pas de sa charité ! Je crache dessus ! Partons de ce village qui m'a volé ma fille et brisé ma vie ! »

Mme Barshinski ne se mit pas à pleurer, ce qu'elle fit me parut encore pis. Portant les deux mains à ses tempes, elle poussa un hurlement strident, bruit insensé exprimant la terreur à l'état pur, et je sentis Daisy May se recroqueviller contre moi.

« Monsieur Barshinski, dit Mère, d'une voix haletante, en essayant de se faire entendre à travers ce vacarme. Vous devriez penser à votre femme. Quand il fera froid et qu'elle n'aura nulle part où aller...

— La ferme ! » hurla-t-il, sans qu'on pût savoir si cela s'adressait à Mère ou à sa femme. En ce qui la concernait, Mme Barshinski continua de pousser des hurlements stridents jusqu'à ce que, se tournant d'un bond vers elle, il la frappe durement au visage.

Alors Daisy May se rua sur lui, tapant avec ses poings contre les jambes de son père. Pour Mère et moi, comme pour Edwin qui venait de nous rejoindre, pétrifié par ce qu'il voyait, c'était terrible. Mais une partie de moi-même prenait conscience que cette scène horrifiante n'avait rien de nouveau, que c'était ainsi que Mme Barshinski, Daisy May et Ivan nous apparaissaient ensuite avec un œil tuméfié ou des marques au visage.

Il arracha Daisy May à ses jambes, comme il l'eût fait d'une fourmi, et la repoussa de côté. Mme Barshinski hurlant toujours, Mère se ressaisit et lui prit le bras en disant :

« Venez dans ma cuisine, madame Barshinski. Venez avec moi. »

Tant d'années vécues dans la honte, la pauvreté, l'incertitude du lendemain et les brutalités avaient mené la pauvre créature à un point tel qu'elle n'avait même plus peur de son mari.

« Je ne partirai pas ! Je ne partirai pas ! Je reste ici ! »

Il la frappa de nouveau, si durement que, pivotant sur place, elle tomba par terre. Nous nous précipitâmes tous tandis qu'il disparaissait à l'intérieur de la maison. Et cette fois, Dieu merci, il n'en ressortit pas.

« Venez dans ma cuisine, madame Barshinski », dit de nouveau Mère.

Nous l'aidâmes à se remettre debout. Elle grommelait encore, mais ce dernier coup avait eu au moins l'avantage de mettre fin à son hystérie. Nous la fîmes passer à travers la haie, suivies par Edwin et Daisy May. Une fois à la maison, Mère poussa le verrou de la porte.

« Fais du thé, Sophie. Et va chercher deux comprimés d'aspirine dans mon sac. Après quoi, tu prépareras le déjeuner... Il ne manque plus que la purée... Le reste est prêt. Je vais conduire Mme Barshinski dans ma chambre, afin qu'elle s'étende un moment. Si tu es en retard pour l'école, je te ferai un mot. Et guette le retour de ton père pour lui ouvrir la porte. »

Elle s'en fut avec Mme Barshinski, tandis qu'Edwin, Daisy May et moi restions à nous regarder.

Fait étrange, je voulais venir en aide à Daisy May, lui montrer combien j'avais de la peine pour elle, lui dire les mots qu'il fallait et je ne pouvais même pas la regarder tellement je me sentais gênée. La terrible scène dont nous venions d'être témoins nous avait horriblement secoués, mais je pensais avant tout à l'humiliation que devait éprouver mon amie. Je savais bien ce que j'aurais ressenti si mon père et ma mère s'étaient conduits de la sorte devant des étrangers. J'en aurais été malade de honte. Et voilà pourquoi, au lieu de m'employer à la réconforter, je me mis à pilonner les pommes de terre pour la purée, parlant sans arrêt pour demander à Edwin de me passer les assiettes, faire remarquer que Papa était en retard — ce qui était faux —, déplaçant beaucoup d'air parce qu'il me fallait faire du thé en sus de préparer le déjeuner. Je m'en voulais d'agir ainsi, mais, aussi bien, je n'avais pas cessé de m'en vouloir depuis que les Pèlerins du Ciel étaient arrivés au village et que j'étais devenue femme.

C'est alors qu'Edwin eut un de ces gestes qui lui étaient absolument inhabituels, comme lorsqu'il avait donné à Daisy May un de ses précieux livres sur les chemins de fer ou quand il avait essayé de m'empêcher de voir M. Hope-Browne et Galina dans le cimetière. Il alla s'asseoir sur le sofa à côté de Daisy May et prit une de ses petites mains rugueuses dans la sienne. Il ne dit rien — Dieu sait que je parlais suffisamment pour deux ! — et resta ainsi à lui tenir la main en souriant gentiment.

Ça n'a l'air de rien, mais, pour notre famille et pour Edwin surtout, c'était quelque chose d'énorme. Nous ne nous embrassions ni ne nous touchions guère... Jamais nous ne parlions de sentiments ou d'affection... Je suppose que cela explique pourquoi je n'avais pu réconforter Daisy May bien que j'eusse aimé le faire. Face à cette pauvre gosse humiliée, quelque mystérieux instinct avait inspiré Edwin. Daisy May avait levé les yeux vers lui, des yeux qui n'exprimaient pas la gratitude, mais une sorte de poignante dureté comme si, en rivant son regard au visage souriant d'Edwin, elle avait le sentiment de pouvoir arriver à se dominer.

Je montai le plateau du thé dans la chambre de Mère. Mme Barshinski était étendue sur le couvre-lit. Elle avait ôté ses chaussures et l'oreiller de Papa avait été ajouté à celui de Mère pour qu'elle fût mieux soutenue.

« Tu vas descendre déjeuner, M'man ?

— Pas tout de suite, non. Tu n'as qu'à servir, Sophie. Fais-le comme il faut. »

Je compris ce qu'elle voulait dire. Si nous voulions qu'il y en eût aussi pour Mme Barshinski et Daisy May, il fallait mesurer les portions.

Entendant Papa frapper à la porte de derrière, je me précipitai pour ouvrir en lui chuchotant quelques brèves explications. Si sa longue nuit blanche et le choc d'avoir perdu Lady Audley l'avaient terriblement marqué, il n'en restait pas moins lui-même. Il fit asseoir Daisy May à table et récita les grâces comme si ce repas n'avait rien d'inhabituel.

Je n'avais pas lieu de me tracasser en ce qui concernait le nombre de convives, car aucun de nous n'avait d'appétit. Nous chipotions ce qui était dans nos assiettes quand nous entendîmes Mère descendre l'escalier. Nous tournâmes tous la tête vers la porte où elle apparut, une expression de lassitude résignée sur le visage.

« Sophie, va jusque chez Mme Pritchard et demande-lui de venir.

— Oui, M'man. »

Mme Pritchard était celle qu'on allait chercher pour les accouchements et les décès.

« George, je ne sais vraiment que te suggérer à propos de ce mécréant d'à côté. Je suppose qu'il doit être mis au courant, mais je ne veux pas le voir m'approcher ni entrer dans cette maison. Je me sentirais plus tranquille s'il était enfermé quelque part jusqu'à ce que ce soit fini. »

En voyant Daisy May poser brusquement sa fourchette pour la regarder, Mère se ressaisit.

« Je pense que tu devrais retourner à l'école, Daisy May. Accompagne Sophie chez Mme Pritchard et continuez ensuite jusqu'à l'école.

— Maman est malade ?

— Non, ma chérie. Juste un peu fatiguée. Dans une heure ou deux, elle sera beaucoup mieux. Va à l'école avec Sophie. »

Nous partîmes donc toutes les deux et, en chemin, j'expliquai à Daisy May le peu que je savais concernant Mme Pritchard et les bébés. Elle garda le silence jusqu'à l'école. Ce fut seulement pendant la récréation qu'elle dit soudain, comme se parlant à soi-même : « Je me demande où nous pourrons aller avec encore un bébé. » Après quoi, elle redevint silencieuse. Au retour, comme nous allions arriver chez moi, mon amie fit soudain volte-face.

« Où vas-tu, Daisy May ?

— Tâcher de trouver Ivan. C'est l'heure où il rentre habituellement. En voyant que Maman n'est pas là, il va s'inquiéter. Et mon père... »

Et son père n'avait pas encore dessaoulé. Peut-être était-il toujours enfermé dans la maison, prêt à s'emporter contre quiconque surviendrait. Ivan menait une drôle d'existence. Le matin, il allait chercher de l'eau à la pompe et ne se manifestait plus ensuite que de façon sporadique au long de la journée. Parfois, je le rencontrais dans les bois, s'acharnant avec sa hache après quelque souche pour remplir un sac de petit bois. Un jour, je le surpris en train d'écorcher un lapin. Je ne lui demandai pas comment il l'avait attrapé, préférant ne pas le savoir. Je ne pouvais vraiment pas lui en vouloir : les seules fois où les Barshinski mangeaient de la viande, c'était lorsque Ivan attrapait un lapin ou un lièvre.

C'était un étrange garçon, aussi fier que Daisy May, sauvage comme son père. Bien qu'il fût susceptible et entêté, je ne pouvais m'empêcher de l'aimer.

Courageusement, je suivis Daisy May dans le jardin de la Maison du Hibou. S'approchant d'une des fenêtres, elle regarda à l'intérieur et je l'imitai. Il n'y avait rien à voir, et le silence régnant dans la maison donnait à penser que personne ne s'y trouvait.

« Il doit attendre que l'auberge ouvre, dit Daisy May d'un air buté. Allons jusqu'à la haie voir si Ivan n'est pas à la pompe. »

Il y était effectivement et, lorsqu'il nous aperçut dans l'ouverture de la haie, il lâcha aussitôt le seau pour se précipiter vers nous.

« Où est Maman ?

— A côté... chez eux », répondit Daisy May avec un hochement de tête dans ma direction.

Ils nous appelaient « eux » et je compris qu'ils devaient parler souvent de nous, de la même façon que nous parlions d'eux.

« Pourquoi ? »

Daisy May prit un temps avant de dire lentement :

« Papa est tout drôle, tu comprends... et Mme Willoughby a emmené Maman parce qu'elle ne se sentait pas très bien... »

Sans même la laisser terminer sa phrase, Ivan courut vers l'ouverture de la haie et dévala le jardin. Nous le suivîmes plus lentement.

Chez nous, il n'y avait personne dans la souillarde ni dans la cuisine. J'entendais des voix à l'étage — Mère et Mme Pritchard, je suppose —, Papa était allé traire, Edwin était à ses occupations habituelles et Lillian pas encore rentrée de chez Miss Clark. Planté au milieu de la souillarde, Ivan regardait autour de lui, comme s'il nous soupçonnait d'avoir enlevé sa mère.

« Où est-elle ?

— En haut... Mais tu ne peux pas monter... »

J'aurais aussi bien fait d'économiser ma salive. Il me bouscula, traversa la cuisine en courant à demi et disparut par l'autre porte... pour reparaître presque aussitôt poussé par Mère, qui ne mâchait pas son indignation.

« En voilà des façons, mon garçon ! On n'entre pas comme ça chez les gens, et encore moins dans leur chambre à coucher, sans même frapper à la porte !

— Qu'est-ce qu'a Maman ? dit-il en se débattant pour échapper à la poigne de Mère. Qu'est-ce qu'elle a ? Qu'est-ce que vous lui avez fait ? »

Mère le regarda, puis, tournant les yeux vers Daisy May, la vue de ces deux gosses mal nourris dut éveiller quelque compassion dans son cœur.

« Tu peux rester dîner avec nous, dit-elle gentiment. Sophie, mets un couvert de plus et, quand Lillian rentrera, tu me l'enverras.

— Qu'est-ce qu'a ma mère ? » cria-t-il, mais elle avait déjà remonté l'escalier.

« Rien de grave, lui dis-je. Vous allez avoir un bébé.

— Qu'est-ce que tu racontes ? » me lança-t-il avec fureur, ressemblant soudain à son père.

Je baissai la voix :

« Nous ne sommes pas censés savoir comment ça arrive. Mais ta mère n'était pas bien et elle prenait du ventre. En outre, on a envoyé chercher Mme Pritchard, ce qui signifie toujours qu'un bébé est en chemin.

— Non, dit-il d'un air buté tandis que son visage s'empourprait lentement. Non ! Ce n'est pas vrai ! »

Il me foudroya du regard et s'élança vers la souillarde.

« Tu ne veux pas ton thé ?

— Je ne veux rien de vous. Rien ! »

Je me trompais. La présence de Mme Pritchard n'annonçait pas toujours une naissance.

Cette nuit-là, Daisy May coucha avec Lillian et moi, tandis que Papa s'installait dans la chambre d'Edwin. Vers le milieu de la nuit, j'entendis notre porte s'ouvrir et la main de Mère se posa sur mon épaule.

« Sophie, tu es réveillée ? Daisy May aussi ? »

La voix de Mère était d'une douceur tellement inhabituelle que, dans l'obscurité, j'éprouvai une brusque inquiétude.

« Je suis réveillée, madame Willoughby, dit Daisy May.

— Lève-toi, ma chérie, sans faire de bruit. Inutile de réveiller les autres. »

Daisy May s'extirpa du lit cependant que sa respiration devenait haletante.

« Je m'habille, madame Willoughby ?

— Non, ma chérie. Attends une seconde, j'allume la bougie... »

Il y eut un frottement d'allumette et, dans sa pâle clarté, Mère nous apparut, le visage las, les traits tirés.

« Viens toi aussi, Sophie, me dit-elle doucement. Viens avec Daisy May. »

C'était tellement imprévu, tellement inhabituel, que j'eus conscience que quelque chose de terrible était sur le point de se produire. Sans bruit, Mère nous guida à travers la chambre d'Edwin, puis le petit palier, jusque dans sa chambre.

Et là, ça sentait. Ça sentait comme cela devait sentir dans l'étable la nuit précédente. Du coup, je compris ce que mon père avait enduré, mais c'était pis, bien pis, car, tout contre moi, Daisy May commençait à trembler.

« Prends la main de Daisy, Sophie, me dit Mère. C'est ta meilleure amie. Tiens-lui la main. »

Je ne le pouvais pas car Daisy May avait les deux mains plaquées sur sa poitrine, mais je lui entourai les épaules de mon bras et nous restâmes ainsi à la tête du lit, serrées l'une contre l'autre.

D'une intense pâleur, Mme Barshinski paraissait exténuée. Elle n'avait jamais été bien épaisse, mais elle ressemblait maintenant à une feuille morte au creux de l'oreiller. Elle avait les yeux clos et ses mains, déformées, usées par les travaux, reposaient sur la couverture.

« Maman ? »

Le corps minuscule de Daisy May était tout tremblant et je sentais une boule s'enfler dans sa gorge. Peu de temps auparavant, j'avais été à cette même place, priant pour que mon papa ne meure pas, je me rendais compte qu'il n'eût servi à rien de prier maintenant pour Mme Barshinski ; alors, je priai pour Daisy. Ce n'était pas juste qu'il lui arrive tant de choses, la pauvre !

« Maman ? »

Les paupières cireuses se levèrent et, voyant Daisy May, Mme Barshinski sourit un tout petit peu, bougea une main que Daisy recouvrit aussitôt de la sienne.

« Tu as toujours été une bonne petite fille, Daisy, murmura-t-elle. Je ne sais pas comment j'aurais pu y arriver sans toi.

— M'man... »

Sous mon bras, je la sentais toute houleuse de sanglots et je la serrai encore plus fort contre moi. Daisy May avait toujours été si courageuse.

« Daisy... »

La voix était très calme. Je crois que Mme Barshinski ne souffrait pas, qu'elle était seulement à bout de forces.

« A partir de maintenant, Daisy, je te demande de faire tout ce que te dira Mme Willoughby... Tu comprends ?

— Oui, M'man, fit Daisy en ne retenant plus ses sanglots.

— Ce ne sera pas facile, ma chérie... Tu as toujours été la meilleure de mes enfants... Ce sera plus dur pour toi, mais fais ce qu'elle te dira...

— Je le ferai, M'man...

— Les autres, c'est sans importance, poursuivit posément Mme Barshinski comme se parlant à elle-même. Pour Galina, c'est trop tard... Elle est comme lui, elle s'en tirera toujours. Et Ivan, c'est un garçon... Il saura se débrouiller. »

De l'autre côté du lit, Mère se pencha vers Mme Barshinski.

« Soyez sans inquiétude, lui chuchota-t-elle. Nous ferons de notre mieux pour eux tous.

— Non ! »

La malade voulut se redresser, puis retomba contre l'oreiller :

« Non, les autres, ça n'a pas d'importance... Les autres, ce sont des Russes... comme lui. Tandis que celle-ci... »

Elle regarda Daisy May et réussit à sourire, révélant des dents tout abîmées.

« Daisy May est comme moi, dit-elle tristement. J'en ai eu le pressentiment quand elle est née. C'est pour cela que je l'ai appelée Daisy May. Lui voulait lui donner un autre nom, un nom russe, mais cette fois, il a cédé. C'est bien la seule fois ! »

Elle soupira doucement et tourna son visage vers ma mère.

« Je ne veux pas la laisser grandir avec les autres. Je ne veux pas que son père la garde. Il la ferait devenir comme lui. Je ne veux pas... »

De nouveau, elle essaya de s'arracher à l'oreiller pour donner plus de force à ce qu'elle disait :

« Promettez-moi, madame Willoughby... Promettez-moi ! Je sais que vous ne pouvez la prendre avec vous — vous avez vos problèmes, vous aussi — mais je tiens à ce qu'elle soit élevée convenablement. Tant pis si c'est dur, je veux qu'elle soit une fille comme il faut !

— Vous n'avez pas de famille, madame Barshinski ? Pas de sœurs ni de parents chez qui elle pourrait aller ? »

Mme Barshinski secoua la tête :

« Il faudra la confier à la Société des Amis...

— Oh ! non, voyons ! Il y a sûrement quelqu'un qui...

— Non, je vous le répète, il n'y a personne. Rien que lui, et je veux pas qu'il se charge de l'élever... Il en ferait une romanichelle, vivant de façon telle que les gens convenables ne voudraient pas même lui adresser la parole. Elle ira chez les Amis, dans une œuvre, n'importe où pourvu que ce soit un endroit comme il faut... Promettez-le-moi. »

Elle commençait à avoir peine à respirer tant l'avait épuisée cet effort pour parler...

« ... Qu'elle devienne une fille bien élevée, respectable...

— Maman !

— Tu es une brave petite, Daisy... La meilleure du lot...

— Maman ! »

Je n'avais encore jamais vu mourir quelqu'un et je ne tenais pas à rester, mais Mère savait ce qu'elle faisait. Parfois elle témoignait ainsi d'une grande pénétration, car Daisy n'oublia jamais que j'étais avec elle quand sa mère était morte.

Nous demeurâmes près du lit pendant ce qui me sembla un très long temps. Mme Barshinski ne rouvrit pas les yeux et sa respiration se fit de plus en plus ténue. Puis elle rendit le dernier soupir tandis qu'une larme roulait sur le côté de son visage.

« Tout est fini pour elle, mon petit... »

Le visage de Daisy grimaça de chagrin et, l'entraînant hors de la chambre, je la fis descendre au rez-de-chaussée. Dans la cuisine, le fourneau brûlait encore. Levant le couvercle, je remuai un peu le charbon.

« Veux-tu une tasse de cacao, Daisy ?

— Oui, s'il te plaît. »

Elle s'assit près du fourneau et, quand j'eus fait chauffer le lait que je versai sur le cacao, prenant la tasse délicatement, elle se mit à boire comme une dame. Je me sentais atrocement gênée. C'est terrible de voir mourir sa mère, et je ne savais que faire.

« Ça va, Daisy ?

— Oui... »

Son visage sans beauté, tout mouillé de larmes, parut très grave l'espace d'un instant et elle dit :

« Elles vont devoir être gentilles avec moi maintenant, Brenda Jefford et les autres... maintenant que je suis orpheline. »

Ce fut seulement en prononçant le mot qu'elle ressentit tout ce qu'il signifiait et les sanglots l'étouffèrent. Elle posa d'abord sa tasse, puis, se laissant aller contre le dossier de la chaise, elle pleura, pleura, sans que je pusse rien faire d'autre que lui tenir la main et pleurer moi aussi.

Sur ces entrefaites, mon père rentra et il la prit aussitôt dans ses bras en la serrant contre lui, exactement comme l'avait fait avec moi M. Barshinski lorsque Papa était malade.

Il s'assit sur le sofa en la tenant toujours ainsi et, regardant par-dessus la tête de Daisy, je l'entendis murmurer :

« Quel monstre est-ce donc pour qu'il la laisse pleurer toute seule quand leur mère vient de mourir ? »

Je sortis de la maison. Ce n'était pas bien ce que Mme Barshinski avait dit au sujet d'Ivan. Il n'était pas comme Galina. Lui aussi, il l'aimait. Oui, il était bizarre et sale, ne se conduisait pas toujours comme il aurait fallu, mais il l'aimait sans aucun doute, et l'on aurait dû essayer de le trouver...

Il était blotti dans le bûcher. Il avait pris Tibby dans ses bras — elle était grande maintenant — qui ronronnait en se frottant contre lui. Comme je m'approchais, il balbutia :

« Elle est morte, hein ? »

Je n'eus pas besoin de lui répondre.

« J'ai aussitôt compris qu'elle était morte... Toute la nuit, la chambre était restée avec de la lumière et, en regardant par la fenêtre, j'ai vu Daisy qui pleurait... Alors, j'ai compris...

— Viens, Ivan. Viens prendre un peu de cacao. Ça réconfortera Daisy si tu es là... »

Avec beaucoup de douceur il posa la chatte par terre, puis se mit debout, paraissant soudain très grand. Je ne distinguais pas bien son visage, mais j'eus conscience qu'il était de nouveau en proie à une de ses humeurs bizarres.

« Il l'a tuée, dit-il, sans colère mais avec une intonation menaçante. Il l'a frappée et il l'a tuée...

— Il ne l'a pas tuée, Ivan.

— Il l'a tuée en la frappant... Inutile de vouloir me raconter des histoires : je sais ce qui s'est passé.

— Elle n'allait pas bien, Ivan...

— Il l'a tuée », répéta-t-il avant de se fondre dans l'obscurité.

Je l'appelai, mais il avait disparu. J'attendis, sachant que quelque chose d'autre allait se produire.

Juste comme je m'apprêtais quand même à rentrer, j'entendis un hurlement terrible, puis un autre cri en provenance de la Maison du Hibou et j'ouvris pécipitamment la porte en appelant :

« Papa ! Papa ! Viens vite ! Il est arrivé quelque chose ! »

Comme nous passions à travers la haie, je vis une forme qui s'enfuyait. Je criai « Ivan ! » mais la forme disparut dans les ténèbres et je sus que nous le chercherions en vain. Nous nous ruâmes à l'intérieur de la Maison du Hibou pour découvrir que nous ne pouvions rien voir. Mais nous pouvions entendre et, Dieu merci, un tel vacarme attestait que M. Barshinski était toujours vivant : il hurlait et jurait en russe. Comme nous cherchions à tâtons notre chemin dans le dédale de pièces et d'escaliers, nous distinguâmes en avant de nous une silhouette plaquée contre le mur qui, tout en criant, progressait lentement vers la porte de derrière.

« Sophie, va vite dire à Edwin de venir avec une lampe. Toi, ne reviens pas. »

Comme je repartais en courant, mon pied buta contre quelque chose. Je sus après ce que c'était. La hache dont Ivan se servait pour fendre le bois.

Il fallut aller chercher un médecin, qui n'en fut pas autrement content, sachant qu'il ne serait pas payé. Mais il ne pouvait laisser un homme se vider de son sang. Ivan avait entaillé la jambe de son père. Il fallut confectionner un garrot, puis le médecin entreprit de recoudre la plaie.

M. Barshinski demeura étendu quatre jours à la Maison du Hibou, où seul Papa allait le voir. Il lui portait à boire et à manger, lui changeait ses pansements. Mme Barshinski fut enterrée aux frais de la paroisse. Daisy fut la seule de la famille présente à la cérémonie, mais tout le village y était. Non point parce que les gens éprouvaient de l'affection pour Mme Barshinski, mais parce qu'ils n'avaient jamais encore été témoins d'une chose pareille et espéraient bien que, plût au Ciel, cela ne se reproduirait pas.

Je fus à deux doigts d'aller voir M. Barshinski, puis je n'en eus pas le courage. Si je l'avais bien aimé, c'était à présent un tueur et un fou.

La nuit qui suivit l'enterrement de Mme Barshinski, j'entendis un hibou ululer dans le jardin... Un hibou qui n'en était pas vraiment un.

Lillian et Daisy May dormaient ; je descendis et j'ouvris la porte de derrière. Il était là. Avant même de le voir, je le sentis, car la vie sauvage qu'il avait menée au cours de ces derniers jours n'était pas pour améliorer les choses. Cela devait faire un certain temps qu'il ne s'était pas approché d'une pompe.

« Tu vas bien, Ivan ?

— Oui, je vais bien. Et... et lui ?

— Lui aussi. Il est blessé à la jambe, mais le docteur dit que ça va guérir.

— Est-ce qu'on me recherche ?

— Un peu.

— Ça m'est égal ! Ils ne peuvent rien me faire ! (Sa voix trembla, se fêla, et il eut une sorte de sanglot.) J'ai mis des fleurs sur la tombe de Maman. Je les ai volées dans des jardins. Je voulais qu'elle ait de jolies fleurs. Elle aimait tant les fleurs...

— Je veillerai à ce qu'elle en ait, Ivan. Je ne peux pas te promettre que ce sera possible toute l'année, mais je ferai de mon mieux. »

Le temps était au froid et la brume humide d'octobre imprégnait mon manteau, ma chemise. La nuit, le jardin ne semblait plus le même. Le pommier était sinistre et, quand quelque chose bougeait à travers la haie, on avait l'impression qu'il s'agissait de grosses bêtes plutôt que de mulots ou de pies grièches.

« Tu vas t'en aller d'ici ?

— Oui. »

Il marqua un temps, avant d'ajouter d'une voix qui évoquait un enfant sans défense :

« Comment faire autrement ?

— Je... je suppose que tu pourrais rester et...

— Non. Ils m'attraperaient et me puniraient. Ils me mettraient peut-être même en prison, et je ne pourrais pas endurer cela.

— Où vas-tu aller ? »

Il se redressa, carra les épaules et dit bien fort, trop fort : « Je vais aller en mer, ou bien m'engager dans l'armée.

— Chut ! On va t'entendre !

— Ça m'est égal. »

Au même instant, je le sentis trembler contre moi, et, du coup, je me pris à le plaindre plus encore que les autres. J'avais eu de la peine pour M. Barshinski et pour sa pauvre femme... pour M. Hope-Browne avec son visage tout abîmé... surtout pour Daisy May. Seulement, Ivan m'apparaissait encore plus pitoyable qu'eux. M. Barshinski avait pour se consoler la boisson et l'adoration que lui inspirait Galina, laquelle l'avait trahi mais qu'il n'en continuait pas moins d'aimer. Mme Barshinski était morte, et M. Hope-Browne était retourné dans sa belle maison où sa famille s'occupait de lui. Daisy May, elle, n'avait pas grand-chose, mais elle m'avait et aussi le souvenir de sa mère disant qu'elle était « la meilleure du lot ».

Ivan, lui, n'avait rien ni personne. S'il inspirait la pitié, il ne voulait pas être plaint.

« Tu vas me manquer, Ivan, dis-je en ayant bien soin de peser mes mots pour ne pas risquer de le heurter. Après Daisy May, c'était toi mon meilleur ami.

— Je n'ai pas de filles comme amies.

— Non, je sais.

— Mais si je... si j'en avais... Tu es bien brave, à ta façon.

— Veux-tu attendre un instant, Ivan ? Si tu dois partir, j'aimerais te donner quelque chose... que tu emportes au moins de quoi manger.

— Je ne veux rien... »

Puis de nouveau, sa voix se brisa et il se prit à frissonner. « Attends là ! »

Je me précipitai à l'intérieur de la maison, sans plus guère me soucier si je faisais du bruit. Prenant une taie d'oreiller dans une pile de linge préparé pour le repassage, j'y fourrai la moitié d'un cake, une miche de pain et un grand morceau de fromage. Me haussant sur la pointe des pieds, j'attrapai ma tirelire sur le haut de la cheminée. Papa en avait la clef et je ne pouvais donc l'ouvrir, mais j'étais sûre que cela ne présenterait aucune difficulté pour Ivan, si habile à se servir d'une hache !

« Tiens, prends ça !

— Je ne veux rien... »

Il le prit quand même et, quand nos mains se rencontrèrent dans l'obscurité, je sentis trembler les siennes.

« Tu veilleras pour moi sur Daisy, hein ?

— Bien sûr !

— Je reviendrai un jour... Dis-lui que je reviendrai, juste pour voir comment elle va. Dis-lui de rester ici, afin que je sache où la trouver.

— Je le lui dirai. Et si tu veux écrire, tu peux adresser tes lettres ici. »

Je m'avisai trop tard que ça n'était peut-être pas la chose à dire, vu que j'ignorais s'il savait écrire ou non.

« Alors, au revoir...

— Au revoir, Ivan. »

Parce qu'il était là, parce qu'on n'y voyait pas et que j'avais été terriblement secouée par tout ce qui s'était passé au cours des derniers jours, je l'entourai soudain de mes bras et l'embrassai où je pouvais atteindre, sur le menton.

« Grosse bête ! » fit-il.

Il ne bougea pas et je continuai à le serrer dans mes bras, le nez empli de son odeur, ses vêtements sales contre mon visage, sous mes mains. Toutefois, je sentis aussitôt s'apaiser les tremblements de son corps si maigre. Sa bouche pesa sur mes cheveux, puis il dit : « Bon, je m'en vais. » L'instant d'après, il s'éloignait en direction de l'allée, parmi les dahlias morts.

« Au revoir, Ivan ! criai-je en rejetant toute prudence. Au revoir, Ivan, et que Dieu te garde ! »

Lorsque je remontai, Lillian était réveillée. Nous avions de nouveau le lit pour nous seules, car Mère avait installé dans un coin une couche de fortune où dormait Daisy May. Du coup, la pièce était tellement encombrée qu'on avait peine à s'y mouvoir, mais cela valait quand même mieux que d'être à trois dans un lit.

« Tu l'as revu, hein ? me dit Lillian dans un souffle. Ne prétends pas le contraire : tu sens comme lui !

— Je te déteste ! »

Ma sœur demeura silencieuse et je me demandai si j'étais allée trop loin, mais ça m'était égal. Durant tout l'été, bien que présente dans la maison, Lillian en avait été comme absente. Vivant dans une sorte de complet détachement, elle n'avait participé en rien à nos drames, pas même à la mort de Mme Barshinski ni au chagrin de Daisy May.

« Où va-t-il ? finit-elle par demander.

— En mer.

— Est-ce que... A-t-il dit quelque chose... à propos de... de nous ?

— Non. Il m'a juste chargée d'un message pour Daisy May et demandé de fleurir la tombe de sa mère.

— Je n'ai jamais compris ce que tu pouvais lui trouver, me lança-t-elle en se retournant dans le lit. De quoi pouviez-vous bien parler ? »

De quoi parlions-nous ? Nous nous disputions, nous nous battions, il nous était aussi arrivé de rire ensemble quand M. Watkins avait joué de la trompette. Et une fois, lorsque j'avais été malade au sortir de la croisade, Ivan avait été très bon avec moi. Nous aimions marcher ou être assis ensemble, sans avoir besoin de nous parler.

« Oh ! de rien... Je l'aimais bien, c'est tout. »

J'allais m'endormir lorsque Lillian dit :

« Lui as-tu donné quelque chose ? De quoi manger pendant le voyage ?

— Mmmm...

— De l'argent ? Tu en as pris dans ta tirelire ?

— Je la lui ai donnée. »

Et, de nouveau, juste au moment où j'allais sombrer dans le sommeil, ma sœur dit :

« Je suppose que nous ne le reverrons pas. Eh bien, bon débarras ! Dès le premier instant où je l'ai vu, j'ai pensé qu'il ne valait pas grand-chose. »

Je ne répondis pas, car je ne voulais pas parler d'Ivan Barshinski avec Lillian. Il avait été mon ami et elle essayait déjà de s'immiscer dans mes souvenirs de cette amitié.

Je vis M. Barshinski quand il s'en alla. C'était quelques jours plus tard et il n'était pas saoul, parce que personne ne voulait lui vendre d'alcool et que, de toute façon, il n'avait pas d'argent pour en acheter. Même M. Kelly n'avait pas voulu de ce qui pouvait encore rester à la Maison du Hibou.

Je l'en vis sortir un matin, boitant bas et sans une seule fleur à son chapeau.

S'immobilisant en haut de l'allée, il se retourna pour crier quelque chose en russe, puis se remit en marche. Il dit à Papa qu'il partait à la recherche de Galina. Pour le bien du prédicateur Jones, mieux valait espérer qu'il ne la retrouve pas.

Daisy May n'alla pas chez les Amis, mais Mère n'en tint pas moins la promesse qu'elle avait faite à Mme Barshinski. Même avec la meilleure volonté du monde, mes parents ne pouvaient se permettre de garder Daisy May. Papa n'avait jamais repris son ancien poste. Il restait chez les Hayward pour diriger la laiterie et veiller un peu à tout, mais son salaire n'était plus le même, et lorsqu'il avait une crise, il n'était pas payé. Mère était donc allée trouver les gens de la paroisse, lesquels avaient dit que Daisy May devrait aller dans un orphelinat. Cela avait tellement bouleversé Mère qu'elle avait fini par se rendre à White House voir Mme Fawcett parce que, bien qu'anglicane, cette dernière était une bonne chrétienne. Il fut convenu que Daisy May serait hébergée à White House, où elle aiderait un peu après l'école. En retour, elle promettrait de se placer ensuite dans une famille convenable. Il était plus ou moins tacitement entendu que Daisy May n'irait en classe que de façon assez irrégulière, et probablement plus du tout lorsqu'elle aurait douze ans. Faveur supplémentaire : un dimanche sur deux, elle serait autorisée à passer l'après-midi avec nous. Étant donné que la mère de Daisy May était quaker et qu'elles allaient déjà au culte avec nous, Mme Fawcett convint qu'il valait mieux la garder dans la même religion.

Un mois après la mort de sa mère, Daisy May s'en fut chez les Fawcett.

La Maison du Hibou redevint inhabitée. Les quelques pauvres choses qui s'y trouvaient encore furent rangées dans notre appentis, en attendant que Daisy May puisse les utiliser. Mme Barshinski — dont j'avais peine à me rappeler le visage quelques semaines après sa mort — était enterrée dans le cimetière de l'église et sa tombe fleurie tantôt par moi, tantôt par Daisy.

Je pensais souvent à eux : lui avec les boutons d'or autour de son chapeau, Daisy May gagnant la course à l'œuf en ce jour qui avait été le plus beau de sa vie, et Ivan, un chiffon enroulé autour de ses doigts, étanchant le sang qui coulait de mon nez.

Je pensais aussi à Galina, semant le drame dans son sillage à travers le village, à M. Hope-Browne qui était défiguré au lieu d'avoir de l'acné et qui avait perdu sa voix en même temps que sa réputation. Je pensais à Lady Audley et à son veau, à une pauvre femme qui, pour avoir été battue une fois de trop, était morte elle aussi.

Je pensais à la tragédie que j'avais déclenchée lorsque j'avais dit à M. Hope-Browne d'empêcher Galina d'aller à la croisade. Bien des années s'écoulèrent avant que je comprenne que je n'étais pas responsable ; que toutes ces choses devaient forcément arriver tôt ou tard du moment qu'une famille comme les Barshinski était venue s'installer dans notre village.

Je me rappelais combien je l'avais aimé et ce qu'il avait fait pour moi. Il m'avait ouvert tout un monde et donné à rêver.

Tel fut l'été des Barshinski.

Deuxième partie

EDWIN ET DAISY MAY

Chapitre dix

❦

Ce fut au New Cross Empire que, assis aux troisièmes galeries, il revit Galina. Il en éprouva un tel choc que, incrédule, il crut un moment être victime d'une hallucination due à la fatigue d'un excès de travail. Il regarda le numéro affiché sur le côté de la scène — NEUF — et consulta son programme. *Olga, la princesse cosaque.* Sur scène, vêtue d'une robe blanche et or dont la jupe plissée s'arrêtait aux genoux, chaussée de bottes rouges à hauts talons, c'était bien la Galina de son enfance. L'orchestre exécuta quelques mesures de musique tzigane ; gagnant le milieu de la scène, Olga, la princesse cosaque, se dépouilla d'une petite cape blanche et or, puis se mit à danser. Alors il se sentit reporté de douze ans en arrière. Il en avait treize à cette époque et, de la fenêtre de sa chambre, il découvrait le jardin de la Maison du Hibou avec le feu de joie autour duquel dansait une fille brune. Son estomac se contracta et un sentiment de panique faillit le pousser à fuir hors du théâtre. Il regarda autour de lui pour voir si l'on s'était aperçu de son émotion, mais tous n'avaient d'yeux que pour la princesse cosaque et, se contraignant au calme, il se tourna de nouveau vers la scène.

Aussitôt, il fut fasciné et soulagé. Fasciné, parce qu'elle était toujours très belle. Soulagé parce que, le premier choc passé, il croyait avoir suffisamment mûri pour n'être plus troublé par cette beauté provocante, ce débordement de vie qui l'avait bouleversé lorsqu'il était adolescent.

La danse terminée, quelqu'un sortit de la coulisse pour tendre à Galina un violon et un archet. Elle les prit avec un grand geste théâtral, frappa du pied, et se mit à jouer.

Les airs étaient bien choisis. Les poignantes mélodies slaves que son père avait l'habitude de jouer, n'auraient pas été de mise un samedi en soirée au New Cross Empire. Elle jouait donc des airs faciles, connus, que l'auditoire, enclin à l'euphorie par le stout et le porto, se prenait à fredonner : des airs de *La Veuve joyeuse, Les Yeux noirs* et, pour compléter le tout, deux ou trois jolies valses de Strauss. Les spectateurs étaient ravis. Ce n'était pas un numéro suffisamment bon ou vulgaire pour constituer le clou du spectacle, mais il était très à sa place en fin de première partie. Puis, quand toute l'assistance eut été ainsi conditionnée, Galina posa le violon, leva les bras au-dessus de sa tête et attendit. L'éclairage fut baissé afin qu'elle se trouvât dans une sorte de pénombre lumineuse. Habitués, les spectateurs comprirent aussitôt ce qu'on leur demandait ainsi et firent docilement silence. Alors, dans ce silence, on perçut les tambours des cavaliers cosaques tandis qu'Olga, esquissant ses premiers mouvements, redevenait la Galina de sa jeunesse.

C'était un procédé facile que celui de l'atténuation de l'éclairage cependant que les tambours battaient doucement, mais qui marchait à coup sûr. L'accompagnement devint plus fort, plus strident, plus rapide, faisant pareillement tourbillonner Galina, à la taille si mince qu'on s'attendait à la voir se briser en deux lorsqu'elle ployait le buste. La jupe blanche et or tournoyait, révélant des dessous mousseux, puis les longues jambes brunes qui étaient nues au-dessus des bottes. La chevelure sombre s'envolait autour de son visage et, soudain, elle fut ce qu'elle avait été tant d'années auparavant : profondément troublante.

Les tempes d'Edwin se mirent à battre, non pas tant à cause de ce qu'elle faisait maintenant que du souvenir de cet été vieux de douze ans, où il avait éprouvé pour la première fois toute la force de cette attirance sensuelle ; où, tout en la haïssant, il ne pouvait penser à rien d'autre que son corps, son odeur, l'éclat de son regard moqueur.

Il lui avait fallu longtemps pour se remettre de cet été. Peut-être que, dans une famille moins ordonnée, moins disciplinée, cela se fût fait plus vite, mais les Willoughby, avec leur crainte de laisser paraître quelque émotion, leur répugnance à parler de joies, de chagrins, ou de n'importe quoi qui ne fût pas banal et convenable, n'étaient d'aucun secours pour un garçon en proie aux troubles de l'adolescence. Il n'avait eu personne à qui parler, qui aurait pu le comprendre quand il souffrait d'être amoureux de la fille trop provocante d'une sorte de bohémien. Jusqu'à cet été-là, il pouvait parler librement avec

Sophie; l'arrivée de Galina avait creusé comme un abîme sexuel entre sa sœur et lui. De toute façon, il avait remarqué que Sophie était portée à extérioriser ses sentiments, travers qui n'était pas de nature à l'aider lui-même, bien au contraire. Et puis Sophie avait été également trop intime avec les Barshinski, en arrivant à se comporter cet été-là de façon presque aussi extravagante qu'eux.

Après ce merveilleux et terrible été, il avait lentement recouvré son équilibre dans le silence et le stoïcisme. Plus d'un an s'était écoulé avant que, un jour, il eût soudain conscience de n'être plus obnubilé par son chagrin et reprenne goût à l'existence. Cette année de tristesse, il l'avait passée de façon incongrue dans la petite gare de M. Watkins, dont l'ambiance on ne peut plus quelconque, ordinaire, lui procurait un calme qu'il ne trouvait nulle part ailleurs. Quand il y repensait, du haut de ses vingt-cinq ans, il souriait de ce pâle adolescent qui se remettait d'un cœur brisé en astiquant les cuivres et en balayant les quais d'une petite gare de campagne. C'était pourtant là, dans l'accomplissement de tâches humbles et routinières, qu'il avait fini par recouvrer son équilibre mental.

Lorsqu'il croyait que jamais plus rien ne serait comme avant et que, chaque nuit, il se mettait l'esprit à la torture en pensant à Galina et M. Hope-Browne, Galina et son père, Galina et le prédicateur des Pèlerins du Ciel, il avait envisagé de s'enfuir comme l'avait fait Ivan Barshinski. Car, ces nuits-là, il avait commencé à comprendre la violence de M. Barshinski, violence qui semblait le seul moyen d'apaiser un peu cette constante torture.

Mais la tranquillité d'esprit avait fini par lui revenir et, dès lors, il s'était dit ne jamais plus vouloir que la violence ou l'émotion poussée à son paroxysme pussent intervenir de nouveau dans sa vie.

De façon inattendue, cette crise avait eu un effet bénéfique sur le plan matériel, car l'ardeur avec laquelle il avait étudié sous l'œil bienveillant de M. Watkins avait fini par persuader tout le monde qu'il *devait* entrer dans les chemins de fer, et, qui plus est, appartenir un jour à l'élite de la profession. M. Watkins s'était chargé des démarches nécessaires et l'avait préparé à l'examen d'entrée. Il lui avait trouvé une chambre chez la veuve d'un employé de la compagnie, laquelle habitait près du dépôt des Trois-Ponts. Là, nanti d'une salopette neuve, de chaussures à bouts et talons ferrés, ainsi que d'une lettre pour le chef de hangar, Edwin avait débuté dans la carrière comme chargé du nettoyage des locomotives, à dix shillings et six pence par semaine. Edwin, le second des Willoughby à connaître une promotion sociale, était parti pour devenir mécanicien de locomotive.

Il n'avait jamais dévié dans sa vocation et, à suivre le rythme discipliné qui régnait au dépôt des machines, il lui arrivait parfois de se demander s'il avait bien vécu cette année de souffrance et de torture, si la violence des Barshinski avait réellement existé. Il se savait un garçon très ordinaire, et un garçon très ordinaire ne passe pas une année de sa vie à soupirer après de l'exotisme. Il aspirait désormais à connaître tout ce que son métier pouvait lui apporter. Il était jeune et se sentait à l'aube d'une carrière riche en promesses.

Il avait bien travaillé, comme l'on pouvait s'y attendre de la part d'un Willoughby. A vingt et un ans, il avait demandé à être transféré dans un dépôt de Londres, en partie parce qu'il avait entendu dire que l'avancement y était plus rapide, aussi parce qu'il avait la bougeotte. Depuis l'été des Barshinski, il s'était aperçu combien l'existence menée par ses parents était étroite, confinée. A l'idée de vivre lui-même ainsi il s'était senti suffoquer. Il lui fallait partir de là, voir des choses, des choses nouvelles, découvrir une vie dont ses parents n'avaient même pas idée. Maintenant, après quatre ans passés à Londres, lorsqu'il revenait au village, c'était tout auréolé du prestige de la capitale. Il portait des chaussures au lieu de galoches, et des vêtements élégants lorsqu'il n'allait pas travailler. Il s'était même laissé pousser la moustache. Il avait de l'argent et se montrait généreux, n'oubliant jamais sa famille ni Daisy May que, assez curieusement, il n'associait jamais à ce fameux été des Barshinski. Pour lui, Daisy May était la petite fille qu'il avait sauvée de la bande à Jefford, lorsqu'ils étaient tous deux enfants. Il avait des amis, pour la plupart des garçons avec lesquels il travaillait, et menait à Londres une vie agréable dont sa famille ne savait pas grand-chose. Quand il pensait au mariage — dans des années ! — il se représentait une union tranquille, sans histoires, comme celle de ses parents.

En regardant Galina, il se rappela brusquement toute la violence et la souffrance qu'il avait connues durant son enfance.

La musique s'accélérant toujours davantage, Galina se mit à tournoyer sur une seule jambe, toupie blanche et or. Elle dansait bien, beaucoup mieux qu'autrefois. Sur un dernier roulement de tambour et un ultime coup de trompette, elle s'arrêta pile, souriante, une main levée au-dessus de sa tête.

Il n'applaudit pas, se sentant incapable de le faire. Il la regarda sourire, saluer en faisant bouffer sa courte jupe, et pensa combien il était étrange de la revoir ainsi sur une scène, alors que, le temps aidant, elle n'était plus pour lui qu'une sorte d'apparition évanouie, dont il n'était même pas sûr qu'elle eût jamais existé ailleurs que dans son imagination. Non, il n'avait pourtant pas rêvé et elle était bien là, belle et admirée comme elle avait toujours souhaité l'être.

« Je vais me chercher une bière. T'en veux une ?

— Quoi ? »

Sursautant, il découvrit à côté de lui un visage bonasse et en sueur, avant de réaliser que c'était celui de Bassy, son meilleur copain du dépôt, avec lequel il sortait souvent le soir.

« Elle était drôlement chouette, hein ? D'après toi, elle a des bas ou les jambes nues ? » s'esclaffa l'autre en le gratifiant d'un coup de coude complice.

Edwin éprouva une soudaine répulsion à l'égard de Bassy. Il faillit le planter là pour n'être plus arraché à ses pensées, mais se ravisa aussitôt. Mieux valait voir le reste du spectacle et ne pas s'attarder davantage sur Galina.

« Je l'ai connue autrefois, s'entendit-il dire à Bassy. Quand nous étions gosses, elle et moi.

— Mince alors ! fit Sebastian dit Bassy, impressionné, avant de se reprendre à rire : Ouais, ouais, une princesse cosaque venue du Kent comme toi ?

— Son père était russe. Un Russe authentique, qui lui a appris à jouer du violon. »

En retour de quoi, elle lui avait pris le violon et brisé le cœur.

« Si je m'étais douté que tu connaissais une actrice ! Dis donc, reprit Bassy en lui décochant un autre coup de coude qui écarta légèrement Edwin de lui, si tu la connais, on va aller la féliciter dans les coulisses...

— Non, je ne le pense pas.

— Allez ! Juste histoire de rigoler... Pour voir ce qu'elle va dire. J'aimerais bien savoir si elle a ou non des bas couleur chair. »

Deux employés des chemins de fer dans leur costume du dimanche, attendant à la porte de l'entrée des artistes pour voir Galina Barshinski.

« Non, je ne tiens pas à renouer », répondit-il avec plus de brusquerie qu'il n'en avait l'intention, si bien que Bassy s'en offusqua.

« Oh ! bon, c'est pas la peine de le prendre comme ça ! »

Et, blessé dans sa dignité, le garçon se mit à regarder les publicités qui décoraient le rideau d'incendie.

Un silence pénible s'ensuivit et Edwin ne put s'empêcher de penser que, dès que Galina reparaissait dans sa vie, c'était pour y semer la discorde. *Je ne me laisserai pas faire. Galina n'a aucune importance pour moi et n'en a jamais eu.*

« Je vais te la chercher cette bière, Bassy », dit-il en se levant.

Son camarade ne répondit pas et Edwin se fraya un chemin le long de la rangée de fauteuils. Quand il regagna sa place, outre les deux bières, il rapportait des nougats afin de faire la paix. Bassy, qui n'était pas rancunier, fut touché par ce geste et ils redevinrent copains comme avant pour partager ce menu festin. Marie Kendal, une chanteuse populaire, terminait la seconde partie du programme et, quand il reprit en chœur un de ses refrains avec le reste du public, Bassy ne remarqua pas qu'Edwin se taisait. En repartant à pied, ils mangèrent des beignets de poisson dans un cornet de papier et, lorsqu'ils arrivèrent devant la maison où logeait Edwin, près de Tower Bridge Road, celui-ci dit « Bonne nuit, Ed ! A lundi ! »

Après avoir souhaité être seul, Edwin se prit à regretter l'absence de Bassy. Troublé, mal à l'aise, il sentit qu'il n'arriverait pas à dormir. Cela tenait, certes, à ce qu'il avait revu Galina, mais soudain son état d'esprit avait aussi changé. Alors qu'il était toujours à l'envisager avec excitation, voilà que son avenir lui semblait maintenant dépourvu de toute promesse. Qu'est-ce qu'il espérait donc ? Ça ne lui suffisait pas de se voir occuper une meilleure position que celle de son père, de mener une vie plus agréable ? Il était un homme désormais, et non plus un blanc-bec qui a des rêves impossibles.

Pressant le pas, il s'engagea sur le pont enjambant la Tamise, et s'y accouda pour regarder couler l'eau. Quand, finalement, il repartit vers son domicile, il se sentait mieux. Galina avait été ramenée à ses justes proportions : une simple actrice de music-hall qu'il avait connue plusieurs années auparavant.

Le lendemain était un des dimanches où Edwin était de repos et, selon l'habitude prise, il s'en fut voir ses parents. Il le faisait comme par devoir, car il avait atteint ce stade de l'existence où les liens familiaux deviennent de plus en plus agaçants.

« Oh ! c'est bien, tu arrives à temps pour la réunion du matin », lui dit sa mère en guise d'accueil et Edwin se demanda pourquoi il avait éprouvé le besoin de prendre un train matinal. Mais, plus tard, en regardant son père derrière le pupitre où il faisait la lecture, et constatant qu'il avait beaucoup vieilli, Edwin éprouva un élan d'affection envers ses parents qui avaient su se fixer une règle de vie et s'y tenir. A présent qu'il vivait éloigné de l'ambiance familiale, il mesurait à quel point c'étaient de braves gens, alliant en toute simplicité la moralité à la générosité.

« Est-ce qu'ils vont bien, tous les deux ? » chuchota-t-il soudain à l'adresse de Lillian, mais tout en croisant joliment ses mains sur sa bible, elle fronça les sourcils pour lui signifier de se taire. Comme on s'y attendait, Lillian était devenue une beauté, grande et mince, avec une abondante chevelure d'un blond cendré. Elle était maintenant associée à la couturière du village car, souffrant des yeux, Miss Clark ne pouvait plus suffire à la tâche. Edwin se demanda si Lillian avait jamais eu un soupirant. D'autres filles, moins jolies que sa sœur et en compagnie desquelles il avait grandi, étaient mariées, avec parfois déjà des enfants. Les cherchant du regard parmi les fidèles, il les vit mal coiffées, avec un visage fatigué. À côté d'elles, Lillian semblait vraiment appartenir à une autre race. Et cette constatation ramena dans ses pensées l'image de Galina Barshinski.

Au déjeuner, il y avait du rôti d'agneau froid, avec des pommes de terre cuites au four et des betteraves, comme chaque dimanche depuis quelque vingt-six ans. Vu son humeur, Edwin mangea comme si c'était là son dernier repas, une cérémonie qui ne se répéterait jamais plus. De nouveau il se sentit soucieux, se demandant si ses parents arrivaient à se débrouiller tout seuls bien que, avec Lillian vivant encore à la maison, on ne pût pas dire qu'ils étaient vraiment seuls. Lorsque Lillian et sa mère s'en furent laver la vaisselle, Edwin, fait sans précédent, essaya de nouer avec son père une conversation intime.

« Est-ce que ça va, Papa ? Maman et toi... vous êtes en bonne santé ? »

Son père le regarda avec surprise :

« Oui, mon garçon. Pourquoi me demandes-tu ça ?

— Eh bien... Tes maux de tête... Tu en souffres toujours ?

« — Un peu, mon garçon, un peu. M. Hayward est très bon avec moi : aussi longtemps que je doive rester alité, je retrouve toujours une occupation.

— Et au point de vue argent, Papa ? Quand tu es malade, tu ne touches rien, et tu n'es plus payé comme lorsque c'était toi qui dirigeais tout à la ferme ? »

Le visage de son père s'éclaira. Ces préoccupations d'ordre pratique, c'était quelque chose qu'il comprenait.

« Ne te fais pas de souci, mon garçon. Ta mère et moi ne manquons de rien. Tout comme toi, Sophie et Lillian s'occupent bien de nous. Ne te tracasse pas. »

Comment expliquer à son père ? A ses yeux, ses parents étaient devenus comme des enfants, innocents et trop confiants.

« Ta mère et moi avons eu nos soucis quand vous étiez jeunes, poursuivait son père, mais maintenant nous avons la satisfaction de vous voir établis. Lillian et toi avez même mieux réussi que n'importe qui au village. Nous n'avons vraiment plus à nous préoccuper de quoi que ce soit. »

Tout en parlant, il avait avancé une main sur la table et, l'espace d'un instant, Edwin crut que son père allait serrer la sienne. Mais la main s'immobilisa pour se mettre à pianoter du bout des doigts.

« Ta mère et moi allons faire notre sieste maintenant. Pourquoi n'irais-tu pas au-devant des petites quand elles auront fini leur travail ? »

Edwin renonça. Le fait qu'il eût revu Galina Barshinski ne pouvait abolir des années de contrainte et de réserve.

Après une dure semaine de travail, ce dimanche de janvier avait quelque chose de somnolent. Tandis qu'il s'éloignait à pas lents de la maison, Edwin éprouva de nouveau cette curieuse impression de voir pour la dernière fois le monde comme il avait toujours été mais comme il ne serait jamais plus.

La journée était plutôt belle, avec même un peu de soleil. Ses chaussures neuves ne retinrent pas Edwin de franchir l'échalier et de s'en aller vers White House à travers bois. Sous les arbres, il aperçut soudain un massif de boules de neige sauvages. Elles avaient toujours dû être là... Comment ne les avait-il encore jamais remarquées ? Bien qu'il sentît sur sa tête et ses épaules l'humidité suintant des branches enchevêtrées, il ne se hâtait point. Les petites n'étaient jamais libres avant trois heures et demie au plus tôt, car il leur fallait débarrasser, laver la vaisselle et mettre le couvert pour le soir. Elles s'en allaient toujours ensemble, bien que Daisy May eût plus à faire que Sophie.

Il poussa la grille qui gardait l'entrée de service. A White House, les domestiques n'étaient pas autorisés à recevoir des visites, mais même Mme Fawcett ne se sentait pas capable d'interdire au frère de sa bonne de venir attendre cette dernière.

La cuisinière étant libre de disposer dès que le déjeuner était fini de servir, Edwin n'hésita pas à frapper et la porte lui fut ouverte par Daisy May.

« Oh ! Edwin... Edwin ! »

Pour lui comme pour le reste de la famille, elles étaient « les petites » et la réaction des petites en le voyant était toujours le meilleur moment de ces dimanches passés à la maison.

« Tu avais oublié que c'était le dimanche où je venais ? s'enquit-il gaiement tandis que Daisy s'essuyait les mains avec un torchon.

— Entre les dimanches où tu travailles et ceux où tu es de repos, je m'y perds ! Je ne me suis pas encore changée, mais je n'ai plus que cela à faire, tout le reste est terminé !

— Alors, dépêche-toi ! »

Elle lui sourit en dénouant son tablier qui, même après une matinée de travail, était parfaitement propre.

« Je ne t'invite pas à entrer, car Mme Fawcett est plutôt mal lunée aujourd'hui.

— D'accord. J'attends dehors. »

Elle disparut en laissant la porte ouverte et il s'adossa à l'embrasure, les mains enfoncées dans ses poches. La cuisine des Fawcett était immense, avec un fourneau qui en occupait toute une paroi et un dressoir rutilant de cuivres. Comme le personnel d'office ne comprenait que la cuisinière et Daisy May, Edwin n'avait aucune peine à deviner qui astiquait si bien tous ces pots et casseroles. Un gros chat roux était étalé devant le fourneau ; il jeta un regard indigné à Edwin lorsque l'ouverture d'une porte provoqua un courant d'air qui lui balaya le poil.

« Bonjour, Edwin ! »

Sophie était habillée pour sortir : un manteau vert foncé et un chapeau de feutre enfoncé sur ses cheveux nattés. Depuis que Lillian avait entrepris de renouveler la garde-robe familiale, Sophie était beaucoup plus élégante.

« L'ourlet de ton manteau se découd, Sophie.

— Oh ! ça ne fait rien, dit la jeune fille en prenant son frère par le bras. La vieille a été odieuse avec Daisy May aujourd'hui. Comme tous les dimanches d'ailleurs, car elle n'aime pas la voir aller prier avec nous. Elle trouve toujours un prétexte pour la faire travailler plus tard quand c'est son dimanche de repos.

— Je lui ai apporté une boîte de caramels. »

Aussitôt le visage de Sophie se rasséréna.

« Oh ! Edwin, comme c'est gentil ! Daisy May va être ravie ! »

Tandis qu'il s'en retournait flanqué des deux filles, Edwin se dit qu'elles étaient vraiment charmantes. Des quatre, c'étaient Lillian et lui qui avaient le mieux réussi ; en s'élevant d'un degré dans la hiérarchie sociale, ils avaient fait honneur à la famille. Mais, à dire vrai, les meilleures, c'étaient bien Sophie et Daisy May, inlassablement prêtes à tout pour faire plaisir. Il les considérait toutes les deux comme des sœurs, non seulement parce qu'elles se ressemblaient — bien que, hélas, Sophie fût loin de paraître aussi soignée que Daisy May — mais parce qu'elles faisaient toujours cause commune. Il se doutait que Daisy May ne devait guère avoir la vie facile à White House et qu'elle avait grand besoin d'une bonne amie comme Sophie.

Plus tard, quand ils furent tous assis autour de la table pour le thé, Edwin mesura tout ce que les petites apportaient à la maison, qui revivait littéralement grâce à la volubilité de Sophie et au rayonnant sourire de Daisy May. Le thé fut très enjoué alors que le déjeuner avait été morose. Même l'office du soir parut plus gai grâce à leur présence. Comme les prières s'éternisaient, Sophie le gratifia d'un clin d'œil. Bien nette et tranquille, Daisy paraissait tout simplement heureuse et, sous le coup des sombres pressentiments qui l'avaient assailli tout au long de la journée, Edwin se sentit terriblement triste. La pauvre enfant avait si peu pour elle !

Ayant prévu de raccompagner les petites à White House après l'office du soir, Edwin fut tout déconcerté de voir qu'il n'était pas le seul dans ce cas. Deux garçons marchaient au même pas qu'eux, établissant par leur présence qu'ils en avaient le droit. Ils manœuvrèrent de telle sorte que, dans un chemin étroit, Edwin se trouva repoussé derrière le petit groupe. Cela ne dura cependant qu'un bref instant car, s'en apercevant, Daisy ralentit aussitôt pour rester avec lui.

« Merci pour les Kreemies, Edwin. Ces caramels sont

délicieux et quand je les aurai tous finis, il me restera encore la belle boîte ! »

Malgré lui, il se sentit irrité. Pourquoi Daisy May se montrait-elle si pathétiquement reconnaissante du moindre cadeau qu'on lui faisait ? Pourquoi ne manifestait-elle jamais cette âpre convoitise de tout, qui était la règle parmi les jeunes ? Son humilité, sa résignation, incitèrent Edwin à lui causer un choc.

« J'ai vu ta sœur, l'autre soir. Galina. Sur la scène du New Cross Empire. C'est un music-hall et elle se fait appeler " la princesse cosaque ". »

Daisy émit un faible cri et il se tourna vers elle, sans bien distinguer son visage dans l'obscurité. Déjà il avait honte de lui, de la cruauté qu'il venait de manifester envers elle.

« Je te demande pardon, Daisy. Je n'aurais pas dû te dire ça comme ça. J'aurais même probablement mieux fait de ne rien te dire du tout. »

Daisy May ne répondit pas et ils continuèrent d'avancer en silence.

« Je ne sais s'il t'arrive de penser à elle...

— Oh ! oui, dit Daisy. A elle et aux autres. Ma mère, Papa, Ivan.

— Elle exécute un très joli numéro, déclara-t-il pour se racheter un peu. Elle danse et joue du violon. C'est vraiment bien, je t'assure.

— Je suppose que ce doit être le violon de Papa. Elle le lui a volé, tu sais ?

— Oui, je sais. »

En avant d'eux, il entendait Sophie bavarder avec les deux garçons. Il souhaita qu'elle les quitte pour venir à leur hauteur. Sophie saurait comment réparer le mal qu'il avait si stupidement fait.

« Qu'a-t-elle dit ? A-t-elle demandé après moi ? s'enquit une petite voix près de lui.

— Je ne lui ai pas parlé. Je l'ai juste vue sur la scène.

— Je ne l'ai jamais vraiment aimée, tu sais. C'est mal, je m'en rends compte, mais c'est la vérité. Elle était toujours du côté de mon père, tu comprends, et moi...

— Tu as toujours été pour ta mère.

— Elle n'en est pas moins ma sœur. Pour rien au monde, je ne voudrais qu'elle revienne ici, je regrette seulement que tu ne lui aies pas parlé.

— Je... C'était difficile, Daisy. Je me trouvais avec un

copain, et puis ça faisait tant d'années... Bref, j'ai pensé qu'il ne valait mieux pas.

— Oui, sans doute... »

Il l'entendit soupirer doucement.

« Je regrette quand même que tu ne lui aies pas parlé. Ne pourrais-tu pas la revoir ? Lui dire que je vais bien et... et qu'elle peut m'écrire si elle veut. Juste écrire, tu comprends. Je pense qu'elle a dû apprendre à lire et à écrire si elle fait du théâtre... On a besoin de savoir lire pour apprendre des chansons, des choses comme ça, non ?

— Je me demande si je vais pouvoir la retrouver, Daisy. Elle ne sera plus au New Cross Empire, le programme change tous les lundis. »

Il éprouvait soudain une pointe d'excitation au creux de l'estomac, comme la première fois qu'un mécanicien l'avait laissé conduire une locomotive à l'intérieur du dépôt.

« En demandant, tu pourrais la retrouver, non ? »

Elle s'était tournée vers lui, insistant :

« Et puis, tu sors beaucoup... Alors, tu la verras peut-être affichée ailleurs ?

— Oui, peut-être...

— Oh ! sois tranquille, je ne dirai rien à tes parents. Ça ne pourrait que les bouleverser. »

C'était là une Daisy May inhabituelle, qui semblait tout à la fois expérimentée et légèrement dominatrice. Un rôle nouveau pour elle, dans lequel il n'était pas très sûr de l'aimer.

« Si tu la retrouves, continua-t-elle, tu lui diras que j'ai eu des nouvelles d'Ivan.

— Ah oui ? fit Edwin, étonné.

— Oui. Il a écrit à Sophie, voici environ trois ans. Tu comprends, il ne savait pas trop où je pouvais être.

— Sophie ne m'en a jamais rien dit. »

Il se sentait profondément blessé. Il avait été comme un dieu pour ces deux gamines. Elles ne faisaient jamais rien sans le consulter, et voilà maintenant qu'elles lui cachaient des choses depuis trois ans.

« Non, je lui avais fait promettre de ne pas en parler. C'était une lettre si mal écrite, j'en avais honte... Je veux dire : honte pour Ivan. Il n'a jamais eu le temps d'apprendre à écrire correctement et je ne voulais pas que ça se sache. Si j'avais dit à quelqu'un qu'il avait écrit, tout le monde aurait demandé à voir la lettre. »

Oui, bien sûr : Daisy May avait été si longtemps la quantité négligeable, la parente pauvre, celle qui faisait ce qu'on lui disait et n'avait pas voix au chapitre. Oh! certes, ils avaient tous été bons pour elle, la considérant comme une des leurs. Mais, pour cela, le prix à payer avait été de n'avoir plus d'indépendance.

« Que t'a-t-il écrit ?... Enfin, si tu veux me le dire ? »

Rien qu'à son intonation, il sut qu'elle souriait dans l'obscurité.

« Simplement qu'il allait bien. Il s'est engagé dans l'armée et il est parti pour les Indes. Il disait que, si j'étais toujours ici, il viendrait me voir à son retour. Il y avait un très joli timbre sur l'enveloppe. Je lui ai répondu, et Sophie aussi. Bien entendu, il a changé de nom, car il ne voulait pas qu'on sache... ce qui s'était passé ici.

— Non, évidemment.

— Tu n'as pas idée comme ça m'a fait plaisir d'apprendre qu'il allait bien et qu'il pensait à moi. C'était comme si j'avais de nouveau une famille.

— Oui, je comprends.

— Avec Galina, ça n'est pas pareil. Enfin, elle n'en reste pas moins ma sœur. J'aimerais simplement savoir où elle est et s'il lui arrive de penser à nous.

— Je verrai ce que je peux faire. Je trouverai peut-être un moyen de découvrir où elle joue la semaine prochaine. »

Dans le train du retour, Edwin ne cessa de repenser à ce que Daisy lui avait appris. Comme il était persuadé de toujours tout connaître d'elle, ces révélations l'avaient mis mal à l'aise. Cela ne l'empêchait pourtant pas d'éprouver une sorte de joyeuse excitation à l'idée de se mettre en quête de Galina Barshinski.

A l'entrée des artistes, il essuya immédiatement une rebuffade de la part du gardien :

« Ouais, je vois ce que c'est... Il se trouve que je ne sais pas où elle joue cette semaine, d'ailleurs, si je le savais, je ne m'en irais pas le dire au premier venu. »

Edwin avait rougi, pas d'embarras mais de colère. Quand il voulut expliquer qu'il recherchait la princesse cosaque à la demande de sa jeune sœur, l'autre ricana d'un air entendu et Edwin préféra s'en aller avant de lui avoir envoyé son poing dans la figure.

Le soir, il tenta sa chance auprès de la caissière, puis de l'homme qui contrôlait les tickets. La première n'en savait rien et l'autre le rembarra comme l'avait fait le concierge. Alors Edwin acheta quantité de journaux londoniens dont il éplucha la page des spectacles. Galina n'était mentionnée nulle part, ce qui ne voulait pas forcément dire qu'elle ne figurait point dans un des spectacles annoncés. Edwin étant cette semaine-là de l'équipe qui commençait très tôt le matin, il était libre le soir et, prenant un tram ou un bus, il s'en allait consulter les affiches de tel ou tel music-hall. Quand le vendredi arriva, il était quasi désespéré, conscient qu'elle avait pu aussi bien partir en tournée. La retrouver était devenu pour lui une obsession, une obsession personnelle n'ayant rien à voir avec la requête de Daisy May.

Le samedi matin, alors qu'il était en plein travail à la gare de Charing Cross, une idée lui vint : le pub voisin du New Cross Empire. Les artistes de variétés y allaient certainement avant et après les représentations. Le patron ou la serveuse pouvait se souvenir de Galina ou, à tout le moins, connaître certains artistes qui figuraient au même programme. S'il arrivait seulement à en dénicher un, celui-ci serait peut-être en mesure de le renseigner.

Dès qu'approcha l'heure de la première représentation à l'Empire, Edwin s'installa dans la salle du bar, commanda un verre de stout et se mit à questionner la serveuse. Olga, la princesse cosaque... ça ne lui rappelait rien, mais elle lui confirma que plusieurs des artistes viendraient sûrement boire le coup entre les deux séances. Edwin s'arma donc de patience.

Il lui était facile de lier connaissance et d'échanger quelques propos avec des gens qu'il rencontrait occasionnellement car, bien qu'il n'en eût pas conscience, Edwin était sympathique. Grand, bien charpenté, il avait le teint légèrement hâlé et ses abondants cheveux châtains, toujours bien peignés, faisaient ressortir ce qu'il avait de plus frappant : ses yeux. Gris et comme translucides, ils se mettaient à briller dès qu'il riait, ce que les femmes trouvaient particulièrement séduisant. D'un naturel cordial, il n'éprouvait aucune gêne à l'idée de devoir lier conversation avec des inconnus lorsque se terminerait la première séance.

Il en arriva d'abord deux, puis un groupe de trois dont une femme. Ils parlaient entre eux et Edwin ne voulut pas interrompre leur conversation, bien que le regard de la femme dérivât souvent de son côté. Enfin un homme entra tout seul, qu'Edwin reconnut aussitôt pour l'avoir vu sur scène. Leonardo, le roi des caricaturistes. Edwin le regarda fixement jusqu'à ce que l'autre ait conscience d'être observé. Alors, Edwin lui sourit et, prenant son verre, vint sans plus de façon s'asseoir à côté de l'artiste.

« Vous êtes Leonardo, n'est-ce pas ?

— En effet, oui.

— Je vous ai vu l'été dernier au Brighton Empress. Vous êtes sensationnel !

— Merci, fit Leonardo en achevant de vider sa chope.

— Puis-je vous offrir un autre verre ? »

Ce fut d'un ton nettement plus chaleureux que Leonardo répondit :

« Vous êtes très aimable. Stout. »

Edwin exprima son admiration et, après une autre chope de stout, Leonardo se montra on ne peut plus amène. Se souvenant de la façon dont il s'était fait rembarrer tant par le concierge de l'Empire que par le contrôleur, Edwin choisit soigneusement ses mots.

« J'aimerais, dit-il, qu'il y ait un moyen de savoir où passent les artistes qu'on a plaisir à revoir. Tenez, vous, par exemple, j'ai dû attendre tout ce temps avant qu'il me soit donné de vous voir de nouveau caricaturer l'actualité. Et ici même, la semaine dernière, il y avait deux numéros vraiment bons, que j'aimerais revoir. Mais comment savoir où ils sont maintenant ?

— Quels numéros était-ce ?

— Le Calculateur-Express et Olga, la princesse cosaque.

— Pour la Cosaque, je n'en sais trop rien, mais lui est probablement dans le circuit. Vous comprenez, quand nous sommes à Londres, nous faisons la plupart des salles. A moins qu'on soit vedette, c'est plus rentable ainsi. Après le New Cross, on va généralement au Holborn, puis à l'Hippodrome. Ensuite, il y a l'Oxford, et le Met dans Edgware Road.

— Merci beaucoup du tuyau, monsieur Leonardo, dit Edwin en s'efforçant de cacher sa joie. Un autre stout ? »

Leonardo s'essuya la moustache d'un revers de main.

« Non, merci ; plus de trois, ça serait imprudent avant une représentation. Faut que j'aie l'œil vif et la main assurée, sinon c'est la catastrophe.

— Alors, je vous dis au revoir. J'ai été enchanté de faire votre connaissance. »

Laissant le verre auquel il avait à peine touché, Edwin quitta vivement le pub. S'il se dépêchait, il pouvait être au Holborn à temps pour voir la majeure partie de la seconde séance. A cause d'un changement de tram, il faillit n'arriver qu'à l'entracte. Mais, comme il gravissait l'escalier menant au poulailler, il entendit une musique qui le fit s'immobiliser, le cœur battant. C'était la danse cosaque de Galina. Il déglutit en fermant les yeux, puis redescendit lentement les marches, car, maintenant, il lui fallait attraper Galina avant qu'elle quitte le théâtre. Ignorant le regard curieux du contrôleur, Edwin sortit dans la rue et gagna l'entrée des artistes. Quand il ouvrit la porte, il trouva un gros homme assis dans la loge, mangeant une crépinette qu'il tenait à la main dans un bout de papier graisseux.

« Ouais ?

— Je voudrais voir Gal... Olga, la princesse cosaque. »

Et il fut stupéfait d'entendre l'autre lui répondre :

« Bon... Qui êtes-vous ?

— Je... Dites-lui que c'est Edwin Willoughby, qui lui apporte un message de son frère Ivan.

— D'accord. Bertie... »

Un gamin apparut en haut d'une volée de marches.

« Va dire à la Cosaque qu'un type est là avec un message de son frère. Un nommé Willoughby.

— Edwin Willoughby. Et le nom de son frère est Ivan.

— Ouais, c'est ça... Allez, file, Bertie ! »

Edwin attendit et l'homme continua de manger en utilisant sa main libre pour tourner les pages de l'*Illustrated London News*.

« Bon... Vous pouvez monter. »

Tout d'un coup, ça devenait trop facile. Allait-elle seulement le reconnaître ? Des images défilaient dans sa tête : Galina au pique-nique du Couronnement, avec ses cheveux dénoués et des coquelicots à sa ceinture, Galina dansant autour du feu...

Bertie frappa à une porte.

« Entrez. »

La voix était douce et aimable, une toute petite voix. Ouvrant la porte, Edwin entra.

La pièce était sale et en désordre, il n'en eut pas conscience. Le costume blanc et or avait été jeté sur un paravent ; de chaque côté d'un grand miroir, des becs de gaz étaient allumés. Et, debout, Galina tendait les bras vers lui, en arborant l'extraordinaire sourire Barshinski qu'il n'avait pas revu depuis tant d'années.

« Edwin ! »

Incapable de parler, il se sentait aussi pataud qu'autrefois. A l'époque, il s'était efforcé de prendre des airs supérieurs parce qu'elle était la fille d'une sorte de romanichel alors qu'il appartenait, lui, à une famille respectable. Mais il s'était toujours senti un balourd de paysan face à Galina. A présent, son abondante chevelure la couvrant jusqu'à la taille, elle le regardait avec des yeux brillants.

« Edwin... Je ne t'aurais jamais reconnu ! Tu as tellement changé... tu es devenu si grand !

— Euh... oui », dit-il bêtement en se mettant à rire pour masquer son embarras.

Elle lui prit les mains et, se haussant sur la pointe des pieds, lui embrassa la joue. Il sentit quelque chose exploser doucement en lui. La proximité de Galina, la senteur qui émanait d'elle — parfum, poudre et transpiration — lui firent presque perdre le contrôle de soi, et il étreignit ces mains si menues, si délicates.

« Dans mon souvenir, tu étais grande, Galina. Oui, grande et je m'aperçois du contraire. Tu n'as pas grandi depuis que tu es partie.

— A présent je suis mieux habillée, non ?

— Comment as-tu... Je veux dire, que s'est-il passé entre-temps ? Tout ça... »

Il eut un geste englobant la loge, et Galina esquissa un haussement d'épaules en s'asseyant devant le miroir.

« Je n'aime pas parler du passé. Il ne valait rien pour nous, les enfants Barshinski. Maintenant c'est mieux, beaucoup mieux. »

Embarrassé, Edwin garda le silence.

« Ce Jones n'était pas quelqu'un pour moi. Au début, je l'avais aimé... Et puis, tu comprends, j'avais eu tellement peur après cette terrible nuit avec ce pauvre garçon qui avait des boutons sur la figure. »

Elle frissonna et entreprit de se passer de la crème sur le visage. Edwin la regardait faire, fasciné. Bien qu'il eût deux sœurs, jamais il ne s'était trouvé dans une telle intimité avec elles.

« La mort, la maladie... tout ça, c'est horrible...

— Si tu préfères ne pas en parler...

— Oh ! il n'y a pas grand-chose à raconter, Edwin. Ce Jones s'est mis à ne plus parler que de mon âme et de prier pour moi. C'était pire qu'au presbytère, alors, j'ai filé.

— Et qu'est-il arrivé ? »

De nouveau, elle haussa les épaules.

« J'ai fait un peu de tout. Un temps, j'ai même été gouvernante chez un monsieur seul... »

Elle le regarda de côté entre ses longs cils, puis ajouta d'un ton polisson :

« Un très vieux monsieur.

— Et après ? »

Il voulait savoir. Il avait conscience de ce qu'elle lui racontait, de la vie qu'elle avait menée mais, chose étrange, il n'en éprouvait aucune jalousie. Il voulait seulement savoir.

« Sur ces entrefaites, j'ai rencontré quelqu'un qui m'a appris à danser... enfin, comme on doit danser si l'on veut en faire une profession. Il a été mon manager, à présent, je n'ai plus besoin de lui. »

Elle s'était complètement démaquillée et paraissait ainsi plus jeune, voire plus vulnérable. Puis elle se farda de nouveau : crème, rouge à lèvres et à joues, noir pour les yeux, poudre.

« Maintenant, à toi ! Donne-moi des nouvelles de chez toi. Et Ivan ! Tu as un message d'Ivan ?

— Pas vraiment un message, mais Daisy May a reçu une lettre de lui, voici plusieurs années. Il s'est engagé dans l'armée et se trouve actuellement aux Indes.

— Daisy ? Tu vois donc toujours Daisy ?

— Oui, elle est restée au village. Elle travaille chez les Fawcett.

— Pauvre petite Daisy ! Tu lui diras que je l'embrasse de tout mon cœur ! N'oublie pas : de tout mon cœur ! »

A ce moment, on toqua à la porte et Galina se regarda dans la glace pour une dernière inspection. Elle avait des pommettes hautes et un petit menton pointu qui la faisaient ressembler un peu à un elfe.

« Entrez ! cria-t-elle en se retournant vers la porte, toute souriante. Heikki ! Cher Heikki ! »

C'était un petit homme bedonnant et chauve, avec une barbe taillée en pointe, vêtu d'un costume foncé qui était presque une tenue de soirée. Il se précipita vers Galina et l'embrassa sur les deux joues.

« Heikki chéri, je vous présente un vieil, vieil ami, qui m'a connue lorsque j'étais enfant, que j'étais laide, sale, sans même des chaussures à mes pieds ! »

Elle rit, d'un long rire en cascade indiquant qu'elle trouvait la vie merveilleuse maintenant qu'elle n'était plus ni pauvre ni sale.

« Oh... non, Galina... balbutia Edwin. Tu n'as jamais été comme ça. Tu as toujours été... différente... et séduisante, même quand tu étais sans chaussures. »

Le petit homme sourit à Edwin, ne semblant pas se formaliser de le trouver dans la loge de Galina.

« Ah oui ? Et pourquoi ce jeune homme t'appelle-t-il Galina au lieu d'Olga ? »

Elle se tourna vers Edwin et rit de nouveau.

« Il me faut te dire, Edwin, que Heikki et moi nous nous sommes rencontrés lorsque je passais au Tivoli... Oui, mon cher, ta pauvre petite minable de Galina est passée au Tivoli ! Alors, il ne m'a jamais connue que sous le nom d'Olga... Olga... Galina... Pour moi, c'est la même chose ! » conclut-elle avec un joli mouvement de tête.

Le petit homme tendit la main à Edwin.

« Je suis ravi de vous voir, dit-il aimablement tout en détaillant le visage d'Edwin. Un jeune homme très *anglais*, poursuivit-il d'un ton approbateur. Très, très anglais.

— Heikki vient de Finlande... C'est un Russe de Finlande, expliqua Galina en faisant de nouveau face au miroir. Pense donc, Edwin : il a une maison à Moscou, un appartement à Saint-Pétersbourg, une datcha en Finlande... Et un jour, un jour, il m'emmènera à Saint-Pétersbourg sur un de ses bateaux !

— Je fais le commerce du bois et du lin », expliqua le petit homme avec jovialité.

Puis, esquissant une petite courbette :

« Heikki Rautenberg. »

Il parlait bien l'anglais et, en dépit de son physique, apparaissait à Edwin tout auréolé de prestige, ce même prestige qu'avaient autrefois à ses yeux les Barshinski. Il était russe, parlait avec un accent et, de toute évidence, considérait Galina comme sa propriété. Edwin guetta le retour de la torturante jalousie, mais ne ressentit rien. Galina était belle, attirante, pareille à une fée, et ne pouvait donc appartenir qu'à quelqu'un de différent, venant d'un pays étranger, quelqu'un de riche et d'original.

« Edwin Willoughby », dit-il à son tour timidement et M. Rautenberg lui secoua la main avec cordialité.

« Olga, il faut que ton ami vienne souper avec nous... Si, si, j'insiste ! Ce n'est pas tous les jours que l'on a l'occasion de retrouver de vieux amis, nous devons fêter ça.

— C'est très aimable à vous, dit Edwin au comble de l'embarras. Mais vraiment je...

— Voilà qui est entendu. Tu es prête, Olga ? Alors nous pouvons partir. »

Il alla décrocher à une patère un manteau en phoque dont il enveloppa Galina. Elle avait coiffé ses cheveux en hauteur, opération qui demandait des heures aux sœurs d'Edwin. Il n'avait jamais connu quelqu'un d'aussi rapide que Galina et, dans la douce luisance argentée du manteau, elle lui parut d'une élégance qui l'éloignait encore plus de son passé.

« Je ne suis vraiment pas habillé pour une pareille sortie... » protesta Edwin sans grande conviction car il brûlait d'aller avec eux, si différents des gens qu'il avait l'habitude de voir.

« Aucune importance, lui assura M. Rautenberg avec un geste expressif. Jeune homme, voulez-vous aller nous quérir un cab ? Nous vous rejoignons dans deux minutes. »

Edwin dévala l'escalier conduisant à l'entrée des artistes, en se disant que, au dépôt, Bassy et ses camarades ne voudraient sûrement pas croire ce qui lui arrivait. Puis il s'avisa qu'il ne leur raconterait jamais son éclatante entrée dans la vie cosmopolite. Ils ne comprendraient pas, et, de toute façon, il ne voulait partager ça avec personne. Si... Peut-être en parlerait-il à Sophie. Sophie, elle, comprendrait ce que cela pouvait représenter pour lui de fréquenter des gens menant une existence si différente de la sienne.

Ils allèrent dans un restaurant de Long Acre, tout tendu de velours rouge, avec des tableaux aux murs. M. Rautenberg entra le premier et chuchota quelque chose à l'un des serveurs. Edwin vit un billet changer de main et ils furent conduits à une table se trouvant dans une petite alcôve de côté. « Parce que nous ne sommes pas habillés, vous comprenez », et Edwin constata que, effectivement, tous les convives étaient en tenue de soirée. Il commença à s'inquiéter du prix. Devait-il proposer de régler l'addition, aurait-il suffisamment d'argent ? Son anxiété s'accrut lorsqu'il entendit M. Rautenberg commander du champagne.

« Je... J'aimerais participer à... à cette soirée... dit-il gauchement, en se sentant de plus en plus emprunté.

— Non, ce soir vous êtes mon invité, trancha M. Rautenberg avec aisance. C'est si bon pour Olga — ou Galina, plus exactement — d'avoir la compagnie d'un jeune ami d'autrefois. Elle est toujours avec moi, qui suis un vieux, vieux monsieur, et je pense qu'il doit lui arriver de trouver ça un peu lassant. »

Il avait dit cela avec une telle exubérance que, de toute évidence, il n'en croyait rien. Galina lui dédia un regard énamouré en posant sa main sur la sienne et en disant : « Oh ! non, Heikki ». Là encore, Edwin n'éprouva aucune jalousie. Ces créatures exotiques appartenaient à un autre monde que le sien et il leur était reconnaissant de l'y admettre.

A plusieurs reprises au cours de la soirée, il se dit en pensée : « Regarde et prends bien conscience de tout, car jamais plus il ne t'arrivera quelque chose de pareil. Rends-toi compte : toi, Edwin Willoughby, tu es assis là, à boire du champagne avec des hommes et des femmes suprêmement élégants, comme si tu étais l'un d'eux ! »

Il avait assez d'usage et de raison pour comprendre que ce champagne et ce caviar (que M. Rautenberg avait commandé dès qu'Edwin eut dit n'en avoir jamais mangé) n'étaient qu'une version luxueuse du steak arrosé d'une bière qu'il allait manger avec les copains après avoir passé une soirée aux Variétés. Une sortie était une sortie ; les clients de ce restaurant se trouvaient simplement avoir plus d'argent, c'était tout. Mais Edwin ne faisait pas moins momentanément partie de ce monde qu'il n'avait encore jamais vu auparavant, et en compagnie de deux personnes dont il n'aurait sûrement pas fait la connaissance dans une taverne.

Il n'arrêtait pas de penser à Sophie, qui aurait sûrement eu grand plaisir à être là, surtout en compagnie de M. Rautenberg qui était russe — né en Finlande — et dont la conversation s'émaillait de noms comme Saint-Pétersbourg, Moscou, Riga. Le champagne avait chassé toute timidité chez Edwin qui, fasciné, écoutait M. Rautenberg parler de ses voyages et Galina de sa carrière théâtrale. Il posait des questions, sans honte aucune d'ignorer des choses qui étaient courantes pour ses compagnons. Il mangeait et buvait, écoutait et prenait note. Il remarqua que la voix de Galina n'était plus la même que naguère : enfant, elle parlait avec un accent qui mélangeait celui du Kent à celui hérité de son père, alors que maintenant elle s'exprimait avec soin, un peu, pensa-t-il, comme une étrangère ne voulant pas trahir ses origines. Ses yeux aussi avaient changé... Lorsqu'il l'avait connue, Edwin les avait comparés à ceux d'une chatte. Ils étaient toujours obliques, mais avec maintenant quelque chose de mystérieux et d'enjôleur. Plusieurs fois, il la surprit à le regarder d'un air pensif. Lorsqu'elle regardait M. Rautenberg, c'était différent : elle riait et ses yeux se plissaient en deux croissants qui semblaient étinceler.

« Je n'arrive pas à croire que je suis là avec toi, Galina Barshinski, lui dit-il d'un ton chaleureux. Tu es différente et cependant toujours la même... Et puis tu es riche, belle, en plein succès ! Je n'arrive pas à y croire. »

Elle rit et inclina gracieusement la tête en rétorquant :

« Et moi, je n'arrive pas à croire que ce puisse être toi, Edwin, qui avais toujours un air si sérieux et désapprobateur, sans jamais sourire. Vous étiez tellement assurés, vous les Willoughby, que votre façon de vivre était la seule bonne, que vous ne pouviez pas nous comprendre, Papa et moi.

— Oh ! que si ! Sophie et moi vous trouvions absolument merveilleux, mais vous bouleversiez notre existence. Tout ce qu'on nous avait appris à tenir pour important, primordial, vous n'en faisiez aucun cas. Je crois même que vous nous effrayiez un peu. Vous étiez... tellement russes, je suppose... »

M. Rautenberg intervint en versant du champagne, donnant à Edwin une petite tape sur l'épaule et caressant la main de Galina.

« Moi aussi, assura-t-il avec véhémence. La première fois que je l'ai vue, si belle, sur la scène du Tivoli, j'ai tout de suite compris qu'elle était russe ! Non point parce qu'elle était appelée la princesse cosaque — ce que je trouve ridicule — mais à cause de la façon dont elle jouait et dansait. Immédiatement, je me suis dit : " Heikki, c'est une jeune fille russe. Il te faut aller la trouver et savoir ce qu'elle fait en Angleterre, sur la scène du Tivoli Theater. " C'était il y a combien ? Deux ans environ. Et depuis lors, chaque fois que je suis en visite à Londres — ce qui m'arrive souvent — je viens voir ma petite Russe qui parle comme une Anglaise. Une fois, elle est allée avec moi à Edimbourg pour que je lui montre mes bateaux. Et un jour, peut-être, je l'emmènerai faire un petit séjour à Saint-Pétersbourg, pour qu'elle voie le pays de son papa...

— J'ai toujours eu envie d'aller en Russie, Edwin, confia Galina rêveusement. Papa m'en parlait si souvent, en me promettant sans cesse de m'y conduire un jour. Il avait accoutumé de dire que, en Russie, je serais une grande dame, avec des bijoux, des fourrures, et circulant en traîneau.

— C'est vrai, ma Galina, car tu as déjà les bijoux et les fourrures sans avoir besoin pour cela d'aller à Saint-Pétersbourg. »

Pour la première fois, la voix de M. Rautenberg avait cessé d'être bienveillante, avec un ton de légère admonestation, comme s'il estimait que Galina avait besoin qu'on lui rappelle certaines choses. Galina réagit aussitôt dans le sens voulu.

« Ah ! cher Heikki ! Vous êtes si généreux avec moi ! Tu vois, Edwin, continua-t-elle en portant les mains à sa gorge et à ses oreilles, ce collier et ces boucles viennent de la mer Baltique... C'est de l'ambre russe, splendide !

— Ah ! » fit Edwin, soudain mal à l'aise.

Sur quoi, Galina dit quelque chose en russe — du moins, à ce que supposa le jeune homme — qui la fit rire avec M. Rautenberg.

Du coup, c'en fut fait. Edwin eut conscience de n'être pas à sa place dans ce restaurant. Il était mal habillé. Certes, il portait le costume qu'il gardait pour ses sorties, mais il lui suffisait de regarder autour de lui pour voir combien sa tenue détonnait dans un tel environnement.

« Et maintenant, Edwin Willoughby, dites-nous un peu ce que vous faites. Nous savons d'où vous venez — du même endroit que ma Galina-Olga — mais comment passez-vous vos journées ?

— Je travaille dans les chemins de fer. Je suis chauffeur de locomotive. C'est celui qui voyage avec le mécanicien ; il est chargé d'allumer et d'alimenter la chaudière. Un jour, à mon tour, je serai mécanicien et je conduirai des locomotives...

— C'est merveilleux ! s'extasia M. Rautenberg. Et peu ordinaire ! Conduire une telle machine, c'est comme piloter un grand bateau. Mes bateaux aussi ont des mécaniciens, des chaudières et tous ces appareils. Ils marchent à la vapeur, comme votre locomotive. N'est-ce pas que c'est peu ordinaire, Galina ? »

Elle eut un petit rire en guise de réponse, et cette fois Edwin n'en éprouva nul malaise. Il aurait volontiers ri lui aussi, mais il sentait que cela eût été incorrect vis-à-vis de M. Rautenberg qui se montrait si gentil. D'autant que ce que disait celui-ci était vrai. Conduire une locomotive était quelque chose de peu ordinaire. Il suffisait de s'être tenu sur le marchepied de l'une d'elles et d'avoir senti ses pistons commencer à se mouvoir pour en être convaincu. Deux hommes tirant derrière eux des milliers de tonnes de fer, d'acier et de marchandises, c'était vraiment quelque chose de peu ordinaire, surtout quand on était l'un de ces deux hommes.

« J'ai pris beaucoup de plaisir à ce petit dîner, déclara

M. Rautenberg, et il faudra que nous recommencions. La semaine prochaine, vous assisterez au spectacle avec moi — j'ai une loge, ce sera plus confortable, non ? — et ensuite nous souperons de nouveau ensemble. »

Aussitôt, Edwin retrouva son embarras premier.

« C'est très aimable à vous, monsieur Rautenberg, mais je ne pense pas... Voyez-vous... »

Comment expliquer que s'il ne pouvait se permettre de les lui rendre, il ne devait pas accepter les invitations de M. Rautenberg ?

« Voyez-vous, nous ne sommes pas... du même monde. Si vous viviez tout le temps ici, vous comprendriez... Vous auriez vos amis et moi les miens.

— Allons donc ! Nous sommes tous les deux des amis de Galina, et Galina et vous avez été enfants ensemble.

— Pour Galina, ce n'est pas la même chose... » s'obstina Edwin et elle lui effleura les lèvres de ses doigts.

« Je t'en prie, Edwin », dit-elle doucement.

Quand il regarda son visage, il fut surpris de le voir exprimer une sorte d'imploration.

« Ne sois pas comme ça, Edwin... collet monté et désapprobateur. Je croyais que cela t'avait passé. Il te faut accepter. Heikki et moi avons grande envie de t'avoir avec nous, n'est-ce pas, Heikki ?

— Oui, et j'ai une idée. La semaine prochaine, Galina, nous irons chez toi après la représentation en apportant chacun ce qu'il faut pour un bon dîner. »

Elle battit des mains, telle une enfant.

« Oh ! quelle idée délicieuse ! Une surprise-partie ! Et je demanderai à Mme Keith de nous cuisiner quelque chose ! Nous pourrions peut-être en profiter pour inviter une autre personne, quelqu'un du théâtre ?

— Bon, alors c'est entendu », approuva M. Rautenberg en faisant signe qu'on lui donne l'addition.

Aussitôt une foule de questions se posèrent à Edwin. Que devrait-il apporter ? Quelque chose à manger ou des vins ? Ou les deux ? Ou bien du champagne ? Combien pouvait-il se permettre de dépenser ? Ferait-il mieux de refuser ? Mais comment refuser alors que M. Rautenberg se montrait si aimable, si compréhensif, et que Galina en avait les yeux tout brillants ?

— Ce sera merveilleux, dit-il. Où joues-tu la semaine prochaine, Galina ?

— Au Metropolitan. Oh! comme je voudrais que tu m'aies vue au Tivoli. Ça se fera, car ils m'ont dit de revenir. »

Ses yeux brillaient et, bien qu'ils lui eussent toujours paru noirs, Edwin se rendait compte maintenant qu'ils étaient d'un brun doré, comme l'ambre qui la parait. C'est parce que Galina avait des prunelles immenses que ses yeux paraissaient plus sombres qu'ils n'étaient.

« Un cab, allez chercher un cab! » dit jovialement M. Rautenberg et, de nouveau, Edwin se précipita pour faire ce que M. Rautenberg lui demandait.

Lorsque le fiacre arriva, ils insistèrent pour qu'il y monte avec eux et Edwin se laissa volontiers convaincre car il lui en coûtait de les quitter. Durant tout le trajet jusqu'à Bayswater — où habitait Galina —, M. Rautenberg ne cessa de parler et de rire. C'était comme si Edwin avait vécu un conte de fées. Les sabots du cheval résonnant dans les rues désertes, la nuit froide mais étoilée, les rires fréquents, et surtout le rayonnement de Galina contribuaient à rendre ces moments exceptionnels. Arrivée à destination, Galina l'embrassa sur la joue et, à la surprise d'Edwin, M. Rautenberg en fit autant. Ils lui dirent de garder le cab pour rentrer chez lui mais, lorsqu'il eut tourné le coin de la rue, il fit arrêter de nouveau le cocher et le paya. Il rentrerait à pied. Jusqu'à New Kent Road, cela représentait une longue trotte, mais il était jeune, robuste, et débordant d'amour pour Galina, pour Heikki Rautenberg, Londres, la vie! C'était comme si la capitale, si paisible en cette nuit de janvier, était toute à lui!

Juste au moment où il allait sombrer dans le sommeil en proie à l'euphorie du champagne et de cette plaisante soirée, une pensée vint soudain le doucher. Pourquoi Galina n'avait-elle pas demandé ce qu'était devenue sa mère? Pourquoi ne s'était-elle même pas enquise de son père, qu'elle semblait tant aimer?

Bien sûr, il aurait dû lui apprendre ce qui s'était passé après son départ précipité. Mais comment lui parler de ces tristes moments alors qu'elle était si heureuse? Et puis, peut-être était-elle déjà au courant. Oui, sûrement : si elle n'avait pas posé de questions, c'est parce qu'elle savait déjà à quoi s'en tenir.

Chapitre onze

ॐ

Un certain temps s'écoula avant que Mme Fawcett se rende compte qu'elle n'aimait pas Daisy May Barshinski.

Il y eut une longue période durant laquelle Mme Fawcett se sentit vraiment bien disposée envers cette pauvre enfant issue de parents indignes, qui n'avait eu personne pour lui donner le bon exemple en dehors de Mme Willoughby, laquelle ne la connaissait pas depuis plus longtemps que le reste du village. Aussi Mme Fawcett s'était-elle conduite envers cette fillette en bonne chrétienne, lui assurant un toit et un avenir.

Durant une année ou deux, Mme Fawcett vit vraiment très peu Daisy May. Lorsqu'elle était arrivée à White House, on avait assigné à Daisy une chambre sous les toits (une chambre pour elle toute seule !) et elle avait été confiée à Mme Bramble, la cuisinière. On lui avait recommandé de tenir sa chambre en ordre, d'être toujours bien propre, et d'aider Mme Bramble à la cuisine lorsqu'elle rentrait de l'école. Mme Fawcett lui avait donné une bonne robe de serge pour l'hiver, et une autre en popeline pour l'été, ainsi que deux tabliers, des bas, des sous-vêtements et une solide paire de galoches fournies par les œuvres paroissiales. Comme elle avait déjà une robe du dimanche, donnée par Mme Willoughby, c'était autant d'économisé. Daisy May s'était révélée calme et docile. Mme Bramble n'avait pas à s'en plaindre, disant qu'elle faisait bien son travail. Mme Fawcett ne voyait pratiquement pas l'enfant, qui se mouvait entre sa mansarde et la cuisine avec une discrétion de souris. Mme Fawcett avait donc éprouvé cette satisfaction qui vous vient d'avoir fait une bonne œuvre sans que cela vous dérange beaucoup.

A un moment donné — Mme Fawcett n'aurait su dire au juste quand — Daisy May avait complètement cessé d'aller à l'école et Mme Fawcett avait eu ainsi l'occasion de la voir le matin à l'office, lorsqu'elle venait donner à la cuisinière ses ordres pour la journée.

La première fois que Mme Fawcett prit vraiment conscience de la présence de l'enfant, ce fut un jour où la cuisinière avait laissé déborder le lait et que, à genoux par terre, les manches retroussées, Daisy May s'activait à nettoyer l'intérieur du fourneau. Tout en disant à la cuisinière comment devait être accommodée la selle d'agneau, Mme Fawcett avait distraitement remarqué que cette petite restait fraîche et nette, en dépit du travail salissant auquel elle se livrait. En l'occurrence, quelques taches sur le tablier ou la robe eussent été bien excusables, mais les vêtements de Daisy May restaient immaculés. Lorsque Mme Fawcett était arrivée dans la cuisine, la fillette s'était levée pour esquisser une révérence, puis remise à son travail. Mme Fawcett n'avait donc pas lieu de se plaindre; néanmoins, quelque chose dans la netteté de Daisy May l'avait irritée... Pas beaucoup, mais suffisamment cependant pour l'inciter à dire en quittant la cuisine :

« J'espère que tu ne passes pas trop de temps à faire tes devoirs, Daisy May ? N'oublie pas que tu es ici pour aider Mme Bramble. »

Daisy May avait de nouveau esquissé une petite révérence en disant « Non, Madame » avant de poursuivre son travail. Et Mme Fawcett s'en était allée avec la désagréable impression de n'être pas tout à fait aussi bien coiffée qu'à son habitude.

Elle revit Daisy May quelques semaines plus tard, alors que celle-ci partait passer l'après-midi et la soirée avec les Willoughby. Cette fois encore, la fillette semblait sortir d'une boîte : les cheveux luisants comme s'ils venaient d'être lavés, le visage bien frais au-dessus du col de dentelle parant sa robe du dimanche. Elle était coiffée d'un chapeau de paille bleu foncé et tenait une bible à la main. D'ordinaire, les domestiques s'en allaient par la cuisine et traversaient le potager pour gagner le chemin de derrière, si bien qu'ils n'étaient jamais vus par les habitants de la maison. Mais, ayant voulu donner un coup d'œil à ses fraisiers, Mme Fawcett se trouva sur le chemin de Daisy.

« Daisy May !

— Oui, Madame. »

La fillette prit l'allée menant aux fraisiers mais, à présent qu'elle l'avait appelée, Mme Fawcett ne savait que lui dire.

« Tu as bien terminé tout ce que tu avais à faire ?

— Oui, Madame.

— Tu as lavé la vaisselle et préparé les plateaux pour le thé de cinq heures ?

— Oui, Madame. »

Mme Fawcett sentit soudain une bouffée imprécise.

« Approche, petite. »

Daisy May obéit.

« Tu te mets du parfum ?

— De l'eau de Hongrie, Madame. C'est un cadeau de Noël que m'ont fait M. et Mme Willoughby. Je n'en mets que le dimanche, Madame », précisa la fillette en rougissant légèrement.

Mme Fawcett fut aise de la voir rougir. Cela montrait qu'elle avait réussi à la décontenancer.

« Je n'approuve pas que les domestiques se parfument, Daisy May.

— Non, Madame.

— Mais puisque c'est un cadeau de tes amis, je suppose que je ne puis rien dire. Aie soin de bien laver ça avant de te coucher ce soir. »

La rougeur s'accentua.

« Oui, Madame.

— Tu peux disposer. »

Mme Fawcett la regarda s'éloigner entre les rames de pois et de haricots. Elle était petite — elle n'avait vraiment pas beaucoup grandi au cours de ces dernières années — mais elle se tenait bien droite et avait une démarche élégante. Mme Fawcett regretta d'avoir permis que Daisy May reste avec les Frères de Plymouth. Elle aurait dû insister pour qu'elle suive les offices anglicans, comme les autres domestiques. Ces après-midi et ces soirées du dimanche passés avec les Willoughby procuraient à Daisy une certaine indépendance que Mme Fawcett ressentait cruellement.

Ce n'était pas grand-chose, mais cela revenait obséder Mme Fawcett aux moments les plus inattendus, au point que le fait de voir Daisy May partir chez les Willoughby un dimanche sur deux lui gâchait le reste de la journée. Parfois Mme Fawcett se demandait pourquoi elle ne donnait pas ordre que Daisy assiste aux vêpres et au salut avec les autres. Mais Mme Fawcett se flattait d'être une bonne chrétienne, ne revenant jamais sur la parole donnée. Or, en acceptant de prendre Daisy May à son service, elle avait laissé entendre à

Mme Willoughby que la fillette pourrait aller un dimanche sur deux chez les Willoughby et les Frères.

Elle eut l'occasion d'aborder le sujet lorsque Mme Willoughby vint lui proposer les services de Sophie.

Mme Willoughby entra dans le petit salon en compagnie d'une gamine de quatorze ans, au visage luisant à force d'avoir été frotté, et dont les nattes étaient ramenées sur la nuque en un chignon mal fait. Mme Fawcett invita Mme Willoughby à s'asseoir, cependant que Sophie restait à se balancer d'un pied sur l'autre.

« Ainsi donc c'est là votre plus jeune, Maud, dit aimablement Mme Fawcett. Cela fait combien d'années maintenant que vous m'avez quittée ?

— Dix-neuf ans, Madame.

— Votre famille va bien ?

— Oh ! oui, Madame. M. Willoughby va aussi bien qu'il peut aller après l'accident qu'il a eu, et mon fils est dans les chemins de fer. Quant à Lillian, mon aînée, elle a presque fini son apprentissage chez Miss Clark.

— Et vous aimeriez donc que... Sophie... commence le sien ?

— S'il y avait une possibilité, oui, Madame. J'ai entendu dire que Megs Jenkins s'en allait, alors j'ai pensé qu'il y aurait peut-être une place pour Sophie. »

Et d'ajouter après un léger temps :

« J'aimerais la voir assurer le service de la maison plutôt que la cuisine.

— Oui... je comprends... Ça pourrait peut-être s'arranger. Mais elle est jeune et aurait besoin d'être formée.

— Oh ! elle s'entend très bien à l'entretien de la maison, Madame. J'y ai veillé. Elle sait comment les tâches doivent être faites.

— Je vois. »

Mme Fawcett mordilla ses lèvres minces et regarda Sophie. La fillette avait un visage éveillé, intelligent... Pas joli, mais intelligent. Elle était propre, encore que pas très soignée dans sa mise : un de ses bas faisait des plis et ce chignon... !

« A-t-elle son uniforme ?

— Oh ! oui, madame Fawcett. Sa sœur lui en a confectionné un. Mon aînée, Lillian... Elle est apprentie chez...

— Oui, je sais, vous me l'avez déjà dit. Ma foi, je pense que nous pourrions la prendre à l'essai pour six mois. A demeure, bien sûr.

« — Bien sûr.

— Je commencerai par lui donner quinze livres l'an et nous verrons comment elle s'habitue.

— Merci, Madame. »

Mme Willoughby se tourna aussitôt vers sa fille qui — d'un air un peu morose, sembla-t-il à Mme Fawcett — fit une petite révérence en disant à son tour « Merci, Madame ».

Mme Fawcett lui sourit. Sophie était exactement le genre de femme de chambre qu'elle aimait avoir : robuste, propre, venant d'une bonne famille, mais ayant encore besoin d'être formée. Mme Fawcett était sans pareille pour former les domestiques.

« Tant que vous êtes ici, madame Willoughby, je voudrais vous parler de la petite Barshinski. »

Mme Willoughby parut quelque peu surprise.

« Elle vous donne satisfaction, n'est-ce pas, madame Fawcett ? C'est une si brave petite, si soigneuse, tranquille et travailleuse que je n'imagine pas qu'elle puisse ne pas donner entière satisfaction.

— Oh ! Elle donne satisfaction, madame Willoughby... sauf peut-être parfois dans ses façons. Elle n'est pas tout à fait aussi respectueuse que je le souhaiterais. Je ne puis m'empêcher de penser — en dépit de l'accord intervenu entre vous et moi — qu'il lui vaudrait mieux aller à l'église avec les autres domestiques. »

Mme Willoughby garda le silence.

« Sans compter qu'il y a ma classe du dimanche, pour l'enseignement de la Bible. Les dimanches où elle est ici, Daisy May y assiste et c'est grand dommage qu'elle la manque les autres dimanches.

— A la Mission elle va aussi à la classe de Bible.

— Oui... et c'est justement ce que je voulais dire. Ce serait beaucoup mieux qu'elle ne se partage pas ainsi. »

Le visage de Mme Willoughby revêtit une expression d'entêtement poli que Mme Fawcett reconnut aussitôt. Elle l'avait déjà vue chez d'autres non-conformistes du village.

« Il faudra que j'en parle à mon mari », déclara Mme Willoughby d'un ton neutre.

On disait que ces femmes de la Mission avaient des opinions bien arrêtées et tranchaient de tout comme les hommes. Mais, quand on leur demandait de prendre une décision, elles feignaient d'être de timides créatures entièrement soumises à l'autorité maritale. Aussi Mme Fawcett en conçut-elle une juste irritation.

« Cela ne me paraît guère concerner M. Willoughby, dit-elle fermement. Daisy May habite ici, dans cette maison, et elle m'a été confiée avec la permission tant du pasteur que du comité paroissial. M. Fawcett et moi sommes donc responsables aussi bien de son confort physique que moral. »

Assise très droite sur sa chaise, Mme Willoughby rétorqua :

« C'est on ne peut plus vrai, Madame. Seulement, voyezvous, lorsque la mère de Daisy May était mourante, c'est à moi qu'elle l'a confiée, pour que je veille à son éducation. Nous n'avions malheureusement pas la possibilité de la garder avec nous, mais nous ferons notre devoir jusqu'au bout. Et si vous voulez bien me passer l'expression, Madame, je ne crois pas qu'il serait bon pour elle de changer de cheval à mi-course. »

Les narines de Mme Fawcett palpitèrent.

« Évidemment, j'ai eu tort de consentir à faire une exception. Dès son premier jour ici, j'aurais dû insister pour que Daisy May aille à l'église avec les autres domestiques.

— En outre, poursuivit Mme Willoughby comme si son interlocutrice n'avait point parlé, la mère de Daisy May étant une quaker, j'estime que notre religion est plus proche de la sienne que ne l'est l'Église d'Angleterre. »

On avait atteint une impasse et un silence glacial s'établit dans la pièce. Mme Fawcett n'était pas prête à user de sa position pour passer outre aux objections de Mme Willoughby et celle-ci était résolue à ne pas céder, bien que Mme Fawcett eût accepté de prendre Sophie à son service. Le regard de l'adolescente allait de l'une à l'autre, tandis qu'elle souhaitait voir sa mère l'emporter.

« Pour ma part, j'estime très équitable l'actuelle façon de procéder, poursuivit Mme Willoughby. Une semaine, elle assiste à votre classe de Bible ; une semaine, elle vient avec nous à la Mission. Quand elle sera en âge de faire son choix, Daisy May verra où elle préfère continuer d'aller. »

Mme Fawcett comprit que Mme Willoughby ne ferait aucune concession et se rendit compte du ridicule qu'il y aurait pour elle de continuer à batailler, s'agissant de l'âme d'une domestique sans importance. Trois ans auparavant, elle avait donné sa parole à Mme Willoughby et, si elle revenait à présent sur cette parole, elle perdrait la face.

« Comme vous voudrez, madame Willoughby », dit-elle

d'un ton glacial en se levant pour signifier que l'entretien était terminé.

Sur le point de gagner la porte, Mme Willoughby se retourna :

« Oh ! Nous n'avons pas parlé du temps de repos pour Sophie ?

— Un dimanche après-midi sur deux et un soir par quinzaine. Les dimanches où elle dispose de son après-midi, j'entends qu'elle soit de retour à neuf heures. »

Elle avait d'abord envisagé de donner à la petite une soirée par semaine, mais Mme Willoughby méritait d'être punie.

« C'est parfait. Quand désirez-vous qu'elle commence ?

— Vous pourrez envoyer ses affaires samedi soir. »

Mme Fawcett eut la satisfaction de voir le visage de Sophie exprimer une résignation empreinte de tristesse. Elle se sentait bien disposée envers cette petite. C'était sa mère qui créait des complications.

Assez curieusement, au bout de quelques jours, Mme Fawcett n'éprouva plus aucune animosité à l'égard des Willoughby. Son ressentiment s'était tourné vers Daisy May Barshinski, qu'elle jugeait finalement responsable de la mésentente.

Un autre lit pliant fut installé dans la mansarde de Daisy May et, le samedi soir, Sophie arriva en compagnie de son père qui portait sa petite malle. M. Willoughby entra dans la cuisine, puis gravit les quatre étages avec sa charge. Quand il redescendit, il eut une inclination de tête pour Mme Bramble, cligna de l'œil à l'adresse de sa fille, puis s'en alla. Et Sophie pensa avec beaucoup de peine au cœur qu'elle entrait en service trois ans après Daisy May.

Si elle souffrait de sa nouvelle condition, Sophie se rendit vite compte que, en comparaison de Daisy May, elle n'avait vraiment pas lieu de se plaindre. Daisy May étant plus ancienne qu'elle dans la maison, cette ancienneté aurait dû lui valoir de menus avantages, tel qu'être servie avant Sophie lors des repas pris dans la cuisine, ou sortir quelques instants dehors lorsque ce n'était pas son jour de repos. Or il lui apparut très vite que Daisy May demeurait l'aide, celle qui doit toujours être prête à seconder la cuisinière ou la femme de chambre lorsqu'elles n'arrivent pas à terminer leur travail suffisamment vite. Tout d'abord étonnée de cela, Sophie ne tarda pas à ressentir l'humiliation ainsi faite à Daisy, et cela tourna à l'indignation lorsqu'elle apprit que son amie ne recevait aucun salaire.

« Comment ose-t-elle ! Comment ose-t-elle te faire travailler sans te payer ! Je vais le dire à mes parents, et Papa fera sûrement quelque chose... Oh ! c'est scandaleux ! Quand je pense qu'elle me donne quinze livres par an, à moi qui n'ai encore aucune pratique du service !

— J'aimerais mieux que tu n'en parles à personne, dit Daisy May. J'y ai bien réfléchi. Elle m'a entretenue pendant les deux ans où j'allais encore à l'école ; en retour, je dois donc travailler deux ans pour elle aux mêmes conditions. Après, je lui demanderai de me payer.

— Mais ça n'est pas juste ! protesta Sophie. Même tant que tu continuais d'aller à l'école, tu travaillais ici, et tout ce qu'elle t'a donné pour ça, c'est quelques rogatons et des tabliers ! Comment vis-tu ? Où prends-tu l'argent pour la quête, pour t'acheter des bas et autres choses du même genre ?

— Quand j'ai besoin de bas ou de faire ressemeler mes souliers, Mme Bramble le dit à Mme Fawcett. Et comme je m'occupe du raccommodage et de la lessive, Mme Bramble me donne un petit quelque chose chaque semaine... Suffisamment pour la quête et mettre un peu d'argent de côté afin de m'acheter ceci ou cela quand c'est nécessaire.

— Eh bien, je m'en vais le dire à ma mère ! Elle t'enlèvera d'ici et te trouvera une autre place. Ce n'est pas juste, vraiment pas juste !

— S'il te plaît, Sophie, n'en parle pas, dit Daisy avec un accent d'autorité. Je te le répète : j'ai bien pesé le pour et le contre. Je ne veux pas m'en aller d'ici, car il n'y a pas meilleur endroit pour apprendre le service, et ta mère le sait. Voilà pourquoi elle a voulu t'y faire entrer aussi. Et on mange bien... Tu n'as qu'à voir ce qu'ont les domestiques chez les Borer ou au presbytère !

— Tu pourrais trouver ailleurs une aussi bonne place, Daisy. Peut-être pas au village, non, mais du côté d'Edenbridge, par exemple, où il y a beaucoup de grandes propriétés.

— Je ne veux pas quitter le village, je m'y plais et je souhaite y rester ! » lança désespérément Daisy May car elle savait par expérience que lorsque Sophie se mettait quelque chose dans la tête, il était difficile de la faire se raviser si elle estimait agir pour le bien d'autrui.

Sophie la regarda avec stupeur.

« Tu voudrais rester ici jusqu'à la fin de tes jours ? Alors qu'il y a tant de choses excitantes à découvrir... Oh! si seulement j'étais un garçon! Je pourrais entrer dans les chemins de fer comme Edwin et voir du pays!

— J'en ai suffisamment vu comme ça, rétorqua Daisy May. Pour le reste de ma vie, je n'aspire plus qu'à habiter un joli petit cottage avec un jardin et des amis, un chat, un chien... Aller aux offices du dimanche et que tout le monde sache qui je suis quand je fais mon marché. Et puis, quand je mourrai, je veux être enterrée ici, à côté de Maman. »

Elle sourit à Sophie, qui paraissait déconcertée et un peu en colère.

« Tu ne peux pas comprendre, Sophie, parce que toutes ces choses ne t'ont jamais fait défaut. Tu y es habituée, alors tu n'y attaches pas de prix. Tandis que, moi, si je veux rester chez Mme Fawcett, tout en sachant très bien qu'elle ne m'aime pas, c'est pour me faire une place dans le village... Ainsi, un jour, ils finiront par oublier mon père et... — elle déglutit avec peine — et Galina. Je serai Daisy May Barshinski, de chez les Fawcett. »

Et rien ne put l'en faire démordre. Puis, vint un matin où, juste avant que Mme Fawcett ne quitte la cuisine, Daisy May demanda à lui parler.

« Oui? Qu'y a-t-il, Daisy May? De quoi qu'il s'agisse, tu peux sûrement le dire devant Mme Bramble.

— C'est personnel, Madame.

— Allons donc! Que peux-tu avoir à me dire de personnel? Parle, que diable, je ne vais pas demeurer toute la matinée dans la cuisine!

— Madame, j'ai maintenant quinze ans.

— Je ne l'ignore pas, Daisy May.

— Vous avez eu la bonté de me nourrir et me loger pendant deux ans jusqu'à ce que j'aie fini d'aller à l'école. J'avais alors treize ans et cela fait deux années que je travaille pour vous à plein temps. Aussi, à présent, je voulais vous demander, Madame, si vous pouviez me payer des gages. »

Le visage de Mme Fawcett s'empourpra lentement. Elle décocha un tel regard à Mme Bramble que celle-ci se hâta de disparaître dans la souillarde.

« Je ne suis pas sûre de bien te comprendre, Daisy May. J'avais pensé que tu te sentais ici comme chez toi.

— Oh! non, Madame, répondit poliment Daisy May. Vous avez été très bonne et vous m'avez reçue ici quand je n'avais nulle part où aller. Mais cette maison n'est pas comme un chez-soi où l'on vit avec sa famille.

— Je croyais que tu n'avais pas de famille avec qui vivre, rétorqua froidement Mme Fawcett, et elle eut la satisfaction de constater que le coup portait.

— C'est exact, Madame, mais il n'empêche que j'aimerais vous voir étudier la possibilité de me donner des gages, comme aux autres domestiques.

— Je vais y réfléchir », répondit Mme Fawcett qui se dirigea majestueusement vers la porte de la cuisine et, en quittant la pièce, elle entendit Daisy May dire respectueusement « Merci, Madame ».

Mme Fawcett eût été bien aise si elle avait pu voir Daisy May se cramponner ensuite à la table, tant était violente la réaction de ce qu'elle venait d'oser. A la vérité, bien que Mme Fawcett n'aimât pas Daisy May, cette histoire de gages était un oubli. Ayant accepté d'héberger la fillette tant qu'elle allait encore à l'école, Mme Fawcett n'y avait plus repensé par la suite. Économe mais pas avare, elle était vexée que Daisy ait dû lui rappeler ce manquement à ses devoirs de maîtresse de maison. Ne pouvant se résoudre à parler directement gages avec Daisy May, elle fit venir Mme Bramble.

« Êtes-vous satisfaite de Daisy ?

— Oh ! oui, Madame. Elle est bien travailleuse et consciencieuse. Elle a tout pour faire une bonne cuisinière et c'est un plaisir de former quelqu'un comme elle, ne demandant qu'à apprendre.

— Oui... Bon... Eh bien, vous lui direz que je lui donnerai treize livres par an. Mais, bien entendu, à partir de maintenant, elle devra payer elle-même ses ressemelages et ses vêtements.

— Je le lui dirai, Madame. Et je suis convaincue que c'est de l'argent bien placé. »

Mme Fawcett avait eu une petite revanche le dimanche suivant, lorsque Daisy May avait assisté à sa classe de Bible. Au cours des prières, Mme Fawcett demanda tout particulièrement au Seigneur qu'une des enfants présentes sache se montrer humblement reconnaissante de tous les avantages dont la comblaient ses bienfaiteurs. Après l'Amen, il lui suffit de jeter un regard à Daisy May pour recouvrer toute sa bonne humeur.

Au cours des années qui suivirent, Daisy ne parvint jamais à être payée autant que Sophie, mais cela lui était égal.

D'ailleurs, elle réussissait quand même à avoir toujours plus d'argent que son amie. C'est que Sophie cédait facilement à des impulsions, comme celle qui lui avait fait effectuer un premier versement pour l'acquisition d'une encyclopédie, sans avoir ensuite de quoi assurer les autres mensualités. Elle aimait aussi s'acheter ce que sa mère appelait « des friperies » : un châle en soie vendu d'occasion, une cloche en cuivre ciselé, un crocodile en ivoire qu'on disait avoir été sculpté dans une défense d'éléphant. Sophie était incapable de résister à l'exotisme et leur mansarde ressemblait parfois à un bazar oriental, mais tout disparaissait vite dans les malles avant l'inspection hebdomadaire de Mme Fawcett. Aussi Sophie n'arrivait-elle pas à s'expliquer comment Daisy, moins payée, réussissait à avoir toujours plus d'argent qu'elle.

« N'as-tu donc jamais envie de t'acheter quelque chose, Daisy ? Tu n'en as pas assez d'être toujours à raccommoder tes vieilles affaires et à porter des vêtements démodés ?

— Un jour, je dépenserai tout ! En ce moment, j'économise ; mais un jour, tu me verras dépenser tout d'un seul coup !

— Quand donc, Daisy ?

— Je l'ignore encore, mais lorsque le moment viendra, je le saurai. Peut-être Ivan va-t-il rentrer un de ces jours et nous habiterons alors un cottage à nous. J'aurai des draps brodés, un service en porcelaine, des verres fins... Tout sera neuf et très beau !

— Oh ! Daisy, ne rêves-tu pas d'être comme Edwin ou Ivan ? Ils mènent des existences passionnantes... Tandis que nous, il ne nous arrive jamais rien d'excitant.

— Si, moi, je trouve la vie follement excitante ! »

Sophie la regarda, médusée.

« Ce n'est pas possible, Daisy ! Comment peux-tu dire une chose pareille ? Que t'est-il jamais arrivé d'excitant ? »

C'était leur dimanche de repos et elles se changeaient pour sortir. Daisy posa la brosse à cheveux et regarda d'un air pensif par la lucarne.

« Aujourd'hui, j'ai fait un soufflé et Mme Fawcett a complimenté Mme Bramble, croyant que c'était son œuvre. Le printemps approche... C'est grisant l'arrivée du printemps... Et puis, c'est le jour où Edwin vient, conclut-elle en glissant un regard de côté à son amie.

— Oui, c'est vrai, acquiesça Sophie, c'est toujours un plaisir de le voir. »

Le grand frère était tout auréolé du prestige d'habiter

Londres. Aux yeux de sa famille, il représentait l'existence raffinée et cosmopolite qu'on mène dans la capitale. Lorsque ses parents n'étaient pas présents, il ne manquait jamais de raconter aux « petites » des anecdotes à propos des théâtres, des grands hôtels, des pubs... Tout ce qu'on leur avait appris à considérer comme des lieux à ne pas fréquenter, et qui leur paraissaient d'autant plus attirants.

La plupart du temps, il les attendait dehors, devant la porte de la cuisine, et elles furent toutes déçues de constater qu'il n'y était pas.

« Sans doute cause-t-il avec Papa à la maison », dit Sophie et elles se hâtèrent, empruntant le raccourci à travers champs, soudain impatientes d'arriver, peut-être à cause de l'éclatant soleil d'hiver ou bien parce que le fait d'en avoir parlé rendait la venue d'Edwin encore plus excitante qu'à l'accoutumée.

Lorsqu'elles ouvrirent la porte, Lillian se préparait à partir pour la classe de Bible et mettait son chapeau. La maison semblait déserte.

« Où sont les autres ? demanda d'emblée Sophie.

— Attention de ne pas flanquer de la boue dans toute la maison ! Comment se fait-il que vous ayez vos chaussures dans un tel état ?

— Nous sommes passées par les champs. Où sont les autres ?

— Papa et Maman se reposent dans leur chambre.

— Et Edwin ?

— Il ne vient pas. Il a envoyé un mot, expliquant qu'il faisait des heures supplémentaires. »

Il leur fallut un moment pour se remettre d'une telle déconvenue. Et, à vrai dire, c'était plutôt bête, car Edwin n'était pas là tous les dimanches, et un jour de repos avait quand même bien du charme. Seulement, elles s'attendaient à le voir et, du coup, la perspective de passer la journée en compagnie de Papa, Maman et Lillian les douchait un peu. Enfin, ce serait pour dans quinze jours...

Mais quinze jours plus tard, Edwin ne vint toujours pas.

Cela avait commencé très doucement. Il voyait Galina et M. Rautenberg un soir par semaine et la perspective de ce soir-là était pour lui comme un phare, jusqu'à ce qu'il se retrouve enfin dans leur cercle magique. Toute la semaine, il ne cessait de penser à elle, à son profil quand elle tournait la tête, à ses yeux tantôt noirs, tantôt dorés et dont il ne pouvait plus se détacher quand ils le regardaient. Elle avait aussi une façon très intime de le toucher ; en riant de ce qu'il racontait et disant « Oh ! Edwin ! », elle posait sur son cou une main lisse et brune qui faisait s'accélérer la course du sang dans les veines du jeune homme. Tout en elle était beau, chaleureux, grisant. Parfois, elle se montrait aussi naïve qu'une enfant, et se promener le long de la Tamise en mangeant des marrons grillés la ravissait tout autant qu'un dîner au Café Royal. Edwin n'y allait jamais avec eux, mais quand elle lui annonçait devoir y dîner, Galina joignait les mains en riant, exactement de la même façon que devant les marrons grillés.

Il essayait de payer sa part de leurs amusements, puisant dans ses économies pour acheter du champagne, régler les courses en fiacre, et même une fois prendre de bonnes places au théâtre. Il avait acheté un smoking d'occasion et l'avait fait rectifier à sa taille. Edwin se rendait bien compte que ça n'était pas un smoking comme ceux qu'il voyait autour de lui, mais ainsi il se sentait moins un intrus dans ce monde qui n'était pas le sien et qu'il ne fréquenterait évidemment pas bien long-temps. Il participait donc dans la mesure de ses moyens, pour ménager son amour-propre et sa fierté, mais il n'en avait pas moins conscience que leurs sorties étaient pour l'essentiel financées par M. Rautenberg. Deux fois ils étaient allés à des réceptions données par des camarades de Galina, où personne ne payait et où il se sentait donc davantage sur le même pied qu'eux.

Ce premier samedi passé chez Galina avait déterminé leurs habitudes. Edwin était arrivé avec une bouteille de champagne qui lui avait coûté cinq shillings — écornant fortement son salaire hebdomadaire — et un petit bouquet de fleurs printa-nières. M. Rautenberg avait apporté, lui, du caviar, du saumon fumé, un jambon, des raisins, des marrons glacés et encore du champagne. Il avait fait grand cas de la bouteille d'Edwin, insistant pour qu'elle fût ouverte en premier et vantant son excellence (Edwin avait dû s'en remettre au marchand, n'y connaissant rien lui-même) mais il n'en restait pas moins que, en réalité, c'était aux frais de M. Rautenberg qu'ils soupaient. Galina avait invité une autre artiste du théâtre, une fille blonde qui chantait des chansons drôles et dont Edwin ne se rappelait même plus le nom.

En février, arriva le dernier de ces soupers. Cela faisait six semaines qu'ils s'étaient réunis ainsi pour la première fois, six semaines d'une vie fantastique, incroyable, dont Edwin savait qu'elle prendrait fin lorsque M. Rautenberg retournerait en Russie. Car, où aurait-il pu trouver, lui, de quoi payer tout ce qui rendait ces sorties inoubliables ?

Pour ce dernier soir, M. Rautenberg annonça qu'il avait une surprise et celle-ci se concrétisa lorsque le fiacre (que, comme d'habitude, Edwin était allé quérir) les conduisit non pas au restaurant de Long Acre ni chez Pagani, mais à travers le labyrinthe de petites rues situées derrière Leicester Square. Edwin n'était pas sans connaître Soho, quartier qui le fascinait avec ses boutiques de produits exotiques et sa foule cosmopolite. Il lui arrivait fréquemment d'y passer une partie de ses soirées du samedi. C'est là qu'il achetait le champagne, et aussi de plus humbles denrées dont il voulait faire l'essai. Mais jamais il n'était entré dans un des cafés ou des restaurants, ayant par avance le sentiment d'y paraître déplacé.

M. Rautenberg les guida vers une porte vert foncé des plus discrètes et, là, on les conduisit dans une petite salle ne comptant pas plus d'une douzaine de tables, dont les murs étaient tapissés d'un papier rouge sombre. La moitié de la salle était vide, à l'exception d'un piano.

« Parfait, apprécia M. Rautenberg. Nous allons d'abord faire un vrai dîner russe — c'est le seul endroit dans tout Londres où l'on peut manger des plats russes — et ensuite nous danserons. »

Edwin se sentit envahir par une sorte de bonheur désespéré. C'était la dernière soirée et il savait déjà que ce serait la plus belle. Il ne dansait pas, mais c'était sans importance : il était là, dans ce monde d'ombres et de lumières colorées, avec deux personnes qui, pour quelque inexplicable raison, avaient décidé de l'inclure dans leur vie.

Quand M. Rautenberg commanda le repas en russe, Galina rit en joignant les mains :

« Je comprends tout ce qu'il dit ! C'est comme lorsque Papa et moi parlions ensemble ! »

Elle se tourna vers M. Rautenberg :

« Quand vous m'emmènerez à Saint-Pétersbourg, Heikki, je comprendrai tout et je pourrai parler à n'importe qui ! »

Ils burent du champagne et de la vodka pour arroser des plats dont Edwin eut à peine conscience. A mesure que la soirée avançait, il essayait de se réconforter en pensant que ça ne signifiait pas forcément qu'ils cesseraient de se voir. Il pourrait toujours aller applaudir Galina, et ils bavarderaient ensuite un moment dans sa loge... Et puis, au retour de

M. Rautenberg, peut-être que... Non! La raison et la fierté l'emportèrent. Il ne pouvait continuer d'être ainsi l'invité permanent, celui qui va chercher le fiacre, qui dit merci et passe son temps à admirer...

« Vous êtes bien silencieux, mon jeune ami. Les plats russes sont peut-être un peu lourds pour des estomacs anglais?

— Oh! non, monsieur Rautenberg. Tout est vraiment très bon, délicieux!

— Alors, qu'est-ce qui ne va pas?

— C'est notre dernière soirée.

— Oh! mais ça n'est que momentané! Vous allez continuer de voir ma petite Galina, non? Et puis, quand je serai de retour, nous sortirons de nouveau tous les trois. »

Edwin sourit, sans rien dire. Il ne savait comment expliquer sa gêne et sa fierté.

Maigre et blafard, un homme vêtu de noir s'assit au piano et se mit à jouer. Aussitôt, Galina voulut danser. M. Rautenberg et elle évoluèrent doucement autour de la piste. Couple bizarrement assorti que cet homme aux pas gauches, dont le front se couvrait de sueur, et Galina tournoyant avec une grâce fragile. Quand ils revinrent à la table, Galina regarda Edwin d'un air d'invite.

« Je ne sais pas danser, grommela-t-il.

— Oh! essaye...

— Je ne peux pas.

— Mais si! Je vais t'apprendre! Viens! »

Elle le tirait par le bras et, brusquement, il en conçut de l'irritation. Si elle n'avait pas été si belle et tellement enfant gâtée! Si M. Rautenberg ne s'était pas montré si prodigue, si généreux, il aurait pu inviter Galina à partager des plaisirs plus simples. Si M. Rautenberg n'avait pas été aussi gentil, Edwin aurait pu essayer de lui ravir la femme qu'il aimait. Il se sentit au bord des larmes, tant tout cela se heurtait dans son esprit. Cette ultime soirée sombrait soudain dans la tristesse, car Edwin se voyait de nouveau condamné à redevenir l'adolescent torturé qu'il avait été.

« Viens, Edwin! Viens danser avec moi!

— Laisse-moi tranquille! »

Il se dégagea si brusquement que les yeux de Galina exprimèrent la colère avant de, soudain, s'emplir de larmes.

« Je suis désolé, Galina... Je ne voulais pas... C'est simplement que, ne sachant pas danser, je n'ai aucune envie de me donner en spectacle. Tu dois sûrement pouvoir le comprendre.

Mais je n'ai pas voulu... Je suis désolé, Galina, vraiment désolé...

— Eh bien, dit posément M. Rautenberg en les regardant l'un après l'autre, voici quelqu'un qui a envie de danser avec Galina... Non, monsieur, je ne vois aucune objection à ce que ma jeune amie danse avec vous », continua-t-il comme un homme d'âge moyen, venu d'une autre table, s'inclinait d'abord devant Galina, puis devant M. Rautenberg.

Galina sourit, battit des paupières, et regarda de nouveau Edwin.

« Va donc, murmura-t-il. Danse et amuse-toi. »

Elle s'éloigna avec l'inconnu et ils les suivirent du regard. M. Rautenberg prit un cigare dans son étui et en coupa le bout.

« Vous vous occuperez de Galina jusqu'à mon retour, n'est-ce pas ? »

Edwin ferma les yeux un bref instant.

« Je ne peux pas.

— Pourquoi ? Parce que vous n'avez pas suffisamment d'argent ?

— En partie, oui.

— Je ne veux pas vous entendre me dire le reste. Comme si je ne le savais pas ! »

Il mit un long moment à allumer son cigare, puis en considéra fixement l'extrémité rougeoyante.

« J'ignore, en revanche, comment vous pouvez arranger votre vie sans argent, mais il vous faut quand même vous occuper de Galina jusqu'à ce que je revienne. Si c'était une chose faisable, je vous laisserais de l'argent... Seulement ce serait maladroit, n'est-ce pas ? Très maladroit ? »

De plus en plus oppressé, Edwin acquiesça d'un signe de tête. M. Rautenberg fit tomber par terre la cendre de son cigare.

« Bon, je vois que nous nous comprenons, dit-il avec un petit soupir. Ça ne sera pas facile pour vous. Sans argent, rien n'est jamais facile. J'espère néanmoins que la vie honnête et simple que vous menez sur votre locomotive n'en sera pas trop affectée.

— Je...

— Je serai probablement de retour dans six semaines, environ. Je tâcherai de revenir plus vite. Pour moi non plus, ça n'est pas facile. A Moscou, j'ai femme et enfant. Mais je suis sûr que vous vous occuperez de Galina en mon absence. Je pense que, même si je ne vous l'avais pas dit, vous auriez cherché à la revoir, non ?

— Oui, je le suppose...

— Parfois, on n'a pas le choix.

— Non... »

M. Rautenberg regarda la table où était posée sa grosse main couverte de petits poils noirs.

« Vous et moi, à nous deux, nous représentons tout ce qu'elle désire », murmura-t-il.

Edwin sentit son cœur battre à grands coups. Il avait peur, tout en ayant conscience qu'il était trop tard pour tenter d'y remédier. Il était déjà trop tard quand il avait revu Galina sur la scène du New Cross Empire.

Un brusque désespoir le poussa à dire :

« Vous ne comprenez pas... Pour moi, tout cela est mal... Ma famille, les gens de mon village croiraient que je suis devenu fou...

— Nous sommes fous tous les deux.

— Que va-t-il arriver ? »

A la surprise d'Edwin, M. Rautenberg s'était levé et le jeune homme vit alors Galina revenir vers eux. Son visage rayonnait et, de toute évidence, elle avait oublié l'irritation que lui avait causée le refus d'Edwin.

« Ce qui va arriver, enchaîna jovialement M. Rautenberg, c'est qu'après cette merveilleuse soirée, vous allez continuer de vous amuser un peu tous les deux... Mais un peu seulement parce que je vais vous manquer jusqu'à mon retour.

— Oh ! oui, Heikki chéri ! Nous aurons hâte que vous nous reveniez ! Nous penserons sans cesse à vous !

— Veux-tu danser encore un peu ?

— Nous devrions partir, dit soudain Edwin, incapable d'en endurer davantage. Je vais appeler un fiacre. »

Si Galina protesta, il ne l'entendit point, car il était déjà sorti dans la petite rue de Soho et gagnait Shaftesbury Avenue. L'air frais le réconforta un peu, sans que cela l'empêchât de se sentir toujours aussi malheureux... Malheureux non seulement pour lui, mais aussi pour M. Rautenberg. Quand ils montèrent dans le fiacre, il ne partit pas avec eux comme il le faisait d'ordinaire. Il erra dans les rues de Soho, ignorant appels et tentations, se demandant ce qu'il devait faire. Il se sentait désespéré, sans bien savoir pour quelle raison précise.

Il était trois heures du matin quand Edwin regagna son domicile et, comme c'était une semaine où il allait très tôt au travail, le jeune homme estima que ça n'était pas la peine qu'il se couche. Il s'étendit sur le lit et dormit une heure. Après quoi, il changea de vêtements et se rendit à son travail. Dans l'ambiance du dépôt de locomotives, il sentit son malaise s'atténuer un peu.

Il resta trois jours sans aller la voir, pendant lesquels il finit par accepter certaines choses, tout en se préparant méthodiquement à ce qui allait suivre. M. Rautenberg avait eu raison de dire que, de toute façon, il aurait continué à voir Galina — et à la voir fréquemment — car il ne pouvait plus imaginer la vie sans elle. Parfois, dans ses moments les plus fous, il se voyait marié avec elle, habitant une jolie petite maison à Southwark, et ramenant Galina au village pour la présenter cette fois à ses parents comme une épouse aussi respectable que respectée. Puis quand l'amère réalité venait s'interposer, il haussait les épaules en décidant de ne plus penser à l'avenir.

Mais parce qu'il était un Willoughby et avait sa part du bon sens de la famille, il était conscient de la nécessité d'organiser sa vie dans l'immédiat. S'il ne pouvait se permettre de traiter Galina sur le même pied que le faisait M. Rautenberg, il était en mesure de lui offrir des plaisirs plus modestes : par exemple, prendre le thé chez Slater au lieu de souper au Café Royal, ou emprunter jusqu'à Southend le bateau de plaisance au lieu de faire tout le trajet de retour en fiacre. Il s'en fut à Soho étudier les menus. On pouvait souper pour huit pence et ça, il en avait les moyens. Avec ses économies en sus de ce qu'il gagnait, il pourrait tenir jusqu'au retour de M. Rautenberg, ou jusqu'à ce que quelque chose d'autre se produise. Le jour où il parvint à cette conclusion, il s'en fut directement de son travail à Bayswater, où habitait Galina.

Lorsqu'elle lui ouvrit la porte, Mme Keith lui jeta un drôle de regard et dit :

« Je suppose que vous désirez monter la voir ?

— Oui, si c'est possible, madame Keith.

— Eh bien, vous connaissez le chemin. Vous êtes venu suffisamment de fois avec lui. Elle est là. »

Il eut conscience qu'elle le suivait des yeux tandis qu'il gravissait l'escalier, sans paraître pour autant le critiquer. N'obtenant pas de réponse après avoir frappé à la porte du salon de Galina, il tourna la poignée et l'appela. Il n'eut toujours pas de réponse mais perçut, en provenance de la chambre à coucher, quelque chose ressemblant fort à un sanglot étouffé.

« Galina ! »

En ouvrant la porte de la chambre, il la découvrit effondrée sur le lit. La robe de soie blanche qu'elle portait était salie et ses cheveux ternes, tout dépeignés. Quand elle releva la tête, il vit qu'elle pleurait.

« Oh ! Galina... Qu'y a-t-il donc ? »

Elle se laissa retomber sur l'oreiller.

« Rien... »

Depuis la dernière fois qu'ils s'étaient vus, l'imagination d'Edwin avait suscité bien des images de Galina, mais aucune qui correspondît à celle qu'il avait sous les yeux. S'approchant du lit, il lui effleura doucement le poignet.

« Qu'y a-t-il, Galina ? Tu es malade ? »

Des larmes roulèrent de nouveau sur le visage boursouflé qu'elle enfouit au creux de l'oreiller en sanglotant.

« Voyons, Galina, qu'y a-t-il ? Dis-le-moi. »

La prenant gentiment par les épaules, il l'attira contre sa poitrine. Elle était si menue et fragile qu'il eut l'impression de tenir ainsi un petit oiseau palpitant.

« Je t'en supplie, dis-moi ce qu'il y a, Galina ?

— Je me sens si seule ! sanglota-t-elle. Heikki est parti et, du même coup, tu as cessé de venir. Ça fait des jours et des jours que je n'ai personne avec moi ! Je n'ai pas d'engagement avant deux semaines et personne à voir, nulle part où aller... »

Aspirant l'air, elle sanglota de plus belle.

« Je me sentais si seule !

— Ça ne fait que trois jours, Galina.

— Trois jours où je suis restée toute seule !

— Je ne peux pas toujours te voir, Galina. J'ai mon travail, mes horaires qui changent toutes les semaines...

— Quand je sais que tu viendras, c'est différent. Seulement, je me demandais si j'allais jamais te revoir et je ne savais où te chercher. J'ignore où tu habites, où tu travailles. J'étais incapable de te joindre... Oh ! Edwin ! »

Il ferma les yeux, cherchant à calmer la joie qui l'habitait soudain. Toute tremblante, Galina se cramponnait à lui et ses cris étaient ceux d'un pauvre être abandonné. Il la berça doucement en caressant ses cheveux emmêlés.

« Pourquoi n'es-tu pas sortie avec tes amies ? lui demanda-t-il. La fille qui était là l'autre soir... comment déjà ? Rose...

Rose et tes autres amies du théâtre, pourquoi n'es-tu pas sortie avec elles ?

— Je n'ai pas d'amies, sanglota-t-elle. Je n'ai que toi et Heikki.

— Allons, allons, Galina, fit-il en souriant au-dessus de la tête brune, tu as sûrement des tas d'amies. »

Elle leva son visage vers lui, les joues ruisselantes de larmes. « Non, Edwin, je n'en ai aucune et je n'en ai jamais eu. Tu le sais bien : dans ma vie, il n'y a que des hommes. »

Un silence suivit, durant lequel il la sentit s'apaiser un peu entre ses bras. Une partie de lui-même le poussait à l'étreindre, la serrer au point de lui faire mal, pour qu'elle souffre comme il souffrait. Il s'était efforcé de ne pas penser aux hommes qu'elle avait pu avoir dans sa vie. Ils étaient trop nombreux et il lui en voulait de les lui avoir rappelés. Mais il y avait une autre partie de lui-même, plus adulte, qui éprouvait une immense pitié pour Galina. Elle était si belle, si charmante, si sympathique... Pourquoi n'avait-elle pas d'amies ?

« Edwin ? »

La voix n'était plus larmoyante et trahissait une soudaine excitation. Il eut de nouveau conscience de la douceur de ce corps si menu blotti contre le sien. Quand elle leva son visage vers lui, il demeura stupéfait de la transformation. Ce n'étaient plus les larmes qui faisaient briller ses yeux.

« Edwin... »

Elle lui entoura le cou de ses bras et pressa sa joue contre la sienne, puis se mit à le couvrir de baisers en murmurant « Edwin, je t'aime... Oh ! comme je t'aime, Edwin ! » Soudain il n'y put tenir davantage. Le sang battait si fort dans ses oreilles qu'il entendait à peine ce qu'elle lui disait. Il oublia ses doutes, ses prudentes résolutions... Il oublia Heikki et tous ceux qui avaient précédé Heikki. Comme la bouche de Galina poursuivait son parcours amoureux, il émit un grognement et renversa la jeune femme contre l'oreiller, se grisant du contact de son corps à travers la soie blanche de la robe.

Chapitre douze

૨૭

Tout moment qu'il ne passait pas avec elle lui semblait gâché. Il ne pensait plus qu'à elle. Il se découvrit un irrésistible besoin de parler d'elle à Bassy, à n'importe qui, simplement parce que le fait de parler d'elle la rendait plus proche quand elle n'était pas là. Mais au moment de tout dire à Bassy, il éprouva une sorte de brusque recul, comme s'il avait frôlé un précipice. Parler d'elle à quelqu'un d'aussi ordinaire, c'eût été la ravaler au rang du commun des mortels, alors qu'elle était quelque chose de rare et de précieux.

Dès qu'il était libéré de son travail, il courait la rejoindre, se privant de sommeil et de toute autre compagnie pour être avec elle. Il ne comptait plus les galeries d'où il l'avait vue sur scène, au point qu'il n'arrivait pas à se rappeler s'il était déjà venu ou non dans telle salle. Souvent, pendant les autres numéros, il s'assoupissait, se réveillant juste comme la musique annonçait son entrée en scène.

Ensuite, ils allaient en fiacre jusqu'à un restaurant de Soho, puis ils rentraient chez elle. Très tôt, la laissant endormie, il quittait l'appartement sans bruit pour aller chez lui se changer avant de retourner à son travail.

Au début, il avait craint qu'elle ait la nostalgie des endroits où Heikki l'emmenait — chez Gatti, au Trocadéro ou au Café Royal — mais elle semblait n'attacher aucune importance au cadre, du moment que c'était un endroit nouveau pour elle, un endroit gai avec beaucoup de lumières et de la musique. Tout lui plaisait de ce qui était sans précédent pour elle. C'est ainsi que, un jour, il l'emmena au Jardin zoologique, et elle monta sur le dos d'un éléphant avec exactement le même cri de plaisir que lorsque Heikki Rautenberg les avait conduits jusqu'aux

Kew Gardens dans une voiture sans cheval, un de ces nouveaux taxis à moteur.

Une autre fois, ils firent le voyage jusqu'à Brighton, mais le vent soufflait de la mer et elle s'y ennuya vite. Dans ses rares moments de lucidité, Edwin se demandait comment elle l'amenait à faire des choses que personne d'autre n'aurait obtenues de lui. Elle ne demandait jamais rien, n'était jamais en colère ni même de mauvaise humeur, mais il suffisait d'un froncement de sourcils, d'un haussement d'épaules marquant l'ennui, pour qu'Edwin s'emploie aussitôt à lui faire retrouver son sourire, tandis qu'elle prenait tendrement son bras en disant : « Oh ! Edwin, je t'aime, je t'aime ! »

Il lui faisait des cadeaux, des cadeaux nullement comparables à ceux dont Heikki la couvrait, mais qui n'en constituaient pas moins pour lui des dépenses de plus en plus lourdes à mesure que fondaient ses économies : une paire de gants qu'elle avait admirée un jour dans une vitrine, un collier de perles de verre dont elle avait eu envie et qu'elle avait accueilli, lorsqu'il le lui avait offert, comme si c'eût été un bijou de grand prix.

Parfois — rarement — Edwin sentait son front se couvrir de sueur et son estomac se crisper tandis qu'il pensait : « Comment cela va-t-il finir ? Que va-t-il nous arriver ? » Mais il chassait bien vite ces pensées importunes pour se laisser engloutir par le souvenir du parfum de Galina, de son contact, de la façon dont elle le regardait, avec une sorte d'adoration pleine de soumission. Il ne doutait pas qu'elle l'aimât. Il ignorait ce qu'elle éprouvait pour Heikki et les autres, mais il était convaincu que, avec la franche amoralité qui la caractérisait, elle l'aimait sincèrement. Alors il s'abandonnait au rêve qu'il vivait, bien décidé à ne pas le gâcher en pensant à ce qui pourrait arriver.

Ce fut à la fin de mars que le rêve se brisa. En montant chez Galina, Edwin croisa dans l'escalier Mme Keith, laquelle le gratifia d'un sourire presque malicieux. Il ne l'aimait pas, mais était suffisamment sincère avec lui-même pour convenir que c'était parce qu'il voyait en elle comme un rappel à l'ordre de sa conscience. Elle ne faisait jamais aucune remarque concernant la fréquence et la longueur de ses visites, mais affectait un air entendu qu'Edwin trouvait odieux.

« Elle a des nouvelles à vous annoncer ! dit Mme Keith en accentuant son sourire. Elle en est toute surexcitée, vous allez voir ça ! »

Il s'efforça de continuer à gravir posément l'escalier, conscient que Mme Keith le suivait des yeux. Parvenu sur le palier, il frappa calmement à la porte.

« Galina ?

— Edwin ! Oh ! entre, entre vite ! »

Quand il ouvrit la porte, elle se pendit à son cou, les yeux plus brillants que jamais.

« Oh ! Edwin, c'est mer-veilleux ! Heikki arrive... Et figure-toi que lorsqu'il repartira pour Saint-Pétersbourg, cette fois, il m'emmènera avec lui ! Je ne parviens pas à y croire ! Après tant d'années et toutes les promesses que Papa m'avait faites, je vais vraiment retourner en Russie ! Je n'imaginais plus que cela puisse m'arriver ! Certes, Heikki me disait souvent que, un jour... Mais Papa me le disait aussi et jamais rien ne suivait. Tandis que maintenant... (Elle agita une feuille de papier.) J'ai reçu une lettre de lui, où il me dit que tout est arrangé. Je séjournerai dans son appartement de Saint-Pétersbourg aussi longtemps que je le voudrai... Oh ! Edwin, est-ce possible ? Je vais enfin aller en Russie ! »

Voilà donc comment tout se terminerait. Il était douloureusement blessé qu'elle ne pensât pas une seconde à l'effet qu'une telle nouvelle pouvait avoir sur lui.

« N'est-ce pas absolument merveilleux, Edwin ? »

Il était incapable de répondre. Le désespoir lui nouait la gorge, ne laissant passer aucune parole. Il la regarda aller et venir dans la pièce comme un elfe joyeux, cherchant à se pénétrer du fait qu'il ne la verrait bientôt plus. Elle allait disparaître et il n'aurait plus aucun but dans l'existence.

« Il nous faut fêter ça, Edwin ! Allons déjeuner dans un endroit amusant et buvons du champagne ! Je suis tellement folle de joie !

— Non ! »

Elle le regarda, et ses yeux s'agrandirent quand elle vit l'air qu'il avait.

« Non, Galina, c'est plus fort que moi ! Je ne peux endurer ça !

— Mais Edwin... balbutia-t-elle.

— Tu dis que tu m'aimes. Tu me l'as répété des centaines de fois et je t'ai crue. Nous n'aurions pu être aussi heureux si tu ne m'avais pas sincèrement aimé. Or voilà maintenant que tu m'annonces ton départ et déclares vouloir fêter ça en buvant du champagne ! Galina, ne comprends-tu pas... ne comprends-tu pas... »

Il se cacha le visage dans ses mains, incapable de la regarder plus longtemps et de maîtriser la douleur qui était en lui.

« Edwin, je t'aime, dit-elle lentement. Et tu vas beaucoup me manquer. Seulement, ça n'est que pour peu de temps. Je compte bien revenir et te revoir... »

— Non. »

Tout d'un coup, il se prenait à la détester, à lui en vouloir de cette puérilité inconséquente qui la rendait incapable de garder quelque chose bien longtemps dans sa tête ou dans son cœur. Traversant la pièce en deux rapides enjambées, il la rejoignit, la saisit par les épaules et se mit à la secouer violemment.

« Oh! comment peux-tu? s'écria-t-il. Comment peux-tu?

— Edwin! »

La frayeur manifestée par la jolie voix si douce fouetta encore plus sa colère. Empoignant le col de son corsage, il tira dessus, arrachant les boutons tandis qu'elle poussait un léger cri, et il lui plaqua une main sur la gorge, une gorge si mince que cette main la couvrait tout entière, et il la poussa à la renverse sur le lit.

« Garce? lui cria-t-il avec un accent désespéré. Garce égoïste! »

Comme elle se débattait, il la frappa. Auparavant, quand ils faisaient l'amour, il s'était toujours montré plein de douceur et de tendresse, se laissant porter par une vague d'indolente sensualité. A présent, il voulait lui faire mal, assouvir sur le corps de Galina son amertume et sa haine. Chaque fois qu'elle criait ou essayait de le repousser, il la frappait et, finalement, clouée sous lui, elle n'eut plus que des soubresauts de papillon agonisant.

Ensuite, elle resta sanglotante entre ses bras, et il sentit des larmes couler sur son propre visage; alors il éprouva un désespoir encore plus grand qu'auparavant.

« Oh! Galina, Galina, pardonne-moi! Je t'ai fait mal! Je ne le voulais pas, ç'a été plus fort que moi... Oh! Galina! »

Lui entourant brusquement le cou de ses bras, elle se mit à l'embrasser.

« Je t'aime, Edwin... Il te faut me croire quand je dis que je t'aime! Tu... tu comprends: tu es différent, différent de tous les autres...

— Arrête! N'est-ce pas déjà suffisamment terrible que tu partes? Faut-il en plus que tu me parles des autres?

— Je voulais simplement que tu saches, Edwin. Avec aucun

d'eux, je ne me suis jamais sentie comme avec toi. Ils étaient vieux, ou s'ils étaient jeunes, alors ils étaient tristes et laids comme ce pauvre jeune homme au village... Et puis tu es arrivé... tu étais si grand, si... »

Sa voix se brisa en un petit sanglot.

« Tu en rencontreras d'autres, des grands ! » lui lança-t-il.

Et, comme elle se remettait à lui embrasser le visage, le cou, il se sentit gagné de nouveau par un désespoir mêlé de passion, un désir de la posséder encore, non plus avec cruauté cette fois, mais dans le summum de la tristesse.

Ensuite, ils s'habillèrent en silence, puis sortirent pour aller manger dans un petit restaurant de Bayswater Road. Galina avait les yeux rouges, gonflés, et sa main tremblait en portant la fourchette à sa bouche.

« Dans combien de temps M. Rautenberg sera-t-il là ?

— Trois semaines. »

Une longue pause, puis :

« Tu vas me manquer, Edwin... Me manquer terriblement...

— Mais alors pourquoi partir ? s'exclama-t-il en ignorant les regards curieux des autres dîneurs. Pourquoi ne restes-tu pas ici ? Tu as une bonne vie, quantité d'engagements pour chanter et danser **sur** scène comme tu aimes tant le faire. Pourquoi veux-tu **partir** ?

— Parce qu'il le faut, répondit-elle de sa voix de petite fille. Nous ne pouvons continuer comme ça... Nous nous fatiguerions l'un de l'autre, de toujours refaire les mêmes choses sans rien avoir de nouveau en perspective...

— Moi non, dit-il, parce que je t'aime, Galina, *je t'aime !*

— Tu ne comprends pas, Edwin, soupira-t-elle. Comme je te l'ai dit, tu vas me manquer terriblement et quand je serai de retour ici, ce sera de nouveau merveilleux... pendant quelque temps...

— Veux-tu m'épouser ? lui demanda-t-il brusquement et il crut que son cœur allait s'arrêter de battre quand il vit une expression de surprise émerveillée se peindre sur le visage de Galina. Veux-tu m'épouser ? J'ai un bon emploi. Nous ne serions pas pauvres et tu pourrais continuer à te produire sur scène si ça te faisait plaisir. Je ne m'y opposerais pas, tu sais... »

Il s'interrompit en la voyant secouée par un frisson.

« Un jour, oui, peut-être. Pas maintenant.

— Pourquoi pas maintenant ?

— Non. Quand je serai plus riche, il se peut que je me marie, mais pas avant. (De nouveau, elle frissonna.) Te souviens-tu de ma mère ? Vivre comme ça, c'est terrible... Et la tienne n'est guère mieux partagée : toujours travailler en portant des vêtements tristes, jamais s'amuser ni...

— Oui, bien sûr... bien sûr... »

C'était stupide de sa part d'y avoir même pensé. Et lentement, tandis qu'il se pénétrait de l'imminence de leur séparation, il se sentait gagner par une espèce de désespoir fataliste. Il avait toujours su que cela finirait tôt ou tard, et le moment était arrivé. Il lui restait encore trois semaines... trois semaines où Galina lui appartiendrait, trois semaines dont il devait savourer pleinement chaque instant.

Assez curieusement, au cours de ces trois semaines, ils parurent intervertir leurs rôles. En proie à une frénésie désespérée, Edwin se jetait à corps perdu dans les amusements et les plaisirs tandis que Galina, comprenant enfin qu'elle ne le reverrait probablement plus, se laissait aller à de brusques accès de tristesse, du style « c'est la dernière fois que nous faisons cela ensemble ». Même si elle ne partait pas tout de suite pour Saint-Pétersbourg, il était bien résolu à ne plus la revoir quand M. Rautenberg serait de retour. Il n'avait pas le courage de se retrouver en présence de Heikki Rautenberg qui, au cours de l'étrange conversation qu'ils avaient eue tous les deux, semblait avoir prévu tout cela. Maintenant que c'était arrivé, Edwin ne voulait pas revoir le gros petit homme. Il l'aimait bien et, chose étrange, il n'en était pas jaloux, mais il ne voulait pas le revoir. Après avoir partagé Galina comme ils l'avaient fait, il leur était impossible de se retrouver face à face.

Et arriva ainsi la dernière nuit, la nuit qu'il avait tant appréhendée ; or, assez bizarrement, il ne ressentit rien de ce qu'il avait craint, car cette dernière nuit eut aussi quelque chose d'irréel. Edwin avait beau se répéter que c'était la dernière fois qu'il pouvait la voir, la toucher, lui faire l'amour, il n'arrivait pas à le croire, et c'est donc très calmement qu'il restait étendu près d'elle dans l'obscurité, à l'écouter respirer. Il avait déjà écrit le mot qu'il comptait laisser près du lit. Galina croyait qu'ils se reverraient encore avant qu'elle parte, même si M. Rautenberg était là. Avec sa puérile inconséquence, elle avait parlé de dîner ensemble, de faire des excursions tous les trois, comme cela s'était produit auparavant. Et, désireux de lui épargner la peine des adieux, Edwin le

229

lui avait laissé croire, alors même qu'il écrivait ces quelques lignes.

Il se leva doucement, s'habilla, posa la lettre sur la table de chevet et partit. En marchant dans les rues silencieuses, il n'éprouvait qu'une résignation fataliste. Le chagrin viendrait plus tard, et durerait sans doute des semaines, des mois ; pour l'instant il se sentait pourtant calme, avec l'impression de se mouvoir dans un monde imaginaire, comme dans un rêve, comme s'il n'existait pas vraiment, comme si, réalisa-t-il soudain avec un choc, sa vie était finie.

Chapitre treize

Une chape de plomb semblait peser sur son cœur. Edwin se rappelait avoir lu cette phrase quelque part, probablement dans un de ces romans sentimentaux dont Sophie raffolait. A l'époque, cela lui avait paru ridicule, il constatait maintenant, avec une sorte de curieux détachement, que c'était exactement ce qu'il ressentait. Du côté gauche de sa poitrine, il avait comme un poids, un poids de chagrin qui ne le quittait jamais, même durant son sommeil. Parfois il n'éprouvait qu'un morne désespoir, à d'autres moments un chagrin si vif qu'il était à deux doigts d'éclater en sanglots.

Il arrivait aussi que sa fierté lui fît haïr Galina. Elle n'était qu'une traînée, une roulure, qui le rendait aussi vil qu'elle. Jamais il n'avait rencontré femme plus inconstante, égoïste, cruelle. Seulement, quand il tenait de pareils propos, il était encore plus désespéré parce que c'était la vérité. Quoi qu'elle fût, cela ne diminuait en rien son amour pour elle.

C'était uniquement grâce au ciel et à Bassy qu'il ne commettait pas trop d'erreurs dans les tâches qui lui étaient assignées ; mais il avait conscience de ne pas travailler bien et, plusieurs fois, son mécanicien dut le réprimander, comme lorsqu'il avait si mal alimenté la chaudière qu'ils avaient bien failli ne pas arriver jusqu'à la gare de Sevenoaks. Secoué par cette sévère admonestation, Edwin s'efforça de se concentrer sur ce qu'il avait à faire durant ses heures de travail. Chose curieuse, pendant toutes ces semaines passées avec Galina et où il dormait peu, jamais il ne s'était senti fatigué. A présent, il peinait constamment, attendant avec impatience la fin du travail. Quand celle-ci arrivait, il le déplorait pourtant, n'ayant plus rien alors pour l'empêcher de penser à elle.

Pas question de sortir avec Bassy, car la contrainte eût fait de lui un triste compagnon. D'ailleurs, au bout de quelque temps, Bassy cessa de lui proposer de sortir ensemble. Et il avait trop honte pour retourner chez ses parents. Personne, sauf peut-être Sophie, ne le comprendrait... Et pourquoi irait-il accabler Sophie du fardeau d'un problème dont il était seul cause par sa faiblesse, sa folie ?

Dix jours s'écoulèrent ainsi dans la tristesse, sans le moindre espoir à l'horizon, bien au contraire. En quittant son travail, comme il remontait à pied Old Kent Road, il se rendit vaguement compte qu'un fiacre roulait à sa hauteur, puis le dépassait. A ce moment, une petite main gantée s'agita à la portière.

« Edwin ! Edwin ! Heikki et moi voulons te parler ! »

Il était dans un état d'esprit tel que, se sentant incapable de faire face à cet imprévu, il se mit à courir au lieu de répondre. Le fiacre le rejoignit.

« Edwin ! Je t'en prie, attends ! Il faut que nous te parlions ! »

Il s'arrêta, conscient soudain de se donner ridiculement en spectacle car plusieurs ouvriers du dépôt, sortis en même temps que lui, le regardaient. Il s'approcha lentement du fiacre maintenant arrêté.

« Edwin, il faut que nous te parlions ! Heikki a de merveilleuses nouvelles ! »

Il la regarda. Elle paraissait amaigrie, les yeux plus grands et plus noirs, cependant qu'elle trahissait un manque d'assurance empreint de nervosité qui lui était inhabituel. La regarder était déjà une souffrance.

« Je pense, mon jeune ami, qu'il vous vaudrait mieux monter avec nous. »

Tandis que le sang se retirait de son visage, Edwin ouvrit la portière et prit place dans le fiacre. Son regard rencontra celui de Heikki Rautenberg et, durant un instant, ils partagèrent une commune misère. Puis l'instant passa, et Heikki Rautenberg recouvra son sourire.

« Vous nous avez beaucoup manqué, mon jeune ami, et ça n'a pas été facile de retrouver votre trace. Notre Galina ne s'était jamais donné la peine de vous demander votre adresse. Tout ce qu'elle savait, c'est que vous travailliez ici.

— J'ai pu me rappeler tes différents horaires, Edwin... Ne suis-je pas formidable ? »

Elle continuait à paraître peu assurée et sa main, qui tenait la poignée d'une ombrelle, tremblait légèrement.

« Heikki a une idée merveilleuse ! Je lui ai dit quel extraordinaire ami tu étais devenu... comme tu t'étais occupé de moi pendant qu'il n'était pas là... que je n'avais personne comme toi... personne qui me connaisse depuis tant d'années... qui m'ait connue avant... »

Il l'écoutait, pétrifié, n'arrivant pas à croire ce qu'elle lui disait et que Heikki Rautenberg était assis là, souriant, durant qu'elle lui parlait.

« Alors Heikki a dit... C'est moi qui lui ai demandé et il a été tout de suite d'accord... Il a dit : " Pourquoi Edwin ne viendrait-il pas aussi en Russie ? " Pas dans les mêmes conditions que moi, bien sûr, mais tu pourrais travailler sur un des bateaux de Heikki... et, tous les dix jours environ, tu aurais ainsi la possibilité de venir me voir à Saint-Pétersbourg... Oh ! Edwin... »

Car il s'était mis à rire, d'un rire provoqué tout à la fois par le chagrin, la honte, et le ridicule de cette scène. Il rit à en avoir des larmes qui roulaient sur son visage. Heikki Rautenberg restait sans rien dire, un sourire plaqué sur ses lèvres.

« Edwin... Pour... pourquoi ris-tu ? » balbutia Galina.

Il secoua la tête et chercha à recouvrer son calme en regardant par la portière. Il se demandait s'il était en train de devenir fou. Cela faisait plusieurs nuits qu'il n'avait pas dormi convenablement et il était en rupture d'équilibre nerveux.

« Penses-tu que ce soit une bonne idée, Edwin ? demanda-t-elle.

— Quoi donc ?

— De venir à Saint-Pétersbourg sur un bateau de Heikki... »

De nouveau il rit sans répondre, et continua de regarder par la portière. Le fiacre suivait toujours St George's Road en direction du pont de Westminster. Des pigeons tournoyaient au-dessus du Parlement et les arbres étaient tout parés de jeunes feuilles vertes.

« Tu pourrais travailler aussi facilement sur un bateau que sur une locomotive, n'est-ce pas, Edwin ? Et ça te ferait plaisir de voir d'autres pays, tu as toujours dit que tu le souhaitais... Alors, mon cher, très cher Heikki, enchaîna-t-elle en souriant à Rautenberg, voyant que j'étais malheureuse, m'a dit être prêt à faire cela pour toi... afin que nous puissions continuer de nous voir souvent tous les trois à Saint-Pétersbourg.

— Non ! dit soudain Heikki Rautenberg. Non, pas tous les trois. »

Un taxi automobile les dépassa, amenant le cheval à faire un léger écart. Edwin entendit le cocher lui parler pour le rassurer, puis ils s'engagèrent sur le pont, gagnant Whitehall et Trafalgar Square. Cessant de penser qu'il était fou, Edwin se demandait si ça n'était pas Rautenberg qui l'était subitement devenu. Il le regarda bien en face et s'enquit :

« Pourquoi faites-vous ça, Heikki ? Vous ne pouvez être aussi malheureux et désespéré que je le suis... alors, pourquoi faites-vous ça ? »

Le sourire du petit homme persistait, tenant maintenant du rictus. Le regard de Galina allait sans cesse de l'un à l'autre, sa respiration se précipitait et elle semblait sur le point de fondre en larmes.

« Je ne comprends pas, dit-elle. Tout est si simple... Nous pouvons continuer d'être bons amis, de nous voir et nous amuser ensemble... Pourquoi réagis-tu comme ça, Edwin ?

— Je crois, ma chère petite fille, que nous allons te reconduire chez toi, puis que nous parlerons ensemble, ton jeune ami et moi. A présent, silence. »

Rautenberg se pencha à la portière pour donner l'adresse de Galina au cocher. Son sourire avait disparu et, les deux mains posées sur le manche de son parapluie, il regardait obstinément au-dehors. Galina fronça les sourcils, puis sourit et se blottit contre lui. De la tête aux pieds, elle était habillée dans une nuance qui, pour Edwin, évoquait des primevères. Autour de son poignet, il remarqua un bracelet de pierres étincelantes. Elle ne l'avait pas auparavant et il supposa que c'étaient des diamants ou quelque chose de ce genre, un cadeau de Heikki Rautenberg.

Comment pouvait-il l'aimer, avec tout ce qu'il savait de son passé ? Comment pouvait-il l'aimer sans haïr Heikki Rautenberg ? Il pensa à tous les gens dont elle avait brisé la vie : M. Hope-Browne, son père, sa mère, sa sœur, son frère. Et le Pèlerin du Ciel, dans quel état l'avait-elle laissé ? Sans parler des autres qu'elle avait mentionnés : le vieux monsieur chez qui elle avait été gouvernante, l'homme qui lui avait appris la danse. Elle ne laissait que drames dans son sillage, et à présent, c'était son tour à lui. Mais quoi qu'elle lui eût fait, pour autant qu'il souffrît, il savait que cela en valait la peine, car Galina était quelqu'un de spécial, de rare... Alors, tant qu'elle était là, il l'aimerait et ferait ce qu'elle souhaitait.

« Nous voici arrivés, mon petit. Tu vas monter te reposer un peu. Je reviendrai te prendre à temps pour te conduire au théâtre.

— Au revoir, Edwin, murmura-t-elle nerveusement. Je te reverrai, n'est-ce pas ?

— Allez, à tout à l'heure, ma chérie. »

Elle resta sur le trottoir à les regarder, tandis que le cocher faisait demi-tour pour repartir en direction du parc. Se penchant à la portière, Edwin la regarda. Toute menue, elle avait quelque chose de pathétique en dépit de sa nouvelle toilette printanière et de son bracelet de diamants.

« Désirez-vous manger ?

— Non. Non, merci.

— Je n'ai pas faim non plus. Nous pourrions faire quelques pas dans le parc, qu'en pensez-vous ? »

Le fiacre les déposa à une entrée de Hyde Park et ils franchirent la grille en silence. C'est avec une sorte d'étrange détachement qu'Edwin remarqua l'éclat des fleurs et comme elles se détachaient dans l'herbe nouvelle.

« Les tulipes sont belles », dit-il. Heikki Rautenberg ne répondit rien.

Ils arrivèrent à un banc en bordure de l'eau, et Heikki s'y assit, s'appuyant de nouveau à deux mains sur son parapluie. Edwin prit place à côté de lui.

« Ces dix jours qui se sont écoulés depuis mon retour à Londres n'ont pas été pour moi des jours heureux. Et j'ai le sentiment qu'il en a été de même pour vous.

— Oui.

— Elle a pleuré, m'a supplié, et s'est montrée si heureuse quand je lui ai dit que je ferais ce que je pourrais ! Je me demande comment elle a pu m'ensorceler ainsi. Je suis un homme mûr, j'ai connu bien des femmes dans ma vie ; je passe pour intelligent et j'ai certainement gagné pas mal d'argent... Je me répète qu'elle ne vaut pas qu'on s'y intéresse, mais ça ne sert à rien.

— Non. »

Heikki Rautenberg émit un soupir .et ferma un instant les yeux.

« Alors, voici ce que je vais faire. Je vous donnerai une lettre pour William Thomson & Company, à Leith. Au vu de cette lettre, je pense qu'ils vous engageront comme chauffeur à bord d'un de leurs bateaux. »

Tournant la tête vers Edwin, il ajouta :

« Je suppose que ça ne fera pas grande différence pour vous

d'être chauffeur à bord d'un bateau plutôt que d'une locomotive ?

— Un bateau à vous ?

— Non. Je n'ai pas de bateaux. Je suis un marchand. Mais pour William Thomson & Company, je suis quelqu'un d'important et cette lettre vous vaudra sans aucun doute de travailler à bord d'un bateau faisant route vers Saint-Pétersbourg.

— Je vois...

— Je vous donnerai aussi un papier portant l'adresse de mon appartement à Saint-Pétersbourg. J'écrirai cette lettre en anglais et en russe. Ne lisant pas le russe, je me demande comment vous vous en tirerez à Saint-Pétersbourg. Là-bas, tout sera très différent pour vous. Vous ne comprendrez personne. Vous serez incapable de lire le nom des rues où vous vous trouverez. Vous ne saurez comment vous rendre à l'adresse de mon appartement. Pour tout cela, vous devrez vous débrouiller seul. »

Edwin garda le silence. De nouveau, il avait le sentiment de devenir fou. Heikki Rautenberg parlait cependant très sérieusement... Lui, Edwin Willoughby, chauffeur et quelquefois mécanicien de locomotive à Londres, allait être engagé à bord d'un bateau partant pour la Russie. Et cela, grâce à un homme qui aurait dû le détester.

« Je saurai quand vous arriverez à Saint-Pétersbourg, car on m'aura informé du nom du bateau à bord duquel vous embarquerez. Et quand vous serez à Saint-Pétersbourg, moi j'aurai quitté la ville. Je serai avec ma famille à Moscou, ou dans ma datcha en Finlande, ou tout simplement en voyage pour mes affaires. Je ne veux pas vous revoir et je vous demande donc de ne pas chercher à me joindre. Je pense que c'est mieux ainsi, ne croyez-vous pas ?

— Si, sans aucun doute. »

Heikki Rautenberg regarda l'eau. Il paraissait vieux et fatigué. Edwin essaya de s'empêcher de l'imaginer avec Galina... Il se sentit pris d'une brusque nausée à la vue de ce cou épais et il se détourna vivement en demandant :

« Pourquoi faites-vous ça ?

— Pourquoi ? Oui, pourquoi, en effet... ? répéta Rautenberg en soupirant. Vous êtes un brave jeune homme... Vous représentez ce qu'il y a de mieux pour nous quand, en Russie ou en Finlande, nous parlons d'Anglais. Je ne vous aime pas, mais vous êtes honnête, sincère, et lorsque vous avez donné votre parole, vous vous efforcez de la tenir. Vous ne me tromperez pas.

— Je vous ai déjà trompé, dit Edwin avec amertume. Naguère, ces choses que vous pensez de moi étaient vraies, plus maintenant.

— Vous ne me tromperez pas et vous êtes ce que Galina désire. A nous deux, nous représentons tout ce qu'elle souhaite. Si je ne vous donne pas à elle, Galina s'en ira chercher ailleurs ce après quoi elle aspire. Je préfère donc que ce soit vous, que je connais, qui êtes pauvre et ne pouvez lui donner que des colliers de verroterie ou des gants bon marché, plutôt qu'un autre qui serait en mesure de me la ravir. Voilà pourquoi je m'arrange pour que vous puissiez venir à Saint-Pétersbourg. Vous êtes d'accord pour y aller ?

— Non, bien sûr que non, répondit Edwin d'un ton las. Comment le pourrais-je ? Je suis un Anglais quelconque, issu de gens quelconques qui n'ont jamais rien fait d'extraordinaire. Vais-je renoncer à cette vie, à mon travail, ma famille, pour m'en aller comme un fou à l'autre bout de l'Europe ? »

Il devenait soudain furieux que Heikki Rautenberg eût aussi négligemment envisagé de bouleverser ainsi son existence.

« Vous devez bien vous rendre compte à quel point tout cela est ridicule. Il est grotesque que nous soyons assis là, tous les deux, à discuter de Galina et de la façon dont nous nous la partagerons. Comment pourrais-je aller en Russie ? Que deviendrais-je là-bas ? Et qu'adviendrait-il de l'existence que je me suis faite... de mes projets... de mon avenir ? »

Incapable d'en dire davantage, il enfouit son visage dans ses mains. Percevant un craquement de papier, il releva la tête et vit M. Rautenberg déposer deux enveloppes près de lui sur le banc.

« Tout cela, c'est votre problème, et j'en ignore la solution s'il en est une. C'est à vous de décider comment vous agirez. Moi, j'ai fait tout ce que j'avais promis à Galina. Voici la lettre et mon adresse. A présent, je m'en vais et je ne veux plus vous revoir, pas plus ici qu'à Saint-Pétersbourg. »

Il se leva, eut une inclination de tête et s'éloigna d'un pas rapide, drôle de petit homme qui venait de plonger Edwin en pleine confusion. Le garçon le suivit des yeux jusqu'à ce qu'il disparaisse au loin. Puis il prit les deux enveloppes sur le banc, les rangea dans la poche intérieure de sa veste et quitta le parc.

Chapitre quatorze

C'était depuis l'arrivée de la lettre d'Edwin que Daisy May avait changé de caractère, estimait Sophie. Elles étaient amies intimes depuis l'âge de onze ans et Daisy s'était toujours montrée jusqu'alors calme, satisfaite, reconnaissante. A part quelques manifestations d'entêtement, Daisy May avait toujours été une fille docile et malléable. La lettre d'Edwin avait changé tout cela.

Cette lettre avait été un choc pour eux tous. Ils se doutaient que quelque chose n'allait pas, car il y avait des mois qu'Edwin n'était pas venu les voir, se bornant à leur envoyer de Londres des cartes postales où il disait se porter bien mais avoir beaucoup de travail. Et puis cette lettre était arrivée, avec un mandat de cinq livres. C'était le mandat qui les avait le plus bouleversés, car il témoignait qu'Edwin avait décidé de changer d'existence.

Dans sa lettre, il parlait d'une occasion inespérée qui lui était offerte à bord d'un bateau de la marine marchande se rendant d'Edimbourg à Saint-Pétersbourg. Ce nom, Saint-Pétersbourg, avait quelque chose de dangereusement étranger sur le papier à lettres rayé, et le père avait achoppé en le lisant à haute voix. La lettre parlait d'un bon salaire et de la possibilité de découvrir le vaste monde, en précisant que la nécessité de prendre une décision de toute urgence empêcherait Edwin de revenir les voir avant de partir pour Edimbourg. Mais le salaire qu'on lui versait était si avantageux qu'il leur envoyait le petit mandat ci-inclus pour leur permettre de faire face à quelque imprévu s'il demeurait un temps sans pouvoir revenir à la maison.

La lettre était arrivée au cours de la semaine, mais les « petites » n'en avaient eu connaissance que le dimanche suivant, lorsque M. Willoughby la leur avait lue. Le mandat n'avait pas été touché et était demeuré dans l'enveloppe pour leur être montré.

« " Une occasion inespérée ", avait lu M. Willoughby d'une voix dénuée d'intonations. " Un poste de soutier sur les Ben Line Steamers, appartenant à William Thomson & Company... " »

Là, sa voix avait défailli, et il avait regardé le mandat.

« C'est vraiment un brave garçon... Il a dû lui falloir longtemps pour économiser une telle somme...

— Je ne comprends pas ! s'exclama Sophie. Depuis qu'il était tout petit, il avait toujours rêvé de travailler dans les chemins de fer. Jamais il n'avait parlé d'être marin. Souviens-toi : l'année où nous étions allés à Brighton avec la Mission, il avait été malade quand nous avions fait un tour en barque !

— Une occasion inespérée... » avait répété M. Willoughby, comme cherchant à comprendre.

Voyant alors le visage de Daisy May, Sophie avait préféré se taire.

Devenue blême, Daisy May regardait M. Willoughby comme si elle était seule à comprendre. Durant la discussion qui avait suivi et au cours de laquelle on se demandait pourquoi Edwin faisait cela et ce qui allait advenir de lui, Daisy avait gardé le silence, les yeux fixés droit devant elle, mais battant soudain des paupières comme si quelque secrète pensée venait lui traverser l'esprit.

Tandis qu'elles s'en retournaient chez les Fawcett, Daisy n'avait répondu que par monosyllabes aux incessantes questions de Sophie. Dans leur mansarde, pendant la nuit, Sophie avait écouté Daisy se retourner dans son lit en soupirant et donnant des coups de poing à son traversin.

« Quelque chose ne va pas, Daisy ?

— Non.

— Es-tu bouleversée parce que... Edwin va partir comme marin ?

— Oh ! ne sois pas stupide, Sophie ! Je ne passe pas ma vie à penser uniquement à la famille Willoughby ! »

Pour Sophie, ce fut comme si son amie l'avait giflée. Jamais, depuis tant d'années qu'elles allaient à l'école ensemble, travaillaient ensemble, Daisy ne s'était montrée si injustement méchante...

« Je n'aurais jamais imaginé que tu...

— Reste tranquille et laisse-moi dormir, Sophie. N'oublie

pas que je dois me lever plus tôt que toi. Je ne suis qu'une fille de cuisine, moi, pas une femme de chambre. »

Après cela, elles étaient demeurées silencieuses dans l'obscurité. Blessée par cette riposte, Sophie était en colère après son amie, tout en croyant vaguement la comprendre. Daisy avait toujours eu comme de la vénération pour Edwin, l'admirant encore plus que ne le faisaient ses propres sœurs. Et, assez curieusement, c'est parce qu'elle n'était pas sa sœur que Daisy était le plus atteinte par son abandon. L'idole se révélait avoir des pieds d'argile.

Durant les jours qui suivirent, Daisy May fit son travail avec une sorte de colère rentrée. Plusieurs fois, elle rabroua Sophie à propos du désordre de leur chambre alors que, auparavant, elle rangeait tout sans se plaindre.

Lors du premier après-midi de repos qui suivit la réception de la lettre, Daisy partit sans un mot en direction de la gare, et revint quelques heures plus tard avec plusieurs paquets. Vu le changement intervenu chez son amie, Sophie se garda bien de demander à voir ses achats. Le dimanche suivant, sa curiosité fut satisfaite. Comme elles se préparaient à sortir, Daisy ouvrit un grand carton à chapeau, d'où elle sortit une toque de velours mauve. C'était un très beau chapeau, comme aucune d'elles n'en avait encore jamais possédé, et une épingle à grosse tête de cuivre le garnissait. D'un air de défi, Daisy s'en coiffa. Comme il était très important, il fit paraître son visage tout petit.

« Oh ! Daisy... Quel magnifique chapeau ! » s'extasia Sophie.

Fouillant alors de nouveau dans le carton, Daisy exhiba un boa assorti, dont elle se para aussitôt. L'ensemble était extrêmement élégant.

« Tu vas aller à la Mission comme ça ? balbutia Sophie.

— Pourquoi pas ?

— Oh ! bien sûr, rien ne s'y oppose, absolument rien... C'est simplement que... Bref, d'ordinaire, tu es toujours si effacée...

— ... que personne ne me prête la moindre attention, me jugeant terne et inintéressante ! lança Daisy May avec une note d'hystérie dans la voix.

— Ce n'est pas ce que je voulais dire, Daisy ! Et tu le sais bien ! »

D'une main tremblante, Daisy prit alors une boîte de poudre de riz et commença de s'en mettre sur le nez avec un bout de mouchoir. Sophie la regarda, tout à la fois fascinée et horrifiée.

« Que dirait Mme Fawcett si elle te voyait ? Et que va dire Mère ? »

Daisy continua de se poudrer sans lui répondre.

« Tu permets que j'essaye aussi, Daisy ? »

Sans un mot, Daisy May lui tendit la boîte de poudre et le bout de mouchoir, après quoi elle se mit en devoir d'enfiler des gants couleur crème, qui lui venaient jusqu'au coude et qui étaient neufs également.

« Eh bien, dis donc, qu'est-ce que tu as dû dépenser ! Tu as encore fait d'autres achats ?

— Une paire de bas de soie.

— Je croyais que tu mettais de l'argent de côté pour quand Ivan reviendrait ?

— Eh bien, non, tu vois. »

Puis tout le chagrin accumulé au long de ces derniers jours la submergea et, s'asseyant au bord du lit, Daisy May fondit en larmes. Sophie avait fait un pas vers elle, quand elle se rendit compte que c'étaient là des larmes bien plus de colère que de chagrin.

« C'est à cause d'Edwin... ? » risqua-t-elle, mais Daisy May l'interrompit avec rage en frappant le lit de son poing.

« C'est à cause de tout, *de tout !* J'ai passé des années à me montrer gentille, bonne et obligeante, dans l'espoir que tout le monde oublierait ma famille. Tout ce que je demandais, c'était d'être comme les autres, de faire partie du village. C'est peine perdue ! Alors, autant faire ce qu'on veut et dire ce qu'on pense, sans plus chercher à plaire !

— Daisy, je ne comprends pas... Les gens t'aiment... Tu fais bien partie du village et même de notre famille... Pour tout le monde maintenant, tu es une Willoughby.

— Eh bien, je ne suis pas une Willoughby, mais une Barshinski. Une de ces misérables Barshinski qui gâchent tout, ruinent tout et... »

Les sanglots l'empêchèrent d'en dire plus et, de colère, elle se frotta les joues avec ses gants neufs.

« Tu n'a rien gâché, Daisy... protesta Sophie.

— Qu'en sais-tu ? hurla Daisy. C'est *elle* qui a fait tout le mal, mais, moi, j'avais supplié Edwin d'aller la voir et de lui parler. Si je ne lui avais rien demandé, il l'aurait oubliée et travaillerait encore aux chemins de fer, en venant nous voir tous les mois !

— Daisy, de quoi parles-tu ? haleta Sophie.

— De Galina ! Voilà de qui je parle ! Il l'avait vue à Londres et il me l'avait dit la dernière fois qu'il est venu ici. Alors, moi, comme une idiote, j'ai insisté pour qu'il la recherche et lui parle de nous... Depuis, il n'est jamais plus revenu ici. Et maintenant, voilà qu'il quitte brusquement son emploi pour s'engager comme marin sur un bateau qui va en Russie. Si après ça, tu ne crois pas que Galina y est pour quelque chose, en garce qu'elle n'a cessé d'être, alors c'est que tu es encore plus stupide que je ne l'ai été pendant tant d'années !

— Oh ! Daisy... fit Sophie, en se laissant tomber sur le lit près d'elle.

— Pendant des années, j'ai pensé que si je m'intégrais à sa famille, si je devenais aussi comme il faut que ta mère, ta sœur et toi, il me jugerait digne de lui ! Oh ! d'accord, il avait de l'affection pour moi, mais je n'étais quand même pas comme l'une de vous : je demeurais une Barshinski. Dieu sait tout ce que j'ai fait pour qu'il l'oublie ! Ça n'a servi à rien, *à rien !* Et je suis sûre que c'est à cause d'elle... »

Sophie avait senti le sang affluer à son visage. Elle regardait Daisy, mais c'était Galina qu'elle voyait. Des souvenirs qu'elle croyait oubliés se ravivaient soudain.

« Ce n'est pas possible, dit-elle d'une voix éteinte. Le fait de revoir Galina n'a pas pu l'amener à quitter son travail et s'engager sur un bateau...

— Bien sûr que si ! Rappelle-toi ce qu'elle a fait ici ! Et c'est une femme à présent... Elle n'a pu qu'empirer !

— Oh ! Daisy, qu'allons-nous faire ?

— Ce que nous allons faire ? Moi, en tout cas, au lieu d'économiser sans cesse, je m'en vais dépenser mon argent, devenir autre, et oublier Edwin Willoughby !

— Il doit bien y avoir un moyen d'empêcher... de retenir Edwin... Souviens-toi comme elle était dangereuse... souviens-toi de la façon dont elle s'est conduite avec M. Hope-Browne !

— Il n'y a rien que tu puisses faire, rétorqua Daisy avec un élan sauvage. Quoi qu'il soit arrivé, Edwin ne veut pas que vous le sachiez. Il a eu grand soin de raconter qu'il avait trouvé un meilleur emploi. Que veux-tu que nous fassions ? Que nous allions à Édimbourg et nous embarquions sur le prochain bateau en partance pour la Russie ?

— Je pourrais lui écrire... Oui, c'est ce que je vais faire ! Je vais lui écrire aux bons soins de la compagnie de navigation qui l'emploie. Il finira bien par avoir ma lettre, ne fût-ce que lorsqu'il reviendra à Edimbourg. Ça ne te semble pas une bonne idée, Daisy ?

— Tu peux toujours essayer. Mais ça sera sans effet car, maintenant, c'est trop tard. »

Elles demeurèrent assises en silence au bord du lit, à se regarder. Leur intimité était rétablie, mais les rôles inversés. Sophie avait toujours été la plus forte, celle qui dominait l'autre. A présent, c'était Daisy qui semblait l'aînée, mûrie par ses désillusions.

« Quoi que nous fassions, il ne faut pas que Papa et Mère le sachent, dit lentement Sophie. Ça leur a déjà flanqué un coup terrible qu'il soit parti comme marin. S'ils venaient à penser que Galina y est pour quelque chose, ils en mourraient !

— Nous nous arrangerons pour qu'ils ne se doutent de rien.

— Et je vais lui écrire.

— Si tu veux.

— A présent, nous partons.

— Oui. »

Ôtant soudain son chapeau, Daisy le remit dans le carton.

« Aujourd'hui, je ne me sens pas capable de le porter, dit-elle d'une voix étranglée. La prochaine fois... la prochaine fois, je montrerai à tout le monde que je suis différente. »

Daisy mit son vieux chapeau bleu marine et elles descendirent en silence l'escalier pour commencer leur après-midi de congé.

Le secret partagé avait renoué les liens de leur amitié, mais Daisy May demeura un long moment quelqu'un avec qui il n'était pas facile de vivre. Il y avait chez elle une agressivité, une sorte de défi permanent, qui se muait parfois en attaque. Elle entreprit de flirter avec quelques garçons du village, mais ça n'arrangea rien. On aurait presque dit qu'elle cherchait à imiter Galina, ce qui ne lui seyait pas. Elle arbora son chapeau mauve et son boa aux offices du dimanche, puis elle se mit à parler de chercher un autre emploi.

« Ne m'avais-tu pas dit que tu ne voulais quitter ni les Fawcett ni le village ?

— Eh bien, j'ai changé d'avis. Je ne veux pas passer ma vie à récurer la cuisine de la mère Fawcett. Tu me répètes sans cesse que tu voudrais t'en aller d'ici et faire autre chose, alors pourquoi pas moi ?

— Parce que... parce que tu te satisfais plus facilement que moi. Et tu aimes rester au même endroit, vivre avec des gens qui te connaissent...

— Plus maintenant. »

Daisy May alla se présenter pour une place d'aide-cuisinière dans une grande propriété d'Edenbridge, mais comme elle avait mis le chapeau mauve et le boa elle ne fut pas acceptée. Ce refus la rendit encore plus furieuse, plus amère. Elle maigrit, puis attrapa un rhume d'été qui ne voulut pas guérir. Et en se réveillant, un matin, au début de juillet, Sophie s'aperçut que Daisy était encore au lit, alors qu'elle aurait dû avoir allumé la cuisinière et s'occuper de préparer le petit déjeuner du personnel.

« Daisy ? »

Elle faisait rouler sa tête d'un côté à l'autre du traversin, et lorsque Sophie lui toucha le front, il était couvert de sueur.

« Oh ! mon Dieu, Daisy... Tu es malade ? »

Enfilant vivement ses vêtements, Sophie alla frapper à la porte de Mme Bramble. Quand celle-ci arriva dans la mansarde, Daisy essayait péniblement de se tirer du lit en marmottant « Faut que je prépare le petit déjeuner de Maman... Maman est malade... Elle attend son petit déjeuner... »

« Recouche-toi, ma chérie, dit Mme Bramble. Était-elle comme ça hier soir, Sophie ?

— Son rhume avait empiré et elle disait que ça lui faisait mal dans la poitrine.

— Je pense qu'il faudrait faire venir le docteur. On en parlera à Mme Fawcett quand elle se lèvera. Sophie, tu vas descendre allumer la cuisinière et je m'occuperai, moi, du petit déjeuner du personnel. Ensuite, quand tu auras fait le salon, tu remonteras tenir compagnie à Daisy, jusqu'à ce que j'aie vu Mme Fawcett.

— Oh ! pauvre Daisy... »

Sophie regarda le visage fiévreux de son amie et un soudain effroi la poignit : Daisy allait-elle mourir ? Mais le bon sens reprit le dessus : on ne meurt pas quand on est jeune et qu'on a la santé dont témoignait Daisy.

« Elle est trop maigre, c'est ça l'ennui, dit Mme Bramble. Elle mange à peine, alors elle n'a pas de résistance. »

Ce matin-là, plusieurs personnes se succédèrent dans la mansarde : Mme Fawcett pour s'assurer que Daisy May ne jouait pas la comédie, puis le médecin, qui diagnostiqua une pneumonie en précisant que Daisy avait besoin de soins attentifs. Très mécontente, Mme Fawcett dit :

« Sophie, le mieux, je pense, est que ce soit toi qui t'occupes d'elle mais ça tombe on ne peut plus mal, vraiment. Nous avons des invités à demeure pour le week-end, et ce n'est guère le moment de devoir faire avec une domestique en moins, pour ne pas dire deux ! Elle aurait dû mieux se soigner : il vous faut veiller sur vos santés, afin de vous garder en bonne forme, tant pour vos parents que pour vos employeurs.

— Oui, Madame. »

Sophie était furieuse après Mme Fawcett, sachant très bien que si c'était elle-même qui était tombée malade, on aurait prévenu ses parents en la transférant dans la chambre à côté de celle de Mme Bramble. Au plus fort de sa colère, elle écrivit un mot à sa mère et l'envoya porter par un des jeunes aides-jardiniers.

Quand, à l'heure du déjeuner, elle vit à la porte de la cuisine son père et sa mère qui venaient chercher Daisy May, elle éprouva un regain d'affection et de fierté à l'égard de ses parents. Elle avait été sûre qu'ils agiraient ainsi.

Mme Fawcett donna volontiers l'autorisation d'emprunter la charrette anglaise pour emmener l'indésirable malade, bien enveloppée dans une couverture. Le mépris qu'elle éprouvait à l'endroit de Mme Fawcett incita Sophie à se rendre chaque soir chez ses parents voir comment allait Daisy, sans même demander la permission.

Toute menue dans le grand lit d'Edwin, Daisy semblait sur le point de rendre l'âme. La peur qu'en éprouvait Sophie la fit s'emporter contre Edwin qui avait bouleversé leur existence en partant pour la Russie et n'écoutant que son plaisir. « Si elle meurt, je lui écrirai que c'est de sa faute ! » se répétait-elle puérilement.

Daisy ne mourut pas et, lorsqu'elle se rétablit, ce fut comme si la fièvre avait consumé l'agressivité qui était en elle. Néanmoins, elle continua d'être différente, se montrant renfermée, taciturne. Lorsqu'elle retourna chez les Fawcett, à la fin de juillet, elle lâcha une autre bombe. Elle le fit avec douceur, regrettant visiblement de devoir causer du chagrin. Mais, derrière cette douceur, on sentait la détermination d'une Daisy bien résolue à ne pas changer d'idée.

« Je l'ai dit à tes parents, Sophie, et maintenant je te le dis à toi. Ce n'est pas que je sois ingrate, loin de là, et j'espère bien que, même si je ne vais plus aux offices ou dîner avec vous le dimanche, tu n'en resteras pas moins mon amie. »

Sophie déglutit avec peine, se demandant quelle forme allait prendre cette nouvelle révolte.

« J'ai été très heureuse de passer le dimanche avec ta famille, d'aller aux offices avec vous et de connaître tout le monde ici. Mais tu comprends sûrement que je ne peux passer toute ma vie comme ça ? J'ai besoin de me trouver...

— Que veux-tu dire... de te trouver ?

— Il me faut quelque chose qui m'aide à vivre le reste de mon existence. Je semble n'appartenir à rien ni à personne. Il n'y a rien qui soit mien, personne pour qui je sois ce qu'il y a de plus important au monde. Nulle part il ne paraît y avoir de place pour moi. »

Elle avait dit cela non pas en geignant et se lamentant sur soi-même, mais comme l'on constate un fait, dont on souffre depuis longtemps.

« Alors, que vas-tu faire le dimanche ? lui demanda Sophie, qui était un peu effrayée par cette nouvelle Daisy May, si froide et détachée.

— Je m'en vais aller rejoindre les quakers, à Reigate. Je dis les quakers pour que tu comprennes, mais on les appelle les Amis.

— Je vois...

— J'ai beaucoup réfléchi, Sophie, en m'efforçant de remonter jusqu'au moment où les choses avaient commencé d'aller mal, et j'ai fini par comprendre que si ma mère n'avait jamais quitté les Amis, tout eût été différent.

— Si ta mère n'avait pas quitté les Amis, si elle n'avait pas épousé ton père, tu ne serais pas là, Daisy May.

— Non... et cela aurait peut-être mieux valu aussi, déclara posément Daisy May. Je ne pense pas qu'aucun de nous, sauf Galina, ait jamais eu grand plaisir à vivre. Maman sûrement pas, non plus qu'Ivan ou moi. Si Maman n'avait jamais quitté les Amis, peut-être aurait-elle donné le jour à d'autres enfants qui seraient plus heureux. »

Sophie comprit qu'il serait vain d'essayer de faire se raviser son amie. Et pourquoi l'aurait-elle fait ? Daisy May avait autant le droit que n'importe qui de mener sa vie comme bon lui semblait.

Le destin se mit de la partie pour souligner le changement intervenu chez Daisy. Après de longues années de service à White House en qualité de cuisinière, Mme Bramble rendit son tablier. Sa sœur avait hérité d'une certaine somme ainsi que d'une maison à Clapham, et elles allaient en faire une pension de famille. Mme Bramble déclara que Daisy May était on ne peut plus capable de la remplacer comme cuisinière. En dépit du préjugé qu'elle avait, Mme Fawcett laissa le bon sens l'emporter. Donner de l'avancement à Daisy May serait moins onéreux qu'engager une nouvelle cuisinière. Et, au fond d'elle-même, Mme Fawcett reconnaissait à Daisy toutes les qualités d'une bonne cuisinière. Alors, avec beaucoup de précautions oratoires : « Pour une période d'essai seulement... » « Juste afin de parer au plus pressé en attendant que je trouve à Londres une cuisinière de métier »... Daisy May fut, à l'âge de vingt-trois ans, élevée au rang de cuisinière. Sophie eut le sentiment que cette promotion la séparait encore plus de son amie et cela lui faisait tout drôle, le dimanche, d'aller sans elle à la maison où Edwin ne viendrait pas non plus. Ses parents, encore déconcertés par la conduite de leur fils furent blessés par celle de Daisy, ne s'expliquant pas plus l'une que l'autre. La famille se rétrécissait, et morne était pour Sophie cette journée passée simplement avec ses parents et Lillian.

Lorsque, quelques jours plus tard, ils apprirent que la guerre avait éclaté, cela ne leur parut qu'ajouter un peu plus au désarroi provoqué par la lettre d'Edwin.

Chapitre quinze

ॐ

« Je suppose que ça ne fera pas grande différence pour vous d'être chauffeur à bord d'un bateau plutôt que d'une locomotive. »

Bien des fois Edwin se remémora ces paroles avec un sentiment croissant de peur, d'échec et de honte. Durant les premiers jours, il ne se rappelait rien, s'efforçant seulement de faire face à l'horreur, à l'énormité de ce qu'il avait entrepris. Plus tard, quand il apprit à travailler dans l'enfer de la chaufferie, il se rappela ces paroles et se demanda un instant si Heikki Rautenberg ne lui avait pas délibérément fait cette offre dans l'espoir qu'il en mourrait, car il ne pensait pas qu'on pût survivre longtemps en menant cette existence terrifiante, toute de feu, de sueur et de crasse, au milieu de compagnons de travail qui tenaient plus de l'animal que de l'être humain.

Aussi, pourquoi s'était-il imaginé qu'un chauffeur à bord d'un bateau était aussi considéré, respecté, qu'un chauffeur de locomotive? Dans les chemins de fer, le chauffeur était un spécialiste habile et instruit, qui se trouvait tout juste au-dessous de l'élite constituée par les mécaniciens. Il fallait des années d'études et d'expérience pour devenir le chauffeur d'une locomotive. A bord d'un bateau, les soutiers étaient des vagabonds ramassés sur les quais et n'ayant à leur actif que l'énorme force brutale qui leur permettait d'endurer de se relayer toutes les quatre heures dans les profondeurs infernales d'un bateau d'acier.

A l'issue de chacune de ses périodes de travail, quand il se retrouvait sur sa couchette, tout brûlant, trempé de sueur et presque délirant, Edwin essayait de se rappeler ce qui motivait son supplice. Galina. Le souvenir qu'il gardait d'elle n'avait rien à voir avec la vie qu'il menait à bord. Ce souvenir lui remémorait le brave garçon qu'il avait été, qui portait de bons vêtements et était presque toujours bien propre... Il se demandait comment ce garçon avait pu devenir le prisonnier qu'il était maintenant.

Ils formaient des équipes de trois — deux chauffeurs et un soutier — qui se tenaient dans la chaufferie, cependant que, dans la chambre des machines, se trouvaient le mécanicien et le chef de chauffe. Edwin se rendit vite compte qu'il était plus à l'aise avec ces derniers qu'avec ses compagnons de travail. Avant tout, il comprenait ce que ces deux-là disaient. Ils avaient l'accent écossais, mais pas au point de rendre leurs propos inintelligibles, tandis que ses compagnons de travail — tout comme ceux des autres équipes — avaient un parler guttural qu'il n'avait jamais entendu auparavant et qui semblait se composer pour l'essentiel de jurons et de grossièretés. Un seul d'entre eux était différent : il ne parlait pas du tout et, quand il était de repos, lisait la Bible étendu sur sa couchette. Edwin avait essayé une fois de lier conversation avec lui, mais l'autre l'avait regardé comme s'il ne le voyait pas et Edwin n'avait pas insisté.

Le jeune homme était habitué au bruit d'un moteur. D'où venait alors que celui fait par les chaudières et le tonnerre du cendrier lui donnait l'impression que sa tête allait éclater ? Sans doute, parce que, là, il n'avait aucun contact avec l'extérieur. Sur la plate-forme d'une locomotive, non seulement on a de l'air, mais on voit défiler les arbres, les champs, les maisons. Tandis que, là, il vivait dans une caverne d'acier éclairée par les flammes, où régnait une chaleur atroce et où peinaient des hommes en sueur.

Pour faire l'aller-retour de Leith à Saint-Pétersbourg, le *Moscou II* mettait environ trois semaines, mais la première fois qu'ils furent à Saint-Pétersbourg, Edwin en eut à peine conscience, car il n'alla pas à terre. A cause d'une formalité mineure qui n'avait pas été remplie auprès des autorités portuaires, l'équipage fut consigné à bord ; de toute façon, Edwin ne serait probablement pas descendu du bateau. Il était en proie à une trop grande confusion d'esprit et se sentait trop humilié pour entreprendre de s'en aller à la recherche de Galina dans une ville étrangère. Quand les passagers eurent débarqué et que les dockers commencèrent de monter à bord pour le chargement, Edwin s'en fut sur le pont où il respira avec volupté le bon air vif qui balayait le golfe de Finlande. Il n'y avait rien là qu'il n'eût pu voir à Leith ou à Reval : des hangars, des grues et des entrepôts. Il faisait froid, plus froid que ce n'est le cas en Angleterre au début de mai, mais cette fin d'après-midi était relativement dégagée, avec même un pâle soleil, ce qui n'empêchait pas l'eau d'être parsemée de glaçons jusque dans le port.

Désœuvré, Edwin demeurait à regarder les allées et venues des dockers et des douaniers. Des bribes de phrases prononcées dans une langue inintelligible parvenaient à ses oreilles et, soudain, un mot surgit qui le reporta bien des années en arrière, jusqu'à cet été magique et triste où l'avenir semblait si riche de promesses. Le mot — quelque chose comme *nitchevo* — évoqua dans son esprit la haute silhouette de M. Barshinski, avec sa carrure et sa barbe noire, si différent des hommes blonds qu'il avait sous les yeux. Et, avec le souvenir de M. Barshinski, Edwin retrouva toutes les aspirations de ce lointain été, quand il rêvait de grands espaces, d'aventures et d'horizons nouveaux. Alors, il prit conscience que s'il était là, ça n'était pas seulement à cause de Galina, mais aussi de tous ces rêves demeurés insatisfaits. Tandis qu'il regardait les douaniers dans leurs uniformes galonnés, il sentit renaître en lui l'excitation de naguère. Il était à Saint-Pétersbourg, à Dieu sait combien de centaines de kilomètres de chez lui, de son village à la vie confinée. Le rêve était devenu réalité. Alors peu en importait le coût, d'autant que ça n'était qu'un commencement. Maintenant qu'il était arrivé jusque-là, il pourrait aller encore plus avant dans la concrétisation de ce rêve dont Galina faisait partie intégrante.

Bien sûr qu'il survivrait à la chaufferie! Il était jeune, robuste, et, s'il se ressaisissait en cessant de se lamenter sur son sort, il parviendrait à ce qu'il avait toujours souhaité. Certes, son labeur était dur et exécrable, outre qu'il était condamné à la solitude parce qu'il était « différent » de ses compagnons de travail. Mais, en un sens, ne valait-il pas mieux qu'il fût sans liens avec eux, pour avoir toute liberté de rejoindre Galina quand il le pourrait? Il était résolu à se battre contre tous les obstacles, afin de continuer à voir Galina, car il était convaincu qu'elle finirait par se lasser de Heikki Rautenberg et des hommes comme lui. Bien qu'elle n'en eût pas conscience, elle changeait déjà. Il se rappelait comme elle avait été avec lui, comme elle avait pleuré quand elle avait cru qu'il l'avait quittée, son insistance pour qu'il la suive en Russie. En se remémorant tout cela, il éprouvait un sentiment de triomphe : Galina ne pouvait pas plus se passer de lui que lui d'elle.

Auparavant, elle avait toujours été inconstante, abandonnant les hommes dès qu'elle n'en avait plus rien à faire. Cette fois, elle avait été incapable de partir en laissant Edwin derrière elle. Après quelque temps, l'excitation d'être revenue dans le pays de son père se calmerait. Heikki Rautenberg serait un peu plus vieux... Alors, si Edwin gagnait suffisamment d'argent pour satisfaire ses désirs, il saurait la convaincre de revenir en Angleterre et d'y mener une existence normale.

Tant qu'ils étaient au port, l'activité de la chaufferie était des plus réduites. Reposé, vivifié, Edwin était étendu sur sa couchette et, pour la première fois, étudiait un plan de Saint-Pétersbourg qu'il avait acheté à Londres. Ça n'allait pas être facile. La ville était vaste et il n'était même pas très sûr de l'endroit où ils se trouvaient à quai. Apparemment, il y avait deux bassins destinés à recevoir les gros bateaux : le Kommer-cheski et le Gutuyevski, mais Edwin ne voyait rien qui lui indiquât dans lequel était le *Moscou II*. Descendant à la chaufferie, il passa la tête à l'intérieur de la salle des machines et demanda au chef de chauffe :

« Où sommes-nous ici ? Quel port est-ce ?

— Saint-Pétersbourg, bien sûr, répondit l'autre en le regardant d'un air ahuri.

— Dans quel bassin ? Il y en a deux. »

L'autre rétorqua, tout en agitant un chiffon huileux :

« Qu'est-ce que ça peut te foutre ? Dans ce putain de pays, tous les bassins se ressemblent. »

Derrière le chef de chauffe, apparut le mécanicien.

« Nous sommes dans le bassin Kommercheski.

— Merci, monsieur.

— D'ordinaire, nous allons au Gutuyevski, mais, pour je ne sais quelle raison, on nous a dit de venir ici pendant quelques semaines. »

Et il ajouta, en regardant Edwin avec curiosité :

« Cela fait-il une différence pour vous ?

— Non, monsieur. C'était simplement pour me repérer sur le plan.

— Vous savez que nous ne sommes pas autorisés à descendre à terre ?

— Oui, monsieur, je le sais. »

Le mécanicien attarda un instant son regard sur lui, puis disparut.

De retour sur sa couchette, Edwin étudia de nouveau le plan. Il se trouvait exactement à l'opposé de Galina. Il lui fallait parcourir toute la longueur de l'île où ils étaient amarrés, traverser le fleuve, puis faire encore pas mal de chemin. Il consulta le guide, lequel ne lui était pas d'une grande utilité ayant été conçu pour des touristes riches et parlant couramment le russe, mais où l'on trouvait les itinéraires des nouveaux trams électriques. *De la place Lafonskaya au cimetière Smolenskoye, par la perspective Souvorovski...* Sur le plan, les indications étaient portées en caractères minuscules, et beaucoup de noms semblaient les mêmes jusqu'à ce qu'on s'aperçoive que quelques-unes de ces petites lettres bizarres changeaient de l'un à l'autre. A la fin de sa période de repos, Edwin avait découvert que le tram n° 5 — à condition qu'il arrive à trouver son point de départ — l'emmènerait à un arrêt d'où il pourrait ensuite continuer à pied jusqu'à l'appartement de Heikki Rautenberg.

Pendant le voyage de retour, Edwin n'eut guère le temps d'étudier le guide. Quand il terminait sa période de travail, il était tellement exténué qu'il sombrait immédiatement dans un profond sommeil. Mais lorsqu'ils furent de nouveau à Leith, il loua une petite chambre à proximité de la gare et consacra les quelques jours qu'il devait y passer à se bien pénétrer des renseignements contenus dans le guide.

Au bureau de la compagnie, du courrier de chez lui l'attendait et, quand il délaissait le guide ainsi que l'étude du curieux alphabet russe, il s'employait à écrire des lettres qu'il espérait rassurantes. La veille de rembarquer, il s'en fut à Edimbourg par le train et moyennant deux shillings y acheta un manuel pour apprendre le russe, après quoi il se promena par les rues sous l'éclatant soleil de mai, pensant qu'errer ainsi dans une ville inconnue le préparerait à l'épreuve que Saint-Pétersbourg allait constituer pour lui.

Lorsqu'il réintégra le *Moscou II*, il subit à nouveau le choc de la chaufferie, mais, bien résolu à demeurer optimiste, s'employa à lutter contre l'abattement engendré par la chaleur, la poussière de charbon et la frustration. Pour cela, il cessa de considérer ce à quoi il avait dû renoncer, pour ne plus penser qu'à ce qui l'attendait.

Cette fois, lorsqu'ils arrivèrent à Saint-Pétersbourg, le bassin lui parut familier comme un vieil ami. Il attendit avec impatience qu'on leur donne l'autorisation de descendre à terre, puis il fit la queue devant la cabine du capitaine pour toucher une avance sur sa paye, en roubles et en kopecks. Connaissant la valeur du rouble grâce à son guide, il demanda une somme plus importante, car il se rappelait combien étaient dispendieux les goûts de Galina.

Le capitaine Patterson posa la main sur le coffret métallique contenant l'argent et regarda Edwin en répétant :

« Sept roubles ?

— Oui, Commandant.

— Es-tu déjà allé à terre ?

— Non, Commandant, mais j'ai un ami qui habite Saint-Pétersbourg et je ne sais pas combien je vais devoir dépenser pour arriver jusque chez lui. »

Tout comme l'avait fait le mécanicien, le capitaine Patterson le regarda un instant, puis se mit à compter des roubles et des kopecks.

« Fais bien attention à tes papiers d'identité et à la police, lui dit-il d'un ton neutre. Ici, c'est différent de chez nous. Parfois, le moindre manquement est considéré comme une chose grave.

— Je ferai attention, Commandant. »

Dans la cale, comme il les comprenait mieux maintenant, Edwin prêta l'oreille à ce que racontaient ses compagnons qui dressaient des plans pour la bordée qu'ils allaient tirer. Ils ne lui proposèrent pas de se joindre à eux et il en fut bien aise. Ce n'était pas encore fait mais, avec le temps, ils finiraient par le considérer comme un des leurs et il lui faudrait alors imaginer des excuses pour ne pas risquer de les offenser en refusant de les accompagner.

Tandis qu'ils se pressaient à la sortie des docks où on leur distribuait des cartes qui leur permettraient en revenant d'accéder au bateau, Edwin se sentait exulter de plus en plus. Ça y était ! Il se trouvait en Russie et, pas très loin de là, il y avait Galina...

Il lui fallut une heure pour atteindre la rue où habitait Galina, car il dut faire tout le chemin à pied, n'ayant pu repérer quelque chose qui ressemblât à un arrêt de tram et étant trop impatient pour se livrer à des recherches en ce sens. Au sortir de la zone portuaire, il·vit devant lui un large boulevard, curieusement désert et d'une saleté déprimante. Quelques fiacres et charrettes roulaient sur les pavés, et Edwin vit même une automobile. De chaque côté, s'élevaient de hauts immeubles vétustes. Saint-Pétersbourg se révélait vraiment peu exotique.

Il tourna à droite en suivant soigneusement le plan, et arriva ainsi sur le quai de la Néva où il s'immobilisa tandis qu'un sourire éclairait son visage. Revigoré, son optimisme trouvait sa justification, tandis que l'excitation le gagnait : c'était bien une ville digne de Galina !

De l'autre côté du fleuve d'un bleu profond, des colonnades, des clochers se détachaient splendidement sur le bleu pâle du ciel. Il voyait enfin Saint-Pétersbourg, une ville dont il avait entendu parler depuis l'âge de treize ans, depuis que les Barshinski étaient entrés dans sa vie. Follement heureux, il contemplait les grands édifices et les dômes dorés en ayant conscience que, à cause de Galina et des Barshinski, à cause de cette ville, sa vie ne serait jamais plus la même. Il repensa à son village, à la petite existence confinée qu'il y avait menée, et que ses parents continuaient d'y mener parce qu'ils ignoraient tout de ce monde tellement plus grand, plus magnifique.

Il emprunta un pont — le pont Nikolaevski, d'après son plan — et plongea dans un labyrinthe de rues, de canaux et de palais qui devaient le mener à la rue Borovaya. Saint-Pétersbourg continuait d'être sale, étrangement déserte, avec partout cette écriture cyrillique qu'il arrivait tout juste à déchiffrer. L'air était frais et pur, avec une légère brise qui lorsqu'il tournait dans une autre avenue se muait parfois en vent. Au cours des mois qui allaient suivre, Edwin devait apprendre que Saint-Pétersbourg était toujours parcouru par ces vents qui balayaient les îles.

Lorsqu'il atteignit enfin la rue Borovaya, son cœur battit à grands coups. Cela faisait près de deux mois qu'il n'avait revu Galina et il appréhendait soudain quelque changement. Comme il n'arrivait pas à trouver l'immeuble qu'elle habitait, il éprouva un commencement de panique. La rue était très longue et les grands immeubles ne semblaient pas numérotés. Il montra à deux ou trois passants l'enveloppe sur laquelle Heikki Rautenberg avait écrit son adresse, mais ils passèrent outre et l'un d'eux le repoussa même de côté. Enfin, un homme en noir lut l'adresse et lui indiqua du doigt le trottoir opposé. Edwin trouva enfin l'immeuble, dont le numéro se trouvait placé très haut. Il pénétra sous une porte cochère et vit une cour située de l'autre côté du hall, d'où partait également un escalier. Avant qu'il ait eu le temps de se demander s'il devait aller jusque-là, il entendit un bruit de pas rapides dans l'escalier proche de lui et la voix de Galina criant :

« Edwin ! Oh ! Edwin, je finissais par croire que tu ne viendrais jamais ! »

L'instant d'après, il l'avait dans ses bras et éprouvait de nouveau sa magie qui abolissait toute raison. Tout ce qu'il désirait était là. Rien d'autre n'avait d'importance. Un jour et une nuit passés chaque mois avec Galina compensaient tout le reste.

« Edwin, mon cher, cher Edwin ! »

Elle l'embrassait, sous les yeux d'un vieil homme en courte veste de fourrure qui avait émergé d'une cave proche de l'entrée. Elle l'embrassait comme s'il lui avait manqué autant qu'elle à lui-même. Tandis qu'elle attirait sa tête vers la sienne, grisé par le parfum qui émanait du corps tant aimé, Edwin sentait une muette clameur s'enfler en lui.

« Pourquoi n'es-tu pas venu plus tôt ? Ton bateau était déjà là le mois dernier... Heikki est parti et je t'attendais. Pourquoi n'es-tu pas venu ? »

Il tenta de lui expliquer, mais n'y parvint pas, tellement le troublait ce corps serré contre le sien ; il finit par dire gauchement :

« Je suis là, Galina, je suis là...

— Oh ! oui, oui, tu es là ! C'est merveilleux ! Tout est merveilleux à présent que tu es là, Edwin ! »

Riant et parlant, elle l'entraîna dans l'escalier.

« Je savais que ton bateau était de retour, car Heikki est parti, comme il avait dit qu'il le ferait. Alors j'attendais, attendais, attendais, en regardant par la fenêtre dans l'espoir de te voir enfin ! »

Ils arrivèrent sur un palier baignant dans la pénombre, où une énorme porte était entrouverte.

« Nous y voici... Laisse-moi te regarder, Edwin... et regarde-moi ! Trouves-tu que j'ai changé ? Me trouves-tu plus belle ? J'ai tout plein de nouvelles toilettes et l'appartement est merveilleux, n'est-ce pas ? Tellement plus riche, plus beau, plus... russe ! »

Elle courut à travers les pièces, effleurant des vases, des meubles, des tableaux, comme pour se rassurer elle-même. Puis, tel un papillon, elle revint en dansant se blottir entre ses bras.

« Oh ! Edwin, je t'aime tant ! »

Il ferma les yeux, conscient que cette fragile et insaisissable créature l'avait à jamais pris au piège de son charme. Elle l'entraîna impulsivement vers un canapé où ils s'assirent ensemble, écoutant les bruits de la rue qui entraient par la fenêtre. Elle lui tenait la main, qu'elle pressa tendrement contre sa joue, et il fut stupéfait de voir des larmes dans ses yeux.

« Promets-moi de ne jamais me quitter, Edwin », dit-elle posément et, comme il s'apprêtait à protester, elle l'interrompit aussitôt : « Oh ! je ne veux pas dire que tu ne retournes plus sur ton bateau ni rien de ce genre. Non, ce n'est pas ça... Je sais que tu seras obligé de t'absenter de temps à autre... »

Elle eut un petit rire effrayé.

« Promets-moi seulement que tu ne cesseras jamais de venir me voir, que tu ne m'abandonneras pas. Tu comprends : je n'ai que toi. Tu es le seul qui... le seul qui me connaisse. »

Dans un brusque élan de tendresse, il repoussa les cheveux qui masquaient le beau visage.

« Tu ne croiras pas ce que les gens pourront te dire de moi, hein, Edwin ? Tu m'aimeras toujours et tu resteras avec moi ?

— Oui. »

Alors, de nouveau, elle se transforma en un clin d'œil, devint rayonnante.

« Oh ! Edwin, combien de temps peux-tu rester ?

— Il faut que j'aie regagné le bateau demain matin à sept heures. »

Elle eut une petite moue écœurée, puis se pencha vers lui, effleurant sa bouche de ses lèvres jusqu'à ce qu'il n'y puisse plus tenir.

« Assez ! » dit-il d'une voix rauque en l'étreignant avec force et collant sa bouche à la sienne.

Il la sentit se détendre en soupirant doucement.

A supposer que cela fût possible, elle était devenue encore plus belle, plus russe. Ses cheveux étaient tressés en une somptueuse couronne, et, autour du col de sa robe montante, elle portait un rang de perles... Un nouveau cadeau de Heikki, pensa Edwin, mais sans pour le moment en éprouver d'amertume, car quelque chose lui disait qu'avec Heikki, elle n'était jamais comme cela, rayonnante et confiante tout en tremblant de le perdre.

Galina avait une domestique qui venait quotidiennement faire le ménage et les courses, elle s'en fut lui donner de joyeuses instructions qu'accompagnait un tintement de monnaie. Puis quand il voulut la rejoindre, elle le repoussa à l'intérieur de la chambre et lui cria gaiement :

« Non, non, non ! Reste là pour avoir la surprise ! »

Elle ferma la porte de la chambre et il demeura dans une souriante expectative, pendant qu'il entendait déplacer des meubles et Galina donner des ordres qu'elle contredisait aussitôt. La chambre à coucher était splendide, meublée en bois doré. Des rideaux cramoisis étaient drapés à la tête du lit et encadraient les fenêtres. Tout dans la pièce respirait l'opulence et rappelait à Edwin les soirées qu'ils avaient passées tous les trois ensemble.

« Voilà! dit joyeusement Galina en ouvrant la porte. A présent, tu peux venir manger! »

Il vit une table recouverte d'une nappe blanche, avec une soupière d'argent, un énorme surtout garni de fleurs de pommier — comment avait-elle pu trouver des fleurs de pommier à Saint-Pétersbourg? — une bouteille de champagne dans un seau d'argent, de grands verres fins...

« Yelena est partie. Maintenant, nous pouvons faire la fête! D'abord, un petit cadeau pour marquer ta venue à Saint-Pétersbourg. »

Ses yeux noirs brillaient, pleins de gaieté et de bonheur. En la regardant, il oubliait la chaufferie, son sentiment de culpabilité, tout! C'était une enchanteresse!

« Qu'est-ce que c'est?

— Ouvre! Ouvre! C'est un présent pour toi et moi! Tu vas me promettre que nous serons seuls à y boire! »

Le paquet contenait un petit cylindre gainé de cuir. Il l'ouvrit et trouva à l'intérieur deux gobelets d'argent qui, étroitement emboîtés l'un dans l'autre, semblaient n'en former qu'un.

« Mais Galina... Je ne peux... »

Vivement, elle lui couvrit la bouche de ses doigts.

« Allons, fit-elle en secouant la tête, ne sois pas si vertueux, Edwin Willoughby! J'ai acheté ça avec mon propre argent, sachant trop bien ce que tu dirais, fier comme tu l'es, si je m'étais servi de celui de Heikki. Dis " Merci mon amour, mon cœur, ma Galina à moi! " Après tu déboucheras la bouteille de champagne et nous porterons ensemble notre premier toast!

— Merci mon amour, mon cœur! »

Et, la prenant par la taille, il la souleva de terre en poursuivant :

« Tu es ma Galina à moi! Jamais je n'ai connu une femme comme toi et suis bien sûr de n'en connaître jamais une autre!

— Oh! Edwin, comme c'est gentil! Enfin, tu as appris à me dire de jolies choses! »

Elle le contempla, les mains posées sur ses épaules. Ils

étaient si proches à tous égards qu'il sentait battre son cœur, devinait ses pensées. Il vit qu'elle avait les yeux pleins de larmes, mais sut qu'elle était heureuse, aussi heureuse qu'il était heureux. Ils restèrent silencieux, car, lorsqu'on se sent unis par un tel amour, c'en est presque douloureux.

« Le champagne... » haleta-t-elle.

Et, comme ils levaient leurs gobelets d'argent en se regardant, une branche de fleurs de pommier sembla encadrer le visage de Galina. Elle avait l'air d'une jeune épousée.

Le soir ils sortirent. Elle se changea et mit une robe rouge, avec une petite jaquette bordée de zibeline. Ils marchèrent inlassablement, Galina voulant, disait-elle, lui montrer « sa ville ». Elle le conduisit à l'Astoria, aux Jardins d'Été, lui fit voir les canaux, les palais du Prince ceci et de la Princesse cela. A un moment donné, comme ils tournaient dans la Nevski, un groupe de jeunes officiers s'effaça avec révérence et, dans le brouhaha de leurs paroles, Edwin fut certain d'entendre « Barshinskaya ». Galina rosit, sourit, et inclina légèrement la tête tandis qu'Edwin chassait résolument de son esprit toute pensée qui aurait pu ternir cette incomparable journée.

Galina déclara qu'ils allaient dîner dans un des petits restaurants proches du Liteiney, puis qu'ils remonteraient le long des quais pour voir le fleuve à la clarté des étoiles. Ils entrèrent finalement dans un petit restaurant sombre, voisin de la gare Nikolaevski, qui avait un aspect déprimant mais ne les déprima aucunement. Edwin laissa Galina passer la commande et s'aperçut en fin de soirée qu'il lui fallait tout son argent pour payer le repas. La prochaine fois, il devrait demander une plus grosse avance. En sortant du restaurant, il était trop tard pour aller sur les quais et ils se hâtèrent de regagner l'appartement car ils n'avaient plus que quelques heures à passer ensemble.

Durant toute la nuit, enlacés, ils se chuchotèrent que leur séparation ne serait pas longue... à peine un peu plus de trois semaines. Quand il dut partir, elle se cramponna à lui et Edwin se rappela toutes les fois où il l'avait quittée dans l'appartement de Bayswater Road, alors qu'elle dormait encore et ne paraissait pas se soucier qu'il s'en allât ou non.

Il était cinq heures du matin, car, bien qu'il sût maintenant où s'arrêtait le tram, Edwin n'avait plus d'argent pour le prendre. Mais ça lui était égal. En proie à une étrange euphorie, il découvrait ainsi un autre Saint-Pétersbourg, où il se sentait moins dépaysé parmi toute une population d'ouvriers en casquette et vieux vêtements qui se hâtaient vers les fabriques et les usines dans la froide clarté de l'aube. Il rejoignit le bateau juste à temps.

Lorsque le *Moscou II* était à quai, il ne restait dans la chaufferie que deux hommes pour entretenir la chaudière et veiller à ce que la salle des machines soit toujours prête pour le départ. Leith était le port où chacun souhaitait descendre à terre, pour aller voir sa famille ou retrouver des endroits connus ; Edwin se porta volontaire pour assurer la permanence durant tout le temps qu'ils seraient à Leith. Il ne voulait pas devoir dépenser de l'argent pour se loger, car il désirait faire le maximum d'économies en vue de ses retrouvailles avec Galina à Saint-Pétersbourg. Il était heureux de rester à bord avec sa grammaire russe et son guide, en rêvant d'elle. Ainsi s'établit une sorte de respectueuse camaraderie entre lui et le chef-mécanicien. Tandis que ce dernier se livrait aux travaux d'entretien, il lui apparut très vite qu'Edwin en savait beaucoup plus sur ce chapitre que les autres chauffeurs. Il demanda à son compagnon d'où lui venait cette connaissance approfondie des machines à vapeur.

« Avant d'entrer à la Thomson, monsieur, j'étais sur une locomotive. »

L'autre marqua la surprise :

« Sur une locomotive ? Vous étiez mécanicien de locomotive ?

— Je n'en étais pas encore arrivé à ce stade, monsieur. J'étais chauffeur, dans un dépôt de Londres.

— Je vois... »

Le chef-mécanicien cessa de lui poser des questions et Edwin en fut bien aise. Il ne regrettait pas ce qu'il avait fait, mais devoir expliquer ce qui l'avait poussé à changer de travail, en se ravalant à un niveau inférieur, eût été gênant. On ne l'aurait pas compris.

Aussi fut-il heureux quand la chaufferie retrouva son ambiance habituelle de bruit et de chaleur. Cela ne l'horrifiait plus, car toute cette activité signifiait que, dans dix jours, il reverrait Galina. Il avait le sentiment d'être maintenant capable de se débrouiller avec les trams et de s'orienter dans la ville. Quand il se trouva pour la deuxième fois à Saint-Pétersbourg, il eut conscience de détails auxquels il n'avait pas précédemment accordé d'attention... D'abord, tout le monde paraissait en uniforme, même les vieilles femmes qui se ressemblaient toutes avec leur manteau sombre et leur fichu sur la tête. Et puis, à travers les vitres sales du tram, Edwin voyait différents aspects de la ville : certains quartiers étaient laids et sales, avec des rues mal entretenues... et puis, soudain, il entrevoyait un canal bordé d'arbres, des balustrades de fer ouvragé, ou le porche immense d'un palais sous lequel s'engageait une voiture.

Lors de cette deuxième visite, ils ne quittèrent pas l'appartement avant dix heures du soir. A cette latitude, il faisait encore clair et ils marchèrent main dans la main jusqu'au quai Anglais. De légères écharpes de brume flottaient au-dessus de la Néva et ils contemplèrent ce tableau en silence, avec le sentiment que c'était parce qu'ils s'aimaient que la ville revêtait cet aspect féerique. Quand ils regagnèrent l'appartement, il était presque temps pour Edwin de repartir et ils demeurèrent à s'étreindre en se chuchotant « La prochaine fois... la prochaine fois... »

Désormais, il y avait deux hommes en Edwin. Le chauffeur organisé et travailleur, qui œuvrait en silence, étudiait sa grammaire russe et mettait de l'argent de côté. Cet Edwin-là, calme et raisonnable, finit par s'intégrer à l'équipage. A Leith, il était toujours volontaire pour rester veiller sur les chaudières. Il s'entretenait ainsi avec l'homme chargé de la pompe à vapeur ou le second mécanicien, parlant d'incidents du métier, mais jamais de ce qu'il pouvait faire à Saint-Pétersbourg lorsqu'il s'en allait seul après avoir demandé une forte avance sur sa paye.

Puis il y avait l'autre Edwin, vivant uniquement dans l'attente de ce jour et de cette nuit où il se retrouverait dans son monde de rêve.

Au début d'août, il prit congé de Galina pour la quatrième fois. Bien qu'absorbé en lui-même, il avait eu conscience du changement d'ambiance dans la ville. Il y avait toujours foule devant la gare Nicholas et les rues étaient pleines de jeunes hommes, non pas seulement des militaires dans tout un assortiment d'uniformes colorés, mais des jeunes hommes très ordinaires, en casquette et bottes, avec des vêtements fatigués.

On voyait un peu partout des bannières religieuses, ainsi que des portraits du tsar dans les vitrines des boutiques ou brandis par de petits groupes d'hommes.

« C'est la mobilisation, lui avait expliqué négligemment Galina. L'Allemagne est censée nous avoir déclaré la guerre.

Mais Heikki et des officiers avec lesquels nous sommes amis disent que ce n'est rien, que ce sera terminé en quelques jours.

— Est-ce bien sûr? demanda-t-il, en proie à un bref malaise.

— Oh! oui, c'est déjà arrivé voici deux ou trois ans, je crois, d'après ce que Heikki raconte.

— S'il risque d'y avoir des troubles, ne devrais-tu pas demander à Heikki de te ramener? »

Galina regardait rêveusement par la fenêtre. A travers les rideaux d'épaisse guipure filtraient des rayons de soleil.

« Me ramener où? répondit-elle d'un air lointain. Où ai-je un chez-moi? Et je crois que je me plais ici... »

De nouveau, elle redevenait soudain russe, étrangère, très différente de la Galina qui s'abandonnait entre ses bras en se cramponnant passionnément à lui. Et elle se retourna, souriante :

« Je me plais ici quand tu y es. »

La quitter devenait de plus en plus difficile. Les brèves périodes d'extase qu'il connaissait près d'elle intensifiaient leur liaison, la rendant presque douloureuse. Il avait envie de lui parler de Heikki. Se lassait-elle de ce gros petit homme triste, capable d'exaucer seulement quelques-uns de ses désirs? Il remarquait — comment ce fait aurait-il pu lui échapper? — qu'à chacune de ses visites Galina avait davantage de cadeaux, de toilettes, de bijoux, et il comprenait que Heikki cherchait — tout comme lui-même — à la conquérir avec les seuls moyens dont il disposait. Edwin rêvait d'être riche. Comment acquiert-on de la fortune? S'il était suffisamment riche, il pourrait entretenir Galina... enfin : il *pensait* pouvoir l'entretenir. A quelques heures de Saint-Pétersbourg, tandis qu'il pelletait le charbon en transpirant, Edwin prit vaguement conscience que quelque chose allait de travers dans la chambre des machines. Le chef-mécanicien y était descendu, cependant que le second mécanicien et son aide s'entretenaient à mi-voix d'un air anxieux. Bientôt la nouvelle filtra que le bateau devait regagner Saint-Pétersbourg. Le cœur d'Edwin battit à grands coups : il allait retourner auprès de Galina. Mais s'il y avait quelque chose de détraqué dans les machines, l'équipage serait consigné à bord... Peu importait : il serait à Saint-Pétersbourg et réussirait peut-être ainsi à la voir, ne fût-ce qu'une heure...

Quand ils furent de nouveau à quai, l'atmosphère à bord se révéla différente de ce qu'elle était les fois précédentes. Ayant terminé son service, Edwin se trouvait dans le carré en train de manger, lorsque le chef de chauffe vint lui dire, visiblement secoué :

« Faut qu'on monte tous sur le pont. Le commandant a de mauvaises nouvelles à nous apprendre... La guerre a éclaté... On se bat contre le Kaiser... »

Tout d'abord, Edwin ne saisit pas très bien. Il était tellement absorbé par ses petits problèmes personnels qu'il ne prenait pas la mesure de cette calamité. Sur le pont, équipage et passagers se rassemblaient en silence. Il y avait deux passagères à bord et elles étaient montées là sans chapeau. Le capitaine Patterson vint à la balustrade de la dunette.

« Je suppose que la plupart d'entre vous avez appris les terribles nouvelles. Hier, les troupes allemandes ont envahi la Belgique, et le gouvernement de Sa Majesté a envoyé un ultimatum à Berlin. Cet ultimatum a expiré voici quelques heures, et nous sommes maintenant en guerre avec l'Allemagne. »

Un frémissement parcourut la foule, un bruit tenant à la fois du soupir et du murmure d'approbation.

« On s'y attendait plus ou moins et je suis seulement désolé, mesdames, poursuivit le capitaine avec une inclination du buste à l'adresse des passagères, de n'avoir pu vous ramener chez vous avant que la guerre éclate.

— Le bateau n'a aucun moyen de passer ? »

Patterson posa ses mains sur la rambarde de la dunette.

« Les ordres donnés par le Gouvernement britannique sont de rester à Saint-Pétersbourg jusqu'à nouvel avis. Nous ne pouvons pas traverser la Baltique. Libau a déjà été bombardé par les Allemands et est en flammes. Tous les navires britanniques se trouvant dans les eaux de la Baltique ont reçu l'ordre de rebrousser chemin.

— Et par voie de terre, n'y a-t-il pas une possibilité ? Il est très important pour moi d'être de retour en Angleterre le plus vite possible. »

Un brouhaha naissait parmi les passagers mesurant tout ce qu'impliquaient ces nouvelles. Edwin se représenta mentalement une carte d'Europe : Saint-Pétersbourg était d'un côté, Leith et l'Angleterre de l'autre ; entre les deux, il y avait le golfe de Finlande, sans danger pour le moment, donnant accès à la mer Baltique qui baignait aussi les côtes allemandes.

« Dès que nous en aurons terminé avec les autorités

portuaires — ce qui risque de prendre quand même un moment — vous irez tous vous présenter au consulat. Pour autant que je sache, il n'y a encore aucun danger quand on emprunte la voie de terre, mais il reste toujours la mer du Nord à traverser.

— Pouvons-nous demeurer à bord jusqu'à ce que nous ayons conclu de nouveaux arrangements ? »

Le capitaine Patterson hésita.

« Il serait préférable, je pense, que la plupart d'entre vous débarquent. Le bateau va devoir rester ici quelque temps. Il n'y a pas la moindre chance que nous repartions. »

Les passagers ne se résignaient pas à quitter le pont, et les membres de l'équipage non plus jusqu'à ce que le second entreprenne de les disperser. Lentement, ils regagnèrent les profondeurs du bateau. L'isolement dans lequel Edwin avait passé ces trois derniers mois n'existait plus, chacun espérant qu'un autre serait en mesure de le conseiller.

« C'est très bien pour les passagers, mais nous, comment qu'on va rentrer ?

— Par voie de terre. T'as bien entendu ce que disait le commandant ? Par voie de terre, y a moyen.

— Pour les passagers, oui, d'accord. Mais nous, on peut pas quitter le bateau comme ça...

— Ils vont sans doute nous enrôler dans la marine, dit lentement Edwin. Ils ne vont pas nous laisser en plan ici.

— Ouais, c'est juste... Les Russes ont une marine, eux aussi. Peut-être qu'ils nous y prendront si on peut pas rentrer chez nous. »

Du fait de la guerre, ils étaient devenus soudain tous camarades. On se partageait des cigarettes et on levait des quarts émaillés remplis de thé pour porter des toasts insolites.

« Mort au Kaiser !

— Oui, buvons à sa mort ! »

Mort au Kaiser ? Edwin ne savait pour ainsi dire rien du Kaiser, pas davantage de l'Allemagne ou des raisons pour lesquelles cette guerre avait éclaté. Il n'avait pas lu un journal depuis trois mois ni eu l'occasion de discuter des nouvelles avec quelqu'un. Il vivait dans un monde de chaudières, de grammaire russe et de Galina. Il avait connu un instant de panique lorsqu'il s'était rendu compte que leur petit groupe était coupé de l'Angleterre, juste au moment où il éprouvait un

peu le mal du pays, le désir de revoir ses parents et Sophie...
Mais cela passa, et ne subsista plus en lui qu'une grande
exultation à l'idée d'être bloqué dans la ville même où se
trouvait Galina.

Chapitre seize

಄

La guerre, qui jusqu'alors n'avait pas empiété sur ses problèmes personnels, devint soudain un facteur essentiel. De vieux journaux, retrouvés dans les armoires ou les bagages, permirent de reconstituer la chronologie des événements survenus au cours du mois précédent, depuis l'assassinat de l'archiduc François-Ferdinand. Durant les premiers jours, ils furent consignés à bord et nul ne savait très bien ce qui allait arriver, ce qu'on allait faire d'eux sur ce bateau anglais échoué du mauvais côté de l'Europe.

Dans la soirée qui suivit l'annonce faite par le capitaine Patterson, ils entendirent des clameurs enthousiastes en provenance du quai, qui les firent se ruer vers le pont. Ils virent des files d'ouvriers et de matelots de la marine marchande qui progressaient sur le quai, agitant des drapeaux et lançant leurs casquettes en l'air. En arrivant à hauteur du *Moscou II* ces manifestants redoublèrent d'enthousiasme. Un drapeau de l'Union Jack apparut, puis le drapeau français, ainsi que plusieurs bannières religieuses qui devaient sans doute avoir une importante signification pour les Russes.

« Ils crient " Vive l'Angleterre ! " » dit soudain Edwin. Il ne savait trop comment il en avait eu conscience, sauf qu'il avait reconnu le mot « Anglia ». Et puis il y avait eu aussi comme une bouffée du passé, quand M. Barshinski émettait des sons analogues. Toujours étrangère, cette langue ne lui demeurait cependant plus totalement incompréhensible.

Regardant s'éloigner les manifestants, le mécanicien en second dit :

« Ils sont soulagés de savoir que nous nous battons à leurs côtés.

— Que va-t-il advenir de nous, monsieur ?

— Pour l'instant, je l'ignore... Peut-être serons-nous pris en charge par le gouvernement russe... Peut-être réussirons-nous à rapatrier quelques-uns de nos hommes par la Suède et la Norvège, en ne gardant ici que des éléments susceptibles de travailler avec un équipage russe si jamais ils décident de nous utiliser pour la guerre.

— S'il en est qui doivent rester ici, monsieur, j'aimerais être du nombre. Je préfère demeurer avec le bateau... »

Il avait parlé impulsivement, sans réfléchir ni peser le pour et le contre, pris de panique à l'idée que, par voie de terre, on les envoie loin de Galina. Le mécanicien le regarda avec un soudain intérêt :

« Vous parlez russe, Willoughby ?

— J'essaye d'apprendre, monsieur.

— Il y a des risques, vous savez... Tout le monde dit que ça sera terminé en l'espace de quelques mois, mais si ça n'est pas le cas, nous pourrions nous retrouver dans un fichu pétrin. »

Au bout d'une semaine, il fut décidé de laisser le feu s'éteindre et de n'entretenir que la chaudière auxiliaire. Consigné à bord et n'ayant plus grand-chose à y faire, l'équipage sombra dans une sorte de léthargie où le temps qui s'écoulait n'avait plus d'importance. Beaucoup des hommes jouaient aux cartes ou aux dés, cependant que circulaient les quelques livres se trouvant sur le bateau, mais personne ne demandait à voir la grammaire russe d'Edwin. Assis sur sa couchette, il couvrait de caractères un cahier d'exercices et apprenait par cœur les trajets de tous les trams circulant dans Saint-Pétersbourg.

Au bout de dix jours, certains furent autorisés à descendre à terre pour quelques heures. Aussitôt Edwin se hâta en direction de la rue Borovaya. C'était une visite imprévue et il se rappelait les paroles de Heikki Rautenberg : « Je ne veux plus vous revoir, pas plus ici qu'à Saint-Pétersbourg. » Mais, avec la guerre, la situation était différente. S'il restait tout le temps à Saint-Pétersbourg, comment réussirait-il à ne pas rencontrer Heikki Rautenberg ?

Lorsque Edwin arriva à destination, le vieux gardien surgit du sous-sol, comme il le faisait toujours.

« *Gde Barshinskaya ?* demanda Edwin sans grand espoir d'être compris mais en remettant deux kopecks au vieil homme pour écarter toute suspicion.

— *Dojidat* », répondit l'autre à la surprise d'Edwin.

Il empocha les kopecks et entreprit laborieusement l'ascension de l'escalier. Que signifiait *Dojidat?* Devait-il suivre le gardien ou attendre? Mieux valait attendre, au cas où Heikki Rautenberg serait là.

Il y eut un bruit de pas précipités, un petit cri de joie et Galina fut de nouveau dans ses bras.

« Oh! Edwin? Je savais que tu reviendrais, j'en étais sûre! A présent, tu vas être obligé de rester avec moi, n'est-ce pas? Tu ne peux pas repartir. Tout le monde dit que ce serait trop dangereux et que les Anglais se trouvant ici devront y rester...

— Où est Heikki?

— A Moscou. Il a beaucoup de soucis pour ses affaires. Il lui faut voir si le gouvernement russe veut de son bois et de son lin, car il ne peut plus les expédier en Écosse. Vas-tu demeurer à Saint-Pétersbourg, Edwin?

— Je l'ignore.

— Oh! il faut absolument que tu restes! »

Elle l'avait entraîné dans l'escalier et ils durent s'effacer contre le mur pour laisser redescendre le vieux gardien, qui passa devant eux comme s'ils n'existaient pas.

« Je n'ai que très peu de temps, Galina, dit Edwin quand ils furent dans l'appartement. Avant tout, il nous faut convenir d'un moyen pour que je sache quand je peux venir... lorsque Heikki sera absent?

— Le gardien te dira si tu peux monter ou non, répondit-elle avec un haussement d'épaules comme si la question était superflue.

— Mais, Galina, rétorqua-t-il avec une soudaine impatience devant un comportement aussi enfantin, je ne parle pas le russe suffisamment bien pour pouvoir lui demander tout ça. Et que pensera-t-il? Que doit-il penser, d'ailleurs, en me voyant revenir périodiquement, alors que c'est Heikki qui paie le loyer?

— Peuh! Quelle importance, ce qu'il peut penser? Ce n'est qu'un paysan; pour quelques kopecks, il fera n'importe quoi. »

A l'impatience s'ajouta un sentiment nouveau : le ressentiment. Pas exactement contre Galina, mais contre ce qu'elle venait de dire : « Ce n'est qu'un paysan. » Galina et lui étaient aussi des enfants de paysans. Elle sentit sa réaction contraire et s'en effraya, bien que ne voyant pas ce qui avait pu la causer.

« Ne sois pas en colère après moi, Edwin! Je ne pourrais pas endurer que tu sois fâché contre moi! Je n'ai personne d'autre que toi ! Heikki ne se soucie pas de moi ! Il est bien trop inquiet pour ses affaires et sa famille. Moi, je ne compte pas, je...

— Ce n'est pas vrai, Galina ! Heikki a fait pour toi plus que n'importe qui au monde ! »

Elle eut un recul, comme s'il l'avait frappée et ses yeux devinrent soudain très noirs du fait des pupilles dilatées.

« Que veux-tu dire ?

— Tous les cadeaux qu'il t'a donnés... La façon dont il s'occupait de toi à Londres, dont il t'a amenée ici, simplement parce que tu avais envie de venir en Russie... s'arrangeant de surcroît pour que je vienne aussi puisque tu en exprimais le désir... Imagines-tu ce que tout cela a dû représenter pour lui, combien il a dû en souffrir ? Crois-tu que quelqu'un d'autre aurait tant fait pour une femme ?

— Je ne suis pas " une femme " ! s'emporta-t-elle. Je suis Galina Barshinskaya ! J'ai droit à tout ce que je peux obtenir des hommes !

— Galina ! »

Très pâles, ils se regardèrent. Était-ce également ainsi qu'elle le voyait : un homme dont elle avait le droit souverain d'user et abuser ?

Brusquement, elle s'effondra entre ses bras en sanglotant.

« Je ne pensais pas ce que j'ai dit ! Je ne le pensais pas ! Oh ! je t'en prie, ne m'en veux pas, ne me quitte pas ! Tu m'aimes, dis ? Tu m'aimes vraiment ? Quoi que je puisse être, dis-moi que tu continueras de m'aimer, je t'en supplie !

— Oh ! Galina, Galina ! Tu dois quand même bien en être sûre maintenant ? Ne sais-tu pas tout ce que j'ai fait par amour pour toi ?

— Si, si, mais j'ai tellement peur que tu me quittes... que tu te lasses de moi...

— Parmi tous les autres... les hommes que tu as connus avant moi... en est-il un qui se soit lassé de toi ?

— Non...

— Alors pourquoi me lasserais-je de toi ?

— Parce que toi, tu me connais. Tu sais vraiment ce que je suis. »

Elle eut un sourire d'enfant qui fit Edwin la serrer contre lui en murmurant des paroles rassurantes, réconfortantes. Peut-être le moment était-il venu ? Peut-être à présent serait-elle prête à rester avec lui pour toujours, à se plier à sa façon de vivre, assurée qu'il l'aimerait toujours et ne l'abandonnerait jamais ?

« Galina, dit-il, la bouche dans ses cheveux. Peut-être Heikki pourrait-il te faire rapatrier ? De nombreux Anglais repartent, et le consulat le recommande à tous ceux qui n'ont pas besoin de rester ici. Heikki pourrait s'arranger pour que tu voyages par voie de terre. Sur le bateau aussi, il est probable que la plupart d'entre nous vont être renvoyés chez eux. Et une fois de retour en Angleterre, nous pourrions nous marier. Si tu m'épousais, tu n'aurais plus rien à craindre, car tu saurais que je ne te quitterais jamais. »

Elle eut un léger soupir et bougea entre ses bras :

« Non.

— Pourquoi non ?

— J'aime ici... C'est mieux qu'à Londres. Plus... plus élégant. Ne trouves-tu pas cet appartement beaucoup mieux que celui de Bayswater ? »

Il lui vint une envie de la secouer violemment, tout en sachant que c'était inutile.

« Et, de toute façon, la guerre sera finie pour Noël. Tout le monde le dit. Alors, je pourrai retourner en Angleterre sur un des bateaux de Heikki chaque fois que j'en aurai envie. »

Edwin ferma les yeux un instant, faisant appel à toute la force qu'il lui fallait s'il voulait conserver Galina.

« Quand je viens, comment puis-je savoir si Heikki est là ? demanda-t-il avec lassitude.

— Je préviendrai le gardien. Je lui dirai de ne pas te laisser monter quand Heikki est ici. Tu connais suffisamment de russe pour comprendre s'il te dit " Non ". »

Il l'embrassa pour prendre congé et se hâta de regagner le bateau.

Chapitre dix-sept

ভ

Si un grand nombre de lettres envoyées par Edwin étaient censurées, avec des passages noircis à l'encre de Chine, l'une d'elles avait apparemment échappé au censeur. Edwin y disait que leur bateau assurait des transports d'une rive à l'autre du golfe de Finlande et aussi loin qu'ils osaient se risquer dans la Baltique. Des Russes travaillaient avec eux, remplaçant les membres de l'équipage repartis par voie de terre, et il apprenait le russe afin de pouvoir parler avec eux.

Alors chacun de se poser la question : pourquoi des membres de l'équipage avaient-ils été renvoyés chez eux et pas Edwin ?

Lillian suggéra qu'on écrivît au siège de la William Thomson, à Edimbourg, afin de demander quand rentrerait le reste de l'équipage du *Moscou II*. On en référa aussitôt à Sophie, qui était officiellement chargée de la correspondance.

« Non, dit-elle en pesant ses mots, nous ne devons pas avoir l'air de demander une faveur spéciale. Si, à cause de la guerre, ils estiment avoir besoin d'Edwin sur le bateau, c'est normal qu'il reste en Russie.

— Oui, opina son père, il est pour ainsi dire mobilisé là-bas. »

Sophie en doutait. Elle ignorait pourquoi Edwin était encore en Russie et craignait de l'apprendre. Parfois, elle repensait à M. Hope-Browne, défiguré, et elle avait de plus en plus peur pour Edwin. Si Daisy May avait vu juste et que ce fût à cause de Galina ? Quelles chances pouvait avoir leur frère, qui était si gentil et avait un cœur d'or, contre une femme comme Galina ?

Quand il devint évident que la guerre ne serait pas terminée pour Noël, quand on passa de 1914 à 1915 et que parvinrent les listes des pertes en hommes à Ypres et dans la Marne, la jeune fille comprit qu'il n'était plus un endroit au monde où son frère pût être en sécurité. Les jeunes hommes quittaient le village. Peter Hayward, les Tyler, les Jenkins partirent s'engager. Ils revinrent presque tous au village une fois au moins, paradant en uniformes kaki, rayonnants de prestance et d'enthousiasme, avant de partir pour la France.

« Plus d'hommes ni de chevaux », pensa Sophie un soir qu'elle s'en revenait chez les Fawcett à l'issue de son après-midi de congé.

On était en train de réquisitionner les chevaux chez les Hayward et les Fawcett. Les beaux hunters de M. Fawcett avaient quelque chose d'incongru aux côtés des pesants chevaux de ferme.

« Il ne restera plus au village que des femmes et des vaches », conclut Sophie que ce spectacle avait déprimée.

Edwin lui manquait terriblement, et aussi Daisy May qui, si elle continuait à travailler chez les Fawcett, n'en était pas moins comme absente.

Alors qu'elle rejoignait la route, Sophie sentit soudain son cœur bondir. Elle voyait, marchant en avant d'elle, une silhouette qu'il lui semblait reconnaître... Oui, c'était bien sa taille, sa carrure et sa démarche... Sauf qu'il était en kaki, il n'avait pas changé après tant d'années.

« Monsieur Barshinski ! Monsieur Barshinski ! »

Elle renouait avec le merveilleux été, oubliant tout ce qu'il y avait eu de mal — la mort de Lady Audley et de Mme Barshinski, l'ivrognerie, les coups — pour ne se rappeler que kroshka.... le violon... le sourire.

« Monsieur Barshinski ! »

Elle se mit à courir pour le rattraper.

« Monsieur Barshinski ! »

La silhouette se retourna.

« Oh ! salut, Sophie ! »

Glabre et plus jeune que M. Barshinski ne semblait avoir jamais pu l'être, un grand garçon aux yeux noirs en uniforme de caporal. Un jeune homme qui n'était pas M. Barshinski, mais qui lui souriait d'une telle façon qu'elle en eut les larmes aux yeux.

« Ivan... C'est bien toi, Ivan ?

— Mais oui, c'est moi ! »

La voix était grave comme celle de son père. D'ailleurs, tout en lui rappelait son père.

« Ivan... Je n'arrive pas à y croire... Comment es-tu ici? Es-tu venu voir Daisy May?

— Daisy May et toi.

— Oh! Ivan... »

De nouveau, elle faillit fondre en larmes tant il avait dit cela gentiment. Elle leva la tête : il lui paraissait très grand... Ou bien était-ce elle qui était petite?

« Tu es magnifique, Ivan! Quand es-tu devenu si robuste? Je ne t'aurais jamais reconnu si ce n'était que tu ressembles tellement à ton...

— Oui, je ressemble à mon père, mais seulement au physique. Je ne joue pas du violon et je ne me saoule pas.

— Oh! non... Bien sûr que non... balbutia Sophie, gênée.

— Moi, je t'aurais reconnue n'importe où. Tu n'as absolument pas changé.

— Oh... »

Elle était déçue de l'entendre dire cela. En douze ans, elle avait quand même bien dû s'améliorer un peu.

« Si tu savais comme je suis heureux de recevoir tes lettres! grâce à Daisy et toi, je sens que j'ai une famille qui m'attend ici.

— Toi, tu n'écris pas beaucoup, lui reprocha-t-elle.

— Non... C'est que, Sophie, je n'ai jamais bien su écrire... Mais, avec l'aide d'un sergent, j'ai fait des progrès. J'ai été nommé caporal, comme tu vois. Et si je veux rester dans l'armée, il me faut améliorer mon instruction.

— Alors tu vas pouvoir m'envoyer des lettres de France. »

Il rit, de ce rire cordial qu'elle se rappelait si bien.

« Ah! Sophie, Sophie... Tu es toujours la même... La première fois que je t'ai vue, tu m'as fait penser à un petit fox, plein d'ardeur et de courage en dépit de sa taille.

— Merci!

— Là, je sens que, d'un instant à l'autre, tu vas me donner un coup de tête dans l'estomac!

— Je présume que tu es sur le point de t'embarquer pour la France? » dit-elle en redevenant très digne, et elle vit le coin de ses yeux se plisser comme chez son père.

« Oui, on nous a ramenés des Indes pour renforcer le front, car il y a beaucoup de jeunes recrues mais pas assez de militaires entraînés. Edwin s'est engagé?

— Il est en Russie », répondit Sophie et elle eut la satisfaction de le voir manifester enfin de la surprise. « Daisy May te racontera ça, ajouta-t-elle vivement, car elle n'avait

aucune envie de parler d'Edwin et de la Russie. Entre seul...
Tu trouveras Daisy dans la cuisine... Je vous rejoins tout de
suite ! »

Levant sa grande main, si semblable à celle de son père, il
lui effleura la joue du bout d'un doigt :

« Merci, Sophie. Merci pour tout. »

Elle resta dehors, à humer la douceur printanière et
regarder les nuages défiler devant la lune. Sur sa joue persistait encore la caresse du doigt. Du coup, elle ne se sentait plus
déprimée, mais pleine de vie et d'espoir. Edwin allait revenir.
Les Indes, c'était beaucoup plus loin que la Russie et pourtant
Ivan était de retour. Des bruits de voix lui parvenaient de la
maison, mais elle n'était pas pressée de rentrer. Elle était en
train de vivre quelques instants d'ineffable bonheur. Elle se
rappelait l'Ivan d'autrefois, toujours sale, le pantalon déchiré,
le nez qui coulait... et sans mouchoir ! Elle sourit en s'avisant
qu'il avait essayé de prendre un air protecteur, comme pour lui
faire oublier ce pauvre petit déchet d'humanité qui s'était
laissé consoler par elle avant de s'enfuir dans la nuit.

Ivan avait une permission de vingt-quatre heures. Il fut
décidé que Sophie allait retourner chez elle avec lui afin que
ses parents le logent pour la nuit. Elle ne voulut pas se
souvenir de la mauvaise opinion que sa mère avait eue d'Ivan.
A présent, il était militaire, caporal d'infanterie, et avait droit
d'être traité comme tous les braves garçons qui s'en allaient
combattre les Boches.

Surexcitée, folle de joie, Daisy annonça en embrassant son
grand frère qu'elle allait demander toute sa journée du
lendemain afin de la passer avec lui. De même que Mme Willoughby, Mme Fawcett devrait bien s'incliner : c'était la
guerre.

Tandis qu'ils s'en revenaient dans la nuit, Sophie devait
presque courir pour se maintenir à la hauteur de son
compagnon.

« As-tu un bagage ? Une musette ou quelque chose ?

— J'ai tout laissé à la gare.

— Je pense que Maman pourra te prêter des affaires
d'Edwin...

— Ah ! oui... Daisy m'a mis au courant pour Edwin... »

Un silence s'établit, comme si Galina avait surgi entre eux.

« C'est drôle, l'impression qu'on a quand on revient, dit-il
après un moment. Lorsque j'étais aux Indes et que je repensais
à vous tous, les Willoughby, je te voyais plus grande que moi,

toujours bien habillée et parlant correctement... très différente de nous.

— Mais pas distante, n'est-ce pas ? »

Il lui ébouriffa les cheveux et elle en fut vaguement agacée.

« Non. Lorsque tu étais seule, tu étais toujours très bien. Mais quand tu te trouvais avec les autres... ta mère, Lillian et ton frère... vous sembliez appartenir à un autre monde. A présent, le village me paraît plus petit, les maisons beaucoup moins imposantes que dans mon souvenir, et toi... toi, tu es exactement comme Daisy, pas distante ni guindée. »

Quand ils arrivèrent à la Maison du Hibou, Ivan tourna la tête pour la regarder.

« Après vous, plus personne ne l'a habitée. Le toit s'est effondré en partie et, un de ces jours, elle va s'écrouler complètement. »

Il ne fit aucun commentaire et ils s'engagèrent dans l'allée menant chez les Willoughby. Alors qu'ils entraient dans la cour, Ivan s'immobilisa. On n'avait pas fermé les volets, et Lillian cousait près de la fenêtre ; la lampe posée à côté d'elle nimbait son profil. Le tissu qu'elle tenait était bleu et, la tête ainsi penchée, elle évoquait une de ces illustrations qu'on voit dans les livres, tout en bleu et or.

« C'est Lillian ?

— Bien sûr.

— Elle est très belle.

— Oui, elle l'a toujours été, répondit Sopie sèchement. Et tu la détestais justement parce qu'elle s'en prévalait pour te regarder de haut. »

Il ne répondit rien, figé sur place, continuant d'observer Lillian. Finalement, Sophie ouvrit la porte et poussa son compagnon à l'intérieur de la maison.

« Voyez qui nous arrive ! dit-elle avec pétulance. Ivan Barshinski en personne, qui est de retour des Indes et part demain pour la France.

— Ivan ! Mon cher garçon ! s'exclama M. Willoughby en se levant aussitôt et contournant la table pour serrer la grande main de l'arrivant.

— A présent, je m'appelle Brown, dit Ivan. »

A côté de sa robuste stature, le père de Sophie paraissait presque frêle et sa mère encore plus fragile.

« Comme il n'a aucun endroit où aller, j'ai pensé qu'Ivan pourrait coucher dans la chambre d'Edwin.

— Mais oui, bien sûr ! » dit aussitôt le père et, au grand

soulagement de Sophie, sa mère aussi s'avança en tendant la main d'un air relativement aimable.

« Ça fait plaisir de te revoir, Ivan... et caporal de surcroît ! Naturellement que tu vas coucher ici !

— Je ne veux pas déranger...

— Tu ne déranges aucunement. C'est bien le moins qu'on puisse faire pour nos garçons qui s'en vont combattre les Boches. Sophie, va chercher un peu de viande froide dans le garde-manger et...

— Il faut que je rentre, Maman. Je suis déjà en retard. »

Pliant soigneusement l'étoffe bleue, Lillian la posa sur la table.

« Je vais m'en occuper », dit-elle d'une voix douce et, tournant son visage vers Ivan, elle lui sourit. C'était son sourire habituel, celui qu'elle arborait quand elle voulait montrer aux gens quelle demoiselle bien élevée elle était, mais Ivan fut comme fasciné.

« Lillian... » murmura-t-il.

Elle inclina la tête.

« Ça fait plaisir de te revoir, Ivan, et en pareille forme ! »

Elle se faufila dans l'étroit espace entre Ivan et la table.

« Il faut que je m'en aille, dit Sophie, le cœur serré.

— Oui, ma chérie. Daisy viendra le voir demain ?

— Je le suppose, oui. Au revoir, Ivan.

— Quoi ? Oh ! oui... Au revoir, Sophie. Merci de m'avoir accompagné... Merci pour tout ! »

Tourné vers elle, il la gratifia un bref instant du merveilleux sourire Barshinski.

« Bonne nuit, Papa.

— Bonne nuit, ma fille. »

A quoi bon rester ? Tout le monde se pressait autour d'Ivan, brûlant de l'entendre parler de l'armée, de la guerre, de sa vie. Jamais, depuis l'âge de onze ans, elle n'avait autant détesté Lillian qu'en cet instant.

Chapitre dix-huit

༥

Quand arrivèrent les premières neiges, la vie d'Edwin, comme celle des autres restés à bord du *Moscou II,* se mit à changer imperceptiblement. Au cours des dernières semaines d'été et de la saison pluvieuse qui suivit — cette brève saison qui passe pour être l'automne en Russie septentrionale — un équipage russe, plutôt symbolique, vint à bord. Le bateau devait assurer des transports le long de la côte baltique : du charbon, parfois des machines et, à une occasion, des caisses contenant de vieux fusils qui avaient été découverts dans un dépôt d'armes plus ou moins oublié, et qu'on s'était empressé d'expédier sur le front. Car, en dépit de toute la propagande et des défilés enthousiastes drapeaux au vent, des bribes de mauvaises nouvelles filtraient de l'ambassade britannique au consulat, puis jusqu'au capitaine Patterson. Les Russes avaient commencé la guerre en essuyant une grande défaite et le bruit courait que leurs immenses armées manquaient d'armes et d'entraînement. Les Russes qui vinrent à bord du *Moscou II* étaient plus âgés que l'équipage anglais : doux et tristes, ils étaient de haute taille et parlaient à mi-voix. Rien en eux ne rappelait le souvenir de M. Barshinski, et pourtant il émanait de ces hommes quelque chose qui les reliait pour Edwin à celui qui avait été l'excentrique du village. D'abord, il reconnaissait nombre de mots qu'ils employaient et il lui arrivait même de se faire comprendre d'eux ; alors, ces visages froids s'avivaient d'un sourire où Edwin retrouvait ses rêves d'enfant mêlés à son amour pour Galina.

La neige venue, ils quittèrent le bateau par petits groupes de trois ou quatre, car ils n'avaient plus rien à faire durant le long hiver russe. Ils entreprirent donc de rentrer chez eux en passant par la Finlande et la Suède. Ceux qui étaient volontaires pour rester avaient été priés de parler au capitaine Patterson, et Edwin était du nombre. Lorsque partirent le chef de chauffe et le mécanicien en second, il assura la permanence dans la chambre des machines, continuant de faire marcher la chaudière auxiliaire, les autres ayant été vidées en prévision du rude hiver russe. Tous les matins, il montait aider à pelleter la neige tombée sur le pont et la jeter dans la Néva gelée. Il relayait aussi le cuisinier aux fourneaux et avait entrepris de faire fondre la neige pour assurer le ravitaillement en eau. Il allait également porter des messages dans toute la ville. Les semaines qu'il avait passées à étudier le guide, ainsi que ses promenades estivales en compagnie de Galina l'avaient familiarisé avec Saint-Pétersbourg et il finissait toujours par trouver le consulat, la police russe, les bâtiments administratifs, l'attaché commercial ou l'ambassade. Au cours de ce premier hiver, on avait vraiment beaucoup à faire. Les membres de l'équipage, même ceux qui retournaient chez eux, devaient être munis de vêtements spéciaux pour affronter les rigueurs du climat. On leur distribuait des tickets d'alimentation, mais ils devaient aller acheter leurs provisions dans les boutiques et les marchés. Il y avait aussi des papiers, des formalités à remplir, et il fallait se faire délivrer des passeports temporaires. Un équipage étranger, même s'il s'agissait d'alliés, était une source de complications pour la peu souple bureaucratie du tsar.

Puis, à mesure que l'hiver avançait, que les jours devenaient plus courts et plus sombres, que l'équipage se réduisait au minimum, une sorte de routine s'instaura, et Edwin découvrit qu'il avait de plus en plus de temps libre. A bord, il n'y avait plus les officiers d'une part et l'équipage de l'autre, mais un groupe d'exilés qui découvraient ensemble les rigueurs de l'hiver russe.

En ce premier hiver, Edwin se sentit la proie d'une joie intérieure, d'un bonheur dû seulement en partie à la présence de Galina. Cette cité hivernale parlait à son imagination. Jamais encore il n'avait connu un tel froid, qui vous brûlait la gorge et l'intérieur du nez, vous pénétrait jusqu'aux os en dépit des vêtements spéciaux. Dans son village du Kent, Edwin avait enduré des mauvais hivers, mais qui étaient des contes de Noël à la Dickens comparés à celui-ci où neige, vent et glace enveloppaient la ville.

Quand la pâle lueur grisâtre d'une aube tardive finissait par poindre à l'est, le jeune homme montait sur le pont et contemplait les bateaux prisonniers de la glace, les hangars et les quais ensevelis sous la neige. Pareilles à des fourmis, des silhouettes noires se mouvaient à travers cette blancheur : quelques balayeurs qui essayaient de l'emporter sur la neige fraîchement tombée. Lorsqu'il s'en allait par la ville faire des courses pour le bateau, Edwin se grisait des brusques voltes de vent qui le couvraient de neige chaque fois qu'il tournait un coin de rue. La nuit tombée, le froid s'accentuait encore, au point de communiquer un éclat scintillant aux lampes qui jalonnaient les quais et semblaient sur le point d'exploser en glaçons.

Edwin demeurait stupéfait de l'endurance dont témoignaient les commerçants de Saint-Pétersbourg qui, entre des tas de neige, continuaient de vanter leurs marchandises : pains de seigle, lait, vieux vêtements, harengs fumés, et les enveloppaient dans des carrés de papier journal.

En ce premier hiver, il n'était nul endroit de Saint-Pétersbourg qui n'enchantât Edwin. Même le déprimant quartier de Viborg, avec ses usines et ses logements ouvriers acquérait un charme mystérieux quand la neige en masquait la misère.

Bien entendu, il voyait souvent Galina, mais, parce qu'existait à bord du *Moscou II* une loi non écrite prescrivant que nul ne devait demeurer absent longtemps, leurs rencontres ne duraient jamais plus de deux ou trois heures. Heikki ne vint que quatre fois durant cet hiver. Ses affaires, dont le siège était à Moscou, prenaient un nouvel essor du fait de la guerre. Les anciens débouchés avaient disparu, mais le gouvernement achetait tout ce qu'il trouvait et le payait un bon prix. Aussi Heikki ne pouvait-il guère s'absenter de Moscou, et ainsi la guerre même semblait vouloir favoriser les amants.

Parfois, au cours de ses incursions en ville, Edwin apercevait Galina menant sa vie séparée. Un jour, il la vit entrer dans un café de la Mikhailovskaya en compagnie d'une autre femme. Elles étaient descendues en riant d'une voiture que tirait un cheval, et leurs visages rosis par le froid se révélaient aussi jeunes que ravissants entre leur chapeau et leur col de fourrure. Une autre fois, il les attendit pour provoquer la rencontre, et, ravie, Galina le présenta à « Lizka » qui, lui dit-elle, chantait à l'Arcade Théâtre. Elle semblait s'être fait un petit cercle de relations, analogue à celui de Londres : des figurants de théâtre, une quadragénaire et sa fille qui tenaient un salon de thé dans la partie la moins élégante de la Nevski, un professeur de piano, un petit bossu qui habitait un appartement dans l'île Vasilievski.

Edwin fut quelque peu entraîné dans ce demi-monde ; il participa à une soirée donnée chez Lizka et, un matin, prit le café dans la chambre du professeur de piano. Tous ces gens étaient très gais et ne semblaient guère penser à la guerre, en dépit des restrictions. Ils passaient leur temps à faire des emplettes ou, assis dans des salons de thé, à discuter des amours de leurs amis. Le jeune homme avait conscience qu'il aurait dû blâmer l'attitude de ces papillons inutiles ; mais, comme les papillons, ils étaient plaisants et inoffensifs, aussi ne pouvait-il s'empêcher de goûter leur compagnie. Lorsque arriva la réouverture de la saison théâtrale, Lizka présenta Galina au directeur de l'Arcade, qui l'engagea de temps à autre comme danseuse dans ses opérettes. De la sorte, Galina retrouva sensiblement la même vie qu'elle menait à Londres.

Souvent, lorsque Edwin arrivait rue Borovaya, Galina était sortie ; mais cette incertitude touchant leurs rencontres avait quelque chose d'excitant à présent qu'ils savaient être dans la même ville et ne pas devoir attendre plus de quelques jours pour se revoir.

Cet hiver-là, Edwin eut vraiment le sentiment d'être devenu un citoyen de Saint-Pétersbourg : il y avait sa place, y connaissait des gens et était fier de n'être plus dérouté par l'étendue et les bizarreries de cette grande ville. Durant tout l'hiver, il ne cessa d'exulter, pressentant que tout cela allait culminer en une explosion de bonheur. Bien des années auparavant, il avait éprouvé ce même sentiment, lorsque, de sa fenêtre, il avait vu Galina danser autour du feu. A présent, toutefois, il le ressentait de façon plus intense, comme lorsque le rêve est sur le point de devenir réalité.

Ce moment arriva, mais Edwin ne s'avisa qu'après-coup du sommet que son bonheur avait alors atteint. Un matin de la fin d'avril, il franchissait le pont Nikolaevski lorsqu'une imperceptible variation, dans l'air, dans la couleur du ciel, le fit s'arrêter pour regarder le fleuve pris par les glaces. Presque aussitôt il y eut une sorte de détonation, faisant penser à un coup de pistolet, et la glace se mit à trembler. Des fissures s'ouvrirent et le fleuve recommença miraculeusement à se mouvoir autour des piles du pont. Jaillissant d'un ciel bleu pâle, le soleil parsemait la glace de paillettes d'or. Au sein de sa contemplation, Edwin entendit deux jeunes filles parler derrière lui et découvrit qu'il comprenait ce qu'elles disaient, non pas dans le détail, bien sûr, mais il sut qu'elles parlaient du printemps. Le printemps est arrivé, disait l'une d'elles. Il se retourna et, parce qu'il se sentait heureux, il leur sourit. Elles lui rendirent son sourire en disant : « Enfin, c'est le printemps ! La semaine prochaine, il n'y aura plus de glace, et après, la guerre sera vite finie !

— Oui, c'est le printemps », répéta Edwin et elles le saluèrent de leurs mains gantées en s'éloignant d'un pas pressé, leurs bottes nettement visibles sous le bas de leur manteau gris.

« C'est le printemps, se répéta-t-il en russe avec les intonations qu'il venait de percevoir. C'est le printemps, et je suis heureux comme je ne l'avais encore jamais été de ma vie ! »

Tandis que les arbres bourgeonnaient et que les troïkas disparaissaient des rues, l'atmosphère de Saint-Pétersbourg — devenue maintenant Petrograd — changea. Alors qu'elle aurait dû être plus gaie à présent que l'hiver était terminé et que ses habitants pouvaient de nouveau se promener dans les rues, flâner dans les jardins, elle semblait morose. Bien qu'il ne connût pas de véritables habitants de la ville — car il ne pouvait considérer Galina et ses amis bohèmes comme des Russes typiques — Edwin se rendait compte qu'un morne ressentiment s'était substitué à l'enthousiasme religieux et patriotique. Le noir du deuil était partout, vêtant des femmes de tout âge, et un matin, comme il traversait le canal Fontaka, Edwin vit un soldat avec des béquilles, une jambe de son pantalon épinglée sur sa cuisse. Après ce premier contact, il rencontra de plus en plus de soldats blessés. Par l'un des employés du consulat, il apprit que les Russes avaient perdu toute l'avance qu'ils s'étaient assurée sur le front pendant l'hiver et que les armées austro-allemandes déferlaient maintenant sur la Galicie. Il s'aperçut aussi qu'il lui fallait faire plus longtemps la queue pour le ravitaillement, et, certains jours, le pain manquait. Edwin était le seul de la chaufferie à se trouver encore à bord. Avec deux matelots il assurait la surveillance du bateau vingt-quatre heures sur vingt-quatre et le maintenait en état. A mesure qu'on avançait dans l'été, il devint vite apparent que le commandant et le chef-mécanicien M. Bathgate — lesquels parlaient couramment le russe — avaient un projet secret en cours. Edwin fut chargé d'aller quérir un des rares fiacres en circulation et tous trois se rendirent alors à la banque russo-anglaise de la Nevski, d'où ils revinrent avec un petit coffre-fort posé sur la banquette. Au bout de quelques semaines, Edwin comprit que les deux hommes s'affairaient à dissimuler des valeurs britanniques et autres dans des cachettes situées tant en ville qu'aux environs de Petrograd. Était-ce pour les faire sortir clandestinement du pays ou les garder en sûreté jusqu'à la fin de la guerre ? Edwin l'ignorait mais il se sentit tout triste car il s'était mis à aimer cette ville ; or, de toute évidence, le gouvernement britannique doutait de la victoire des Russes.

Puis au cours d'une de ces splendides nuits blanches de juillet, où le soleil ne se couche pratiquement pas, Edwin et le chef-mécanicien s'en furent porter dans un immeuble de la Zadovskaya, ce que Bathgate appelait « un de nos petits paquets ».

« Nous allons rentrer à pied, Willoughby », dit le chef-mécanicien lorsqu'ils se retrouvèrent sur le trottoir et ils partirent en direction du pont Nikolaevski. Comme ils approchaient du restaurant Le Vieux Donon, en sortit un groupe important de jeunes officiers de l'École militaire impériale. Ayant bu, ils étaient bruyants et marchaient en désordre. Edwin et Bathgate demeurèrent à l'écart en attendant qu'ils se soient dispersés. Deux femmes, qui riaient et parlaient aussi fort que les hommes, sortirent à leur tour du restaurant. Tout se passa si rapidement que, lorsque sa curiosité amusée se mua en choc, Edwin en eut à peine conscience. L'instant d'avant, il regardait la femme en jaquette rouge bordée de zibeline qui rendait baiser pour baiser à un jeune officier blond, et l'instant d'après, il avait reconnu Galina. Il s'élança, ne voyant plus que ce visage pâmé sous la moustache blonde.

« Du calme, Willoughby ! N'attirons pas l'attention ! »

Edwin se libéra avec fureur de la main qui tentait de le retenir et se mit à décocher de violents coups de coude pour se frayer un passage.

« Willoughby ! Arrêtez ! »

Au lieu d'obtempérer, Edwin empoigna le jeune officier par l'épaule, le fit pivoter sur place, et envoya son poing dans la moustache blonde.

« Edwin ! » entendit-il Galina crier mais, frappé à son tour, il se trouva vite immobilisé, un bras tordu derrière le dos.

Le chef-mécanicien se mit à parler en russe avec volubilité. Galina le regardait, livide, une main gantée levée vers sa bouche.

« Putain ! lui lança-t-il. Sale putain !

— Edwin ! »

Elle fondit en larmes et l'autre femme — en qui il reconnut Lizka — la prit par la taille pour l'entraîner à l'écart. Ce fut seulement lorsque Galina eut ainsi disparu qu'Edwin cessa de tout voir à travers un brouillard rouge. De très loin lui parvenait la voix du chef-mécanicien plaidant, expliquant, formulant des excuses. Ivres, les officiers se montraient arrogants.

« Il faut que vous leur présentiez des excuses, Willoughby...

— Non.

— Vous n'avez pas le choix : c'est un ordre que je vous donne. Je suis ici un représentant de notre gouvernement, et vous aussi à un moindre degré. Vos affaires personnelles n'ont pas à entrer en ligne de compte. Vous vous conduisez d'une façon inqualifiable et, de surcroît, dangereuse. »

Edwin ravala sa bile et respira bien à fond pour reprendre le contrôle de soi.

« Je vous prie de m'excuser, dit-il dans son mauvais russe. Il s'agit d'une erreur. »

De nouveau, le chef-mécanicien se lança dans d'abondantes explications. Edwin comprit vaguement qu'il disait quelque chose d'amusant à propos des jeunes gens qui manquent encore d'expérience avec les femmes et il sentit renaître sa fureur, cette fois contre son compagnon. Puis l'attitude des officiers changea de façon soudaine, l'un d'eux éclata de rire. La moustache blonde essuya le sang de sa bouche et eut une inclination du buste, non pas à l'adresse d'Edwin mais de Bathgate. Celui-ci empoigna solidement Edwin par le bras et l'entraîna le long de la Blagovyeshtchenskaya en direction du fleuve. Ils regagnèrent le port en silence. Sa colère tombée, Edwin n'était plus que souffrance. Il ne comprenait pas... Tout n'avait-il été que duperie ? Galina n'avait-elle pas cessé de lui mentir ? Se moquait-elle de lui derrière son dos ? Mais, alors, pourquoi lui avait-elle demandé de venir en Russie ? Pourquoi ? *Pourquoi ?* Submergé par une nouvelle vague de haine et de colère, il eut envie de la tuer.

« Jusqu'à nouvel ordre, Willoughby, vous êtes consigné à bord, lui dit son compagnon d'un ton glacial. Je vais être obligé de relater toute l'affaire au commandant. J'ignore s'il est possible actuellement de vous renvoyer en Angleterre. Nous vous avions gardé parce que vous étiez volontaire et que vous nous sembliez d'une intelligence au-dessus de la moyenne. Sans doute nous sommes-nous trompés.

— Je suis désolé, monsieur.

— Je vous suggère d'aller tout de suite au carré et d'y soigner votre visage. Du sang coule dans vos yeux. »

Ce voile rouge n'était donc pas seulement un effet de son imagination.

« Je ne puis que vous répéter combien je suis désolé, monsieur.

— Qui était cette femme ? »

Edwin déglutit péniblement.

« C'était... c'était celle que je comptais épouser, monsieur.

— Une Russe ?

— Non... Ou, plus exactement, elle a du sang russe, mais elle est née en Angleterre. Je la connais depuis qu'elle était enfant. Elle habitait mon village. »

Une putain. Une sale putain. Mais ne le savais-tu pas déjà ? Rappelle-toi Hope-Brown ? Rappelle-toi le Pèlerin du Ciel ? Pourquoi avoir voulu te persuader qu'elle était différente ? Oh ! pourquoi t'es-tu laissé aller jusqu'à l'aimer ? C'est une putain !

« Je vois... Restez à bord jusqu'à ce que j'en aie discuté avec le commandant. »

Edwin avait vaguement conscience d'être allé au-devant d'ennuis, mais il ressentait avant tout une grande confusion dans son esprit et une immense tristesse dans son cœur.

Edwin demeura consigné à bord pendant plusieurs semaines, mais cela lui fut indifférent. Il cuisinait, astiquait, huilait, graissait, faisant tout ce qu'il pouvait pour s'empêcher de devenir fou. Il avait eu une entrevue avec le commandant, très en colère.

« Willoughby, vous n'ignorez pas ce que M. Bathgate et moi avons fait au cours des derniers mois. Ce n'est pas illégal, mais c'est une chose que nous ne voulons pas ébruiter. Si les autorités russes découvraient que le gouvernement britannique ne croit guère à leurs chances de remporter la victoire, ce serait extrêmement embarrassant. Nous avons fait appel à votre concours parce que vous nous sembliez un garçon discret et de confiance qui, en outre, comprenait le russe. Vous ne frayiez pas avec les autres membres de l'équipage, et nous donniez l'impression d'être quelqu'un à qui l'on pouvait se fier. De toute évidence, nous nous trompions. A l'heure actuelle, je ne puis vous renvoyer chez vous, car nous sommes vraiment réduits au minimum. Je vais prendre contact avec Édimbourg et voir ce qu'ils sont en mesure de nous suggérer. Vous nous avez terriblement déçus, Willoughby.

— Je suis désolé, monsieur. Ça ne se reproduira pas, je vous l'assure. J'ai été victime de... de circonstances imprévues.

— C'est ce que j'ai cru comprendre, en effet. Je présume que si vous vous êtes engagé, c'était à cause de cette jeune femme ?

— Oui, monsieur.

— Si je l'avais su, j'aurais refusé de vous avoir à mon bord.

— Oui, monsieur. »

Edwin sortit de cet entretien terriblement humilié. Il s'efforçait de chasser Galina de son cœur comme de son esprit, mais, la nuit, étendu sur sa couchette, le regard perdu dans le noir, des « pourquoi ? » et des « si seulement... » revenaient le torturer.

Ils durent avoir de nouveau recours à lui, car les deux autres membres de l'équipage réduit ne parlaient qu'un russe balbutiant. Or il était impossible aux deux officiers d'agir en tant qu'émissaires de leur gouvernement, et de faire aussi la queue pour le ravitaillement ou dans les bureaux pour y obtenir tickets de rationnement et permis de ceci ou de cela. Edwin retourna donc à nouveau dans les rues de Pétrograd, tremblant sans cesse lorsqu'il tournait dans une autre artère, de s'y trouver face à face avec Galina. Ne plus la revoir lui causait pourtant une terrible impression de vide, le sentiment que tout était irrémédiablement fini et que, aussi longtemps qu'il vivrait, il ne comprendrait jamais pourquoi elle avait pareillement agi avec lui.

Comme à l'unisson de son état d'âme, la situation dans la ville empirait rapidement. La nourriture — n'importe quelle nourriture — s'y faisait de plus en plus rare. Au cours de l'hiver, Edwin avait eu la précaution d'acheter quelques sacs de haricots secs et, avec des saucisses fumées, cela leur permettait de s'alimenter. Une fois, alors qu'ils manquaient de pain depuis plusieurs jours, le commandant lui dit d'aller aux cuisines de l'ambassade, où on lui donna un sac de farine ainsi qu'une motte de beurre. Le concierge de l'ambassade était un ancien sergent-chef de hussards, avec qui Edwin avait noué des liens amicaux. Cet homme lui apprit que l'armée russe était en fâcheuse posture et que les Allemands se trouvaient aux portes de Varsovie. Si leur avance se poursuivait à ce rythme, Petrograd même ne tarderait pas à être en danger.

Très déprimé, Edwin regagna le *Moscou II* pour s'entendre dire que MacKenzie, l'un des deux matelots, était atteint de cholérine et couché. Le capitaine Patterson en était aussi inquiet que furieux, et sa colère à l'endroit de l'infortuné MacKenzie fit légèrement remonter la cote d'Edwin.

« J'ai donné des instructions très strictes pour qu'on ne boive pas d'eau qui n'ait bouilli au préalable. Ce n'est donc pas à bord qu'il a pu boire de l'eau corrompue et j'en conclus que, contrairement aux ordres, il est allé à terre. Vous allez devoir le signaler au consulat, Willoughby, et on vous y donnera les papiers nécessaires pour le faire hospitaliser ainsi que l'a ordonné le médecin l'ayant examiné. »

Comme il franchissait de nouveau le fleuve à la sortie du port, Edwin vit une femme venir vers lui, une Russe qu'il lui sembla vaguement reconnaître. Elle portait jupe et manteau noirs avec un foulard sur la tête, comme les pauvres, mais tout cela bien propre, et ses bottes étaient en cuir. A sa vue, elle s'immobilisa.

« *Gospodin...* »

D'une poche de son manteau, elle sortit une enveloppe et la lui tendit. En voyant, tracés d'une grande écriture enfantine, les mots *M. Wilerby, S. S. Moscou,* Edwin se rappela qui était cette femme et comment elle se nommait.

« Yelena ? s'enquit-il.

— *Da, Gospodin.* »

C'était la femme de ménage de Galina. Le cœur battant, il regardait cette enveloppe en souhaitant avoir le courage de la déchirer devant la domestique pour qu'elle pût rapporter son geste à Galina. Mais la femme fit soudain demi-tour et s'éloigna rapidement. Edwin ne chercha pas à la rappeler. La lettre était mal écrite et pleine de fautes.

> *Cher Edwin*
> *Je cé que j'ai été vilaine et je regrète. Je suis très malade. Tu a dit que tu m'aimeré toujour. Je tant pri, vient. Je suis très malade et seul. Heikki est venu mai j'ai pas osé lui dire que je suis très malade. Si tu vient pas, je cé pas quoi faire. Je t'aime Edwin.*
>
> *Galina Barshinskaya.*

Il n'eut pas la moindre hésitation. Il ignorait au juste quels sentiments elle lui inspirait encore, mais il lui fallait la voir immédiatement. En se dépêchant, il pouvait passer au consulat et à l'hôpital, puis aller chez Galina avant que le capitaine

Patterson ne s'avise que son absence se prolongeait. A l'arrêt du tram, on faisait la queue et il n'y en avait pas d'autre en vue. Alors Edwin fit signe à un fiacre et monta dedans. Il brûlait d'aller immédiatement chez Galina, mais la raison prévalut. Pendant tout le temps qu'il lui fallut attendre au consulat et à l'hôpital, il se demanda ce qu'avait Galina. Etait-ce la cholérine? Risquait-elle de mourir? Lui avait-il pardonné? Il n'en savait rien. Chaque fois qu'il la revoyait embrassant l'officier ivre, il sentait qu'il ne pourrait jamais lui pardonner, mais il se devait d'aller auprès d'elle.

Quand il eut enfin rempli toutes les formalités à l'hôpital et vu une ambulance partir chercher MacKenzie, il héla de nouveau un fiacre en disant au cocher de le conduire rue Borovaya. Pendant tout le trajet, il eut le cœur en émoi dans le même temps qu'il éprouvait une immense tristesse. Se libére-rait-il jamais de cet envoûtement?

Yelena lui ouvrit la porte de l'appartement et il l'écarta aussitôt pour gagner en hâte la chambre à coucher.

« Edwin? Oh! Edwin... »

Elle se mit à pleurer. Elle avait le teint jaune et, rassemblée en une natte sur l'épaule, sa chevelure était terne. Il faillit la prendre dans ses bras et la serrer contre lui en pleurant avec elle, mais le souvenir du jeune officier s'interposa et il ne put la toucher.

« Qu'as-tu?

— Oh! Edwin, ne sois pas en colère après moi! Je regrette, je te demande pardon! Je suis malade, je suis toute seule, et j'ai peur, *peur*! Oh! Edwin si j'allais mourir? Je ne veux pas mourir abandonnée de tous! »

Ses yeux semblaient énorme tant elle était devenue frêle. Elle avait beaucoup maigri depuis la dernière fois qu'il l'avait vue. Quand il se rapprocha du lit, il sentit émaner d'elle une déplaisante odeur de suri.

« Edwin, je t'en supplie... sanglota-t-elle. Je vais mourir... Je sens que je vais mourir! »

Elle lui saisit une main et s'y cramponna. Elle paraissait toute menue et infiniment pathétique. Il s'était plus ou moins attendu qu'elle cherche à l'émouvoir pour se faire pardonner, mais cette créature plongée dans l'abjection n'en était plus là. Avec un soupir, il s'assit au bord du lit.

« Qu'as-tu? lui demanda-t-il à nouveau, avec plus de douceur.

— Edwin! Je t'en prie, pardonne-moi! sanglota-t-elle. Dis-moi que tu me pardonnes ! Je n'avais pas l'intention de sortir avec eux, mais je n'avais rien à faire ici de toute la sainte journée. Heikki ne venait pas et toi, tu n'étais jamais libre qu'un petit moment... »

Elle s'efforça de retrouver son souffle.

« Je me sentais terriblement seule, et Lizka a dit que ce serait amusant de sortir avec eux après le théâtre. Je ne pensais pas mal faire, Edwin, je te le jure !

— Étais-tu déjà sortie en leur compagnie auparavant ?

— Non... Je te jure que non !

— Le gars qui était avec moi m'a dit t'avoir déjà vue avec des officiers russes, mentit Edwin, se maudissant de lui tendre un piège mais incapable de résister au ver rongeur qui était en lui.

— Oh ! seulement quelquefois ! Quand je me sentais trop seule et malheureuse... »

Elle s'interrompit et s'effondra sur l'oreiller en sanglotant de plus belle :

« C'est toi que j'aime ! Je n'ai jamais voulu que toi, Edwin ! Si seulement tu pouvais être tout le temps avec moi ! »

Un sombre désespoir gagnait le jeune homme. Elle lui mentait... Oh ! certes elle l'aimait, mais à sa manière, laquelle n'avait rien à voir avec l'amour dévorant qu'il éprouvait pour elle. Tant qu'il aimerait Galina Barshinski, jamais il n'éprouverait l'envie d'embrasser une autre femme.

« Oh ! Galina, murmura-t-il. Te rends-tu compte de ce que tu m'as fait ? De la façon dont tu as ravagé mon existence ? T'est-il jamais arrivé de repenser aux hommes dont tu t'étais servie avant de les abandonner sans le moindre scrupule. Hope-Browne, par exemple ? Tu étais encore toute jeune alors et peut-être ne te rendais-tu pas compte de ce que tu faisais, mais tu as complètement détruit Hope-Browne. »

Elle parut se recroqueviller contre l'oreiller.

« Et que sont devenus les autres ? Le prédicateur et ceux qui ont suivi ? Celui qui t'a appris à danser sur scène ? Es-tu consciente de ce que tu fais, Galina ? Penses-tu à toutes ces vies que tu brises ? »

Elle le regarda fixement, tandis que des larmes roulaient sur ses joues.

« Je n'ai jamais voulu ça... balbutia-t-elle dans un souffle. Je ne voulais pas faire de peine à M. Hope-Browne, ni à toi, ni à Heikki... Heikki est venu me voir. Quelqu'un a mis sa femme au courant et elle est partie en emmenant leur enfant. Pour qu'elle revienne, il a dû lui promettre de ne jamais plus me revoir. Alors, il m'a laissé un peu d'argent, et l'appartement pour aussi longtemps que j'en aurais besoin. Il pleurait quand il est parti... Il disait qu'il aurait voulu pouvoir quitter sa femme et m'épouser, mais ça lui est impossible à cause de son beau-père, à qui appartient la majeure partie de l'entreprise. Lorsqu'elle a appris mon existence, sa femme a tenté de se tuer. Il dit qu'elle est déséquilibrée... »

Il ne la quittait pas des yeux, incapable de s'expliquer comment un être aussi fragile, aussi *veule,* pouvait causer de tels ravages. Il repensait à ce drôle de petit bonhomme triste qui s'était montré si généreux. Heikki était hors de course à présent ; mais, loin d'en éprouver de la joie, Edwin le plaignait d'avoir à tenter de recoller les morceaux d'une existence brisée par Galina.

« Il ne t'a pas conseillé de retourner en Angleterre ?

— Je ne le peux pas : je suis trop malade.

— Qu'as-tu donc ?

— J'étais enceinte, mais j'ai fait une fausse couche et, maintenant, je n'arrête plus de saigner. Dès que j'essaie de me mettre debout, ça recommence. »

Ce fut comme s'il recevait un coup au creux de l'estomac. Il était choqué de la façon dont elle lui avait annoncé cela. Jamais autour de lui il n'avait entendu les femmes aborder ces sujets et surtout pas aussi ouvertement. Grossesses, fausses couches, on n'en parlait qu'entre femmes et dans le secret de chambres aux portes closes. Tout d'abord, il n'avait été que choqué, voilà que renaissait la jalousie.

« Tu étais enceinte de moi ? »

Comme elle s'apprêtait à parler, il la saisit rudement par le poignet.

« Je veux la vérité, tu entends ? Assez de mensonges ! Si tu tiens à ce que je t'aide, que je reste avec toi, tu ne dois jamais plus me mentir. A présent, réfléchis bien avant de me répondre... Cet enfant était-il de moi ?

— Je ne sais pas... gémit-elle.

— Seigneur ! » s'exclama-t-il en portant les mains à ses tempes. Elle se mit à bredouiller :

« Impossible de dire à Heikki que j'étais enceinte... Il aurait su que ça ne pouvait pas être de lui... Durant tout le printemps et l'été, il n'est pas venu une seule fois... Et j'avais peur de ce qu'il me ferait s'il apprenait ce que j'avais... je voulais qu'il me donne de l'argent... qu'il me laisse l'appartement... »

Edwin ne répondit pas. Il était malade de honte, au bord de la nausée. A travers le monde, des hommes mouraient en se battant pour leur pays, et lui gâchait sa vie à essayer de sauver cette égoïste, cette inconsciente, cette inutile! Quand il la regardait, quand il la voyait si pâle, si frêle, si pathétique, il se sentait cependant incapable d'agir autrement.

« Depuis combien de temps es-tu ainsi?

— Plusieurs semaines... Je ne me rappelle pas au juste...

— As-tu vu un médecin?

— Non... répondit-elle en évitant son regard.

— Es-tu folle ou quoi? Tu dis avoir peur de mourir et tu ne consultes même pas un médecin?

— Je ne peux pas... »

Elle se remit à pleurer :

« Lizka m'a fait promettre de ne pas appeler un médecin pour qu'elle ne risque pas d'avoir des ennuis... Elle m'avait emmenée chez un docteur... Mais je ne crois pas qu'il était vraiment docteur... Quand j'ai dit à Lizka que j'étais malade et de le faire chercher, elle m'a répondu qu'il n'était plus là... Après ça, elle n'est jamais plus revenue ici. »

Levant les yeux vers lui, elle dit d'une petite voix triste et lasse :

« Tu vois... Je te l'avais dit : je n'ai pas d'amis. Rien que des hommes et des filles avec qui je sors... »

Il sentit soudain qu'il lui fallait quitter cet appartement s'il ne voulait pas suffoquer. L'odeur qui émanait de Galina, la pensée de ce qu'elle avait fait...

« Il faut que je m'en aille. Je reviendrai demain. »

En proie à une sorte de panique, elle tendit les bras vers lui.

« Ne me quitte pas! Je t'en supplie, reste avec moi! J'ai si peur! »

Et parce qu'elle lui paraissait totalement désemparée, sans défense aucune, elle se retrouva soudain dans les bras d'Edwin, petit oiseau blotti contre sa poitrine, lui communiquant sa peur...

« Oh! Galina!

— Ne me quitte pas!

— Je ne peux pas rester. Je reviendrai demain et avec un médecin. J'arriverai bien à en trouver un... Yelena ne peut-elle passer la nuit ici? Si je lui donne de l'argent, crois-tu qu'elle acceptera de rester s'occuper de toi, jusqu'à ce que j'aie pu m'arranger autrement?

— Oui... Si tu le lui demandes, toi, je crois que oui...

— Je vais lui parler en m'en allant. Je lui donnerai de l'argent et lui demanderai de rester avec toi jusqu'à ce que je revienne demain avec un docteur. Tu peux sûrement tenir jusqu'à demain. Le tout, c'est que tu ne te lèves pas...

— Edwin... Tu ne vas pas m'abandonner, dis ? Tu me le jures ? »

Il l'embrassa doucement sur la joue et lui arrangea l'oreiller.

« Je reviendrai demain. »

Comme il traversait la chambre en direction de la porte, il sentit qu'elle rivait sur lui un regard implorant, mais il ne put se résoudre à lui dire les mots qu'elle aurait voulu entendre. C'était encore trop tôt.

Il parla à Yelena et lui donna le peu d'argent qu'il avait sur lui, puis sortit de l'appartement et retrouva enfin la rue, où il aspira l'air à pleins poumons comme pour se purifier le cœur et l'esprit. Il se demandait comment il allait pouvoir tirer Galina de là, mais il savait déjà qu'il le ferait à n'importe quel prix.

Chapitre dix-neuf

☙

Lorsqu'elle atteignit enfin le quai du train pour Newcastle, Sophie ne vit pas Daisy. Il y avait là tout un tas de marins qui entassaient leur paquetage dans un wagon de marchandises, et elle dut se frayer un chemin au milieu d'eux. Mais il faisait trop froid pour qu'ils fussent d'humeur à badiner, d'autant qu'ils revenaient visiblement de permission et s'apprêtaient à reprendre le combat en mer du Nord.

Après avoir franchi cet obstacle, Sophie se hâta sur le quai, le cœur de plus en plus serré de ne pas voir Daisy. Elle s'était levée très tôt ce matin-là et avait pris le train du lait jusqu'à la gare de Victoria, après quoi elle avait eu recours à un fiacre pour se rendre à celle de King's Cross, afin d'être là quand Daisy partirait. Revoir son amie avant qu'elle ne s'en aille était devenu pour Sophie une obsession.

A proximité de la locomotive, un groupe d'hommes et de femmes se faisaient des adieux, chargeaient les bagages dans le train, parlant très fort pour dominer le sifflement de la vapeur. Et c'est près d'eux, mais à l'écart, que Sophie aperçut enfin Daisy May.

« Daisy ! »

Daisy se retourna et sur son visage aux traits tirés un immense sourire s'épanouit, exprimant une surprise tellement ravie que Sophie fut amplement payée du mal qu'elle avait eu pour arriver là de si bonne heure.

« Sophie ! Oh ! Sophie, comment as-tu fait pour venir ? Jamais je n'aurais cru possible de te revoir avant de partir !

— J'ai simplement dit à Mme Fawcett que je venais ici et elle n'a pas pipé. Elle ne peut plus se permettre de rouspéter à présent que tout le monde s'en va. J'ai pris le train du lait. Je voulais absolument être là, Daisy... Je ne pouvais endurer l'idée que tu t'en ailles sans... »

Sa gorge se noua, mais elle déglutit : elle n'avait pas fait tout ce chemin pour simplement fondre en larmes.

« C'est toi qui aurais dû partir, Sophie, toi qui as toujours eu envie de voyager. Moi, j'aurais préféré rester. »

Sophie déglutit de nouveau.

« Oui... et c'est toi qui pars... Lorsque tu seras là-bas, tu vas trouver ça stimulant et... et... »

Ce qui bouleversait le plus Sophie, c'était la vue de Daisy May, la mine qu'elle avait. En tailleur noir et chemisier blanc, coiffée d'un feutre rond avec l'insigne des quakers sur le devant du ruban, elle semblait comme abandonnée. C'est pour cela que Sophie avait tenu à venir. Elle ne pouvait endurer l'idée que Daisy s'en aille sans qu'il y ait quelqu'un sur le quai pour lui faire au revoir avec la main.

« As-tu tout ce qu'il te faut ? Pour la traversée ? Et le voyage en train de l'autre côté ?

— Oh ! oui. »

Sophie regarda le groupe de voyageurs. Toutes les femmes arboraient l'insigne des quakers sur leur chapeau. Les hommes avaient également une sorte d'uniforme très simple, avec l'étoile à huit branches épinglée au revers de la veste.

« Tu les connais, Daisy ?

— Juste un peu... Je les ai rencontrés lors des réunions préliminaires, je pense que nous ferons mieux connaissance pendant le voyage », conclut Daisy May avec un petit sourire résolu.

Sophie entendait parler ces gens et se rendait compte que Daisy allait, comme toujours, se sentir en marge. Ils avaient l'air aimables, mais s'exprimaient comme Mme Fawcett et M. Hope-Browne, d'une façon distinguée qui leur était naturelle. Aucun d'eux n'avait un accent « campagnard » comme Daisy ou elle-même. C'étaient des gens intelligents et cultivés, parmi lesquels Daisy allait se sentir bien seule.

« Je sais ce que tu penses, Sophie, dit soudain son amie, mais je suis sûre que tout ira bien. Ils ont tous été très gentils avec moi. Et puis un groupe se trouve déjà là-bas, et un autre doit nous rejoindre. Parmi eux, il y en aura sûrement qui seront davantage... enfin, davantage comme moi.

— Sans aucun doute ! » lui assura Sophie avec chaleur.

Elle n'avait pas encore bien assimilé toute l'énormité de ce qu'entreprenait Daisy. Cela faisait cinq semaines à peine que son amie avait lâché cette bombe. D'un ton agressif, tout en se tenant sur la défensive, elle avait annoncé qu'elle quittait le service des Fawcett. Elle avait fait une demande pour se rendre en Russie, à Samara, avec l'organisation quaker du Secours aux victimes de guerre. Sa demande avait été acceptée et elle quitterait l'Angleterre fin juillet. En entendant cela, pour une fois, Sophie était restée sans voix.

« Je vais travailler au milieu des réfugiés de guerre. Des Russes, des Polonais, des Lituaniens, qui ont été chassés de chez eux par l'approche des Allemands. On les a envoyés à Samara, une ville qui se trouve dans le sud de la Russie, près des monts Oural. Nous allons dans un endroit appelé Bouzoulouk. Tu pourras voir où c'est dans l'atlas. »

Elle avait pris un ton quelque peu professoral et, recouvrant enfin sa voix, Sophie s'était exclamée :

« Toi... aller en Russie ! Ne sois pas ridicule, Daisy ! Comment te débrouillerais-tu en Russie ? Tu ne comprends même pas le russe ! »

Daisy l'avait regardée fixement, puis son visage s'était éclairé d'un sourire inattendu :

« Voyons, Sophie ! Bien sûr que je comprends le russe ! »

Et, avec une sorte de choc, Sophie s'était brusquement rappelé qui était vraiment Daisy. Depuis tant d'années qu'elles grandissaient ensemble, Sophie avait fini par oublier, en entendant parler Daisy avec l'accent du Kent, qu'elle était la fille de cet homme extraordinaire qui avait habité le village l'espace d'un été. Oui, Daisy May était une Barshinski et elle avait passé les onze premières années de sa vie à écouter son père et Galina parler dans leur langue. Du même coup, Sophie s'avisait que Daisy n'était pas exactement ce que l'on croyait. On était habitué à la voir timide et réservée, prête à se mettre en quatre pour rendre service, et débordante de reconnaissance au point que c'en était parfois agaçant... Et puis, sans avertissement aucun, elle se comportait soudain très différemment, vous rappelant ainsi qu'elle n'était pas tout à fait comme vous autres.

« Je ne parle pas russe, parce qu'Ivan et moi nous y sommes toujours refusés, mais nous le comprenions tous les deux. A la fin, même Maman le comprenait un peu, parce que Père ne parlait jamais autrement avec Galina. Lorsque j'ai fait ma demande pour Samara, j'ai bien précisé que je ne parlais pas le russe, mais ils ont paru estimer que si je le comprenais c'était suffisant pour que ma candidature soit acceptée. Je suppose qu'il ne doit pas y avoir beaucoup de quakers anglais qui comprennent le russe.

— Mais comment... pourquoi... ?

— Je ne m'attendais guère qu'on m'accepte, dit Daisy humblement. Tous les autres qui partent sont des infirmières, des médecins, ou des gens très instruits. S'ils m'ont prise, c'est uniquement à cause du russe. »

Sophie n'arrivait pas encore à y croire. Si ça n'avait pas été quelque chose d'aussi terrible, il y aurait eu de quoi rire : cette petite souris craintive de Daisy May partant pour la Russie !

« Si tu pars, c'est à cause d'Edwin, n'est-ce pas ? A cause de cette dernière lettre ? Je savais que je n'aurais pas dû te la montrer ! »

Elle en était venue à craindre les lettres d'Edwin. Même les lettres ordinaires, celles où il parlait simplement du temps qu'il faisait en Russie, du bateau et de Saint-Pétersbourg, bouleversaient ses parents, à qui elles venaient rappeler que leur fils était bloqué à l'autre bout du monde, faisant ils ne savaient trop quoi dans une ville étrangère, pendant que les fils d'autres gens étaient tués dans les Flandres. Mais, au printemps, était arrivée une lettre — qu'il avait adressée chez les Fawcett pour que leurs parents ne la voient pas — encore plus bouleversante que les autres, parce qu'Edwin y parlait sans détour.

Il y expliquait à Sophie pourquoi il était allé en Russie. Sans donner de détails, il disait que c'était parce que Galina Barshinski était entrée dans sa vie et qu'il avait voulu la suivre à Saint-Pétersbourg. A présent, elle était malade depuis plusieurs mois et avait dû être hospitalisée pour subir une grave opération. Il déclarait ne pouvoir la quitter, se sentir tenu de veiller sur elle et qu'il ignorait ce qu'ils allaient devenir, mais que, pour le moment, il lui fallait rester à Saint-Pétersbourg. Il demandait à sa sœur de dire à Daisy May qu'il s'occupait de Galina et espérait pouvoir peut-être la ramener en Angleterre. Il lui confiait leurs parents, en se déclarant honteux de les avoir laissés à la charge de Lillian et elle, alors que ce devoir lui incombait. Et il poursuivait :

... Quand je dis Lillian et toi, c'est surtout à toi que je pense, Sophie, car, de nous tous, c'est toi la meilleure. C'est sur toi que tout repose maintenant que Papa est si mal en point. Tu ne t'es jamais donné de l'importance, mais tu as toujours su faire exactement ce qu'il fallait quand il le fallait. Et, durant ce fameux été, c'est toi qui es vraiment

venue en aide aux Barshinski. Tu as fait comprendre à Maman qu'elle devait se montrer compréhensive et charitable à leur égard. Et maintenant, non seulement tu veilles sur nos parents, mais tu es une véritable amie pour Daisy, tout en faisant office de boîte postale pour Ivan et moi, en rabattant aussi le caquet de Lillian quand le besoin s'en fait sentir. Et je ne peux même pas t'aider en t'envoyant de l'argent. J'ignore s'il y a moyen de déléguer à la maison une partie de mon salaire, mais, même si c'était possible, je ne pourrais me le permettre. J'économise sou par sou pour pouvoir ramener Galina en Angleterre à la première occasion. J'essaierai un jour de te rendre tout cela, Sophie, je ne suis pas bien fier de moi, mais je sais que je le serais encore moins si j'abandonnais maintenant Galina. Elle est malade, seule et terrifiée, alors je n'ai pas le choix. Je sais que, grâce à toi, tout ira bien à la maison. Que Dieu te bénisse !

> *Je t'embrasse de tout mon cœur,*
> *Edwin.*

Dans leur famille, on n'avait pas l'habitude d'extérioriser ses sentiments. On gardait tout renfermé en soi et c'est pourquoi cette lettre avait tant ému Sophie, tout en la rendant inquiète et aussi quelque peu amère. Edwin se méprenait complètement en ce qui concernait Lillian, qu'il semblait tenir pour une vieille fille desséchée. Sophie continuait de recevoir des lettres d'Ivan, mais celui-ci écrivait beaucoup plus souvent à Lillian, comme elle avait pu le constater à l'arrivée du courrier. Ou bien il avait appris à écrire d'une façon dont il n'avait plus à rougir, ou alors ça lui était égal, du moment qu'il communiquait avec Lillian. Elle aurait aimé savoir si Lillian lui répondait, mais la blessure qu'elle gardait au cœur la retenait de poser la question à sa sœur. Car les lettres que recevait Sophie montraient qu'il la considérait simplement comme une amie sûre, à qui l'on pouvait se confier sans réserve. Un jour il lui avait écrit : « *Sophie, aujourd'hui, mon meilleur copain a été tué. Nous étions amis depuis que je m'étais engagé dans l'armée. Si tu savais le chagrin que j'ai, Sophie !* » Et, tout en ayant peur pour lui, elle était fière qu'il pût lui écrire de telles choses. Mais les lettres que recevait Lillian étaient très différentes. Sophie le savait pour en avoir lu une rapidement pendant que sa sœur était au rez-de-chaussée ; elle n'avait pas eu honte de ce geste, mais s'était sentie profondément déprimée parce que tout ce qu'Ivan écrivait, c'était combien Lillian était belle lorsqu'il l'avait vue derrière la fenêtre à la clarté de la lampe et qu'il ne cessait de penser à elle. Il lui disait qu'il allait lui envoyer quelques-unes de ces cartes postales brodées que l'on trouvait en France, et elles étaient arrivées une à une, toutes en voile et mousseline, finement brodées de soie et insérées dans un double carton qui leur faisait une manière de cadre. Lillian en avait une dizaine à présent, et Sophie aspirait à ce qu'Ivan lui en envoie une, mais elle n'avait droit qu'à des récits de la vie de tranchée.

Sophie avait longtemps hésité à montrer sa lettre à Daisy May. Elle s'y était finalement décidée parce que, après tout, Galina était la sœur de Daisy May, laquelle avait toujours senti que, si Edwin partait pour la Russie, Galina devait y être pour quelque chose.

Le résultat, c'est que Daisy se trouvait maintenant sur un quai de King's Cross en uniforme de quaker, avec une cantine métallique à ses pieds.

« Je suppose que tu as écrit à Edwin ? » demanda Sophie sans regarder son amie.

Ce fut le plus naturellement du monde que Daisy May lui répondit :

« Oui. Je lui ai dit que l'on comptait neuf jours pour le voyage qui doit nous mener à Petrograd. A ce que j'ai compris, le train de Finlande arrive tous les jours à la même heure, et constitue un des événements de la journée. Alors il va s'arranger pour être chaque jour à la gare vers cette heure-là. Ce sera parfait, car nous avons plusieurs heures d'attente à Petrograd avant de traverser la ville pour prendre le train de Moscou. »

Il y avait quelque chose de grotesque à entendre la petite Daisy jongler avec des noms tels que Petrograd et Moscou, comme s'il se fût agi de Reigate ou de Turnbridge Wells. Puis Daisy ajouta :

« Ça doit paraître drôle que je fasse tout ce chemin juste pour voir Edwin, mais ce n'est pas exactement ça. Comme je te l'avais dit lorsque je suis allée rejoindre les Amis, je voulais avoir une existence utile, m'intégrer quelque part. A présent, ça y est, je vais entreprendre quelque chose d'utile et faire partie de cette organisation d'aide aux réfugiés. Cela dit, il est exact que je serai heureuse de me trouver au moins dans le même pays qu'Edwin. Je pourrai peut-être lui rendre service même si nous sommes séparés par des centaines de kilomètres. »

A l'autre bout du quai, un employé de la gare donna un long

coup de sifflet et l'un des quakers vint prendre la cantine de Daisy.

« Nous partons, Miss Barshinski, lui dit-il aimablement. Je vais mettre votre bagage avec les autres. Vous êtes dans le même compartiment que Miss Doyle et Miss Stubbs. »

Les deux amies se regardèrent, soudain bouleversées par l'idée qu'elles ne se reverraient peut-être jamais plus. Puis Daisy se pencha et embrassa Sophie sur la joue.

« Merci, Sophie... pour tout !

— Miss Barshinski ! »

Elle monta dans le compartiment en retroussant gracieusement sa jupe. La portière fut refermée et la locomotive se mit à vibrer en lançant des jets de vapeur. Derrière la vitre, le gant noir de Daisy s'agita quand le train s'ébranla. En dépit de l'angoisse qu'elle éprouvait, Sophie connut un instant d'envie à l'idée de ce voyage à travers les monts et les mers. Daisy May allait découvrir le monde.

La traversée de la mer du Nord s'effectua de nuit, avec toutes les lumières camouflées pour ne pas attirer l'attention des sous-marins allemands, mais pas un instant il ne vint à l'esprit de Daisy qu'ils étaient en danger. Bien qu'elle eût déjà connu pas mal d'expériences nouvelles (le long voyage en chemin de fer, puis l'embarquement sur un bateau), Daisy continuait de s'émerveiller ; si elle avait peur, c'était uniquement de n'être pas à la hauteur de sa tâche. Elle était capable d'organiser une cuisine et de préparer des repas pour de nombreux convives ; mais c'était son seul atout en sus de sa connaissance du russe, et elle craignait que ses compagnons ne tardent pas à la trouver inutilement encombrante. D'autant que, en dépit de son assurance face à Sophie, elle n'était pas du tout sûre que sa connaissance du russe fût suffisante. Depuis qu'elle avait su devoir partir pour la Russie, chaque soir dans son lit elle fermait les yeux pour se remémorer son père et Galina conversant ensemble. Et elle retrouvait les mots qu'ils prononçaient. Durant tout le voyage, elle eut grand soin de ne pas trop participer aux conversations, afin de ne pas laisser paraître son manque de culture. Une des deux autres dames souffrit beaucoup du mal de mer et Miss Stubbs, qui était infirmière, fut extrêmement obligée à Daisy de l'aide qu'elle lui apporta pour tenir les cuvettes ou vider les seaux. Et puis, lorsque, vers la fin de la traversée, Miss Stubbs elle-même dut demeurer étendue, Daisy May se découvrit presque indispensable. Du fond du cœur, elle remercia le ciel d'avoir voulu qu'elle eût le pied marin. Si l'on avait dû la soigner, c'eût été pour elle la fin de tout !

Quand ils eurent enfin débarqué avec tous leurs bagages, les voyageurs apprirent qu'ils n'auraient pas le loisir de prendre leur petit déjeuner avant de monter dans le train qui devait les conduire à Oslo. Alors Daisy alla trouver M. Foulgar, qui était en quelque sorte le trésorier du groupe, et lui demanda de quoi aller acheter du pain, du beurre et du lait à une des échoppes de la gare. Dans le train, retrouvant automatiquement ses habitudes de domestique, elle distribua ces vivres. Du coup, l'ambiance fut à la gaieté et à l'optimisme : ils avaient surmonté le premier obstacle rencontré sur leur chemin ! Comme toujours lorsqu'un petit groupe de voyageurs se trouve isolé dans un pays étranger, chacun d'eux ne tarda pas, presque sans en avoir conscience, à assumer un rôle précis.

Ils étaient tous jeunes (âgé de trente-six ans, M. Foulgar était l'aîné, les quatre autres ayant moins de trente ans) et, à l'exception de Daisy, appartenaient tous à la bourgeoisie. Miss Stubbs, infirmière diplômée, était probablement la plus utile du groupe et Miss Doyle avait été d'un grand secours pour collecter des fonds dans les Midlands. M. Goode, qui avait juste un an de moins que Daisy, faisait des études pour devenir ingénieur ; il débordait d'énergie et d'entrain, organisant des jeux d'esprit pour rompre la monotonie du voyage. Lorsqu'ils arrivèrent à Stockholm, d'où ils allaient repartir pour une longue randonnée à travers les forêts de sapins de la Suède, Miss Stubbs et Miss Doyle s'appelaient déjà par leurs prénoms et faisaient de même vis-à-vis de Daisy, mais celle-ci, estimant qu'il eût été présomptueux de sa part de les imiter, évitait d'avoir à les appeler.

Il leur fallut trois jours pour atteindre la frontière à Haparanda. Chaque fois que le train faisait halte suffisamment longtemps, ils descendaient se dégourdir les jambes. L'excitation causée par la nouveauté du voyage était déjà calmée. Daisy avait l'impression d'être partie depuis plusieurs mois et beaucoup de mal à croire que, quelques jours auparavant, elle était encore occupée à préparer les repas dans la cuisine des Fawcett.

A Haparanda, les Russes les attendaient de l'autre côté de la rivière Torne et, en la franchissant, Daisy comprit que l'heure de vérité allait sonner pour elle. Pendant toute la traversée de la Suède comme de la Norvège, ils avaient eu à faire avec des employés des chemins de fer connaissant suffisamment d'anglais pour leur dire combien de temps le train s'arrêtait et à quelle heure il arriverait. Daisy se surprit à prier pour que les douaniers russes eussent aussi des rudiments d'anglais. Et si, maintenant qu'elle était à pied d'œuvre, elle ne comprenait pas un mot de russe ? La renverrait-on en Angleterre ?

Tandis qu'ils attendaient sous la fraîcheur d'un ciel bleu pâle, l'air matinal était embaumé par les sapins environnants. Un Russe en uniforme sortit d'un des bâtiments de la douane et Daisy le comprit sans effort.

« Il dit que nous devons ouvrir tous nos bagages », expliqua-t-elle à ses compagnons.

Cela lui faisait une curieuse impression de comprendre aussi facilement et, lorsque le fonctionnaire lui demanda s'ils étaient tous là, elle se surprit à répondre en russe : « Oui, nous sommes cinq. »

Comme les autres l'assaillaient de questions dont elle ignorait les réponses, une assurance toute nouvelle lui fit dire :

« Ouvrez simplement vos bagages et tout ira bien. Ils tiennent surtout à voir quels livres nous transportons. »

En dehors de « Oui » ou « Non », elle ne pouvait guère dire que « Je comprends mais ne parle pas le russe ». Toutefois le besoin la rendait ingénieuse et, ce qu'elle ne pouvait expliquer, elle le signifiait par gestes, brandissant passeports, permis de voyage et autres documents fournis par le gouvernement russe, où le motif de leur voyage devait être mentionné.

Le jeune M. Goode la complimenta :

« Bravo, Miss Barshinski ! A partir de maintenant, c'est vous qui allez être notre chef. »

Elle eut un sourire modeste, heureuse de se sentir complètement adoptée par le groupe. Mais, en Daisy May qu'elle était, il lui fallait se trouver une autre source d'inquiétude :

« Je ne sais pas si je comprendrai toujours tout... Mon père était de Novgorod, au nord de la Russie, où l'on parle sensiblement le même russe qu'ici. Mais à Londres, on m'a dit que dans le sud le dialecte pouvait être différent. Alors, je ne vous garantis rien !

— Ne vous faites pas de souci, lui dit gentiment M. Foulgar. On nous a prévenus que nous devrions, sur place, nous assurer le concours d'interprètes. Mais, parmi les réfugiés, vous serez à votre aise, car ils viennent tous du nord. De toute façon, j'estime très utile qu'au moins l'un de nous connaisse les rudiments de la langue. A présent, nous allons employer le temps des voyages par chemin de fer à apprendre de vous quelques mots simples. »

Le dernier jour, tandis que le train roulait à travers les forêts transpercées de soleil, Daisy dit d'un ton détaché que, très probablement, un garçon qu'elle connaissait les attendrait à la gare de Petrograd.

« C'est le frère de l'amie avec qui vous m'avez vue parler sur le quai de King's Cross, précisa-t-elle comme s'il était nécessaire de justifier la présence d'Edwin. J'avais onze ans quand je les ai connus et nous avons grandi ensemble. »

Les quatre autres la regardèrent avec une curiosité empreinte de sympathie.

« Il est dans la marine marchande et a été contraint de demeurer à Petrograd avec son bateau. Il m'a écrit que, si ses obligations le lui permettaient, il viendrait nous accueillir et nous aiderait de son mieux. »

Elle se garda bien d'ajouter qu'elle avait aussi une sœur à Petrograd. Dans sa lettre, Edwin lui avait dit que Galina ne l'accompagnerait pas à la gare à cause de son état de santé. Et Daisy s'en était réjouie. Elle ne tenait pas à ce que ses amis quakers sachent qu'elle avait une sœur comme Galina.

« Oh ! que c'est aimable à lui ! dit Miss Stubbs. Quel plaisir ce sera de revoir enfin un visage anglais !

— Si cela vous fait tant besoin, Miss Stubbs, vous pouvez toujours me regarder ! » lui lança M. Goode.

Tous rirent beaucoup de cette piètre plaisanterie, parce qu'ils se sentaient sales et las cependant que cet interminable voyage leur donnait la mesure, non seulement de la Russie mais de la tâche qui les attendait. Leur gaieté n'était plus qu'une façade derrière laquelle ils sentaient croître l'angoisse.

Quand le train arriva à la gare de Finlande, à Petrograd, le cœur de Daisy May battait à grands coups. Est-ce que tout irait bien ? Allait-elle retrouver le même Edwin que naguère ? Manifesterait-il toujours autant d'affection pour elle, ou Galina l'avait-elle complètement transformé ?

Et alors elle le vit, qui progressait lentement au milieu de la foule en regardant toutes les fenêtres. Elle se sentit aussitôt soulagée car, bien qu'il eût maigri et parût un peu tendu, c'était bien le même Edwin, grand, brun et solide, qui avait toujours souci des plus faibles que lui. Elle s'était mise à rayonner sans même en avoir conscience, non plus que du fait que M. Goode l'observait. Celui-ci fut le premier à prendre pied sur le quai, afin d'aider les dames à descendre ; Daisy

May se rendit à peine compte qu'il lui tenait la main, car Edwin se dirigeait vers eux et, en la voyant, il sourit. Un pâle sourire, mais un sourire néanmoins, et à la surprise de la jeune fille, il se pencha pour l'embrasser sur les deux joues. Il le fit de façon très fraternelle, mais Daisy May se sentit rougir car cela ne s'était encore jamais produit auparavant.

« Il y a longtemps que tu attends ? demanda-t-elle bêtement, à seule fin de ne pas fondre en larmes.

— Oh ! deux heures, pas plus. (Son sourire s'accentua.) Comment vas-tu, Daisy ? Tu n'as pas changé.

— Toi non plus. »

C'était un mensonge car, à présent, elle mesurait à quel point il avait maigri et elle lui trouvait aussi quelque chose de vaguement *étranger,* comme si la Russie avait fini par déteindre un peu sur lui. Elle s'avisa alors que les autres les entouraient, quelque peu nerveux et embarrassés.

« Voici Miss Stubbs et Miss Doyle... M. Foulgar, M. Goode.

— C'est vraiment très aimable à vous d'être venu nous accueillir, dit M. Foulgar. Je crois que nous disposons de quelques heures avant de devoir prendre notre train pour Moscou. Là-bas, nous retrouverons probablement l'un ou l'autre de ceux qui nous ont précédés, mais c'est bien plaisant d'avoir ici quelqu'un pour nous aider. »

Ses compagnons rivalisèrent de remerciements et de gratitude. Tout le monde redevenait très anglais, cependant que Daisy, partagée entre la joie de revoir Edwin et la fierté qu'elle avait de ses nouveaux amis, restait sans voix.

« Je vous suggère, dit Edwin, de manger ici, au buffet, où il y aura certainement moins foule qu'à celui de la gare Nikolaevski. Je vais voir à ce qu'un porteur s'occupe de vos bagages et je suis sûr que ces dames auront plaisir à faire un peu de toilette avant de manger. Daisy, poursuivit-il en ayant le tact de l'attirer un peu de côté, le *Damskaya* est là-bas, de l'autre côté du grand hall... Penses-tu pouvoir trouver ton chemin toute seule ? »

Elle aurait dû être heureuse qu'il se soucie autant de leur bien-être, mais elle se sentait quelque peu agacée. Tout comme Sophie, avait-il oublié lui aussi qu'elle était à moitié russe et comprenait la langue ?

« Merci, Edwin, mais j'ai eu tout loisir d'apprendre à lire le mot depuis que nous avons passé la frontière. Nous nous sommes arrêtés bien des fois au cours de ces quatre derniers jours.

— Pendant ce temps, je vais retenir deux tables au buffet. »

Tandis qu'elle montrait le chemin des lavabos à ses compagnes, Daisy May s'efforçait de mettre un peu d'ordre dans ses pensées. Elle avait souhaité qu'Edwin fût toujours le même et il n'avait pas changé ou très peu, en dépit de quoi elle était légèrement déçue. Elle était là pour commencer une nouvelle vie. Elle arborait l'étoile rouge et noire des Amis, elle était traitée presque en égale par les gens bien élevés avec qui elle voyageait, et Edwin n'avait rien paru remarquer de tout cela. Comme elle se détournait de lui, elle avait légèrement heurté une vieille paysanne à qui elle avait dit, avec une courtoisie excessive : « *Ja Vinovat* » moins pour s'excuser que pour montrer ses capacités à Edwin.

Le buffet était plein de gens, dont plusieurs jeunes officiers en tenue de combat qui mangeaient avec des civils, principalement des femmes, mères ou épouses, supposa Daisy. L'air sentait la soupe, le samovar sifflait doucement en laissant échapper un mince jet de vapeur. Avec tact, les quatre compagnons de Daisy s'installèrent à l'une des tables, laissant l'autre pour Edwin et elle. Placée ainsi en tête à tête, Daisy ne trouva soudain plus rien à dire.

« Comment vont-ils tous à la maison ?

— Pas trop mal... Évidemment, ton père n'est pas brillant, mais il réussit quand même à se rendre chaque jour chez Hayward, où il est bien utile maintenant que tous les autres hommes sont mobilisés.

— Et Ivan ?

— Il est en France, avec son régiment. Il a été nommé sergent. »

Edwin piqua un fard et fut bien aise que le serveur survienne avec un menu. Il se pencha vers l'autre table, pour les aider et les conseiller dans leur choix. Pendant le voyage, incapable de lire le russe, Daisy avait réussi à comprendre tant bien que mal, par le truchement des serveurs, ce qu'il y avait à manger. Mais elle fut très impressionnée par l'aisance avec laquelle Edwin déchiffrait la carte.

« Tu peux lire le russe ?

— Mieux que je ne le parle. Il n'y a pas grand choix, hélas... soupe aux choux et mouton rôti. La nourriture devient rare, surtout la viande. Et il y a des semaines où le pain fait complètement défaut. »

Edwin marqua un temps, puis dit, sur un ton de légère admonestation :

« Tu n'aurais pas dû venir ici, Daisy. La Russie n'est pas un pays sûr pour des gens comme toi. J'ai tout lieu de penser qu'ils vont perdre la guerre ; ce n'est un secret pour personne qu'ils subissent d'énormes pertes, et il y a eu aussi beaucoup de désertions sur le front. Alors les Anglais ne sont pas très populaires en ce moment, car le sentiment prédomine qu'ils n'ont pas fait tout ce qu'ils auraient pu.

— C'est précisément ce qui nous amène, rétorqua Daisy, sur la défensive. Nous venons pour en faire un peu plus. »

Elle revit alors sur le visage d'Edwin l'expression qu'il ne manquait jamais d'avoir, au fil des ans, quand elle ne suivait pas ses conseils bien intentionnés.

« Daisy, tu ne te rends vraiment pas compte. Vous êtes là comme des enfants qui s'aventurent dans la fosse aux lions. Vous n'êtes plus en Angleterre. Ici c'est très différent, dangereux. Le capitaine Patterson... »

Il marqua une brève hésitation, comme pesant ce qu'il pouvait se risquer à dire :

« Le capitaine Patterson et les gens de l'ambassade pensent qu'il faut s'attendre à des émeutes ou autres troubles du même genre. Si cela se produit, les étrangers seront les premiers auxquels on s'en prendra. La plupart des Anglais sont repartis chez eux. Tu as été vraiment très imprudente de venir.

— Alors, pourquoi es-tu encore ici ? »

Elle se sentait humiliée, blessée, et cela la rendait agressive. Elle avait ardemment souhaité renouer avec Edwin comme par le passé — sachant très bien ne pouvoir espérer davantage — mais elle voulait aussi qu'il se rende compte qu'elle était devenue une jeune femme indépendante, ayant entrepris d'organiser son avenir. Au lieu de quoi, il lui parlait comme si elle était encore une gamine.

« Pourquoi es-tu resté, alors que la majeure partie de l'équipage a été rapatrié ? » lui lança-t-elle avec colère.

Il ouvrait la bouche pour répondre quand le serveur arriva avec une soupière et ils gardèrent le silence jusqu'à ce qu'il fût reparti.

« Je suppose que Sophie t'a dit au sujet de Galina ?

— Oui.

— De toute façon, à présent, il n'est plus question que je rentre. Le gouvernement britannique tient à ce que tous nos bateaux se trouvant dans des ports russes gardent à bord un minimum d'équipage. S'il se produit quelque chose... si ça tourne mal... nous assurerons la défense des biens britanniques.

— Plus tôt, tu aurais pu partir ?

— Je ne sais pas. Peut-être.

— Tu es resté à cause de Galina ?

— Oui, répondit-il avec colère. Et tu le sais très bien. Pourquoi me poses-tu toutes ces questions ?

— Je pense que tu es mal placé pour me dire que je ne me rends pas compte de ce que je fais. Je suis ici officiellement, avec l'entière approbation du gouvernement russe. Je suis venue avec les Amis qui, dans le passé, ont déjà été d'un grand secours pour la Russie. Tu ne sais rien des Amis, ni de ce qui les motive... Tu ne sais rien de nous, Edwin ! Je ne suis pas venue ici par hasard... ou en cédant à une impulsion égoïste ! »

Elle était devenue très pâle et sa voix, qu'elle avait peine à contrôler, virait à l'aigu. Elle se rendit compte que, à la table voisine, Elizabeth Stubbs et Flora Doyle la regardaient. D'une main tremblante, elle prit sa cuillère à soupe.

« Selon toi, c'est une impulsion égoïste qui m'a amené ici ? » questionna-t-il en pinçant les lèvres cependant que, au fond de son cœur, une voix disait : « Bien sûr... N'est-ce pas pour suivre Galina Barshinski que tu as tout abandonné du jour au lendemain ? »

La colère de Daisy fit place à un sentiment de crainte. Jamais encore elle n'avait osé tenir tête à Edwin, ayant eu, au contraire, en sa présence, toujours grand soin qu'il ne pût rien trouver à redire ni dans ses paroles ni dans son attitude. Et maintenant, alors qu'elle avait seulement quelques précieuses minutes à passer avec lui, elle risquait de tout gâcher en s'emportant. Aussi pourquoi ne se rendait-il pas compte qu'elle avait changé, qu'elle était maintenant adulte ?

« J'ignore ce qui t'a amené ici, Edwin, dit-elle tristement, mais me souvenant de ma sœur, je ne devrais m'étonner de rien. Comment est-elle ?

— Mal en point. A l'issue de son opération, elle a fait une septicémie, puis attrapé une pneumonie. Elle est toujours très faible et extrêmement déprimée. Elle pleure beaucoup. »

La jalousie étreignit le cœur de Daisy, lui faisant oublier toute prudence.

« Elle ne manque jamais de pleurer pour obtenir ce qu'elle veut ! » lança-t-elle méchamment, mais Edwin ne parut pas entendre et elle enchaîna : « De quoi a-t-elle été opérée ? »

Et elle pensait : « Pourquoi n'est-elle pas morte ? Je voudrais qu'elle meure ! »

Edwin hésita, détourna les yeux.

« Quelque chose dans le ventre... Je ne sais au juste quoi...

— Un cancer ?

— Non. Non, pas un cancer.

— Alors, du moment que ça n'est pas un cancer, elle se rétablira.

— As-tu quelque chose à lui faire dire ?

— T'a-t-elle chargé de me dire quelque chose ? »

Daisy débordait de ressentiment. Elle s'efforçait de retenir sa langue, mais le voyage avait été interminable et elle était à bout de nerfs.

« Qu'elle t'embrasse de tout son cœur.

— Ne lui dis pas que je fais de même, car ce serait un mensonge. »

Elle avait conscience de détruire des années d'affection, mais en même temps elle éprouvait un merveilleux sentiment de liberté à dire enfin tout ce qui lui pesait sur le cœur. Elle avait envie de se laisser aller, d'apprendre à Edwin tout ce que Galina lui avait fait quand elles étaient enfants, des gestes horribles, témoignant d'un monstrueux égoïsme.

« Dis-lui simplement que j'espère qu'elle se rétablisse vite. »

Au sein de la colère qui la faisait trembler, elle vit alors qu'Edwin souriait, avec cet air d'affectueuse indulgence qu'on a pour les enfants capricieux.

« Ne sois pas ridicule, Daisy. Je lui dirai que tu l'embrasses de tout ton cœur toi aussi. »

Il lui fallait absolument faire quelque chose, pour qu'Edwin comprenne qu'elle était maintenant une adulte, son égale. Elle se mit à fouiller dans son sac et en sortit un morceau de papier, qu'elle lui tendit.

« Tiens, dit-elle en s'efforçant de prendre le ton qu'avait Mme Fawcett lorsqu'elle venait à la cuisine, c'est l'adresse de la délégation des Amis à Bouzoulouk. On ne sait jamais : Galina ou toi pourriez en avoir besoin. Si vous vous trouviez dans les ennuis, nous ne manquerions pas de vous venir en aide.

— Merci, Daisy », répondit-il gravement.

Le serveur vint enlever les bols dans lesquels ils avaient mangé la soupe et déposa sur la table des assiettes contenant un petit morceau de mouton fibreux avec quelques concombres.

« Moi, tu peux toujours me joindre par l'intermédiaire du consulat, dit alors Edwin. Et je vais te donner l'adresse de Galina. »

Cela aussi fit mal à Daisy, bien qu'elle tentât de se raisonner. Il était normal qu'il sache où habitait Galina et qu'il aille la voir. C'était seulement... Bref, la familiarité transparaissant à travers ces paroles faisait affluer à l'esprit de Daisy des pensées qu'elle préférait ne pas avoir. Elle se dit qu'il leur fallait cesser de parler de Galina, sinon tout allait être anéanti.

« Savais-tu que Sophie est maintenant quasi gouvernante chez les Fawcett ? »

Le visage d'Edwin s'éclaira, tandis qu'elle lui expliquait :

« L'autre femme de chambre est partie et l'aide-jardinier a été mobilisé ainsi que le garçon qui s'occupait des chevaux. Là-dessus, j'ai rendu mon tablier. Du coup, Mme Fawcett n'a plus su à quel saint se vouer et Sophie a pris la situation en main. A présent, une des petites Kelly est à la cuisine, deux femmes de ménage viennent chaque jour, et c'est Sophie qui dirige le tout. Bien qu'elle n'en laisse rien paraître, je crois que ta mère en est très fière.

— Et Lillian ?

— Oh ! Lillian, c'est la grande dame depuis quelque temps ! La femme du général Harding, qui habite Dormansland, a vu une robe faite par Lillian et déclaré que c'était *absolument exceptionnel*. Du coup, elle a recommandé Lillian à un couturier de Londres... Un couturier de Bond Street, je crois, et ta sœur y va deux jours par semaine pour " aider au salon ". Sans doute était-on à cours de personnel à cause de la guerre. Alors, Lillian a mis une pancarte dans la vitrine de Miss Clark : " Travaux à façon et haute couture ". »

Edwin éclata de rire, et ce fut de nouveau entre eux comme autrefois. Mais il anéantit tout en demandant :

« Et que vas-tu faire, Daisy ? Je veux dire : quand cette mission de secours sera terminée, tu vas retourner chez les Fawcett ? »

Ne se rendait-il pas compte qu'elle n'était plus la fille de cuisine, toujours si soignée, qui n'aspirait qu'à la respectabilité d'être au service des Fawcett ? Ne voyait-il pas qu'elle avait changé ? Et, brusquement, Daisy se demanda si elle avait vraiment changé ? Elle n'avait jamais rien envisagé au-delà d'aller en Russie et de voir Edwin. Que ferait-elle lorsque la guerre serait terminée ? Où irait-elle ? Elle se sentit soudain comme perdue dans un monde où elle était totalement seule, sans foyer, ni attaches ni personne qui se souciât d'elle. Et puis, comme s'ils avaient eu un geste vers elle, Daisy prit conscience des autres qui étaient là : Elizabeth Stubbs avec son calme d'infirmière diplômée, Flora, M. Foulgar, et le joyeux M. Goode. Elle commençait à s'intégrer à leur groupe, à avoir des liens avec eux, non seulement à cause du voyage et du fait qu'ils se trouvaient ensemble dans un pays étranger, mais parce qu'ils l'avaient acceptée en leur sein pour accomplir la même tâche qu'eux. *Ils comptent sur moi.* Elle se raccrocha à cette pensée. Elle ignorait ce qu'il adviendrait plus tard, pour l'instant, elle faisait corps avec ses nouveaux amis.

« Je me demande si nous ne devrions pas nous mettre en route pour l'autre gare ? » s'enquit M. Foulgar avec une intonation inquiète, tandis que son regard allait de Daisy à Edwin.

Edwin se leva en disant :

« Je vais aller chercher deux voitures et m'entendre avec le porteur pour qu'il assure le transfert des bagages. »

Sortant du buffet, ils se retrouvèrent dans le grand hall de la gare. Daisy remarqua alors différents détails qui lui avaient précédemment échappé : les soldats en uniforme gris, portant attachées sur leur dos des couvertures roulées et une gamelle en fer-blanc, le sol jonché de graines de tournesol... Tous les militaires qu'elle voyait semblaient mâcher et cracher... Sur le tout, planait l'odeur du tabac makhorka, et cela composait un curieux mélange de luxe et de saleté. Des officiers au bel uniforme et des dames élégantes s'appuyant sur des ombrelles marchaient avec précaution au milieu de mendiants hirsutes aux pieds enveloppés de chiffons. Un marchand de *pirojki*[1] poussait à travers la foule un petit réchaud à charbon de bois monté sur des roulettes et, près de l'entrée principale, un être — dont il était impossible de dire s'il s'agissait d'un homme ou d'une femme — était étendu à même le sol, tourné vers le mur.

A la gare Nikolaevski, c'était encore pis. Le petit groupe eut grand-peine à se frayer un chemin au milieu de la foule de militaires rassemblés là. Des femmes en larmes remorquant des enfants qui sanglotaient, des hommes silencieux aux visages fermés... Daisy comprenait vaguement une phrase ici et là : « Le pain est bon... » « Ne te sépare pas de ta médaille et le bon Dieu te protégera... »

---

1. Petits pains farcis, qui sont parfois frits. (N.d.T.)

Edwin les guida vers leur train, parla au contrôleur, réussit à leur trouver des places assises et les aida à hisser leurs bagages.

Un long coup de sifflet retentit; assise près de la fenêtre, Daisy prit brusquement conscience qu'elle partait à des centaines de kilomètres et ne reverrait peut-être jamais Edwin. Ils n'avaient été ensemble que quelques brèves heures, et ils avaient passé la majeure partie de ce temps précieux à se quereller. En dépit de Galina, en dépit de tout, elle avait attendu beaucoup de ces retrouvailles dont il n'était pourtant rien résulté. Un autre coup de sifflet, le train s'ébranla, un nuage de fumée obscurcit la fenêtre et, lorsqu'il se dissipa, Daisy eut encore le temps d'apercevoir le visage d'Edwin arborant le sourire d'autrefois, ce sourire plein de gentillesse et de tendresse, mais en même temps si viril qu'il attirait les femmes, surtout les femmes Barshinski. Et, tandis que le train prenait de la vitesse, Daisy éprouva de nouveau cette tristesse au cœur, due tout autant au sentiment de son infériorité qu'à son amour pour Edwin.

On n'est guère portée à s'estimer lorsqu'on a grandi sans avoir un foyer ni rien à soi, ignorée par son père, et sachant que si l'on est aimée de sa mère, celle-ci n'est qu'une pauvre créature sans volonté. Il est très dur de croire en sa valeur quand on est peu instruite, pauvrement habillée, et que l'on doit tout à la charité condescendante des autres. Daisy n'avait jamais rencontré personne qui fût aussi peu prisée qu'elle-même, mais elle avait conscience d'en être responsable : parce qu'elle se jugeait sans intérêt, personne ne lui en accordait.

Et cependant lui venait, d'elle n'aurait su dire où — certainement pas de sa pauvre femme de mère — un fond d'obstination qui l'avait poussée à se présenter d'un air résolu à la Mission des quakers, à Reigate. Là, dans le silence de la méditation en commun, elle avait découvert une grande paix. Et, le dimanche suivant, en proie au même apaisement, elle s'était rendu compte que, au village, elle n'était jamais seule, partageant sa chambre avec Sophie et passant de la cuisine bruyante des Fawcett à celle des Willoughby.

Elle croyait en Dieu. La foi apathique de sa mère, l'observance religieuse des Willoughby l'avaient confirmée dans ce sentiment, mais elle avait toujours considéré Dieu comme quelqu'un de constamment affairé. Après ces premiers contacts avec les quakers, elle pensait que Dieu était peut-être au contraire très calme et aussi intangible que cette odeur marine qui dérivait à l'intérieur des terres lorsque le vent soufflait de la mer.

Quatre semaines s'écoulèrent avant que quelqu'un s'avisât de lui demander son nom, et cela aussi lui plut. Elle trouvait quelque chose d'agréablement nouveau à être anonyme, à ce qu'on la laissât tranquille dans son coin. L'impression de paix s'accentuait à chaque visite. Ce n'était pas ce qu'elle était venue chercher là, mais la force qu'elle puisait dans ces moments de silencieuse paix lui procurait une sorte de merveilleux détachement. Et puis, à l'une de ces réunions, une femme dont la détresse était visible demanda qu'on prie pour elle. Avec une vague surprise, Daisy comprit alors qu'il ne suffisait pas de se sentir en paix et qu'il lui fallait aussi penser aux autres. Naïvement, elle avait alors fermé les yeux en priant de tout son cœur pour que la femme fût réconfortée. Tout en ignorant si cela serait efficace, elle commençait à se pénétrer de l'altruisme des Amis. Et cela l'avait amenée à prendre conscience de sa valeur puisque, par ses bonnes intentions, même une personne aussi insignifiante qu'elle pouvait contribuer au bien commun.

A présent, elle avait le sentiment de s'être intégrée aux Amis et, assise dans ce train surpeuplé, cela l'incitait à se demander si elle n'avait pas eu tort de venir en Russie. L'avait-elle fait parce qu'elle pensait y être utile, ou à cause d'Edwin ? Elle n'en savait trop rien — et ne le saurait peut-être jamais — mais elle sentait croître en son cœur le contentement de sa nouvelle vie. Rien ne pourrait faire qu'elle cessât d'aimer Edwin mais, jusqu'à ce qu'il eût besoin d'elle, Daisy était résolue à trouver sa place au sein de ce petit groupe de gens pleins de bonté et sachant bien ce qu'ils voulaient.

Ils avaient beau savoir au-devant de quoi ils allaient, le choc n'en fut pas moins violent. Ils cherchèrent réconfort dans leur foi et leur sens pratique, mais demeurèrent un moment comme pétrifiés face à tant de misère et de saleté, sur quoi planait la tristesse sans espoir de quelque deux cent mille réfugiés.

« La plupart d'entre eux ont tout perdu, à l'exception des vêtements qu'ils ont sur le dos », dit Robert Tatlock lors de leur première soirée à Bouzoulouk.

Ils étaient assis autour d'une table de bois blanc et, par la fenêtre, entrait la puanteur d'une ville sans égouts dans la chaleur de l'été. Leur train était arrivé à onze heures du soir et ils n'avaient eu qu'une impression confuse de bâtiments minables, de routes défoncées, avec des nuées de mouches.

« Ils ont été chassés par l'avance des Allemands et, l'hiver dernier, on les a expédiés dans le Turkestan. Environ un tiers d'entre eux y sont morts, de maladie, certes, mais surtout de faim et de froid. Ceux qui ont survécu à cet hiver ont été ramenés ici et logés chez l'habitant, des paysans qui ne les aiment guère. »

Tatlock marqua un temps, regardant autour de la table ces jeunes visages marqués par la fatigue.

« Lorsque je parle de paysans, ça n'a rien à voir avec ceux de chez nous. Les paysans d'ici ne vivent pas beaucoup mieux que les réfugiés eux-mêmes. Ils ne font qu'un repas par jour, logent dans une seule pièce, la gale et les poux sévissent de façon endémique, et il n'y a pas d'hôpital, ni même de médecin dans un rayon de mille kilomètres. L'été, ils sont la proie de la typhoïde, de la variole ; l'hiver, ils se calfeutrent dans leurs baraques autour du poêle allumé, et n'aèrent jamais. Alors, la tuberculose prolifère. Voilà quelle est la vie d'ici. Les réfugiés souffrent donc de tout cela et, en outre, ils n'ont plus de chez-eux. Ils sont habillés d'une façon ne convenant absolument pas à ce climat, si bien que nous allons encore en perdre un autre tiers si nous n'arrivons pas à leur procurer des vêtements chauds. Les hommes, pour la plupart, sont morts ou bien au front, et l'on est sans nouvelles d'eux. Bien des enfants et des personnes âgées ont succombé en chemin. Il n'y a pas une seule famille qui soit intacte et, dans nombre de cas, il n'en subsiste plus qu'un enfant, incapable de dire même son nom ou celui de son village. Ils sont non seulement sous-alimentés, insuffisamment vêtus et malades, mais aussi complètement démoralisés et si dénués du moindre espoir qu'ils en arrivent à préférer se laisser mourir. »

Robert Tatlock était un garçon sympathique, avec un visage mince et une moustache brune. Il était typiquement britannique et l'on se serait attendu à le voir travailler dans une banque ou bien enseigner dans une école. En dépit de ses traits las, l'autorité qui émanait de lui était bien la seule chose de nature à réconforter un peu les arrivants.

« Que pouvons-nous faire ? questionna Andrew Goode, qui avait perdu son enjouement coutumier.

— Pas grand-chose. Nous ne sommes pas assez nombreux et nous avons trop peu de vêtements, de vivres ou de médicaments. Et puis, il y a la question de la langue. Nous devons nous efforcer d'apprendre le russe aussi vite que possible. Nous avons des interprètes, mais recourir à eux prend du temps et des malentendus se produisent constamment. Pour le moment, Miss Barshinski, vous êtes la personne la plus utile dont nous disposions et je vais vous envoyer à Mogotovo, dans le nord. »

Extirpant une carte de sous des papiers empilés près de lui, il l'étala au milieu de la table.

« C'est à soixante-dix kilomètres d'ici, mais il vous faut oublier la notion des distances que vous aviez en Angleterre. La route est pratiquement inexistante, et, pour se rendre là-bas en tarantass [1] on doit compter actuellement de huit à neuf heures, sinon davantage. Je crois que ce sera plus facile en hiver lorsqu'on pourra utiliser des traîneaux pour circuler.

« A Mogotovo, nous disposons d'une grande maison, mise à notre disposition par les autorités locales. Nous y logerons le maximum d'enfants et nous essaierons aussi d'y installer un dispensaire pour soigner les gens du coin, réfugiés ou paysans. Le Dr Manning et Nurse Morgan sont déjà sur place, mais n'ont pas d'interprète. Un envoi de vêtements et de chaussures leur a été fait, qu'il faudra moins distribuer que partager, afin que chaque famille ait un petit quelque chose : une paire de chaussures ou un vêtement chaud que les enfants pourront utiliser tour à tour. C'est pourquoi nous avons besoin de quelqu'un qui comprenne le russe. »

Daisy se contenta de hocher approbativement la tête. Elle était trop exténuée pour ressentir quoi que ce fût.

« Miss Stubbs, vous allez vous rendre à Lubimovka, dont nous voudrions rouvrir l'hôpital. »

Il indiqua sur la carte un point aussi éloigné au sud que Mogotovo l'était au nord. Daisy éprouva un vif regret : Elizabeth Stubbs était une jeune femme tranquille et très compétente qui l'avait beaucoup secondée pendant le voyage. A présent, elles allaient être à quelque cent cinquante kilomètres l'une de l'autre.

« Miss Doyle, vous irez à Mogotovo avec Miss Barshinski, ainsi que M. Foulgar, pour tâcher d'y organiser un orphelinat. M. Goode, lui, sera affecté à Lubimovka, du moins pour l'instant. Cela dit, prenez bien note des recommandations que

1. Voiture à quatre roues, extrêmement rustique, qui était alors la seule utilisable sur les mauvais chemins de Russie. (N.d.T.)

je vais vous faire. Chaque soir, lavez-vous soigneusement avec de l'eau phéniquée, et si vous avez dû dormir chez des paysans — ce qui vous arrivera lorsque vous répartirez les vêtements — dès votre retour trempez aussi vos vêtements dans de l'eau additionnée de phénol. Jusqu'à la fin de l'été, prenez de la quinine, surtout ceux d'entre vous qui travailleront dans le sud, car il y a souvent des épidémies de paludisme. Avertissez immédiatement dès que des gens en sont atteints. Vous devez faire bouillir votre eau pour l'instant mais, l'hiver venu, vous pourrez faire fondre de la neige tant pour boire que pour vous laver. Alimentez-vous de façon très régulière, même si vous manquez d'appétit ou souffrez de voir que ceux que vous venez secourir n'ont pas suffisamment à manger. Le ravitaillement s'améliore et, de toute façon, ça n'arrangerait rien que vous tombiez malades vous aussi. Pour... euh... les commodités, il vous faudra creuser des feuillées. Je vous déconseille d'utiliser celles des paysans et, là encore, il convient de ne pas ménager le phénol. »

Daisy se rendit compte que Flora Doyle avait rougi et comprit soudain combien il devait être gênant pour des femmes n'ayant jamais connu la pauvreté de devoir recourir à d'aussi primitives latrines, coucher dans la même pièce que des paysans, lutter contre la gale, les poux et les puces.

« Je crains que le courrier d'Angleterre ne mette très longtemps à parvenir ici, et je me demande bien pour quelle raison quand je constate qu'il vous a suffi de deux semaines pour faire le voyage. Nous nous efforçons d'avoir des réunions de prière chaque fois que cela est possible. Certains d'entre nous se trouvent très isolés — ainsi, à Bogdanovka, ils ne sont que deux — et ont grand besoin de nos prières. Parfois — sa voix défaillit un peu — quand nous nous trouvons si loin de tout, il est assez difficile de se rappeler que Dieu nous aide... »

Sous la table, Daisy sentit la main de Flora étreindre la sienne.

« Voulez-vous que nous priions un moment en silence ? » demanda Robert Tatlock d'un ton hésitant en les regardant, serrés l'un contre l'autre.

Flora posa sur la table son autre main qui tremblait et Andrew Goode la recouvrit aussitôt de la sienne. Les mains ainsi nouées autour de la table, ils prièrent dans la nuit russe pour que le ciel leur donne force et courage.

Ils partirent le lendemain matin dans deux voitures qui n'étaient guère plus que des caisses munies de roues, avec juste de la paille pour amortir les cahots sur les routes défoncées. Daisy et Flora s'installèrent dans l'une, assises sur leurs cantines, et M. Foulgar dans l'autre, avec plusieurs sacs de haricots secs et de riz. Presque aussitôt, ils furent assaillis par une nuée de mouches, qui se collèrent à leurs visages, envahissant leur nez et leur bouche. Daisy poussa un petit cri de détresse, en agitant convulsivement les mains, geste qui accrut encore la frénésie des mouches.

« Je déteste les mouches ! Je les déteste ! gémit de son côté Flora. C'est tellement sale, les mouches ! »

Quand la carriole roula plus vite à travers la steppe, les mouches se firent moins nombreuses et, au bout d'une demi-heure, le conducteur, un robuste paysan portant une blouse russe en coton, alluma une cigarette dont il souffla la fumée vers les jeunes femmes. S'y mêlait un relent d'oignons et de dents cariées, mais cela mit en fuite le reste des mouches, et Daisy en éprouva tant de gratitude qu'elle le remercia impulsivement.

Ils avaient parcouru une dizaine de kilomètres à travers un paysage plat et aride, lorsque Flora fut prise de nausées. Daisy voulut faire arrêter la voiture, mais Flora secoua la tête :

« Inutile... Lorsque nous repartirions, ça me reprendrait... Et puis, si nous nous arrêtons, il y aura les mouches... »

Daisy essuya la sueur mêlée de poussière couvrant le visage de sa compagne ; celle-ci, après un moment, laissa aller sa tête contre l'épaule de Daisy cependant que sa respiration s'accélérait.

« Stoi ! Stoi ! » cria Daisy au conducteur et après quelques mètres, la carriole s'immobilisa.

« Qu'y a-t-il ? demanda M. Foulgar en s'arrêtant à leur hauteur.

— Je crois que Flora est malade.

— Ce n'est rien... Je suis toujours malade en voyage, murmura Miss Doyle, les yeux clos. Rappelez-vous, pendant la traversée... »

Le soleil était brûlant et Daisy suggéra :

« Peut-être que si nous pouvions nous arrêter un peu à l'ombre... dans un village, par exemple... »

Au prix d'un effort, elle finit par retrouver dans sa mémoire, les mots « maison », « femme », « malade ». Le conducteur parlait un dialecte et elle mit un long moment à se faire comprendre de lui.

« Il dit qu'il va conduire lentement jusqu'au prochain village et que Flora pourra s'y reposer. »

Rouler doucement n'améliora que peu l'état de Flora, car les cahots subsistaient et, par moments, la carriole semblait sur le point de verser. Au bout d'une heure, à travers des nuages de poussière, Daisy vit briller le dôme doré d'une église. Lorsqu'ils l'atteignirent, le village se révéla n'être que deux rangées de maisons en bois de part et d'autre d'une unique rue, au milieu de laquelle se trouvait un puits. Dominant l'environnement, l'église se dressait toute bleue, blanche et or. Le conducteur roula jusqu'à une maison proche de l'église et dit alors quelque chose à Daisy, qui eut de nouveau beaucoup de mal à comprendre.

« C'est la maison du chef du village. Nous allons pouvoir nous y reposer. »

Des maisons, pour les regarder, surgissaient des enfants nu-pieds, les cheveux tondus, et des femmes vêtues de robes de grosse toile. Daisy avait l'impression que si elle faisait un pas vers eux ils s'enfuiraient comme une volée de moineaux.

Les voyageurs pénétrèrent dans une étable située sur le côté de la maison, par laquelle ils accédèrent à une petite pièce qui sentait si fortement les corps mal lavés que Daisy en eut un haut-le-cœur.

« Efforcez-vous de ne pas respirer par le nez », conseilla-t-elle à Flora.

Un banc longeait deux côtés de cette pièce, sur lequel étaient assises plusieurs vieilles femmes avec des bébés. Une portion en était libre où Daisy fit s'étendre Miss Doyle, dont le front était à nouveau couvert de sueur et la respiration précipitée. Les vieilles la regardèrent et l'une d'elles posa une question.

« Elle demande si nous voulons manger avec elles », traduisit Daisy.

Flora émit un gémissement horrifié et, avant que Daisy ait pu trouver les mots pour exprimer un aimable refus, une autre femme, qui s'était approchée d'un énorme poêle, vint leur présenter un bol en bois plein de très petits œufs. Daisy regarda M. Foulgar et dit :

« Je crois qu'il nous faut manger... Je me rappelle mon père... Ce serait discourtois de refuser. Nous pouvons en partager un, afin de ne pas trop les priver, et elles comprendront que, vu son état, Flora ne mange pas. »

En exprimant une reconnaissance qu'elle était loin d'éprouver, Daisy prit un des œufs, dit « *Spasibo* » avec le maximum de chaleur et reçut un demi-sourire en retour. Elle esquissa un geste du côté de Flora et secoua la tête en plaquant une main sur son estomac. Des tasses pleines d'un liquide brunâtre firent leur apparition et, puisant dans ses souvenirs, Daisy crut savoir de quoi il s'agissait.

« C'est du kwas, dit-elle. Une boisson de ménage fermentée. Je crois que nous pouvons nous risquer à en boire. »

Regardant autour d'elle, la jeune fille ne dénombra pas moins de quinze personnes sans compter les bébés. En sus des bancs, il y avait là une table, une icône dans un coin de la pièce, des peaux de moutons au-dessus du poêle et, sur une sorte de bat-flanc, un enfant d'une extrême maigreur au regard terne. Pointant un doigt vers lui, Daisy demanda « Malade ? » mais la femme se borna à hausser les épaules d'un air fataliste. A qui était cet enfant ? Ces femmes étaient-elles des réfugiées ou appartenaient-elles au village ? Elles se ressemblaient toutes, apathiques et sales.

Repérant avec effroi de gros insectes noirs qui couraient sur les parois de planches, Daisy se tourna vers sa compagne :

« Si vous vous sentez mieux, Flora, je crois que nous pourrions repartir... »

Ils aidèrent Miss Doyle à regagner la carriole, où Daisy arrangea le sac rempli de paille pour qu'elle fût plus confortablement installée, mais, dix minutes plus tard, les nausées reprirent. Le voyage tournait au cauchemar ; sous un ciel d'ardent métal, ce n'étaient que terres desséchées, poussière et mouches, avec comme bruit de fond les vomissements répétés de Flora. Ce fut seulement au bout de quelque huit heures et de plusieurs arrêts qu'ils atteignirent enfin une forêt de sapins. Le conducteur se tourna alors vers Daisy.

« Il dit que ça n'est plus loin maintenant. Courage, Flora... »

Elle lui essuya le visage avec son mouchoir et l'autre gémit :

« J'ai mal... Jamais je n'ai tant souffert en voyage... »

Son front était brûlant et Daisy déplora l'absence d'Elizabeth Stubbs, qui devait en ce moment rouler vers Lubimovka, dans le sud.

Au sortir de la forêt, ils aperçurent enfin le village, constitué par l'habituel conglomérat de baraques en bois, dont deux ou trois étaient plus grandes et plus élaborées que les autres. C'était apparemment un village riche, dont l'église — avec deux dômes et un clocher — était entourée d'arbres. Lorsqu'ils

315

la découvrirent, la maison qu'ils allaient habiter leur fit un effet extraordinaire au milieu d'un tel village. C'était une grande bâtisse blanche à deux étages, avec un réservoir d'eau et un porche à colonnes. En approchant, ils se rendirent compte que les murs étaient décrépis, le jardin envahi par les broussailles. Le jour déclinait et lorsque Daisy descendit du tarantass, ce furent des moucherons qui l'environnèrent.

« Dépêchons-nous de faire entrer Flora ! » dit M. Foulgar en la rejoignant.

Tandis qu'ils se dirigeaient vers la maison, en soutenant Miss Doyle de chaque côté, la grande porte s'ouvrit et deux silhouettes se hâtèrent de descendre les marches à leur rencontre. Après de rapides présentations, Daisy eut le grand soulagement de pouvoir enfin confier Flora au Dr Manning. Beaucoup plus tard, lorsqu'elle se retrouva étendue sur un lit bas garni d'une paillasse, Daisy s'avisa que, tout au long de cette journée et sans le moindre embarras, elle avait appelé Flora par son prénom.

Flora avait la dysenterie. Sans qu'on pût s'expliquer comment, puisque ni Daisy ni M. Foulgar n'en étaient atteints. Par la suite, durant leur séjour à Mogotovo, ils eurent tous à différentes reprises diverses formes de dysenterie, cependant que trois d'entre eux contractaient le typhus et qu'un autre avait la diphtérie. En dépit de la quinine, Daisy eut une crise de paludisme. Lorsque, plus tard, une épidémie de scarlatine se déclencha dans la petite infirmerie attenante à l'orphelinat, ils furent, en revanche, tous miraculeusement épargnés.

Daisy avait pensé qu'on la chargerait de soigner Flora, mais elle était trop utile par ailleurs. Deux jours plus tard, à bord du tarantass brinquebalant, elle repartait en compagnie de M. Foulgar, pour faire le tour des réfugiés dans les autres villages et distribuer des vêtements. Ils revinrent au bout de quatre jours, couverts de poux et bouleversés par ce premier contact. Bien que ne comprenant pas la langue, M. Foulgar avait eu terriblement conscience de la misère de ces gens et il était au désespoir.

« Ils manquent de tout... absolument de tout ! Et cette apathie... Atroce ! On voit des femmes assises par terre, le regard perdu dans le vague et qui ne réagissent même pas aux vagissements de leurs bébés... Quoi qu'ils aient pu endurer, on a peine à comprendre qu'ils restent ainsi...

— Non, dit lentement Daisy, non, ce n'est pas difficile à comprendre. »

Si cette randonnée l'avait horrifiée, c'était à cause des souvenirs que cela réveillait dans sa mémoire. Elle revoyait sa mère en chacune de ces femmes qui n'avaient plus le courage de vivre. Elle reconnaissait Ivan et elle dans ces enfants qui n'avaient pas de quoi se couvrir de façon décente. Après avoir mis tant d'années à chasser de tels souvenirs de son esprit, elle retrouvait la même effroyable pauvreté, à un degré dépassant tout ce qu'elle avait connu.

Lorsqu'elle écoutait parler les réfugiés, des vieillards des deux sexes, des mères dont les enfants étaient morts au cours de cet exode à travers un continent, elle découvrait parmi eux les vestiges de familles respectables réduites à néant... Des femmes qui avaient eu des fermes et des vêtements du dimanche, qui faisaient cuire le pain et servaient aux leurs de bons repas sur des nappes blanches, vivaient maintenant de la charité que leur faisaient des gens presque aussi démunis qu'elles. Luttant contre la panique qui l'envahissait, Daisy se répétait : « Il faut que je m'efforce d'être comme Sophie... Il faut que je me rappelle ce que Sophie a été pour nous durant toutes ces années, et ce que nous ressentions alors. »

Elle essaya de le faire comprendre à M. Foulgar.

« Je sais que c'est mal d'attacher du prix aux biens matériels, mais ce qui manque à ces pauvres gens, c'est d'avoir des objets à eux.

— Quel genre d'objets ? » demanda le Dr Manning.

Attentifs, essayant de comprendre Daisy, les autres étaient à l'affût de n'importe quoi qui pût les aider dans leur tâche. Cette heure du soir, après le repas et la vaisselle, était le seul moment où ils pouvaient s'asseoir ensemble dans un coin du vaste hall de la vieille maison. Leur unique lampe à pétrole n'en éclairait qu'une petite partie tandis qu'un frémissement d'insectes et de souris parcourait l'ombre environnante.

« N'importe quoi, du moment que ça leur appartiendra. Un livre... (*fût-il sur les chemins de fer*) un mouchoir, un panier, une assiette. Si vous avez quelque chose qui vous appartient en propre, vous commencez à être quelqu'un, à acquérir une identité : vous êtes la personne qui a une assiette verte. Ces gens-là ne savent plus ce qu'ils sont, car ils ne possèdent plus rien. Ils sont tous pareils, uniformément gris... »

Ils gardaient le silence et Daisy se demandait s'ils l'avaient comprise. C'étaient des gens de bien, comment auraient-ils pu cependant comprendre cela comme elle était à même de le faire ?

« Nous ne pouvons rien pour eux, dit finalement le Dr Manning. Nous devons attendre que d'autres vêtements nous parviennent de Londres. Jusque-là, nous n'avons rien à leur donner. »

Des bottes de feutre arrivèrent de Moscou et Daisy reprit ses tournées. N'ayant pas grand-chose de tangible à donner, elle s'employait à y ajouter un peu d'elle-même, écoutant les gens lui raconter ce qui leur était arrivé et la vie qu'ils menaient avant cela. Venant d'une région d'exploitations agricoles relativement prospères, ils étaient tombés au milieu d'une communauté de paysans quasi médiévale. Ils n'avaient de commun avec eux que la langue et la religion. Daisy écoutait et, parce qu'elle était paysanne elle-même, comprenait... Elle comprenait que, lorsqu'on est habitué au lard et au pain de seigle, la graisse de mouton et le pain blanc vous soulèvent le cœur... Elle comprenait que, lorsque votre maison a été complètement rasée, que votre mari et vos enfants sont morts de maladie ou de froid, il arrive que ce soit un infime changement dans la vie de tous les jours qui vous pousse au désespoir.

Elle passait des heures assise par terre, à absorber leurs chagrins en étant piquée par des insectes. Et elle comprenait aussi que les paysans de l'endroit avaient leurs propres misères à supporter. La vie était déjà suffisamment dure pour un paysan de la Samara sans qu'il lui faille aussi venir en aide à ces réfugiés, plus raffinés, venus de l'ouest.

L'hiver arriva, après un automne qui parut durer seulement quelques brèves semaines. Un matin, se réveillant de bonne heure, Daisy vit la neige tomber de l'autre côté de la fenêtre. Lorsqu'elle se leva, la jeune fille constata que cette neige fondait aussitôt qu'elle avait touché le sol ; mais, la semaine suivante, les flocons se firent plus abondants et résistèrent ; puis, à la fin d'octobre, le sol fut couvert de neige et, à bien des égards, la vie devint beaucoup plus facile.

On remisa les tarantass qui vous secouaient tant les os et les chevaux furent attelés à des traîneaux, lesquels semblaient voler sur le sol. A présent, le ravitaillement ne mettait plus que cinq heures pour arriver de Bouzoulouk. Les mouches, la poussière et même, dans une certaine mesure, les puces et les poux disparurent, cependant que tout devenait beau, la steppe n'étant plus qu'une immense mer de blancheur aux vagues figées. Lorsque, en octobre, Robert Tatlock vint avec les provisions, il leur apporta des manteaux en peau de mouton, assez usagés et pas très nets, mais qui se révélèrent bien utiles car l'hiver commençait à prendre vigueur.

Ils vivaient dans une sorte d'épuisement et de désespoir auquel, assez curieusement, se mêlait un certain entrain. Cet entrain leur venait de ce merveilleux monde tout blanc, du bleu éclatant du ciel, des arbres festonnés de glaçons, ou d'avoir aperçu un élan courant parmi les sapins. Et aussi, encore que plus rarement, de la fraternité régnant entre eux. C'était pourtant l'épuisement et le désespoir qui prédominaient.

Ce premier hiver fut le plus déprimant... déprimant et dégradant surtout pour des gens comme Flora, issus d'une famille bourgeoise habituée au confort. Les enfants réunis dans les villages environnants — presque tous orphelins et certains ne sachant même pas qui ils étaient — avaient acquis, au long de leurs errances à travers l'Europe et le Turkestan, les mêmes habitudes que les animaux sauvages. Ils faisaient leurs besoins naturels n'importe où, volaient, se battaient au moment des repas, allant même un jour jusqu'à renverser la table en voulant se servir au détriment des autres.

Fatiguée et couverte de morsures de puces pour avoir dû passer la nuit dans la cabane d'un paysan, Daisy rencontra un soir Flora qui sortait en larmes de sa chambre. Car c'était encore une des incongruités de leur situation : leur petit groupe vivait pauvrement, mais dans une maison où chacun d'eux avait sa chambre. C'était aussi ridicule que les grands salons avec un parquet dont certains des plus grands enfants avaient essayé de déclouer les lattes pour faire du feu.

« Vous êtes souffrante, Flora ? »

Miss Doyle secoua la tête et, apparemment incapable de parler, eut un geste en direction de la chambre.

« Ils sont encore venus fouiller dans vos affaires et vous voler ? »

Écartant Flora, Daisy pénétra dans la chambre. Près du lit, sur le linoléum, elle vit des excréments et un papier froissé avec lequel on avait cherché à s'essuyer.

« Déplaisant, commenta-t-elle d'un ton excédé. Ça ne leur était pas encore arrivé dans nos chambres.

— Non, c'est... c'est le papier, dit Flora en secouant la tête. C'est la dernière lettre que j'avais reçue de ma mère. Ça peut paraître ridicule d'avoir voulu la garder, mais... »

Ils recevaient du courrier d'Angleterre environ toutes les six semaines s'ils avaient de la chance, car nombre de lettres et de paquets étaient arrêtés à Petrograd ou Moscou. Aussi ces lettres étaient-elles infiniment précieuses, représentant le seul lien avec leur pays d'origine et attestant qu'existaient encore dans le monde des endroits où l'on continuait à vivre comme naguère. On les lisait et les relisait inlassablement, en commentant des passages aux autres Amis. Daisy chercha quelque chose de réconfortant à dire :

« Nous avons fait un grand pas en avant, Flora. Enfin, maintenant, ils commencent à se servir de papier. Jusqu'à présent, ils ne jugeaient pas cela nécessaire ! »

Flora la regarda fixement, puis pouffa malgré elle.

« Allez vous asseoir un moment dans ma chambre. Je vais nettoyer ça.

— Non... Oh ! non... Je dois prendre ma part des choses déplaisantes...

— Vous l'avez déjà largement fait. Chacune son tour. »

Plus tard, lorsque Daisy rejoignit sa compagne, dans l'inévitable relent de phénol, Flora était assise près de la fenêtre, regardant la neige.

« Daisy, je me demande si j'ai eu raison de venir ici ? Je ne m'y sens d'aucune utilité. Je déteste la saleté et... J'en ai honte, mais... souvent j'en viens aussi à détester les gens. Je sais qu'ils n'y peuvent rien, mais, parfois, il m'arrive de penser qu'ils n'ont plus rien d'*humain*... J'ai le sentiment que loin d'aider notre groupe, je lui suis une charge supplémentaire. »

Cachant son visage entre ses mains, elle se mit à sangloter. Non sans quelque agacement, car elle se sentait bien fatiguée, Daisy lui tapota l'épaule.

« Nous nous sentons tous découragés, dit-elle. Moi non plus, je n'ai pas l'impression d'être utile. Mais je l'avais déjà avant de venir ici.

— Vous ? fit Flora, surprise. Ce n'est pas possible !

— Oh ! si.

— Vous êtes la plus utile de nous tous... Vous savez vous débrouiller en russe, faire marcher ces terribles poêles, et faire ce qu'il faut pour nourrir quatre-vingt-dix personnes... Sans jamais vous laisser rebuter par la saleté ni quoi que ce soit ! »

Miss Doyle marqua un temps, une légère ride creusa son front.

« Et vous semblez comprendre ces gens mieux que n'importe lequel d'entre nous... savoir ce qu'il faut faire pour eux...

— C'est sans doute parce que je suis à moitié russe, répondit Daisy, gênée. Ou peut-être parce que j'ai été pauvre. »

Regardant sa compagne, elle réfléchissait que, en effet, Flora ne paraissait guère utile. Elle était douce, gentille, ne demandant qu'à bien faire, mais il fallait sans cesse la soutenir, l'encourager. Alors, parce qu'elle s'en voulait d'avoir une telle pensée, Daisy poursuivit :

« Pour ce qui est d'être utiles, le Dr Manning, Hannah et Elizabeth le sont bien plus que moi. Il m'arrive parfois de penser que les seuls qui auraient dû venir ici sont les gens des professions médicales.

— Croyez-vous que la guerre finira un jour ? Que nous retournerons chez nous ? » s'enquit alors posément Flora.

Près du lit de Daisy, la bougie allumée créait un petit cercle de clarté. Il faisait froid, mais c'était supportable car les poêles se trouvant dans les pièces du dessous brûlaient toute la nuit. La chambre avait des proportions imposantes, accentuées par le fait qu'elle était meublée uniquement d'un petit lit de bois, d'une table mal équarrie et d'une seule chaise. Par la pensée, la jeune fille se vit revenant au village, chez les Fawcett, redevenant « cette pauvre Daisy May ». Elle eut soudain une certitude : jamais plus elle ne serait la pauvre Daisy May. Si elle retournait chez les Fawcett, ce ne serait pas dans les mêmes conditions.

« Oui, un jour ou l'autre, nous rentrerons chez nous, assura-t-elle de son ton le plus réconfortant.

— Il se remet à neiger... »

Daisy s'approcha de Flora. Dehors, le blizzard se déchaînait au point de faire tinter la cloche de l'église.

« Ça, c'est mauvais signe, dit-elle. Si quelqu'un est dehors par ce temps, il ne pourra plus retrouver son chemin. Nous avons de la chance d'être bien à l'abri et au chaud.

— Certes ! approuva Flora en s'efforçant de nouveau à l'optimisme. Nous devons nous répéter que nous avons de la chance... et je vais tâcher d'être utile. »

Se levant d'un mouvement décidé, elle marcha vers la porte.

« Sans vous, Daisy, je ne crois pas que je tiendrais le coup ici, dit-elle d'une voix mal assurée. Non, vraiment pas... Et comme il me tarde de retourner à la maison ! »

Quand elle fut partie, Daisy demeura un moment à regarder tourbillonner les flocons. Retourner à la maison ? Où ça ? Chez les Fawcett ? Non, elle avait été bien traitée chez les Fawcett, mais ça n'était pas *sa* maison... Alors quoi? La Maison du Hibou, et toutes les cabanes, les granges où ils avaient vécu auparavant? Chez les Willoughby? Oui, à la rigueur... C'était bien le seul endroit qui lui avait un peu donné l'impression d'un chez-soi. Mais en dépit de leurs gentillesses et de Sophie, Daisy n'y était pas chez elle. Elle frissonna en regardant l'immense pièce, avec son plafond à moulures et son mobilier primitif.

« Je n'ai pas de chez-moi, dit-elle à haute voix. Mais un jour viendra où j'aurai un endroit dont je pourrai dire : " C'est chez moi ". »

Chapitre vingt

୧ୢ୬

Pendant plus de deux ans, il l'avait suppliée de retourner en Angleterre, lui disant que, si Heikki ne voulait pas l'aider, il verrait à se débrouiller au consulat pour lui obtenir une place dans un train allant en Finlande. Pendant plus de deux ans, elle s'y était refusée; d'abord, parce qu'elle se plaisait à Petrograd qui, même en temps de guerre, lui paraissait un endroit merveilleux et divertissant. Après, il reconnaissait lui-même qu'elle avait été trop malade pour partir. Mais même lorsqu'elle avait été mieux, lorsque, au prix d'un petit effort, elle aurait pu entreprendre le voyage, elle n'avait pas voulu partir. Depuis son opération — qui avait été payée grâce à la vente de l'argenterie et des pendants d'oreilles en diamants donnés par Heikki — elle s'était cramponnée à Edwin, refusant de l'écouter quand il lui suggérait de partir seule.

« Pas sans toi, non! Je ne peux pas m'en aller toute seule. Viens aussi, Edwin! »

Et il lui répétait patiemment que, cette fois, il ne pouvait pas tout abandonner pour la suivre. Cette fois, pour autant qu'elle pleurât et le suppliât, il devait rester où il était. Et cela, elle ne le comprenait pas. Elle avait passé sa vie d'un lieu à un autre, d'un homme à un autre, selon ce que lui dictait son humeur. Si Edwin n'était pas disposé à la ramener en Angleterre, c'était uniquement mauvaise volonté de sa part!

Au début qu'il la connaissait, une telle attitude l'aurait rendu terriblement malheureux; à présent, cela le mettait simplement en colère et, du coup, elle se taisait, pour lui déclarer un moment plus tard que ça lui était égal, que du moment qu'elle était dans la même ville que lui, elle était heureuse, fût-ce en ne le voyant que quelques heures par jour. Il veillerait sur elle, n'est-ce pas? Il l'avait promis...

Alors ils étaient restés. Edwin parce qu'il y était obligé et s'était juré de ne jamais manquer à son devoir; Galina, parce qu'elle avait peur de devoir affronter la vie sans lui. Depuis l'avortement, l'opération, sa longue maladie, elle était devenue plus instable que jamais, passant d'une exubérance presque hystérique à l'apathie la plus désespérée. Un jour, elle l'avait menacé de s'entailler les poignets s'il la quittait, et il avait dû demeurer toute la nuit avec elle, au risque d'avoir de graves ennuis lors de son retour à bord. Mais tout s'était bien passé. La situation en ville était si grave que, souvent, le capitaine Patterson, M. Bathgate et les deux matelots étaient retardés par toutes sortes d'obstacles : ponts fermés sans préavis, grèves spontanées des trams... Une fois même, le capitaine Patterson avait passé toute une journée en prison parce qu'un agent de police soupçonneux prétendait que ses papiers étaient des faux. Petrograd était en proie à la confusion et la misère, parmi les dernières convulsions d'une gaieté hystérique.

Courant février, Edwin fut saisi d'un pressentiment : tout allait sombrer dans l'anarchie. Il cherchait à se rappeler février de l'année précédente afin de comparer. Les queues pour le pain étaient devenues beaucoup plus terribles; même quand soufflait un vent glacial, les femmes attendaient dehors toute la nuit l'ouverture des boulangeries, s'abritant sous des couvertures et des sacs qui conféraient quelque chose de menaçant à l'intensité de leur misère. Les grèves étaient de plus en plus fréquentes, et de nombreux incidents éclataient dans les rues. Un jour, en plein sur la perspective Nevski, Edwin vit des gens qui faisaient cercle. Deux agents de police frappaient une forme à terre et, quand il se haussa sur la pointe des pieds pour regarder par-dessus les têtes, le jeune homme vit le corps inanimé d'un marchand de balais. Les policiers s'arrêtèrent de le frapper pour se mettre à briser les manches des balais. Lorsqu'ils firent volte-face, la foule silencieuse, maintenant épaisse d'une dizaine de rangs, ne bougea pas. Les policiers levèrent leurs bâtons pour se frayer un passage, et monta alors de cette foule un grondement qui semblait émaner de fauves. Au lieu de s'ouvrir, le cercle se resserra autour des policiers, sur le visage desquels Edwin eut le temps d'apercevoir une expression d'effroi avant qu'ils disparaissent à sa vue. Il y eut une bousculade au centre du cercle, ponctuée par un cri d'agonie, puis la foule se dispersa rapidement vers des boutiques ou des rues transversales. Edwin se garda bien de s'attarder, par crainte d'être arrêté. Pressant le pas, il alla se perdre dans le dédale de kiosques et d'échoppes du Gostini Dvor. Plus tard, pour regagner le bateau, il ne put emprunter la Nevski car une énorme manifestation d'ouvriers la barrait à hauteur de Notre-Dame-de-Kazan. C'étaient des grévistes et la plupart de leurs bannières clamaient : « *Du pain* ».

Un autre matin, de bonne heure, alors que le vent soufflant de la Baltique était un peu tombé et que la ville baignait dans d'éclatantes couleurs, Edwin découvrit une jeune fille étendue sur le trottoir, juste en face du palais Razumovski. Chaussée de bottes de feutre, elle avait un manteau bien tiré sur les jambes, et ses mains nues avaient été croisées sur sa poitrine comme si quelqu'un l'avait préparée pour l'inhumation. Lorsque Edwin toucha d'un doigt son visage aux yeux clos, il le sentit dur comme du fer. Il était tombé de la neige au cours de la nuit, mais la morte n'en avait pas sur elle. « Pauvre fille ! » pensa-t-il. Après avoir regardé autour de lui pour s'assurer que personne n'était en vue, il s'éloigna en toute hâte, car il ne faisait pas bon être pris à faire quelque chose, n'importe quoi, fût-ce même signaler qu'on avait trouvé une morte dans la rue.

Ce soir-là, le capitaine Patterson rassembla tout le monde dans sa cabine.

« Je n'ai pas besoin de vous dire que la situation est grave, sur le front, commença-t-il, et tout aussi grave en ville. Vous le savez, et vous savez aussi quels sont les ordres qu'on nous a donnés : rester pour protéger le bateau aussi longtemps que cela nous sera possible. Il me paraît hautement improbable qu'on nous demande encore cet été d'assurer des transports sur la Baltique. Je ne crois pas que le gouvernement russe soit encore en mesure d'organiser quoi que ce soit de ce genre. Il me faut aussi vous dire... »

Il se racla la gorge et promena sur eux un regard qui ne laissait rien paraître de ses sentiments.

« Il me faut aussi vous dire que j'ignore combien de temps encore l'ambassade ou le consulat pourront assurer notre protection. Si des émeutes éclatent, on ne vous demandera pas votre nationalité avant de vous tirer dessus. Néanmoins, il nous faut agir pour le mieux. Ayez donc en permanence sur vous votre passeport et votre permis de séjour. Je vous conseille aussi de vous munir de ceci... »

Ouvrant le coffre de métal qui s'encastrait sous sa couchette, il y prit un sac de cuir. Il dénoua le cordon, y plongea la main et exhiba un gros revolver noir.

« L'un de vous sait-il comment s'en servir ?

— Non, Commandant, répondit un murmure unanime.

— Bon... J'en ai un pour chacun de vous. Ils ne sont pas chargés, mais prenez-les en main et je vais vous expliquer comment ça fonctionne. »

Fasciné, Edwin regardait l'arme pesante qu'il tenait à la main. L'espace d'un instant, il se revit au village, lors de l'office du dimanche, au milieu de gens aux chaussures bien cirées et qui, revêtus de leurs plus beaux habits, tenaient une bible à la main. Que lui était-il donc arrivé ?

Le capitaine Patterson continuait de parler en distribuant des cartouches. Puis il ouvrit la caisse qu'il utilisait lorsqu'il les payait.

« Je vais vous remettre également à chacun une somme substantielle... en roubles ainsi qu'en demi-souverains anglais qui, dans certaines circonstances, peuvent vous être plus utiles que des roubles. J'ai une entière confiance en vous tous. Cet argent est pour vous permettre de faire face à des nécessités imprévues. Si nous sommes séparés, si vous êtes arrêtés, si vous vous retrouvez isolés, utilisez-le au mieux pour vous tirer d'affaire puisque, à présent, vous possédez tous des rudiments de russe. Bien entendu, je souhaite qu'il nous soit possible de rester à bord. Il ne s'agit que d'une précaution indispensable. Je vous suggère de vous confectionner des bourses ou des ceintures à poches que vous puissiez porter à même la peau. Voilà, c'est tout. Vous pouvez disposer. »

Ils sortirent de la cabine. Assez curieusement, bien qu'ils fussent bloqués à Petrograd depuis plus de deux ans et demi, Edwin et les matelots n'étaient pas devenus intimes. MacKenzie et Simpson, tous deux originaires d'Orkney, parlaient entre eux un dialecte qu'Edwin n'avait jamais essayé de comprendre. Eux ne cherchaient pas à frayer avec lui et Edwin n'y tenait pas davantage, car il voulait éviter qu'on fût trop au courant de sa vie secrète à Petrograd. Il était beaucoup plus lié avec les deux officiers et notamment avec M. Bathgate, ne fût-ce qu'à propos des machines.

Aussi, après la réunion dans la cabine du commandant, MacKenzie et Simpson rejoignirent les quartiers de l'équipage, et Edwin sa couchette solitaire. Les précautions prises par le capitaine Patterson n'avaient fait que confirmer ses craintes et il estima devoir agir avec Galina comme le commandant l'avait fait avec son équipage.

Depuis son opération, Galina vivait sur l'argent que lui avait laissé Heikki. Celui-ci s'était montré généreux à un point qui stupéfiait Edwin, et le loyer de l'appartement continuait d'être payé directement par la banque de Moscou. Mais le prix des denrées alimentaires avait augmenté d'une façon incroyable au cours des derniers mois et Galina demeurait extravagante en dépit de tout. La première fois qu'il retourna chez elle, Edwin lui demanda ce qui lui restait comme bijoux. Elle se hérissa aussitôt.

« Rien, tu le sais bien ! répondit-elle en évitant son regard. J'ai dû vendre tout ce que j'avais pour payer le médecin, Yelena, acheter de quoi manger... Tu n'as pas idée du prix qu'atteignent les moindres choses ! Je ne me suis rien acheté pour moi-même : ni robes, ni fleurs, ni vins. Ma vie est d'une tristesse ! »

Deux larmes roulèrent lentement le long de ses joues tandis que, le menton appuyé sur ses mains, elle regardait la neige tourbillonner de l'autre côté de la vitre. Elle était toujours pâle, mais ses cheveux avaient recouvré leur luisance et, coiffés en hauteur, ils formaient une couronne au-dessus de son visage en forme de cœur. Elle avait l'air ainsi de la reine des neiges dans un conte de fées, ses longs cils faisant ombre sur ses joues. Edwin se sentit le cœur étreint par sa beauté, sa sexualité ivoirine.

« Galina, je cherche à t'aider. Je voudrais que tu aies un peu d'argent pour le cas où des émeutes éclateraient, où tu aurais maille à partir avec la police. Il te faut au moins de quoi payer ton train jusqu'à la frontière. Tu as aussi besoin d'argent pour arriver à obtenir des papiers de sortie. Je vais faire de mon mieux, mais tu as déjà dépensé presque tout l'argent que j'avais économisé. Je voudrais avoir l'assurance qu'il te reste encore un petit quelque chose...

— Rien, je n'ai rien ! répéta-t-elle en haussant les épaules.

— Ce n'est pas vrai, Galina. Tu as encore tes grenats. Tu les portais l'autre jour. Et puis aussi le collier d'ambre, les épingles...

— L'ambre n'a aucune valeur en Russie, l'interrompit-elle avec impatience. En Angleterre, quand Heikki m'a donné ces bijoux, cela représentait quelque chose de rare. Ici l'ambre n'est pas prisé. »

Edwin s'énerva :

« Dis-moi simplement ce qu'il te reste, Galina, quoi que ce soit, je le vendrai pour toi, car tu as absolument besoin d'argent. Si l'ambre est sans valeur ici, que te reste-t-il d'autre ?

— Juste les grenats », marmotta la jeune femme.

Le ton qu'elle eut pour dire cela, la façon furtive dont elle se détourna de lui, déclencha un spasme glacé dans l'estomac d'Edwin. Ce n'était pas aussi terrible que naguère, lorsque la jalousie le rendait malade de désespoir... Cela tenait plutôt d'une douleur en voie d'apaisement. Quittant vivement son siège, il gagna la chambre à coucher. Le tiroir de la coiffeuse était fermé à clef et la clef n'était pas dans la serrure. D'un coup de pied, Edwin fit sauter cette dernière.

« Non ! Je te le défends ! Je te le défends ! »

Elle l'avait saisi par le cou, cherchant à l'entraîner loin du meuble.

L'écrin du dessus contenait les diamants, ceux-là mêmes qu'il avait été porter avec ses gobelets d'argent à un bijoutier de la Morskaya, auquel il les avait vendus. Au-dessous, il y avait les grenats, mais aussi les perles qu'elle disait avoir dû vendre pour payer les gages de Yelena. Ouvrant les écrins l'un après l'autre, Edwin jeta les bijoux sur le parquet, sans dire un mot, mais en foudroyant Galina du regard à chaque nouvelle découverte : le collier de jais et d'or, la bague de saphirs, la montre d'or et de diamants avec son sautoir en or, les bracelets d'améthystes tous ces bijoux qu'elle lui disait avoir dû vendre.

« Qui a racheté les diamants pour toi ? » questionna-t-il froidement.

Se cachant le visage dans ses mains, elle se laissa tomber sur une chaise.

« Peu importe son nom, reprit-il lentement, puisque c'est quelqu'un que je ne connais pas. »

Il n'avait plus mal au creux de l'estomac, sans doute parce qu'il ne lui était plus possible de souffrir indéfiniment comme au début de leurs relations. A présent, il n'éprouvait qu'une pénible désillusion à devoir constater qu'il ne pouvait avoir la moindre confiance en elle.

« Il le fallait... Il le fallait... sanglota-t-elle. Mes jolies choses... c'est tout ce qu'il me reste ! Tu ne comprends pas — tu n'as jamais compris — à quel point cela est important pour moi. J'ai besoin d'avoir des bijoux, de beaux vêtements... »

Relevant la tête, elle le regarda avec colère.

« Tu étais toujours si *moral*, si fier d'être un *Willoughby*, honnête et bien élevé... Toujours à me sermonner et vouloir que je m'intéresse à un tas de choses ennuyeuses qui te passionnent... Cherchant à ce que je me sente coupable quand je riais et m'amusais... Tu ne me juges pas digne de toi !

— Galina !

— Oui, oui, c'est ça que tu penses ! Pourquoi ne m'as-tu plus touchée depuis que j'ai été malade ? Tu as dit que les officiers, c'était sans importance... mais tu ne veux plus de moi ! Pour moi, les autres ne comptaient pas... C'était toi que j'aimais et tu prétendais m'aimer aussi, pourtant, jamais plus tu ne m'a approchée depuis que tu m'as vue avec les officiers. Tu te crois quelqu'un de très bien, un garçon d'élite... Eh bien, Edwin Willoughby, sache que tu n'es qu'un pauvre type et que tu ne m'a jamais amusée ! Je te déteste ! »

Tout ce qu'elle disait était vrai. Tout, à ceci près qu'il l'avait réellement aimée. Mais le reste était on ne peut plus vrai et il n'y avait rien qu'il pût lui rétorquer. Alors, tournant les talons, il quitta l'appartement.

Au sortir de l'immeuble, il se mit à courir dans la rue enneigée menant à la place Znamenskaya. Il n'aurait su dire pourquoi il se hâtait ainsi dans cette direction, suivant simplement le mouvement de quantité d'autres gens. C'était vrai ce qu'elle avait dit... Il n'était qu'un pauvre type, pompeux et ennuyeux. Tout jeune, il était déjà ainsi, ne pensant qu'aux locomotives. Quel gosse peu attirant il avait dû être ! « Mais vous étiez tous heureux », chuchota une petite voix dans sa tête. Ils formaient une famille heureuse jusqu'à l'arrivée des Barshinski. « Seulement, c'était Sophie qui vous faisait rire », susurra une autre voix. C'était Sophie qui les rendait heureux et gais. Tandis que Lillian et lui étaient pareillement mornes et déprimants.

Il fut entraîné sur la place et, là s'y trouva immobilisé, incapable de bouger. Un homme arborant la casquette des ouvriers d'usine, hissé sur le socle de la statue d'Alexandre, clamait des slogans. Puis Edwin entendit quelqu'un crier : « Les cosaques ! » ce qui provoqua un recul dans la foule. Il vit quelques cosaques souriants faire avancer leurs chevaux au pas parmi les rangs compacts. Il avait les pieds trempés par la neige que des centaines d'autres pieds avaient fait fondre. Quand il entendit la détonation d'un fusil, son cerveau s'éclaircit brusquement et il sut qu'était arrivé ce qu'ils craignaient tous depuis tant de mois.

« C'est un cosaque qui lui a tiré dessus ! Je vous dis que c'est un soldat.

— Sur qui ont-ils tiré ? »

Dans les remous de la foule, c'est tout juste si l'on apercevait les cavaliers, tous n'étaient pas des cosaques. Certains avaient la grande cape et le haut bonnet noirs des *gardavoys*. Edwin se sentit poussé de côté et d'autre dans des relents d'humanité mal lavée. Il courba le dos pour résister.

« Qui ont-ils abattu ? »

Personne ne lui répondit, car la foule se clairsemait rapidement. Soudain, il put faire demi-tour et courir vers la Ligovskaya, afin de s'éloigner au plus vite d'un endroit où l'on avait tiré des coups de feu. Comme il tournait dans la rue Borovaya, un camion conduit par des soldats et sur lequel étaient fixées deux mitrailleuses, passa près de lui, tandis qu'il entendait au loin un bruit de fusillade. La rue devant lui était absolument déserte et il se précipita à l'intérieur de l'immeuble habité par Galina. Le gardien risquait un œil par l'entrebâillement de sa porte.

« Qu'est-il arrivé, *Gospodin ?* se lamenta-t-il.

— Fermez votre porte, mon vieux, et faites mine de ne rien savoir ! »

Il gravit l'escalier en courant et frappa du poing contre la porte de l'appartement. Elle s'ouvrit aussitôt et Galina se jeta à son cou.

« Pardonne-moi ! Pardonne-moi ! Je t'aime, Edwin ! Je t'aime ! Tu ne veux pas le croire, mais je t'aime, je t'aime... »

Il la repoussa à l'intérieur et ferma la porte.

« Écoute-moi, Galina. Ça y est, c'est l'émeute. Il y a des soldats et des policiers dans les rues, on tire des coups de feu. Promets-moi de ne pas sortir d'ici. Je t'apporterai de quoi manger et tout ce dont tu as besoin, mais promets-moi de ne pas bouger de chez toi !

— Oui, oui, Edwin, je te le promets ! »

Elle avait soudain très peur et leurs disputes perdaient toute importance.

« Tu ne vas pas me laisser seule, dis ?

— Il le faut. Je dois retourner sur le bateau pour savoir ce qui se passe, ce que nous allons faire. Mais, à moins que cela ne me soit absolument impossible, je viendrai te voir tous les jours. Et si j'étais empêché de venir moi-même, je te ferais parvenir un message. Y a-t-il quelqu'un chez qui u puisses aller loger provisoirement ?

— Chez Lizka, répondit-elle, très pâle. Oui, chez Lizka, je pense que ce doit être possible...

— Non, ça ne va pas. Lizka habite dans l'île de Vasilievski

et les trams ne roulent plus. Il faut que tu restes ici. Sortir serait dangereux. »

Entendant un bruit de cavalcade, ils se précipitèrent vers la fenêtre. Tandis que s'assombrissait ce glacial après-midi de février, un détachement de la police montée galopait dans la rue Borovaya, sans se soucier de ralentir si quelque obstacle se trouvait sur son chemin. C'est ainsi qu'une carriole abandonnée sur le côté de la chaussée alla s'écraser contre la vitrine d'un pharmacien, la faisant voler en éclats.

Edwin ferma les volets et tira les épais rideaux afin d'étouffer les bruits extérieurs.

« Je vais rester un moment », dit-il.

Ils s'assirent l'un à côté de l'autre, sans allumer une lampe ni parler.

Fait étrange, à la peur qui les étreignait se mêlait une certaine excitation. Le danger, l'obscurité les transformaient. Edwin entendait Galina respirer et sentait le parfum dont elle usait. Étendant une main vers elle, il effleura son cou, autour duquel ses doigts se refermèrent. Comme ce cou était fragile, comme on aurait pu facilement le...

« Edwin ? »

Dans un friselis d'étoffe, elle se blottit contre lui.

« Tu es belle, dit-il d'une voix rauque. Tu es la plus belle femme que j'aie jamais vue. »

Elle rit, d'un rire très doux où il y avait une note de sensualité triomphante. Des détonations dans la rue, un hurlement, des appels, à nouveau des coups de feu. Edwin ne pouvait voir Galina, mais il sentait contre le sien son corps chaud et attirant. Au loin, il y eut une explosion et Edwin plaqua vivement sa bouche sur celle de Galina. Il oubliait ce qu'elle était ; elle redevenait la Galina qui l'avait envoûté, obligé à la suivre à travers le monde... Un petit être chaleureux, rieur, passionné, mystérieux et exotique. Elle se collait à lui et il sentit qu'il n'aurait pas hésité à tuer quiconque aurait tenté de la lui ravir.

Edwin essaya de regagner le bateau, mais il y avait des barricades en travers des ponts et quand il voulut descendre sur la glace pour traverser la Neva, un policier tira au-dessus de sa tête. Alors il retourna à l'appartement et, le dimanche, fit une nouvelle tentative. Enfin, dans le bruit des détonations provenant du côté de la Nevski et de la cathédrale de Notre-Dame-de-Kazan, il parvint à rejoindre le bateau. Il y arriva juste après M. Bathgate qui, étant allé à l'ambassade, s'était trouvé bloqué du mauvais côté de la Nevski.

« Il semblerait que l'armée se soit mutinée, annonça le chef mécanicien. Ils sont en train d'installer un phare en haut de l'amirauté pour essayer de prévenir toute insurrection pendant la nuit, mais la police n'arrive plus à contenir la foule. Je pense qu'il vaut mieux avoir désormais quelqu'un qui monte la garde sur le bateau. Il n'y a pas l'ombre d'un agent de police sur les quais et les bâtiments de la douane sont barricadés. L'ambassade a suggéré que nous les contactions chaque jour, si cela nous est possible, afin de savoir où en sont les choses... bien que je doute fort qu'ils soient mieux informés que nous. »

Rester à bord fut presque pire. De bonne heure le lundi matin, une foule d'ouvriers russes, auxquels s'étaient mêlés des soldats qui avaient arraché de leurs uniformes les insignes régimentaires, franchirent les grilles du port. Ils ne semblaient pas avoir de mauvaises intentions et leur ardeur révolutionnaire fut quelque peu douchée par l'aspect sinistre des quais déserts. Sur le pont de chaque bateau amarré là, il y avait une silhouette silencieuse armée d'un fusil ; mais aucun coup de feu ne fut tiré et, après avoir clamé quelques slogans en agitant des banderoles, les manifestants ne tardèrent pas à repartir comme ils étaient venus. Cet après-midi-là, un grand rougeoiement se mit à croître dans le ciel hivernal, du côté du palais de justice. Sur le *Moscou II,* ils montaient la garde deux par deux, mais, cette nuit-là, alors que c'était leur tour de se reposer, Edwin et M. Bathgate restèrent sur le pont autour d'un brasero, écoutant les tirs de mitrailleuses qui provenaient maintenant d'un peu partout dans la ville. Edwin se tourmentait pour Galina. Il l'avait quittée le dimanche après-midi, en lui promettant de revenir dès que possible. Quand la nuit s'achèverait, ce serait mardi, et Edwin savait que, livrée à elle-même, Galina était capable, sous l'empire de la panique, d'agir de façon stupide, comme de s'en aller par les rues à sa recherche. Durant toute la journée du mardi, il fut au supplice, se reprochant de n'avoir pas essayé malgré tout de la conduire jusqu'à l'appartement de Lizka. Durant la nuit qui suivit, les tirs s'apaisèrent un peu et, lorsque le soleil se leva de nouveau, Edwin proposa de tenter d'aller jusqu'à l'ambassade, en ajoutant sans la moindre gêne : « J'en profiterais pour essayer aussi de voir mon amie, monsieur. Je voudrais être sûr qu'elle est en sécurité.

— Eh bien, d'accord, Willoughby. Soyez très prudent. Dans la mesure du possible, contournez plutôt la ville. »

L'atmosphère était nettement plus calme ; juste un coup de fusil ici ou là et, de façon incongrue, les accords lointains d'une fanfare militaire. La neige avait fondu sur les trottoirs, révélant d'innombrables papiers et brochures de propagande, complètement détrempés. Comme il traversait le canal Fontaka, Edwin vit un ballot de vieux vêtements contre la balustrade, puis, en se rapprochant, découvrit que ces vêtements étaient couverts de sang gelé et qu'il en émergeait une main. Il prit tout juste le temps de s'assurer que l'homme était mort et se hâta de poursuivre son chemin.

Galina était toujours dans l'appartement, volets clos et rideaux tirés bien qu'il fît jour. Le gramophone que lui avait acheté Heikki était posé sur la table, au milieu de la pièce. Galina acheva d'en tourner la manivelle et les accords d'une valse de Strauss emplirent l'air. Une vieille femme était assise sur le canapé, un verre de thé à la main.

« C'est Mme Dolgourova, la présenta Galina. Elle habite de l'autre côté du palier et nous sommes restées ensemble. »

Edwin exhala un soupir de soulagement. En dépit de tout, Galina était à nouveau d'aplomb. Se tournant vers lui de façon que la vieille dame ne pût la voir, elle haussa les sourcils en mimant un désespoir comique. Mme Dolgourova s'inclina avec raideur, en réponse à la salutation d'Edwin. De toute évidence, elle savait qui il était, tenait Galina pour une traînée dont il était un des clients, mais la Révolution l'incitait à passer sur ce genre de détails. Quelle femme aurait préféré rester seule dans son appartement à écouter le crépitement des mitrailleuses et les hurlements de la populace ?

« Avez-vous de quoi manger ?

— Suffisamment pour quelques jours, oui.

— Je vais tâcher de vous ravitailler un peu. Aujourd'hui, ça paraît plus calme. Galina, ne te tracasse surtout pas si deux ou trois jours s'écoulent sans que tu me revoies.

— Non, non, sois tranquille. Ne te hasarde pas dans les rues si c'est dangereux. Je ne veux pas que tu risques d'être blessé, mon amour. »

Il se sentit rayonner intérieurement, car c'était vraiment la première fois qu'elle avait souci de lui et craignait qu'il lui arrive quelque chose.

Parce que la vieille dame était là, ils ne s'embrassèrent pas. Mais les yeux noirs de Galina lui souriaient, pleins d'amoureuses promesses. Comme la valse de Strauss expirait parce que le gramophone avait été insuffisamment remonté, Galina lui envoya un baiser du bout des doigts et se précipita pour tourner la manivelle.

Certains jours, la ville semblait presque paisible et l'on pouvait aller du port à la rue Borovaya sans le moindre incident. Mais il y avait toujours l'incertitude, le fait de savoir qu'on pouvait à tout instant entendre un coup de feu ou voir surgir une foule de manifestants brandissant des bannières de soie. Un jour, après le passage d'un cortège formé par les ouvriers de l'usine Putilov, Edwin était tombé en arrêt devant une de ces bannières abandonnées dans la boue, s'émerveillant de sa beauté : toute en épais satin rouge avec des franges dorées et l'inévitable *Khleba*[1] en noir, cousu dessus à petits points. Qui avait passé des heures à la confectionner ?

La nuit, des groupes de soldats étaient assis autour d'un feu à l'intersection de deux rues. Parfois, ils étaient de bonne humeur et criaient : « *Dobraya notch, Tovaritch !* » en le voyant passer. D'autres fois, on l'arrêtait, le fouillait, examinant ses papiers à la clarté du feu. Un soir, il fut contraint de boire un verre de vodka ; à une autre occasion, il fut violemment malmené avant qu'on le laissât poursuivre son chemin. Toutes sortes de rumeurs couraient la ville. Un jour MacKenzie revint à bord en annonçant que la flotte allemande progressait dans le golfe de Finlande et, durant toute la nuit claire, ils demeurèrent sur le pont à regarder dans la direction de Kronstadt. Un autre jour, Edwin apprit par Mme Dolgourova que l'un des bouchers du Viborg avait reçu une grosse livraison de viande qui n'était pas rationnée. Galina et lui s'y rendirent en toute hâte pour trouver une queue de plusieurs centaines de mètres devant une boutique aux volets fermés. Comme les autres, ils attendirent pendant des heures, puis finirent par s'en aller, comprenant qu'il s'agissait simplement d'une rumeur sans fondement. Ils se nourrissaient surtout de haricots secs et de saucisses fumées, avec quelquefois du pain. Sur le bateau, ils avaient une provision de boîtes de conserve à laquelle ils ne recouraient que parcimonieusement sachant bien que le ravitaillement irait de mal en pis. Plus tard, ils devaient regretter de n'avoir pas mangé tout cela tant qu'ils en avaient la possibilité.

1. « Du pain ! » (N.d.T.)

Le drame les atteignit de façon inattendue. Edwin se trouvait dans la chambre des machines lorsqu'il entendit des clameurs ; il se précipita vers le pont, où il arriva juste à temps pour voir deux soldats de l'armée Rouge, sales, échevelés, la capote déboutonnée, brandir un papier sous le nez du capitaine Patterson.

« Ils sont venus m'arrêter, dit le commandant en anglais et très calmement. Prenez celui de derrière, je me charge du plus proche de moi. »

Du doigt, il indiqua alors l'échelle qui descendait du pont :

« Le commandant est en bas, dans sa cabine. »

Comme le premier soldat passait devant lui en le rejetant de côté, Patterson le poussa violemment dans le dos. Edwin l'entendit dégringoler en bas de l'échelle, alors que lui-même se jetait sur son compagnon, le plaquant aux jambes. Le deuxième soldat réussit toutefois à lui échapper et se mit à courir vers la passerelle, Edwin se lança à sa poursuite mais dut renoncer quand l'homme eut franchi les grilles du port, et il rebroussa chemin en courant. Personne sur le pont ; juste comme Edwin arrivait à la passerelle, le soldat rouge surgit de l'écoutille en chancelant.

« Laissez-le filer, Willoughby ! » cria Patterson, qui brandissait un fusil.

Edwin venait tout juste de réintégrer le bord lorsque six autres Rouges franchirent les grilles du quai marchant vers le *Moscou II*. Le commandant tira un coup de fusil au-dessus de leur tête et ils décampèrent aussitôt dans la direction d'où ils venaient. Le silence qui suivit fut rompu par l'arrivée sur le pont de M. Bathgate, MacKenzie et Simpson. Le chef mécanicien ramassa l'ordre d'arrestation que le Rouge avait laissé tomber.

« C'est officiel, constata-t-il. L'ordre émane du Comité central des soviets : le commandant et les officiers du *S.S. Moscou II* sont arrêtés pour activités contre l'État, et le bateau saisi... »

Roulant le papier en boule, il le jeta par-dessus bord.

« Ils vont revenir, bien entendu. Et nous ne sommes pas en mesure de défendre le bateau contre eux.

— Nous pourrions nous arranger pour qu'il leur soit inutile, monsieur.

— Je me demande si nous en aurons le temps... Pensez-vous être en mesure de faire ça rapidement ? »

335

M. Bathgate et Edwin échangèrent un regard, puis se dirigèrent ensemble vers l'écoutille.

« Je vais préparer un petit baluchon pour nous deux, Sandy.

— Oui, c'est ça.

— Et vous, Willoughby ? Vous avez le choix entre venir avec nous pour tenter de passer la frontière, ou vous en remettre à ces messieurs du consulat.

— Je crois, monsieur, qu'ils ne peuvent rien, ayant déjà bien du mal à s'occuper d'eux-mêmes. Je vais rester avec mon amie et nous essaierons de nous tirer de là ensemble.

— Oui, vous avez probablement raison. Nos prétendues activités contre l'État, c'est un truc à nous faire fusiller. Et tout comme l'ambassade, le consulat doit être surveillé. MacKenzie... Simpson... voulez-vous tenter votre chance avec nous ? »

Les deux matelots se regardèrent, puis MacKenzie dit :

« Merci, Commandant, mais nous pensons qu'il vaut mieux être aussi peu nombreux que possible. Nous essaierons de passer la frontière tous les deux.

— En ce qui vous concerne, le consulat pourrait avoir son utilité. A la différence de Willoughby et de nous autres, vous n'avez pas véhiculé des biens britanniques à travers la ville, et vous n'êtes donc probablement pas sur la liste des gens que les Rouges recherchent.

— Oui... Nous commencerons peut-être par passer au consulat. »

Cela faisait trois ans que ces cinq hommes vivaient ensemble mais, sans aucune cérémonie ni tristesse, ils se séparèrent en l'espace de quelques instants. M. Bathgate et Edwin mirent hors d'état le moteur principal, après quoi ils rassemblèrent en hâte ce qui leur était indispensable et autant de boîtes de conserve qu'ils pouvaient en porter. Lorsque Edwin arriva sur le pont, MacKenzie et Simpson étaient déjà partis.

« Allez-vous-en le premier, Willoughby. Mieux vaut que nous ne soyons pas groupés. Bonne chance !

— Bonne chance, monsieur ! »

Dans le port, tout était calme, mais, comme il remontait en hâte la perspective Bolchoï, une troupe de cosaques fonça vers lui et il n'eut que le temps de se réfugier dans une embrasure de porte pour les éviter. Quand il atteignit la Neva, il y vit de nombreux bateaux amarrés et quantité de marins débraillés — qui avaient retourné le ruban de leurs bérets pour qu'on ne pût lire le nom de leur unité — paressaient tant sur leurs ponts que sur les quais, dont les pavés étaient couverts de mégots et de tout ce qui avait pu s'y accumuler depuis des semaines. Plus loin, du côté des Jardins d'été, on tirait des coups de feu. Edwin franchit le pont Nikolaevski et, une fois de l'autre côté, fit un grand détour pour éviter de passer à proximité de l'amirauté. Même dans des petites rues, il vit des corps sans vie, qui semblaient être là depuis plusieurs heures. Bien qu'on fût en juillet, la journée était fraîche et le ciel gris. Près de la gare de Tsarkoïe Selo, des émeutiers prenaient un immeuble d'assaut. Il se mit à pleuvoir et cela tempéra leur ardeur. Rue Borovaya, des soldats aux uniformes déchirés livraient une bataille rangée à un groupe de cosaques, et Edwin dut courir pendant plusieurs centaines de mètres avant de pouvoir traverser la rue. Lorsqu'il tira la cloche de la porte, le *dvornik* ne répondit pas et, finalement, le jeune homme dut faire le tour de la maison pour entrer par la cour. Très pâle, Galina paraissait encore plus menue et effrayée.

« Je suis allée chercher du pain aujourd'hui, et deux hommes me l'ont pris, dit-elle à mi-voix. L'un d'eux a essayé de m'entraîner et j'ai réussi à lui échapper en courant de toutes mes forces, mais il a gardé mon sac. Oh! Edwin, c'est terrible... Si j'allais à Moscou demander à Heikki de me venir en aide?

— A Moscou, la situation est certainement la même.

— Que faire alors? Est-ce que... »

Elle s'interrompit en découvrant le baluchon que transportait Edwin. Elle se mit à sourire et ses yeux brillèrent.

« Oh! Edwin, tu es venu pour rester? Tu vas rester avec moi?

— Oui... jusqu'à ce que nous puissions passer la frontière.

— Oh! Edwin! »

Elle était transformée. Elle se récria de joie à la vue des boîtes de conserve, puis entreprit de mettre le couvert avec argenterie et verres de cristal.

« Nous allons faire une petite fête! Comme la première fois que tu es venu ici. Tu t'en souviens?

— Je me souviens de tout. »

Elle disparut dans la chambre à coucher où il l'entendit remuer des boîtes, ouvrir et refermer des portes. Quand elle revint, elle avait mis une robe blanche soutachée d'argent et tenait une bouteille de champagne à la main. A ses oreilles, étincelaient les diamants de Heikki.

Elle posa au milieu de la table un vase avec des fleurs artificielles.

« Tu vois... des fleurs de pommier... comme la première fois. Tu te rappelles ?

— Je me rappelle... »

Il se demanda vaguement qui lui avait donné le champagne, mais cela n'avait désormais plus aucune importance ; à présent, il allait être tout le temps avec elle. Quand il ouvrit la bouteille de champagne, le bruit du bouchon s'unit aux détonations provenant de la rue et Edwin se sentit heureux. A partir de maintenant, la vie n'allait pas être drôle pour eux, mais du moins seraient-ils ensemble.

Chapitre vingt et un

৯৯

Quand Sophie reçut la lettre où Ivan lui annonçait qu'il allait venir en permission, elle sentit l'espoir s'épanouir dans son cœur pour la première fois depuis trois mornes années, depuis qu'Edwin était allé se perdre en Russie. Lorsqu'elle voyait ses parents désemparés par la guerre, la défection d'Edwin, l'indépendance que s'octroyait Lillian, Sophie se montrait délibérément enjouée, assurant qu'il n'y avait pas lieu de se faire du souci. Une attitude qui parfois lui était odieuse.

Le mercredi et le dimanche, lorsqu'elle arrivait au cottage et se répandait en bonnes nouvelles, disant combien elle se plaisait chez les Fawcett, que Lillian réussissait vraiment d'une façon extraordinaire, que c'était très courageux de la part d'Edwin de faire ainsi sa guerre en Russie et qu'on allait sûrement recevoir bientôt une lettre de lui, elle jouait la comédie. Avant de se lancer comme on entre en scène, elle restait un moment devant la porte, ravalant l'inquiétude qui l'habitait en permanence et plaquant sur son visage une expression ravie.

Chaque fois, les questions étaient les mêmes.

« Nous n'avons pas reçu de lettres, ma chérie. Et toi ? Nous n'avons rien eu, ni d'Edwin ni de Daisy.

— Non, bien sûr, Mère. Il te faut comprendre qu'on ne peut pas risquer des vies humaines et des bateaux à travers la mer du Nord juste pour transporter du courrier. J'ai écrit au Foreign Office et l'on m'a répondu que, s'il y avait eu de mauvaises nouvelles, nous en aurions été informés, car elles leur seraient parvenues par l'entremise des consulats. Il faut donc être patient...

— Cela fait si longtemps... »

Comme il était étrange de voir sa mère, naguère toujours si

compétente, décidée, énergique, manquer totalement d'assurance et se raccrocher à tout ce que Sophie pouvait avancer.

« Nous devons être reconnaissants au ciel qu'Edwin soit en Russie et non en France. Pense aux deux fils Tyler, au pauvre Frankie Pritchard, et à M. James, perdu en mer. Au moins, nous savons qu'Edwin est à Petrograd, sain et sauf.

— Mais cette révolution... Que doit-il lui arriver là-bas ? Et à Daisy May ?

— Rien, Mère ! S'il était arrivé quelque chose, nous l'aurions su. La révolution, les Russes la font entre eux. Il ne leur viendrait pas à l'idée de faire du mal à des Anglais. »

Et ainsi de suite, heure après heure, le mercredi comme le dimanche. Lorsqu'elle retournait chez les Fawcett, Sophie était épuisée au point d'avoir peine à se tenir debout. Et là, elle ne manquait jamais de trouver Mme Fawcett qui l'attendait, pour se lamenter du manque de ceci ou de cela, de toutes les complications domestiques dues à la guerre. Sophie n'en avait cure. La guerre avait neutralisé Mme Fawcett, qui n'inspirait plus aucune terreur. Sophie tenait la maison à la perfection, eu égard au manque de personnel, et Mme Fawcett ne voulait pas courir le risque de la perdre. Comme n'importe qui, elle éprouvait pourtant le besoin de dire tout ce qu'elle avait sur le cœur et Sophie lui fournissait cet exutoire.

Quand la lettre d'Ivan arriva, Sophie la lut seule, et sentit un grand bonheur l'envahir. Ivan était toujours vivant, il se portait bien, et il lui annonçait sa venue en permission.

Lorsqu'elle se rendit chez ses parents cet après-midi-là en respirant l'air qui embaumait le chèvrefeuille, Sophie se dit que, pour une fois, elle n'aurait pas besoin de se forcer à la gaieté. Cette lettre lui avait rendu son optimisme. Peut-être tout allait-il vraiment finir par s'arranger... Peut-être Edwin et Daisy sortiraient-ils indemnes de cette révolution...

Un puissant parfum de fraises accueillit Sophie à son entrée dans la souillarde. Sa mère était occupée à en éplucher dans l'évier.

« Ton père me les a rapportées de chez les Hayward. Il y en a trop. Je vais devoir en faire des confitures. As-tu reçu du courrier ?

— Oui... une lettre d'Ivan, précisa vivement la jeune fille en voyant le visage de sa mère s'éclairer aussitôt. Il va venir en permission.

— Oui, je suis au courant. Lillian a eu une lettre de lui ce matin, juste avant de partir à son travail. »

Bah, qu'est-ce que ça pouvait faire qu'il leur eût écrit à toutes les deux ? L'essentiel était qu'il soit bien portant et qu'il vienne.

« Pourra-t-il coucher ici, Mère ?

— Bien sûr, ma chérie. Où voudrais-tu qu'il aille ? »

La guerre avait vraiment tout changé. Le petit garçon à la culotte déchirée et la goutte au nez était maintenant le bienvenu dans la maison. Il était sergent et se conduisait en héros... plus rien à voir avec « ces Barshinski ». Ivan avait été décoré deux fois et le village était fier de le considérer comme un des siens.

« Nous avons pensé que nous pourrions organiser un goûter en son honneur à la Mission, comme nous l'avions fait pour Harry Johnson.

— Oui, peut-être... » dit Sophie, se rappelant le désarroi de ce pauvre garçon catapulté des tranchées au milieu d'un goûter à la Mission. Il avait fini par fondre en larmes et était parti en courant.

« Cela fait du bien aux femmes, expliqua sa mère. Lorsqu'elles s'occupent ainsi d'un soldat arrivant du front, elles ont le sentiment que ce sera bientôt le tour de leurs fils.

— Oui, sans doute... Et puis Ivan est un militaire de carrière. Il s'était déjà battu avant d'aller en France. Ce n'est pas comme le pauvre Harry. »

Sophie aida sa mère à nettoyer les fraises. Détendues, elles se tracassaient moins pour Edwin, Daisy et la Russie.

Sophie se sentait même presque heureuse lorsque Lillian arriva avec son père.

« N'est-ce pas merveilleux qu'Ivan vienne en permission ? dit-elle à sa sœur.

— Mmmm, fit simplement Lillian en ôtant son chapeau et lissant ses cheveux devant la glace.

— Te disait-il quelque chose de spécial dans sa lettre ? s'enquit avidement Sophie.

— Non, simplement qu'il allait venir. Cette robe ne te va plus du tout, Sophie. Tu as maigri et l'ourlet tombe. Je te l'arrangerai après le thé. »

Elles ne se disputaient plus comme lorsqu'elles étaient enfants. Lillian demeurait distante, mais s'offrait toujours à retoucher telle ou telle robe pour sa mère ou sa sœur. Le travail qui lui venait de « son » couturier londonien avait changé. A présent, c'étaient des uniformes qu'elle confectionnait, car les tailleurs militaires ne suffisaient plus à la tâche.

Comme il y avait constamment des morts parmi les officiers et que d'autres étaient promus à leur place, il fallait beaucoup d'uniformes neufs.

« Que mettras-tu pour le goûter, Sophie ?

— Quoi ?

— Pour le goûter... en l'honneur d'Ivan... comment vas-tu t'habiller ?

— Oh ! je ne sais pas...

— Mets donc la robe de shantung que Mme Fawcett t'a donnée. Je t'y coudrai un col en dentelle, et j'ai un joli coupon de soie pour te faire une écharpe neuve. »

Soudain, Lillian s'animait. Elle avait toujours aimé « faire des transformations » et ne lésinait jamais quand il s'agissait de rendre plus élégantes sa mère ou sa sœur.

« Moi, je mettrai celle en linon rose que je suis en train de me confectionner. J'ai eu cette pièce par une cliente. On ne trouve rien de pareil dans le commerce... »

Sophie avait à peine conscience de la voix de sa sœur. Elle se sentait soudain très seule, sans personne à qui parler des soucis qui l'obsédaient. Lillian n'était pas vraiment une sœur avec qui on pouvait tout partager, comme elle le faisait avec Daisy May. En pleine guerre, la préoccupation majeure de Lillian demeurait la toilette qu'elle mettrait pour le goûter de la Mission. Sophie fut à nouveau saisie de panique : si Edwin et Daisy ne revenaient pas ? Comment pourrait-elle faire vivre ses parents avec ses seules ressources ?

« ... C'est maintenant la grande mode. Sophie ! Tu n'écoutes pas ce que je dis !

— Je suis sûre que tu seras très bien, Lil, comme toujours.

— Tu pourrais être très bien toi aussi, si seulement tu t'en donnais la peine. Mais toi, peu t'importe l'air que tu as ! »

Rentrant à travers champs ce même soir, Sophie réfléchissait que la remarque de sa sœur ne manquait pas de justesse. Quoi qu'elle fît, elle serait toujours la même et il fallait tellement de temps pour s'arranger, s'efforcer de paraître plus jolie...

Une semaine plus tard, quand elle vit Lillian au goûter offert en l'honneur d'Ivan, Sophie regretta de n'avoir pas, pour une fois, gaspillé un peu de temps dans ce sens.

Elle eut Ivan tout un après-midi pour elle seule. Le dimanche tantôt, Lillian, Papa et Mère avaient été constamment avec eux. Mais le mercredi après-midi, où elle avait également repos, ils s'en furent tous les deux revoir les endroits qu'Ivan avait connus lorsqu'il était enfant. Bravant les oies qui gardaient la cour des Tyler, ils allèrent jusqu'au marais, dont les bords étaient tapissés de boutons d'or, et s'assirent sous le saule, comme autrefois. Ivan qui, à son arrivée, était pâle avec les traits tirés, ferma les yeux en appuyant sa tête contre le tronc de l'arbre.

« Je voudrais pouvoir arrêter la guerre pour toi, Ivan... Hélas, je ne peux rien... »

Sans ouvrir les yeux, il sourit légèrement.

« Chère Sophie... murmura-t-il. Tu as toujours été une chic fille.

— Est-ce... est-ce terrible ? »

Elle se rendait compte que ça n'était pas une question à poser, mais elle éprouvait le besoin de savoir : elle voulait tout partager avec lui.

« Sophie, je n'aspire qu'à l'oublier pendant ces quelques jours. Ici, j'ai l'impression de vivre un rêve... »

Sa main reposait sur l'herbe, une grande main rugueuse aux ongles rongés. Très doucement, Sophie posa la sienne dessus et, d'un souple mouvement de poignet, Ivan l'emprisonna. Ils demeurèrent ainsi un long moment dans le silence de l'été, un silence que meublaient seuls le bourdonnement des abeilles et la stridulation des grillons. Au bout de quelques minutes, Sophie comprit qu'Ivan s'était assoupi et elle le regarda tout à son aise. Endormi, il paraissait à la fois exotique et vulnérable. Les pommettes hautes, les yeux obliques frangés de longs cils, conféraient à son visage un charme étranger. Et, en le contemplant, Sophie revoyait le gamin dépenaillé avec qui elle s'était battue tant d'années auparavant.

« Il y a deux choses qui m'aident à tenir le coup, dit-il alors calmement, les yeux toujours clos. L'une, c'est de savoir que mes hommes dépendent de moi. Je suis sergent, n'est-ce pas ? Jusqu'à présent, je m'en suis tiré sans une égratignure et tous ces gosses — nous sommes de la même génération, mais pour moi, ce sont des gosses — comptent sur moi, non seulement pour leur redonner du cœur au ventre, mais aussi pour leur montrer comment être au sec dans les tranchées, tenir les rats à distance, tirer le meilleur parti des rations de " singe "... Parfois, je les secoue, crie après eux... A d'autres moments, je leur raconte mes souvenirs des Indes : ça leur distrait l'esprit. Et ils savent que s'ils sont malades ou blessés, je ne les abandonnerai pas. Me sentir ainsi responsable d'eux m'aide à tenir le coup...

— Et l'autre chose ? »

Il marqua une brève hésitation.

« C'est que je rêve. Lorsque je suis dans la boue, avec la fusillade qui crépite autour de moi, attendant l'ordre de monter à l'assaut, je rêve.

— A quoi rêves-tu ?

— A toutes sortes de choses... de très belles choses... des choses *paisibles*. »

Elle aurait voulu lui demander s'il pensait à elle, mais elle avait peur qu'il lui réponde non. Car elle se savait ni très belle ni paisible.

« Penses-tu à ta sœur ? J'entends : à Daisy May ? Moi, cela m'arrive sans cesse... Je pense à elle, à Edwin, et même aussi parfois à Galina. Je m'inquiète de ce qui peut leur arriver... » *Et à toi aussi,* aurait-elle pu ajouter, mais elle se garda bien de le dire.

« Moi, ça m'arrive, oui, mais pas souvent. »

Après ces quelques mots ils se turent, se contentant de se tenir par la main. Quand enfin Ivan se remit debout et l'aida à se relever, il la regarda, l'ébauche d'un sourire sur ses belles lèvres :

« Chère Sophie... Tu es vraiment aussi brave que bonne. »

Oh ! je t'en prie, imagine-moi belle comme un rêve ! pensa-t-elle désespérément. *Appelle-moi « kroshka », embrasse-moi, ou fais un geste montrant que je ne te suis pas indifférente !*

« Tu continueras de m'écrire, hein, Sophie ? J'aime savoir ce que vous devenez... tous. Tes lettres me font grand plaisir. Quelquefois, tu m'amuses... »

Ah ! elle l'amusait, il souhaitait qu'elle lui écrive... C'était toujours ça.

Ils rentrèrent à pas lents, et Sophie monta dans la chambre de Lillian afin de se changer pour aller au goûter de la mission. Lorsqu'elle fut prête, elle se rendit directement à la salle des fêtes, emportant du pain et du beurre dans un panier. Et elle était avec Ivan lorsque Lillian fit son apparition dans la robe rose à la toute dernière mode. A vingt-neuf ans maintenant, Lillian était pratiquement une vieille fille, mais, en cet instant, on lui en aurait donné dix-huit tout au plus. Coiffée d'un chapeau garni de dentelle et de rubans roses, elle paraissait fraîche, estivale... belle comme un rêve. Sophie reconnut l'expression que prit alors le visage d'Ivan. Elle avait vu la même autrefois lorsque son père avait regardé Galina. Ses yeux sombres se mirent à briller tandis que le sourire s'élargissait sur ses traits. Sophie n'eut pas le courage d'en voir davantage. Elle s'offrit à remplacer Mme Tyler pour servir le thé et passa le reste de la soirée à remplir des tasses ou faire bouillir de l'eau. Lorsque vint enfin le moment de partir et qu'elle sortit de la salle des fêtes en compagnie de son père, Sophie vit dans le soir qui tombait, Ivan et Lillian emprunter le passage Cobham. Le chapeau rose paraissait de travers parce que Lillian renversait la tête pour regarder Ivan ; bien qu'elle fût grande, elle ne lui arrivait qu'à l'épaule. Il la soutenait par le coude, avec une sorte de tendre délicatesse, comme si elle était vraiment une fleur fragile, et de l'autre main il tenait son châle à bout de bras.

J'espère qu'il va traîner dans la boue ! pensa Sophie, les yeux pleins de larmes. *Si son châle est sali, elle sera dans tous ses états !*

Elle sentit son père la tirer un peu.

« Tu es fatiguée, ma chérie, tu t'es dépensée sans compter... Je m'en vais te raccompagner jusque chez les Fawcett et tu monteras vite te coucher.

— Oh ! Papa... » balbutia-t-elle, incapable d'en dire plus sans se trahir.

Passant un bras derrière ses épaules, il la serra contre lui.

« Tu es ma fille, dit-il avec un soudain emportement, et je ne veux pas qu'on te fasse de la peine. »

Elle réussit à le regarder et vit sur le visage paternel une sorte de préoccupation inquiète. Émue, elle se redressa en s'efforçant de sourire.

« Ça va, Papa, je t'assure... C'est simplement, comme tu le dis, que je suis très fatiguée. »

Ils continuèrent d'avancer en silence et, arrivé devant chez les Fawcett, son père lui déclara impulsivement :

« Ta mère et moi sommes fiers de toi, Sophie. Sans toi, nous ne savons vraiment pas ce que nous deviendrions. Tu es vraiment pour nous la meilleure des filles. On ne peut souhaiter mieux.

— Merci, Papa... »

C'est à peine si elle osait parler, par peur de fondre en larmes.

En entrant chez les Fawcett, Sophie eut conscience d'être lasse d'entendre les gens lui dire qu'elle était bonne, brave, dévouée. Elle aurait voulu être dénuée de cœur, égoïste et très belle, comme Lillian, comme Galina Barshinski.

Chapitre vingt-deux

ફર

Chaque jour, il passait des heures au commissariat de police de la Sadovaya pour essayer d'obtenir les permis spéciaux qui leur étaient nécessaires, à Galina et lui. Parfois le commissariat était fermé ; quand il était ouvert, c'était un soldat barbu, arborant un brassard rouge et n'arrêtant pas de cracher par terre, qui accueillait les demandes. De temps à autre, un des éphémères nouveaux fonctionnaires se manifestait et venait compulser la pile grandissante de demandes. Lorsque cela se produisait, Edwin suivait ses gestes avec espoir ; mais l'autre se bornait finalement à dire : « Demain » et s'éclipsait.

Les fonctionnaires du consulat n'étaient pas en mesure d'accélérer les démarches. A vrai dire, ils semblaient n'avoir plus aucune influence sur le turbulent ministre qui, maintenant, dirigeait la ville. Ils se montraient tous nerveux et ne savaient pas au juste à qui l'on devait s'adresser pour obtenir les fameux permis. Le gouvernement changeant sans cesse, il en allait pareillement des formalités. Au consulat, ils avaient quand même dit pouvoir aider Edwin, parce que son permis de séjour portait le sceau de l'ambassade russe. Ce qui n'était pas le cas pour Galina.

Leur argent s'épuisait. Fait miraculeux, l'appartement continuait d'être payé par la banque de Moscou, mais les prix des aliments et du combustible augmentaient démesurément. Edwin commençait à craindre qu'ils n'arrivent au bout de leurs ressources, sans rien pour subsister dans cette ville en effervescence, sans moyen non plus de la quitter. Un matin, il glissa un billet de vingt-cinq roubles dans le permis de séjour de Galina et attendit. Le fonctionnaire l'appela, tournant le document d'un côté, puis de l'autre.

« Votre permis de sortie va être signé. Revenez demain.

— Et l'autre ? Celui de Barshinskaya ? »

346

L'homme lissa le billet de vingt-cinq roubles et, sans même chercher à se cacher, le glissa dans la poche supérieure de sa veste.

« Demain. Qu'elle vienne elle-même et nous verrons. »

Edwin se hâta de regagner l'appartement, éprouvant un certain optimisme pour la première fois depuis qu'il était venu habiter là. Aussi ignora-t-il les grommellements désobligeants du *dvornik* qui, Edwin ayant été contraint de renoncer à lui donner son pourboire hebdomadaire, ne lui adressait plus directement la parole.

« Demain ! cria Edwin en faisant irruption dans l'appartement. Demain, tu devras te présenter au commissariat et on te donnera ton permis ! »

Il s'immobilisa en la découvrant tassée au creux d'un fauteuil, les yeux rougis.

« Qu'y a-t-il, Galina ? »

Certains jours, elle faisait merveille, nettoyant l'appartement, cuisinant d'un air radieux, comme si elle n'avait jamais souhaité autre chose qu'être sa femme. Ces jours-là, Edwin commençait à croire que, s'il pouvait la ramener en Angleterre et trouver un emploi, ils se marieraient, habiteraient une petite maison, auraient des enfants, vivant comme tout un chacun. Sur quoi venait une période durant laquelle Galina se montrait distante, morose : « J'en ai par-dessus la tête de la vie que nous menons ! Il existe sûrement un endroit où nous pourrions aller, où ce serait plus gai... Ici, c'est mortel ! Je déteste cet appartement ! »

Elle n'était plus capable de le faire souffrir comme autrefois. Il l'aimait, la désirait, mais l'adoration qu'il lui vouait, la fascination éblouie qu'il avait éprouvée étaient à jamais révolues. Toutefois, son amour pour Galina n'en était que plus profond. Fragile aussi bien d'esprit que de corps, elle était sans défense en dépit des airs qu'elle se donnait. Elle ne comprenait pas pourquoi elle n'avait pas d'amis, pourquoi Heikki l'avait quittée, pourquoi Edwin avait cessé de lui faire l'amour après son avortement. Le jeune homme se demandait parfois ce qu'il adviendrait d'elle lorsqu'elle serait vieille et qu'aurait disparu l'emprise sexuelle qu'elle avait sur les hommes... La seule chose dont il était sûr c'est que, même alors, il continuerait de l'aimer.

« Qu'y a-t-il ? demanda-t-il de nouveau et elle se blottit contre sa poitrine dans un redoublement de larmes.

— Ils ne m'aiment pas... Les gens de l'immeuble ne

m'aiment pas... Aujourd'hui, Mme Dolgourova a fait mine de ne pas me voir, et le *dvornik* crache par terre quand je passe devant lui !

— C'est simplement parce que je ne lui donne plus son pourboire », assura Edwin en repoussant l'autre pensée qui lui venait à l'esprit.

Il savait que, si l'humeur de la ville changeait d'une heure à l'autre, une constante demeurait : les gens réputés riches, bourgeois ou privilégiés, couraient le risque d'être dépouillés de tout ce qu'ils avaient. A mesure que les conditions d'existence s'aggravaient, on s'en prenait de plus en plus aux « nantis ». Jusqu'alors, il ne s'était agi que des très riches, ceux qui habitaient des palais ou des appartements de la perspective Nevski ; mais l'anarchie devenait telle que le seul fait d'avoir un appartement agréable, de porter des fourrures et des bijoux, vous faisait courir des risques.

« Je te l'avais dit ! s'impatienta Edwin. Ne mets pas ton manteau de phoque quand tu sors, ni tes boucles d'oreilles. Habille-toi très simplement, presque pauvrement. Comment veux-tu faire croire aux gens que nous sommes à bout de ressources si tu as l'air... »

Il s'interrompit, ne voulant pas lui dire de quoi elle avait l'air, mais il était évident qu'on ne pouvait la prendre pour une femme de marin.

« Si je ne parais plus belle, j'en mourrai ! » répliqua-t-elle et il faillit la gifler.

Ça n'eût servi à rien. Cela s'était déjà produit, un jour qu'il avait été exaspéré par son entêtement stupide. Elle lui avait rendu la gifle, puis s'était effondrée en sanglotant et le suppliant de lui pardonner. Edwin avait éprouvé la même impression que s'il avait donné un coup de pied à un chaton.

« Demain, nous irons ensemble au commissariat et — si Dieu veut — tu recevras ton permis de sortie. Alors, nous tâcherons de vendre à nouveau tes diamants afin de payer ton voyage. Il me reste tout juste assez d'argent pour prendre mon billet de chemin de fer.

— Oui, s'écria-t-elle, changeant d'humeur une fois de plus. Oui ! Nous les vendrons et nous quitterons cet horrible pays ! Jamais plus je ne reviendrai en Russie ! Et je voudrais n'y avoir jamais mis les pieds !

— Demain, pour aller là-bas, habille-toi comme une femme pauvre mais convenable... Tu saisis ?

— Bien sûr, Edwin chéri, bien sûr ! J'aurai l'air on ne peut plus quelconque et, lorsque nous aurons le permis, nous fêterons ça en allant au restaurant ! J'en ai assez de ne manger que des haricots et des navets ! Nous commanderons du caviar, du poulet, et du vin, beaucoup de vin ! N'est-ce pas ?

— Oui. »

Dans l'ambiance actuelle de la ville, il avait peine à partager sa gaieté. Il se faisait beaucoup de souci pour Galina, pensant aux ennuis qu'elle risquait de s'attirer s'il n'était pas là pour veiller sur elle.

« Demain matin à la première heure, j'irai au consulat, dit-il. Je veux savoir quand sont prévus des départs de trains, et si d'autres Anglais seront avec nous. C'est plus sûr de voyager en groupe. Je demanderai aussi jusqu'où notre billet de chemin de fer nous permet d'aller, et combien d'argent il nous faudra de l'autre côté de la frontière. Je veux m'assurer que nous avons tous les papiers nécessaires et suffisamment de vivres. Nous nous retrouverons au commissariat, Galina. Sois-y de bonne heure. Et surtout ne mets pas ton manteau de phoque, ni tes diamants !

— Je serai comme une petite souris ! »

Elle fronça le nez, puis se mit à danser autour de la pièce. Et elle était si belle qu'il en eut encore le souffle coupé.

Lorsqu'il arriva au commissariat, Edwin éprouva un coup au cœur.

« Je t'avais demandé de t'habiller très simplement ! » lui chuchota-t-il.

Elle eut une moue d'enfant.

« Mais c'est ce que j'ai fait, Edwin ! Tu m'avais dit de ne mettre ni mon manteau de phoque ni mes diamants. Alors, j'ai mis ce vieux manteau et un chapeau, parce qu'il fait tellement froid... »

Un manteau noir avec un col de zibeline et une toque assortie, des gants et des bottes du cuir le plus fin. Et aux oreilles les grenats, que les nouveaux fonctionnaires prolétaires prendraient sans doute pour des rubis. Déjà le soldat portant le brassard rouge la considérait d'un air goguenard.

Ils demeurèrent assis pendant deux heures avant que paraisse le policier auquel Edwin avait eu à faire. Celui-ci décocha un regard acéré à Galina en s'asseyant derrière le bureau, puis compulsa quelques papiers et appela :

« Barshinskaya ! »

Ils se levèrent et s'approchèrent.

« Nationalité ?

— Anglaise.

— Pourquoi vous appelez-vous Barshinskaya ?

— Mon père était russe.

— Êtes-vous riche ? »

Edwin sentit son estomac se nouer.

« Non. Je n'ai pas d'argent.

— Vous êtes habillée comme une... »

Edwin ne connaissait pas le mot, mais il en devina la signification. Le policier se mit à parler très vite, si vite qu'Edwin n'arriva pas à comprendre ce qu'il disait. Il saisit seulement les mots « père » et « devoir », ainsi que, à plusieurs reprises, « Russie ». Galina avait pâli en esquissant un recul. L'homme se leva et se pencha vers elle, le visage mauvais. Saisissant le permis de Galina, il le lui jeta, puis se tourna vers Edwin :

« Vous pouvez partir. Le permis vous est octroyé. Mais pas à elle. Son père était russe. Elle doit donc rester ici et travailler pour le nouvel État ! »

Edwin rassembla ses papiers d'une main tremblante.

« Vous avez pris l'argent. Je pourrais vous dénoncer. »

Le policier eut un sourire méprisant.

« Filez... Vous aurez le permis, pas elle. »

Galina avait fui le commissariat et, lorsqu'il sortit à son tour, Edwin la trouva appuyée contre le mur, à demi défaillante.

« Il m'a traitée de putain... Il m'a dit que j'étais une putain russe qui cherchait à quitter le pays. Il m'a dit que mon permis de séjour était un faux, ou alors qu'il m'avait été donné par un de mes amants. Il m'a dit que, lorsqu'on s'appelle Barshinskaya, on ne peut pas être anglaise, et que même si ce que je lui avais raconté était vrai, mon devoir était de rester travailler pour la Russie. »

Trop bouleversée pour pleurer, elle levait vers lui le regard apeuré de ses grands yeux noirs.

« Qu'allons-nous faire maintenant, Edwin ?

— Je n'en sais rien... Retournons à l'appartement. »

En silence, ils rebroussèrent chemin. Les arbres n'avaient plus aucune feuille et une petite pluie glacée s'était mise à tomber. Le bref automne était terminé ; bientôt arriverait la neige, qui les obligerait à acheter de grosses quantités de combustible.

Lorsqu'ils entrèrent dans l'immeuble, le *dvornik* surgit de sa porte et leur cria quelque chose. Cette fois, Edwin reconnut le mot. C'était le même qu'avait employé le policier.

« Te dit-il cela chaque fois qu'il te voit ? questionna-t-il en regardant droit devant lui.

— Oui.

— Et c'est pour cela que Mme Dolgourova ne te parle plus, que personne de l'immeuble ne t'adresse plus la parole ?

— Je ne sais pas... Ils me parlaient quand Heikki était ici... »

Mais après Heikki, il y avait eu les autres et pas uniquement lui, Edwin. A lui, Mme Dolgourova avait parlé, fût-ce du bout des lèvres. Seulement, ensuite, il y avait eu les autres, les officiers, les hommes d'affaires... Puis il était venu habiter là. Dans l'immeuble de Lizka, cela n'aurait pas tiré à conséquence, car y logeait une société composite, faites d'acteurs, d'étudiants, de demi-mondaines. Mais la rue Borovaya était située dans un quartier chic, où n'habitaient que des familles bourgeoises et on ne peut plus respectables.

Quand ils se retrouvèrent dans l'appartement, Galina s'abandonna contre le mur et ferma les yeux. Puis elle entreprit de retirer sa toque de zibeline.

« Il nous faut changer d'appartement, lui dit-il. Trouver quelque chose du côté de chez Lizka.

— Non. Ici, Heikki paie le loyer. Si nous allons ailleurs, tout sera à notre charge. »

Soudain, son visage s'éclaira.

« Bien sûr ! Heikki ! Heikki va s'arranger pour mes papiers. C'est lui qui me les a procurés lorsque nous sommes arrivés ici... Il est riche et pourra graisser la patte aux fonctionnaires... Nous allons partir pour Moscou, aller chez Heikki. J'ai son adresse. Et il est certainement toujours riche, puisqu'il continue de payer le loyer d'ici.

— Tu ne peux pas aller chez Heikki, Galina. Tu lui as déjà fait suffisamment de mal comme ça : il a failli perdre son fils et son affaire à cause de toi. Comment oses-tu parler d'aller lui demander de t'aider ?

— Alors, toi... Toi tu t'en chargeras ! Nous allons nous rendre à Moscou et tu iras le voir chez lui. Il s'arrangera pour que nous puissions quitter la Russie. A Moscou, ce ne seront pas les mêmes fonctionnaires qu'ici et Heikki saura se débrouiller. »

Heikki Rautenberg avait dit à Edwin qu'il ne voulait jamais le revoir ; mais alors il n'y avait pas encore eu la révolution ni la guerre. Tout ce qu'Edwin désirait, c'était faire passer Galina à l'étranger avant qu'il lui arrive quelque chose de terrible. Quand on se tuait dans les rues, le temps n'était plus aux politesses et aux civilités. En priorité, il fallait mettre Galina hors d'atteinte, avant qu'elle soit lynchée.

« Bon... Allons à Moscou, céda-t-il. Comme nous ne pouvons retourner demander un permis pour le train, nous allons devoir courir notre chance en priant le ciel qu'on ne nous pince pas. Allez, faisons vite nos bagages et filons ! »

La gare Nikolaevski était encore plus sale que le reste de Petrograd. Des centaines de paysans, d'ouvriers d'usine, de soldats et de marins aux uniformes déboutonnés étaient couchés par terre, dans l'attente des trains. Parmi la boue qui couvrait le sol, d'innombrables mégots de cigarettes se mélangeaient aux habituels tracts de propagande.

Edwin mit deux heures à obtenir les billets et, lorsqu'il y parvint, Galina était au bord de l'évanouissement pour être demeurée si longtemps debout. En voyant sa pâleur, il se mit à craindre qu'elle ne supporte pas le voyage. Ayant trouvé une place libre derrière un kiosque, il disposa son sac et la valise de Galina afin qu'elle pût s'asseoir en appuyant son dos. Lorsque le guichetier lui avait demandé son permis de voyage, Edwin lui avait glissé un billet de cinq roubles et l'autre lui avait automatiquement donné les billets.

Deux heures s'écoulèrent avant que le train pour Moscou vienne à quai et alors commença la bataille pour trouver une place dans les wagons. Edwin était conscient qu'il lui en fallait absolument une pour Galina, s'il voulait qu'elle survive au voyage.

« Tiens-moi par la taille et ne me lâche pas ! » lui cria-t-il en anglais.

Comme il devait porter la valise d'une main et le sac de l'autre, il lui fallait espérer qu'elle ne le lâche pas, même au plus fort de la bousculade. Il était grand, robuste, et ces dernières années lui avaient appris à se débrouiller dans la foule. Se servant de la valise et du sac comme armes offensives, il parvint à atteindre la porte du wagon. Lorsqu'il se fut hissé sur le marchepied, il jeta le sac à l'intérieur et se retourna pour tirer Galina jusqu'à lui.

Ils trouvèrent une place dans le couloir de ce qui avait été un wagon de première classe. Tous les sièges étaient occupés, et des gens commençaient déjà à s'installer par terre.

« Là... Tu vas t'asseoir sur la valise et, lorsque le train roulera, j'essaierai de trouver quelqu'un qui accepte de me vendre sa place. »

Elle se laissa tomber sur la valise et appuya sa tête contre la paroi du wagon. Elle était d'une extrême pâleur, le visage tout humide de sueur.

« Ça va ? » s'enquit-il avec inquiétude.

Elle ouvrit les yeux et essaya de lui sourire.

« Bientôt nous serons à Moscou. Heikki prendra soin de nous. »

Elle n'avait pas conscience, pensa Edwin, que le voyage allait durer plus de quinze heures, avec d'innombrables arrêts. Mieux valait le lui laisser ignorer. S'il arrivait à lui acheter une place, peut-être dormirait-elle la majeure partie du temps.

Quand le train s'ébranla, Edwin se rappela la dernière fois où il était venu là, dire au revoir à Daisy qui partait pour Bouzoulouk. Il revit, sous le chapeau quaker, le petit visage rond et souriant qui s'efforçait de ne rien laisser paraître. Il regretta que Daisy May ne fût pas là, Daisy May qui l'aurait aidé à s'occuper de Galina, l'aurait préparée à l'épreuve qui l'attendait.

Un homme en veste militaire mais pantalon de civil finit par accepter cinq roubles en échange d'un coin-couloir. Cette nécessité d'acheter les gens faisait fondre le petit pécule d'Edwin et il n'osait imaginer ce qui arriverait si Heikki ne voulait pas les aider. S'asseyant sur la valise dans le couloir, il avança ses genoux afin que Galina pût étendre ses jambes pour mieux se reposer. Elle avait son manteau de phoque et, en dépit de l'extrême fatigue qui lui tirait les traits, elle paraissait élégante ; aussi des voyageurs l'avaient-ils regardée de travers, mais à mesure que le train roulait les gens sombraient dans une somnolence agitée. Edwin avait mal au dos et son cœur se serrait quand il regardait Galina. Elle ne s'était jamais bien remise de sa maladie, mais s'il réussissait à la ramener pendant quelque temps au village, la bonne nourriture et le grand air lui redonneraient des forces.

Le jeune homme s'assoupit et, quand il rouvrit les yeux, il vit Galina penchée vers lui.

« Y en a-t-il encore pour longtemps, Edwin ? J'ai tellement mal !

— Non, pas très longtemps. Tâche de dormir. Tiens, j'ai un peu d'eau. Bois-la. »

Elle ferma de nouveau les yeux, puis recommença de

s'agiter. Cela faisait six heures qu'ils avaient quitté Petrograd et, lors de plusieurs arrêts, d'autres voyageurs avaient réussi à monter dans le train déjà comble. Deux fois, Galina lui avait dit vouloir aller aux toilettes, mais il n'avait pu réussir à lui frayer un passage. Et, s'il ne lui gardait pas sa place, elle ne la retrouverait pas à son retour. Enfin, elle parvint à gagner l'extrémité du couloir, mais son absence se prolongea tellement qu'Edwin s'en effraya. Finalement, elle reparut, encore plus pâle.

La faisant étendre à nouveau, il mit ses mains sous les genoux de Galina pour la soutenir. A travers le manteau et la jupe, il la sentit brûlante.

« Veux-tu ôter ton manteau ?

— Je ne peux pas. »

Les yeux agrandis, elle rivait sur lui un regard plein de détresse, qui le suppliait de comprendre.

« Qu'y a-t-il ? »

Il se pencha vers elle et Galina lui chuchota :

« Je suis malade. Tu sais... comme avant. Je dois avoir quelque chose de détraqué. »

Le train eut une violente secousse, dans le même temps qu'on entendait au-dehors crier et tirer des coups de feu. Quelqu'un ayant levé le rideau pour voir ce qui se passait, une balle brisa la vitre. Galina poussa un hurlement auquel une autre femme fit écho dans le compartiment voisin. L'homme à la veste militaire, qui avait vendu sa place, cria du couloir :

« Baissez-vous ! Baissez-vous tous ! »

Ils obéirent, pliés en deux, tandis que la fusillade s'intensifiait et se rapprochait.

« Ce sont les Allemands ?

— Non, ils parlent russe.

— Les bolcheviks alors ? Ou les armées de Kerenski qui fuient Petrograd ?

— Comment savoir ? »

La porte à l'extrémité du couloir fut ouverte et un vent glacé parcourut le wagon, cependant que l'homme qui avait vendu sa place sautait au-dehors, suivi de plusieurs autres. Il y eut une violente explosion à l'arrière du train et tous les wagons en furent secoués, cependant que les gens hurlaient en cherchant quelque chose à quoi se retenir. Lorsque le wagon retrouva son équilibre, il y eut une ruée vers la porte.

« Ils vont faire sauter le train ! Descendez ! Descendez vite ! »

Edwin fut renversé par terre tandis que, abandonnant sacs et valises, les autres voyageurs sortaient en hâte du compartiment. Il se releva et s'assit alors à côté de Galina. Au-dehors, les hurlements redoublaient au milieu des coups de feu, les voyageurs qui descendaient devenant la proie des attaquants. Il y eut de nouveau une explosion à l'arrière et Edwin se penchait pour emporter Galina dans ses bras quand il se ravisa.

« Étends-toi sur la banquette », lui dit-il en l'aidant avec beaucoup de douceur.

Il avait réfléchi que, descendant du wagon avec une femme dans ses bras, il aurait constitué une cible de choix. Il se tapit près d'elle, puis se mit à fouiller dans son sac, à la recherche de l'étui contenant le revolver. Un autre projectile traversa la vitre, qui fit voler la lampe en éclats.

« Edwin... gémit Galina dans l'obscurité.

— Je suis là. N'aie pas peur. Reste tranquille. »

A nouveau des cris et des détonations, puis un hurlement terrible en provenance du bois que longeait la voie. Après cela, les détonations se perdirent au loin; alors deux ou trois voyageurs, très pâles, effrayés, rallièrent le train avec précaution.

« Edwin... Peux-tu me trouver une serviette ou un linge quelconque ? »

Fourrageant dans l'obscurité, il extirpa un tissu du sac — une chemise à ce qu'il lui sembla — et le fit passer à la jeune femme, qu'il entendit remuer en respirant par saccades.

« Non, je ne peux pas bouger... Je crois qu'il vaut mieux que je reste étendue...

— Eh bien, reste, lui dit-il avec une assurance qu'il était loin d'éprouver. Ils ne vont pas tous revenir, alors tu peux continuer d'occuper la banquette, au moins jusqu'à ce que le train reparte. »

On ne tirait plus, mais on continuait d'entendre des voix surexcitées. Lorsque Edwin se risqua à passer la tête par la fenêtre brisée, il entendit aussi gémir les blessés qui gisaient dans la boue le long de la voie. Il se rendit compte que la pression de la vapeur diminuait : la locomotive perdait de sa puissance.

« Je vais aller voir ce qui se passe, Galina. Je reviens tout de suite.

— Ne me laisse pas !

— C'est juste l'affaire de quelques minutes. *Tovaritch,*

voulez-vous veiller à ce qu'on ne dérange pas ma femme qui est très malade ? J'ai du pain dans mon sac ; lorsque je reviendrai, je le partagerai avec vous. »

Ses yeux s'accoutumant à l'obscurité, il avait fini par constater que l'un des voyageurs ayant regagné le compartiment était un civil d'un certain âge. Peut-être serait-il capable d'un peu de bonté à l'égard d'une femme malade...

Au moment de descendre du wagon, Edwin s'immobilisa. A présent, le silence n'était plus troublé que par les plaintes des blessés. Il sauta à terre, et progressa vers la locomotive, en restant prudemment contre les wagons. A la rambarde du poste de conduite, pendait un bras d'homme dégouttant de sang. Au-dessus, un adolescent restait pétrifié, regardant le mort, éclairé par une seule lampe sur le côté de la cabine.

« Qui est-ce ?

— Le chauffeur. Je ne sais que faire... Je chargeais la boîte à feu et je ne crois pas que je serai capable de conduire... Le chef de train est indemne. Il m'a dit que les deux wagons de queue étaient endommagés... Il va essayer de les détacher. »

Encore sous le coup de l'émotion, le garçon parlait de façon saccadée. Il était très jeune, trop jeune même pour être mobilisé et certainement bien trop jeune pour se voir confier le soin d'alimenter la chaudière.

Edwin se hissa à l'intérieur de la locomotive. En dépit de la panique, de la confusion régnant dans le convoi et de la femme malade qu'il avait laissée derrière lui, Edwin éprouva un moment de joie à se retrouver sur la plate-forme d'une locomotive. Il examina le régulateur, le frein, les soupapes de sûreté. C'était une locomotive à quatre cylindres et la commande de freinage y était placée plus haut qu'il n'en avait l'habitude, mais Edwin estima pouvoir quand même se débrouiller.

Bien que le frein fût mis, le régulateur était ouvert et l'indicateur de pression montrait qu'il n'y avait pas de vapeur. Le chauffeur avait dû être tué avant de pouvoir le fermer.

« Qui a freiné ? Toi ? » demanda-t-il au jeunot.

L'autre acquiesça d'un hochement de tête.

« Tu as très bien fait, mais tu aurais dû d'abord fermer le régulateur. »

Le regard du garçon demeura vide d'expression.

Edwin ferma le régulateur, en s'efforçant d'en jauger le fonctionnement. Les régulateurs étaient comme les gens : ils différaient les uns des autres par des détails dans leur manipulation. Celui-ci était vieux et quelque peu desserré. D'ailleurs, tout le train souffrait de quatre ans de négligence. Aucune réparation convenable n'y avait été effectuée et les meilleurs spécialistes de l'entretien se trouvaient au front. Edwin pensa néanmoins qu'il parviendrait à s'en tirer...

« Mon garçon, tu vas me faire monter ce feu. Pour arriver à repartir, il me faut beaucoup de vapeur. Si tu n'as pas suffisamment de bois, je vais commander aux voyageurs d'en ramasser le long de la voie...

— Oh! du bois, y en a...

— Alors, parfait. Je m'en vais aller aider le chef de train à détacher ces wagons endommagés. Après ça, nous remettrons les blessés dans le train et je conduirai jusqu'à la prochaine gare. Laquelle est-ce?

— Tver.

— Ce sera donc Tver. Allez, fais-moi beaucoup de vapeur! »

Sautant à terre, Edwin courut le long du convoi, jusqu'à l'endroit où le chef de train, un vieil homme, s'efforçait en vain de détacher les wagons de queue. L'arrière du dernier wagon, endommagé par une petite explosion, s'était effondré sur la voie.

« Y a-t-il eu des blessés dans ces wagons? s'enquit Edwin.

— C'étaient des prisonniers... deux sont morts et les autres ont pris la fuite. Le dernier wagon ne transportait que des marchandises. »

L'accrochage des wagons était tout tordu et Edwin dut retourner à la locomotive chercher un marteau. Au passage, il s'arrêta un bref instant pour rassurer Galina, qui était toujours étendue, les yeux clos.

Lorsqu'il revint auprès du chef de train, Edwin lui demanda comment cela se faisait qu'il ne se soit pas trouvé dans le dernier wagon lorsque l'explosion s'y était produite.

« J'ai entendu les coups de feu et j'ai tout de suite compris ce que les assaillants voulaient : les fusils et les munitions que transportait le wagon de marchandises. Alors, j'ai filé vers l'avant aussi vite que j'ai pu. Je ne tenais pas à me faire tuer. »

Deux militaires descendirent d'un wagon pour aider Edwin, même ainsi il leur fallut pourtant s'escrimer pendant trois quarts d'heure avant d'arriver à détacher les wagons endommagés. Aussitôt, Edwin se mit en devoir d'organiser le transfert des blessés. A présent, il y avait beaucoup plus de place dans le train, quantité de voyageurs semblaient s'être évaporés dans la nature, et cela simplifiait les choses. Edwin plaça deux lanternes à chaque extrémité des wagons accidentés. C'était tout ce qu'il pouvait faire jusqu'à ce qu'il atteigne un poste d'aiguillage. Lorsqu'il regagna la locomotive, l'indicateur de pression avait monté. Edwin jeta un coup d'œil au foyer de la chaudière, puis ouvrit le régulateur et relâcha les freins. Les roues patinèrent un peu sur les rails mouillés mais le train se mit à rouler lentement, au grand soulagement d'Edwin.

« Continue pour la vapeur », dit-il au jeune garçon.

Edwin avait pensé avoir de la difficulté à maintenir la pression avec une chaudière alimentée au bois mais celui-ci chauffait presque davantage que le charbon auquel il était habitué. Et, pour un jeune garçon sans expérience, son compagnon s'acquittait bien de sa tâche.

Edwin conduisait très lentement car, non seulement il ne connaissait pas le trajet, mais la visibilité était fort mauvaise.

« Tu as déjà fait ce parcours ?

— Oui, *Tovaritch*.

— A combien sommes-nous de Tver ?

— Quatorze ou quinze verstes [1], pas plus.

— A quoi dois-je prendre garde ? Y a-t-il des passages difficiles ?

— Juste avant d'arriver à Tver, il y a deux ponts très proches l'un de l'autre, sur la Tvertsa et la Volga. Il y a un signal avant chacun d'eux.

— *All right !* »

Sans en avoir conscience, Edwin avait parlé anglais et cela lui arriva à plusieurs reprises, comme lorsqu'il s'adressait à la locomotive, là-bas en Angleterre.

« Vas-y, ma vieille, mets-en un bon coup ! »

Se rendant compte que le jeune garçon le regardait d'un air ahuri, il lui dit gaiement en russe :

« Il faut leur parler si l'on veut qu'elles avancent ! »

Du coup, le garçon parut visiblement se demander s'il devenait fou.

Pendant cette quinzaine de verstes, Edwin oublia Galina, la révolution, la guerre, et les difficultés qu'il lui faudrait surmonter pour regagner l'Angleterre. Durant quinze verstes,

1. Une verste : 1067 mètres.

il ne pensa qu'à encourager la locomotive comme s'il se fût agi d'un vieux cheval. Lorsqu'ils arrivèrent finalement à Tver, l'aube commençait à poindre et, se penchant à l'extérieur, Edwin se sentit heureux comme il ne l'avait pas été depuis bien des années.

Le chef de train accourait de l'arrière et des voix se mettaient à vociférer, mais Edwin les ignora. Il enfonça un pique-feu dans le foyer pour briser le bois carbonisé, puis racla rapidement la boîte à fumée, secoua le cendrier.

« Mets du bois à l'avant du tender, mon garçon, pour quand on repartira. »

A présent, le jeunot semblait plus rassuré. Le type qui avait conduit le train était un étranger et se comportait bizarrement, mais il était visiblement à son affaire et c'était réconfortant. Lorsque Edwin descendit de la locomotive, il trouva le chef de train s'efforçant d'expliquer ce qui s'était passé, mais avec une telle volubilité que ses interlocuteurs n'y comprenaient rien. Aussi se tournèrent-ils vers Edwin, le bombardant de questions. C'étaient des Russes et donc des étrangers pour lui, mais il se sentait soudain très proche d'eux. La vieille camaraderie du rail agissait et Edwin éprouvait une délicieuse émotion à se retrouver avec des hommes qui savaient comment nettoyer, entretenir et faire marcher les locomotives ; des hommes qui étaient vulgaires et sales, mais compétents aussi et parfois même très braves. Il n'aspirait plus qu'à faire corps avec eux quand, tandis qu'il répondait ou essayait de répondre à leurs questions, il se souvint de Galina et, en proie au remords, regagna rapidement leur wagon.

« Te sens-tu mieux ? »

Les yeux pleins de larmes, elle secoua la tête.

« Je suis désolée, murmura-t-elle. Je ne sais pas pourquoi c'est arrivé, mais je suis de nouveau malade comme avant... »

La prenant par la taille, il essaya de l'aider à se mettre debout.

« Nous allons rester un très long moment ici... Alors, le mieux serait d'interrompre notre voyage pour voir si nous pouvons trouver un médecin. Un médecin qui te soignerait de façon que tu puisses tenir jusqu'à Moscou ; là-bas, Heikki nous aidera.

— Oui, acquiesça-t-elle avec un sourire d'espoir, Heikki nous aidera. »

A peine fut-elle debout qu'Edwin la sentit cependant mollir

entre ses bras. Il vit la tache qui marquait la banquette à l'endroit où elle était étendue et, regardant ce visage si pâle, il comprit qu'ils ne devaient pas espérer pouvoir atteindre Moscou avant plusieurs semaines.

Chapitre vingt-trois

২৯

Quand arriva leur second hiver à Mogotovo, les réfugiés de la Grande Maison avaient réussi à organiser une sorte d'artisanat, confectionnant des manteaux molletonnés, tricotant des bas de laine, que Daisy et Matthew Foulgar allaient distribuer dans les villages environnants. Puis ils étendirent davantage leur champ d'action ; ils étaient conscients que, si leurs petits baluchons n'étaient pas à la hauteur des besoins, ils semblaient néanmoins réconforter, redonner un peu d'espoir à toutes ces femmes avec enfants qui avaient autant de peine à se vêtir qu'à se nourrir. Ils avaient fini par aimer les gens du cru qui se montraient d'une apathie exaspérante, mais aussi toujours prêts à partager le peu qu'ils possédaient. Même à plusieurs journées de Mogotovo, les deux missionnaires ne manquaient jamais de trouver une maison pour les accueillir, une place pour dormir, et leur part de la soupe préparée en commun. A présent, ils étaient plus ou moins immunisés contre les puces et les poux, les rhumes, la dysenterie. Comme tous les autres membres de leur groupe, ils avaient beaucoup maigri au cours de ces dix-huit mois de labeur et de maladie. Flora Doyle, qui avait été la plus jolie femme de Mogotovo, dépérissait plus vite que les autres, au point que, à la fin de leur première année, Daisy avait demandé à Robert Tatlock si elle ne pouvait être rapatriée.

« Elle n'est pas aussi forte que le reste d'entre nous, avait-elle dit tout en ayant le sentiment de commettre une déloyauté à l'égard de son amie. Et je ne parle pas seulement de force physique. Tout la bouleverse et elle ne dort presque pas, sans cesse en proie à de terribles cauchemars. Je suis bien placée pour le savoir puisque j'occupe la chambre voisine de la sienne. »

Mais, lorsqu'on avait suggéré à Flora qu'elle pourrait peut-être rentrer en Angleterre, un entêtement orgueilleux lui avait d'abord fait opposer un refus. Et quand, le temps aidant, elle avait fini par se rendre à l'insistance de ses compagnons, les moyens de communication étaient coupés et la révolution avait rendu les voyages si hasardeux qu'il n'était plus possible de la faire partir seule.

Cette rupture des communications, le fait qu'ils ne recevaient plus de lettres ni surtout de paquets et de fonds, était pratiquement pour eux le seul signe de cette violence qu'on leur disait faire rage dans les villes du Nord et de l'Ouest. A Bouzoulouk, les fonctionnaires avaient été remplacés par d'autres, mais ceux envoyés par les soviets eurent sensiblement la même attitude que leurs prédécesseurs et se montrèrent reconnaissants de tout ce que faisait le groupe d'Amis.

La première révolution, celle de mars, était quelque peu montée à la tête des plus grands garçons de l'orphelinat. Ils avaient commencé à se rebeller contre ces hommes et ces femmes qui étaient parvenus à refaire d'eux des êtres humains. Lorsque le printemps arriva et que la terre se dégela, quelqu'un eut l'idée de suggérer qu'on transformât la jungle du grand jardin en un potager. Les garçons réagirent comme tout paysan à qui l'on offre un sol à cultiver, et les ferments révolutionnaires furent dissous dans la sueur que fit couler leur ardeur à bêcher.

Durant ce deuxième hiver, quand la neige semblait les isoler de la violence qu'on leur disait faire rage dans le pays, Daisy vécut un peu sur deux plans différents. A Mogotovo, en dépit de tout, elle était heureuse. Elle travaillait avec des gens qui pensaient comme elle, qui l'aimaient et qu'elle aimait. Non seulement elle faisait partie d'une équipe, mais elle en constituait un élément de valeur, ce qui lui procurait assurance et satisfaction. Pendant des heures, il lui arrivait parfois d'oublier la révolution, la guerre, son frère Ivan, ses amis en Angleterre et Edwin à Petrograd. Elle ne s'inquiétait que de savoir si leurs provisions de haricots secs et de riz dureraient jusqu'à ce qu'on soit en mesure de les ravitailler à nouveau, de servir d'interprète à l'infirmerie, et d'aller avec Matthew Foulgar porter de maigres secours dans les villages de la région. Et puis, tout d'un coup, son cœur se serait parce qu'elle pensait soudain qu'Edwin était quelque part à Petrograd, en pleine révolution et peut-être mort. Alors elle imaginait son frère dans les tranchées, évoquait le souvenir de

Sophie et des Willoughby dont elle était sans nouvelles. Que se passait-il dans cet autre monde ? Étaient-ils tous morts ? Se retrouverait-elle de nouveau sans attaches lorsqu'elle pourrait enfin regagner l'Angleterre ?

Elle se tournait et se retournait sur son étroite couche, en proie au remords d'avoir pu bannir de ses pensées tous ces gens qui lui étaient si chers. Et puis Mogotovo, l'isolement, le blizzard et ses randonnées à travers un monde tout de blancheur agissaient de nouveau sur elle comme une drogue apaisante. Finalement, cette autre vie, la vie que Galina et Edwin menaient à Petrograd, vint s'imposer à son esprit d'une façon telle qu'il ne lui fut plus possible de l'oublier.

Ils n'avaient presque plus d'argent, de vivres, de vêtements, de médicaments, ni quoi que ce fût. Ils n'arrivaient à obtenir de réponses ni de Moscou ni de Petrograd. Les banques étaient fermées. Le petit groupe se trouvait à présent complètement coupé de ses sources d'approvisionnement. Sans aide, ils seraient bientôt eux-mêmes des réfugiés. De Bouzoulouk leur parvint la nouvelle que quelqu'un allait devoir tenter de se rendre à Moscou et à Petrograd pour prendre contact avec la Croix-Rouge. Wilfred Little et Anna Haines furent élus pour cette mission. Avec trois semaines de vivres dans leurs sacs à dos, ils entreprirent ce long voyage vers le nord.

A la fin de février, ils revinrent avec de l'argent et aussi une nouvelle extraordinaire pour Daisy May.

« Votre ami, lui dit Wilfred Little, votre ami qui était venu nous accueillir à la gare de Petrograd, je l'ai revu à Tver ! Il travaille à la gare, où c'est le chaos total. Il n'y a pour ainsi dire pas de trains, personne pour les conduire, personne pour commander... Vraiment, une coïncidence extraordinaire ! Figurez-vous qu'il s'efforçait de réparer la locomotive de notre train, lorsque j'ai eu l'impression de le reconnaître, bien qu'il eût tout à fait l'air d'un Russe... Nous avons tous beaucoup changé... »

Daisy restant pétrifiée par le choc de cette nouvelle, Little lui dit :

« Venez dans la salle commune. J'ai une lettre pour vous, bien que nous ayons eu un mal de tous les diables à trouver du papier... Votre ami et votre sœur sont tous deux à Tver. »

Il fit une pause, regarda Daisy puis, avec tact, détourna les yeux. Elle n'avait jamais parlé à personne de sa sœur, voulant laisser ignorer son existence. A présent, tout cela était sans importance.

« Ma sœur a quitté la maison... expliqua-t-elle. Elle n'était pas... bref, vous me comprenez. Elle a causé beaucoup d'ennuis autour d'elle, mais je ne souhaite pas sa mort. Est-ce qu'elle... Vont-ils bien tous les deux ?

— Ils avaient l'intention de se rendre à Moscou, où ils pensent trouver de l'aide pour obtenir les papiers qui leur permettront de quitter la Russie. Ils sont partis de Petrograd en septembre, mais votre sœur est tombée malade, si bien qu'ils ont dû s'arrêter à Tver. Ils ont trouvé à se loger chez un ouvrier, en dehors de la ville. Votre ami gagne un peu d'argent en travaillant à la gare, mais l'argent n'est pas d'un grand secours quand règne la disette. Nous lui avons donc laissé un peu de nos provisions. Votre sœur est toujours malade et son permis de séjour est arrivé à expiration. Il semble y avoir des complications du côté des autorités locales. Votre ami a été extrêmement gentil : il nous a aidés à trouver une place dans un wagon de marchandises où il y avait un poêle... Des places debout, certes, mais sans lui nous aurions été contraints de voyager sur le toit d'un wagon ! »

Daisy sentait son cœur battre à grands coups. Tous les drames de cet autre monde l'environnaient soudain... Comment avait-elle pu oublier Edwin ?

La voix de Wilfred Little continuait à lui parvenir par bribes... Elle lui ferait tout répéter plus tard. Pour l'instant, elle ne pensait qu'à la lettre.

« Puis-je avoir ma lettre, Wilfred ?

— Oui, tenez... Sale, mais lisible. Depuis Petrograd, nous n'avons pas eu une seule fois la possibilité de nous laver.

— Merci », lui dit-elle avec un bref sourire avant de gagner en hâte sa chambre glaciale.

Chère Daisy

Ton ami te dira dans quelle situation nous nous trouvons. Je vais bien, mais il faudrait absolument que Galina soit rapatriée. Survivre ici devient de plus en plus difficile, et elle est malade... Je ne vois aucun moyen de lui obtenir un permis de sortie sans que nous allions à Moscou. Chère Daisy, y a-t-il quelque chose que tu puisses faire ? Les Amis semblent bénéficier de l'estime générale... Serais-tu en mesure d'obtenir ces papiers pour Galina ou de nous aider en quelque façon ? Pour moi, ce n'est pas aussi difficile. Je pense que je parviendrai toujours à acheter un fonctionnaire afin qu'il m'accorde le visa nécessaire, vu que mon permis de séjour porte le tampon d'une ambassade, ce qui semble avoir du poids encore maintenant.

Des trains continuent à passer la frontière pour évacuer les étrangers. Ce sont donc uniquement les papiers qui nous font besoin, et aussi quelqu'un pour aider Galina pendant le voyage. Il faut qu'elle soit assise. Il lui serait impossible de voyager debout durant plusieurs jours. J'ignore si tu pourras me répondre, vu qu'il n'y a plus de courrier... Peut-être un autre des vôtres ira-t-il à Petrograd... Je te donne mon adresse. Nous avons une chambre dans la maison d'un cheminot. Fais tout ce que tu peux, Daisy. Il faut absolument que j'arrive à ce que Galina quitte la Russie.

Edwin.

Sur le côté de la feuille, il avait ajouté en travers :

Si tu ne peux rien faire, ne te tracasse surtout pas. Je t'écris simplement par acquit de conscience, afin de pouvoir me dire que je n'ai rien négligé pour arriver à un résultat. Mais, encore une fois, si tu ne peux rien, dis-toi que je réussirai bien quand même à la tirer de là.

Daisy May sentit tout le poids de sa responsabilité. Galina était *sa* sœur. Galina et elles étaient russes ; c'étaient donc elles qui auraient dû venir au secours d'Edwin, cet Anglais bloqué depuis si longtemps dans leur pays, et non le contraire. Il lui fallait absolument faire quelque chose, mais quoi ?

Daisy dut attendre que Robert Tatlock soit revenu de Bouzoulouk pour savoir s'il y avait une possibilité d'obtenir ces papiers et de les faire parvenir à Tver. Robert Tatlock ne demandait qu'à l'aider, mais deux ans de fréquentation des bureaucrates russes ne lui laissaient pas grand espoir.

« Avant la révolution, nous aurions pu trouver une combine — par exemple, engager votre sœur et ce garçon comme interprètes — à présent, il n'y faut plus penser. D'ici, il n'y a rien que nous puissions faire... Peut-être au siège de la Croix-Rouge à Moscou ? A tout le moins, là, on pourrait leur indiquer la meilleure marche à suivre. Votre sœur est-elle vraiment dans l'impossibilité d'entreprendre le voyage jusqu'à Moscou ? Car, alors, nous pourrions télégraphier là-bas à la Croix-Rouge américaine... Certains télégrammes sont encore acheminés...

— Ma sœur est très malade et ne supporterait pas le long voyage jusqu'à Moscou, surtout dans les conditions actuelles. Si on l'évacue, ça ne sera pas pareil... Il paraît qu'il y a des trains avec des places réservées pour les étrangers qui passent la frontière.

— Croyez bien que je suis navré, Daisy », lui dit alors Tatlock d'un ton définitif.

Elle écrivit à Edwin qu'elle allait tâcher de trouver un moyen de les aider, et que s'il pouvait se rendre au siège de la Croix-Rouge américaine à Moscou, ça faciliterait sans doute les choses. Elle confia la lettre à Robert Tatlock pour qu'il la poste à Bouzoulouk; mais, même ainsi, les chances que la missive parvienne à son destinataire étaient minimes. Après quoi Daisy se remit au travail, cherchant dans la fatigue physique l'oubli de ces obsédants soucis; cette fois pourtant, la panacée de Mogotovo n'agit pas.

Florence Barrow et Miss Ball regagnèrent l'Angleterre en mars. Les combats sur le front ayant cessé, on voyait des soldats venir réclamer leurs enfants. Ceux-ci devenant moins nombreux, il était apparu qu'on pouvait désormais continuer sans elles deux qui, tout comme Flora, avaient eu largement leur part de maladies diverses. Flora, qui aurait dû partir avec elles, fut de nouveau en proie à la dysenterie et d'une façon qui anéantit ses dernières réserves de courage. Ce fut en sanglotant qu'elle se confia à Daisy :

« Je vais être obligée d'attendre un autre départ... et ça peut demander des mois pour qu'il y en ait un ! Oh ! Daisy, je ne crois pas que je pourrai endurer un autre été ici... Ces mouches, ces horribles mouches ! »

Daisy chercha en vain quelque parole à lui dire qui pût lui remonter un peu le moral. Elle dut se contenter de lui tapoter affectueusement l'épaule.

« Et nous allons probablement être tous regroupés, continua Flora. Ici, c'est déjà terrible, mais si je dois aller dans un plus petit centre ou à Bouzoulouk même, je sais que ce sera encore pis !

— Que voulez-vous dire, Flora ? Pourquoi serions-nous regroupés ?

— Je tiens ça du Dr Rickman. A présent que la majeure partie des enfants ont été réclamés, un orphelinat n'a plus d'utilité et on nous confiera une autre tâche.

— Je vois... »

Les larmes ruisselaient sur le visage jauni de Flora.

« Je ne voudrais pas vous donner à croire que je me défile, Daisy. J'ai vraiment fait tout mon possible pour venir en aide à ces pauvres gens; seulement je suis à bout de forces, je n'en puis plus !

— Voyons, Flora, personne n'en doute ! » protesta Daisy.

Non, Flora ne cherchait pas à se « défiler ». Pendant près de deux ans, elle avait enduré des conditions auxquelles elle n'était point préparée. Si Daisy May Barshinski allait jusqu'à Petrograd avec Flora, puis revenait trouver Edwin et Galina à Tver, se « défilerait-elle » ?

Elle regarda par la fenêtre la neige qui commençait à fondre. Bientôt la boue règnerait partout et les transports seraient arrêtés jusqu'à ce que le sol se soit de nouveau durci au soleil estival. Si donc elle voulait tenter de se rendre utile, c'était maintenant qu'il lui fallait partir. En avait-elle le droit? De tout son cœur, elle aspirait à gagner Tver aussi vite que possible afin de les sauver si elle en trouvait la possibilité. Et ses amis de Mogotovo? Ces gens qui comptaient sur elle? Certes, il y avait maintenant Xenia pour faire fonction d'interprète et la plupart d'entre eux avaient acquis des rudiments de russe, mais Daisy May faisait partie du groupe, elle y avait sa place et son rôle.

La jeune fille se coucha en proie à l'incertitude. A son réveil, elle sut que, bonne ou mauvaise, il n'y avait qu'une décision qu'elle pût prendre.

« Jamais je n'aurais cru que je voudrais m'en aller d'ici avant que notre tâche soit terminée, dit-elle à Robert Tatlock, car même au plus terrible de nos épreuves, j'étais heureuse au milieu de vous. A présent, pourtant, je ne pense plus qu'à ma sœur et à notre ami bloqués à Tver. Il me faut absolument chercher à les aider, à les tirer de là. S'il y avait eu encore une urgente nécessité que je reste ici, je me serais efforcée non pas de les oublier car ça me serait impossible, mais de temporiser... Je reviendrai aussi vite que possible, je vous le promets, et j'ai un peu d'argent de côté pour payer mes dépenses. »

Robert Tatlock lui sourit.

« Il n'est pas nécessaire que vous reveniez, Daisy. Si vous avez la possibilité de rentrer chez vous, faites-le. J'aimerais tant que la plupart d'entre vous soient rapatriés avant que les frontières se ferment complètement. Ce que vous désirez entreprendre n'est pas facile, Daisy,. et je voudrais pouvoir vous retenir de le faire, tant je crains que... Enfin, tout ce que je vous demande, c'est d'aller jusqu'à Moscou avec Flora. Là, vous pourrez la confier à la Croix-Rouge et ne plus penser ensuite qu'à vos propres affaires.

— Je pourrais aussi bien la conduire à Petrograd et revenir après à Tver.

— Cela ne servirait à rien. Le bruit court que la route vers la Finlande est fermée à cause d'une guerre. J'ignore si c'est exact ou non ; aussi le plus sage est-il que vous alliez à Moscou avec Flora. Une fois là-bas, prenez contact d'abord avec le consulat, puis avec la Croix-Rouge américaine. Je ne vois pas ce qu'ils pourront faire pour des gens se trouvant à Tver, mais les Américains réussissent parfois où d'autres échoueraient, car l'Europe ne les intimide aucunement et ils n'ont pas encore eu le temps d'être démolis mentalement par cette guerre. Je ne doute pas qu'ils arrivent à vous aider, à vous faciliter les démarches pour obtenir les papiers nécessaires. Après quoi, ils vous diront comment quitter le pays. Si la frontière finlandaise est fermée, il vous faudra peut-être essayer de passer par la Roumanie, ou encore par Arkhangelsk lorsque la glace fondra.

— Merci. »

L'énormité de ce qu'elle voulait entreprendre ne frappait pas Daisy, qui se sentait terriblement soulagée que Tatlock ne lui eût pas donné le sentiment qu'elle « se défilait », pour reprendre l'expression de Flora Doyle.

« Encore une fois, je voudrais pouvoir vous dissuader, Daisy, dit-il en secouant la tête. Ce que vous projetez est très dangereux, encore beaucoup plus dangereux que demeurer ici. Mais comme, de toute évidence, votre décision est arrêtée, je vous dirai simplement : que Dieu soit avec vous ! »

Dix jours plus tard, Daisy partit avec Flora. Pendant la première partie du voyage, elles purent se partager une place assise dans un compartiment de quatrième classe, grâce au chef de train qui avait reconnu leurs insignes. Les quakers étaient très estimés à Bouzoulouk. Quand elles durent changer de train, les deux amies poursuivirent leur voyage assises par terre dans un wagon de marchandises, partageant leur pain et leurs sardines avec plusieurs soldats russes qui, la nuit venue, suspendirent une couverture à une corde en travers du wagon pour que « les infirmières anglaises se sentent plus à leur aise ». A présent, Daisy parlait le russe des paysans sans même y penser, alors que Flora ne comprenait pratiquement rien de ce que disaient les soldats.

Quand Daisy eut conduit Flora à la Croix-Rouge, leurs adieux furent étonnamment calmes, sans la moindre larme. Recrues de fatigue toutes deux et n'aspirant qu'à se laver, elles n'avaient pas vraiment conscience de se quitter peut-être pour toujours. Flora rayée de ses préoccupations, Daisy ne pensa plus qu'à gagner Tver le plus vite possible.

En allant à Bouzoulouk, elle n'avait fait qu'un bref arrêt à Moscou, aussi la ville lui était-elle pratiquement inconnue. Elle lui parut très sale, pleine de paysans assis au bord des trottoirs et de soldats de l'armée Rouge qui, fusil en main, montaient la garde devant les boulangeries. Tous ces gens étaient maigres et semblaient malades, mais Daisy les jugea quand même en meilleure condition que ses paysans de Bouzoulouk. A la Croix-Rouge, elle avait demandé comment se rendre au consulat et elle y parvint sans aucune difficulté. Là, on ne lui donna pourtant aucun espoir.

« Rien ne peut être fait d'ici. Si votre sœur ne peut s'adresser aux autorités de Tver, il faut qu'elle vienne à Moscou.

— Ça lui est impossible. Elle est très malade.

— Pourquoi n'arrive-t-elle pas à obtenir un permis de sortie à Tver ?

— Je l'ignore. Tout ce que je sais, c'est qu'elle ne le peut pas. »

Daisy s'en revint à la Croix-Rouge américaine, où on lui témoigna beaucoup de sollicitude. On lui remit un ordre de mission afin de faciliter son voyage, ainsi que de l'argent et des vivres. On lui assura que, si elle revenait dans quelques jours, elle aurait aussi ses accréditifs signés par la nouvelle administration soviétique. En attendant, on lui donna un lit dans un dortoir.

Elle retourna au consulat, ayant le sentiment que, en s'obstinant, elle finirait par obtenir le fameux papier nécessaire à sa sœur. Elle fit ainsi chaque jour la navette entre le consulat et le siège de la Croix-Rouge, sans guère porter attention à l'environnement. Moscou était complètement désorganisé, mais baignait dans une sorte de paisible apathie. A la Croix-Rouge, on lui dit que hors de la ville c'était très différent : il y sévissait notamment des bandes de rôdeurs qui pillaient, volaient et tuaient.

« Et à Tver ? demanda-t-elle.

— A Tver aussi... C'est comme ça partout entre ici et Petrograd. D'ailleurs, à Moscou non plus, ça n'était pas vivable, jusqu'à la semaine dernière où Trotski a pris des mesures énergiques pour chasser de la ville ceux qui y faisaient régner la terreur. »

Daisy sentit la panique l'envahir de nouveau. Et si elle allait arriver trop tard ? Il lui fallait redoubler d'efforts, harceler sans répit le consulat, la Croix-Rouge...

Le dernier jour, alors qu'elle avait en main une poignée de papiers signés qui la mettraient en règle vis-à-vis de n'importe quelle autorité nouvelle, un faible espoir lui fut donné par un bienveillant délégué de la Croix-Rouge.

« Est-il venu à l'idée de votre ami anglais et de votre sœur que, s'ils étaient mariés, elle obtiendrait peut-être plus facilement ses papiers de sortie ? Si, comme vous me le dites, lui, en tant que marin anglais, peut partir sans difficulté, il doit pouvoir emmener sa femme avec lui, à ce qu'il me semble. »

Daisy se sentit pâlir.

Mais quelle différence cela ferait-il ? De toute façon, Edwin ne quitterait jamais Galina ; alors, autant qu'ils soient mariés. L'essentiel était qu'ils réussissent à quitter la Russie ; rien d'autre n'avait d'importance.

« Mariés... à l'église... par un prêtre russe ?

— Oui. C'est toujours légal... Pour le moment, il n'y a pas d'autre moyen de se marier. Mais il ne vous sera peut-être pas facile de trouver un prêtre qui consente à célébrer cette union et à délivrer le certificat de mariage. A la vérité, ils ne devraient marier que des gens appartenant à la religion orthodoxe. Et le clergé vit lui aussi dans la crainte, car le nouveau régime accuse l'Église d'avoir opprimé le peuple, d'avoir été l'instrument du tsar. Quoi qu'il en soit, j'estime que ça vaut d'être tenté.

— Et après ? Lorsque j'aurai trouvé un prêtre et réussi à le persuader de les marier ?

— Alors votre ami pourra demander un visa de sortie valable pour sa femme et lui. Il peut faire cette demande à Tver, ou bien alors amenez-les ici avec le certificat de mariage et nous ferons le nécessaire. »

Peut-être que s'ils n'arrivaient pas à obtenir le visa à Tver, Edwin et elle parviendraient à conduire Galina jusqu'à Moscou. Ils seraient deux à se battre pour lui avoir une place assise... En outre, Daisy savait comment parler aux soldats, aux paysans... et elle avait de l'argent pour tout faciliter.

Le lendemain, ses papiers et son argent dissimulés dans une ceinture improvisée qu'elle portait sous ses vêtements, une trousse de premiers secours dans son sac à dos, Daisy May attendit durant quatre heures à la gare, puis finit par monter dans le train qui la mènerait à Tver.

Chapitre vingt-quatre

ॐ

La gare était à l'ouest de Tver, et la chambre où ils vivaient se trouvait au rez-de-chaussée d'une maison située de ce côté-là. Minuscule, la pièce était presque entièrement occupée par le lit de fer, qui comportait un matelas sans draps ni couvertures. Beekov, à qui appartenait le logement, leur avait dit qu'ils avaient été obligés de vendre toutes les couvertures qu'ils avaient en trop pour acheter de quoi manger. Edwin fut donc contraint de puiser dans ses réserves, de plus en plus maigres, pour se procurer des oreillers et des couvertures.

De prime abord, Beekov et sa femme les avaient accueillis avec beaucoup de gentillesse, émerveillés par la façon dont Edwin avait réussi à conduire le train de Petrograd, et émus par l'état de la malade. Beekov, qui avait le visage aplati et les yeux profondément enfoncés des gens du Nord, avait indiqué à Edwin où il pourrait trouver un médecin, en l'avertissant que cela lui coûterait beaucoup d'argent.

Au long de l'hiver, en dépit du salaire officieux qu'on lui donnait à la gare, Edwin avait dû vendre jusqu'au dernier bijou de Galina. La ville était grande — en d'autres temps, ce devait même être une cité importante — et, en cherchant vers le centre, il n'avait eu aucune peine à trouver un marchand pour les lui acheter. Mais comme tout le monde en Russie vendait ses bijoux, Edwin n'en avait obtenu qu'un prix dérisoire. Galina avait fondu en larmes lorsqu'elle avait su le peu d'argent qu'on leur donnait en échange de ses bijoux tant aimés.

Cet hiver-là, Edwin n'avait cessé d'avoir froid et de se sentir fatigué. Fatigué parce qu'il ne mangeait pas assez pour le travail qu'il lui fallait fournir et aussi parce qu'il ne cessait de se tourmenter pour Galina ; et s'il avait froid, c'était parce qu'ils devaient se montrer extrêmement économes du combustible qui brûlait très vite dans leur poêle. Lorsque Galina alla suffisamment mieux pour se lever, Edwin demanda à la femme de Beekov si elle pouvait demeurer dans la même pièce qu'elle durant la journée, pour profiter du chauffage. Comme son mari, la femme de Beekov était de la campagne et avait toute la générosité des paysans, même en ces temps de misère. Galina avait donc été accueillie dans la chambre des Beekov, où il y avait leurs cinq enfants en sus du lit, du poêle et des icônes. Et c'est alors que les Beekov avaient commencé à se montrer moins aimables.

Entre Edwin et son hôte, tout allait bien. Ils travaillaient ensemble à la gare, discutant locomotives et aiguillages tout en mangeant leur ration quotidienne de pain. Le changement s'était produit du côté de Mme Beekov. Un soir, en rentrant, Edwin avait trouvé Galina pelotonnée sous les couvertures de leur lit, s'efforçant de garder un peu de chaleur au milieu de cette chambre glaciale.

« Je t'avais dit de rester avec les Beekov jusqu'à ce que je rentre et allume le poêle ! lui reprocha-t-il avec humeur. Tu es gelée ! Tu vas encore retomber malade !

— Je ne veux plus aller à côté ! Les enfants sentent mauvais et la femme est toujours à tripoter mes vêtements en me demandant où je les ai eus !

— Qu'est-ce que cela peut bien te faire ?

— Cela me fait que, aujourd'hui, je l'ai surprise à sortir avec mon manteau de phoque ! Je ne veux pas que cette vieille femme sale mette mes affaires ! »

Tout en fourrant du papier et du bois dans le poêle, il lui rétorqua :

« Cette vieille femme sale t'a sauvé la vie. Elle t'a hébergée, soignée, quand tu étais malade et elle s'est offerte à partager sa chambre avec toi. La laisser profiter un peu de ton manteau est bien le moins que tu puisses faire en retour. La pauvre ! Je ne pense pas que, de sa vie, elle ait jamais vu quelque chose d'aussi joli. N'es-tu pas capable, pour une fois, de témoigner d'un peu de générosité ?

— Non, non ! Non ! Tu ne comprends pas ! Mon beau manteau... A Petrograd ; quand je le mettais, ça faisait sensation. Lorsque j'entrais ainsi à l'Astoria, toutes les têtes se tournaient vers moi ; les généraux, les princes, tous me regardaient et me trouvaient très belle.

— Tu es très belle. Le manteau n'y est pour rien.

« — Oh ! si... A présent, je suis laide... Laide et vieille. Mon manteau, c'est tout ce que j'ai. Je veux m'en aller d'ici. Je déteste cet endroit. Je déteste la Russie... Oh ! comme je voudrais n'y être jamais venue ! »

Aiguillonné par le froid et la faim, il n'avait pu se contenir. La saisissant aux épaules, il l'avait secouée si violemment que son chignon s'était défait.

« Tu n'es qu'une horrible enfant gâtée ! Une petite traînée ! Dorénavant, tu feras ce que je te dirai. Sinon, je m'en irai en te laissant ici ! Tu entends ? Je te quitterai ! Je t'abandonnerai ! »

Il était las de devoir sans cesse faire face à ses enfantillages et à son inconséquence.

Elle parut se pétrifier, rivant sur lui le regard de ses grands yeux noirs emplis de peur.

« Non... »

Il était tout tremblant de colère. Depuis quelque temps, il y avait des moments où il en arrivait presque à la haïr.

« Tu ne m'abandonneras pas... »

Lui tournant le dos, il revint au poêle, passant sa rage sur le bois, le papier, les allumettes. Quand le feu eut pris et que le poêle se mit à irradier un peu de chaleur, il sentit la main de Galina se poser sur son épaule.

« Pardonne-moi... murmura-t-elle. Pardonne-moi, Edwin... Si tu le veux, je lui donnerai mon manteau... »

Elle semblait n'avoir vraiment plus que la peau et les os. Son visage était comme translucide.

« Pardonne-moi, murmura-t-elle de nouveau tandis qu'un petit nerf se mettait à tressauter le long de sa joue. Je voudrais être comme toi, Edwin... qui es bon, loyal et courageux... Alors que, moi, je ne suis qu'égoïste et irréfléchie... Et peut-être aussi une traînée comme tu dis, bien que je n'en aie jamais eu le sentiment... »

Ses grands yeux étaient pleins de larmes.

« Je n'ai jamais été ce que tu voulais que je sois, Edwin... Je n'ai jamais été... rien ! Seulement, je t'aime, Edwin, je t'aime... »

La gorge nouée, il était incapable de proférer un mot. Il se cacha les yeux dans sa main, pour qu'elle ne vît pas combien il souffrait.

« C'est peut-être la seule chose de bien en moi, Edwin, mais je t'aime, je t'aime ! »

Elle étendit les mains vers lui en un geste pitoyable, puis sanglota :

« Oh! Edwin, je t'en supplie, ne sois pas fâché contre moi! Je suis si malheureuse quand tu es en colère... Je n'ai que toi au monde, Edwin, rien que toi! »

Un gémissement rauque parvint à jaillir de la gorge d'Edwin et il prit Galina dans ses bras, enfouissant son visage dans sa chevelure, tout en s'efforçant de ne pas trop la serrer, par crainte de lui faire mal. O Dieu du ciel, comment allait-il pouvoir la tirer de là? Parviendraient-ils jamais à fuir ce monde devenu fou et à regagner l'Angleterre?

« Edwin! Oh! Edwin, ne pleure pas, je t'en prie! Je retournerai demain dans l'autre pièce et je me montrerai gentille... Je te le promets! »

Serrés l'un contre l'autre dans le lit, ils avaient fini par se réchauffer et, dans ce bien-être retrouvé, ils avaient puisé un peu de paix au sein de cette affreuse nuit russe, un tout petit peu de paix seulement...

Galina était retournée dans la chambre des Beekov, mais depuis lors les choses n'avaient fait qu'aller de mal en pis. La femme de Beekov ne leur adressait plus la parole, ni à l'un ni à l'autre, et puis un jour Beekov dit à Edwin qu'il lui fallait participer au chauffage de la pièce principale puisque « cette femme profitait de la chaleur ».

Il savait qu'ils n'étaient pas mariés, puisque leurs papiers n'étaient pas au même nom. Il savait lire, oui, et il avait vu ces papiers lorsque Edwin les avait portés au bureau du soviet local pour les faire tamponner.

Là, les problèmes avaient été les mêmes qu'à Petrograd.

« Pourquoi la femme Barshinskaya n'est-elle pas présente?

— Elle est malade.

— Pourquoi vous occupez-vous de renouveler son permis? Que vous est-elle?

— C'est ma maîtresse. »

Edwin avait depuis longtemps cessé de se sentir gêné; la plupart des fonctionnaires qui n'avaient cure de l'immoralité de leur situation s'intéressaient beaucoup, en revanche, au passeport de Galina.

« Cette femme est russe. Elle a un nom russe. Son permis ne porte pas le même tampon que le vôtre. Ce passeport est un faux. Elle n'est pas plus britannique que moi. C'est une espionne du capitalisme!

— Non. Elle est anglaise et très malade. Il faut qu'elle soit rapatriée.

« — Alors, qu'elle se présente ici. Je ne tamponnerai pas son permis tant que je n'aurai pas pu l'interroger. »

Edwin vivait dans la constante terreur que quelqu'un vienne chez les Beekov et demande à la voir... Il y avait tant de fonctionnaires de tout grade et de statuts différents qu'ils entraient en conflit les uns avec les autres dans le désir d'affirmer leur autorité.

A l'arrivée du printemps, Galina reprit des forces et, lasse d'être demeurée si longtemps cloîtrée dans la maison, elle se risqua à sortir faire quelques pas. En dépit de la maladie, elle demeurait élégante et belle... Aussi ne faudrait-il pas bien longtemps pour que quelqu'un vienne lui poser des questions.

Le soir, maintenant, il devenait dangereux de circuler dans la ville. A la gare, on avait cessé de travailler tard à cause des bandits, des criminels libérés des prisons qui, se prétendant bolcheviks ou gardes rouges, détroussaient ceux qu'ils rencontraient après la tombée de la nuit. Chaque matin, on découvrait des cadavres dans les rues et personne n'osait plus se risquer à sortir faire la queue pour le pain avant le lever du jour. Même alors, on n'était pas en sûreté : un matin, les gens qui attendaient ainsi devant une boulangerie s'étaient vu dérober tout ce qu'ils avaient, sous la menace de revolvers.

A la fin d'avril, lorsqu'il retourna au bureau du soviet local, Edwin y trouva un nouveau fonctionnaire, un petit homme maigre à qui deux incisives proéminentes donnaient un air de furet. Son haleine empestait et il avait un abcès froid sous l'oreille gauche. L'interrogatoire commença.

« Qui est cette femme ? Pourquoi détenez-vous son permis ? Pourquoi est-il différent du vôtre ? Pourquoi n'a-t-il pas été renouvelé ? »

Edwin fit les réponses habituelles, dominant de quelque vingt-cinq centimètres son interlocuteur, qui était obligé de renverser un peu la tête pour le regarder. Lorsqu'il lui précisa que Galina était sa maîtresse, l'autre parut en trembler de ressentiment.

« Vous êtes un étranger, un capitaliste, venu corrompre nos femmes pour attenter à la moralité de l'Etat soviétique !

— Elle n'est pas russe, elle est anglaise.

— Vous mentez ! Tous les étrangers sont des menteurs et des fourbes. Les Anglais nous ont trahis. Ils se sont servis du peuple russe pour mener leur guerre capitaliste, et maintenant vous essayez de nous voler nos femmes ! Je ne crois pas à vos papiers... Ce sont des faux ! Vous allez être soumis à un interrogatoire poussé ! »

A son appel, les factionnaires qui montaient la garde accoururent et il leur dit : « Arrêtez cet homme ! »

Réaction étrange, Edwin n'éprouva aucune peur, rien qu'un grand étonnement. Depuis des mois, il tremblait que quelque incident de ce genre arrive à Galina, il n'avait jamais imaginé que cela pourrait lui arriver à lui.

« Vous n'avez pas le droit de faire cela, dit-il d'un ton raisonnable, presque amusé. Vous ne pouvez agir ainsi avec moi. J'ai un passeport britannique et un permis spécial, portant le tampon de l'ambassade à Petrograd. »

Il s'aperçut que l'abcès de son interlocuteur, venant de percer, suppurait le long de son cou. La plaie le fascina et il ne put en détacher son regard. Alors le furet se leva et le gifla. Cela ne fit pas mal à Edwin, mais il en fut outré, et encore plus lorsque les deux gardes l'empoignèrent en lui rabattant les bras derrière le dos. Du coup, il cessa d'être amusé et hurla :

« Vous n'avez pas le droit ! »

Ils l'entraînèrent en le malmenant le long d'un couloir, puis lui firent traverser une cour, de l'autre côté de laquelle se trouvait un bâtiment bas, construit en pierre, qui était l'ancien poste de police. On le poussa dans une cellule dont la porte métallique fut verrouillée derrière lui.

Il n'y avait rien d'autre dans cette cellule qu'un seau puant — qu'on n'avait pas pris la peine de vider après le départ du précédent occupant. Edwin demeura adossé contre la porte, sentant monter lentement en lui une rage meurtrière. Après tout ce à quoi il avait survécu, se faire traiter ainsi par un avorton plein de pus ! Il eut grand-peine à se retenir de hurler en frappant la porte de ses poings. Comment osaient-ils agir ainsi avec lui ! Ce fut contre le mur qu'il donna rageusement du poing et, de la cellule voisine, lui parvint un gémissement sinistre... Le gémissement d'un homme en proie à la souffrance ou au désespoir. Comme il regardait le mur de séparation, Edwin y distingua une série de petits trous, et de ces trous, un liquide noir avait coulé jusqu'au sol. Pour la première fois, Edwin sentit alors son cœur se glacer. Jamais auparavant il n'avait connu la peur, pas même lors de l'insurrection à Petrograd ou de l'attaque du train... Mais là... Là, il était réduit à l'impuissance, dans l'impossibilité de se battre pour se défendre. Il était enfermé dans cette cellule, à la merci d'un bureaucrate au cerveau détraqué, qu'il savait ne pouvoir acheter. Alors lui revinrent à l'esprit toutes les histoires qu'il avait entendu raconter, de gens fusillés dans leurs cellules sans avoir fait l'objet d'aucun procès, d'étrangers battus à mort simplement parce qu'ils n'étaient pas russes. Une muette clameur s'enflait en lui : « Je ne veux pas mourir ici ! Tant pis s'il me faut mourir mais, de grâce, que ce soit hors de cette cellule... Dans l'explosion d'une chaudière de locomotive, ou même dans la rue... Pas dans cette horrible cellule puante ! Oh ! mon Dieu, je vous en prie, faites que je ne meure pas ici ! »

Il luttait de toutes ses forces pour garder le contrôle de ses nerfs et s'employait pour cela à aiguiller son esprit vers des eaux calmes. Il s'imaginait de retour au village. Il traversait le pré de Tyler en direction de la rivière, avec Sophie d'un côté et Daisy May de l'autre... En se concentrant, il arrivait à revoir leurs visages... Deux jolis visages, typiquement anglais...

La nuit commençait à tomber quand le furet survint avec les deux gardes. Tandis que le fonctionnaire s'adossait au mur, l'un des gardes immobilisa Edwin et l'autre se mit à le frapper avec une chaîne. De temps à autre, le furet commandait au garde de s'arrêter et criait : « Avoue que tes papiers et ceux de la femme sont des faux ! », mais Edwin savait bien que de tels aveux ne changeraient rien à sa situation. Une de ses dents se brisa et il cracha le morceau par terre. S'il ne les suppliait pas d'arrêter, c'est parce qu'il avait conscience que le furet attendait précisément cela.

Le supplice cessa enfin. A Edwin, il semblait avoir duré des heures, mais ce n'était pas possible car la nuit n'était pas encore complètement tombée. Pour ne pas donner aux autres la satisfaction de le voir s'effondrer, il s'accota contre le mur.

« Dehors ! » dit le furet.

Edwin regarda la porte ouverte, de chaque côté de laquelle les autres attendaient.

« Sors ! Tu reviendras demain. Je garde ton passeport et ton permis. Tu devras revenir tous les jours jusqu'à ce que je décide de renouveler ton permis. Pour ce qui est de la femme... Je ne te rends pas non plus ses papiers. Il faudra qu'elle vienne elle-même. Demain. »

Edwin ne comprenait toujours pas, l'esprit obnubilé par son torse qui n'était plus que souffrance.

« Fous le camp ! »

Un des gardes le tira par l'épaule et il hurla de douleur. Ils le poussèrent à travers la cour, le long du couloir et dans le bureau d'accueil. Le fonctionnaire qui s'y trouvait maintenant était l'ancien, le prédécesseur du furet, et il secoua la tête d'un air désapprobateur.

« Vous n'auriez pas dû attaquer mon collègue, l'Anglais. Recourir à la violence physique contre un membre du soviet tombe sous le coup de la loi. A présent, nous ne pouvons plus vous donner vos papiers parce que vous constituez un danger, une menace pour la Révolution. Estimez-vous heureux que nous ne vous ayons pas fusillé. »

D'un air vaguement amusé, il fit basculer sa chaise sur les pieds de derrière et, ouvrant un tiroir du bureau, il y prit un chiffon qu'il tendit à Edwin.

« S'il vous plaît... Ne mettez pas du sang partout. »

Pivotant lentement sur lui-même, Edwin gagna la porte. Dehors, il frissonna et aspira une longue goulée d'air qui lui fit mal aux poumons. Il se demandait s'il aurait la force d'aller jusqu'au bout, mais il se mit en marche pour rentrer chez les Beekov et, après un moment, l'air froid le revigora un peu. Il faisait nuit maintenant et il percevait ces bruits qui caractérisaient désormais la vie nocturne de Tver : coups de feu et crissements de pneus. Il continua pourtant d'avancer sans s'en soucier.

Lorsqu'il entra dans leur chambre, Galina ne s'y trouvait pas. Prenant le seau, il versa un peu d'eau dans la bassine de zinc. Pour ne pas trop effrayer Galina, il lava le sang qui lui maculait le visage, se rinça la bouche.

« Edwin ? »

Elle arrivait de l'autre pièce et parlait dans un murmure trahissant la peur.

« Edwin... Ils sont venus pour me chercher... Deux gardes rouges. J'étais sortie. Ils ont dit à la femme de Beekov qu'ils avaient examiné mes papiers et que c'étaient des faux, alors, ils vont revenir... »

Il se tourna vers elle. Tout mouvement brusque était douloureux, mais il ne voulait pas lui laisser voir combien il avait mal.

« Edwin ! »

Les deux poings plaqués sur sa bouche, elle le regardait d'une façon telle que ses yeux semblaient emplir son visage.

« Ce n'est rien, Galina. Juste une altercation, au bureau du soviet... On en est venus à se battre...

— Ton visage est tout coupé ! Et ton œil... Ton œil est couvert de sang !

— Je me suis battu un peu, c'est tout. »

La femme de Beekov entra derrière Galina.

« Il vous faut partir d'ici », chuchota-t-elle.

Elles parlaient toutes deux à voix basse, comme si le furet et ses sbires écoutaient à la porte.

« J'ai voulu vous aider parce qu'elle était malade... Vous nous avez porté malheur. La police est venue me demander pourquoi je vous avais acceptés dans ma maison. Il faut vous en aller avant qu'ils reviennent. Je vais vous donner des provisions, mais partez, partez !

— Nous ne le pouvons pas : nous n'avons plus de papiers.

— Ne restez pas ici. Allez-vous-en.

— Edwin ! Oh ! j'ai si peur... Que vais-je devenir s'ils reviennent me chercher ? »

Brusquement, il l'imagina dans la cellule... Avec le furet et les deux gardes... Il sentit une violente nausée monter en lui.

« Excusez-moi un instant... »

Il sortit dehors et s'en fut sur le côté de la maison ; là, s'appuyant d'une main contre le mur, il vomit. Après un moment, il se sentit mieux.

Comme il allait regagner la maison, Beekov apparut dans l'encadrement de la porte.

« Je suis désolé, camarade, mais ma femme a raison. Il faut que tu partes. Les temps sont trop difficiles. J'ai plusieurs enfants et je ne veux pas risquer des ennuis.

— Nous n'avons plus de papiers. Ils nous les ont gardés. Où pouvons-nous aller ?

— J'ai parlé au mari de ma sœur. Il travaille pour une compagnie de remorqueurs de péniches. Y en a un qui part à l'aube ; ils s'en vont très tôt pour que les gens ne sachent pas qu'ils transportent du blé. Si tu as de quoi payer, tu pourras voyager à bord sans papiers.

— Où va ce remorqueur ?

— Il descend la Volga. Il ira à Kortcheva, Uglitch, probablement même jusqu'à Nijni-Novgorod avec un autre chargement. Vous pourrez vous faire déposer où vous voudrez. A Savelovo, il y a de temps en temps un train pour Moscou... »

Jusqu'alors, Edwin attendait que Galina fût suffisamment rétablie pour entreprendre le voyage jusqu'à Moscou. L'attente n'était plus possible. Avant tout, il fallait arracher Galina au furet. Ensuite, lorsqu'il irait mieux, Edwin trouverait bien un moyen de la conduire à Moscou, où était le consulat. Là, il arriverait peut-être à un meilleur résultat en parlant de papiers perdus, au lieu d'en présenter qui étaient périmés.

« Beekov, je n'ai que peu d'argent, mais je possède encore un collier appartenant à ma femme. Penses-tu que le mari de ta sœur accepterait ce collier pour nous laisser voyager avec son chargement ?

— Il te faut le lui demander.

— Autre chose. Ma femme ne peut pas aller en ville à pied. C'est trop loin. Et moi, en ce moment, je suis malade aussi.

— Quoi...? »

Beekov ne l'avait pas encore vu à la lumière. Edwin se déplaça, de façon que son visage se trouve dans la clarté provenant de la pièce éclairée.

« Oh! là...

— La police... Les fonctionnaires du bureau. Ma femme n'est pas au courant. Je lui ai raconté une histoire de bagarre.

— Camarade, il faut que tu partes immédiatement! Je ne peux pas te garder... sinon, ils vont venir me chercher moi aussi. Je n'aurais jamais dû te loger chez moi... Ils vont me le faire payer!

— Nous allons partir cette nuit. Nous avons seulement besoin d'être transportés jusqu'en ville.

— Je ne vois pas ce que je peux faire... Peut-être Alexander Alexandrovitch ? Il a une carriole avec un mulet...

— Je le paierai. Il me reste un peu d'argent.

— Entre. »

Edwin trouva Galina fiévreusement occupée à fourrer des vêtements dans une valise. Le visage dénué d'expression, la femme de Beekov regardait disparaître ainsi ces jolies affaires qu'elle avait touchées et caressées.

« Donne-lui quelque chose, chuchota-t-il à Galina.

— Qu'est-ce que tu dis ?

— Donne-lui quelque chose. Une jupe, un corsage, une écharpe... n'importe quoi.

— Non. C'est tout ce qu'il me reste à présent que tu m'as pris mes bijoux.

— Donne-lui quelque chose. Si elle nous dénonce après notre départ, les gardes auront vite fait de nous rattraper. »

Galina interrompit son manège, hésita, toucha un vêtement, un autre. Finalement, à contrecœur, elle opta pour un corsage qui n'était pas neuf mais dont le satin gardait tout son éclat. D'un air boudeur, elle le tendit à la femme dont le visage inexpressif se mit aussitôt à rayonner, tandis qu'elle se répandait en remerciements.

Passant derrière le poêle, Edwin chercha à tâtons le petit paquet qu'il avait caché là, non seulement à cause des Beekov mais aussi de Galina. Le paquet contenait le revolver, le collier de perles, et ce qu'il leur restait d'argent. Il entendit un bruit de roues au-dehors et Beekov survint presque aussitôt en disant :

« Alexander Alexandrovitch va vous conduire jusqu'à l'entrée de la ville. Pas plus loin, car c'est trop dangereux. Il vous faudra continuer à pied. Le mari de ma sœur s'appelle Alexy Sergeitch Androv et c'est lui qui a la responsabilité du remorqueur. Il sera à l'embarcadère juste avant le lever du jour. C'est là que vous devrez aller le rejoindre par vos propres moyens. »

Edwin comprit qu'il n'obtiendrait rien de plus. Il lui fallait ménager ses forces pour conduire Galina jusqu'à l'embarcadère.

Ils se faufilèrent hors de la maison et Beekov souleva Galina dans ses bras pour l'installer dans la carriole, où Edwin se hissa lentement à son tour, chaque mouvement lui faisant l'effet d'une lame transperçant sa poitrine. La carriole s'ébranla.

« Au revoir, l'Anglais. Que le bon Dieu soit avec toi !

— Merci, camarade. Merci du fond du cœur. »

La maison des Beekov était loin de la ville et Edwin se demanda comment il avait pu faire tout ce chemin dans l'état où il était au sortir de la cellule. En dépit des cahots, il s'assoupit à deux ou trois reprises. A côté de lui, Galina demeurait totalement immobile.

A l'approche de la ville, Edwin prêta l'oreille. Tout semblait calme à présent. Les bandes de voleurs et d'anarchistes avaient dû finir par aller dormir. La carriole s'immobilisa.

« Je ne peux pas aller plus loin, *Gospodin*. J'ai couru déjà suffisamment de danger pour venir jusqu'ici. Il vous faut continuer à pied. »

Edwin fourra de l'argent dans la main de l'homme et descendit pesamment. Alexander Alexandrovitch prit Galina dans ses bras pour la déposer sur la route, puis ce fut le tour de la valise. Quelques secondes plus tard, le roulement de la voiture se perdait dans la nuit. Edwin prit la valise du côté où il ne souffrait pas trop.

« Penses-tu pouvoir marcher seule jusqu'à l'embarcadère, Galina ?

— Je vais essayer. Tu as ma valise ? »

Ils se mirent lentement en marche. Une détonation retentit de l'autre côté de la rivière, puis le silence revint. Peut-être allaient-ils être servis par la chance... peut-être le pillage et les agressions étaient-ils cantonnés cette nuit sur la rive opposée, mais Edwin en doutait. Il sentait comme une tension autour d'eux. Commençant à transpirer, il essaya de presser le pas.

« C'est encore loin, Edwin ?

— Chhhut ! »

Quand ils atteignirent la route menant à l'embarcadère, Edwin eut l'impression qu'on éprouve lorsqu'on se sent observé. Le furet...

Ce n'était pas le furet. Un rire mauvais s'éleva derrière eux et une balle siffla au-dessus des fugitifs.

« Cours, Galina ! Cours ! »

Lâchant la valise, il la saisit par le bras et se força à courir avec elle. Derrière eux, ce fut un concert de vociférations. A leurs voix, Edwin comprit qu'ils étaient tous terriblement saouls.

« Cours ! »

Une autre détonation retentit juste comme ils atteignaient l'embarcadère. Edwin distingua dans la pénombre les contours d'un bateau amarré près de la berge. Il entraîna Galina au bas des marches y conduisant. Du bateau, un coup de feu partit, en riposte aux autres. Quelqu'un veillait sur le chargement.

Les pillards tirèrent de nouveau, mais voyant qu'ils avaient affaire à forte partie, ils repartirent. Edwin sentit que Galina s'était évanouie entre ses bras.

« C'est vous, l'Anglais ? questionna une voix.

— Androv ?

— Vous avez l'argent ?

— J'ai un collier. Des perles véritables. Je suis prêt à vous le donner. »

Sentant l'homme hésiter, il ajouta :

« J'ai aussi un revolver, avec des munitions. Vous l'aurez en plus du collier. »

Il aurait donné n'importe quoi pour fuir. Androv émit un grognement et leur tendit la main pour les aider à embarquer.

« Il y a des sacs par ici, dit-il en les conduisant à l'arrière.

Ça vous fera un lit confortable, et la nuit n'est pas froide. Nous n'allons pas tarder à partir. »

Lorsque Galina fut étendue sur les sacs, Edwin éprouva un intense soulagement qu'ils fussent parvenus tous les deux jusqu'au bateau.

« Edwin ?

— Je suis là. Nous ne risquons plus rien, maintenant. Nous allons partir d'un instant à l'autre.

— Edwin...

— Tâche de dormir. »

Le remorqueur se balançait doucement et il y avait dans le ciel cette pâleur annonciatrice de l'aube.

« Edwin chéri.. Tu as mal... Viens que je te prenne dans mes bras... »

Comme les mains frêles se posaient sur ses épaules, ce fut lui qui referma ses bras autour d'elle. Ses doigts rencontrèrent quelque chose de chaud et de poisseux.

« Edwin... Tu n'aurais pas dû lâcher la valise... Maintenant, je n'ai plus rien. »

Écartant sa main, il regarda ses doigts. Du sang. Du sang provenant d'une blessure qu'elle devait avoir sous l'omoplate gauche.

« Oh! Vois, Edwin... Là, sur la berge... fleurs de pommier... te souviens... ? »

Quand le soleil se leva, il la regarda entre ses bras. Elle était morte.

Chapitre vingt-cinq

ॐ

Daisy May arriva à Tver deux jours après le départ d'Edwin. Elle dut s'éloigner de la gare à pied en portant son sac, car un tram avait déraillé très tôt ce matin-là et il n'en circulait plus. Elle était très fatiguée quand, aux abords de la ville, elle éprouva un regain d'énergie. L'adresse inscrite sur un morceau de papier était inutile car elle la connaissait par cœur et, comme si le sort estimait s'être suffisamment acharné contre elle, la jeune fille trouva facilement la maison.

Après qu'elle eut frappé à plusieurs reprises, la porte lui fut ouverte par une paysanne, qui tenait un enfant dans ses bras. Daisy lui sourit.

« Ma sœur, Galina Barshinskaya, séjourne chez vous avec son mari, un Anglais. Je suis venue les voir.

— *Niet* », dit la femme dont le visage exprima la peur tandis qu'elle s'efforçait de refermer la porte.

Tout en repoussant le battant, Daisy insista :

« Un Anglais... grand (sa main esquissa dans l'air la taille d'Edwin). Grand, mince, et avec les yeux bleus. Ma sœur, Barshinskaya, est malade...

— Pas ici, dit la femme d'un ton neutre. Partis.

— Partis ? Où ça ? Pourquoi sont-ils partis ?

— Des ennuis. Ils sont partis. Nous ne voulons plus avoir d'ennuis.

— Non, attendez, je vous en prie ! »

Daisy plaça son sac dans l'entrebâillement de la porte pour que la femme ne puisse la refermer.

« Il faut que je les rejoigne. Où sont-ils ?

— Partis. Vous demanderez à mon mari. Il n'est pas là. »

Daisy faillit se mettre à hurler, mais parvint à se contenir.

« Puis-je l'attendre ?

384

— Pas ici. Revenez ce soir. Je ne veux pas d'ennuis. »

Le sac repoussé et la porte claquée, Daisy prit alors conscience que la faim la tenaillait, mais elle n'osait pas trop s'éloigner. Elle posa donc son sac contre le mur de la maison et s'assit dessus. Elle était furieuse : avoir fait tant de chemin, réfléchi au meilleur moyen d'inciter Edwin et Galina à se marier, puis de leur faire gagner Moscou... Et voir tout cela contrecarré par une femme effrayée, qui ne voulait pas lui donner la moindre explication. Brusquement elle se remit debout et alla cogner à la porte. Comme personne ne répondait, elle continua de frapper le vantail de ses poings, bien résolue à ne pas cesser avant qu'on lui ouvrît. La femme finit par se manifester de nouveau, en proie à une colère mêlée de peur.

« J'ai fait le voyage depuis Samara, dans le Sud, afin de voir ma sœur, lui dit Daisy, blême de rage. Je ne partirai pas avant que vous m'ayez dit tout ce que vous savez. Si vous ne voulez pas avoir d'ennuis avec la police, vous ferez bien de me laisser entrer et parler avec vous. Sinon, je resterai là toute la journée, à faire du vacarme ! »

Comme la femme ne réagissait pas, Daisy se remit à cogner sur la porte. Alors l'autre la saisit par le bras et, s'effaçant, la tira vivement à l'intérieur de la maison, où elles se retrouvèrent face à face.

« Bon... A présent, parlez-moi de ma sœur et de l'Anglais.

— Ils sont partis... Ça fait deux jours. Sur un remorqueur qu'on utilise pour les péniches à blé. Ils avaient eu des ennuis. L'homme avait été battu par les policiers. Ils n'avaient plus de papiers... la police les leur avait pris... Alors, ils ont été obligés de partir en vitesse. Mon mari a réussi à les faire embarquer sur ce bateau.

— Où allait-il, ce bateau ? Loin sur la Volga ?

— Autrefois, c'était jusqu'à Ruibinsk. Mais maintenant, on ne sait plus. Des fois, ils changent de chargement au premier arrêt et continuent jusqu'à Nijni-Novgorod ou même plus loin... On peut pas savoir, à présent que tout le monde donne des ordres ! »

La femme semblait complètement remise de sa frayeur et ce changement subit n'était pas pour surprendre Daisy, qui avait eu maintes fois l'occasion de le remarquer chez ses paysannes de Mogotovo.

« Le nom du bateau ?

— Il n'a pas de nom. Avant c'était le *Nicholas* (elle se signa) mais le nom a été effacé, m'a dit mon frère.

— Votre frère ?

— Il travaille pour la compagnie des remorqueurs et c'est lui qui est chargé des transports de blé. Voilà comment il a pu les prendre à bord.

— Le nom de votre frère ?

— Alexy Sergeitch Androv. Mais il va être absent tout l'été. Il naviguera sans arrêt tant que ça ne gèlera pas.

— De quel côté est la Volga ?

— Vous prenez le tram jusqu'à la place Catherine...

— Il n'y a pas de trams.

— Alors, marchez dans cette direction, dit la femme en indiquant la route qui allait de la gare à la ville.

— Bon, fit Daisy en reprenant son sac. Dieu vous bénisse !

— Dieu vous bénisse ! »

Toute animosité disparue, elles se serrèrent la main et Daisy regagna la route. La Russie était immense et la Volga longue de plusieurs milliers de kilomètres, mais elle retrouverait Edwin.

Jusqu'à la fin de mai et tout au long de juin, Daisy May ne cessa de naviguer sur la Volga. A chaque arrêt officiellement prévu, elle descendait à terre et se mettait à questionner les gens du débarcadère. Parfois, les bateaux qu'elle avait empruntés repartaient sans elle qui, deux ou trois jours durant, avait suivi des fausses pistes avant de revenir au fleuve quémander une place sur un autre bateau. S'efforçant de se mettre à la place d'Edwin, elle était arrivée à la conclusion que, très probablement, elle aurait débarqué dans une ville où il était possible de prendre le train pour Moscou. Ces villes étaient forcément les plus importantes, immenses carrefours où transitaient sans cesse mendiants, déserteurs, voleurs, ainsi que des bandes de bolcheviks. Partout, elle commençait par interroger les agents de la compagnie : « Un Anglais parlant russe, mais mal. Très grand et mince... Avec une très belle fille, une Russe, mais qui ressemble plus à une bohémienne qu'à une Russe. Sur un bateau qui s'appelait autrefois le *Nicholas* et qui remorquait du blé... »

Après le débarcadère, elle allait au commissariat ; par miracle, elle ne fut jamais incarcérée jusqu'au lendemain ou privée de ses papiers. A la différence de sa sœur, Daisy May ne suscitait ni passion ni envie dans le cœur des hommes qu'elle rencontrait. Après le commissariat, elle passait aux hôtels et aux pensions de famille, pour finir par les *isvoshtchik* en ultime espoir. Il lui paraissait improbable qu'Edwin ait eu encore assez d'argent pour prendre une voiture. Deux fois, elle réussit à voyager gratuitement sur des bateaux en s'offrant à cuisiner pour l'équipage. En fait de vivres, il n'y avait guère que des navets et du riz échappé de sacs transportés à bord. Mais, pour avoir nourri des réfugiés à Samara, Daisy savait les utiliser au mieux en les mélangeant à des poissons pêchés dans le fleuve et confectionnant ainsi des sortes de pâtés bourratifs.

Un soir, elle dut coucher dans une maison sordide d'un village situé au-delà de Kineshma. Ne disposant que d'une paillasse sale, elle passa la nuit assise contre le mur et ce fut une chance pour elle puisque, au petit matin, deux hommes firent irruption dans sa chambre. Daisy n'en fut pas autrement surprise, car elle s'attendait depuis longtemps déjà à pareil incident et s'y était préparée. Elle était donc armée d'un couteau de cuisine finement aiguisé que, avec une sensation de nausée, elle enfonça violemment dans une épaule. Pendant que l'homme hurlait, elle se saisit de son sac et prit la fuite. Elle passa le reste de la nuit pelotonnée dans un buisson proche du fleuve, où elle ne risquait pas d'être découverte.

Au cours de ses pérégrinations, il lui arriva une ou deux fois de se demander pourquoi elle n'éprouvait pas de frayeur. Constamment, elle était témoin d'épisodes terrifiants : fusillades nourries, villages incendiés par des bandes de déserteurs en proie à la boisson ou — ce qui était le pire de tout — arrivée à bord des bateaux des nouveaux fonctionnaires soviétiques demandant les papiers des passagers et procédant à des arrestations plus ou moins au hasard. Pourtant, pas une fois elle n'avait eu peur. C'était comme s'il n'y avait plus place dans son esprit que pour l'anxiété qu'elle éprouvait au sujet d'Edwin et de Galina, l'espoir qu'elle voulait à tout prix garder de les retrouver avant que quelque chose de terrible ne leur soit arrivé.

Daisy s'avisa que, si elle n'y veillait, elle allait se trouver prise en pleine guerre. A Iaroslavl, le chef du port lui apprit qu'une armée approchait par le nord et que, si elle continuait plus avant, elle risquait de se trouver coupée de tout, outre qu'il n'y avait pas grande différence désormais entre les bandes de pillards et une armée rebelle. Plus d'une fois, on lui dit qu'elle était folle de s'acharner à rechercher deux personnes au milieu d'une révolution. « N'y pensez plus », lui conseillaiton. « Ils doivent être morts et vous ne les retrouverez jamais. Vous feriez mieux de rentrer chez vous. » Mais au plus profond d'elle-même, quelque chose lui assurait que sa quête n'était pas vaine ; aussi n'était-il pas question pour elle de se faire rapatrier et, à l'arrêt suivant, elle se remettait à interroger les gens.

Ce fut à Nijni-Novgorod qu'elle flancha pour la première fois. La ville était très grande et Daisy passa quatre jours à la hanter en tous sens. De retour à l'embarcadère, elle vit une carte de la Volga clouée à la paroi de l'abri et, le cœur serré, mesura tout le chemin qu'elle avait parcouru, mais aussi celui qu'il lui restait encore à faire. Son doigt suivit le cours du fleuve et, comme il atteignait Samara, l'horrifiante pensée lui vint qu'Edwin avait peut-être tenté de la rejoindre, empruntant la voie fluviale en sens contraire, descendant vers le sud alors qu'elle montait vers le nord !

Cette nuit-là, elle dormit au milieu de sacs sur le pont. Son imagination fiévreuse lui faisait voir une carte de la Russie, avec ses immenses étendues de terres, son fleuve interminable se perdant au loin. Où étaient-ils ? Comment les retrouver ? Et si, par quelque miracle, ils étaient parvenus à regagner l'Angleterre tandis qu'elle errait dans les vastes plaines de la Russie centrale ? A cette idée, et pour la première fois depuis le début de son voyage, elle connut la peur. Se redressant, elle vit deux ou trois lumières clignoter dans la ville, tandis que lui parvenait le bruit de lointains coups de feu qui faisaient désormais partie de l'ambiance nocturne. A proximité du bateau, tout était pourtant calme : juste le clapotis de l'eau contre les piliers de l'embarcadère ou le cri d'une bécasse. En levant les yeux vers le dôme étoilé du ciel, Daisy sentit sa panique faire place à la certitude accrue de retrouver ceux qu'elle cherchait. Elle finit par s'endormir et, lorsqu'elle se réveilla, une sorte d'intuition lui dit qu'ils n'étaient pas allés à Samara. Elle sut qu'ils devaient être quelque part entre Nijni-Novgorod et Tver. Elle les avait manqués, mais elle allait changer de bateau pour refaire le chemin déjà parcouru en s'arrêtant à d'autres endroits, questionnant d'autres gens. Elle finirait bien par trouver la piste qui la mènerait jusqu'à eux.

En juillet, elle était de retour à Tver, exténuée, amaigrie, sans presque plus d'argent, mais gardant encore l'espoir que les Beekov lui apprennent peut-être un détail qu'ils avaient oublié de lui dire. Elle prit le tram pour aller chez eux et, cette fois, la femme se montra plus aimable, l'invitant à entrer, allant même jusqu'à lui offrir un verre de thé très léger. Daisy en fut touchée, car le thé était aussi rare que hors de prix.

« Que c'est bon ! dit-elle en fermant les yeux et sentant la chaleur du thé la revigorer. Je ne les ai pas trouvés.

— Non, fit la femme qui évita soudain son regard en se baissant pour prendre un enfant dans ses bras.

— Votre frère est-il revenu ? Vous a-t-il transmis un message ?

— Il est revenu une fois. »

Il y avait quelque chose de furtif — non : *compatissant* était plus exact — dans l'attitude de la femme et le cœur de Daisy accéléra ses battements.

« Qu'a-t-il dit ? Où sont-ils ? D'ici à Nijni-Novgorod, il n'est pas une ville ou un village que je n'aie parcouru en demandant après eux. Ils ne sont nulle part. Où votre frère les a-t-il conduits ?

— Il y a eu des complications... »

Le large visage de la paysanne était impassible, mais, à son regard, Daisy comprit que les nouvelles étaient mauvaises. C'était pour cela qu'elle avait tenu à lui offrir du thé. Quelque chose de terrible était arrivé. Elle respira bien à fond, en se contraignant au calme : il ne lui fallait pas s'effondrer devant cette femme.

« Dites-moi tout, je vous en prie, demanda-t-elle d'une voix étranglée.

— Quand ils sont allés pour s'embarquer, des coups de feu ont été échangés... La femme a été tuée.

— Et l'homme ?

— Blessé. Pas par les coups de feu : par la police... avant qu'il parte. »

Il n'était pas mort. Edwin n'était pas mort. Il était blessé, malade peut-être, mais pas mort. Elle pouvait donc faire encore quelque chose... Avant tout, garder son sang-froid, ne pas pleurer !

« Où sont-ils ? Où est l'Anglais maintenant ? Qu'ont-ils fait de ma sœur ?

— Mon frère était très ennuyé, vous comprenez. Il ne fallait pas que les autorités apprennent qu'il transportait des étrangers à bord, et surtout quelqu'un de mort. Alors, il les a emmenés en les cachant bien, puis il les a déposés à un arrêt qui n'était pas prévu : un village juste avant Myshkin. »

Myshkin... Daisy se rappelait y être allée. Ce n'était même pas loin, en comparaison de tout le chemin qu'elle avait fait.

« Votre frère sait-il ce qui est arrivé à l'Anglais ?

— Il était blessé, rien de trop grave. Il a pu transporter le corps. Mon frère a été brave : il n'a pas voulu d'argent pour les avoir emmenés. L'Anglais lui avait donné un collier pour prix du voyage, il le lui a rendu, estimant qu'il était déjà suffisamment malheureux comme ça.

— Votre frère a eu un très beau geste », dit Daisy en fouillant dans sa poche.

La femme la retint du geste.

« Non, non, je ne veux rien. Vous êtes quelqu'un de bien... pas comme elle, votre sœur. Et vous avez un visage russe. »

Daisy finit son thé, n'en laissant pas perdre une goutte, car elle savait qu'il ne lui fallait pas compter en boire d'autre avant longtemps.

« Vous avez été vraiment très bonne... A présent, il me faut trouver un bateau qui me mène à Myshkin ; de là, si ça n'est pas trop loin, j'irai à pied jusqu'à ce village.

— Si vous leur dites que vous êtes une amie d'Alexy Sergeitch Androv, peut-être s'arrêteront-ils pour vous déposer au village même. Prenez de préférence un des petits bateaux, car là-bas il n'y aura sûrement pas de débarcadère.

— Oui, je comprends. Merci.

— Que Dieu soit avec vous.

— Et avec vous. »

Daisy se traîna jusqu'à l'arrêt du tram. Son cœur semblait devoir éclater à tout instant, mais elle s'efforçait de demeurer calme. Elle avait tant à faire. Plus tard, plus tard seulement, elle penserait à Galina mourante. Avant tout, elle devait retrouver Edwin, au cas où il serait malade. Il fallait qu'elle le retrouve, puis qu'elle se débrouille pour lui faire regagner l'Angleterre.

On essaya de la dissuader de partir : une bataille faisait rage à Iaroslavl, juste après Myshkin, et la ville était aux mains des rebelles.

Elle attendit, achetant le droit de s'étendre par terre dans une maison du quartier pauvre. Elle devait économiser le maximum d'argent pour qu'ils arrivent à se tirer de là tous les deux.

Puis les bolcheviks chassèrent les rebelles de Iaroslavl, la guerre se déplaça plus loin, et le trafic fluvial reprit un peu.

Trois jours plus tard, une péniche déposa Daisy dans les eaux boueuses de la Volga, qui lui vinrent jusqu'à la taille. Elle réussit à gagner la rive, en tenant son baluchon sur la tête. Elle se sécha les jambes avec son châle, essora ses jupes, chaussa de nouveau ses bottes et se mit en route vers le village.

Le prêtre du village l'avait trouvé gisant dans l'herbe, à côté du corps de Galina. Quand le vieil homme avait posé une main sur l'épaule d'Edwin, celui-ci avait ouvert les yeux en sursautant.

« Elle est morte, mon fils. Cette femme est morte.

— Oui.

— Pouvez-vous vous mettre debout ? »

Obèse, le vieux prêtre avait eu du mal à se baisser pour aider Edwin.

« Venez avec moi.

— Je ne peux pas la laisser. Elle avait tellement peur de rester seule...

— Elle n'est pas seule, mon fils. La Sainte Vierge veillera sur elle. »

Galina et la Sainte Vierge... C'en était presque comique... Puis le chagrin explosa dans tout son corps : elle était morte. Galina, si cupide et adorable, si désespérément menteuse et si pitoyable, Galina était morte.

« Oh ! mon Dieu... Pourquoi fallait-il qu'elle meure ainsi ?

— Venez, mon fils. Je vais vous conduire chez une brave femme du village, car vous me semblez malade. »

Contre toute attente, le vieil homme se révéla solide quand Edwin s'appuya sur lui. Ils émergèrent des arbres qui bordaient le fleuve et le fugitif aperçut une petite église blanche et or. Il esquissa un geste derrière lui.

« Son corps... l'église... Tenez... »

Chancelant parce qu'il avait dû lâcher l'épaule du prêtre, il fouilla dans sa poche.

« Tenez... Prenez... C'était à elle... Vous veillerez à ce que tout... tout soit bien fait... Elle n'aimait pas la pacotille... le bon marché... Alors une belle robe pour l'enterrer... »

Sa voix s'étrangla, car il se rappelait toutes les fois qu'il avait dû la gronder pour ses extravagances. Le prêtre prit les perles et dit en soupirant :

« Je vais faire de mon mieux... Mais, en ces jours que nous vivons, on doit se contenter de peu... Venez maintenant. »

Derrière l'église, le village s'échelonnait le long de deux routes en croix. La maison contiguë à l'église était un peu plus grande que les autres et le prêtre toqua à une fenêtre :

« Yelena Nicolaevna ! Yelena Nicolaevna ! »

Il était si las, si las qu'il eut à peine conscience qu'on le faisait entrer dans la maison et s'étendre sur une couverture placée à même le sol de terre battue.

Ils se montrèrent vraiment très bons pour lui qui n'avait ni argent ni papiers. C'était un village des plus pauvres, ce dont il eut tout lieu en l'occurrence de se féliciter. Des pillards l'avaient traversé au début de l'année, et des fonctionnaires soviétiques y venaient de temps à autre réquisitionner des vivres ; mais, à part cela, le village semblait avoir été oublié par la révolution. Il était si pauvre et insignifiant que nul ne s'en souciait. Ses habitants avaient appris que les bolcheviks se battaient contre les hommes de Savinkov du côté de Iaroslavl, mais aucun écho du combat ne parvenait jusqu'à eux. Avec sa poignée de maisons autour de l'église, le minuscule village demeurait à l'écart de tout ce qui faisait rage ailleurs.

La plupart du temps, Edwin était la proie d'un rêve apathique, où le village lui semblait flotter entre le vert des prairies qu'inondaient les crues du fleuve et l'immensité lumineuse du ciel. Pour la première fois, il prenait vraiment conscience de la vastitude de ce pays, où tout était différent de ce dont il avait l'habitude. Même les boutons d'or ne semblaient pas tout à fait les mêmes qu'en Angleterre... Les tussilages étaient plus hauts, le trèfle plus sauvage, et il n'était pas jusqu'aux abeilles qui ne fussent autres. Ce monde étranger, énorme, oublié, lui ôtait tout espoir de regagner l'Angleterre. On ne pouvait pas affronter et vaincre une telle démesure. Il lui fallait se résigner à partager désormais l'existence des gens du village.

Lorsqu'il ne souffrit plus de ses côtes ni de son épaule, Edwin alla travailler dans les champs. Le mari de Yelena Nicolaevna n'était pas revenu de la guerre. Elle avait un jeune frère, deux fils, une vieille *baba*, mais plus d'homme à elle. Edwin se réjouissait de pouvoir ainsi rendre un peu à ces gens tout ce qu'ils avaient fait pour lui, et puis l'effort physique l'empêchait de penser. Il répara la poulie du puits communal qui ne fonctionnait plus depuis plusieurs mois. Il sala du poisson pour l'hiver, sarcla, bina, bêcha, sema. Il rendit de nouveau étanches des toits qui laissaient passer l'eau, transporta sur son dos des bottes de foin pour nourrir le bétail durant la mauvaise saison. Il parlait peu et les villageois avaient fini par le considérer comme un étranger à la tête un peu fêlée mais bon travailleur, et qui s'entendait aussi bien avec les bêtes qu'avec les enfants.

Un soir de juillet, alors qu'un vol d'oies sauvages traversait le ciel qui s'obscurcissait, Edwin eut soudain le cœur étreint par le souvenir de ce lointain été où les Barshinski étaient arrivés, l'été des martinets et des oies sauvages. Il éprouva le torturant désir de se retrouver chez lui, au milieu de gens comme lui. Sa douleur fut telle qu'il courut chercher refuge dans la maison de Yelena Nicolaevna, dans cette atmosphère qui sentait la sueur et la soupe aux choux, l'oignon et le charbon du poêle.

Son salut — si on peut l'appeler ainsi — lui vint un dimanche d'août, où il alla porter un sac de farine au presbytère. Après avoir déposé le sac, il entendit des chants en provenance de l'église. Impulsivement, il y entra et ce fut l'éblouissement.

Jamais encore il n'avait mis les pieds à l'intérieur d'une église russe. Élevé dans le puritanisme des Frères de Plymouth, le dépouillement de la Mission lui avait toujours paru le cadre qui convenait à Dieu. Aussi ces dorures, cette ornementation baroque, cette voûte et ces murs peints, ce prêtre en chasuble d'or et d'argent, l'emplirent du respect craintif qu'aurait pu éprouver un enfant. Et le chant qui emplissait la petite — mais si belle — église lui parut exprimer tous les déchirements de l'âme.

Autour de lui, il vit les visages familiers levés vers le prêtre qui leur présentait l'hostie. Alors, en proie à une bouleversante émotion, il comprit. Ce pays cruel qui lui avait ravi Galina en le réduisant à l'état de mendiant, lui offrait cela en compensation. Voilà ce qui leur permettait de continuer à vivre et qui serait désormais son viatique à lui aussi. Des jours et des jours de misérable labeur, puis ce bref moment d'extase, cette vision qui vous arrachait à vous-même. Il s'expliquait maintenant l'humeur sans cesse changeante de Galina, qu'il lui avait si souvent reprochée. On passait d'un extrême à l'autre, de l'extase à la plus abjecte misère, et il fallait s'en accommoder.

En sortant de l'église, Edwin alla se recueillir sur la tombe de Galina. Sa mort l'avait plongé dans l'affliction, à présent il connaîtrait quand même des moments de bonheur. Il était devenu russe comme elle. Il vivrait là et y mourrait après s'être plié à l'apathie du village. Ce serait plus facile que de vouloir lutter pour tenter de redevenir l'homme qu'il avait naguère été.

Il retourna à l'intérieur de l'église bien après que les fidèles l'eurent quittée. Le vieux prêtre était en train d'éteindre les cierges, mais le sanctuaire n'en demeurait pas moins rayonnant.

« Maintenant, il faut vous en aller, mon fils... »

Le vieil homme fit sur son front le signe de la croix et Edwin sentit la paix descendre dans son cœur.

« Vous êtes entre les mains de Dieu. Remettez-vous-en à Sa providence. »

Oui, s'en remettre entièrement à Dieu au lieu de vouloir lutter malgré tout.

Il sortit de l'église dans le soleil de midi. L'immensité du ciel, ce paysage qui n'en finissait pas de se perdre dans le lointain ne l'oppressaient plus. Il s'en fut lentement vers le fleuve, d'où venait la minuscule silhouette d'une paysanne se traînant sur la route poudreuse.

A mesure qu'elle se rapprochait, il remarqua, sans y attacher autrement d'intérêt, que sa jupe était trempée et lui collait aux jambes. Un foulard bleu noué sur la tête, elle tenait à la main un gros baluchon. Son visage était de ceux qu'il voyait tous les jours : des pommettes hautes, des yeux gris profondément enfoncés, une peau tannée par le soleil... Un visage on ne peut plus familier.

« Edwin ! dit la femme, avant d'ajouter en anglais : Edwin, c'est bien toi ? »

Et ramené brusquement dans un monde qu'il voulait oublier, Edwin sut que ce visage était celui de Daisy May Barshinski.

Chapitre vingt-six

છે

Jusqu'à ce qu'elle reçoive le télégramme du ministère de la Guerre, Sophie avait ignoré que, en l'absence de sa sœur, Ivan l'avait mentionnée comme étant sa plus proche parente. Elle ne s'en avisa que plus tard car, sur l'instant, elle s'employa de toutes ses forces à vaincre le choc que lui causait la vue de l'enveloppe jaune. Au cours des quatre années écoulées, beaucoup de gens du village avaient reçu une enveloppe semblable.

L'adresse indiquée était celle de ses parents, mais tout le monde au village, y compris le gamin de la poste, savait qu'elle travaillait chez les Fawcett. C'était donc à White House qu'il était venu lui porter l'enveloppe jaune en pédalant ferme sur son vélo, car le règlement voulait que tout télégramme émanant du ministère de la Guerre fût porté sans délai.

Tenant l'horrible enveloppe à la main, Sophie s'accota à la cheminée de la cuisine, s'employant désespérément à contrôler sa respiration et les battements désordonnés de son cœur.

« Oh! mon Dieu, ne permettez pas qu'il ait été tué! Je vous en supplie, faites qu'Ivan ne soit pas mort! »

Elle décacheta le pli et les mots s'ordonnèrent, prirent un sens. Blessé. Il avait été évacué de France et se trouvait à l'hôpital militaire de Redhill.

On ne disait pas *grièvement* blessé... Juste : blessé. Sophie dénoua son tablier. Si elle se dépêchait, elle arriverait à temps pour prendre le train de 10 h 20 qui la mènerait à Redhill.

Tout en enfilant son manteau, elle se mit en quête de Mme Fawcett.

« Je suis désolée, Madame, Ivan Barshinski a été blessé et se trouve à Redhill. Il faut que j'aille le voir tout de suite.

— Mais...

— Mme Colley vous servira le déjeuner. Il reste du poulet froid d'hier soir, et je vous ai préparé des pommes de terre en salade, ainsi qu'un potage. »

En ce qui concernait le potage, ça n'était pas vrai, mais Sophie savait pouvoir compter sur Mme Colley pour ouvrir une boîte de conserve au contenu de laquelle viendraient s'ajouter de la crème et un peu de sherry, si bien que les Fawcett ne s'apercevraient de rien.

« Vraiment, Willoughby... commença Mme Fawcett d'un ton pincé.

— Je serai de retour pour le dîner, Madame. Tout a été fait et vous n'avez pas lieu de vous inquiéter.

— Sans doute...

— Et je sais que vous voulez aussi pleinement participer, même si cela vous oblige à préparer vous-même votre thé. C'est pour nos braves garçons, n'est-ce pas, Madame ?

— Oui, bien sûr, présenté comme ça...

— Parfait alors. Il faut que je me sauve si je ne veux pas rater mon train. Merci pour tout, Madame. »

Sophie se hâta de regagner la cuisine car, même en ces temps bouleversés, son instinct la retenait d'utiliser la porte principale. Elle traversa le potager à toute vitesse et se mit à courir sur la route menant à la gare.

Blessé. Pas mort. Oui, mais blessé où ? S'il était devenu aveugle ? Ou avait perdu une jambe ? L'essentiel était qu'il fût vivant. Elle travaillerait pour qu'il ne manque de rien jusqu'au retour de Daisy puis, à elles deux, elles trouveraient le moyen de lui faire surmonter son handicap. Tout bien réfléchi, elle préférerait encore qu'il eût perdu une jambe plutôt que de le voir aveugle. A présent, de toute façon, il ne retournerait pas au front.

Elle arriva à l'hôpital en dehors des heures de visite, mais tomba sur une infirmière très compréhensive, qui voulut bien faire une exception en sa faveur.

« Je ne crois pas que l'infirmière-chef le permettrait, mais vous venez de loin... Et puis, il est une sorte de célébrité ici, vous savez. »

Elle alla jusqu'à sourire.

« Nous lui avons proposé, vu sa condition, de le mettre dans une chambre... Mais non, il a voulu rester dans la salle commune.

— Sa condition ? haleta Sophie. Voulez-vous dire qu'il est gravement blessé ? Aurait-il perdu la vue ?

— Absolument pas. Il a une vilaine blessure à la jambe, mais le chirurgien pense néanmoins pouvoir la lui sauver. Et il a eu une pleurésie. »

Ouvrant les portes vitrées de la salle commune, l'infirmière précéda Sophie, telle une goélette toutes voiles dehors.

« Sergent-major Brown... Une visite pour vous. »

Ivan leva la tête et sourit.

Il était à demi assis dans son lit, des arceaux soutenant les couvertures au-dessus de sa jambe blessée. Sophie faillit pousser un cri en voyant son visage. Il n'était ni tailladé ni couturé, mais paraissait noir, comme si toute la poussière et la saleté des tranchées s'y étaient incrustées à jamais. Dans ce visage noir et fatigué, les yeux avaient un brûlant regard de cauchemar.

« Ivan ! Je me faisais tant de souci ! Je suis venue dès que j'ai appris que tu étais ici ! »

Il lui sembla soudain tout naturel de se pencher et de l'embrasser sur la joue. Elle avait envie de pleurer, tant elle l'aimait !

« J'étais sûr que tu viendrais, Sophie, j'en étais sûr. »

Il parlait comme s'il avait peine à trouver ses mots, à les prononcer. Il ne souriait pas mais, le regard brûlant, il la dévorait des yeux.

« Ivan, qu'est-il arrivé ? Qu'est-ce que tu as ?

— C'est ma jambe. En capilotade au-dessous du genou et j'ai aussi des éclats de shrapnel dans la cuisse. On doit m'en extraire encore demain. Ils craignaient que j'aie la gangrène, mais non... Le docteur pense pouvoir sauver ma jambe... J'ai eu également une pleurésie, maintenant ça va mieux... »

Il lui tenait la main, la serrant au point qu'elle en avait les doigts douloureux.

« Vas-tu devoir retourner au front ? » questionna-t-elle lentement.

Le visage noirci ne réagit pas, continuant de la regarder impassiblement. Puis, horrifiée, Sophie vit la tête d'Ivan prise de tremblements, comme elle l'avait observé chez de très vieux hommes presque séniles.

« Ivan... murmura-t-elle. Veux-tu que j'appelle l'infirmière ? »

La main qui tenait la sienne resserra son étreinte et Sophie demeura où elle était tandis que le tremblement s'atténuait peu à peu.

« C'est la pleurésie », dit-il et elle acquiesça : « Oui, bien

397

sûr » tout en se demandant ce qui avait pu lui arriver de si horrible. Un secret instinct la retint de parler du front, des blessures, et elle refoula ses larmes en s'efforçant de paraître enjouée, telle une brave petite sœur. Elle raconta comment elle avait laissé Mme Fawcett en plan dès réception du télégramme, puis parla de son père, de sa mère, de tout le monde au village. Son cœur se serra quand, à l'énoncé du nom de Lillian, elle vit le rude visage s'adoucir, le regard s'éclairer.

« Sait-elle que je suis de retour en Angleterre ? Que je suis ici, à Redhill ?

— Non. Pas encore. Comme je te l'ai dit, je suis partie dès que j'ai eu reçu le télégramme. D'ailleurs, aujourd'hui, elle est à Londres. Je lui raconterai tout ce soir. »

Ravalant son chagrin, elle poursuivit d'une voix ferme :

« Elle va brûler de venir te voir dès qu'elle en aura la possibilité. »

Le regard du blessé était moins sombre maintenant.

« Tâche de l'amener avec toi la prochaine fois que tu viendras... Dimanche, peut-être ? Je sais que tu ne peux pas prendre sans cesse sur ton temps de travail ni elle non plus, mais le dimanche est le jour des visites. Amène-la, Sophie. »

Amène-la, pensa-t-elle avec amertume. Pourquoi Lillian, qui était son aînée, avait-elle besoin de quelqu'un pour venir à l'hôpital, comme si elle était de ces créatures délicates qu'on ne peut laisser livrées à elles-mêmes dans les trains ou les hôpitaux ? Elle répondit simplement :

« Oui, Ivan je l'amènerai dimanche. Je te le promets. »

Assise près du lit, elle continua de bavarder, tout en lui caressant la main d'un geste dont ni l'un ni l'autre ne semblaient avoir conscience. Et parce qu'elle le sentait se détendre chaque fois qu'elle prononçait le nom de Lillian, Sophie lui raconta tout ce qui lui passait par la tête concernant sa sœur, car elle voulait avant tout le bien d'Ivan et savourait ces instants où elle l'avait entièrement à elle. Mais elle fut heureuse quand l'infirmière vint lui dire qu'il fallait laisser maintenant le malade se reposer, car elle n'aurait pu continuer encore longtemps ainsi. Elle se pencha pour l'embrasser en lui disant au revoir et, alors que leurs visages étaient tout proches, elle l'entendit murmurer « Sophie, je n'en peux plus... » Puis il ferma les yeux et, quand il les rouvrit, ce fut comme s'il n'avait rien dit, car il enchaîna aussitôt : « Alors, je compte te revoir dimanche avec Lillian, hein ? »

En passant devant les autres lits, Sophie n'eut qu'une vision confuse d'hommes aux visages bandés, avec un bras en écharpe ou une jambe accrochée à une poulie. Lorsqu'elle eut refermé derrière elles la porte de la salle commune, l'infirmière lui dit avec gentillesse :

« Je suis si contente qu'il ait eu enfin quelqu'un de sa famille. Bien sûr, il reçoit beaucoup de visites de son régiment... Le colonel lui-même est venu lui annoncer la nouvelle.

— La nouvelle ?

— De sa décoration. Il a été décoré de la Victoria Cross pour son exceptionnelle bravoure. Il ne vous l'a pas dit ?

— Non.

— Le sergent-major Brown est un homme d'une grande modestie. Tous les héros sont ainsi, n'est-ce pas ? »

Sophie quitta l'hôpital débordante d'amour et de fierté, mais avec de la peine au cœur parce qu'Ivan n'avait pas besoin de son amour. Pendant tout le trajet de retour, elle pensa au petit garçon sachant à peine lire et écrire, qui était devenu le sergent-major Brown MC, VC [1], qui lui avait murmuré « Je n'en peux plus... »

Le dimanche suivant, elle lui « amena » Lillian. Elle le vit quand elles entrèrent dans la longue salle. Son regard s'attacha aussitôt à Lillian tandis qu'un sourire s'épandait sur son visage. D'ailleurs, élancée et gracieuse, Lillian attirait tous les regards à mesure qu'elle s'avançait vers son héros. Au bout d'une dizaine de minutes, se rendant compte que cette visite faisait beaucoup de bien à Ivan, Sophie sortit dans le jardin de l'hôpital afin de les laisser en tête à tête échafauder des plans pour quand Lillian serait devenue l'épouse du sergent-major Brown, MC, VC.

---

1. Military Cross (Croix de guerre) et Victoria Cross. (N.d.T.)

Chapitre vingt-sept

ॐ

Daisy n'avait pas sous-estimé les difficultés qu'elle aurait à faire sortir Edwin de Russie. On lui avait confisqué ses papiers et il était anglais, deux faits qui se combinaient pour rendre tout déplacement extrêmement dangereux. Même dans ce village perdu, des rumeurs finissaient par filtrer, venues d'ailleurs : le Petit Père de toutes les Russies était mort... Désormais alliés, les Anglais et les Allemands s'apprêtaient à envahir la Russie... Les bolcheviks fusillaient des paysans... les bolcheviks avaient sauvé la vie à des paysans menacés par des bandits...

Oui, Daisy avait toujours su qu'elle se heurterait à de grandes difficultés, mais elle n'avait pas pensé que la plus grande de toutes lui viendrait d'Edwin lui-même, qui se refusait tout bonnement à partir.

« Je suis fini, Daisy. Je ne suis plus bon à rien. »

Il disait cela très posément, comme si jamais plus il ne pourrait éprouver émotion ou passion d'aucune sorte.

« Voyons, Edwin, tu ne dois pas rester ici ! Tu es anglais. Tu as un chez-toi, une famille... Et si tu restes, tôt ou tard tu seras arrêté. On arrête tous les étrangers. Tu seras fusillé, Edwin ! »

Elle s'indignait d'avoir fait tant de chemin, de s'être donné tant de mal, pour se trouver bloquée par la passivité de celui qu'elle voulait sauver.

« Eh bien, qu'on me fusille.

— Oh ! Edwin, ne sois pas... si russe ! Je viens de passer deux ans à lutter sans cesse pour arracher à leur apathie des gens qui ne se donnaient plus la peine de réagir. Qu'as-tu donc ? Est-ce parce que... parce qu'*elle* est morte ? Tu as pourtant tes parents, tu as Sophie... »

Et moi, ne peux-tu penser un peu à moi ? se retint-elle à grand-peine de lui crier.

Il sourit vaguement en détournant les yeux de la paille qu'il mettait en tas.

« Daisy, tout ce que tu dis est on ne peut plus juste. Mais ne comprends-tu pas ? Je suis fini. Je ne me soucie plus de ce qui peut désormais m'arriver. Je ne me soucie même plus des miens, là-bas. Je suis trop las pour continuer à me battre et je ne veux pas qu'on se batte pour moi.

— Si, si ! » protesta-t-elle.

Il secoua la tête.

« Daisy, je n'ai jamais été bien fier de moi quand je me suis enfui pour rejoindre Galina. Je me méprisais et je me suis méprisé encore plus quand la guerre a éclaté, mais j'avais le sentiment... »

Sa voix se noua et il se tut un instant avant de poursuivre :

« J'avais le sentiment que si je restais attaché au but que je m'étais fixé, ce serait au moins ça que j'aurais à mon actif. Si je veillais sur Galina, si je réussissais à la ramener en Angleterre, je ne serais pas totalement méprisable. Là également j'ai échoué. »

Il lia soigneusement une botte de paille et, avec la fourche, la hissa en haut du tas, dans la réserve d'hiver de Yelena Nicolaevna.

« Je ne vaux pas d'être sauvé, Daisy. Ta sœur et moi étions bien assortis : aussi égoïstes qu'inutiles. Laisse-nous donc ici tous les deux.

— C'est maintenant que tu es égoïste ! » s'emporta-t-elle.

Et lui hocha simplement la tête.

« Oui. Mais il n'y a rien d'autre que je puisse faire. Je suis fini. »

Il lui venait des envies de le secouer, de le battre, mais elle le sentait hors de toute atteinte. Quand s'éteignit la colère qu'il avait allumée en elle, Daisy ne connut plus que haine pour sa sœur morte. De son vivant, Galina avait tout détruit autour d'elle, et même dans la tombe, elle conservait assez d'emprise pour émasculer Edwin.

Daisy ne renonça pas pour autant. Elle coucha par terre chez Yelena Nicolaevna et s'en fut travailler dans les champs, comme les autres femmes. Elle avait vécu en Russie suffisamment longtemps avec des paysans pour devenir leur pareille. Ces paysans du Nord avaient un niveau de vie légèrement supérieur à celui des pauvres gens de Samara, mais elle les comprenait aussi bien, savait comment leur parler et s'intégrer à eux. Elle aida Yelena Nicolaevna à creuser un trou dans le sol en terre battue de sa maison pour y cacher un sac de blé. Elle avait eu toujours grand soin de garder avec soi la trousse de premiers secours qu'elle avait emportée de Bouzoulouk et, lorsque les enfants avaient des furoncles ou des abcès, elle les soignait de son mieux. Le village n'avait pas de médecin et, d'après ce qu'on croyait savoir, il en allait de même à Myshkin, dont le praticien avait été fusillé comme espion. Daisy se découvrit capable de donner elle-même des soins que, à Mogotovo, elle regardait exécuter par les autres : recoudre une plaie avec une grosse aiguille et du fil, ou confectionner des attelles de fortune pour maintenir en place un poignet cassé. Les villageois l'acceptaient comme une des leurs, Edwin, lui, ils l'appelaient « l'idiot »; c'était dit sans méchanceté, mais on ne l'intégrait pas à la communauté. Edwin, d'ailleurs, vivait retiré dans ses pensées, semblant toujours en état de choc. Quand il reprenait contact avec son environnement, il était vaguement surpris de voir que la timide Daisy May était devenue une solide petite paysanne, puis il dérivait de nouveau.

Il ne vivait plus que pour les moments où, à l'intérieur de la belle église baroque, la musique le transportait dans une sorte d'au-delà où il cessait d'exister. Daisy allait à l'église avec lui et, un foulard noué sur la tête, attendait, attendait... comme les autres femmes, comme toute la Russie attendait. Edwin la sentait en colère après lui, mais cela effleurait à peine son esprit.

Il fit plus froid, les feuilles commencèrent à tomber des arbres. Un jour, Edwin était au bord du fleuve, préparant des poissons en vue de la salaison qui permettrait de les conserver pour les mois d'hiver, quand Daisy le rejoignit en criant :

« C'est trop tard maintenant ! Tu nous as fait attendre et, à présent, nous n'arriverons jamais à partir ! Nous pourrons même nous estimer heureux si nous réussissons à rester ici sans qu'on ait vent de notre présence. Nous ne partirons jamais plus maintenant ! »

D'un mouvement du bras, elle s'essuya les yeux et le nez, tandis qu'il la considérait avec une vague surprise. Pourquoi pleurait-elle ?

« Qu'as-tu donc ?

— Quelque chose de terrible vient de se produire à Moscou. Mitya Gregorovitch, qui arrive à l'instant de Myshkin, nous a dit qu'on a essayé de tuer le chef des bolcheviks. Il est dans un état critique et ils arrêtent tous les étrangers, des centaines de gens sont jetés en prison, exécutés. Jamais nous ne parviendrons à regagner l'Angleterre, jamais !

— Tu voulais donc retourner en Angleterre ? fit-il, déconcerté.

— Bien sûr ! hurla-t-elle. Bien sûr, que je voulais retourner chez moi. Mais pas sans toi. Il fallait que nous partions ensemble. Et maintenant nous n'y arriverons jamais, *jamais !* »

Pour la première fois, il éprouva un vague sentiment de responsabilité. Daisy May, la sœur de Galina. A Petrograd, il lui avait dit qu'elle n'aurait jamais dû venir, qu'elle n'était qu'une enfant naïve, incapable d'affronter les dangers d'une Russie en guerre. Et elle s'était révélée bien plus à la hauteur que lui-même. A présent, tout était perdu pour elle comme pour lui.

« Alors pourquoi n'es-tu pas partie, Daisy ? Tu avais les papiers nécessaires. Tu aurais pu t'en aller d'ici...

— Pas sans toi ! cria-t-elle. Je suis venue en Russie à cause de toi et, depuis mars, tout en vous recherchant, je me suis évertuée à me procurer les papiers dont vous aviez besoin, Galina et toi. Je n'ai fait qu'aller et venir sur la Volga, jusqu'à ce que je te retrouve. Alors, je ne partirai pas sans toi, *comprends-tu ?* »

Brusquement, il comprit. Il mesura soudain toute la grandeur de ce qu'elle avait fait, l'incroyable force d'âme, le courage, dont elle avait témoigné. Et, en regardant le pauvre visage marqué par les intempéries, il se rendit compte qu'il continuait de porter malheur aux autres. A cause de lui, Daisy se trouvait comme prise au piège dans ce village. Avec Galina, il avait lamentablement échoué et voilà qu'il semblait sur le point de détruire aussi la sœur de celle qu'il avait tant aimée.

« Daisy, dit-il, tu n'aurais pas dû rester. Tes papiers... Tu as tout ce qu'il te faut pour être rapatriée. Je vais aller avec toi jusqu'à Myshkin et te faire embarquer sur un bateau qui te mènera à Tver. Tu peux encore réussir à quitter la Russie, j'en suis sûr. Les quakers sont des amis de la Russie. Alors, on ne te fera pas de mal.

— C'est trop tard ! Tu n'écoutes donc pas ce que je te dis ? Ils ont essayé d'assassiner Lénine, et s'il meurt nous n'aurons plus la moindre chance de nous en tirer. Gregorovitch nous a dit que, même dans une petite ville comme Myshkin, on arrêtait des gens. Il ne leur faudra pas longtemps pour nous découvrir ici ! »

Il la regarda fixement, tandis qu'il prenait enfin pleinement conscience de ce que leur situation avait de désespéré. Mesurant soudain tout son égoïsme, il en fut horrifié. Comment avait-il pu agir ainsi, lui qui avait été élevé dans le sentiment que les femmes devaient toujours être défendues, protégées ? Il avait laissé mourir Galina. N'était-ce pas assez d'une mort ?

« Oh ! mon Dieu, Daisy ! Qu'ai-je fait ?

— Tu n'as rien fait, et c'est bien ça le drame ! » lui lança-t-elle avec rage.

A voir la brave petite Daisy s'emporter ainsi contre lui, il sentit se réveiller la vieille affection qu'il avait toujours eue pour elle comme pour sa famille à lui... Des sentiments que son obsession avait annihilés. Se rappelant tous les traits de courage manifestés par Daisy depuis qu'il la connaissait, il s'estima son débiteur, car, si elle était là, c'était à cause de lui.

« Daisy, tu vas partir. Nous allons trouver un moyen. Je t'accompagnerai aussi loin que je pourrai le faire sans mes papiers. Il doit bien rester encore des quakers en Russie... Ne m'avais-tu pas dit qu'ils avaient une Mission à Moscou ? Si je pouvais te mener jusqu'à Moscou, là on s'occuperait sûrement de toi... La Croix-Rouge, le consulat ou quelqu'un...

— Ils ne doivent pas être plus en sûreté que nous. On fusille les gens à Moscou. On arrête quiconque est étranger ou semble l'être. Plus personne ne peut nous aider maintenant, Edwin. Nous avons trop attendu. »

Elle se calmait. La situation demeurait désespérée mais, du moins, Edwin était-il redevenu lui-même. L' « idiot » avait disparu, et cet Edwin-là ressemblait beaucoup à celui d'autrefois.

Il demeura silencieux durant quelques instants, puis dit :

« Bon, d'accord. Pour le moment, nous allons rester ici. Ils t'aiment bien et pensent que tu es russe. Quant à moi, ils me tolèrent, car un homme de plus n'est pas de trop dans ce village et je n'ai pas peur du travail. Nous allons demeurer ici sans faire de vagues, jusqu'à ce que cessent les arrestations. Dès que la situation le permettra de nouveau, nous partirons... Mais pas pour retourner à Tver ; nous irons vers un endroit où nous puissions prendre un train pour Moscou.

— Tu n'as pas de papiers.

— C'est le cas de la moitié des gens qui s'entassent dans les trains. Au besoin, j'en volerai, Daisy, mais je te conduirai à Moscou. Tu peux me faire confiance : tu retourneras chez toi. »

Il avait déjà fait la même promesse, sans arriver à la tenir. Cette fois, il y parviendrait.

Chapitre vingt-huit

ৡৣ

A la fin de septembre, Ivan quitta l'hôpital pour venir au village passer deux semaines de convalescence. Après quoi, il devrait se présenter devant un conseil médical, lequel déciderait s'il était apte ou non à retourner en France.

Il paraissait heureux, détendu. Sophie, qui l'observait attentivement, ne décelait plus chez lui tremblements ou nervosité excessive. Ce qu'il avait eu semblait avoir été miraculeusement guéri par la présence de Lillian.

Celle-ci n'avait jamais été plus belle. A sa main, brillait une bague ornée d'un diamant et elle donnait le bras au héros qui était la fierté du village. Un reporter était venu tout exprès de Londres et elle avait eu sa photo dans le journal « *La ravissante fiancée du héros de guerre décoré de la Victoria Cross* ».

Ce fut cet article qui leur apprit exactement tout ce qui avait valu à Ivan d'être décoré. Sa compagnie s'était trouvée coupée de leurs arrières, avec trois officiers tués et deux grièvement blessés. Ivan avait réussi à ramener ses hommes dans les lignes alliées, en dépit du feu de l'adversaire, puis il était retourné par deux fois chercher les officiers blessés. Alors, il avait formé de nouveau la compagnie et brisé la défense ennemie, réoccupant leurs positions premières. En lisant cela, Sophie n'avait pensé qu'au terrible tableau qui s'était offert à elle lors de son arrivée à l'hôpital : ce visage comme noir, ces orbites si profondément creusées...

Lillian se montrait extrêmement possessive à l'égard d'Ivan. Elle voulait l'emmener partout, être vue avec lui par tous ses amis et les gens pour qui elle travaillait. Dans les moments de répit que lui laissait son emploi, Sophie n'en revenait pas de ces mondanités, où Ivan était mené d'une maison à l'autre, comme un animal sauvage qu'on eût tenu en laisse. Lillian était allée avec lui lorsqu'il avait passé la visite médicale et il lui avait annoncé qu'on l'avait reconnu apte à retourner au combat ; mais, obligée d'être à Londres pour son travail, elle n'était pas présente quand il partit. La veille au soir, elle avait fondu en larmes le plus gracieusement du monde, et Ivan s'était employé à la consoler, la suppliant de ne pas pleurer.

Ce fut donc Sophie qui, à travers champs, l'accompagna jusqu'à la gare, sans savoir que dire, tant elle se sentait bouleversée. C'était un des derniers beaux jours de l'été où, sous le ciel vaporeux, planait dans l'air une sorte de somnolence. Les haies bordant les champs étaient pleines de mûres et, sous les pommiers sauvages, trois gamins remplissaient des sacs.

« Aimes-tu le village à présent ? demanda-t-elle. Tu y as eu tant de chagrin quand tu étais enfant que je n'aurais jamais pensé que tu y reviendrais.

— C'est ici désormais que se trouve toute ma famille. »

Ils redevinrent silencieux, pensant à Daisy, Galina, Edwin. La guerre avait mis un point d'arrêt à tout. Un jour, la vie normale reprendrait son cours et les absents reviendraient chez eux, ou bien alors on apprendrait leur mort. En attendant, ils étaient comme dans les limbes.

A la gare, ils attendirent sans parler, regardant les vaches de M. Braithwaite paître le long des rails. Puis ils entendirent le signal d'approche.

« Sophie...

— Ivan...

— Sois sans inquiétude, lui dit-elle dans un souffle, tu nous retrouveras tous comme aujourd'hui. Rien n'aura changé. »

Alors, soudain, il la prit dans ses bras et la serra avec tant de force qu'elle se remémora sa première visite à l'hôpital, lorsqu'il lui avait étreint la main au point de lui faire mal. Et elle sentit qu'il se remettait à trembler.

« Nous serons tous là, répéta-t-elle, pensant à toi, t'attendant. Et tu as désormais Lillian... »

Il enfouit son visage dans la chevelure de Sophie, mais elle comprit bien que ce n'était pas un élan affectueux. Il disait simplement adieu à la paix, en essayant de ne pas avoir peur. Puis il s'écarta d'elle et lui sourit, exactement comme l'avait fait M. Barshinski autrefois.

« Au revoir, Sophie », dit-il en lui donnant une petite tape sous le menton puis, se détournant, il jeta sa musette à l'intérieur du wagon.

Lorsque le train repartit, le visage d'Ivan était redevenu sombre, avec les orbites creusées.

Lillian se lança avec frénésie dans la confection de son trousseau. Dentelle, batiste, entre-deux, envahirent la cuisine en beaucoup plus grande quantité qu'il n'était d'usage pour une mariée villageoise, car Lillian allait être l'épouse d'un gradé, appelée à passer d'une garnison à une autre et probablement à aller même aux Indes lorsque la guerre serait finie. En tant que femme de sergent-major, Lillian aurait un rang à tenir : réceptions, ventes de charité seraient son lot. Chaque fois que Sophie rentrait à la maison, elle y trouvait sa mère et Lillian discutant des mérites de tel ou tel tissu pour telle ou telle toilette. Sophie les regardait et les écoutait en criant intérieurement : *Qu'êtes-vous à parler trousseau alors que la guerre va peut-être durer encore plusieurs années ? Alors qu'Ivan peut très bien ne jamais revenir ? Ne pensez-vous donc pas à lui qui est là-bas ? N'avez-vous que chiffons en tête ?*

A certains moments, elle se prenait à les détester, à d'autres, elle reconnaissait que toute cette effervescence autour du trousseau de Lillian empêchait sa mère de trop penser à Edwin.

Sophie maigrissait et avait mauvaise mine. Un soir, Lillian approcha du visage de sa sœur un crêpe de laine bleu roi.

« J'avais pensé à ce tissu pour ta robe de demoiselle d'honneur — c'est un coupon que j'ai eu en solde chez Mace — mais vraiment ça ne te va pas...

— Demoiselle d'honneur ?

— Bien sûr, Sophie, dit sa mère. Tu n'imagines quand même pas que Lillian en voudrait une autre que toi ?

— Si nous devons nous marier à la prochaine permission d'Ivan, il faudrait que je mette ta robe en train, Sophie. Nous n'avons pas tellement de temps... »

La voix de Lillian se fit lointaine tandis que Sophie s'efforçait de ne rien laisser paraître sur son visage. Demoiselle d'honneur. Non, elle ne pourrait endurer une telle épreuve !

Rouvrant les yeux, Sophie vit son père qui l'observait.

« Lillian, dit-il, tu devrais t'occuper en priorité de ton trousseau. Pour Sophie, ça peut encore attendre. »

Tandis qu'elle remerciait intérieurement son père, Sophie déglutit à deux reprises pour refouler ses larmes et, afin de recouvrer le contrôle de ses nerfs, elle concentra ses pensées sur le lapin qu'il lui faudrait écorcher ce soir-là à son retour chez les Fawcett. Elle avait découvert depuis peu que, lorsqu'elle était malheureuse et tourmentée, elle pouvait se retenir de pleurer en pensant à quelque travail déplaisant qu'elle avait à faire.

La guerre semblait partie pour continuer. Après quatre ans de combats, personne ne croyait plus que les « garçons » seraient de retour chez eux pour Noël. Il y avait eu déjà trop de Noëls et de visages à jamais disparus. Chaque soir, Sophie priait pour qu'Ivan ne veuille pas de nouveau aller sauver des blessés. S'il avait survécu à quatre ans de tranchées, sa chance pouvait ne pas durer toujours.

Deux semaines après le départ d'Ivan, Lillian reçut une lettre extrêmement brève écrite par une ambulancière. Ivan était à nouveau hospitalisé pour une pleurésie. Et Dieu avait dû entendre les prières de Sophie car il était encore à l'hôpital quand, cinq jours plus tard, l'armistice fut proclamé.

Au début de décembre, sans s'être annoncé, Ivan revint au village en congé de maladie. Sophie le vit alors qu'elle arrivait à la maison pour y passer son après-midi de repos. Debout dans la cour, il regardait Lillian assise derrière la fenêtre, exactement comme il l'avait fait à son retour des Indes.

Lorsqu'il se trouva dans la clarté de la lampe, Sophie se rendit compte qu'il paraissait plus maigre, plus fatigué, plus tendu aussi, bien que la guerre fût terminée. On s'empressa autour de lui dans un joyeux brouhaha et l'on sortit le service à thé des grandes circonstances car c'était une occasion de se réjouir en oubliant un moment qu'Edwin et Daisy n'étaient toujours pas de retour.

Sophie s'aperçut que, devant la chaleur de cet accueil, Ivan se contractait un peu. Tandis qu'on s'asseyait autour de la table, où Mme Willoughby servait du rôti d'agneau froid avec des cerneaux confits au vinaigre tout en déplorant qu'on fût au milieu de la semaine et qu'il restât donc peu de cake, Lillian parlait avec volubilité du mariage et de la publication des bans.

« A présent, dit lentement Ivan, je pourrai avoir une permission sans difficulté. Je vais devoir retourner là-bas, bien sûr, pour liquider les formalités, ensuite, ce sera fini. »

Il y eut un silence, puis il ajouta :

« Je ne continue pas. Je ne peux plus. Pour moi, c'est terminé.

« — Que veux-tu dire, Ivan ? questionna vivement Lillian tandis qu'un pli creusait son joli front.

— L'armée, j'en ai soupé. Je me fais démobiliser.

— Oh ! »

Sophie qui regardait sa sœur vit s'envoler à tire d'aile les rêves de Lillian touchant son avenir mondain dans les garnisons.

« Que vas-tu faire alors ? »

Avec lassitude, il passa une main sur ses yeux.

« Je l'ignore encore. La seule chose dont je suis sûr, c'est que je ne veux plus rester dans l'armée.

— Tu t'y es pourtant si bien distingué, Ivan ! Sergent-major, avec la Victoria Cross et tout... Si tu restais, tu monterais vite en grade. Tu es un héros. »

Il eut un rire empreint de dérision.

« Un héros ! Qu'est-ce que ça veut dire ? Tout le monde s'est conduit en héros, sauf les généraux. Eux, ils sont restés à l'arrière. Ce n'est pas parce que j'ai reçu une médaille que je suis un héros. Rien que pour avoir tenu comme ils l'ont fait, tous les combattants ont été des héros. »

Il avait lancé cela avec force, et un instant de malaise en résulta auquel Mme Willoughby mit fin en se levant, la théière à la main.

« Je vais débarrasser, dit-elle, car je me doute que vous avez envie tous deux de sortir faire un petit tour.

— Si tu ne restes pas dans l'armée, que vas-tu faire, Ivan ? questionna Lillian d'un ton glacial, sans prêter attention à sa mère. Depuis que tu es parti d'ici, tu as toujours été militaire. Tu n'as donc pas de métier...

— Un métier, ça s'apprend. Tout gosse déjà, j'étais habile à un tas de choses. Mon père passait pour être le meilleur vacher de la région... C'est vous-même qui le disiez, n'est-ce pas, monsieur Willoughby ?

— Oui, mon garçon, mais...

— Eh bien, je marcherai sur les traces de mon père, si on m'en donne l'occasion. Élever des bêtes, faire pousser des plantes, ça me changera... C'est à cela que j'aspire : travailler pour faire vivre et non plus pour tuer ! »

Effleurant sa main, Sophie voulut l'inciter à se lever en lui disant doucement :

« Viens dehors un moment, Ivan...

— Ce n'est pas possible ! s'exclama Lillian, dont le visage s'était empourpré. Tu ne vas quand même pas être vacher !

— Lillian, la tança Mme Willoughby, ne sois pas impolie avec ton père !

— Papa, ce n'est pas pareil... Il n'a jamais eu la possibilité de faire autre chose. Tandis qu'Ivan est un militaire de carrière, qui se double d'un héros de guerre. Il montera en grade, ira dans le monde entier, et aura ensuite une bonne retraite pour vivre. A ce moment-là, oui, il pourra faire autre chose si ça lui dit... Prendre un commerce, par exemple... Mais se contenter d'être vacher !

— Si vous alliez discuter de ça dans le salon, tous les deux ? intervint posément M. Willoughby. Cela ne nous concerne pas. C'est uniquement votre affaire...

— Je ne veux pas rester dans l'armée, je ne peux plus endurer d'être militaire ! Ne le comprends-tu pas, Lillian ? »

Sophie vit Ivan dissimuler ses mains sous le pan de la nappe, qui se mit à trembler.

« Non, c'est une chose que je ne peux absolument pas comprendre ! »

Deux grosses larmes roulèrent lentement sur les joues de Lillian.

« Tu disais m'aimer, être prêt à tout pour moi, ne demander qu'à me rendre heureuse...

— Et c'est la vérité, confirma-t-il d'une voix rauque.

— Alors comment peux-tu... (elle se mit à sangloter). Je ne vais quand même pas épouser un vacher... Qu'est-ce que les gens diraient ? »

Au sein de son désarroi, Lillian eut quand même conscience du silence pétrifié qui suivit.

« Non, ce n'est pas ça, bredouilla-t-elle. Mais tout... tout s'annonçait si merveilleux !

— Tout peut encore être merveilleux », dit Ivan.

Il avait intensément pâli, ce qui accentuait le cerne de ses yeux.

« Je crois vraiment que vous feriez mieux d'aller tous les deux dans le salon », intervint Mme Willoughby d'une voix triste.

Alors Lillian se leva et, affectant un calme glacial, quitta la pièce suivie d'Ivan. Sophie et sa mère débarrassèrent la table, firent la vaisselle. Elles entendaient, leur parvenant du salon, la voix de Lillian, maintenant parfaitement contrôlée, alternant avec les interventions spasmodiques et rauques d'Ivan. Lorsqu'elle regagna la cuisine avec sa mère, Sophie vit combien son père était triste lui aussi. Il avait vraiment l'air d'un vieil homme très fatigué.

« J'ai honte, dit-il en regardant fixement le fourneau allumé. J'ai honte de Lillian. »

Sophie se pencha vers lui, pressa son front contre le sien en soupirant :

« Oh ! Papa chéri... Comme je voudrais qu'Edwin soit de retour ! »

Et elle se mordit aussitôt la lèvre, se rendant compte qu'elle venait d'ajouter à la tristesse de son père.

Ils entendirent la porte de devant — qu'on n'utilisait jamais — s'ouvrir et se refermer, puis Lillian reparut.

« Inutile de me regarder ainsi, déclara-t-elle froidement. Rien n'a été décidé. Nous allons attendre que les choses se tassent un peu. De toute façon, il ne peut quitter l'armée avant quelque temps.

— Où est-il allé ?

— Il ne me l'a pas dit. Il est simplement sorti par la porte de devant. Je suppose qu'il reviendra lorsqu'il se sera calmé. Il a toujours eu très mauvais caractère, même lorsqu'il était enfant. Rappelez-vous la fois où il a attaqué son père... »

Incapable de se contenir plus longtemps, Sophie se leva d'un bond et ouvrit toute grande la porte de derrière après avoir attrapé son manteau au passage.

« Je te déteste, Lillian ! Je te hais ! »

Et elle se mit à courir dans la nuit, à la recherche d'Ivan. Elle le trouva appuyé à l'échalier, en haut du pré de Tyler, là où il y avait la pompe. Comme elle avait couru, la jeune fille s'employa à recouvrer son souffle et, s'appuyant à l'échalier près de lui, questionna calmement :

« Ça va, Ivan ? »

Il ne répondit pas. Elle le devinait bouillant intérieurement.

« Je suis sûre que ça va s'arranger, dit-elle avec un rien de nervosité. C'est ton arrivée imprévue qui l'a mise dans tous ses états et...

— Elle ne veut pas comprendre que ça m'est impossible de continuer... La mort, les combats... Je ne peux plus, je ne peux plus !

— Je sais, Ivan, je sais.

— Oh ! Sophie ! »

Brusquement, il se prit la tête à deux mains.

« Et ce n'est pas seulement de devoir tuer... J'ai peur ! On m'a décoré, je suis un héros, et aucun d'eux n'imagine la peur qui m'habite ! Je ne puis plus me battre... J'ai trop peur ! »

En luttant désespérément pour ne pas pleurer, elle passa un bras derrière les épaules d'Ivan. Il laissa retomber ses mains et, à la clarté de la lune, son visage était terrible à voir.

« T'es-tu demandé pourquoi j'avais eu de nouveau une pleurésie ? Personne ne s'est posé la question ? Eh bien, je vais te le dire. Un jour à peine après mon retour dans les tranchées, j'ai été blessé par un éclat de shrapnel. On m'a évacué vers un poste de secours, où l'on m'a laissé pour la nuit. Quand j'ai été seul, j'ai quitté mon lit et trempé mon pyjama dans de l'eau froide. Après quoi je l'ai remis et je suis sorti hors de la tente pendant près de deux heures. C'est comme cela que j'ai eu une deuxième pleurésie.

— Ce n'est pas tellement grave, dit-elle d'une voix enrouée. Tu n'avais pas tiré au flanc avant cela... sans quoi, tu n'aurais pas été nommé sous-officier.

— Ce n'est pas d'être blessé ou même tué que j'ai peur mais... mais de tous ces cadavres... tous ces garçons que j'ai conduits à l'assaut... Des garçons tout jeunes et qui me faisaient confiance, qui se fiaient à moi pour veiller sur eux. A présent, ils sont presque tous morts... Par ma faute.

— Non, voyons, tu n'es pas responsable de leur mort...

— C'est ce que je ne peux plus endurer, Sophie... Je ne veux plus avoir à donner d'ordres... Je ne veux plus dire à ces pauvres garçons de monter à l'assaut... et qu'ils soient mis en pièces !

— Quitte l'armée. A présent, la guerre est terminée. Nul ne te blâmera de retourner dans le civil. »

Il lui fit face et ce fut comme si elle revoyait le malheureux petit garçon venu lui dire au revoir après la mort de sa mère.

« Lillian me blâmera... Je vais la perdre, hein ? Je l'ai toujours désirée, même quand je la détestais. Elle était tout ce que nous n'étions pas... Elle était belle et propre, elle sentait bon... C'est pour cela que je lui en voulais quand j'étais gosse car, nous, même quand nous nous lavions, nous continuions à exhaler un relent de pauvreté... Et puis elle avait une façon de marcher avec assurance... comme une princesse...

— Peut-être que tout va s'arranger, Ivan. Donne-lui seulement le temps de s'habituer à cette nouvelle perspective...

— Elle ne l'acceptera pas. Je suis un de ces horribles Barshinski... un fils de bohémien... Je ne suis pas digne d'épouser une Willoughby.

« — Oh ! si, Ivan, si ! Tu es même trop bien pour elle ! »

Il la saisit par les épaules et la secoua presque violemment.

« Rien ne change vraiment, hein ? Même avec des galons et la Victoria Cross, je n'en reste pas moins un de ces sales petits Barshinski dont le père était un ivrogne. Aucun de vous n'oubliera jamais ça, hein ?

— Ça ne compte pas, voyons ! C'est le passé !

— Ah ! comme je voudrais pouvoir vous oublier, tous ! s'écria-t-il avec rage. Vous chasser de ma mémoire, ne plus me soucier des Willoughby... Vous avez empoisonné mon existence !

— Ivan ! »

Il continuait de la secouer et, soudain, elle eut peur de sa grande force. Elle essaya de se dégager, mais cette légère résistance parut accroître encore sa rage.

« Vous ne nous avez jamais laissé de répit ! Vous vous êtes acharnés après nous, nous faisant espérer un avenir que nous ne pouvions avoir, nous considérant avec mépris... »

Au prix d'un brusque effort, elle réussit à se libérer et voulut se mettre à courir, il la rattrapa aussitôt par le bras.

« A notre tour, de vous faire voir ! Le moment est venu de vous rendre la monnaie de votre pièce ! »

Il la jeta par terre et la cloua sur le sol tandis que ses mains s'affairaient après les boutons du manteau. Elle sut ce qui l'attendait. Ivan était tel à un taureau furieux, tel le taureau qui avait blessé son père... Et elle comprenait qu'il ne redeviendrait pas lui-même, qu'il ne recouvrerait pas sa lucidité tant qu'il n'aurait pas fait du mal à quelqu'un. Elle s'était défendue instinctivement, comme n'importe quelle femme qu'on tente de violer. Cet homme n'était-il pas Ivan, celui qu'elle aimait ? Alors, quand il voulut la lâcher, ce fut elle qui le retint en l'entourant de ses bras.

Il fut violent, il lui fit mal et à un moment, quand elle sentit ses grandes mains sur sa gorge, Sophie eut même peur qu'il la tue. Puis ce fut fini, et elle prit conscience de la dureté du sol sous son dos, de ses vêtements déchirés qui ne la protégeaient plus du froid. Lui demeura un moment couché sur elle, absolument immobile, puis éclata en sanglots.

« Mon Dieu, qu'ai-je fait ?

— Il n'y a pas de mal... Je n'ai rien...

— Oh ! Sophie, qu'est-ce que je t'ai fait ?

— Rien... Je t'assure que je vais très bien... »

Cependant elle ne pouvait se retenir de trembler et elle avait froid. Il se redressa, l'attira contre lui pour tenter de la réchauffer tout en cherchant à reboutonner son manteau. Tous les boutons avaient été arrachés.

« Sophie... Pauvre petite Sophie ! »

Cette tendresse était presque pire encore. Elle se serra contre lui, blottit son visage au creux de la mâle épaule. « Il ne m'arrivera peut-être jamais plus d'être ainsi tout contre lui », pensa Sophie en s'efforçant d'emprisonner en elle toutes ces sensations afin de pouvoir les revivre indéfiniment.

« C'était elle, dit-il. C'était à elle que je voulais faire du mal. Pas à toi.

— N'en parle plus, je t'en prie, Ivan...

— C'était elle... et la guerre... Je ne suis plus normal... Trop longtemps j'ai détruit, tué...

— Je le sais, Ivan, je le sais. En ce qui me concerne, tu n'as pas de regrets à avoir. Nous n'en reparlerons jamais plus. Je te demande seulement de m'aider jusque chez les Fawcett... Pas question que je retourne à la maison. Chez les Fawcett, je monterai directement dans ma chambre. »

Il l'aida à se remettre debout, puis tourna le dos tandis qu'elle s'efforçait d'arranger au mieux ce qui lui restait de vêtements. Comme elle avait les jambes flageolantes, il passa un bras autour de sa taille, la soulevant à demi. Lorsqu'ils arrivèrent chez les Fawcett, il ouvrit la porte de la cuisine, où il la fit entrer doucement.

« Maintenant, va-t'en, Ivan. Et surtout, ne te tracasse plus. Je t'assure que je me sens très bien et que je comprends tout, absolument tout... »

Comme il la considérait fixement, elle pensa, l'espace d'un éclair, que ce serait vraiment merveilleux s'il lui disait soudain qu'il l'aimait. Mais elle avait conscience que l'amour ne naît pas ainsi d'un accès de sauvagerie sexuelle.

« Tu es mon cher, mon très cher ami, Ivan... Et tu le seras toujours. »

Quand elle referma la porte derrière lui, Sophie était à bout de résistance. Elle gagna sa chambre en se traînant. Après s'être lavée et avoir endossé son uniforme, elle se trouva prête à descendre préparer le dîner.

Elle apprit par la suite qu'Ivan était retourné au cottage juste le temps d'y prendre sa musette, puis était reparti par le dernier train pour Londres après avoir dit qu'il ne reviendrait plus.

Chapitre vingt-neuf

ર્જ્જ

Durant cet automne et l'hiver qui suivit, la neige tomba avec tant d'abondance que le village fut coupé du reste du monde. Seul, de temps à autre, y venait de Myshkin, un traîneau conduit par un garde rouge. Il était en quête de ravitaillement et, d'un air morose, les villageois le regardaient emporter blé et pommes de terre, en échange desquels il leur donnait des billets dont ils ne pouvaient rien faire. Lorsqu'il arrivait, Daisy et Edwin se fondaient à l'arrière-plan de la famille nombreuse qui s'entassait dans la maison de Yelena Nicolaevna.

Daisy avait emporté les vêtements qu'elle avait à Bouzoulouk et ne les avait jamais abandonnés au cours de son interminable randonnée. Avec son épais manteau en peau de mouton et une paire de *valenki*[1], elle était donc équipée pour partir. Il en allait différemment d'Edwin, qui avait perdu toutes ses affaires lorsqu'ils avaient été agressés à Tver, en gagnant le bateau. Il était chaussé de vieilles bottes presque percées et qui ne lui étaient d'aucun secours pour marcher dans la neige épaisse : le cuir se gelait en un rien de temps et lorsqu'il se déchaussait, la peau de ses pieds était collée aux bottes. La grosse veste de marin qu'il avait portée pendant tout l'hiver passé à Tver n'était vraiment pas assez chaude pour ces régions de la Volga septentrionale. Ils se partageaient donc la peau de mouton, quand l'un ou l'autre devait sortir. Par ailleurs, Daisy avait mendié dans tout le village des chiffons, des bouts de vieux lainages qu'elle utilisa avec de la paille pour confectionner, à l'aide de son écharpe, des manières de chaussettes qu'elle attachait aux pieds d'Edwin.

1. Bottes de feutre. (N.d.T.)

Ils ne souffraient plus de l'odeur qui régnait chez Yelena Nicolaevna, car cette odeur était devenue aussi la leur.

Yelena Nicolaevna était une brave, une excellente femme. Si, durant l'été, Edwin et Daisy avaient gagné leur pitance en travaillant dans les champs, l'hiver venu, ils n'étaient plus que deux bouches supplémentaires à nourrir. Pendant quelque temps, Edwin s'astreignit à descendre chaque jour jusqu'au fleuve où, en brisant la glace, il essayait de pêcher quelque chose. Mais, quand le froid augmenta, le poisson se fit rare et bientôt la glace ne se laissa même plus entamer. Alors, ils s'efforcèrent de manger moins, sachant qu'ils n'avaient pas de quoi payer leur subsistance. Mais Yelena Nicolaevna secouait la tête d'un air désapprobateur quand elle les voyait ne prendre que de petites portions. Comme son opulence permettait qu'il y eût chez elle un bol pour chacun, au lieu qu'on mangeât en plongeant sa cuiller dans la marmite posée au milieu de la table, elle rajoutait quelques légumes dans les bols de Daisy et d'Edwin, qui avaient trop faim pour refuser. Ces années de malnutrition où elle devait assurer de longues heures de travail dans de très mauvaises conditions avaient affecté la santé de Daisy. Elle enchaînait un gros rhume sur l'autre, avec de la fièvre, et l'atmosphère régnant dans la maison n'était pas pour améliorer les choses.

La nuit, c'étaient la *baba*, les enfants et Yelena qui s'entassaient au-dessus du poêle, Edwin et Daisy devant se contenter d'être étendus à proximité en se couvrant avec la peau de mouton et la veste de marin.

En janvier, l'épaisseur de neige fut telle qu'on ne pouvait plus sortir par la porte. Ayant réussi à ouvrir une fenêtre, Edwin sortit dégager la porte. Ceci fait, son regard parcourut le paysage : le fleuve avait disparu, s'intégrant à l'immense blancheur environnante. Un tintement de clochettes l'amena à tourner la tête vers le nord et il vit un traîneau approcher. Aussitôt l'angoisse le saisit. Des rumeurs étaient parvenues jusqu'au village d'étrangers massacrés dans les villes, d'arrestations massives, rumeurs qui diminuaient chaque fois leur espoir de fuir. Puis l'hiver russe avait instauré sa trêve : Edwin et Daisy savaient qu'il leur faudrait agir, mais pas tout de suite.

Le traîneau se rapprochait. Un homme s'y trouvait en sus du conducteur. Tous deux arboraient des ceintures de cartouches bouclées par-dessus leurs houppelandes et le cœur d'Edwin se serra : ils avaient l'air de policiers ou de commissaires du peuple. Dépassant la maison de Yelena Nicolaevna, le traîneau s'arrêta devant l'église. Edwin se hâta de réintégrer la pièce principale en passant par la fenêtre.

« Des policiers, dit-il calmement à Daisy. Ils sont au presbytère. Nous ne pouvons nous enfuir sans être vus. Et, de toute façon, comme ils ont un traîneau, ils auraient vite fait de nous rattraper en suivant nos traces.

— Étends-toi au-dessus du poêle, lui dit-elle. Si tu sembles dormir, ils ne te parleront peut-être pas. Moi, j'ai l'air d'une paysanne... Mais toi, c'est différent. »

Elle était occupée à cuire du pain et elle retirait du four la dernière miche quand la porte s'ouvrit brusquement, livrant passage aux deux hommes. Daisy ne put réprimer un petit cri et le pain tomba de la pelle. Elle fit mine d'avoir peur de se brûler en le ramassant, ce qui lui donna le temps de se ressaisir avant de faire face aux arrivants.

« Il y a des étrangers ici. Des espions. Qui sont-ils ? »

Yelena Nicolaevna poussa une exclamation terrifiée et regarda Daisy avec effroi en rassemblant les marmots contre elle. Daisy posa la pelle.

« Je suis étrangère, dit-elle, mais je ne suis pas une espionne.

— Qui d'autre encore ? »

Descendant de son perchoir, Edwin vint rejoindre Daisy qu'il prit par la taille.

« Papiers. »

Soulevant sa jupe, Daisy exhiba le portefeuille qu'elle transportait dans la poche de son jupon. Sans prononcer une parole, elle tendit les papiers ; le plus petit des deux hommes inventoria les permis et laissez-passer donnés à Moscou.

« On a volé ses papiers à mon ami. Il a été attaqué sur le fleuve et, après lui avoir tout pris, on l'a jeté à l'eau. Cette brave femme l'a hébergé quand on l'a découvert à demi mort sur la rive. »

Edwin remarqua qu'elle avait délibérément adopté l'épais accent des paysans.

« Tu es anglaise ? Vous êtes anglais tous les deux ?

— Oui.

— Je pense que vous êtes des espions. Suivez-nous. »

L'autre homme, le conducteur du traîneau, prit en main le fusil qu'il portait accroché à l'épaule.

« Dehors ! »

Ils eurent juste le temps d'enfiler leurs manteaux avant d'être poussés hors de la maison. Le canon du fusil au creux des reins d'Edwin, on les mena derrière l'église, là où se trouvait le cimetière. Un spasme secoua l'estomac du jeune homme. On allait les fusiller.

« S'il vous plaît, regardez de nouveau mes papiers, dit alors Daisy très calmement. J'appartiens au groupe de volontaires quakers, les Amis. Vous avez peut-être entendu parler de nous ? Nous nous sommes occupés des réfugiés dans le Sud. Mes papiers sont signés par le commissaire du soviet de Moscou. Mon permis de voyager m'a été donné par lui et il a apposé un visa spécial sur mon passeport. Nous, quakers, sommes venus ici pour secourir les pauvres et nous sommes des amis de la révolution soviétique. Je vous supplie de bien examiner mes papiers. Le commissaire de Moscou m'a donné l'assurance qu'ils me permettraient de circuler librement sur tout le territoire. »

Edwin sentit que l'on cessait d'appuyer le canon du fusil au creux de ses reins et, lentement, lentement, il se retourna. Le plus petit des deux hommes — qu'il devinait le plus dangereux — regardait Daisy avec une fixité glaciale. Il sortit le portefeuille de sa poche et, maladroitement, à cause de ses gants, se remit à examiner les papiers. Les nombreux tampons et signatures retinrent son attention.

« Tu vas venir à Rostov avec nous, dit-il en pointant le doigt vers Daisy. Nous verrons ce qu'en pensent les autorités. Lui, on le fusille.

— Non ! »

Le cri de Daisy retentit dans l'air glacé.

« Non, il fait aussi partie de la Mission de secours. Ses papiers étaient exactement les mêmes que les miens. Le commissaire du soviet de Moscou m'a envoyée ici pour le ramener dans la capitale, car c'est quelqu'un de très important en Angleterre et de très utile pour la Mission. Quand il sera de retour à Moscou, sa signature nous permettra de recevoir un important envoi de vivres à distribuer. C'est lui seul qui peut disposer de l'argent grâce auquel on nous expédiera du blé et du lait à Moscou ! »

Elle hurlait tout cela avec une telle volubilité qu'Edwin n'arrivait pas à la suivre. Montrant du doigt ses papiers, puis Edwin, elle faisait preuve d'une autorité pleine d'assurance. Edwin sentit que l'homme hésitait et Daisy dut en avoir également conscience car elle changea de manière, devenant impérative, menaçante. Le commissaire remit les papiers dans la poche de sa houppelande.

« Nous allons l'emmener aussi à Rostov, dit-il. Vous comparaîtrez tous deux devant le tribunal soviétique de Rostov. Toi, ajouta-t-il en pointant l'index vers Edwin, je pense que tu es un espion. »

Cela donna quelque espoir à Edwin. Ils semblaient ne plus douter que de lui et avoir mis Daisy hors de cause. S'ils relâchaient Daisy, peu lui importait le reste...

« Lui, tu le couches dans le traîneau et tu lui attaches les chevilles... Les mains aussi, derrière le dos », commanda le policier et l'autre les poussa vers les chevaux qui attendaient.

Très pâle, Daisy prit place à côté d'Edwin tassé par terre. Assis sur le siège derrière eux, le policier tenait son fusil braqué vers leur tête. Le conducteur fit claquer son fouet et le traîneau dévala la pente, pour se mettre ensuite à glisser rapidement sur le fleuve gelé. Edwin cherchait à se remémorer le peu qu'il savait quant à la géographie des environs. Rostov devait être à une centaine de kilomètres du village, si bien qu'il leur faudrait de cinq à six heures pour y arriver.

L'esprit parfaitement lucide, il ne doutait pas d'être fusillé à Rostov et cela ne l'effrayait pas. Mais Daisy ? Même s'ils décidaient de la conduire à Moscou pour vérifier ses assertions, même s'il se trouvait encore des quakers dans la capitale, à un moment ou l'autre, des hommes s'apercevraient qu'elle leur avait menti en ce qui le concernait. Elle s'était condamnée en voulant le protéger. Non, Daisy ne mourrait pas ! Il y était résolu. Et déjà son cerveau travaillait fiévreusement. Ils allaient bien être obligés de faire halte en quelque endroit et il mettrait ce moment à profit.

Même dans les gants fourrés, ses mains commençaient à devenir insensibles. Il se mit à remuer les doigts pour prévenir les gelures. Se redressant, Daisy ôta son manteau. Aussitôt, le policier lui frappa l'épaule avec le canon de son fusil.

« Reste assise. Ne bouge pas sans ma permission.

— Le manteau de mon ami n'est pas épais. Je voudrais nous envelopper tous deux dans le mien. »

L'homme acquiesça, mais le canon du fusil accompagna chacun des mouvements de Daisy, tandis qu'elle se collait au dos d'Edwin, en étendant le manteau sur eux deux. Il comprit ce qu'elle s'apprêtait à faire et eut peine à croire que le policier ne s'en aviserait pas lui aussi. Ils demeurèrent ainsi, immobiles, feignant de dormir, en priant le ciel que le policier ne fasse pas preuve de bon sens. Une heure passa, puis une autre, durant lesquelles ils s'efforçaient à la rigidité pour que rien ne trahisse l'activité des doigts de Daisy, dont les ongles élimaient la cordelette. A présent, Edwin pouvait tourner ses poignets, mouvoir ses mains l'une contre l'autre. Il lui suffirait désormais d'exercer une légère traction pour que ses liens se rompent et qu'il soit libre.

« J'ai besoin de me soulager.

— Attends, l'Anglais.

— Je ne peux pas attendre. »

Le policier émit un grognement à l'adresse de son compagnon et le traîneau commença de ralentir. Lorsqu'il fut arrêté, le policier donna une tape dans le dos d'Edwin avec le canon de son fusil, tandis que Daisy s'arrangeait pour être entre eux.

« Lève-toi lentement et fais face à la neige. Je vais te délier les mains mais je t'abats comme un chien si tu tentes de faire le moindre geste. »

Edwin s'immobilisa sur ses genoux... Si seulement il avait eu moins froid, si ses membres n'avaient pas été aussi rigides... Il fléchit les muscles d'une jambe puis de l'autre, en s'efforçant de passer outre au froid et à la raideur. Puis, dans un élan plein de détermination, il fut sur ses pieds tandis que d'un coup d'épaule il relevait le canon du fusil. Le coup partit en l'air et, profitant du déséquilibre de l'homme, Edwin, rompant ses liens, le saisit à la gorge. Effrayés par la détonation, les chevaux repartirent brusquement et le conducteur essaya de tirer sur les rênes dans le même temps qu'il tentait de se retourner avec son arme.

« Couche-toi, Daisy ! Couche-toi ! »

Au prix d'un effort surhumain, Edwin parvint à faire pivoter le policier qui se trouva ainsi entre le conducteur et lui. Le petit homme tentait de lui griffer le visage. Il était beaucoup plus vigoureux qu'Edwin et seul l'effet de surprise avait assuré l'avantage à l'Anglais. Edwin lui décocha un coup de genou dans l'entrejambe, avec une telle force désespérée que, malgré l'épaisseur des vêtements, l'homme se plia en deux. Alors, prenant la cordelette qui pendait encore à ses poignets, Edwin la noua autour du cou de son adversaire et serra de toute la force de ses mains gelées, sachant bien qu'il tuait un homme mais résolu à le faire pour sauver Daisy.

Le traîneau zigzaguait sur la neige tandis que, glissant d'un côté à l'autre, le conducteur cherchait à se tourner sans perdre l'équilibre et criait aux chevaux :

« *Stoï ! Stoï !* »

Edwin ne se souciait plus que de maintenir la cordelette

serrée. La nuque du policier était devenue violacée et le jeune homme éprouvait un vague soulagement à ne pas voir son visage. Il se rendait confusément compte que Daisy était debout, mais il n'avait plus assez de souffle pour lui crier à nouveau de se coucher par terre. Du coin de l'œil, il la vit empoigner par le canon le fusil du conducteur et lui enfoncer rudement la crosse dans l'estomac. L'homme chancela en pressant la détente, et il chut du traîneau dans la neige tandis que la balle allait se perdre en l'air.

Soudain, Edwin sentit le corps mollir sous ses doigts. Il continua de serrer la cordelette un moment encore, par crainte d'une ruse, puis, tout tremblant d'épuisement, laissa le cadavre s'affaisser. Daisy se cramponnait au siège et, enjambant le mort, Edwin saisit les rênes des chevaux qui galopaient. Il ne voulait pas les arrêter car, derrière lui, dans la neige, se trouvait le conducteur armé d'un fusil dont il souhaitait s'éloigner le plus possible. Au loin, il aperçut la lisière d'une forêt et fit doucement obliquer les chevaux dans cette direction, pendant que Daisy s'employait à lui libérer les chevilles. Au bout d'une demi-heure, il put ralentir la course des chevaux et, quand le traîneau atteignit finalement la forêt, il parvint à les arrêter. Ils ruisselaient de sueur et lui aussi.

Aidé par Daisy, il extirpa le cadavre du traîneau, en évitant de regarder le visage qui avait viré au noir.

« Prends son manteau, Edwin. Il n'a ni insigne ni quoi que ce soit, et il est plus épais que le tien. Son bonnet aussi. Il n'avait vraiment rien indiquant qu'il appartenait à la garde rouge. »

Edwin obéit en tournant le cadavre face contre terre afin de ne plus voir son visage. De la vaste poche de la houppelande, il sortit d'abord le portefeuille de Daisy, qu'il lui fit passer. Puis il compulsa les autres papiers. Le laissez-passer comportait une photo du mort, qui ne ressemblait en rien à Edwin.

« C'est trop risqué, dit Daisy. Si tu enlevais la photo, tu ne pourrais quand même pas te faire passer pour un policier russe, à cause de ton accent. Laisse-les.

— Il y a de l'argent aussi et ça, c'est une affaire... Il pourra nous servir pour acheter des complicités ! Peut-être trouverai-je l'occasion de voler des papiers d'identité plus courants...

— Que faisons-nous maintenant ?

— Nous allons tâcher de rallier Rostov, d'où part un train pour Moscou. Si nous réussissons à y monter sans permis de voyage, nous arriverons sans doute jusqu'à Moscou. Et là-bas... Là-bas, nous verrons... »

Edwin enfila le manteau du mort, se coiffa de son bonnet puis, à l'aide du fusil, parvint à creuser suffisamment la neige pour y ensevelir le corps. Tandis qu'ils piétinaient soigneusement le sol afin que rien ne parût, Daisy dit :

« Comment savoir dans quelle direction est Rostov ? »

Edwin regarda le ciel, le soleil couchant.

« Rostov se trouve au sud-est par rapport au village, et c'est la direction que nous avions constamment suivie depuis notre départ... Si nous la reprenons, nous arriverons peut-être quelque part avant la tombée de la nuit. »

Chacun pensa que s'ils ne parvenaient pas à trouver un abri avant la nuit, autant aurait valu pour eux être fusillés.

Une demi-heure après être sortis de la forêt, ils virent la ligne du chemin de fer. Ils tournèrent alors à droite car, même distant de centaines de kilomètres, Moscou se trouvait à l'est. La nuit s'épaississait sur l'immensité blanche quand ils aperçurent au loin les lumières d'une ville. C'était Rostov.

Ils demandèrent asile dans une misérable cabane qui s'élevait aux abords de la ville. L'expérience leur avait appris que les pauvres gens ont tendance à se montrer plus hospitaliers que les autres. Ils avaient abandonné le traîneau après avoir libéré les chevaux, afin qu'ils fissent le bonheur de celui qui aurait la chance de les trouver le premier.

Le lendemain matin, à la gare, ils entamèrent une attente de trois jours pour le train de Moscou. La foule ne cessait de croître. Le typhus avait éclaté en ville et ceux qui le pouvaient avaient hâte de quitter Rostov avant que l'épidémie s'étende. Lorsque le train arriva enfin, Edwin réussit à hisser Daisy dans un wagon de marchandises, sur le marchepied duquel il resta cramponné. A présent, il était chaudement vêtu et, avec un peu de chance, ses mains lui permettraient peut-être de tenir. Moins de deux heures plus tard, les gens s'étant tassés peu à peu, il parvint à se glisser lui aussi dans le wagon. Il avait réussi à se procurer des billets, celui de Daisy grâce à ses papiers en règle, le sien en glissant à l'employé des roubles volés au mort. La moitié des gens qui voyageaient à l'intérieur du train ou sur le toit des wagons le faisaient sans billet, mais Edwin avait préféré ne pas ajouter un risque supplémentaire à ceux qu'ils couraient déjà.

Plus tard, lorsqu'il y repensa, le jeune homme se demanda

pourquoi ce voyage ne lui avait pas rappelé le dernier qu'il avait fait avec Galina, laquelle reposait maintenant dans le cimetière d'un petit village du nord. Mais pas une seule fois cette pensée ne lui vint, tant il était obsédé par deux grandes craintes : que les gardes lui cherchent noise parce qu'il n'avait ni papiers d'identité ni permis de voyager, ou que l'état de santé de Daisy ne lui permette pas de tenir jusqu'à Moscou. A aucun moment il ne pensa à Galina ni à l'homme qu'il avait tué dans la neige.

Quand les gardes montèrent dans le wagon, en proie à un autre de ses terribles rhumes, Daisy avait la fièvre. Son visage émacié était tout rouge et la sueur ne cessait de mouiller son front. Elle essaya de se redresser afin d'aider Edwin à répondre aux questions. C'était inutile : depuis quarante-huit heures un coin du wagon faisait fonction de latrines et la puanteur était telle que le garde se mit à tousser, avant de cracher au-dehors avec dégoût. Edwin lui tendit pêle-mêle des papiers, qui étaient ceux de Daisy.

« D'où venez-vous ? demanda le garde sans regarder les papiers.

— De Rostov. Il y a une épidémie de typhus. Ma femme est malade. »

Le garde jeta un coup d'œil à Daisy et restitua les papiers, puis il redescendit vivement du wagon dont il repoussa la porte métallique.

Ils arrivèrent à Moscou le lendemain matin.

Il n'y avait pratiquement aucun transport et cela faisait plusieurs jours que l'on n'avait pas cherché à dégager un peu les rues de la neige qui s'y accumulait. Les déprimantes queues qui s'allongeaient interminablement devant les boulangeries rappelèrent à Edwin le Petrograd d'avant la révolution. Rien ne semblait avoir changé. Tout allait aussi mal qu'avant.

Daisy avait usé ce qui lui restait de forces pour jeter le garde à bas du traîneau et, au long de ces derniers jours, Edwin l'avait vu s'affaiblir de plus en plus. Se retrouver à Moscou, en terrain familier, parut la revigorer.

« Nous allons nous rendre au consulat, dit-elle d'un ton décidé. Ils se sont montrés extrêmement obligeants la dernière fois et m'ont dit que, si je pouvais t'amener ici, ils s'emploie-raient à nous aider de leur mieux. Tu verras, ils trouveront bien un moyen, en dépit de tes papiers perdus. »

Le trajet était long depuis la gare Iaroslavl et le vent leur glaçait le visage, mais Daisy semblait à chaque pas plus forte et plus assurée. Si elle était venue en Russie et l'avait cherché inlassablement dans tous les villages, n'était-ce pas pour sauver Edwin et le ramener en Angleterre? Quand ils atteignirent le centre de la ville et qu'elle commença à mieux s'orienter, Daisy pressa encore le pas. Il lui semblait qu'arriver au consulat serait un peu comme rentrer à la maison.

Et puis elle s'arrêta brusquement.

« C'est ici », dit-elle, déconcertée.

Une porte barricadée devant laquelle un soldat attendait. Puis un camion arriva d'où sauta un autre militaire, qui aida ensuite à descendre trois hommes et une femme, tous visiblement russes. S'apercevant qu'Edwin et Daisy les observaient, un des militaires eut un geste dans leur direction, mais la jeune fille se hâta de tourner l'angle de la rue avec son compagnon.

« Le consulat n'est plus là, balbutia-t-elle. Ils ont dû changer d'endroit.

— A qui pourrais-tu demander? Qui d'autre connais-tu à Moscou?

— La Croix-Rouge. Allons à la Croix-Rouge. Je sais où c'est et ils nous aideront. S'il ne peuvent te procurer des papiers, ils nous diront où se trouve maintenant le consulat. »

Ils se remirent en marche; à présent, Daisy sentait sa fatigue et s'accrochait plus lourdement au bras d'Edwin. Tous deux avaient faim et soif, sans oser entrer nulle part, de crainte que quelqu'un demande à voir leurs papiers.

Devant l'immeuble de la Croix-Rouge, il y avait aussi des gardes. Une large affiche placardée sur le mur appelait les Russes à lutter contre l'intervention alliée et l'armée Blanche. Alors, doucement, sans bruit, Daisy se mit à pleurer.

« Je ne sais plus où aller... Je pensais pouvoir te tirer de là et je... je ne vois plus à qui m'adresser... »

Brusquement, il éprouva pour elle une immense tendresse protectrice. Elle avait fait feu des quatre fers pour le retrouver et le persuader de s'en aller, se révélant une lutteuse obstinée en laquelle il avait peine à reconnaître la Daisy de son enfance. Il ne cherchait pas à savoir ce qui l'avait poussée à se transcender ainsi. Ne pouvant prétendre que c'était pour Galina, il préférait ne pas trop réfléchir aux raisons ayant pu la pousser à vouloir le secourir, lui. Après avoir accompli l'impossible, elle était malade et exténuée. A présent, c'était à lui de la sauver.

« Il y a encore un endroit où nous pouvons aller, dit-il. Je connais une personne qui, si elle est encore à Moscou, devrait être en mesure de nous aider. »

La serrant contre lui pour mieux la soutenir, il ramena Daisy vers la gare. Il se rappelait avoir aperçu, dans une rue transversale, un café d'ouvriers où, à condition de ne pas y rester trop longtemps, on ne leur poserait sûrement pas de questions. Pour un demi-rouble, on leur donna deux bols d'une soupe claire et une tranche de pain noir. Edwin regarda Daisy nouer ses mains autour du bol, le serrer contre sa poitrine pour en garder la chaleur un instant de plus.

« Quand tu te sentiras mieux, Daisy, je voudrais que tu demandes à la serveuse comment se rendre dans le quartier de la Stretenskaya. »

Elle acquiesça en reniflant, trop fatiguée pour même lui demander ce qu'il se proposait de faire.

Edwin avait appris par cœur l'adresse de Heikki Rautenberg lorsque Galina et lui s'étaient enfuis de Petrograd. « Je ne veux jamais plus vous revoir. »

Mais ces paroles n'avaient désormais plus de sens. Depuis lors, il y avait eu une guerre et une révolution. Les valeurs n'étaient plus les mêmes. A présent, ce qui importait le plus était de trouver de quoi manger et un endroit pour dormir, des papiers qui leur évitent d'aller en prison et leur permettent de rentrer chez eux.

Vers le milieu de l'après-midi, ils arrivèrent au domicile de Heikki. L'entrée était obstruée par la neige et les déchets de plusieurs semaines s'empilaient sur les poubelles qui n'avaient pas été vidées. Si l'immeuble avait dû être élégant, à présent il était tout sale, les murs marqués par la fusillade des rues. Ils gravirent le perron dans la cour, tandis qu'Edwin adressait au ciel une muette prière pour que quelqu'un fût là. En tout cas, il n'y avait pas de garde armé devant l'entrée.

Quand Edwin eut frappé à la porte, celle-ci finit par s'entrebâiller un tout petit peu et une voix demanda :

« Qu'est-ce que vous voulez ?

— Parler au camarade Rautenberg. Je suis un de ses amis. De Petrograd. »

Le battant s'ouvrit davantage et Edwin se trouva en présence d'un petit vieux, maigre et triste, ne ressemblant plus guère au joyeux fêtard de Londres.

« Heikki ? »

L'autre sourit nerveusement, en achevant d'ouvrir la porte. A sa façon, il semblait content de voir Edwin.

« Ah ! mon ami... Combien de fois je me suis demandé où vous pouviez être, ce qui vous était arrivé... Tant de mes amis ont disparu... sont morts... La guerre, les arrestations...

— Voici la sœur de Galina... Il faut que je vous dise... (Edwin regarda fixement un point au-dessus de la tête de Heikki.) Elle est morte... Galina est morte... l'été dernier. »

Heikki ne fit aucun commentaire. Il les conduisit dans une pièce qui, naguère, avait dû être luxueuse si l'on en jugeait par le tapis, mais où il n'y avait plus en fait de mobilier qu'une table en bois blanc, trois chaises et un lit dans un coin. Les volets intérieurs étaient fermés sur le jour déclinant et la neige qui tombait.

« Tant de morts... reprit Heikki. Ma femme, et aussi mon fils... Nous n'avions plus rien à manger. L'été dernier a été terrible ici : plus de ravitaillement, plus de médicaments... Mon fils a attrapé la diphtérie et je n'ai pas pu trouver de médecin... Alors ma femme l'a attrapée à son tour... A présent, je n'ai plus que cette pièce. Le reste de l'appartement est occupé par trois familles, mais ça m'est égal désormais. Je n'ai plus rien et ce n'est pas bon d'être seul. Ce sont d'assez braves gens... »

Un châle couvrait ses épaules. Il y avait un petit poêle dans la pièce, où ne brûlaient que quelques bouts de bois.

« Nous nous trouvons dans les ennuis, dit alors Edwin. Nous sommes allés au consulat britannique et à la Croix-Rouge. Je n'ai plus de papiers et il me faut faire une demande pour un nouveau passeport. Où sont donc passés tous ces gens qui pourraient nous aider ?

— Ils sont partis. Ils ont quitté Moscou, car ça devenait dangereux pour eux. Les Français et les Anglais sont considérés désormais comme d'odieux ennemis de la Révolution. C'est encore une chance qu'on ne les ait pas exécutés.

— N'y a-t-il plus personne qui puisse nous venir en aide ?

— La Croix-Rouge danoise est encore ici. Et, l'autre jour, j'ai entendu dire que Holmbo, le consul de Norvège, restait à Moscou. »

Ayant commencé à craindre qu'il n'y eût plus d'issue pour eux, Edwin exhala un soupir de soulagement.

« La Croix-Rouge danoise... Ils devraient pouvoir l'aider, dit-il avec un geste en direction de Daisy qui s'était assise sur une des chaises. Si elle arrivait à être rapatriée, je n'en demanderais pas davantage... En ce qui me concerne, c'est probablement devenu impossible maintenant. Mais elle... Je voudrais tant lui faire quitter la Russie. »

La chaise où elle était assise se trouvant près de la table, Daisy avait croisé les bras dessus pour y appuyer sa tête et elle avait aussitôt succombé au sommeil.

« Elle ne ressemble vraiment pas à sa sœur, dit Heikki en la regardant. Elle n'est pas jolie, hein ? »

Non, elle n'était pas jolie et ne le serait jamais... En tout cas, pas comme Galina l'avait été. Mais elle était malade et c'était une brave fille qui méritait d'être sauvée.

« Pouvons-nous passer la nuit ici ? Il est trop tard maintenant pour aller à la Croix-Rouge danoise, et Daisy est vraiment exténuée. Nous avons beaucoup marché aujourd'hui pour nous rendre d'un endroit à l'autre... »

Ils étendirent Daisy sur le lit, puis passèrent la nuit assis à la table, évoquant le passé en s'assoupissant par intermittence. Les souvenirs de Galina leur étaient douloureux à tous deux et, à mesure qu'ils parlaient d'elle, Edwin comprenait qu'il n'en guérirait jamais. Aussi longtemps qu'il vivrait, il souffrirait de repenser à elle. Tandis que la bougie sur la table brûlait de plus en plus bas, Edwin raconta tout de Galina : ses mensonges, sa maladie, sa duplicité, la peur qui l'habitait. C'était comme si, redevenue vivante, elle était assise avec eux. Quand le matin arriva, Edwin eut le sentiment de l'avoir enterrée une seconde fois.

Heikki les conduisit le lendemain à la Croix-Rouge danoise, tout heureux d'être mêlé de nouveau à la vie des autres. Il avait toujours été généreux, que ce fût pour inviter les gens à sa table, leur offrir l'hospitalité ou des cadeaux. Il avait comblé Galina. A présent, il n'avait plus rien à donner, que son temps et sa connaissance de la ville.

Dès qu'il vit les papiers de Daisy et sut qui elle était, le représentant de la Croix-Rouge l'accueillit avec une respectueuse cordialité. Edwin en fut tout surpris : il n'imaginait pas que le travail accompli par Daisy — ou, à tout le moins, par le groupe d'Amis dont elle faisait partie — fût aussi hautement admiré.

« Vous êtes tant de nobles cœurs à vous retrouver ici complètement isolés, abandonnés, dit l'homme en serrant chaleureusement la main de Daisy. Cela fait des mois à présent que nous n'avons aucune nouvelle de Bouzoulouk. Certains d'entre eux étaient partis pour Vladivostok, Dieu seul sait ce qui a pu leur arriver, car la guerre avec les Tchèques s'est déclenchée le long du parcours du Transsibérien. Nous ne pouvons que prier le ciel qu'ils aient survécu. Deux des vôtres sont ici, à Moscou. Ils s'occupent d'un refuge pour enfants à Znemenka.

— Qui donc ? » s'enquit vivement Daisy. Même affaiblie et malade, elle reprenait intérêt à tout ce qui l'avait précédemment concernée.

« Theodore Rigg et Esther White. Ils sont chez les Tolstoï, qui ont accepté de les héberger jusqu'à ce qu'ils trouvent un moyen de quitter la Russie. Vous serez sûrement aussi la bienvenue chez eux. »

Daisy sourit, marqua une hésitation, regarda Edwin.

« Je crois qu'il vaut mieux que je reste avec mon ami. M. Rautenberg voudra bien nous accorder encore l'hospitalité ? »

Heikki s'empressa d'acquiescer.

« Mon ami, Edwin Willoughby, se trouve dans une situation délicate. Ses papiers lui ont été confisqués par la police de Tver, en avril dernier. Depuis lors, il a réussi à s'en passer, mais nous devons nous efforcer de lui en procurer d'autres pour qu'il puisse quitter le pays... »

Le Danois considéra gravement Edwin et, lorsqu'il lui parla, ce fut d'un air quelque peu condescendant. Edwin comprit que, comparé à Daisy, il n'était qu'un réfugié parmi tant d'autres. Et il se dit que, dans le fond, le Danois n'avait pas tort : en comparaison de Daisy, il n'avait vraiment pas grande valeur.

« Il ne sera pas facile de vous procurer de nouveaux papiers. Les Amis, eux, c'est différent. Ils ont une excellente réputation et, même maintenant que les Anglais sont détestés, les Amis continuent d'être bien vus. Mais pour vous, je crains que les choses ne soient vraiment très difficiles.

— Si seulement vous réussissez à ce que Daisy quitte la Russie...

— Non ! »

Dans le silence qui suivit cette protestation de Daisy, le Danois la regarda avec étonnement.

« Je ne partirai qu'avec lui. Si ça ne lui est pas possible, alors je resterai ici pour l'aider de mon mieux.

— Comment voulez-vous que, sans papiers... »

Le feu aux joues, Daisy l'interrompit vivement .

« La dernière fois que je suis venue à Moscou, on m'a dit que... que si une femme était sans papiers mais épousait un homme dont la situation est en règle, cela pouvait faciliter les démarches.

— Oui, c'est exact. Cela peut aider. »

Elle s'éclaircit la gorge.

« En va-t-il de même dans l'autre sens ? Si une femme ayant des papiers et faisant partie des Amis, quelqu'un de bien considéré, épousait un homme en situation irrégulière ? »

N'obtenant pas de réponse, Daisy poursuivit :

« J'ai tous les papiers qu'il faut et je fais partie des Amis. Si nous étions mariés, serait-ce plus facile ?

— Probablement, oui, convint l'homme de la Croix-Rouge, le visage impassible. Si vous pouviez trouver un prêtre qui vous délivre un certificat de mariage *avant* que ce jeune homme fasse sa demande, il aurait au moins ce certificat pour prouver son identité. Ce serait mieux que rien.

— Alors, nous allons nous mettre en quête d'un prêtre », dit Daisy d'un ton décidé.

Plus tard, lorsqu'ils furent de retour dans la chambre de Heikki, Edwin essaya de parler à la jeune fille, mais elle ne voulut pas l'écouter, faisant mine de se boucher les oreilles. Après tout, quelle importance ? finit-il par penser. Ce qu'ils souhaitaient tous deux, c'était regagner l'Angleterre. Mais, au fond de lui-même, une petite voix lui disait pourquoi Daisy voulait agir ainsi. Pour la même raison qui l'avait fait venir en Russie, au risque de sa vie, afin de le retrouver. Elle prétendrait sûrement ne faire cela que pour arriver à ce qu'ils soient rapatriés, mais Edwin n'était pas dupe.

Finalement, ce fut Heikki qui leur trouva un prêtre. Contre ce qu'il leur restait de l'argent provenant du policier étranglé, l'ecclésiastique se déclara disposé à les marier bien qu'Edwin n'eût pas de papiers d'identité. L'église était petite, mais les icônes, les peintures, les dorures, tout y était intact. La Révolution ne s'était pas encore attaquée à l'Église, peut-être ne le ferait-elle jamais. Devant ce prêtre obèse et vénal, Edwin évoqua avec tristesse celui qui, au village, s'était montré si bon pour lui et avait enterré Galina.

En dépit de quoi, quand la cérémonie fut terminée et qu'il se tourna vers Daisy, Edwin lut le bonheur dans ses yeux, en même temps que son regard semblait le supplier de ne pas lui ravir ce bonheur.

Alors, il ne put faire moins que se pencher vers elle pour l'embrasser sur la bouche, en disant très doucement :

« Chère Daisy... Ma femme bien-aimée... »

Il eut ses papiers. Les deux quakers, le Danois et Daisy, en unissant leurs efforts, finirent par lui obtenir un passeport provisoire délivré par le gouvernement soviétique. Et le 10 février, un train spécial emmenant les derniers Français se trouvant encore dans la capitale, quitta Moscou en ayant à son bord les trois quakers et Edwin. La dernière image que le jeune homme emporta de Moscou fut la silhouette solitaire de Heikki Rautenberg debout sur le quai. Une période de sa vie venait de se terminer.

Deux jours plus tard, ils franchissaient le petit pont de Byelo-Ostrov. Ils étaient en Finlande. Ils étaient libres.

Troisième partie

ET SOPHIE, POUR FINIR

Chapitre trente

৪৯

Lorsque Edwin et Daisy May revinrent ensemble, mariés, nous en restâmes tous abasourdis. Et je pense que, en dépit de son affection pour Daisy comme de son soulagement de retrouver Edwin vivant, ma mère déplora ce mariage. Daisy, somme toute, était une Barshinski. Edwin aurait donc pu prétendre à beaucoup mieux.

Un fait qui ne cesse de m'étonner, c'est que la guerre n'ait finalement pas modifié la mentalité des gens. Après qu'elle eut fait tant de morts et d'invalides, on aurait pu penser que plus rien n'importerait si l'on voyait les siens en revenir sains et saufs. Mais non : de toute évidence, Mère était déçue. Puis, peu à peu, on apprit tout ce que Daisy avait fait. Je fus la seule à n'en pas être étonnée. C'est que je me rappelais Daisy face à la bande de Jefford, lors de cette première récréation à l'école. Je n'ignorais rien de son courage ni de sa force de volonté. Et puis je savais que, depuis l'âge de onze ans, elle était amoureuse d'Edwin. Aussi n'eus-je aucune peine à croire toute leur histoire... et même plus qu'ils ne nous en disaient.

Jamais je n'avais vu Daisy aussi heureuse. A son arrivée chez nous, elle était malade, terriblement amaigrie et, un temps, on crut qu'elle avait attrapé la tuberculose. Mais, en dépit de sa fragilité et de sa mauvaise toux, une sorte de rayonnement émanait d'elle qui ne devait rien à la fièvre. Elle parlait sans arrêt d'Edwin, de « mon mari », comme pour bien se convaincre qu'elle ne rêvait pas. A nos yeux, toutefois, ils n'étaient pas mariés et il fallut une courte cérémonie à la Mission afin de régulariser la situation. Edwin fit cela pour nous complaire mais, très vite, il rompit ses attaches avec les Frères et rejoignit Daisy chez les quakers.

Car il avait totalement, irrémédiablement changé. Il avait

acquis beaucoup de maturité et témoignait une extrême gentillesse à Daisy, passant des nuits à son chevet quand elle toussait, lui faisant la lecture, lui tamponnant le front avec de l'eau de lavande, lui préparant des boissons chaudes quand le reste de la maisonnée dormait. Ils occupaient la chambre du milieu, celle où Edwin dormait lorsqu'il était enfant car, pour le moment, ils n'avaient pas les moyens de s'installer chez eux. Il leur fallait d'abord rembourser l'argent avancé par la Croix-Rouge danoise pour leur train jusqu'en Finlande, après quoi c'était le consulat britannique qui avait payé leur traversée. Edwin allait travailler à la ferme de M. Hayward et le soir, ainsi que pendant les week-ends, au garage qui s'était ouvert dans le village pour répondre à la vogue des voitures automobiles. Avec tout ce travail en sus de s'occuper de Daisy la nuit, je ne m'étonnais pas qu'il se montrât taciturne. Un jour, une comparaison s'imposa à moi : Edwin était exactement comme Papa. Sans doute, était-ce inné chez lui, mais il avait fallu la guerre et Daisy pour en faire cet homme de cœur, plein d'attentions, qu'avait toujours été notre père.

Sauf pour nous apprendre qu'elle était morte, il n'avait jamais parlé de Galina et, de mon côté, je me gardais d'y faire allusion. Il est des souvenirs sur lesquels il vaut mieux laisser s'accumuler les semaines et les ans, jusqu'à ce qu'ils se trouvent ensevelis dans le passé. Quoi qu'il ait pu arriver en Russie et quel que fût le souvenir de Galina que mon frère gardait en lui, cela n'affectait pas le bonheur de Daisy, et cela seul m'importait.

Bien entendu, Daisy écrivit à Ivan et je me demandai ce qui allait en résulter. Il y avait eu des lettres échangées entre Lillian et lui, puis ma sœur nous avait annoncé qu'elle avait rompu ses fiançailles. Papa lui fit renvoyer à Ivan la bague qu'il lui avait donnée. Je *crois* qu'elle la lui aurait retournée de toute façon, mais Papa ne lui laissa pas le loisir d'hésiter. Le petit paquet fut expédié par recommandé en Allemagne, où Ivan était dans l'armée d'occupation. Lillian déclara peu après qu'elle allait travailler à plein temps pour son couturier et habiterait donc désormais Londres. Maman en fut toute retournée, mais Lillian demeura ancrée dans sa résolution. Elle ne voulait pas rester plus longtemps au village où elle avait perdu la face aux yeux des gens. Chaque fois qu'il lui arrivait de parler d'Ivan, elle se montrait acerbe et méprisante, le considérant visiblement comme la cause de tout. Jamais il n'a dû lui venir à l'esprit qu'elle aurait pu l'épouser si elle s'était contentée d'être la femme d'un vacher. Pauvre Lillian, elle restera toujours la même !

Elle nous stupéfia néanmoins quand, deux ans plus tard, elle acheta le fonds de Miss Clark et revint triomphalement au village. Au fil des ans, sans nous en souffler mot, elle avait mis de l'argent de côté. Certes, elle avait été très bien payée quand elle confectionnait des uniformes, mais ça n'en était pas moins une réussite peu ordinaire, qui lui avait permis de montrer à tout le village qu'elle était d'une essence supérieure. Quand elle se trouva propriétaire de *Willoughby & Clark, Mode et Haute Couture*, elle ne parut pas regretter un seul instant ce qui aurait pu être. Elle avait réalisé son ambition de toujours : devenir quelqu'un. Elle quitta les Frères pour l'Église anglicane, dans le même temps qu'elle s'employait à changer complètement d'amis, ne fréquentant plus que les commerçants, les institutrices et l'organiste. J'ai souvent pensé qu'il était vraiment mesquin de sa part de n'avoir jamais proposé à Edwin et Daisy, lorsqu'ils étaient rentrés avec ces dettes, de leur donner l'argent pour les rembourser. Mais je suppose que ça lui aurait fendu le cœur de ne pas revenir au village en conquérante.

Ivan finit par reparaître. Daisy était tout ce qu'il lui restait au monde, et même l'embarras dû aux fiançailles rompues ne pouvait le tenir éloigné de sa sœur. Moi, je m'absentais de la maison chaque fois qu'il annonçait sa visite. C'était mieux ainsi.

Car j'avais beaucoup souffert après son départ. Je ne voyais plus aucune raison d'espérer quoi que ce fût de la vie. Tous mes rêves d'enfant, toutes mes ambitions, avaient été anéantis. Je brûlais de voyager, mener une existence pleine d'imprévu, connaître d'autres gens que ceux du village, devenir missionnaire, infirmière, ou épouse d'un militaire... Au lieu de quoi, à vingt-huit ans, je me retrouvais gouvernante chez les Fawcett, où j'étais entrée lorsque j'en avais quinze. Tous les autres avaient fait quelque action d'éclat comme aller en Russie, recevoir la Victoria Cross ou s'installer à Londres. Tandis que, moi, j'étais restée au village pour m'occuper de mes parents.

Mais la situation avait évolué. Edwin étant rentré et Daisy heureuse, mon tour était venu de m'émanciper. Tous deux veilleraient sur Papa et Mère tandis que je prendrais mon essor à travers le monde extérieur au village. Du moment que Daisy y était parvenue, je ne doutais pas d'en être capable moi aussi.

Bien entendu, ayant toujours été en service, je ne savais faire que cela. Mais gouvernante d'intérieur à vingt-huit ans, ça n'était pas courant, et j'allai à Londres m'inscrire dans un bureau de placement. Ceux qui le tenaient parurent très impressionnés par mes qualifications et je leur précisai bien ce que je désirais.

Il me fallut attendre six mois avant qu'on me propose une place, mais ce fut exactement celle que je souhaitais. Du coup, je sentis s'éloigner mon déprimant passé. Je retournai à Londres pour me présenter au monsieur qui voulait m'engager, et j'obtins aussitôt la place. Je n'en avais toujours rien dit à la maison quand, entrant un jour dans la cuisine, j'appris qu'Ivan était venu voir sa sœur sans s'être annoncé.

Daisy allant nettement mieux, elle se levait maintenant tous les après-midi. Ivan était assis avec elle dans le salon ; parce qu'on avait baissé le store pour éviter que le soleil ne fane le tapis, son visage baignait dans une pénombre lumineuse et je me réjouis qu'il en fût de même pour moi !

« Ivan...

— Sophie... »

Une pause, durant laquelle nous évitâmes soigneusement de nous regarder.

« Comment vas-tu ?

— Très bien. Et je suis heureux de voir que Daisy se porte de mieux en mieux. »

Nous nous tournâmes vers elle avec soulagement : l'embarras du premier moment était passé.

Nous nous retrouvâmes autour de la table pour le thé, avec un rien de gêne certes, mais tous bien décidés à ne voir en Ivan que le frère de Daisy et non l'ex-fiancé de Lillian.

Quand nous fûmes ainsi autour de la table, je me dis que le moment était venu d'annoncer l'événement. Tout le monde comprendrait — et Ivan en particulier — que je voulais commencer une nouvelle vie.

« J'ai quelque chose à vous annoncer, qui ne va pas manquer de vous surprendre. J'espère néanmoins que vous le prendrez bien. »

Tout le monde s'interrompit de manger pour me regarder.

« Je vais quitter les Fawcett à la fin de l'année. Je n'en ai encore rien dit à Mme Fawcett, mais elle a largement le temps de trouver quelqu'un d'autre, que je formerai aux habitudes de la maison. »

Mère me regardait, sidérée.

« Où vas-tu aller, Sophie ? »

Elle estimait avoir encore voix au chapitre. Eh bien, elle allait s'apercevoir du contraire.

« En Afrique.

— Quoi !

— En Afrique, à Kimberley. Comme gouvernante d'intérieur chez le directeur d'une des mines de diamants, lequel a une femme impotente qui ne peut s'occuper de rien. Il s'agit d'une vaste maison, avec une importante domesticité. C'est beaucoup plus grand que chez les Fawcett et, en outre, ils reçoivent énormément. Ça sera passionnant !

— Sophie, s'exclama ma mère, tous les domestiques doivent être des Noirs !

— Oui, ça me changera.

— Eh bien... »

Mère déplaça la théière, le pot de confitures, sa tasse, comme toujours lorsqu'elle se sentait prise de court.

« Pourquoi ne nous avais-tu encore parlé de rien ?

— Je voulais d'abord être sûre d'avoir cette place, mentis-je.

— Je ne sais vraiment que dire, que penser...

— Es-tu certaine que ce soit bien ce que tu souhaites, mon petit ?

— Oui, Papa. »

Je ne regardai pas mon père dans les yeux, car il savait trop bien lire en moi. Il était le seul à me comprendre, le seul à s'être jamais douté que je n'étais pas heureuse.

« Alors, si c'est ce que tu souhaites, il n'y a pas à hésiter. »

Brusquement, tout le monde se mit à parler en même temps et, par-dessus la table, mon regard rencontra celui d'Ivan.

« J'ai commis un terrible oubli, dit-il d'une voix qui trancha sur le brouhaha ambiant. Je vous demande de bien vouloir nous excuser un moment... »

Se levant de table, il me prit par la main et m'entraîna hors de la maison. Le jardin franchi, nous traversâmes la prairie, escaladâmes l'échalier pour continuer ensuite posément jusqu'à la pompe.

« Je pense que nous ferions mieux de nous marier, Sophie. A condition, bien sûr, que tu ne voies pas d'objection à épouser un vacher ?

— Je vais en Afrique, Ivan. Tu n'as pas lieu de te sentir coupable, ni même responsable... Je t'ai dit que j'avais tout compris.

— Non ! Pas plus que moi ! La seule chose dont je sois sûr, c'est que lorsque tu as annoncé ton départ pour l'Afrique, j'ai aussitôt voulu te retenir à tout prix. J'ignore si je t'aime vraiment : je sais seulement que tu as toujours été là quand j'ai eu besoin de toi. Si nous sommes restés de longues périodes sans nous voir, j'avais la certitude de te retrouver ici. Je n'imagine pas la vie sans toi, Sophie.

— Ivan Barshinski, tu ne manques vraiment pas de toupet ! »

J'aurais voulu qu'il n'ait pas dit ignorer s'il m'aimait vraiment.

« Tu reviens ici sans crier gare, bien que tes fiançailles avec Lillian aient été rompues, et tu me demandes de renoncer à tous mes projets pour t'épouser, alors que tu ne m'aimes pas et te trouves encore pratiquement sans emploi !

— C'est exact, oui... On ne peut plus exact... »

J'eus si mal de l'entendre dire cela que je dus faire un terrible effort pour lui lancer :

« Eh bien, va donc voir ailleurs ! J'en ai soupé de toi !

— Pourtant, tu as encore des années à devoir m'endurer, Sophie, car je viens de comprendre que je serais vraiment fou de ne pas t'épouser. Je te connais si bien... Tu es comme Daisy... loyale, bonne et généreuse. Tu es toute acquise aux gens que tu aimes. Et tu m'aimes.

— Toi, tu ne m'aimes pas. Et que fais-tu de Lillian ? (A présent, je me sentais réellement furieuse.) Ton *rêve* ! Cette incomparable beauté, si différente de nous !

— Oh ! Sophie, ne sois pas jalouse de Lillian ! Oui, elle a été un rêve, un merveilleux rêve Willoughby, aux yeux du sale petit Barshinski. Toi, tu n'es pas un rêve, tu es une Willoughby et je ne guérirai jamais des Willoughby. Il me faut absolument épouser une de leurs filles ; or tu es la seule à vouloir de moi. »

Il souriait de toutes ses dents. Grand, large d'épaules, avec ses boucles brunes des Barshinski au-dessus des beaux yeux noirs des Barshinski... Tout le portrait de son père, sauf que lui n'était ni un ivrogne ni un malheureux étranger perdu dans un pays inconnu. Jamais il ne m'appellerait *kroshka*, mais c'était un Barshinski. Il avait raison. Les Barshinski devaient se marier avec des Willoughby, et les Willoughby avec des Barshinski.

« Bon, dis-je.

— Bon quoi ?

— Je veux bien t'épouser, mais ça va être drôlement embarrassant pour toi après avoir été fiancé à Lillian.

— Oh ! Ça me fait penser... »

Il fouilla dans la poche de son uniforme.

« Je comptais la vendre lorsque je serais de retour à Londres. Autant que tu l'aies. »

La bague de fiançailles de Lillian. Hélas ! Des bagues faites pour les doigts délicats des Cobham ne pouvaient convenir aux grosses pattes des Willoughby.

« Eh bien alors, je la vendrai et je t'en achèterai une plus belle. »

Ce qu'il fit.

Avons-nous échoué, Daisy et moi ? Nous avons toutes deux épousé les hommes que nous aimions, pour lesquels nous étions en quelque sorte un second choix. C'était l'exemple de Daisy qui m'avait amenée à me raviser aussi vite. Elle avait pris Edwin sans poser de conditions, et elle était heureuse. Elle avait parcouru un continent, au beau milieu de la guerre et de la révolution, afin de retrouver l'homme qu'elle aimait pour le ramener chez lui. Du moment qu'elle était mariée avec lui, elle n'avait cure du reste. Et s'il en allait ainsi pour elle, il pouvait bien en aller de même pour moi.

Je crois que, le temps aidant, j'ai cessé d'être un second choix aux yeux d'Ivan. Il a fait ainsi qu'il avait dit : entré comme vacher chez les Hayward, il n'a pas tardé à devenir éleveur et, au fil des ans, s'est affirmé le meilleur éleveur du comté. Il vivait dans le même village que Lillian, appartenait à la même famille. Alors, il l'observait, comme l'adversité avait appris aux Barshinski à le faire, et j'ai vu le rêve s'estomper en lui. Un jour, bien des années plus tard, alors que j'avais pris de l'âge et quelques kilos, il a dit en me regardant : « Sophie, ma chérie... Je l'ai vraiment échappé belle ! Quelle existence j'aurais eue si j'avais épousé Lillian ! »

Et ce fut sa façon de me dire qu'il m'aimait.

Je ne lui ai jamais parlé de ce qui s'était produit peu après notre mariage. Si je me suis tue, c'est parce que même maintenant, après toutes ces années qui ont fait de lui un soldat, un héros, un mari, je ne suis pas sûre qu'il ait pardonné à son père les chagrins et les humiliations de son enfance.

J'étais allée avec Mère à un enterrement dans le comté voisin, ce qui pour nous constituait un grand déplacement. Après l'inhumation, nous nous trouvâmes réunis dans le salon d'un cottage pour nous sustenter un peu. Je surpris alors des paroles qui me causèrent un choc, me ramenant brusquement bien des années en arrière, jusqu'à cet été doré des Barshinski :

« ... un étranger, mais Jack dit qu'il a véritablement un don pour tout ce qui est de l'élevage. Un jour, il a surgi de nulle part, avec un concertina dont il joue remarquablement bien. Jack n'arrivant pas à prononcer son nom, nous l'appelons simplement Bill...

— Barshinski, dis-je impulsivement. N'est-ce pas son nom ? Barshinski ? Un homme de haute taille avec une abondance de cheveux très noirs et une barbe ? »

Les deux femmes se regardèrent, comme si j'étais une folle intervenant dans leur conversation, puis l'une dit :

« Ce pourrait être ce nom, oui, encore que nous n'ayons jamais pu le comprendre. Mais pour les cheveux noirs, non. C'est un vieux bonhomme avec une barbe blanche... Oui, il est grand, en effet... Et il joue délicieusement du concertina... toutes sortes d'airs étrangers. Cela fait deux étés qu'il revient s'occuper des vaches. J'ignore où il passe l'hiver. Nous lui avons offert un emploi stable à la ferme, mais il dit ne pas aimer se sentir lié. Les enfants en raffolent et il n'arrête pas de leur raconter des histoires russes... C'est une sorte de vagabond, très sympathique... »

J'aurais pu poser davantage de questions ou aller jusqu'à leur village, dans le Hampshire, afin de voir par moi-même ; mais, soudain, je n'avais plus envie de savoir. Je ne voulais pas revoir M. Barshinski avec des cheveux blancs et un concertina au lieu d'un violon. Je ne voulais pas savoir qu'il était devenu un vieux vagabond triste... Si je ne le revoyais pas, je pourrais continuer de me le représenter comme il était, juste un peu plus âgé, mais toujours assoiffé de liberté et menant la vie qu'il aimait... charmant les enfants avec ses rêves, leur faisant désirer ce qu'ils ne pourraient jamais avoir... Et peut-être aussi ne voulais-je pas qu'il me revoie, qu'il soit confronté à sa *kroshka* devenue adulte. C'est pourquoi je suis rentrée à la maison sans aller dans le Hampshire et n'en ai jamais parlé ni à Ivan ni à Daisy May. Ils ont payé trop cher la tranquille existence qu'ils mènent à présent, pour que j'aille la troubler avec des rumeurs en provenance d'un autre comté.

Daisy continuait de m'étonner. Elle était redevenue robuste et bien portante, cependant qu'ils réussissaient à payer toutes leurs dettes. Puis, en 1922, lorsque la famine sévit en Russie, Edwin et elle retournèrent à Bouzoulouk avec l'organisation quaker de secours. Nous en fûmes sidérés. Il y avait comme une ironie du sort dans le fait que Daisy, qui n'avait jamais souhaité quitter le village, eût par deux fois traversé la moitié du monde, tandis que moi, qui rêvais de grands voyages et d'aventures, j'étais restée dans mon coin, fille de vacher, épouse de vacher, et finalement mère d'un garçon qui suivrait probablement la même voie que son père et son grand-père.

Ils revinrent en 1924, parce que Daisy avait contracté le typhus. Après cela, il ne fut plus question pour eux de recommencer ce genre d'expérience car Daisy ne se rétablit jamais complètement.

Ayant demandé à entrer de nouveau dans les chemins de fer, Edwin a finalement remplacé le vieux M. Watkins comme chef de gare de notre petit village.

Il m'est arrivé de me demander si Edwin était heureux. A la différence d'Ivan, il n'a jamais vu son rêve se ternir et tourner à l'aigre. Ce rêve demeure enseveli dans les brouillards lointains de la Russie septentrionale, avec une partie de sa propre jeunesse. Et bien que j'aie haï Galina, je dois reconnaître que, à la différence de Lillian, un véritable enchantement émanait d'elle. Edwin s'est toutefois montré bon mari et je crois qu'il a renoué avec son rêve, car leur unique enfant — une fille — a les yeux gris comme eux deux. Pour tout le reste, on dirait la réincarnation de cette jeune bohémienne qui dansait autour d'un feu voici bien des années.

Ils l'ont appelée Galina.

Note de l'auteur

જ⋑

Ce livre est, bien sûr, avant tout un roman. Pourtant, lorsque j'ai commencé à effectuer des recherches pour le situer dans un cadre d'époque, les histoires qu'on m'a racontées étaient tellement extraordinaires que celle que j'avais imaginée aurait très bien pu se produire dans la réalité. Il en était même de beaucoup plus incroyables. Je décidai donc d'inclure dans mon récit certains faits authentiques. Le capitaine Patterson et le mécanicien-chef Bathgate ont existé, le *S.S. Moscou II* est un bateau qui a navigué, et tout les faits s'y rapportant sont vrais, hormis une petite licence poétique ici et là ! Aux lecteurs qui se préoccuperaient de leur sort, je suis heureuse de dire que le capitaine Patterson et le mécanicien-chef Bathgate sont rentrés chez eux sains et saufs.

J'ai inventé le petit groupe de quakers qu'on a vu ici se rendre à Bouzoulouk en 1916, mais d'autres groupes de quakers y arrivèrent durant l'été et l'automne de cette même année. Flora Doyle, Elizabeth Stubbs, M. Foulgar et M. Goode sont mes personnages, mais Robert Tatlock, le Dr Manning et Nurse Morgan ont existé. Ce que la Mission des Amis a effectué à Bouzoulouk est une tâche absolument remarquable, témoignant d'autant de courage que d'endurance. On en trouvera la relation détaillée dans *Quakers in Russia* de Richenda C. Scott, publié en 1964 à Londres par l'éditeur Michael Joseph.

Table

જ્જ

La composition de ce livre
a été effectuée par Bussière à Saint-Amand,
l'impression et le brochage ont été effectués
sur presse CAMERON
dans les ateliers de la S.E.P.C. à Saint-Amand-Montrond (Cher)
pour les éditions Albin Michel

Achevé d'imprimer en janvier 1986
N° d'édition 9190. N° d'impression 2316-1417.
Dépôt légal : février 1986.

Imprimé en France